李元洛——著

诗国神游

古典诗词现代读本

中华书局

图书在版编目(CIP)数据

诗国神游:古典诗词现代读本/李元洛著. —北京:中华书局,
2017.10
ISBN 978-7-101-11651-9

Ⅰ.诗… Ⅱ.李… Ⅲ.古典诗歌-诗歌欣赏-中国 Ⅳ.I207.2

中国版本图书馆 CIP 数据核字(2016)第 060620 号

书 名	诗国神游:古典诗词现代读本	
著 者	李元洛	
责任编辑	吴艳红	
出版发行	中华书局	
	(北京市丰台区太平桥西里 38 号 100073)	
	http://www.zhbc.com.cn	
	E-mail:zhbc@zhbc.com.cn	
印 刷	北京瑞古冠中印刷厂	
版 次	2017 年 10 月北京第 1 版	
	2017 年 10 月北京第 1 次印刷	
规 格	开本/880×1230 毫米 1/32	
	印张 15⅛ 插页 2 字数 390 千字	
印 数	1-6000 册	
国际书号	ISBN 978-7-101-11651-9	
定 价	42.00 元	

自 序 在杰作中寻幽访胜

——漫谈诗歌的欣赏

中国优秀的古典诗词，是民族的骄傲、文学的经典和诗美的宝库，是取之不尽、用之不竭的文化源泉，也是奔波忙碌在百丈红尘中身为现代人的我们驻足休憩的精神家园。苏东坡在《和董传留别》一诗中说："粗缯大布裹生涯，腹有诗书气自华。"芸芸众生，有多少人既已知晓而能不欣赏苏东坡的这一名句呢？莘莘学子，有谁不希望自己能饱读诗书而气质高华呢？阅读与欣赏古典诗词，既是一种含英咀华、悦目赏心的审美过程，更是提升当代人之人文涵养与丰富当代人之精神世界的重要途径。

高山流水觅知音——创作与欣赏互为对象

创作与欣赏，是一对互为对象的美学范畴，它包括了"传达者的审美——美感信息的可传达性——接受者的欣赏力——接受者的审美再创造"这样一种四重组合关系。因此，有如挑战者必须要有挑战的实力，从"读者反应理论"（或称"接受美学"）的观点看来，包括诗歌在内的任何文学作品，要为读者（或称欣赏者）所欣赏或鉴赏，它就必须具有可欣赏性或可鉴赏性。作品对于生活与作家自己是一种表现，对于读者则是一种美感经验的艺术传达。这样，可欣赏性或可鉴赏性，也可称为可传达性。因此,就"怎样欣赏诗歌"而言,这个命题有两个关系项:一是作品;一是作为欣赏者的读者。即它必须首先具备作品是可以被欣赏的这一先决前提,同时当然也必须具备读者是有能力欣赏的这一条件。作品传达的范围大小不一,传达的程度深浅不同,传达的时代先后有异,但同为可传达的这种性质则一。如果作品缺乏可欣赏性或可传达性,像某些诗作,有的平庸浅薄如同一眼见底的浮沙浅水,有的晦涩虚无好像一塌糊涂的浑浊泥塘,那就自然不在我所说的欣赏之列了。

作品具有可欣赏性这一前提既已确立,随之而来的就是欣赏者的应战,否则诗人就会发出"百年歌自苦,未见有知音"(杜甫《南征》)的叹息。作为欣赏者,必须具备审美欣赏的兴趣、愿望与能力。例如伯牙鼓琴,"巍巍乎志在高山","洋洋乎志在流水",他的琴曲是颇具可传达性的。但是,钟子期如果没有一双"音乐的耳朵"(马克思语),也就不可能"知音善赏"。诗歌,是文学之母,是文学的精华,是文学的最高形式。欣赏诗歌,一般而言,需要有比欣赏戏剧、小说和散文更高层次的审美水平。提高对古今中外真正的诗歌佳作的欣赏能力,培养欣赏好诗的慧眼灵心与美学趣味,是提高全民族审美素质的一个重要方面。

"提高到但丁的水平"——必要的知识准备

欣赏能力的培养和提高,有赖于欣赏者具有必要的知识准备与合理的知识结构。曹子建有云:"盖有南威之容,乃可以论于淑媛;有龙渊之利,乃可以议于断割。"(《与杨德祖书》)意大利哲学家、史学家克罗齐在其《美学原理》中也说:"要了解但丁,我们就必须把自己提高到但丁的水平。"一个吹的是东方的洞箫,一个拉的是西方的提琴,乐器虽然不同,但乐理一致。对诗歌的审美欣赏,需要欣赏者有较高层次的、多方面的学识素养,包括对诗歌本身的美学特征和艺术规律的了解。

欣赏古典诗歌，由于时代的不同、生活的变异，古典诗人又特别讲究传承和用典，因此就更加需要欣赏者有充分的知识储备。"茂陵刘郎秋风客，夜闻马嘶晓无迹"，这是李贺《金铜仙人辞汉歌》的开篇，清代研究李贺的专家王琦却批评说："然以古之帝王，而渺称之曰刘郎，又曰秋风客，亦是长吉欠理处。"（《李长吉歌诗汇解》）"茂陵"系汉武帝的陵墓，即使雄才大略如汉武帝，也是秋风中的过客，李贺的思想相当符合自然辩证法，也颇为"新潮"与"先锋"，为王琦所不及。至于王琦批评李贺称汉武帝为"刘郎"不免失敬，这固然是王琦的正统观念作怪，也是他知识上的欠缺所造成的失误，因为唐代人可称父为"哥"（顾炎武《日知录》），也可称"郎"，有时称皇帝亦可为"郎"，清代程鸿诏《有恒心斋集》说："不知唐人称父为郎，皇帝亦曰郎。谓明皇曰三郎，此自其风俗不以为非。"李隆基排行第三，故人称"三郎"。南宋计有功《唐诗纪事》引郑嵎《津阳门诗》："三郎紫笛弄烟月，怨如别鹤呼羁雌。"郑嵎自注云："内中皆以上为三郎。"博学如王琦，尚且不免出错，知识贫乏的读者，恐怕就只能徘徊在诗歌特别是古典诗歌的门墙之外，更谈不上登堂入室窥其堂奥的欣赏了。

除了一般的社会生活知识和书本知识之外，欣赏者还必须具备诗学本身的知识。众所周知，怀乡念远，是当代台湾诗坛在海峡两岸开放以前的习见主题，如亚微的"牵也牵不住的小雨丝丝哪/总在我心深处/挑着，刺绣着/缠绵的乡愁"（《故乡的雨》），彭邦桢的"只因他爱雪景/心头已有个雪境……/而后又手捧一把雪，像是手捧故乡"（《悲雪》），蓉子的"呵/谁说秋天月圆/佳节中尽是残缺/每回西风走过/总踩痛我思乡的弦"（《晚秋的乡愁》），余光中的"而现在/乡愁是一湾浅浅的海峡/我在这头/大陆在那头"（《乡愁》），繁声竞奏，读者可在横向的诗艺比较中提高自己的欣赏水平，同时，也不妨作纵向之透视。

洛夫是出生于湖南衡阳的台湾名诗人，两岸尚未开放时，1979 年 3 月洛夫应邀访港。其时，在香港中文大学任教的诗人余光中驾车，陪他参观

深圳河对岸落马洲之边界,用望远镜眺望故国山河。近乡情怯,他归而作
《边界望乡》一诗。下面是这一名作的第二段:

> 雾正升起,我们在茫然中勒马四顾
>
> 手掌开始生汗
>
> 望远镜中扩大数十倍的乡愁
>
> 乱如风中的散发
>
> 当距离调整到令人心跳的程度
>
> 一座远山迎面飞来
>
> 把我撞成了
>
> 严重的内伤

李白和白居易先后有"人生在世不称意,明朝散发弄扁舟"(《宣州谢朓楼
饯别校书叔云》)与"一夕高楼月,万里故园心"(《江楼闻砧》)之句,王安石
和辛弃疾也分别有"一水护田将绿绕,两山排闼送青来"(《书湖阴先生壁》)
与"遥岑远目,献愁供恨,玉簪螺髻"(《水龙吟·登建康赏心亭》)的警言。
欣赏《边界望乡》,通古今之邮,温今昔之作,读者自可获得更丰富的深层次
的美感,如果再参照如下绝句和七律片段,欣赏的境界当可层楼更上:

> 宿鸟归飞尽,浮云薄暮开。
>
> 淮山青数点,不肯过江来。
>
> ——(元)杨奂《题江州庾楼》

> 郊原草树正凋零,历历高楼见杳冥。
>
> 鄂渚地形浮浪动,汉阳山色渡江青。
>
> ——(清)陈恭尹《岁暮登黄鹤楼》

江州(今九江市)庾楼,乃东晋时江州刺史庾亮所建。从长江对岸淮山之不肯渡江和长江边汉阳山色之渡江,可以从诗学上加深对洛夫"一座远山迎面飞来"这灵思妙想的领悟,你会感到某些新诗论者与作者否定传承与发展本民族诗歌传统的论调,无异痴人说梦,你甚至会承认对传统作创造性的转化的出色新诗,并不会让古典诗歌专美于前。当然,读者是有层次的,欣赏也是有层次的,不必也不能对所有的欣赏者提出一律的要求与期望。一般读者与专家学者的理解诠释也许深浅有别,但诗歌欣赏的美学胜境,却有待更多的高层次读者的积极参与和不断追索。

回答缪斯的挑战——丰富的生活阅历

诗歌欣赏能力的提高,与知识的积累和丰富有关,也与欣赏者生活阅历的丰富与深广分不开。欣赏者直接或间接的生活经验,有助于欣赏指向的正确,也有助于欣赏内涵的丰富和欣赏力的深化。

张继的名作《枫桥夜泊》中有"夜半钟声到客船"之句,欧阳修批评它"理有不通",因为三更不是打钟之时(《六一诗话》)。且不说夜半钟声鸣响传扬在许多唐人的诗句里,并不是张继的一家独奏,直到宋代,叶梦得和陈岩肖还分别证明:"欧阳文忠公尝病其夜半非打钟时,盖公未尝至吴中。今吴中山寺,实以夜半打钟。"(《石林诗话》)"然余昔官姑苏,每三鼓尽四鼓初,即诸寺钟皆鸣,想自唐时已然也。"(《庚溪诗话》)可见,具有实地的生活经验,有助于对诗境的鉴赏;而即使是对同一作品的欣赏,也常常会因为欣赏者阅历的加深而得到新的领会,获得深化的美感体验。宋代诗人黄庭坚中年时曾为陶渊明诗卷作跋,他说:"血气方刚时读此诗,如嚼枯木。及绵历世事,知决定无所用智。"(《跋渊明诗卷》)这就是自道年轻时读陶诗味同嚼蜡,待至年岁已长,历练加深,才解得陶诗的真味。异代异国而同调的是,俄国的大文豪托尔斯泰说他少年时读法国小说家司汤达的作品不甚了了，四十年后重温，才明白作者的匠心，才有了"清楚的理解"。这种欣赏经验具有普遍意义，少年时诵读和有了一定人生经历之后再去讽咏贺知章的《回乡偶书》与李白的《静夜思》，那美感体验的内容难道不是会有深浅广狭之别吗？

读一首好诗，就是回答一次缪斯的挑战。如果缺乏必要的知识积累和人生体验，读者就不能博取胜券，而只能高举白旗，或是落得败北。

与作品的感应和交流——感性的投入，直觉的印象

正如同一个缺乏"音乐的耳朵"的人，无法欣赏伯牙的琴音与贝多芬的交响曲一样，没有必要的知识积累和人生体验，就无法欣赏一首好诗。那么，假如具备了欣赏作品的主观条件，要怎样才能领略到一篇佳作的妙境呢？法国小说家、批评家法朗士在其《文学生活》中有一句名言，我至少读过两种译文，一是"文艺批评是灵魂在杰作中的冒险"，一是"一切真正的批评家都只是叙述他的灵魂在杰作中探幽访胜的经过"。两种译文，各尽其妙，都形象地说明了欣赏或批评文学作品时的心路历程。

欣赏与批评是两个内涵不同而又部分重合的范畴。"批评"的字源出于希腊文，意思就是辨别、审判。文学批评实际上是人类对文学的一种道德的、历史的、美学的评价，一种高层次的心智活动与思维探讨。真正的批评家必然是作品的高明的欣赏者。而欣赏呢？欣赏虽说偏于个人的主观审美判断，但高层次的文学欣赏，实际上也是一种批评活动。对一首好诗的欣赏，是欣赏者的灵魂在作品中"冒险"或"探幽访胜"的过程。我且对这一过程的路标，作一个大致的描绘。

诗是美文学，诗的欣赏是一种审美活动。一首诗作，包括语言和表现艺术两个偏于外在的层面，也包括人生经验和思想内蕴两个偏于内在的层面。欣赏者欣赏一首诗，当然包括对外延与内涵的整体感受和综合探究，

这种感受和探究的历程，基本上是由"感性的投入"（印象）—"理性的参与"（分析）—"感性与理性的融合与升华"（创造）这三个路标所指明的。

诗的本质在于抒情，或者说，诗是一种抒情的文学。欣赏一首诗，起点就是初发的印象、直觉的感受、超乎理性分析的审美感情活动，绝不应该首先就是冷冰冰的数学论证或医生手术刀般的无情解剖，因为那是一种非感受、非审美的态度。年轻的白居易去求见长安名士顾况，顾况在读到他的《赋得古原草送别》之前，先是说"长安米贵，居大不易"，读后又马上改口说"长安米贵，居易何难"，对他大加赞赏。韩愈送客归来极为困倦，少年李贺持诗请见，韩愈一读他的《雁门太守行》就惊叹不止，"却援带，命邀之"而待若上宾。（见张固《幽闲鼓吹》）这都说明优秀作品一读之下就能给人以强烈的美的刺激，同时也证明了对欣赏者所应强调的，首先应是审美感情的投入。是的，诗的欣赏也是一种艺术，首先是感受的艺术，是把握感情内容的艺术，是对审美对象的感情的体验和领悟。袁宏道，是明代"公安派"的三袁（另为其兄袁宗道、弟袁中道）之一，徐文长是稍长于袁宏道的一位在文学艺术方面多才多艺的传奇人物，袁宏道初读徐文长作品时的美感心理，在他所作《徐文长传》序中有一段传神的描述：

> 余一夕坐陶太史楼，随意抽架上书，得《阙编》诗一帙。恶楮毛书，烟煤败黑，微有字形。稍就灯间读之，读未数首，不觉惊跃，急呼周望："《阙编》何人作者，今邪？古邪？"周望曰："此余乡徐文长先生书也。"两人跃起，灯影下读复叫，叫复读，僮仆睡者皆惊起。盖不佞生三十年，而始知海内有文长先生。噫，是何相识之晚也！因以所闻于越人士者，略为次第，为《徐文长传》。

欣赏者作为审美主体，要想与作品这一审美客体发生感应和交流，自己也要具备美的灵心和慧眼，对好作品能做出迅速强烈的"感情反应"，并进而提升自己的精神世界。陶太史，即陶望龄，字周望，初授翰林编修，官至国子监祭酒。明代多以翰林任史馆事，故翰林亦称太史。袁宏道在陶望龄家初读徐文长作品的态度启示我们：欣赏者对于好诗应该有一种直接感知的领悟力，如果作品是出色的，而欣赏者缺乏应有的强烈审美激动，那只能得出欣赏者缺乏足够的美的素养之结论。袁宏道曾经说，徐文长胸中有一段不可磨灭之气，笔下有一股英雄失路、托足无门之悲，所以他的诗作语幽愤微。袁宏道当时读的是徐文长的什么大作，我们已无法请他再加说明了，但"战罢亲看海日晞，大酋流血湿龙衣。军中杀气横千丈，并作秋风一道归"（《凯歌二首赠参将戚公》），"皓态孤芳压俗姿，不堪复写拂云枝。从来万事嫌高格，莫怪梅花着地垂"（《王元章倒枝梅画》），一首赠抗倭名将戚继光，写同仇敌忾的爱国豪情，一首题元末大画家王冕梅枝倒垂画，抒彼此怀才不遇的满腔幽愤，确实都是可令人咏之歌之甚至手之舞之足之蹈之之作。

在作品中寻幽访胜——理性的参与，知性的分析

继感情的投入与直觉的印象之后，更高层次的欣赏活动当然就是理性的参与和知性的分析了。这种依据知识、经验、见解与领悟力所做的理性把握，是对诗作进行深入欣赏的必要步骤。中国古典的主要以诗话词话形式呈现的诗歌评论，强调艺术感受和行文的辞采，片言抉要，直探诗心，不乏精辟之见，而且可读性高，远胜今日习见的土八股与洋八股的批评文字。但这种作为我国诗歌鉴赏主流传统的审美印象式批评，和西方体大虑周、分析细密的诗歌批评比较起来，知性与系统性则均感不足。19 世纪至20 世纪之初的英国哲学家、美学家鲍桑葵曾经认为艺术的美有两类：一类是"容易的美"；一类是"艰难的美"。（《美学三讲》）诗之美大约也有如斯两类吧？如李白的《静夜思》和俄罗斯诗人普希金的《致凯恩》就属于前者，而

李商隐的《锦瑟》、《无题》和英美现代派诗宗艾略特的《荒原》就属于后者。领略"容易的美"尚且需要理性的支持，阐释"艰难的美"就更需要借助于理性的逻辑分析了。如《诗经》中的《秦风·蒹葭》篇与《陈风·月出》篇，同是中国诗史上最早之表现朦胧美的作品，惟其朦胧，所以具有诗的多义性、歧义性，因而解说纷纭。下面援引《锦瑟》全诗与《秦风·蒹葭》中的一章：

> 锦瑟无端五十弦，一弦一柱思华年。
> 庄生晓梦迷蝴蝶，望帝春心托杜鹃。
> 沧海月明珠有泪，蓝田日暖玉生烟。
> 此情可待成追忆，只是当时已惘然！

> 蒹葭苍苍，白露为霜。
> 所谓伊人，在水一方。
> 溯洄从之，道阻且长；
> 溯游从之，宛在水中央。

香港学者、诗学专家黄维樑教授在《迷惘的悲情——李商隐的〈锦瑟〉》一文中说："这些文字，在读者眼前呈现出一个瑰丽、神秘、奇异的想象世界。一字一词莫非诗的组合，散文体的诠释，休想穷尽其涵义。"他又说："《锦瑟》纯以迷离恍惚取胜，从静中见美。它是描写此种境界的杰作，把诗歌艺术的感性美和神秘美发挥至峰巅。而李商隐的晚唐时代，英国仍是文学的史前时期，不要说莎士比亚，就是乔叟也尚未降生。"（《古诗今读》，香港中文大学出版社，1992 年）香港文学评论家璧华认为："永远不断地追寻，这就是生活的真谛。用艺术形式来表现这个诗意的生活真谛的作品，不独外国有，中国也不少……诗中的'伊人'并不是仅指心上人，而是象征着想象中的美的事物……这是《诗经》中最具现代情调的诗作之一，诗里的象征性形象具有十分丰富的内涵。"(《幻美的追寻》,香港天地图书有限公司,1981 年)黄维樑和璧华的意见,就是身为当代学者的他们对上述诗作的深层次的发现。专家之论固然不同于一般读者的欣赏,但对一般读者的欣赏不是具有启示意义吗?

　　今天的读者欣赏古典诗歌,需要从感性到知性。如果不仅有一般历史文化的知识,而且对于当代新的批评方法有所了解,懂得一些诸如系统论、控制论、信息论、现象学、主题学、符号学、新批评、接受美学、原型批评、结构主义等原理,就更加能够在欣赏中通古今之邮,赋古典以新貌,汇通中外,即民族而见世界。如杜甫的《客至》与《登高》,这是两首写作时间不同而情调迥异的作品,历来论者多矣,但香港学者黄维樑却根据佛莱的原型批评的原理予以对比分析,撰有题为《春的悦豫和秋的阴沉——试用佛莱"基型论"观点析杜甫的〈客至〉与〈登高〉》(《中国文学纵横论》,台湾东大图书公司,1988 年)的文章,以西观中,融古入今,从时代季候中见古典永恒,一新读者耳目。古典诗歌如此,欣赏新诗佳作同样需要相当的美学素养与思辨能力,以对作品作理性的疏解与分析,如台湾诗人郑愁予的名作《错误》:

> 我打江南走过
> 那等在季节里的容颜如莲花的开落
>
> 东风不来,三月的柳絮不飞
> 你底心如小小的寂寞的城
> 恰若青石的街道向晚
> 跫音不响,三月的春帷不揭
> 你底心是小小的窗扉紧掩
> 我达达的马蹄是美丽的错误
> 我不是归人,是个过客……

黄维樑曾撰有《郑愁予的〈错误〉》一文予以赏析(《怎样读新诗》,香港学津书店,1982年)。他从多角度探讨此诗的内蕴与诗艺,例如他说诗中写怨情:"其得力处在最后两行,特别在'美丽的错误'数字。'美丽的错误'是所谓矛盾语:错误而谓之美丽,就常理而言,是矛盾的。自布禄克司标举以矛盾语论诗后,谈艺之士,皆能对诗中此类字句,侃侃析论。"不学如我,尽管可以补充说明何其芳早期诗作《花环》的结句是"你有美丽得使你忧愁的日子,你有更美丽的夭亡",郑愁予也许早在《花环》前燃点过一瓣心香,但是,当代西方诗学中的"矛盾语"一词,我却是多年前在黄文中第一次接触到。由此可见,如果欣赏者具备相当的艺术感受力和分辨力,又能兼知中国传统批评和西方现代批评的长处,当更能在佳作中寻访到幽胜的风景。

思接千载,视通万里——欣赏者的艺术再创造

欣赏的最高境界,在于欣赏者将感性与知性结合起来,让自己的心灵与诗人的心灵契合,对诗的境界作艺术的再创造,柳暗花明,别开胜境。

艺术欣赏有时也是艺术创造的同义语。鉴赏想象力是阅读中的审美创造心理规律的一个重要方面,所以19世纪英国诗人、剧作家王尔德曾说,批评家"以艺术作品为起点,从事新的创造"(《王尔德艺术批评文选》)。诗的创作离不开诗人的联想和想象,诗的欣赏也离不开欣赏者的联想和想象。高明的欣赏绝不只是作品内涵的再现和复制,而是作品的延续、扩展与升华。欣赏者在获得审美初感之后,静观默察的审美理智使他展开"视通万里"的空间联想和"思接千载"的时间联想,对诗的意境进行审美再创造,得到属于自己的更多的审美发现与审美喜悦。19世纪法国小说家、剧作家巴尔扎克在《幻灭》中借人物之口说:"真正懂诗的人,会把作者诗句中只透露一星半点的东西拿到自己的心中去发展。"看来,这

位被誉为"法兰西社会生活的书记官"的作家,真是很懂得诗的欣赏的妙谛。

秋日黄昏,山中落日,这是我们许多人都曾经见过甚至习焉不察的景色了,但台湾名诗人余光中却将自然景观化为艺术作品,将生活化而为诗,即他抒写的这一题材的《山中传奇》:

> 落日说黑蟠蟠的松树林背后
>
> 那一截断霞是他的签名
>
> 从焰红到烬紫
>
> 有效期间是黄昏
>
> 几只归鸟
>
> 追过去探个究竟
>
> 却陷在暮色,不,夜色里
>
> 一只,也不见回来
>
> ——这故事
>
> 山中的秋日最流行

聪明的读者,此诗宛如中国古典诗歌中写景的绝句,以少胜多,以短胜长。它能唤醒你的生活经验,唤起你的审美愉悦而参与作品的再创造吗? 每读此诗,我总是忆起古今诗人写黄昏落日的诗,如杜牧的"两竿落日溪桥上,半缕轻烟柳影中。多少绿荷相倚恨,一时回首背西风"(《齐安郡中偶题二首·其一》),如李商隐之姨侄韩偓的"花前洒泪临寒食,醉里回头问夕阳。不管相思人老尽,朝朝容易下西墙"(《夕阳》),如郁达夫的"碧水沉沉水一湾,晚来风景颇清娴。只愁落日红如火,烧尽湖西尺五山"(《日暮湖上》)。我也总是忆起我人生经历中许许多多难忘的山中落日黄昏,多年前秋日登高的湘西白马山之黄昏,乍见而惊艳的当时尚不为众生所知的张家界之黄昏,年轻时和恋人缇萦坐爱枫林而流连忘返的岳麓山之黄昏……

　　"旧书不厌百回读,熟读深思子自知",这是苏轼《送安敦秀才失解西归》中的名句。"旧书"不妨易为"好诗",好诗难得,我们愿天下有更多的真正的好诗;"知音其难哉!音实难知,知实难逢,逢其知音,千载其一乎",这是刘勰在《文心雕龙·知音》中的感叹,知音难逢,我们也愿真正的好诗在天下有更多的知音!

目　录

天机云锦用在我（构思篇）

清辞丽句必为邻(语言篇)

百般红紫斗芳菲(风格篇)

一等襟抱一等诗

（襟抱篇）

人格美的光芒

——屈原《橘颂》

　　每当十月的金风吹红橘林的时节,我总是不禁想起我国古典诗歌史上咏橘的佳篇俊句,尤其是屈原芬芳高远的颂橘之歌。

　　南朝时梁简文帝萧纲有一首《咏橘》:"萎蕤映庭树,枝叶凌秋芳。故条杂新实,金翠共含霜。攀枝折缥干,甘旨若琼浆。无假存雕饰,玉盘余自尝。"就事论事,了无诗味,实在无足观也。不过,自唐诗开始就不同了,张彤的《奉和白太守拣橘》"树树笼烟疑带火,山山照日似悬金",从色彩上点染橘林景色,宛如一幅明丽的水彩;陆龟蒙的《袭美以春橘见惠兼之雅篇,因次韵酬谢》"良玉有浆须让味,明珠无颗亦羞圆",从滋味和形态方面极尽赞美之辞,令人兴味益然;李绅的《橘园》"怜尔结根能自保,不随寒暑换贞心",由物而及人,其中的人生感慨与寄托,更能刺激读者的想象。

　　然而,我国诗史上咏橘的典范之作,还是要首推屈原的《橘颂》:

　　　　后皇嘉树,橘徕服兮。受命不迁,生南国兮。深固难徙,更壹志兮。绿叶素荣,纷其可喜兮。曾枝剡棘,圜果抟兮。青黄杂糅,文章烂兮。精色内白,类任道兮。纷缊宜修,姱而不丑兮。

　　　　嗟尔幼志,有以异兮。独立不迁,岂不可喜兮?深固难徙,廓其无求兮。苏世独立,横而不流兮。闭心自慎,终不失过兮。秉德无

私，参天地兮。愿岁并谢，与长友兮。淑离不淫，梗其有理兮。年岁
虽少，可师长兮。行比伯夷，置以为像兮。

江汉与湖湘地区，是《楚辞》中所称的"南国"的一部分，也是橘树繁茂生长
之地，是橘这一家族的故乡。直到汉代，司马迁的《史记·货殖列传》都还
有"蜀汉、江陵千树橘"的记述。从诗中青春奋发的情感与类似于《诗经》
之四言体裁看来，《橘颂》可以断定为屈原的早期作品。《橘颂》不仅是屈
原的早期之作，而且是诗史上颂橘的首唱，同时也是诗史上第一首真正的
咏物诗。

　　作为诗歌品类之一的咏物诗，虽萌芽于《诗经》，但屈原确实有一空依
傍、独辟蹊径的开创之功。自此以后，六朝展其体制，唐代擅美一时，宋元
明清继承余风，历代都有不少咏物诗的佳作。如唐代张九龄的《感遇·其
七》："江南有丹橘，经冬犹绿林。岂伊地气暖，自有岁寒心。可以荐嘉客，
奈何阻重深？运命惟所遇，循环不可寻。徒言树桃李，此木岂无阴？"他所
继承和传扬的，就正是屈原《橘颂》的永恒的芬芳。在文学创作上，独创性
是才华的主要标志，也是衡量作者对文学发展贡献大小的重要标尺。在
《诗经》中，也有一些咏物的篇章，如有名的《鸱鸮》、《硕鼠》即是，但它们的
艺术手段还只是一种简单的类比，整首诗的构思还是处于一种质朴的原
始状态，可以说是最早的"禽言诗"和有所比喻的诗。几百年之后，由于楚
文化的滋养，也由于吸收了中原文化的成果，屈原戛戛独造的《橘颂》，不
仅为后代的咏物诗创作开拓了宽广的道路，也充分表现了他耀彩飞光的
才华，展现其对诗歌艺术独到的贡献。

　　咏物诗要工于体物，切于状物；要穷物之情，尽物之态。对事物的特
征与形象作传神的描画，是咏物诗第一位的基本功。《橘颂》的前十六句
为第一部分，诗人分别从色泽、形象、香味等多方面颂橘：歌颂橘初夏时
绿叶纷披、白花五瓣的盛景，赞美橘的内蕴洁白、外耀文采的形象，顶礼橘

的不同凡俗、香远益清。——这一切,确是"这一个"南橘的独特形象与特征的艺术概括,读者绝对不会把它和桃李之类的其他果树混同起来。从这里,可见诗人对事物的敏锐观察力与艺术感受力,以及他描形状物的艺术功夫。

咏物诗的写作仅仅止于体物是远远不够的,描摹准确,也许只是客观事物形象的说明书而已。因此,咏物诗既要表现出事物的形象和特征,同时又绝不能局限于事物本身,更重要的是,它既要能入乎其内,也要能出乎其外,也就是要有所"寄托":寄情于物,托物言志,在对事物描形绘神的基础上,表现诗人由此而感发的对生活独到的感受和认识,以及诗人的具有正价值、正能量的胸襟怀抱,从而使读者得到高远的精神感召和思想启示,只有这样,才可以说是咏物诗的上乘之作。"雪虐风饕愈凛然,花中气节最高坚。过时自合飘零去,耻向东君更乞怜",这是宋代陆游的《落梅》。"千锤万击出深山,烈火焚烧若等闲。粉骨碎身浑不怕,要留清白在人间",这是明代于谦的《石灰吟》。"咬定青山不放松,立根原在破岩中。千磨万击还坚劲,任尔东西南北风",这是清代郑板桥的《竹石》。它们不都正是如此吗?

《橘颂》的第一部分主要是写橘,但又并不完全是写橘,这里是弦外有音的;在后一部分的二十句中,对橘的独立不迁、横而不流的坚强性格的咏唱,就更鲜明地表现了诗人的言外之旨。总之,这首诗既是对橘的赞颂,也显示了诗人自己刚直不阿的个性与坚贞高洁的人格,寄寓了诗人的情操和抱负。可以说,字字咏物而又句句咏人,形象描绘和诗人寄托巧妙地在美学构思中交织在一起,正是这首诗艺术上的高明之处,其借物言志的抒情方式,使其成为中国古代咏物诗的范本。

刘勰在《文心雕龙·物色》篇中提出"吟咏所发,志惟深远"之后,历代诗论家对于咏物诗不断提出了许多有益的见解,这种情况在西方的诗歌理论中是颇为罕见的,因为西方的咏物诗远不如中国的咏物诗繁荣,所以在理论上也很少总结。在我国,以清代的诗论家而言,就可以列举如下有关议论:"不粘不脱,不即不离"(王士禛《带经堂诗话》);"咏物诗无寄托,便是儿童猜谜"(袁枚《随园诗话》);"咏物徒人比拟形似,如剪彩为花,毫发毕肖,而生气无有,此时贤颇知所戒……咏物诗须诗中有人,尤须诗中有我。或将我跳出题之旁,或将我并入题之内。咏物之妙,只此二种"(阮葵生《茶余客话》)。更重要的是,屈原不仅文章为百代之祖,其人格与精神更是泽被万世。两千多年前,他将南国嘉橘写进中国诗歌史的第二章之中;两千多年后,我们不仅惊叹于他咏橘之创造性的才华,更要赞美他笔下之橘所闪耀的永恒的人格美的光芒!

　　诗品与人品有时虽然不尽一致,其间情况颇为复杂,但从整体与根本上说来,不论时代如何发展,诗风怎样变化,诗品出于人品,人品奠定诗品,却是千古不易的美学原理。即以杜甫而论,如果他没有忧国忧民的崇高精神,没有民胞物与的博大襟怀,没有至深至醇的人性之美,能写出那么多流传后世感动后人的不朽诗章吗? 清代诗人与诗论家沈德潜在《说诗晬语》中说得好:"有第一等襟抱,第一等学识,斯有第一等真诗。"同为清人的诗论家薛雪,在其《一瓢诗话》中也说:"诗文与书法一理,具得胸襟,人品必高。人品既高,其一謦一欬,一挥一洒,必有过人处。"诗心相通,中外皆然。在爱克曼辑录的《歌德谈话录》中,就记述了德国大诗人歌德的有关见解:"在艺术和诗里,人格确实就是一切。"正因为屈原不仅其诗为百代之祖,而且其人格也为百代之范,所以对他的追怀咏唱才能从古及今,汇成了一阕颂屈或名屈颂的大合唱。

　　我的学生何琼华生于洞庭湖畔,长于汨罗江边,呼吸在《橘颂》与《九歌》的清芬里,她曾作《清平乐·乡村端午》一词:"清明雨后,五月榴花绣。乡下端阳风俗归,糯粽艾蒲香透。　　敲红锣鼓朝曛,龙舟破浪争勋。最喜城居童子,江边学诵《招魂》。"丽句清词,顶礼先哲。当代台湾名诗人余光中从1951年作《淡水河边吊屈原》至今,歌咏屈原之诗已不下十首之多。1999年我陪他去湖南汨罗屈子祠瞻仰,他曾有"烈士的终站就是诗人的起点"的题词。2005年他以此为起句写成《汨罗江神》一诗,在端午节三十万人簇拥的汨罗江边,在六百男女学童的伴诵下领诵此诗。此前,他在长途电话中告诉我,这首诗中的新意与警句是:"急鼓齐催,千桨竞发/两千年后,你仍然待救吗?/不,你已成江神,不再是水鬼/待救的是岸上沦落的我们。"2013年,他又新作《颂屈原》一诗于《联合报》发表,全诗六句:"王冠不锈能传后几代呢/桂冠不凋却飘香到现在/秦王的兵车千轮扬尘/何以一去竟不返/楚臣的龙舟万桨扬波/却年年回到江南。"①这,不正是海峡两岸中国人对屈原永不过时甚至是与时俱进的人格与精神的赞美吗?

---

① 此诗收录于余光中赠我的题有"新书赠故人"字样的诗集《太阳点名》(九歌出版社,2015年),结尾新加了两句:"回到岭南,回到海南/更回到,今日,海峡两岸。"

心灵与胸襟

——阴铿《渡青草湖》

洞庭湖乃南方之巨浸,九州之名湖。它位于湖南省北部,衔远山而吞长江,北通万里长江之浩浩,南接湘、资、沅、澧四水之茫茫。四水汇流于湖之后至岳阳城陵矶三江口入江,然后和长江一起去远赴东海的约会。

洞庭湖,以"神仙洞府之庭"而得名,原为云梦大泽的一部分。在春秋时期的楚方言中,"梦"为"湖泽"之意,与"漭"相通。《汉阳志》说:"云在江之北,梦在江之南。"其时,云梦泽浩浩汤汤、横无际涯于今日的湘鄂两省之间,水域曾达四万平方公里。沧海桑田,云梦泽今日大部分已淤为陆地,只有洞庭湖仍然在江之南苦苦坚持它日渐消瘦的汪洋,让人悠然怀想它昔日全盛时期的盛况。

"楼外楼头雨似酥,淡妆西子比西湖。江山也要文人捧,堤柳而今尚姓苏。"现代作家郁达夫作于 1937 年 7 月的《乙亥夏日楼外楼坐雨》一诗如是说。江山虽美,确实也需要文人的彩笔为它增辉。汉代的司马相如,早在其成名作《子虚赋》中盛赞"云梦者,方九百里"。时至清代道光年间,《洞庭湖志》还说"洞庭横亘八百里,日月若出没于其中"。自屈原在《九歌·湘夫人》中领衔一唱"袅袅兮秋风,洞庭波兮木叶下"之后,自古及今,不知多少墨客骚人吟唱过他们的洞庭之歌。但是,中国诗歌史上最早歌咏洞庭完整且完美的篇章,还是应首推南朝梁、陈之际的阴铿的《渡青草湖》。在他之前，晋、宋之交的颜延之有《始安郡还都与张相州登巴陵城楼作》，齐朝谢朓有《新亭渚别范零陵云》，然而，他们咏洞庭或为断句，或非全璧，而阴铿之作则是专咏洞庭的完美艺术品，乃最早的镇湖之宝：

> 洞庭春溜满，平湖锦帆张。
> 沅水桃花色，湘流杜若香。
> 穴去茅山近，江连巫峡长。
> 带天澄迥碧，映日动浮光。
> 行舟逗远树，度鸟息危樯。
> 滔滔不可测，一苇讵能航？

阴铿，字子坚，先世居于武威姑臧（今甘肃省武威市）。东晋安帝司马德宗义熙年间（405—418），其高祖阴袭随南朝宋武帝刘裕南征，迁居南平郡作唐县（今湖南省常德市安乡县），至阴铿已是第五代。阴铿在梁武帝时曾为湘东王萧绎法曹行参军，陈文帝时为始兴王陈伯茂中录事参军。他与何逊同为南朝有成就的诗人，工五言，诗作清新流丽，其五言格律是由齐梁诗向初唐诗过渡的重要桥梁。杜甫在《与李十二白同寻范十隐居》中，赞美李白"李侯有佳句，往往似阴铿"，傲岸的李白确曾虚心地向阴铿取过经。他的《宫中行乐词·其二》中的"柳色黄金嫩，梨花白雪香"，甚至一字不差地出自阴铿之诗，连借条也没有开具一张。而杜公自己也一则说"阴何尚清省"（《秋日夔府咏怀奉寄郑监李宾客一百韵》），再则说"颇学阴何苦用心"（《解闷》）。杜甫的"薄云岩际宿，孤月浪中翻"（《宿江边阁》），就是化自何逊《入西塞示南府同僚》中的"薄云岩际出，初月波中上"；他的"鱼吹细浪摇歌扇，燕蹴飞花落舞筵"（《城西陂泛舟》），就是源于阴铿《侯司空宅咏妓》的"莺啼歌舞后，花落舞衫前"。上述《渡青草湖》一诗，更是阴铿传世的名篇杰构，犹如一面久经岁月而仍然飘扬高举的旗帜，任何后来人都不能不临风瞻望。

梁朝有湘东郡，治所在今湖南省衡阳市衡阳县，此诗为阴铿任湘东王萧绎法曹行参军时对洞庭湖所作。青草湖又名巴丘湖，南接湘江，北通洞庭，亦即洞庭湖之东南部，因冬季水涸时湖中青草弥望，且南岸有青草山，故名。杜甫《宿青草湖》说"洞庭犹在目，青草续为名"，郑谷《鹧鸪》说"雨昏青草湖边过，花落黄陵庙里啼"，如同古人常有别名一样，青草湖也可视为洞庭湖的别名。

阴铿此诗前十句都为对偶句，是唐代律诗的先声。开篇两句破题，"春溜满"既点明时令，也渲染春来水势浩大，青草与洞庭合一而成为广阔的"平湖"，"锦帆张"则点出题目之中的"渡"。如此大笔开篇之后，即分别以"沅水"与"杜若"来映衬湖水，前者重在视觉之"色"，后者重在嗅觉之"香"。第三、四句写沅水湘流是近景与写实，五、六句写茅山巫峡则是远景与想象。晋代郭璞《江赋》早就有言："爰有包山洞庭，巴陵地道，潜达旁通，幽岫窈窕。"传说君山上有穴道从湖底通向江苏太湖中的洞庭西山（即古包山），而君山的出口处就是柳毅井。今日的游客登上洞庭湖的君山，总喜欢在柳毅井前临波照影，流连拍照，去温习唐代书生柳毅为洞庭龙女传书的神话。1999 年，台湾名诗人余光中应邀访湘，我就曾和他在柳毅井前携手合影，重温阴铿的壮丽诗篇和古代的美丽传说。茅山又名句曲山，在江苏句容县境，山上有汉代茅盈、茅固、茅衷兄弟三人得道成仙之华阳洞。阴铿说洞庭穴道东南与江苏句容县的茅山很近，洞庭之水西北则与巫峡相连，遥启范仲淹《岳阳楼记》中"北通巫峡，南极潇湘"之句。"带天"以下四句，镜头又由远而近，由想象而复归于写实，着力描绘洞庭的碧波浩渺、浮光跃金。其中，"带天"与"映日"两句为大景正写，"行舟"与"度鸟"两句为小景侧写，而侧写之句还照应了开篇的"洞庭春溜满，平湖锦帆张"，进一步补足了题目中的乘舟渡湖之"渡"。《诗经·卫风·河广》说："谁谓河广？一苇杭之。"全诗的结尾反用其意，以疑问句收束，除极写洞庭之浩浩汤汤之外,是否还有针对动乱时局的深层寓意呢,那就只有去问阴铿本人了。

黑格尔在他的《美学》中曾说:"在艺术里,感性的东西经过心灵化了,而心灵的东西也借感性化而显现出来了。"他所说的"感性的东西",指的是客观的外部生活,而他所说的"心灵的东西",指的则是主观的内部生活,也就是我们今天所说的"创作主体"。他山之石,可以攻玉,中国古典文论同样强调创作主体的重要性。清代诗论家叶燮在《原诗》中说得好:"我谓作诗者,亦必先有诗之基焉。诗之基,其人之胸襟是也。"阴铿正是有博大的湖海胸襟,才可能为中国的四大湖泊之一的洞庭湖写出如此气魄雄张的揭幕式之作。且不要说在他之后的孟浩然、李白与杜甫咏洞庭的名篇了,从初唐张说的"巴陵一望洞庭秋,日见孤峰水上浮。闻道神仙不可接,心随湖水共悠悠"(《送梁六自洞庭山作》),到中唐刘长卿的"万古巴丘戍,平湖此望长。问人何淼淼,愁暮更苍苍。叠浪浮元气,中流没太阳。孤舟有归客,早晚达潇湘"(《岳阳馆中望洞庭湖》),到晚唐许棠的"惊波常不定,半日鬓堪斑。四顾疑无地,中流忽有山。鸟高恒畏坠,帆远却如闲。渔父闲相引,时歌浩渺间"(《过洞庭湖》),等等,谁的诗行里,没有阴铿咏洞庭诗或显或隐的遗响与回声呢?

首创,源于秀出群伦的才情,更源于一空依傍、开疆拓土的雄心与胆识,源于深沉博大天空海阔的心灵与胸襟。无论什么领域,美的成功的"首创"都分外可贵,尤其是诗这一崇尚创造的国土。洞庭湖最应该铭记的或者说首先应该铭记的,我想除文章为百代之祖的屈原之外,就应该是阴铿了。

诗好官高能几人？

——张说《送梁六自洞庭山作》

现代人如果也有缘烟花三月下扬州，在扬州城里，就会与"徐凝门"邂逅，和"徐凝路"相逢。扬州人给中唐这位籍贯睦州（今浙江省建德市）的诗人以极高的礼遇，因为他写过一首为扬州增光添彩的《忆扬州》："萧娘脸下难胜泪，桃叶眉头易得愁。天下三分明月夜，二分无赖是扬州。"这首诗亦人亦地，亦此亦彼，是名句与佳篇兼而有之之作，是扬州千年来长盛不衰且不断增值的诗的广告。徐凝的另一首《和夜题玉泉寺》，尽管结句警策动人，但却不怎么为人所知："岁岁云山玉泉寺，年年车马洛阳尘。风清月冷水边宿，诗好官高能几人？"

照徐凝看来，官位高而诗又好的人多乎哉，不多也。虽然古代官高诗好者也代不乏人，如唐代的白居易与韩愈，如宋代的欧阳修与王安石，但那毕竟只是既有兼济天下的抱负又有风发雷奋的诗才之少数，况且他们一般都有贬谪的坎坷经历，让他们从庙堂之高到江湖之远，接触基层生活，体味民意民情。我们不能不承认徐凝言之有理，在过去的时代，爵禄高登而作品上佳者是稀有的另类，文穷而后工或诗穷而后工则是普遍的现象。至于今日盛行的所谓"官员写作"，其中的问题此处姑且置之不论，我只谈谈唐诗人张说及其作品。

字道济又字说之的张说（667—730），祖籍河东（今山西省永济市），后迁居洛阳，故一说是河南洛阳人。武则天垂拱四年（688），中贤良方正科第一，历仕武则天、中宗、睿宗、玄宗四朝，岂止是三朝甚至是四朝元老，并且三度为相，可谓前后三秉大政，掌文学之任达三十年。他文辞庄丽，文思缜密，朝廷重要文诰即今日所云之"红头文件"多出其手。因为他曾封"燕国公"，故与许国公苏颋一起被人美称为"燕许大手笔"。但那些歌功颂德、涂脂傅粉为帝王立言或代言的文字，不管出自何等手笔，今日也只能尘封在历史的深处，冷寂在发黄的书册，只有蠹鱼不时游走其中，或者文史学家偶一问津。他的诗呢，虽然尚有若干可读的篇章，如"客心争日月，来往预期程。秋风不相待，先至洛阳城"（《蜀道后期》），但多的是应制奉和之篇，应景酬唱之作，连篇累牍的《唐封泰山乐章》、《唐享太庙乐章》、《奉和圣制过晋阳宫应制》、《赠崔公》、《赠赵公》等，庙堂之气十足，颂圣之意极浓，只是诗味全无。读这种"诗"，读者的观感除"沉闷"一词已别无选择。

　　幸亏张说到了岳阳，而且前后达三年之久。开元四年（716），张说因故贬相州刺史后转岳州刺史。时近知天命之年，在岳州期间他不仅修建了岳阳楼，还作诗百余首，自编为《岳阳集》。宋人计有功《唐诗纪事》中说他"谪岳州后，诗益凄婉，人谓'得江山之助'"，元人辛文房在其《唐才子传》中也曾大同小异地如是说。张说长期居庙堂之高，"官性"日强而"诗性"日少，一旦处江湖之远，体验了世态炎凉、人情冷暖，接触了下层生活、风土民情，欣赏了山色湖光、自然美景，加之有了较多的闲情逸致，因而诗作自是有了一番新貌。如《岳州守岁二首》："夜风吹醉舞，庭户对酣歌。愁逐前年少，欢迎今岁多。""桃枝堪辟恶，爆竹好惊眠。歌舞留今夕，犹言惜旧年。"如《和尹从事懋泛洞庭》："平湖一望上连天，林景千寻下洞泉。忽惊水上光华满，疑是乘舟到日边。"岳阳城之南的南湖又名滟湖。"南湖秋水夜无烟，耐可乘流直上天。且就洞庭赊月色，将船买酒白云边。"李白咏南湖的这首七绝，是总题为《陪族叔刑部侍郎晔及中书贾舍人至游洞庭》五首之一,乃南湖永恒的注册商标,但张说的七律《灊湖山寺》还在李白之先:"空山寂历道心生,虚谷迢遥野鸟声。禅室从来尘外赏,香台岂是世中情?云间东岭千寻出,树里南湖一片明。若使巢由知此意,不将萝薜易簪缨。"

张说岳阳之作中最出色的,还是那首《送梁六自洞庭山作》,那是被人美称为由初唐入盛唐的里程碑式的作品:

> 巴陵一望洞庭秋,日见孤峰水上浮。
>
> 闻道神仙不可接,心随湖水共悠悠。

唐时习以排行称人,同辈份的兄弟中排行第六的潭州(今湖南省长沙市)刺史梁知微,是张说的友人,秋日经岳阳去长安入朝,张说于巴陵作诗相送,洞庭山即巴陵城西洞庭湖中的君山,故诗题作"自洞庭山"送别。首二句实写洞庭湖山,"望"字为全诗之眼,诗中的洞庭秋色含蓄地表现了迁客骚人的凄婉之情。屈原早在《湘夫人》中就为悲秋定下过基调了:"袅袅兮秋风,洞庭波兮木叶下。"在一望无边的洞庭秋水的广阔背景下,入眼的便是四面环水的君山孤峰,这在构图上便是平面加立体,而"孤"字也透露了友人远去而自己形影相吊的情状。接下来由实入虚:君山自古就号称"神仙窟宅",盛产山珍,也盛产神话传说,据说王母娘娘的银簪曾失手掉落水中,黄帝在那里建台铸鼎之后便成仙飞升,水下还有金堂华屋数百间,是神仙们的安居工程。他们是音乐"发烧友",经常举行盛大的音乐演奏会,"四时闻金石丝竹之声,彻于山顶"(东晋王嘉《拾遗记》)。然而,神话传说毕竟虚无缥缈,如果好事者要去山上水中寻根究底,恐怕只能是乌有子虚,不仅诗意荡然无存,而且有失足溺水之虞。第三句由实境转为虚写,以"闻道神仙不可接"一语宕开,不可接的是神仙,是不是也暗寓友人入朝的九重帝居呢?张说没有明说,结句又由虚入实,结之以"心随湖水共悠悠"，以"湖水"照应开篇的"洞庭"，使全诗构成了一个完美的艺术整体，而且心潮与湖潮一起澎湃，送别友人之情，心系君山之意，重回庙堂之想，均已不了了之，留下的是不绝的余音。清人沈德潜《唐诗别裁》选录此诗并加评论："远神远韵，送意自在其中。"红学家俞平伯之父俞陛云《诗境浅说续编》说："此诗言烟波浩渺中，神仙既不可接，客帆亦天际迢遥。末句之悠悠凝望，即送别之心也。"

张说当政时，以爱才之心奖掖提携了张九龄、贺知章、王翰和王湾等二十多位杰出人才，在岳州任上修建了岳阳楼而让历代诗人吟咏不绝，可谓功莫大焉。他自己的示范之篇《送梁六自洞庭山作》，乃初唐至盛唐历史转型期的七绝代表作。全诗调高韵远，在凡尘与仙界之间，于写实与浪漫之际，对盛唐文学有相当影响。岳阳是我青年时代寓居数年的旧游之地，巴陵道上，洞庭湖畔，留下了我无数足印。春朝秋夜，月夕风晨，我曾将前贤往哲咏叹巴陵胜状的诗文一一实地重温。挥手告别之后，我也曾多次旧地重游，前缘再续。每当我在岳阳楼头凭轩望远而心驰张说之诗，恍兮惚兮，蓦然回首，总怀疑他复发旧地重游之兴而从唐朝远道而来，风尘仆仆，正在登楼。

万里壮游的典礼

——李白《渡荆门送别》

典礼,原为制度与礼仪,后来引申指某种隆重的仪式,如军事上的阅兵典礼,学校里的开学和毕业典礼,纪念性建筑的开工与落成典礼,等等。我借用这一名词,径称李白的《渡荆门送别》一诗是他一生"壮游的典礼",想他会欣然同意吧?

台湾名诗人余光中在《寻李白》中说过:"至今成谜是你的籍贯/陇西或山东,青莲乡或碎叶城/不如归去归哪个故乡?"李白身世如谜,从千年前至今,企图破译还原真相者络绎不绝,虽然争论纷纭,但现在一般认为其祖籍为陇西成纪(今甘肃省天水市秦安县),先祖因故迁居中亚碎叶(今吉尔吉斯斯坦境内托克马克城)。他于公元 701 年降生此处,五岁时随父亲李客迁居绵州昌隆(今四川省江油市)青莲乡。在二十四岁之前,李白在蜀中读书习剑,行游访学,二十五岁始"仗剑去国,辞亲远游"。虽然终其一生写了许多怀乡之作——《静夜思》即其中之一,但他却不知何故始终没有回过故乡。

李白在《春夜宴诸从弟桃李园序》一文开篇就说:"夫天地者,万物之逆旅也;光阴者,百代之过客也。"人生不满百年,从某种意义上来说就是一次旅行,而李白"一生好入名山游",本来就是一位大旅行家,更何况他有志不伸,坎坷不遇,一辈子东漂西泊? 生逢中国封建社会的黄金时代的盛唐,为开放进取的时代精神所感召,他年轻时就怀抱强烈的建功立业的愿望,对未来充满朝霞旭日般的美好憧憬。少壮时离开多山的蜀地,奔出层峦叠嶂的三峡,一望无垠的平野出现在他的眼帘。故乡在身后,他乡在眼前,人生的征程与壮游于斯开始。于是,他笔舞墨歌,写下《渡荆门送别》一诗,有如庆贺与纪念的隆重典礼:

> 渡远荆门外,来从楚国游。
> 山随平野尽,江入大荒流。
> 月下飞天镜,云生结海楼。
> 仍怜故乡水,万里送行舟!

《水经》云:"江水束楚荆门、虎牙之间。"荆门山,在湖北省宜都市西北、长江之南,虎牙山在江北,两山隔水相峙。此地为古时楚国西南之门户,也是楚蜀交界之处。全诗开篇即顺势破题,亦称"开口咬题",也就是从题目与题面写起,"荆门"点明送别地点,"渡远"交代舟行之"来龙","楚国游"则预示远游之"去脉"。一出荆门,蜀地的莽莽群山便隐居幕后,宣告集体失踪,入眼的是浩阔的原野与浩荡的江流。诗的颔联正是写舟行长江之上所见的昼景:一句咏"山"之有尽,一句叹"江"之无穷,而"平野"与"大荒"之阔大景象,表现的也正是青年李白之壮志豪情和他所处时代为后人所艳羡之"盛唐气象"。南朝时齐朝谢朓《暂使下都夜发新林至京邑赠西府同僚》有"大江流日夜"之句,但景仰他的李白之"江入大荒流"却有青出于蓝之美。杜甫后来的《旅夜书怀》有"星垂平野阔,月涌大江流"之壮语,心仪李白的杜甫不知是否从"山随平野尽,江入大荒流"取过经?李杜的俊语豪句前后辉映,惹得后代许多诗评家想评点高下却好不为难。

在颔联描状昼景之后,颈联继之抒写夜景。一写水中之"月",一绘天上之"云"。李白对"月"情有独钟,他现存之诗约有千首,涉及月亮之诗有三百八十二首,几近其作品总数的百分之四十,是痴迷的"月光族"或"追月族",以至余光中在《寻李白》中要说:"樽中月影,或许那才是你故乡/常得你一生痴痴地仰望。"此诗第五句将倒映水中的月轮喻为从九霄空降的"天镜",这是他诗中诸如"金镜"、"圆光"、"瑶台镜"、"白玉盘"等五百个左右对月的比喻中的一个。第六句则由下而上,由水中之月而及天边之云,云气因为光线的折射而变幻成城市与楼台。诗人在抒写极目远望中的景象之后,尾联照应开篇收束上面六句,并由远而近,进一步点明题目中的"送别"。清代诗人兼诗论家沈德潜在《唐诗别裁》中曾说:"诗中无送别意,题中二字可删。"李白是诗坛的顶尖级国手,他怎么会文不对题?或者说题目有"送别"二字而作品却离题万里,留下重大的失误或硬伤让后生晚辈去"斧正"?在李白的心中,故乡是中心藏之,何日忘之,尤其是初出蜀地,单枪匹马出来闯世界,对故乡更是频频回首,充满着眷眷之情。"怜"为"爱"之意,他移情于物地拟人,将可爱的"故乡水"想象为可亲的"送行人"。"仍怜故乡水,万里送行舟",水亦有情,人更可想!如此更不落俗套,而且"万里"与首句的"远"遥相呼应,其中的"送"字可谓诗眼。这,不就既明白又含蓄地表现了"送别"的题旨吗?

　　如果以武林喻诗坛,李白是超一流的武林高手,乃宗师级人物,十八般武艺无一不精,古体诗与绝句更是他的独门绝技。相比较而言,律诗似乎是他的弱项,他崇尚自由与创造,喜欢更为放浪恣肆的天马行空的艺术,热衷独抒性灵而驰骋想象的舞台,不耐烦束缚颇多的律诗的规行矩步。他存诗近千首。但七律不足十首,五律也只七十余首。然而,即使如此,他的七律也有《登金陵凤凰台》、《鹦鹉洲》等超凡脱俗之作,五律的名篇俊句则更多,如"狂风吹我心,西挂咸阳树"之《金乡送韦八之西京》,"浮云游子意,落日故人情"之《送友人》,"山从人面起,云傍马头生"之《送友人入蜀》,"雁引愁心去,山衔好月来"之《与夏十二登岳阳楼》,等等。上述这首《渡荆门送别》,个性高迈,气魄雄张,表现了孟子所云的"我善养吾浩

然之气",也表现了自曹丕、刘勰、钟嵘以来所倡导的源于创作者主体精神
气质的文气与才气。它不仅是李白万里壮游的典礼之作,也是他五律的
代表之篇。此后,他就要遍游神州的名山大川了,如另一位台湾名诗人洛
夫《李白传奇》所说:"去黄河左岸洗笔/右岸磨剑/让笔锋与剑气/去刻一
部辉煌的盛唐。"而我所收藏的唐诗宋词演唱磁带碟片之中,就有当代长
于演唱古典诗词的歌唱家姜嘉锵引吭高歌的这一首。每当乐声乍起,歌
韵初扬,我早就心醉神驰,仿佛已经穿越千年的时空隧道,远去盛唐,和李
白在荆门的长江上把臂同舟并同游了。

笔墨林中大丈夫
——崔颢《黄鹤楼》

一个地方，如果既有山水之美，又具人文之胜，那就可谓璧合珠联，两全其美。武汉黄鹤楼与巴陵岳阳楼以及南昌滕王阁，之所以鼎足而三，并称"江南三大名楼"，就是因为它们不仅皆具地灵，而且均有人杰，且各有不朽的诗文为山川楼阁添色增辉。岳阳楼与滕王阁不必细说了，武昌的黄鹤楼之所以名传遐迩，离不开盛唐诗人崔颢。

崔颢(704？—754)，汴州(今河南省开封市)人。少有才名，开元十一年(723)进士，曾在河东节度使幕中任职，天宝初为太仆寺丞，迁尚书司勋员外郎。他是李白的同时代人，文学史家多将他归入"边塞诗派"的阵营，与高适一起被尊为主将，因为他许多作品都是咏唱边塞征戍之事，格调豪壮，风骨凛然，如《雁门胡人歌》与《送单于裴都护赴西河》等即是。但是，他最为人所传唱的，还是七律《行经华阴》、《黄鹤楼》以及五绝乐府《长干曲四首·其二》，它们都被清代蘅塘退士孙洙收入所编的《唐诗三百首》中，其中尤以《黄鹤楼》一诗最具知名度：

> 昔人已乘黄鹤去，此地空余黄鹤楼。
>
> 黄鹤一去不复返，白云千载空悠悠。
>
> 晴川历历汉阳树，芳草萋萋鹦鹉洲。

日暮乡关何处是？烟波江上使人愁！

黄鹤楼巍然峙立在武汉长江之滨，武昌蛇山之巅。蛇山又名黄鹤山、黄鹄山，从三国时东吴为屯戍之军事需要而于此建楼算起，黄鹤楼至今已有一千七百余年的历史。历代诗人对黄鹤楼吟咏不绝，仅以唐宋而论，唐代的宋之问、孟浩然、王维、白居易、刘禹锡、杜牧和宋代的陆游、范成大等重量级诗人，都纷纷登场演出，而且无一不是"掌声响起来"。然而，为什么只有崔颢赢得的掌声最热烈最持久，甚至连目空一切的李白都要说"眼前有景道不得，崔颢题诗在上头"，而北宋李畋《该闻录》、南宋胡仔《苕溪渔隐丛话》、计有功《唐诗纪事》、刘克庄《后村全集》、元人辛文房《唐才子传》，都要将这一传说记录在案呢？

崔颢此诗之所以在众多咏黄鹤楼的诗作中脱颖而出，一举夺冠，主要原因就在于诗人以俯仰古今的大胸怀大气魄，以极富生命意识与创造活力的生花之笔，抒写了辽阔深远的时空感和苍茫邈远的宇宙感，并且由大及小，对中国诗歌的传统母题"乡愁"作了新颖的表现。

崔颢的《黄鹤楼》一诗，还不是严格意义上的七律，前人指出其乃晋、宋七言歌行之变体，唐人拗律半格之始，但这无妨它为杰构名篇。诗的前四句重在虚写。黄鹤楼以黄鹤命名，本来因为此楼建于黄鹄矶上，而"鹄""鹤"相通，后人附会有仙人乘鹤过此而得名。南朝梁萧子显所著《南齐书》称："仙人子安乘黄鹄过此上也。"而宋人乐史所编之北宋地理志《太平寰宇记》则说："昔费祎登仙，每乘黄鹤于此憩驾。"他将登仙的神话算到三国时蜀国丞相费祎的名下。崔颢登斯楼也，思接千载，想落天外，便借题发挥。此诗前半首只以第二句写黄鹤楼，其他三句则都是从"昔人"落笔："昔人已乘黄鹤去"，首句开始即写"昔人"；"黄鹤一去不复返"，第三句明写黄鹤实"想"昔人；"白云千载空悠悠"，第四句则是"望"昔人了。四句之中叠用三"黄鹤"，而第四句之尾又用叠词"悠悠"，如此更平添了一番抚今追昔的沧桑之情,回环唱叹的音乐之美。总之,四句诗概括的是无尽的时间与无垠的空间,在苍茫阔远的时空意象中寄寓的,是渺小的个体生命在无边无涯时空中一种无可疗治的宇宙性的感伤。

诗人乘着想象的翅膀振羽而飞,进入历史的深处,遨游于九天之上,穿行于时间隧道之中,最后终于由云端而大地,由历史而现实。《黄鹤楼》一诗的后半首重在写实。如果说前半首虚写的是"昔人",那么,后半首实写的则是"今人",包括抒情主人公作者自己。"汉阳",位于武昌之西、汉水之北。"鹦鹉洲",相传是东汉祢衡曾于此作《鹦鹉赋》而得名,洲在武昌蛇山前面的长江之中,唐宋时泥沙淤积成长约二千五百米、宽约四百米的狭长大洲,至清代因江水冲刷而淹没。崔颢首先实写登楼所见,"汉阳"为隔江城郭,"鹦鹉洲"为眼底洲渚,"晴川"点明时间,"芳草"点染景色,而"历历"与"萋萋"之叠词,既呼应了前面的"悠悠",更增强了听觉的音乐美感。诗人于楼头眺望已久,栏杆拍遍,不觉已是日落时分,暮色本来撩人愁思,何况汉末的山东才子王粲避难荆州依附刘表时,去国怀乡,忧时感事,作有千古名篇《登楼赋》,开篇就是"登兹楼以四望兮,聊暇日以销忧"。崔颢由萍踪无定的个人而世间离乡背井的芸芸众生,以"日暮乡关"与"烟波江上"之远近映照的典型情景作结,创造性地抒写了前人曾多次表现过的人所共有的"乡愁"。大约是诗人身处青春奋发的盛唐吧,他笔下的乡愁不像后来许多诗词曲中所习见的那样低沉悲切,如中唐杜牧"不用凭栏苦回首,故乡七十五长亭"(《题齐安城楼》),如南宋李清照"故乡何处是?忘了除非醉"(《菩萨蛮》),如元人马致远"夕阳西下,断肠人在天涯"(《天净沙·秋思》),而是大时代中的一种淡远的哀愁,其中也可见"盛唐气象"的投影。

李白与崔颢生年相近,他初游江汉,在黄鹤楼头邂逅崔颢之诗,大约尚未及而立之年,虽说他对崔作颇为欣赏,但总不免"耿耿于怀"。他的诗多次写到黄鹤楼与鹦鹉洲,但直到二十多年后他已四十七岁之时,才以

《登金陵凤凰台》正式和崔颢一较短长,从韵部与"洲"、"愁"之韵脚即可以看出:"凤凰台上凤凰游,凤去台空江自流。吴宫花草埋幽径,晋代衣冠成古丘。三山半落青天外,二水中分白鹭洲。总为浮云能蔽日,长安不见使人愁!"到了人生的暮年,他从流放夜郎途中赦回,重游江夏,又作《鹦鹉洲》一诗,意在与崔颢再打一次擂台:"鹦鹉来过吴江水,江上洲传鹦鹉名。鹦鹉西飞陇山去,芳洲之树何青青!烟开兰叶香风暖,岸夹桃花锦浪生。迁客此时徒极目,长洲孤月向谁明?"明末清初王夫之似乎自愿做这一场争霸战的裁判,不过他在《唐诗评选》中的判语却是定为平手:"此则与《黄鹤楼》诗宗旨略同,乃颢诗如虎之威,此如凤之威,其德自别。"李白流传至今的七律只有八首,其中就有两首是向崔颢应战之作,虽然说高下难分,但到底是龙凤呈祥,毕竟乃文坛佳话。

　　对于崔颢此诗,历代评家真是名副其实的"好评如潮",不像当今评论作品用此词时大都包含水分。宋人严羽《沧浪诗话》更是力挺崔诗:"唐人七律诗,当以崔颢《黄鹤楼》为第一。"第一与否,事关重大,此论一出,赞成者有之,非议者有之。明代诗人何景明就曾举出沈佺期《古意呈乔补阙知之》(卢家少妇郁金堂)一诗与之抗衡,明代诗学家胡应麟《诗薮》则认为,杜甫的《登高》为"古今七言律第一",那就是旷古绝今,不独限于唐代了。总之,舆论不可也不能一律,谁为第一,恐怕要实行"全民公投"才能决定。倒是清人金圣叹在《贯华堂选批唐才子诗》中说得好,他说崔颢"作诗不多,而令太白公搁笔,此真笔墨林中大丈夫也"。"大丈夫"一词,出自《孟子·滕文公下》:"富贵不能淫,贫贱不能移,威武不能屈,此之谓大丈夫。"后世指有志气、有节操、有作为的不凡男子,金圣叹所赞美的"笔墨林中大丈夫",我以为是指作家诗人群中并不多见的真正的杰出作家,作品中少有的真正的大家气象。他说得真好!我没有开具借条,就径行挪用这一箴言警语作了我这篇文章的题目。

晚潮中的巨浪

——杜甫《江南逢李龟年》

长沙,是秦汉以来的历史名城,源远流长;长沙,也是历代诗人歌哭啸傲的一方胜地,其文化辉光耀彩。作为虽不生于斯却长于斯的长沙人,我以拥有长沙籍贯而自豪,更以长沙拥有深厚的历史文化传统而自傲。长沙与时俱进,与日俱新,穿行在现代的车水马龙中,长年呼吸在高楼大厦的水泥丛林里,我却常常蓦然回首,悠然怀古,在月已不白风已不清之夜,侧耳倾听前人遥远的歌声,其中就包括杜甫的《江南逢李龟年》这一曲千古绝唱:

> 岐王宅里寻常见,崔九堂前几度闻。
> 正是江南好风景,落花时节又逢君!

"安史之乱"中漂泊西南天地间的杜甫(712—770),以五十七岁的老病之身,挈妇将雏,由蜀入鄂而复入湘。从大历三年到大历五年(768—770)夏日,他在湖南漂泊了三年,一叶孤舟寄泊在长沙南门外的南湖港,如一片苍老的浮萍。因避风湿,有时也寄居在湘江之畔的江阁,那是他临时的不知是否有青青柳色的客舍,今日名之曰"出租屋"。杜甫现存的湖湘诗有一百余首,他创作生涯中的最后一首绝句,就是写于大历五年暮春的《江南逢李龟年》。如果说，湖湘诗是杜甫诗歌的澎湃的晚潮，那么，这首诗就是他继初入湖南所作的《登岳阳楼》之后的又一个巨浪。

《江南逢李龟年》一诗在寥寥二十八个字中，容纳了邈远的时间与阔大的空间，而在邈远阔大的时空结构中，诗人又以今昔对比与景物对比的艺术方式，极大地深化了作品的容量。李龟年与彭年（善舞）、鹤年（善歌，亦是歌词写手）兄弟三人，乃著名的市井乐人，即今日所谓之民间艺术家。他们都是唐开元、天宝时代的顶尖艺术人才，其中尤以受玄宗宠幸可以经常出入宫廷的龟年为最。"大历十才子"之一的诗人李端的《赠李龟年》就曾说："青春事汉主，白首入秦城。遍识才人字，多知旧曲名。风流随故事，语笑合新声。独有垂杨树，偏伤日暮情。"他善歌，能作曲，又擅长羯鼓与觱篥（bìlì，古代管乐器，也作筚篥）。宋人乐史所作《杨太真外传》记载李龟年逸事，云唐玄宗宣诏李白立成《清平调》三章，就是由他去"持金花笺宣赐"以进，"上命梨园弟子略约词调，抚丝竹，遂促龟年以歌"。岐王李范是唐睿宗第四子，睿宗登基时封岐王，雅好文艺，宅第在洛阳尚善坊；崔九，即出入禁中与玄宗关系密切的殿中监崔涤，中书令崔湜之弟，宅第在洛阳遵化里。他们的宅第厅堂，可以说是当时洛阳的文艺沙龙和会演中心。

杜甫出生于河南巩县即今巩义市，少年时寄居于洛阳姑母家，以才华秀发的文坛新锐身份与老一辈名流交往，颇得前辈赏识，如同他在《壮游》一诗中所说："往昔十四五，出游翰墨场。斯文崔魏徒，以我似班扬。……脱略小时辈，结交皆老苍。"杜甫年少时多次在岐王宅、崔九堂听李龟年鼓乐和歌唱，而李龟年可说是开元、天宝盛世的一个标志与象征。渔阳鼙鼓动地来，李龟年早于杜甫许多年流落到江南，"每遇良辰胜景，为人歌数阕，座中闻之，莫不掩泣罢酒"（唐人郑处诲《明皇杂录》）。晚唐范摅《云溪友议》也说："惟李龟年奔迫江潭，杜甫以诗赠之曰：……龟年曾于湘中采访使筵上唱'红豆生南国，春来发几枝？愿君多采撷，此物最相思'，又曰

'清风明月苦相思,荡子从戎十载余。征人去日殷勤嘱,归雁来时数附书'。此词皆王右丞所制,至今梨园唱焉。歌阕,合座莫不望行幸而惨然。"在先秦两汉的历史地理中,湖南是江南的核心地区,而湘江之畔的长沙古称潭州,也即是李龟年流落的"江潭"之地。杜甫在长沙是什么场合碰到李龟年这位数十年不见的故人呢?也许是在一次聚会或者宴会上邂逅的吧?空间从北国到南方,时间从过去到现在,这首绝句前两句是忆昔,后两句是伤今,两者互为对比和反衬。"正是江南好风景"一句,暗用南朝宋刘义庆所撰《世说新语》中的故事:"过江诸人,每至美日,辄相邀新亭,藉卉饮宴。周侯中坐而叹曰:'风景不殊,正自有山河之异!'"江南的风景本是而且仍是美好的,但国事已非,彼此都已经徒伤老大,何况偶然相逢还是在花谢花飞令人感伤的暮春?"落花时节"既是写实,也是象征,实写的是相逢的时节,象征的是国势的衰败与个人的沦落,亦如风中飘飞的落花。

杜甫流传至今的诗作一千四百余首,其中五绝五十一首,七绝一百零七首,约占全部作品的十分之一。在《江南逢李龟年》一诗中,今昔之感,盛衰之悲,国事的沉沦,年华的迟暮,时代的巨变,个人的感怆,那种无可奈何花落去的沧桑感与历史感,被二十八字一网打尽而又余韵悠然,刺激读者参与对原诗作联想不尽的审美再创造。这首诗,无论从写作时间还是从艺术价值来说,都堪称杜甫绝句中的"绝唱",即使置于唐人杰出的绝句之林中,也不遑多让。先于杜甫的王昌龄是七绝圣手,李白也是七绝名家,可惜他们等不及杜甫写出此诗了。如果他们有缘读到,该也会击节叹赏的吧?清代剧作家洪昇的代表作《长生殿》也是写明皇旧事,其中重要人物形象之一就是李龟年,他的唱词就有"当时天上清歌,今日沿街鼓板"、"唱不尽兴亡梦幻,弹不尽悲伤感叹,凄凉满眼对江山"之语。杜甫的上述绝句,对洪昇的创作自然是有所启发的了。

杜甫,不仅是诗国的众体皆工的多面手,也是诗家的挽弓当挽强的射雕手。今天,究竟有多少从事新文学创作的作家,可以和杜甫一较短长呢? 究竟有多少诗人,在晚年仍会写出传之后世的杰作呢? 究竟有多少抒写湖湘的新诗,可以望杜甫湖湘诗的项背呢? 早在 20 世纪 70 年代,没有来过湖南的台湾诗人余光中,为了表达他对诗圣的仰慕追怀,就曾写过《湘逝——杜甫殁前舟中独白》一诗,诗中写道:"况又落花的季节,客在江南/乍一曲李龟年的旧歌/依稀战前的管弦,谁能下咽? /蛮荆重逢这一切,唉,都已近尾声。"1999 年的秋日他初访湖南,我陪他去长沙湘江岸边仰天俯水,去千年前历史的烟云深处,寻觅贬谪于此的贾谊的遗踪,寻觅杜甫贫病交迫的暮年和忧国忧民的诗篇。我指着江畔一叶颇为沧桑的帆船说:"光中兄,那就是杜甫漂泊湖湘所乘的客舟,《江南逢李龟年》就是在那船舱中写成的吧?"余光中沉思有顷,笑而作答:"你是天开异想,我是不胜低回啊!"

生命品格与高远襟怀

——刘禹锡《秋词二首》

　　唐代的朗州即今日湖南洞庭湖之西的常德市,如今已然是一个现代化的都会。大道纵横,车水马龙,白天市声嚣嚣,夜晚华灯灼灼。沅水傍城而过,凭堤而建的是长达三千米的中国常德诗墙,镌刻古今诗人包括港台与海外华人诗人的上选之作于青岗石上,临水而歌,宛如阵容超豪华的合唱团。领唱的当然是文章为百代之祖的屈原了,时至中唐,刘禹锡也以他的《秋词》加盟,让五湖四海络绎不绝的游人观赏江城胜景时,也倾听他清刚豪放的千古歌声。

　　在中唐的著名诗人中,元稹是鲜卑人的后裔,白居易是龟兹(qiūcí)人的后代,刘禹锡则是匈奴人的远支。祖籍河南洛阳的刘禹锡(772—842),出身于诗礼簪缨之族,家学渊源、名师指点加之刻苦自励,他成长为一位胸怀鸿鹄之志的青年才俊。贞元九年(793),二十一岁的他通过礼部考试进士及第,接着通过"博学鸿词科"这一皇帝亲自制举的特别考试,随后于贞元十一年登吏部取士科,也就是通过了吏部举行的选拔考试,较杜牧两登科第后自诩的"两枝仙桂一时芳"还多出一枝。"安史之乱"后的中唐,藩镇割据,宦官专权,朝政腐败,民生凋敝,唐帝国如日中天已成往事,现实状况是弊病丛生、江河日下。永贞元年(805)唐顺宗李诵即位,锐意革新,王叔文、刘禹锡、柳宗元成了革新集团的核心人物,共同拉开了"永贞革新"的生机勃勃的序幕。然而，这场政治革新不及半年便黯然收场，并非中途夭折而几乎开始就是结束，原因是革新的对立面守旧派也就是既得利益集团的拼死反对。顺宗先则因病内禅，随后突然崩逝，暗箱操作上台的宪宗李纯登上权力顶峰刚过三日，对革新派的反扑打击就如雷电骤至：王叔文贬为渝州（今重庆市）司户，翌年赐死；其他被宋代王安石誉为"皆天下之奇才"的八位骨干分子无一幸免，均被贬为远州司马，史称"八司马"。刚过而立之年的刘禹锡，官阶由独当经济财政重任的正四品上的朝廷大员，直线降黜为从六品下无职无权且非正式干部编制实为管制人员的"朗州司马员外置同正员"。如扬波击浪的征帆突然被风暴掀翻，如振翅长飞的鹰隼突然被暗箭射落。于是，朗州的山山水水，就有幸陪伴了不幸的诗人整整十年艰难岁月。

苦难对于有志之士是磨刀石，也是试金石。刘禹锡存诗约八百首，多讽兴之作，与柳宗元并称"刘柳"，与白居易并称"刘白"。朗州十年，刘禹锡创作了二百多首诗词和三十余篇文赋，不仅占他全部作品的四分之一强，而且其中有不少佳篇胜构，汇为他创作的第一个高潮。不同凡俗、秀出群伦的《秋词二首》，就是这一高潮中的巨浪：

> 自古逢秋悲寂寥，我言秋日胜春朝。
> 晴空一鹤排云上，便引诗情到碧霄！

> 山明水净夜来霜，数树深红出浅黄。
> 试上高楼清入骨，岂如春色嗾人狂？

在第一首诗中，"自古"与"我言"对举成文，相激相荡，相反见意，是中国古典诗论所谓的"矛盾逆折"，西方现代文论与诗论称之为"矛盾法"、"抵触法"或"反证法"。悲秋，不分族别也不分国界，是普遍的人所共有的人性人情。19世纪法国象征派诗人马拉美的散文《秋》，将孤独寂寞的悲秋之情写得哀婉之至；美国现代著名诗人弗罗斯特在《我的客人，十一月》中，也说秋天是"秋雨绵绵的晦日"；在中国，秋天，特别是深秋的萧条肃杀，从生理与心理上总是引起多愁善感的文人的愁苦之情，而文人往往命运多舛，于是"悲秋"便成了古代诗文的一个母题，也成了中国文人诗歌的一个源远流长的意象传统。早在屈原的《九章》中，凛冽的秋风至少就有三处起于纸上："欸秋冬之绪风"、"悲秋风之动容兮"、"悲回风之摇蕙兮，心冤结而内伤"。因为宋玉《九辩》有"悲哉秋之为气也！萧瑟兮，草木摇落而变衰"之句，历来宋玉就被认为是中国诗文的"悲秋之祖"，这实在是后人上错了香火，本应供奉在老师灵前的牌位，却错给了学生。直至刘禹锡之前，文人们的咏秋之作无非天下一统、舆论一律地悲秋，"嗟秋日之可哀兮，谅无愁而不尽"（潘岳《秋兴赋》），"秋风起兮寒雁归，寒蝉鸣兮秋草腓"（萧绎《秋风摇落赋》），"苍茫望落景，羁旅对穷秋"（庾信《秋日诗》），"水流寒以归海，云横秋而蔽天"（李白《悲清秋赋》），"玉露凋伤枫树林，巫山巫峡气萧森"（杜甫《秋兴》），即使如大诗人李白与杜甫，都未能免俗。总得有人出来抬抬杠、唱唱反调吧？尽管众士诺诺，终于有一士谔谔，"我言秋日胜春朝"，这位唱反调的持不同诗见者，就是被白居易赞誉为"诗豪"的刘禹锡。

刘禹锡有足够的资格与充分的理由悲秋。他从风云际会的政治舞台的中心长安，沦落到朗州这一僻远荒凉的下州小郡（当时只辖武陵、龙阳两县，仅有9360户，人口不足45000人），而且是一贬长达十年，其间结婚不久的妻子薛氏因病早逝，婴儿嗷嗷待哺，他自己不仅内心郁闷痛苦，而且因不服水土而多疾相侵，缠绵病榻。然而，他却始终也没有承认那些何患无辞的强加之罪，始终没有写什么"检讨书"、"认罪书"，而是坚持人格的独立与尊严，并且以《秋词二首》一以歌秋日晴空，一以颂秋日山野，张扬自己的生命价值与人格力量。第一首前二句议论，所论精警，后二句写景,以景结情。第二首以大小结合的手法,进一步表现秋日何以胜于春朝:空间由天上而地下,焦点由白鹤而红叶,色彩明亮热烈,境界开阔深邃。原来秋日胜于春朝之处,既在于秋日之高远,也在于秋日之澄清。诗人就是如此另类地表现了他乐观顽强的生命品格、豁达豪放的内在襟怀,也显示了他倔强的永不向恶势力屈服的铮铮风骨与人格力量。和他以后的如《元和十一年自朗州召至京,戏赠看花诸君子》以及《再游玄都观》等许多作品一样,《秋词》既是诗人的自白自励,也是对迫害者的示傲示威。

　　老诗人丁芒从南京来游巴陵,正逢秋日,他想起刘禹锡的《秋词》,即兴作七律《洞庭诗会即将举行,王巧书担心阴雨扫兴,作诗解之》:"轻风细雨也多情,莫道秋光只许晴。云梦气增千丈雾,洞庭波覆一天星。楼台泼墨凝神重,山叶渲红耀眼明。况是诗情如纵马,怎因纤芥废长吟!"前波与后浪,都是壮采豪情。不仅是中国之最也是世界之最的"常德诗墙",其上就镌刻有刘禹锡的《秋词二首》,我曾作散文《秋之颂》以记,收在我的由人民文学出版社出版的《彩笔昔曾干气象——绝句之旅》一书之中。长堤谁与上?长记秋晴望。当我每回捧读《秋词》之时,尤其是实地在常德诗墙前沅水大堤上吟诵这一诗章,刘禹锡诗中的那一只白鹤啊,仍然高翔在千年后的碧霄之上和我的心上!

史识与史胆

——李商隐《梦泽》

咏史怀古诗这一风姿特异的花的家族,于六朝前就出现在我国诗歌园林中,东汉班固的《咏史》、建安七子之一的王粲的《咏史诗》、西晋左思的《咏史》八首,可以说是这一花之家族的最初的蓓蕾了。其后不久,东晋陶渊明、南北朝鲍照和庾信的众多咏史篇章,就是奇葩初放。在唐宋两代,这一支花的家族更加门户昌盛,陈子昂的《登幽州台歌》,王维的《西施咏》,李白的《越中览古》、《登金陵凤凰台》,杜甫的《咏怀古迹五首》、《蜀相》,刘禹锡的《西塞山怀古》、《乌衣巷》,杜牧的《泊秦淮》、《题乌江亭》,王安石的《桂枝香·金陵怀古》,苏轼的《念奴娇·赤壁怀古》,辛弃疾的《南乡子·登京口北固亭有怀》、《水龙吟·过南剑双溪楼》,刘过的《六州歌头·题岳鄂王墓》,等等,争奇斗艳,将古典诗歌的园林装点得愈益绚丽多姿。

在咏史怀古诗的创作方面,李商隐(约813—约858)不仅是数量多而且是质量也高的诗人。在李商隐登上诗坛之前,唐代的诗歌已经耀彩飞光,出现过李(白)杜(甫)诗和韩(愈)白(居易)诗两次大的高潮,如果还想充当诗坛的"弄潮儿向涛头立"的角色,那就非有不凡的才力和身手不可。然而,晚唐的李商隐却以他别有天地的咏史诗、无题诗和爱情诗,以及兴寄深微、婉曲含蓄的独特风格,为自己在唐诗史上赢得了相当重要的地位。才华如多棱的钻石面面生辉,李商隐的诗各体兼长,但最能体现他"沉博绝丽"的富于象征、暗示特色的诗,还是他的七律和七绝,《梦泽》就是其中出色的一首:

> 梦泽悲风动白茅,楚王葬尽满城娇。
> 未知歌舞能多少,虚减宫厨为细腰。

大中元年(847)五月至大中二年(848)二月,李商隐在桂州刺史、桂管防御观察使郑亚幕府中做了将近一年的幕僚。因郑亚被贬,李商隐三四月间从桂林起行,五月至潭州,夏秋之交从江陵改陆路去长安,北归的行程时间共达半年之久。《梦泽》一诗,就是诗人写于这一时期的作品。关于咏史怀古诗的写作,前人有许多议论:如"怀古必切时地"、"己有怀抱,借古人事以抒写之,斯为千古绝唱"(沈德潜《说诗晬语》),"咏史以不着议论为工"(薛雪《一瓢诗话》),等等。现在,且看李商隐是如何施展他的才情与身手的吧!

　　云梦泽,是楚国的故地,古时楚国每年要向周王室贡献包茅。敏感而博学的诗人经过这里,自然要唤起他的历史回想,何况眼前是悲风阵阵,白茅萧萧。然而,楚国的历史相当长久,可写的事情太多,诗人从什么角度着眼,又从什么方面下笔呢? 我们看到,他的笔锋指向了有名的荒淫君主楚灵王。《韩非子·二柄》:"楚灵王好细腰,而国中多饿人。"《后汉书·马援传附马廖传》:"传曰:……楚王好细腰,宫中多饿死。"诗人撷取了这一历史故实而予以集中的特写:"楚王葬尽满城娇!"这样,前面的悲风白茅的描写,就不仅仅是引发诗人联想的契机,而且也是对那一悲剧故事的气氛渲染和环境烘托了。

　　诗的前两句写的是一派荒凉肃杀的景象,诗的后两句却回溯那轻歌曼舞的昔日:楚王为了宫女们在跳舞时能翩若惊鸿,步步生花,以满足自己贪得无厌的感官享受，有意无意使得宫女节缩她们的饮食。而宫女们呢，主要是迫于帝王的淫威，当然有的也是为了邀宠，便纷纷减食以瘦损自己的腰肢，这样，腰纤细了，生命也断送了。这首怀古诗，直接揭露的是历史上最高统治者的糜烂腐朽。但是，它的整体形象还有着更为深广的概括意义，它借古讽今，告诫当时的统治者要吸取楚国亡国的教训，任何王朝的崩溃与灭亡，主要是内因而非外因，概莫能外。同时，它不仅抒发了一种深沉的"兴亡"之感，也悲悯楚国宫人们的悲剧命运，字里行间，似乎还表现出对那些争名于朝、争利于市、趋炎附势、讨好当局的士人的嘲讽。是的，一首真正的好诗，往往并非单义，它的内涵从来不是简单的三言两语可以说尽的，它总是具有内蕴的丰富性和启示的多样性，《梦泽》一诗也正是如此。

清代纪晓岚对李商隐诗的评价本是颇多贬抑的，但他评点此诗时却曾说："繁华易尽，从争宠者一边落笔，便不落吊古窠臼。"（《李义山诗集》）终生不仕的清诗人屈复《玉谿生诗意》也说："制艺取士，何以异此，可叹！"而当代诗家刘逸生在《唐诗小札》中却联系李商隐的生平遭遇，认为这首诗也许还有"自嘲"的意义。真所谓仁者见仁，智者见智。而其他读者在欣赏——对原作的艺术再创造的过程中，不妨还可以有自己独到的领悟与合理的解释。这就充分说明，李商隐的诗寄托遥深，含意隽永，在扩大诗的信息量和展拓诗的意境方面，颇具艺术的匠心，对诗歌艺术的发展，具有不可忽视的贡献。

诗，不可罗列和堆砌生活现象，不要写得太直太露，而要努力让读者通过诗的意象联想到更多更深远的东西，咏史怀古诗的写作也是这样。咏史怀古诗，其咏写对象是历史题材与历史人物，其要素是史实、史识、史胆，而文学性当然是作为"诗"的题中应有之义。因此，咏史怀古诗创作首先要还原历史的真相，即它的本来面目，排拒"戏说"与"粉饰"，更不容颠倒黑白地"伪造"，做到文学性与历史真实性的统一。如同司马迁写作《史记》独具史实与史胆一样，要不为贤者讳，不为尊者讳，不为当权者当政者当朝者讳，要表现出作者的独立的见解与思想的锋芒，做到咏史与抒怀的统一。

意大利史学家、哲学家克罗齐说："一切历史都是当代史。"(《历史学的理论和实际》)咏史怀古诗并非为古而古，而应是以今观古，以古鉴今，古今互证与互照，做到咏古与观今的统一。"湘波如泪色漻漻，楚厉迷魂逐恨遥。枫树夜猿愁自断，女萝山鬼语相邀。空归腐败犹难复，更困腥臊岂易招。但使故乡三户在，彩丝谁惜惧长蛟？"李商隐写于同一时期的《楚宫》，写屈子冤魂之沉痛，寄自己深沉之哀思，讽现实之积弊沉疴，乃至于直指"腥臊"与"腐败"——今日泛滥的现象与流行的词语，也具有如上所述的思想锋芒与美学规范。然而，要使咏史怀古诗特别是吟咏评论现当代历史的诗达到可讽可诵可传的程度，而非文过饰非，涂脂傅粉，使自己沦为吹鼓手和唱诗班的角色，诗人就必须具备如下的条件：骨有钙质，眼有卓识，笔有寄托，言有远情。

登临览胜的时代悲歌

——陈与义《登岳阳楼二首》

范仲淹千古名文中气象万千的巴陵郡，是岳州（即岳阳）富于诗意的别名。位于湖南北部长江南岸的岳阳，今日已是一个车如流水马如龙的现代都会，它不仅是山水俱胜之嘉区，而且是历史人文之名城，且已成为天下游人熙来攘往的胜地。"袅袅兮秋风，洞庭波兮木叶下"，自从屈原行吟泽畔，在《湘夫人》中领衔一唱之后，历代诗人便纷纷登场。他们对巴陵胜状各具怀抱的讴歌，汇成了一部宏大多彩永不谢幕的大合唱，北宋与南宋之交的杰出诗人陈与义，就是合唱团中的一位。

陈与义（1090—1138）祖籍四川青神，曾祖陈希亮任凤翔知府时，苏轼是其僚属。后来希亮迁居洛阳，后世即以洛阳（今河南省洛阳市）为籍，而籍贯长沙出生于洛阳的我，也有幸可攀附陈与义为半个同乡。陈与义字去非，号简斋，少年时在家乡已有"诗俊"之名，徽宗政和三年（1113），他以太学上舍生即优等生的资格免试进士及第，时年二十三岁。本以为人生道路上会铺满阳光与鲜花，却不料多的是阴霾与荆棘。他所任不过是开德府（今河南省濮阳市）教授以及文林郎、太学博士之类的闲曹冷职，还时遭贬斥。徽宗宣和六年（1124）更是被贬到陈留（今河南省开封市东南陈留镇）做了一个征收酒税的芝麻小官。这一时期，陈与义的诗不乏清词丽句，如《和张矩臣〈水墨梅〉五绝》之一的"自读西湖处士诗，年年临水看幽姿。晴窗画出横斜影,绝胜前村夜雪时",如《襄邑道中》的"飞花两岸照船红,百里榆堤半日风。卧看满天云不动,不知云与我俱东"。但这些作品毕竟好像小花小草的盆景,虽然可以使人获得赏心悦目的美的享受,却缺乏荡气回肠的力的震撼,而那些抒写郁闷牢骚的诗章,如"二十九年知已非,今年依旧壮心违。黄尘满面人犹去,红叶无言秋又归。万里天寒鸿雁瘦,千村岁暮鸟乌微。往来屑屑君应笑,要就南池照客衣"(《以事走郊外示友》)之类,也仍然未免局促于个人的得失荣枯的小天地,而缺乏登高壮观天地间之忧国忧民的大气象。

国家不幸诗家幸,时代成全和成就了诗人。靖康二年(1127)正月,金人攻下汴京(今河南省开封市),徽、钦二帝被掳。在狼烟阵阵马蹄声声中,长达一百六十七年的北宋王朝寿终正寝,而苟延残喘一百五十二年的南宋,则在君臣与百姓的仓皇南渡与南奔中拉开了序幕。这是一个铁与血的时代,这是一个天崩地坼的时代,这是一个壮士挥戈、英雄抗敌而昏君当道、奸相弄权的时代,这是一个志士仁人黎民百姓心存中兴希望而实际上江河日下的绝望的时代。陈与义从陈留避难南行,前后三年,几经辗转,艰苦备尝,家国之恨与身世之愁齐来眼底与心头,不到四十岁就已早生华发。南宋高宗建炎二年(1128)早秋时节,他终于来到岳阳,次年秋日离开,先去广东,后奉诏赴南宋朝廷所在地浙江绍兴。在岳阳的一年多中,本来就崇尚杜甫的陈与义,其诗风发生了深刻的变化,由个人而时代社会,由小我而天下苍生,意境宏阔深远,音调苍凉悲壮,留下了许多可圈可点可咏可歌的篇章,《登岳阳楼二首·其一》便是代表:

> 洞庭之东江水西,帘旌不动夕阳迟。
>
> 登临吴蜀横分地,徙倚湖山欲暮时。
>
> 万里来游还望远,三年多难更凭危。
>
> 白头吊古风霜里,老木沧波无限悲!

在萧瑟的秋风声中,在西下的夕阳影里,漂流湖湘的诗人登上了风光依旧的岳阳楼。江山形胜如故,但国事已非,心情有异,前人说此诗"远诣老杜",他确实是承续传扬了杜甫的香火。"登临"、"徙倚"之句已使我们想起杜甫《登岳阳楼》的"昔闻洞庭水,今上岳阳楼。吴楚东南坼……凭轩涕泗流";"万里"、"三年"之辞,更使我们忆起杜甫《登高》的"万里悲秋常作客,百年多病独登台"。至于"风霜",当然主要是指节候,也可令人联想到当时的严峻形势,而"老木沧波"则既是眼前所见的景物,也可视为憔悴早衰、悲从中来的诗人的自画像吧?

　　靖康难中,流离颠沛,他因此才写出了许多忧国忧时的作品,成为南北宋之交的杰出诗人。他的《无住词》只有十八首,但清人纪晓岚竟认为其词在黄庭坚、陈师道之上。如流落湖南衡山时的《虞美人·大光祖席,醉中赋长短句》:"张帆欲去仍搔首,更醉君家酒。吟诗日日待春风,及至桃花开后却匆匆。　　歌声频为行人咽,记着尊前雪。明朝酒醒大江流,满载一船离恨向衡州!"如在去世之前不久所作的《临江仙·夜登小阁,忆洛中旧游》:"忆昔午桥桥上饮,坐中多是豪英。长沟流月去无声,杏花疏影里,吹笛到天明。　　二十余年如一梦,此身虽在堪惊。闲登小阁看新晴,古今多少事,渔唱起三更!"苍凉感慨,其中有不尽的欲说还休的家国之恨。而《临江仙》一词,特别是它的结尾,恐怕也启发了明代杨慎写出"白发渔樵江渚上,惯看秋月春风"、"古今多少事,都付笑谈中"(《临江仙》)吧?

　　同一株树上没有两片完全相同的叶子,同一根枝上没有两朵完全相同的花蕾,何况是杰出诗人笔下的作品? 就诗而言,陈与义还有两首题材与主题相同却别开天地之作,可以与上述《登岳阳楼二首·其一》互参。一是《巴丘书事》:"三分书里识巴丘,临老避胡初一游。晚木声酣洞庭野,晴天影抱岳阳楼。四年风露侵游子,十月江湖吐乱洲。未必上流须鲁肃,腐儒空白九分头!"一是《再登岳阳楼感慨赋诗》:"岳阳壮观天下传,楼阴背日堤绵绵。草木相连南服内，江湖异态栏干前。乾坤万事集双鬓，臣子一谪今五年。欲题文字吊古昔，风壮浪涌心茫然。"壮声英概，激越苍凉，它们是同一题材与主题的动人变奏。

古老的岳阳楼早已重修。近日在岳阳楼之侧洞庭湖之滨，更建成了长一公里有余、占地三十万平方米的"岳阳楼新景区"。沿湖镌刻自屈原以来昔贤今人之诗于石上，贯以铁链，市民游客既可凭眺湖光山色，也可观赏诵读自屈子以还包括陈与义在内的历代吟咏巴陵胜状的优秀诗章。因我在岳阳栖迟多年，主事者乃戏剧名家吴傲君，他嘱我的学生、名词人蔡世平敦请我赋诗以刻石。前贤在上，我三谢不能，只得作《咏洞庭》以报命："范相文章北斗高，杜公诗得凤凰毛。洞庭借我新台砚，好写胸中万古潮！"湖山虽然依旧，景观已与时俱新。陈与义晚年卜居浙江桐乡县北、湖州之南的青墩镇，作上引之《临江仙·夜登小阁，忆洛中旧游》。我十分喜欢这首词，那种人生与时代的悲剧感和风流文采，使我恻然心动，怦然心喜，悚然心惊。陈与义如果再来，我愿意陪他重游巴陵故地，听他追昔抚今，咳唾成珠，看他由悲而喜，笔舞全新的胜构佳篇。

词家射雕手

——张孝祥《六州歌头》

在宋代诗词的国土上，苏轼和辛弃疾是豪放派的代表人物，他们就像拔地而起的两座奇峰，时隔百年而南北相望。在两峰之间，还有广阔的原野，赵鼎、胡铨、岳飞、张元干、张孝祥等人，继承了苏轼壮词的传统，胸中激荡着南渡以后的时代风云，曾在其间弯弓盘马，往来驰骋，而张孝祥，更可以说是他们之中的词家射雕手。

出生于1132年的张孝祥，字安国，号于湖，历阳乌江（今安徽省马鞍山市和县）人。宋王朝南渡之初，主战派与主和派斗争激烈，他是坚定的主战派。然而，在他所处的那个昏君当朝奸臣当道的艰难时世里，他的政治抱负是注定不能实现的。他几度受到排挤，先后出守桂林、长沙、荆州诸地，卒时年仅三十九岁。他是文章家，有《于湖居士文集》四十卷，此外，还有《于湖词》行世。他的词，以《全宋词》辑录最为完备，共二百二十三首。

在词史上，张孝祥是上承苏轼下启辛弃疾的重要桥梁。他十分推崇苏轼，曾经问门下的宾客："我比东坡何如？"谢尧仁回答说："以先生笔势，读书不十年，吞东坡有余矣。"（见清人王士禛《香祖笔记》）可惜在内忧外患、心力交瘁的情形下，张孝祥只活了三十九岁，现存词虽有二百多首，但还来不及有更大的建树。说他以后可以压倒苏轼，我们已经无法得知，那应是门客不免面谀的预判,但"纵横兀傲,亦自不凡(《〈四库集部·于湖集〉提要》)"八字,他的确当之无愧。试看他的《六州歌头》:

> 长淮望断,关塞莽然平。征尘暗,霜风劲,悄边声。黯销凝!追想当年事,殆天数,非人力。洙泗上,弦歌地,亦膻腥。隔水毡乡,落日牛羊下,区脱纵横。看名王宵猎,骑火一川明,笳鼓悲鸣,遣人惊。

> 念腰间箭,匣中剑,空埃蠹,竟何成!时易失,心徒壮,岁将零,渺神京。干羽方怀远,静烽燧,且休兵。冠盖使,纷驰骛,若为情?闻道中原遗老,常南望,翠葆霓旌。使行人到此,忠愤气填膺,有泪如倾!

这首词大约写于宋孝宗隆兴二年(1164)。1161年冬,虞允文在采石矶击败金主完颜亮率领的南侵大军,不久,完颜亮本人也被部下杀死。当时,镇守在江西抚州的张孝祥听说这次南渡后罕有的"采石矶大捷",十分振奋,在《水调歌头·闻采石战胜》一词里,抒发满怀的喜悦之情:"剩喜燃犀处,骇浪与天浮!"但是,他同时也对权奸当道国事难以收拾表示了他的隐忧:"赤壁矶头落照,汜水桥边衰草,渺渺唤人愁!"可悲的是,诗人真是不幸而言中了。

隆兴元年(1163),主战派张浚出师江淮,先收复宿州,但后来由于种种原因在符离(介于安徽省宿州、淮北和江苏省徐州三市之间)溃败,主和派因此又重新得势,次年冬达成和议,宋、金以淮河为界。据清人沈辰垣等人编纂《历代诗余》所引宋佚名撰《朝野遗记》记载,张浚都督江淮军马,开府建康(南京),张孝祥为都督府参赞军事,并领建康留守。张浚召集山东、河北抗金志士于建康上书反对和议,张孝祥即席赋此《六州歌头》一词,张浚读后感慨万千,为之"罢席而入"。八百年后我们来读此词,仍可想见当时诗人"笔酣兴健,顷刻即成"的豪壮风采和不凡身手。

"长淮望断,关塞莽然平",词的起句即大气包举,笼罩全阕。从全篇的词意看,其中的"望"字,不仅说明诗人在登高眺远,而且是竟夕凝眸,苍茫景物奔来眼底,万千感慨齐上心头;从全词的章法而言,这个"望"字高踞题顶,是上阕的词眼,直贯下面的十余句,此之谓"笔所未到气已吞",实非高手不办。极目长淮,淮河岸边的茂林荒草已长得和关塞一样高了,可见戍守无人,战备不修。在如此大写一笔之后,诗人又以节短音强的三字短句予以补足,征尘之"暗",有色,霜风之"劲",有声,它们和无声之"悄"动静互映,相反相成,渲染了昔日风物繁华而今竟成边地的淮河两岸肃杀的环境和气氛,也隐隐透露出诗人心中的凄凉和悲慨。"黯销凝"是词中顿笔,跌宕生情,魂销意夺的诗人在略作顿挫之后,又以"追想"领起下文,由眼前的实景而转入对往昔和更辽阔的空间的描绘:公元1127年靖康之难,中原易手,这大约是天意而非人力吧?北中国文化昌明之地早已弥漫着一片膻腥之气了。正言若反,虚笼实写,诗人对卖国求和的当道者的愤激之情,曲曲传出。凭高伫望,诗人的思绪不禁从遥远的时空又回到眼前的现实,他一笔兜回,以"看"字点明和贯串上下几句:夕阳残照里,淮河北岸遍布敌人的毡帐和哨所,夜幕降临后,金人的将帅在领兵行军。这里,"笳鼓悲鸣"、"骑火一川明"与"悄边声"构成了鲜明强烈的对照,敌人的活动如此频繁与猖獗,南宋一方却边备废弛,这是多么触目惊心呵!

这首词,上阕以写景为主,景中见情。在写景的技法上,有三点值得称道:一是有鸟瞰式的角度,"望"是观察的定点和视角,诗人正是从这一视点出发展开描绘;二是有鲜明的线索,从"关塞莽然平"到"落日牛羊下",再到"看名王宵猎",一条时间线索连贯其间,细针密线,一丝不走;三是有错综变化,近景与远景,概括之景与特写之景,白天之景与夜晚之景,纷然杂呈而又井然有序。这样,上阕的景物描写就构成了一幅有层次有深度而又饱含情韵的图画。

下阕以写情为主,情中有景。与上阕的"望"遥相呼应,诗人在这里用一个"念"字统领下文,直贯结句。在下阕中,又可见诗人化平直为矫健、于奔逐中见从容的词笔之妙。"腰间箭"与"匣中剑"本是效武于沙场的利器,在两个直述式的短句之后,诗人特笔顿住:"空埃蠹,竟何成!"百感交集,见于言外,笔势奔涌而又波澜横生。接笔仍是如风雨骤至的三字句,由外部器物的刻画而转入内心世界的直接抒写:"时易失,心徒壮,岁将零,渺神京。"诗人匡时报国、恢复中原的壮心不已,可是时机空逝,岁月将尽,这是多么深刻的矛盾和多么深重的悲哀!造成这种时代悲剧的原因何在呢?诗人接着宕开一笔,由近及远:北方沦陷区的父老是"遗民泪尽胡尘里,南望王师又一年"(陆游《秋夜将晓出篱门迎凉有感》),可是朝廷的君臣权要们施行的却是投降路线,他们对金妥协,以求苟安,奉命求和的使臣往来不绝,奔走于途。两种情境一经集中对照,便显得婉而多讽,句法的繁音促节,更令人读来荡气回肠。全词纵笔直书,激越奔放,结尾以转折作收,神完气足:"使行人到此,忠愤气填膺。有泪如倾!""到此"与"长淮"遥相挽合,"忠愤"二字点明和突出了全词的主旋律,"有泪如倾",如同诗人几年后在荆州所写的"万里中原烽火北,一尊浊酒戍楼东,酒阑挥泪向悲风"(《浣溪沙》)一样,于此完成了这一阕"悲怆奏鸣曲"的最后乐章。

　　俄国的大文学批评家别林斯基曾经说过:"在构成真正诗人的许多必要条件中,当代性应居其一。诗人比任何人都应该是自己时代的产儿。"(《别林斯基论文学》,新文艺出版社,1958年)张孝祥的词就是如此。他的词,有时代的风雨,百姓的悲欢,有对真相的揭露,对丑恶的挞伐,在艺术风格上,有苏轼的清超豪放,也有辛弃疾的雄奇悲壮。清代陈廷焯《白雨斋词话》评论《六州歌头》一词时说:"淋漓痛快,笔饱墨酣,读之令人起舞。"的确,这首词的那种如执强弓劲弩而血脉贲张、愤激与崇高兼具的境界,在宋词中是并不多见的。在宋代的词坛上,张孝祥确实是一位天不假年而未尽其才的射雕手!

"天下士"与"岳阳楼"

——魏允贞《岳阳楼》

    自从岳阳楼在初唐与盛唐之交峙立于岳阳城西洞庭湖畔之后,它就像一道永恒的试题,历代前来登临的诗人络绎不绝,纷纷交出他们的答卷,企图以抒怀抱,一显身手。明神宗朱翊钧万历年间的魏允贞,就是其中的一位佼佼者。

    在魏允贞吟咏岳阳楼之前,且不说不满百年的元王朝也有许多诗人前来应试,如曾有千古名句"杏花春雨江南"之版权的诗人虞集,就作过"落絮飞花点鬓丝,清湘春晚独归时。我来不为湖山好,只欠岳阳楼上诗"(《岳阳楼》),他欠的不是黄金白银之债而是无贝之才的诗债,诗思脱俗,清新可读。而早在唐宋两代,佳篇杰构更是层见叠出,如珍珠如璧玉辉耀于唐宋诗史,其中的孟浩然、李白、杜甫、刘禹锡、李商隐等人之诗,滕宗谅、张舜民、张孝祥、戴复古之词,更为炫人眼目,摇人心旌,令后来者望尘莫及。且不论后来居上的概率几乎等于零,如果不能自出手眼新人耳目,最好是藏拙守短而干脆免开尊口。

    魏允贞(? —1606)的《岳阳楼》接踵而来,它虽无法胜过前人的顶尖之作,但在众多咏岳阳楼与洞庭湖的名篇里,它仍然以其思想独到境界独标而赢得一席之地,这已可说是戛戛乎难哉的了。这是一首"古绝句",全诗如下:

洞庭天下水，岳阳天下楼。

谁为天下士？饮酒楼上头！

咏岳阳楼与洞庭湖的名篇佳构，除了词之外，诗体多为五律（如杜甫《登岳阳楼》）、七律（如陈与义《巴丘书事》）、七绝（如李白《陪族叔刑部侍郎晔及中书贾舍人至游洞庭五首》），五绝佳作不多，在李白的《陪侍郎叔游洞庭醉后三首》（刬却君山好）之后，就要数魏允贞之作让人眼前一亮了。"巴蜀雪水来，洞庭容不住。一夜风涛声，漂却君山去"，这是明末清初徐缄的《洞庭湖》，有想象却无深意；"西阳下洞庭，网集清潭上。一丈黄金鳞，可见不可网"，这是明代名诗人李梦阳的《渔村夕照》，意象鲜明却无余韵。它们虽仍是可读之作，但与魏允贞之诗相较，高下立判。

除了以不讲求严格的平仄格律的五言古绝这一诗体争胜之外，魏允贞此作还以重叠见长。绝句一般而言要避免重字，何况只有寥寥二十个字的五绝？但魏允贞起句写"水"，次句写"楼"，水为洞庭之水，楼为岳阳之楼，紧扣题目，气象雄张，第三句写"士"，结句复又写"楼"，只是添加点染了楼头纵酒的细节。二十个字之中，竟然三次出现了"天下"一词，而"楼"字凡两见，同字重复几占全部篇幅的一半。这本来是诗之所忌，但它们却不仅加强了音韵节奏的复沓之美，渲染了全诗阔大雄豪之气，而且其中有深意存焉。

要深入领略全诗高华壮美的意境，当然要了解魏允贞其人及其时代，以及"天下"一词的丰富内涵。魏允贞，字懋忠，号见泉，南乐（今河南省濮阳市南乐县）人，万历五年（1577）进士。其弟允中、允孚均为进士，三兄弟世称"南乐三魏"。魏允贞负经邦济世之才，怀忧国忧民之志，抱廉洁耿介之清操，他并非以诗名世，而是以能员干吏犯颜直谏名世。在御史任上，他就奏陈时弊四事，抨击当权的污吏贪官，被贬谪后仍不改初衷，屡次上疏力陈时政得失。他主要生活在明神宗朱翊钧万历一朝，明朝本来就暴君与昏君辈出,神宗更是荒淫无耻的酒色之徒,昏庸腐朽达于极点,在位长达四十八年却有二十多年不上朝理政。纲纪败坏,党争不已,吏治糜烂,万历朝就成了明代由盛而衰的转折点。当代名史学家黄仁宇之名著《万历十五年》,对此论述甚详。有抱负有操守的魏允贞生当如此时世,他的心声发而为诗,意下如何当就可想而知了。

"天下"一词,古时多指华夏神州的全部土地,即全中国之意。庄子有《天下》篇,北宋沈括编制有《天下州县图》,明末清初顾炎武撰有《天下郡国利病书》。"天下士"即忧国忧民的以天下为己任之士,远者可以追溯到《礼记·礼运》之"大道之行也,天下为公,选贤与能",《吕氏春秋·孟春纪·贵公》之"天下,非一人之天下也,天下之天下也",近者可以上溯至范仲淹《岳阳楼记》中的"先天下之忧而忧,后天下之乐而乐"。在魏允贞心目中,洞庭水非一般之水,乃名扬天下之水,岳阳楼也非一般之楼,乃名满天下之楼。由此及彼,由物及人,只有高怀伟抱、心怀天下之士,才能与名楼胜水相映生辉,相得益彰,才有资格痛饮楼头,凭轩涕泗,把栏杆拍遍,其他不过是一般的游人与过客而已。然而,环顾左右,放眼八方,天下之士在哪里呢?"谁为天下士"这一声喝问,既是作者当仁不让的自负自许,也是对同道与同志如有所待的"他负他许",暮鼓晨钟,留下的是至今仍然发人深省的袅袅余音。

法国大作家雨果曾经说过:"诗存在于思想中,思想来自心灵。"恩格斯也曾指出:"同诗的艺术一起来的还有思想。"(《马克思恩格斯论艺术》)这真是诗创作的至理箴言。魏允贞咏岳阳楼的诗共有两首,另一首七律是:"风尘何处寄遨游?信美东南上此楼。天净万家江月满,客深一醉洞庭秋。未销湖海元龙傲,不尽关山杜甫愁。总有新诗如白雪,于今敢向楚人讴!"(《中秋郡诸公招饮岳阳楼》)其格调襟怀,与前引之《岳阳楼》相同,可以互参。"洞庭天下水,岳阳天下楼",这两句诗虽然并非联语,但20世纪60年代却镌刻悬挂在岳阳楼公园大门两侧,可见岳阳人对此之情有独钟。谁为天下士？在红尘滚滚的今天，在越来越商业化、世俗化、娱乐化的当世，我们登岳阳楼之巍巍，眺洞庭湖之浩浩，把酒临风，在其喜洋洋者矣之余，虽不能人人都为天下士，但至少对天下士应抱有向往与敬仰之心，不要忘记魏允贞警钟般鸣响的诗句！

当今之世，旧体诗词在经过大半个世纪的沉寂之后，近些年来又呈复兴之势，于是有人发出"超唐越宋"的豪言，有人发出"迎接中华诗词辉煌的新时代"的壮语。我以为且不论就诗词这一古老的文学样式的创作而言，今日是否还有从整体上"超唐越宋"的可能，也且不论中华诗词辉煌的新时代是否为白日梦，我以为最先决最重要的条件，是诗词作者本身这一创作主体应该具有较高的素质，而高素质的最重要的标志，就是有"天下士"的襟怀，至少也对"天下士"的追求与向往。例如我在20世纪50年代中就读于北师大中文系时的业师启功先生，前半生艰苦备尝，后半生名满天下，世人只见他菩萨低眉，殊不知有时也金刚怒目。他有一诗《过扬州》，诗前小序是"五年前过扬州，闻人说十年内乱事，为之发指"，诗云："非关胡马践江干，大破天荒是自残。待写扬州十年记，游魂血污笔头干！"仅此对那段时间以春秋笔法痛加批判的诗，启功先生就堪称诗书双胜的国士。

一脉相承"乐府诗"

——查慎行《麻阳运船行》

　　抗日战争中避难湘西泸溪，儿时的我就已经从长者的述说传闻中听说过麻阳的大名了，印象中的麻阳地僻而多匪，闻之令人胆寒。半个多世纪过去了，麻阳也早已换了新天。我数次远去湘西的凤凰和湘西南的怀化，和麻阳擦肩而过，无缘停车一访。今天，读清初诗人查慎行的《麻阳运船行》，虽云新聆初诵，回首的却是已历时三百余年不堪回首的麻阳旧歌。

　　查慎行（1650—1727），初名嗣琏，后改名慎行，晚年号初白，取苏轼"身行万里半天下，僧卧一庵初白头"（《龟山》）诗意。他是清初诗坛的重镇，被誉为"清初国朝六家"之一，乃继唐宋之后超元越明的有清一代诗歌大匠。他出生于浙江海宁书香仕宦之家，却命途多舛，中秀才以后却四次应试落第，饱尝了旧时代读书人失意落魄的苦酒。"莫嫌举世无知己，未有庸人不忌才"（《三闾祠》），直到康熙四十二年（1703），他因别人的力荐而"上达天听"，才得以殿试赐进士出身任翰林院庶吉士，特授编修，入直南书房，成了康熙的文学侍从。康熙在南海子钓鱼时命查慎行赋诗，查有"笠檐蓑袂平生梦，臣本烟波一钓徒"（《连日恩赐鲜鱼恭纪》）之句，因他的侄子查声山也在翰林，康熙指示内侍召见查慎行时，要指名传宣"烟波钓徒查翰林"以示区别。这种极权体制下的特殊风光，虽绝后而未空前，但也只有唐诗人韩翃一人可比——韩翃的《寒食》诗"春城无处不飞花，寒食东风御柳斜。日暮汉宫传蜡烛,轻烟散入五侯家"问世后,颇为轰动,唐德宗也十分欣赏,欲任命其为"中书舍人"。当时江淮刺史亦名韩翃,宰相请示是册封此韩还是彼韩,德宗的"批示"是"与春城无处不飞花韩翃",于是时人称为"春城寒食韩翃"。不过,韩翃做梦也想不到,九百年后他会无独有偶,以"春城寒食"和"烟波钓徒"成双作对。当然,查慎行也无法预测,三百年后,当代武侠小说名家金庸的五十回的《鹿鼎记》,其回目均是取自他的诗作中的对句。

一般鄙俗之徒若跻身高位,得近龙颜,早就忘乎所以了,如果像曹雪芹所说的原来就"子系中山狼",那当然便更会"得志便猖狂"。查慎行固然也不免感恩戴德,但他却谨言慎行。这时他已五十三岁,却仍然清操自守,在官场不随波逐流,更不同流合污,时人称之为"文愅公"。特别值得称道的是,诗是他的最爱,是他心中的神明和主宰。他的诗作,记录了正直士人在波谲云诡的政治局势和勾心斗角的人生夹缝中之心路历程,也表现了生逢贫苦困厄的他,年轻时即对民生疾苦颇为关注。如康熙三十一年(1692)他客居江西九江时所作的《鱼苗船》:"几片红旗报贩鲜,鱼苗百斛楚人船。怜他性命如针细,也与官家办税钱!"如1696年十月自九江北上京师途经高邮所作《秦邮道中即目》:"不知淫潦啮城根,但看泥沙记水痕。去郭几家犹傍柳? 边淮一带已无村。长堤冻裂功难就,浊浪侵南势易奔。贱买河鱼还废箸,此中多少未招魂!"这些系心民瘼的作品,和他早年的《麻阳运船行》等作一脉相承,如同下游的波浪里,有上游的涛声。

查慎行是当时与王士禛号称"南朱北王"的诗词大家朱彝尊的中表兄弟,少时学文于黄宗羲,受诗于钱澄之。他五岁即能诗,十岁作《武侯论》,为诸生未仕之时,迫于衣食,杖策从军,远戍西南。康熙十九年(1680)查慎行三十岁时,入乡人、贵州巡抚杨雍建戎幕,随军由湖南入贵州,并远征四川与云南,讨伐"三藩之乱"的吴三桂残部。军行千里,历时三载,他写了许多真正的精品力作,《麻阳运船行》就是其中之一:

麻阳县西催转粟，人少山空闻鬼哭。

一家丁壮尽从军，老稚扶携出茅屋。

朝行派米暮雇船，吏胥点名还索钱。

辘轳转绠出井底，西望提溪如到天。

麻阳至提溪，相去三百里。

一里四五滩，滩滩响流水。

一滩高五尺，积势殊未已。

南行之众三万余，樵爨军装必由此。

小船装载才数石，船大装多行不得。

百夫并力上一滩，邪许声中胃应折。

前头又见奔涛泻，未到先愁泪流血。

脂膏已尽正输租，皮骨仅存犹应役。

君不见一军坐食万民劳，民气难苏士气骄。

虎符昨调思南戍，多少扬麾白日逃！

康熙五十四年(1715)，查慎行晚年家居海宁时，曾作有一首《题杜集后》："漂泊西南且未还，几曾蒿目委时艰。三重茅底床床漏，突兀胸中屋万间。"可见杜甫的精神为他素所尊崇。年方而立的诗人1680年六月进驻贵州铜仁，随军驻扎半年之久，其间两度往返麻阳。此诗远承杜甫"三吏"、"三别"的现实主义精神，以及白居易、元稹等人的针砭时弊的"新乐府"诗之遗意，表现了战乱给人民带来的深重苦难，揭露了贪官酷吏的暴敛横征，描绘了民工役夫运输军需的艰辛，嘲讽了骄横的兵将望敌而逃的怯懦。他并没有标举"乐府诗"的旗号，但因为是同情民生疾苦，而且乃目击身经，故笔酣墨饱，比起元稹、白居易针砭时事的"乐府诗"，虽然一脉相承，发扬光大，但哀歌悲叱，似乎更具现场感和批判的力度。

　　清代诗人兼诗论家赵翼在其《瓯北诗话》中评论说，在清初诗人吴梅村之后,要列举一家继唐宋诸家之名非常困难,而查慎行是"香山、放翁后一人而已"。他还特别指出:"当其年少气锐,从军黔楚,有江山戎马之助,故出手即沉雄踔厉,有幽、并之气。"(《瓯北诗话》)查慎行于诗歌创作,也主张"诗之厚,在意不在辞;诗之雄,在气不在直;诗之灵,在空不在巧;诗之淡,在脱不在易"(《初白庵诗评十二种》),时人对此也誉为"词苑之良规,学海之宝筏"。当时为穷乡僻壤之地的麻阳,一般很难进入诗人的行踪与视野,咏麻阳的名诗人与名作品,就只有查慎行及其诗作。查慎行除了《麻阳运船行》,还有《麻阳田家》、《重过齐天坡》等可圈可点的篇什。后者是一首七律:"十月新寒瘴已轻,万峰湿翠雨初晴。人来天际斜阳影,马踏云中落叶声。杼轴谁怜民力尽? 邮亭遥数戍烟生。年年游迹愁重到,何计云山慰客情?"其中的颈联,与他的《黔阳元日喜晴》中的颈联"万里烟霜回绿鬓,十年兵甲误苍生",异曲而同调。三百多年过去了,如果能够旧地重来,青山依旧在,几度夕阳红,以他的胸襟与才情,他该会长吟短咏出更多新的篇章吧?

一等襟抱一等诗

——谭嗣同《览武汉形势》

雄踞在长江中游的武汉,是一座历史名城,人杰地灵,异代不同时的许多诗人都来到这里低吟高唱,一抒怀抱。但是,历史上任何优秀的诗章,都无不打上时代的和诗人个性的深刻印记,谭嗣同的七律《览武汉形势》,就是在中国近代史上的一个极为严峻的时刻,由志士兼诗人所唱出的一曲高歌:

> 黄沙卷日堕荒荒,一鸟随云度莽苍。
> 山入空城盘地起,江横旷野竞天长。
> 东南形胜雄吴楚,今古才人感栋梁。
> 远略未因愁病减,角声吹彻满林霜!

翻开近代史的篇章,我们就可以看到,从1840年鸦片战争后清廷签订《南京条约》时起,中国就从封建社会逐渐沦为半殖民地半封建社会,到19世纪末叶,中华民族与帝国主义的矛盾所构成的民族危机空前严重,国内的阶级矛盾与民族矛盾也十分尖锐。身当亡国灭种之秋,面临风雨飘摇之日,开明地主、新兴资产阶级的知识分子的代表人物,于兹开始向西方寻求真理,呼吁救亡图存,掀起了资产阶级改良主义运动的浪潮。谭嗣同,就是这一运动中最激进的思想家和活动家，是 1898 年戊戌政变中以身殉志、名标青史的英雄人物。上述这首《览武汉形势》作于 1890 年，诗人年方二十五岁。这首诗，清晰地传达了那历史巨潮即将来临的涛声，也闪烁着这位时代弄潮儿的崇高人品与艺术个性的光辉。

"莽苍"一词，最早见于《庄子·逍遥游》："适莽苍者，三飡而反，腹犹果然。"《楚辞·九章》中有"滔滔孟夏兮，草木莽莽"之辞，杜甫《秦州杂诗》中有"莽莽万重山，孤城山谷间"之语，司马光《和邵尧夫秋霁登石阁》中也有"目穷莽苍纤毫尽，身得逍遥万象闲"之句。莽苍，原指旷野迷茫无际之状，也象征一种旷远博大的襟怀与精神。谭嗣同在北京宣武门外北半截胡同 41 号浏阳会馆的书房，就以"莽苍苍斋"命名，而他著有《莽苍苍斋诗》，存诗近两百首。从诗集的题名，也可以想见他的胸怀与诗风。上述《览武汉形势》一诗，开篇也有"莽苍"一词。这是一首七律，律诗的写作当然可以在规矩中求自由，变化万千，不拘一格，但元气浑成而又神韵悠远，却是对七言律诗的一个基本要求，或有名句可摘而无全篇，或流于小巧纤弱，或偏于粗犷空疏，都不是七律的上乘境界。杜甫的七律多至二百首左右，前人就赞之为"如生龙活虎，不可把捉，自可雄视百代"（明人王嗣奭《管天笔记外编》），而宋代叶梦得《石林诗话》也说："七言难于气象雄浑，句中有力，而纡徐不失言外之意。自老杜'锦江春色来天地，玉垒浮云变古今'与'五更鼓角声悲壮，三峡星河影动摇'等句之后，尝恨无复继者。韩退之笔力最为杰出，然每苦意与语俱尽。《和裴晋公破蔡州回》诗所谓'将军旧压三司贵，相国新兼五等崇'，非不壮也，然意亦尽于此矣。"而谭嗣同《览武汉形势》一诗，可称格调雄浑而韵味悠远，这里，且让我们随着诗人的描绘，去领略他的诗作的壮美风光与深长意蕴吧！

"黄沙卷日堕荒荒，一鸟随云度莽苍。"首联突兀不凡，气势磅礴。荒荒大野、漠漠风沙中的一轮落日，莽莽苍苍的天地间随云远去的一只飞鸟，那落日是对景兴起，但不是也象征着艰危的时世吗？那飞鸟是眼前所见,但不也暗示诗人自己欲展翅奋飞的壮心吗? 诗中虽然没有明言,毕竟引人联想。元代诗人杨载在《诗法家数》中谈到律诗的起句时说:"要突兀高远,如狂风卷浪,势欲滔天。"这首诗的起句就是如此,它笔力豪雄,有笼罩全篇的声势。

"山入空城盘地起,江横旷野竞天长。"颔联由远而近,点醒题目。一句写"山",勾勒立体的形象,"入"字本来已使山化板为活了,再辅之以"盘地起",更是化静为动,把龟、蛇两山描绘得活灵活现;一句写"江",描画平面的图景,"横"字本来已经显示了江水的气派风神,再加之以"竞天长",就更表现了大江的浩荡声威和与天俱远的混茫情状。这两句诗,承接首联的远景大景,确是写出了"武汉形势"的独具特征,不可移易于他处,同时,也表现了诗人豪迈的胸怀和渺远的情思。

"东南形胜雄吴楚,今古才人感栋梁。"颈联对景生情,抒怀寄慨。律诗重在对偶,这首诗对偶的妙处就在于虚实相生,别开胜境。颔联摹景,是实写,如果颈联再来写景,就不免重复而难出新意了。"三四贵匀称,承上斗峭而来,宜缓脉赴之;五六必耸然挺拔,别开一境。"(沈德潜《说诗晬语》)谭嗣同由江山胜状而想到栋梁之材,于是颈联就出之抒情的警句,议论风生,虚实相参,极具时代感,大大提高了全诗的思想艺术境界。

"远略未因愁病减,角声吹彻满林霜。"尾联"实下虚成",悠然不尽。这首诗,因结句佳妙而成全璧。"远略"句承上而来,拯救时艰的壮志豪情跃然纸上,然而,它和颈联都同属诗中议论,如果结句还是以议论收束,诗的意象就可能会不够饱满,感染力就可能会有所削弱。于是,诗人在前面的直叙情事(实下)之后,终之以"虚成"——以景结情,将读者的想象引向更深远的天地。是的,那满林霜色,那悲壮角声,那激扬于天地之间的号角声中的寄寓,不是能引起人们无尽的遐思吗?

谭嗣同这首诗是景物抒情诗,在流连风物之中,表现了时代的精神脉跳和诗人自己独有之雄浑劲健的艺术个性,拔起千仞而高唱入云,具有美学中所称的"崇高美";同时,它又有余地,有余情,情味悠永如平湖秋水,如曲涧幽林,因此,它完全可以说是景物抒情诗中的上品。他的"身高殊不觉,四顾乃无峰。但有浮云度,时时一荡胸。地沉星尽没,天跃日初熔。半勺洞庭水,秋寒欲起龙"(《晨登衡岳祝融峰》),他的"平生慷慨悲歌士,今日驱车燕赵间。无限苍茫怀古意,题诗独上井陉关"(《井陉关》)等篇,均可作如是观。梁启超在《饮冰室诗话》中曾说:"谭浏阳(嗣同)志节学行思想为我中国二十世纪开幕第一人,不待言矣。其诗亦独辟新界而渊含古声。"作为谭嗣同的战友,梁启超正确地指出了谭嗣同思想品格所具有的时代高度。是的,江流浩荡,有它最早的源头,大树参天,有它最初的根本,真正堪称上品的诗,必然出自襟抱高远、才情脱俗的诗人之手。"有第一等襟抱,第一等学识,斯有第一等真诗",清人沈德潜在《说诗晬语》中曾经如此说过。歌唱于19世纪的海涅,是歌德之后具有世界影响的诗人。1830年7月,法国爆发了推翻波旁复辟王朝的革命,海涅在《颂歌》中大声疾呼:"我是剑,我是火焰。"而为当今论者多所援引的当代英国哲学家、美学家科林伍德,在他的《艺术原理》中也曾经说过:"一首诗之所以伟大,在于它表现了一个伟大的人格。"可见即使是当代西方的学者,对作者的"人格"也仍然十分看重。谭嗣同的诗,不就向我们提供了最好的证明吗?

去留肝胆两昆仑

——谭嗣同《狱中题壁》

谭嗣同，时代的烈风骤雨所孕育的一代奇男子，神州山川灵气与中华文化英华所培育的一代伟丈夫，在风雨如晦的 19 世纪末叶，如一道闪电划破黑暗的夜空。他的英雄豪气与烈士情怀，书写在他三十三年虽然短暂却铭于青史耀于永恒的一生中，也书写在他英年早亡而远远未尽其才的《莽苍苍斋诗》里。

"莽苍苍斋"是谭嗣同自题的北京居所的书斋之名，匾额原悬于北京宣武门外北半截胡同 41 号之浏阳会馆。而具有重大历史意义与文史价值的该会馆，今日仅是"宣武区文物保护单位"而已，其内至今杂住几十户居民，破败不堪，原住室与书斋均行将颓圮。谭嗣同生前曾以书斋为诗卷名，编定二卷，其生命的绝唱《狱中题壁》当然不在其中，但这首与日月齐辉的上上之诗，却不仅为他的诗作压卷，也为他的豪情如火浩气如虹的生命压卷：

> 望门投止思张俭，忍死须臾待杜根。
> 我自横刀向天笑，去留肝胆两昆仑！

"两昆仑"究竟何所指，历来众说纷纭。最早的一说见于梁启超《饮冰室诗话》，认为是指亡命日本的康有为与京城侠客大刀王五；一说"去"指康有为，"留"指作者自己，冯友兰《中国哲学史论文二集》中就作如是解；一说指谭嗣同的名为胡理臣与罗升的两位仆人，谭嗣同之孙谭训聪就持此看法。蔡尚思、方行所编《谭嗣同全集》此诗之注，既引述梁启超之语，也引述谭训聪之言，"指两仆，盖昆仑奴之称也"。

多年来，前两种说法特别是第二种说法掌握了"两昆仑"的解释话语权，而我则认为"去"是谭嗣同自指，"留"则是指他的肝胆相照的同窗死友、维新志士唐才常。"肝胆"一词，比喻关系极为密切，心意至为忠诚；"昆仑"一词，指昆仑山，喻光明磊落、顶天立地，而"昆"之义为兄，"昆仲"即兄弟，"昆仑"也可使人联想到"肝胆"以及如兄如弟之情谊。总之，"肝胆两昆仑"既喻人品崇高、理想一致而又情共生死。我以为康、梁、王五均不足以当此，而只有唐才常才可以当之无愧，理由有三：

唐才常（1867—1900）与谭嗣同同生同乡，少同学，长同志，而终生为生死之交，时人美称"浏阳双杰"。浏阳人氏的唐才常，小谭嗣同两岁。谭嗣同（1865—1898）十三岁时从北京返乡和他初识，并同受业于后来的名戏剧家欧阳予倩之祖父欧阳中鹄先生，总角之交而兼师兄师弟。在浏阳一起共创"兴算馆"、"群萌学会"，启群智，治群事。后来他们又一起创办"南学会"与"时务学堂"，创办《湘报》，投身维新事业，可谓志同道合而情深谊长。他们曾联名"受业门人唐才常谭嗣同全禀"其师欧阳中鹄，信中分别自称是二而一、一而二的"横人"与"纵人"："才常横人也，志在铺其蛮力于四海，不胜则以命继之。嗣同纵人也，志在超出此地球，视地球如掌上，果视此躯曾虮虱千万分之一不若。一死生，齐修短，嗤伦常，笑圣哲，方欲弃此躯而游于鸿濛之外，复何不敢勇不敢说之有！一纵一横，交触其机括。"（见《谭嗣同全集》）而梁启超在《饮冰室诗话》中也曾记载，他向谭嗣同问他交友的情况，谭嗣同的回答是："二十年刎颈交，黻丞（即唐才常——引者注）一人而已。"康有为后来在所作《唐烈士才常墓志铭》中，也将他们相提并论："吾门人浏阳二烈士，谭嗣同复生，唐才常黻丞，皆挟高世之才，负万夫之勇，学奥博而文雄奇，思深远而仁质厚，以天下为任，以救中国为事，气猛志锐。二子生同闬，学相得，志相若也。"谭嗣同生死异路之际，他怎么会不首先想念自己唯一的刎颈之交唐才常呢？此其一。

"两昆仑"一词，在谭嗣同的诗作中，一见于《狱中题壁》一诗，一见于他一个多月前奉光绪之召北上，唐才常在长沙为他饯行时，他酒酣口占之作。唐才常胞弟唐才质《戊戌闻见录》说："复生七丈（指谭嗣同）虽役其身于清廷，从事维新，而其心实未尝须臾忘革命。其北上也，伯兄（指唐才常）为饯行，酒酣，复生七丈口占一绝，有云：'三户亡秦缘敌忾，勋成犁扫两昆仑。'盖勉伯兄结纳哥老会，而己复于京师倚重王五，助其谋大举也。"此处之"两昆仑"，明明白白地是自许而兼他许唐才常，不久之后的绝笔《狱中题壁》中之"两昆仑"，不同样也是如此吗？此其二。

谭嗣同到京后，曾电请唐才常火速来京共襄大举，唐才常行至武汉即闻噩耗，作《戊戌八月感事》七律四首，有"千古非常奇变起，拔刀誓斩佞臣头"、"匹马短衣江海畔，自惭无策救神京"之语。之后，辗转亡命日本，为谭嗣同作挽联云："与我公别几许时，忽警电飞来，忍不携二十年刎颈交，同赴泉台，漫赢将去楚孤臣，箫声呜咽；近至尊刚十余日，被群阴构死，甘永抛四百兆为奴种，长埋地狱，只留得扶桑三杰，剑气摩空！"（《唐才常集》，中华书局，1980年）联中所说的"留"，正与《狱中题壁》中的"去留肝胆两昆仑"中之"留"遥相呼应，而所指"三杰"，除了康有为与梁启超，就应是唐才常之自指。谭嗣同殉难之后，康梁尤其是康有为的表现，较之唐才常差之远矣。唐才常继谭嗣同未伸之志，承其未竟之业，于湖北组织"自立军"准备在汉口武装起义，不幸被湖广总督张之洞逮捕杀害，葬于武昌。他临难前念念不忘谭嗣同，说"予早已誓为国死"，他同样作狱中题壁诗《感怀》，中有："剩好头颅酬死友，无真面目见群魔。"《狱中口占》诗二首是："新亭鬼哭月昏黄，我欲高歌学楚狂。莫谓秋风太肃杀，风吹枷锁满城香。""徒劳口舌难为我,剩好头颅付与谁? 慷慨临刑真快事,英雄结束总为斯!"(《浏水遗音》)就义时另有"七尺微躯酬故友,一腔热血溅荒丘"之辞。真是慨当以慷,死友难忘! 除了唐才常,还有谁配得上称为谭嗣同诗中的"昆仑"呢? 此其三。

以上解析,不知是否符合作者的原意? 孰是孰非,只能启先贤往烈于地下而问了。不论答案如何,文天祥在《正气歌》中早就咏叹过:"天地有正气,杂然赋流形。下则为河岳,上则为日星。"谭嗣同应该成为今天不论是新诗作者还是旧体诗作者高山仰止的标高,品流低俗甚至低下的人,怎能写出众口交诵而且传之久远的诗篇?

谭嗣同的墓地在浏阳城外十余里之牛石乡南流桥前之山冈上,墓前两侧石阶上的题联是:"亘古不磨,片石苍茫立天地;一峦挺秀,群山奔赴若波涛。"系邑人宋渐元所撰,是写实,也是象征。在追怀谭嗣同的散文《崩霆琴》(见上海辞书出版社《现代散文鉴赏辞典》)中,我对此曾特笔以记。当代仍葆有赤子之心的诗人彭浩荡多年前亲往祭吊,为亲炙英灵,他孤身一人在墓前露宿一晚,后作《一个没有瞑目的梦——谒谭嗣同墓》一诗。我以为这不仅是咏谭嗣同的新诗中最好的作品,也是当代新诗中尚未广为人知的最好作品之一。其结尾是:"这里,埋着一个/热血腾腾的/没有瞑目的梦/月白风清的夜晚/它会跃上墓前的石马/那撼动大地的奔蹄/是一根响鞭/抽打着/浑噩者的灵魂!"这真是:豪情如火,浩气如虹。针砭当世,警钟长鸣!

天机云锦用在我

（构思篇）

矛盾成文　语奇意深

——宋之问《渡汉江》

　　"有的人活着，他已经死了；有的人死了，他还活着……"每当我读诗坛前辈臧克家纪念鲁迅的名作《有的人》，总不免想到明末固守江阴八十日死难的抗清将领阎应元，他有一首《题七里庙壁》："露胔白骨满疆场，万死孤忠未肯降。寄语行人休掩鼻，活人不及死人香！"这首诗又传为一无名女子所作，但不论如何，其结句使世人警醒。臧克家的诗虽然并不一定从中得到过启示，但"活"与"死"的矛盾对照与反衬，却贯串在《有的人》的整个艺术构思之中，使得这一诗作尤其发人深省。

　　"矛盾逆折"这种诗艺，在我们当前的诗歌理论和批评中几乎没有论及，在诗歌创作中也没有得到应有的注意和运用。矛盾逆折，西方文艺理论称之为"矛盾语"，又称"抵触法"或"反论法"。莎士比亚最善于运用这种艺术，"金子，黄黄的，发光的，宝贵的金子！……这东西，只这一点点儿，就可以使黑的变成白的，丑的变成美的，错的变成对的，卑贱变成尊贵，老人变成少年，懦夫变成勇士。"他在《雅典的泰门》中关于黄金这一段曾经得到马克思的盛赞的描述，就是最著名的例子；而俄国名诗人涅克拉索夫的名句"你又贫穷，你又富庶，你又孱弱，你又强大，亲爱的母亲俄罗斯"(《在俄罗斯谁能快乐而自由》)，也是因为运用矛盾语而不同凡响。西方现代派诗歌更是普遍运用了矛盾语这种艺术手段。我以为，所谓"矛盾逆折",可以作如下解说:在同一行诗或连贯而下的两行诗句中,或在全诗的整体艺术构思中,将正反矛盾的两种意念或情景紧密地组合在一起,使两方构成顺逆相荡的富于张力的碰撞与冲击。而意象中矛盾力量的相反相成,语言视觉的相反相激,就使得读者在感受上产生强烈的印象,并获得新颖警策的美感。

　　同一诗句或连贯而下的两句诗之间的矛盾逆折,往往直接地运用矛盾修辞法,也就是在极短的语言距离中运用反义词或字面意义相反的词,让它们在不和谐的状态下构成新的和谐而美的秩序,新颖而劲健,具有强大的张力而强烈地刺激读者的想象。如杜甫《江汉》中的"落日心犹壮,秋风病欲苏",《泊岳阳城下》中的"留滞才难尽,艰危气益增",每句之中前后矛盾而逆折翻腾;白居易在杭州时的诗作中也曾有"风吹古木晴天雨,月照平沙夏夜霜"(《江楼夕望招客》)之句,其中"晴天"之于"雨","夏夜"之于"霜",相反相斥而生新意。艺术鉴赏力很高的苏东坡都称之为"高妙"而叹服不止,赞为"白公晚年诗极高妙。……如'风吹古木晴天雨,月照平沙夏夜霜',此少时不到也"(宋赵令畤《侯鲭录》)。而李贺的"今朝香气苦,珊瑚涩难枕"(《贾公闾贵婿曲》),"香气"之后居然接上"苦",深刻地抒写了所咏人物的心理,笔致十分奇诡。这种范例在古典诗歌中不胜枚举,至于将两个互相对立矛盾的意念贯穿于全诗的整体艺术构思中,如王昌龄《闺怨》的"闺中少妇不知愁,春日凝妆上翠楼。忽见陌头杨柳色,悔教夫婿觅封侯",如陈陶《陇西行》的"誓扫匈奴不顾身,五千貂锦丧胡尘。可怜无定河边骨,犹是春闺梦里人",都可以说是诗家之绝唱。宋之问的《渡汉江》也是这样:

　　　　　　岭外音书断,经冬复历春。
　　　　　　近乡情更怯,不敢问来人。

这首诗,《全唐诗》同时也把它归到李频的名下,但考李频的生平,他从未贬谪岭南,而且他的家乡是在寿昌(今浙江省建德市),生平与籍贯均与诗意不合,所以还是应该认定是宋之问的作品。宋之问(约656—约712),一说虢州(今河南省灵宝市)人,一说汾州(今山西省汾阳市)人,武则天时因谄附权贵张易之等而于神龙元年(705)贬官泷州(今广东省罗定市)参军,次年他就从岭南贬所私自逃归洛阳。这首诗,就是他逃归途中经汉水时作。

　　诗中的汉江,就是今天汉水中游的襄河。唐代在五岭之南设立岭南道,岭外即指五岭以南。首两句平平而起,前一句回叙自己流放的地方和家书断绝、音讯杳然的情况;后一句交代时间,经冬而复历春,可见在异地羁留的时间之久。这两句虽然不是什么十分精彩之语,但却为后两句作了叙事上的必要交代,以及情绪上的蓄势与铺垫,如果没有后两句,这首诗也许就不会像现在这样打动人心了。“近乡情更怯,不敢问来人”,运用的正是矛盾逆折的诗艺。照一般常情常理而言,在交通与通信均十分不便的古代,久客他乡的人万里归来,越是接近家乡就应该越是兴奋越是期待,在途中见到家乡来的人,总是要迫不及待地打听家人和家乡的消息,以让自己悬念吉凶的心有一个着落。可是,诗人却一反常情,而且也一反平常的写法,在“近乡”之后,忽然逆折一笔,出之以“情更怯”,在“问来人”之前出人意外地修饰以“不敢”。这些矛盾的意念和词句便构成强烈的冲突,相摩相荡,无单调之弊,而有新奇之趣,无直率之病,而有警动之神,它新颖而富有力度地表现了诗人对家人及其消息的怀想殷切深至!

　　沈德潜《唐诗别裁》评论此诗说:“(后二句)即老杜‘反畏消息来,寸心亦何有’意。”而明代唐汝询在《唐诗解》中也认为:“此亦逃归时作。隔岁无书,近乡正宜问讯,今云‘不敢问’者,思之之深,忧喜交集,若有所畏耳。”他们都赞扬这首诗特别是后两句的巧妙,但却都未能指出它巧妙的奥秘正在于矛盾修辞的整体艺术构思。法国18世纪启蒙运动思想家伏尔泰在《论美》中说:"要用'美'这个词来称呼一件东西,这件东西就须引起你的惊赞和快乐。"(《西方美学家论美和美感》)宋之问这首诗是"美"的,它不仅在艺术上引起读者的惊赞和美感,而且"形象大于思想"(高尔基语),其形象内涵已经超出了作为逃犯的宋之问那种特定的比较私人化的感情,而在读者的欣赏过程中获得了游子怀乡的普遍意义。

在日常生活中,一般而言,讲话不能自相矛盾。《韩非子》所说的同是一人卖矛又卖盾之事,成为"自相矛盾"这一典故之源。然而,诗却可以享有自相矛盾的特权,因为诗歌中的矛盾逆折的构思,既是由生活中种种矛盾的事物和人物、种种矛盾的感情状态所决定,也是诗人主观上力求奇创所致,它反过来艺术地表现了生活和情感。南朝梁王籍的《入若耶溪》,早已有"蝉噪林逾静,鸟鸣山更幽"之矛盾成文的妙句。晚唐诗人裴说《题怀素台歌》,歌咏唐代草圣怀素在湖南零陵所居之台及其他的墨池笔冢,其中有"笔冢低低高似山,墨池浅浅深如海"之句,正是高低深浅之矛盾语,独到地表现了这位"杜甫李白与怀素,文星酒星草书星"的草圣之功力与笔力,可谓语奇而意深,远胜那些中规中矩的直叙。南北朝庾信有"络纬无机织,流萤带火寒"(《奉和赐曹美人》)之句,明诗人兼诗论家谢榛对此颇为欣赏,他在其《四溟诗话》中说"诗中言'火'言'寒'者罕见",但虽然"下句甚奇","惜其不对称尔"。他终于足成一联,见其《雁门》一诗:"昔年雁门路,霜气逼征鞍。野望天何惨,徒行老更难。人烟隔水静,鬼火照沙寒。战伐空悲感,风凄戍角残。"宋人杨万里《诚斋诗话》在谈到老杜的"老去悲秋强自宽,兴来今日尽君欢"时,赞赏说:"第一句顷刻变化,才说悲秋,忽又自宽。"他所意会而说得不明确的"顷刻变化",便是指矛盾语的变化。清代刘熙载《艺概》在理论上则有了明显的进展:"篇意前后摩荡,则精神自出,如《豳风·东山》诗,种种景物,种种情思,其摩荡只在'徂'、'归'二字耳。""我徂东山,慆慆不归","徂"与"归"正是以矛盾修辞构思的结果。

　　英国19世纪名作家狄更斯的长篇小说《双城记》，其开场白乃世人公认之经典："这是最好的时代，这是最坏的时代；这是智慧的时代，这是愚蠢的时代；这是信仰的时期，这是怀疑的时期；这是光明的季节，这是黑暗的季节；这是希望之春，这是绝望之冬；人们面前有各样事物，人们面前一无所有；人们正在直奔天堂，人们正在直下地狱。"这一开篇之所以闻名，其艺术奥秘也是在于矛盾修辞。矛盾修辞，西方现代文论称之为"矛盾语"、"矛盾法"、"抵触法"，希腊文原意是"违反一般说法的意见"，或"似非而实是的意见"，或"自相矛盾的说法"。矛盾语，在莎士比亚的作品中屡见不鲜，西方现代派诗歌中更为常见，当代美国学人勃鲁克斯与华伦合著的《现代修辞学》甚至强调说："矛盾语法是适宜于诗的，甚至可以说是诗中无法避免的语言。只有科学家们的真理才要求一种丝毫没有矛盾迹象的语言；很显然，诗人们所要抒写的真理只有靠矛盾语法始足以获致。"（转引自香港学者黄维樑编著《火浴的凤凰——余光中作品评论集》，台湾纯文学出版社，1970年）矛盾语在单一的诗句中，多呈现为修辞的状态，而以之贯彻或统驭全篇，就上升到牵一发而动全身的整体艺术构思的高度了。而中国两千五百多年前《诗经》中的民歌，一千多年前的六朝诗与唐诗，早已为后世的我们传递了矛盾逆折诗艺接力的火炬。

"典型瞬间"与"期待视野"
——贺知章《回乡偶书》

盛唐初期的贺知章,不仅有识人的慧眼,在诗史上传为佳话,而且有写诗的灵心,留下了传世之篇。

这位晚号"四明狂客"的诗人,生于显庆四年(659),卒于天宝三载(744),字季真,越州永兴(今浙江省杭州市萧山区)人,早年移居山阴(今浙江绍兴市)。他年轻时即以文词名世,与张旭、包融、张若虚合称"吴中四士",性情旷达豪放,喜欢饮酒,善草隶,又与李白、张旭、崔宗之等人合称"饮中八仙",被杜甫写入《饮中八仙歌》一诗之中。由于张说的荐举,他入丽正殿修书,后迁太子宾客,授秘书监,故世称贺监。李白《对酒忆贺监》诗说:"四明有狂客,风流贺季真。长安一相见,呼我谪仙人。昔好杯中物,翻为松下尘。金龟换酒处,却忆泪沾巾!"诗前有小序写道:"太子宾客贺公,于长安紫极宫一见余,呼余为谪仙人,因解金龟换酒为乐。殁后对酒,怅然有怀,而作是诗。"贺知章一见风尘中的布衣李白,就惊呼为"谪仙",不愧是巨眼识千里驹的伯乐。他留下来的二十首诗作中,绝句清新自然,时出巧思,颇有为后世所传诵的篇章,如《咏柳》:"碧玉妆成一树高,万条垂下绿丝绦。不知细叶谁裁出?二月春风似剪刀。"咏春柳而比喻新奇,炼字尖新,诗情隽永。"昔我往矣,杨柳依依。今我来思,雨雪霏霏",早在《诗经·小雅·采薇》之中,杨柳就已经出场了,加之"留"、"柳"谐音,古人送别时多请杨柳作证,故中国古代咏柳之诗不胜枚举。但如果要对这一题材之诗评比高下,虽然佳作如林,贺知章这一木秀于林之作,不说夺冠也当名列前茅。至于《回乡偶书》,更是为人们所称道:

> 少小离家老大回,乡音无改鬓毛衰。
> 儿童相见不相识,笑问客从何处来?

天宝三载正月,诗人八十六岁时,因老病请求还乡。这首诗,就是他回到故里后的作品,也是他逝世前的绝笔之作。("衰"读 cuī,减退之意,与"回"、"来"在"平水韵"中同属灰韵。)宋代范晞文《对床夜语》说:"张籍云:'长因送人处,忆得别家时。'卢象《还家诗》云:'小弟更幼孩,归来不相认。'贺知章云:'儿童相见不相识,笑问客从何处来?'语益换而益佳,善脱胎者宜参之。"明代唐汝询《唐诗解》认为:"摹写久客之感,最为真切。"虽然张籍在贺知章逝世后约二十年方才出生,贺知章对与他同时期的卢象的诗也不一定读过,但前人从不同的方面对这首诗之渊源的品评,还是可以参考的。这里,我却想从"典型瞬间"的角度,去请教这位"知章骑马似乘船,眼花落井水底眠"(杜甫《饮中八仙歌》)的诗人,去探究这首诗成功的秘密。

陆机在《文赋》中说:"观古今于须臾,抚四海于一瞬。"诗歌创作特别是抒情诗创作,要以不全求全,从有限中见无限,在简约的文字中包含丰富而引人联想的生活与思想感情,就必须选择"须臾"与"一瞬"来描绘,这种"须臾"与"一瞬",我们可以称之为"典型瞬间"。摄影艺术和绘画艺术表现生活的主要艺术手段,就是捕捉与提炼典型的瞬间。它们不可能像小说、戏剧、电影那样对生活与运动中的事物,作比较连贯和完整的反映与表现,而只能发现、捕捉和定形生活与事物之最富于表现力的瞬间。在这一方面,抒情诗的艺术表现手段,和摄影艺术以及绘画艺术有相似之处,虽然前者是时间艺术,后两者是空间艺术。

　　优秀的抒情诗典型瞬间的提炼和表现,常常具有以下两个特点:一是不去笨拙地叙述事件或情态的前因后果,即全过程;二是不费力难讨好地去表现事件或情态的"顶点",而是着重表现将临顶点之前的"须臾",即高潮即来之前的"一瞬"。这样的"典型瞬间",既包含了它所产生的"过去",也暗示了它会发展的"将来",同时,它本身原就富于概括力,因此,这种"典型瞬间"具有调动读者想象的刺激性,它有深度也有广度。与这一特点相联系,成功的"典型瞬间",不仅能够引发读者对这一瞬间本身的想象,也必然能够引发读者对过去的"追溯"和对未来的"期待"。一百多年前的英国诗人兼学者柯勒律治有《关于莎士比亚的演讲》一文,他论述莎氏剧作的特点,第一条就是"期待胜于惊讶",他说:"就像以我们猛然看见流星时的感觉与守望太阳在预定的时刻上升时的感觉作个比较,惊讶比期待要低得多。"我无法和柯勒律治去争论"惊讶"对于艺术品的美学价值,绝美的东西总是能引起观赏者"惊讶"的美感,但确实可以说,不能引人"追溯",特别是不能引人"期待"的诗作,在艺术上很难说是一首好诗。

　　贺知章的《回乡偶书》之所以传唱不衰,除了在内涵上表达了生命的短促感与人生的沧桑感这种普遍和永恒之人性经验以外,在很大程度上就是得力于"典型瞬间"的成功捕捉并作了出色的艺术表现。诗人离别家乡在他中进士的三十七岁之前,天宝三载(744)八十六岁始致仕回乡,其中相隔整整半个世纪。"少小离家老大回,乡音无改鬓毛衰",这两句全是运用矛盾语,"少小离家"与"老大回","乡音无改"与"鬓毛衰",虽然分别概括了几十年的漫长光阴和诗人垂垂老矣的近些年来的变化,时间的幅度很大,人生的沧桑之感也包容得颇为深广,但是,它却不是时间的长度的铺展,而是刚刚"回乡"的顷刻的自我回顾与写照。"儿童相见不相识,笑问客从何处来?"这里,故乡的儿童相见而不相识,正是诗人漫长的生活历程中的一个短暂片刻,而"笑问客从何处来",则更只是这相见瞬间的一句问话而已。然而,微尘中见大千,纳须弥于芥子,弹指之间去来今,诗人回乡之前由"少小"而至"老大"的几十年间的往事,儿童"笑问"之后诗人的应答以及其他后续之情事,诗中却没有一字提及,它只写到高潮与顶点之前的"笑问客从何处来",即戛然而止。可是,诗人却设置了联想的线索,规定了想象的范围,留下了引人"期待"的悬念,强烈地刺激读者以想象去补充和丰富诗的形象。

德国18世纪的文艺批评家莱辛,在其名著《拉奥孔》中提出艺术家描绘人物的表情要有节度,不宜"选取情节发展中的顶点",要着力表现的是高潮来临之前的"顷刻"。贺知章的《回乡偶书》,不正是如此吗?《回乡偶书》本来有两首,其二是:"离别家乡岁月多,近来人事半消磨。惟有门前镜湖水,春风不改旧时波。"这首诗也算不错,尤其是后两句,然而它却不如前一首流传广远,此中道理值得深思。

西方现代美学理论中有所谓"审美期待"、"期待视野"之说,是由20世纪的德国文论家、接受美学的创始人尧斯(又译姚斯)所提出的。他认为文学的历史是读者与作品交互作用的历史,作品要为读者提供审美创造活动的天地与可能性,读者在阅读的审美活动中,也具有审美创造的希冀与期望。他山之石,可以攻玉。唐诗中善于撷取、提炼"典型瞬间"的诗作不少,它们激发读者的期待,召唤读者去积极地参与作品的再创造。如卢纶的《逢病军人》:"行多有病住无粮,万里还乡未到乡。蓬鬓哀吟古城下,不堪秋气入金疮。"如张仲素《春闺思》:"袅袅城边柳,青青陌上桑。提笼忘采叶,昨夜梦渔阳。"都莫不如此。而贾岛的"松下问童子,言师采药去。只在此山中,云深不知处"(《寻隐者不遇》),似乎更多地继承了贺知章的诗艺而又有所发展。从这里可以看到,古典诗歌中有丰富的艺术积累等待着我们去认识,去作"纵的继承"并予以推陈出新。新诗作者如果对古典诗歌的优秀传统一无所知或知之不多,而高叫"反传统",一味鼓吹"横的移植",不是等于"藏金于室而自甘冻饿",即丢掉金饭碗去讨饭吗?

动静对照的艺术结构
——孟浩然《过故人庄》

　　动静对映结撰成章的艺术，在我国最早的诗歌总集《诗经》里，就已经初露光彩了。《小雅·车攻》描绘了这样的场面："萧萧马鸣，悠悠旆旌。"这两句马之嘶鸣与旗之无声的动静对映，极饶情致，连千余年后唐代大诗人杜甫的"落日照大旗，马鸣风萧萧"（《后出塞》），也是从这里汲取了出蓝之美的灵感。在理论上，首先提出动静对映的艺术法则的，大约是宋代兼擅文学的科学家沈括，他在《梦溪笔谈》卷十四中说："古人诗有'风定花犹落'之句，以谓无人能对。王荆公对以'鸟鸣山更幽'。'鸟鸣山更幽'本宋①王籍诗，原对'蝉噪林逾静，鸟鸣山更幽'，上下句只是一意，'风定花犹落，鸟鸣山更幽'，则上句乃静中有动，下句动中有静。"沈括不仅提出对句不能犯"合掌"，即词意重复这种毛病，而且看到了诗歌中不仅上下两句可以动静互照，一句之内也可以动静相生。

　　诗歌，长于抒写事物的动态，诗歌作者也往往着意"化美为媚"（莱辛语）。"媚"，即是动态之美，也就是尽量将静态叙述的形象，化为动态演示的动作性形象。"新丰美酒斗十千，咸阳游侠多少年。相逢意气为君饮，系马高楼垂柳边"，王维的《少年行》写人物神态已然是神情毕现了，但杜

_____

① "宋"，应为梁。沈括所记有误。

甫后来在成都所作的同名之作似乎更胜一筹:"马上谁家白面郎,临阶下马坐人床。不通姓字粗豪甚,指点银瓶索酒尝。"原因就在于王维诗的前两句为静态的叙述而非动态的演示,而杜甫则以其老到的写生妙笔,更生动地表现了事物的动态,更传神地表达了人物——大约是当时的"官二代"或"富二代"骄纵无礼的意态神情。但是,诗歌中绝不是一概排斥静态的描画,因为"动静"二态本来是生活中客观事物的固有属性,它们是互相依存、对立和转化的。作为对生活作艺术表现的诗歌,它必然要显示出这种客观存在的辩证法。同时,这种动静对立的情态,被作者自觉地广泛地运用于诗歌的艺术描写之中,就构成了丰富多彩的动静对映的诗艺,或动中有静,或静中有动,或先动后静,或先静后动,或以动衬静,或以静衬动,如此等等。有如变化多方的万花筒,展现了美不胜收的万千图景。

　　动静对映的艺术法则,可以大大地增强事物的艺术对比效果,有助于创造和构成诗的意境。如孟浩然的《过故人庄》:

> 故人具鸡黍,邀我至田家。
>
> 绿树村边合,青山郭外斜。
>
> 开轩面场圃,把酒话桑麻。
>
> 待到重阳日,还来就菊花。

孟浩然(689—740),襄州襄阳(今湖北省襄阳市)人,后人尊称为孟襄阳。他和王维同为唐代诗歌中山水田园诗派的掌门人物,世称"王孟"。傲岸不谐的李白有一首五律送给他:"吾爱孟夫子,风流天下闻。红颜弃轩冕,白首卧松云。醉月频中圣,迷花不事君。高山安可仰,徒此揖清芬。"(《赠孟浩然》)杜甫不仅在《遣兴》一诗中说"吾怜孟浩然,短褐即长夜。赋诗何必多,往往凌鲍谢",而且在《解闷》一诗中又三致意焉:"复忆襄阳孟浩然,清诗句句尽堪传。"而王维除为孟浩然作像并绘《襄阳吟诗图》之外,还有

《哭孟浩然》一诗悼念他:"故人不可见,汉水日东流。借问襄阳老,江山空蔡州。"孟浩然在唐代这几位大诗人心目中的地位,于斯可见。

上述五律《过故人庄》,就是孟浩然隐居在襄阳附近鹿门山时的作品。这首诗,当然同样表现了他诗作的清空澹远的主导风格,正如明代李东阳《麓堂诗话》议论其诗时所说:"专心古淡,而悠远深厚,自无寒俭枯瘠之病。"这里,我所要着重欣赏的是诗人动静对映的艺术。

诗的题目是"过故人庄",这里的"过"是动词,即"访问"、"拜访"之意,因此,从造访之初写起,最后写到重阳再会的后约,全诗呈现的是动态性的整体艺术结构。然而,诗人为了使诗篇不致单调而具有多样之美,在全诗的最重要的部分——中间两联着重运用了动静对照的艺术手段。

"绿树村边合,青山郭外斜",以静为主,静中有动。诗人所造访的故人庄,村庄周围都是葱郁成荫的绿树,这是近景,也是静景;而句尾的"合"字,显然是一个动态性的意象,它使静态的绿树有了跃动的姿态和生命。从村庄往远处看,隐隐的青山横卧在城郭的外边,这是远景,也是静景;而句尾的"斜"字,是形容词而兼摄有动词的作用,这样就使静态的青山有了生动的气韵。在对故人庄的环境作了一番布置和描写之后,"开轩面场圃,把酒话桑麻",就主要是登堂入室后的动态性描写。禾场、菜园和桑麻等固然是静态的,但占据画面中心的却是开轩面对、把酒欢谈的活跃情态,而且那些静态的事物都成为主客对话时流动的话题了。

对于律诗的中间两联,诗人们一般都是采取情景分写的写法,但王维和孟浩然却善于全部写景,而且往往很出色,不显得单调和呆板,这其中自然有许多艺术的奥秘,动静对照恐怕就是其中之一吧?这里可以附带提到的是,明代杨慎在《升庵诗话》中曾说:"孟集有'待到重阳日,还来就菊花'之句,刻本脱一'就'字,有拟补者,或作'醉',或作'赏',或作'泛',或作'对',皆不同。后得善本,是'就'字,乃知其妙。"妙就妙在"就"字更新颖,富于进行中的动态感。从这里还可以看到,"还来就菊花"本身就是动静对照的，可见，有"泉流石上、风来松下之音"的孟浩然之诗，其清空自然的风格，也正是以雄厚的艺术功力作为基石的。

南朝王籍《入若耶溪》诗有句云"蝉噪林逾静，鸟鸣山更幽"，此语之成为名句，一在于矛盾逆折诗艺，二在于艺术上的动静映衬。王籍咏若耶溪于前，王安石接踵而来，咏此溪于后："若耶溪上踏莓苔，兴罢张帆载酒回。汀草岸花浑不见，青山无数逐人来。"(《若耶溪归兴》)青山本来是静止的，诗人于结句故作反跌，便立收化静为动之奇效。北宋刘攽的《雨后池上》也是如此："一雨池塘水面平，淡磨明镜照檐楹。东风忽起垂杨舞，更作荷心万点声。"从整体艺术构思而言，全诗正是以动静互衬与互映而结撰成章。清人纪昀(晓岚)虽多歌功颂德的庸碌之作，但一旦远离宫廷与官场，放情于山水之间，其才情也足以让他写出好的作品，如他的《富春至严陵山水甚佳二首》就颇可一读："沿江无数好山迎，才出杭州眼便明。两岸濛濛空翠合，琉璃镜里一帆行。""浓似春云淡似烟，参差绿到大江边。斜阳流水推篷坐，翠色随人欲上船。"其诗深得动静对映之妙，尤其是第二首，将静态的景物写得神情飞动，真是"妙哉，妙哉"！由此更加毋庸置疑，古典诗歌是当代新诗与旧体诗词发展的重要基础，古典诗歌的艺术，很值得有识见有才华的当代诗人去含英咀华，推陈出新。即以"动静对映"一端来说，不是也可以给我们以有益的启示吗？

大小相形　巨细反衬

——孟浩然《望洞庭湖赠张丞相》

　　江南三大名楼之一的岳阳楼，乃天下之壮观，诗人之胜域，游客之福地。今人从左侧的坡道拾级而上，可见道门两侧立柱上，镌刻有曾书写《岳阳楼记》的清人张照之联语："南极潇湘千里月，北通巫峡万重山。"而在古代，岳阳楼前左边行道的门框两侧大书的是两副诗联，其一是杜甫《登岳阳楼》的"吴楚东南坼，乾坤日夜浮"，另一联则是孟浩然的"气蒸云梦泽，波撼岳阳城"。它们是何年何月高书于其上的呢？元人方回在《瀛奎律髓》中选录并提及孟浩然之诗，说："予登岳阳楼，此诗大书左序毵门壁间，右书杜诗，后人自不敢复题也。"即使从元代算起，这一景观至少在七百年前就曾闪亮登场了。

　　孟浩然与杜甫的上述诗句，是壮哉洞庭之诗的注册商标。纵然有诗胆大如天的后人敢于复题，如刘长卿《岳阳馆中望洞庭》有"叠浪浮元气，中流没太阳"之句，元稹《洞庭》有"驾浪沉西日，吞空接曙河"之语，许棠《过洞庭湖》有"四顾疑无地，中流忽有山"之辞，但都无法"颠覆"前贤。且不说诗圣杜甫的千秋大作，孟浩然之诗也高居众生的心头不可取代，千百年来风雨不动安如山。

　　湖北襄阳人氏孟浩然（689—740），是盛唐时代山水田园诗派的代表人物，与王维齐名而号称"王孟"。唐玄宗开元二十一年（733），张九龄为相，孟浩然希求他的援引，作《望洞庭湖赠张丞相》：

> 八月湖水平，涵虚混太清。
>
> 气蒸云梦泽，波撼岳阳城。
>
> 欲济无舟楫，端居耻圣明。
>
> 坐观垂钓者，徒有羡鱼情。

这一作品是所谓"干谒诗"，唐代的文士常呈献自己的诗文请求当道或有力者援引，但此诗的巨大的知名度，绝不是因为后半首中希望当权者引荐的寓意巧妙自然而且不卑不亢——古今某些想往上爬的小人在权贵之前总是低声下气、人格卑劣——而是因为前四句确实不同凡响。如果没有前四句永恒性的轰动效应，这首诗很可能就会在历史的长河里消失得无影无踪。孟浩然还有一首《洞庭湖寄阎九》："洞庭秋正阔，余欲泛归船。莫辨荆吴地，唯余水共天。渺弥江树没，合沓海湖连。迟尔为舟楫，相将济巨川。"此作也是前景后情，表达与排行第九的朋友阎防的同舟共济之意。今日知之者不多，其与《望洞庭湖赠张丞相》的异同，读者可以合参。

　　这首诗的前四句之所以成为千古绝唱，其主要的艺术奥秘就是大小相形，巨细反衬。在诗歌创作中，既要有如椽大笔写出大的境界（广阔的空间、邈远的时间构成的大景），也要有精细的笔墨写出小的景观（具体的人物、事物、器物构成的小景）。一味粗豪，就会空无依傍，大而无当；一味工细，则易流于琐屑，格局狭窄。只有概括"大"而刻画"细"，大中取小，小中见大，才会大而不空，小而不碎。尤其是要创造出壮阔雄浑的意境，更非单一的"大景"所能奏效，而必须注意以"小景"去衬托。唐代是中国历史上的黄金时代，胸怀开阔，气象雄浑，较之历代前朝，唐代的诗人们更富于历史感和宇宙感。他们的诗往往从无限中表现有限，从有限中显示无限，将大与小、具象化和宇宙感融于一诗。如王勃的"画栋朝飞南浦云，珠帘暮卷西山雨"、"阁中帝子今何在？槛外长江空自流"（《滕王阁诗》），如陈子昂的"前不见古人，后不见来者。念天地之悠悠，独怆然而涕下"（《登幽州台歌》），如王维的"大漠孤烟直，长河落日圆"（《使至塞上》），如杜甫的"群山万壑赴荆门，生长明妃尚有村"（《咏怀古迹》）。在新诗中，如余光中咏汉代名将李广——"两千年的风沙吹过去／一个铿锵的名字留下来"（《飞将军》），如洛夫写唐代名诗人李贺——"哦！好瘦好瘦的一位书生／瘦得／犹如一支精致的狼毫／你那宽大的蓝布衫，随风／涌起千顷波涛"（《与李贺共饮》），均是如此。而孟浩然此诗，从整体构思而言，就是艺术上大小结合、点面相映的典范之作。

　　孟浩然首先写俯视所见，接着写仰视所感。"八月湖水平"的境界本来不能称小，但和"涵虚混太清"相较，前者景小而后者景大——因"太清"就是"天宇"之意——这样大小交融，巨细映照，视觉艺术效果就十分强烈。诗人如此起笔已不同凡俗了，但他觉得还不足为洞庭传神，于是百炼精金，化为颔联光芒四射的诗句。古代有二泽，江北为"云"，江南为"梦"，颔联的出句着眼于"云梦泽"这一个浩浩汤汤的平面，一个"蒸"字，诉之于视觉，写足了洞庭的浩瀚风神雄伟气派；颔联的对句落笔于一个相对狭小的实体"岳阳城"，一个"撼"字，不但诉之于听觉，也因"通感"手法的运用而诉之于触觉，补足了洞庭湖摇山撼岳的巨大力量。出句写"气"，对句写"力"，前者景大而后者景小，大小映衬，相辅相成。大因小而真气充塞，小因大而精神飞动，构成了一幅大小相形、多姿多彩的可以传之千古的图画。后来者写洞庭虽然不乏好句佳篇，但从大气魄大手笔而言，只有杜甫一人能与孟浩然分庭抗礼甚至后来居上。

　　以上所述主要是从艺术着眼，如果从精神境界而言，孟浩然此诗前半首之"大"与后半首之"小"也构成了强烈的反差。古语说"若济巨川，用汝作舟楫"《尚书》、"临渊羡鱼，不如退而结网"（《汉书·董仲舒传》），"舟楫"、"垂钓"之类的暗喻也和前面一"水"相牵，堪称水到渠成，艺术上相当自然。虽然他的"乞仕"无可厚非,但前半首的壮阔雄浑和后半首的狭小局促,总令我感到不太协调,好像一首歌唱到后面跑了调。何以故? 20 世纪之初发现于甘肃敦煌石窟的唐诗抄本中,此诗原来题为"洞庭湖作",而且只有前面四行,其中的"波撼"作"波动",首句"八月湖水平"的句律是"仄仄平仄平",是一首不讲究平仄的古体绝句(徐俊纂辑《敦煌诗集残卷辑考》,中华书局,2000 年)。我想,敦煌抄本所录应该是此诗的原始版本,而且可能是孟浩然年轻气盛时之作,系游览岳阳时所写的纯粹的风景抒情诗。后来为了得到张九龄的援引,他便顺水推舟,由四句而扩展为八句,由绝句而曼衍为律诗,由写景诗变化为干谒诗,由"洞庭湖作"而转题为"望洞庭湖赠张丞相"。而在《全唐诗》中,此诗除了这一题目之外,同时还注云"一作《临洞庭》",这一题目与敦煌抄本的诗题大同小异,似乎也透露了某种原始讯息。

孟浩然此诗,广大读者已经习惯和接受了后来流行的版本,如宋人李昉等人编的《文苑英华》,此诗题为《望洞庭湖上张丞相》,而《全唐诗》之题目也相同,只是"上"作"赠"而已。然而,敦煌抄本的重见天日,却提出了一个"一分为二"或者说"一诗为二"的谜团,逼得人不能不去面对并力求破解。以上所云是姑妄猜之,得益于台湾学者黄永武《敦煌的唐诗》(洪范书店,1987 年)一书的启示。真相究竟如何,当然最好去问作者本人,如果他拒不作答,那就只好去问洞庭湖的千古涛声了。

起调·转折·收结

——王维《桃源行》

　　诗歌,和名山胜水结下的是不解之缘。湖南桃源县西南的桃源洞,相传就是陶渊明所记的桃花源。自从陶渊明《桃花源诗并记》一出,这里就成了名闻遐迩的胜地。历代不少诗人来这里寻觅那缥缈而美丽的传说,留下了许多脍炙人口的篇章。唐宋以来,佳篇好句层见叠出,与桃花源相映生辉。正如宋代陈岩肖《庚溪诗话》所说:"如王摩诘、韩退之、刘禹锡、本朝王介甫,皆有歌诗,争出新意,各相雄长。"

　　在唐代诗人中,王维"时年十九"所作的《桃源行》,虽然还只能算是他少年的试笔之作,然而,初日芙蓉,自有它动人的风韵,置诸众多咏桃源的作品中,它的光彩仍然分外夺目:

> 渔舟逐水爱山春,两岸桃花夹去津。
>
> 坐看红树不知远,行尽青溪不见人。
>
> 山口潜行始隈隩,山开旷望旋平陆。
>
> 遥看一处攒云树,近入千家散花竹。
>
> 樵客初传汉姓名,居人未改秦衣服。
>
> 居人共住武陵源,还从物外起田园。
>
> 月明松下房栊静,日出云中鸡犬喧。

惊闻俗客争来集，竞引还家问都邑。

平明闾巷扫花开，薄暮渔樵乘水入。

初因避地去人间，及至成仙遂不还。

峡里谁知有人事？世中遥望空云山。

不疑灵境难闻见，尘心未尽思乡县。

出洞无论隔山水，辞家终拟长游衍。

自谓经过旧不迷，安知峰壑今来变。

当时只记入山深，青溪几度到云林？

春来遍是桃花水，不辨仙源何处寻！

　　王维（701—761），字摩诘，太原祁（今山西省祁县）人。他是一个多才多艺的艺术家：精通音乐，擅长绘画，是"南宗画"的开山鼻祖；诗歌和孟浩然齐名，世称"王孟"，开创了"山水田园诗派"。他的诗，几乎各体俱长，无体不工。宋代刘辰翁称他的《渭城曲》为七绝中"古今第一"；明代高棅编选《唐诗品汇》，认为他的五律、七律和五排、五绝，可以作诗的"正宗"；而清代倡导"神韵说"的诗人兼诗论家王士禛，编选《唐贤三昧集》竟以王维为首。历代对他的诗作评价之高，由此可见。王维诗艺术上有很高的造诣，苏东坡的"味摩诘之诗，诗中有画；观摩诘之画，画中有诗"（《东坡志林》），是人所熟知的对王维诗风的评论。但我认为最全面而准确的，还是同为唐代人的殷璠在《河岳英灵集》中的一段议论："维诗词秀调雅，意新理惬，在泉成珠，着壁成绘。"《桃源行》一诗，也正是如此。

　　王维此作是一首七言古诗，简称"七古"，唐人又称之为"长句"，属于古体诗的范畴。"行"，原是汉魏南北朝乐府诗题所常用的名称，唐代诗人所写的古体诗，也常常冠以"歌"、"行"的字样。关于歌、行的艺术，前人有很多论述，如明人王世贞在《艺苑卮言》中就说过歌、行的"三难"："歌、行有三难，起调一也，转节二也，收结三也。"当然，"起调"与"收结"之难，并非歌、行之所独具,而为一切体裁的诗歌创作所共有,只是因为歌、行篇幅较长,更要求开篇动人耳目而结尾余味深长,证以白居易的《长恨歌》与《琵琶行》,便可知此中消息。有人说,艺术就是征服困难,王世贞所说的"三难",王维都以他的生花妙笔一一予以征服了。

开篇四句,词采高华,点醒题目,使得读者甫一展卷吟咏便欲罢不能,构成了现代诗学所云之"审美期待"。"渔舟逐水"和"两岸桃花"的动静映照,"红树"和"青溪"的色彩对比,使得开篇就有如一幅彩墨淋漓而又富于动势的图画,吸引读者兴致勃勃地跟随诗人去探胜寻幽。这种"起调",不能不说是很高明的。这首诗的中间部分共分三层:异境忽开,古风犹存;避地成仙,亦实亦虚;尘心未尽,思乡出洞。这三个层次,虽然是从陶渊明的《桃花源记》演绎而来,正如沈德潜《唐诗别裁》所说"顺文叙事,不须自出意见",或吴乔《围炉诗话》所说"右丞《桃源行》是赋义,只作记读",但几个层次并非平铺直叙,而且各有佳句点染其中,如"遥看一处攒云树,近入千家散花竹",设色取景,远近相宜;如"月明松下房栊静,日出云中鸡犬喧",夜晚的静态之美与黎明的动态之美交相融汇;如"峡里谁知有人事?世中遥望空云山",幻想和现实交织,亦虚亦实,亦真亦幻。(对于这两句诗,明代朱孟震在《续玉笥诗谈》中说:"古人诗,得意句不厌重复。王右丞《桃源行》有云:'峡里谁知有人事,世中遥望空云山。'盖两用之,此其妙在有意无意之间。")我认为王诗人此处是从"峡里"与"世中"两个角度分别着笔,是俗云之"花开两朵,各表一枝",并非简单无谓的重复。何况必要的艺术重复往往可以使诗文生色,汉乐府《江南》之"江南可采莲"即是明证与力证。苏联文豪高尔基也曾说过:"重复,是一种有力的修辞方式。"因此,这些"转节"之处又能够像沈德潜所说的"夷犹容与,令人味之不尽"。"收结"在诗歌创作中被认为是最困难的,可是《桃源行》的结尾四句却十分佳妙,既照应开头,一往一复,首尾环合;又实景虚写,别有灵趣,余韵悠然。唐代草书圣手兼诗人张旭《桃花溪》诗:"隐隐飞桥隔野烟,石矶西畔问渔船。桃花尽日随流水,洞在清溪何处边?"王维诗和张旭诗的结句,有异曲同工之妙。李白出川后寄寓湖北安陆白兆山时,有别开一体意境悠远的《山中问答》(一作《山中答俗人》,又作《答问》):"问余何意栖碧山? 笑而不答心自闲。桃花流水窅然去,别有天地非人间。"其胎息也明显来自五柳先生的有关作品。南宋志士兼诗人谢枋得有《庆全庵桃花》一诗:"寻得桃源好避秦,桃红又见一年春。花飞莫遣随流水,怕有渔郎来问津。"南宋亡后,谢枋得隐居不出,拒绝元朝的征召绝食而死。此诗的思想资源虽然来自陶渊明的《桃花源诗并记》,其意趣与王维的《桃源行》也有些相似,但却已是另一种风貌和寄托了。

　　一首歌,如果第一乐句就能抓住人心,基本乐思具有美的魅力,中间部分抑扬起伏富于张力,结尾之处余音绕梁,那它就绝不会随风而逝。好诗,是否也可以作如是观呢? 丈夫未可轻年少。少年王维的《桃源行》就是这样的好诗,有如此令人惊叹的起点,难怪他后来更上层楼,层楼更上,其人(诗佛)与李白(诗仙)、杜甫(诗圣)齐名,在唐代诗坛鼎足而三,以主角之一的资格出席唐诗的嘉年华盛会,为中国诗歌史书写了别开天地的一章。

锦上添花的整体

——王维《汉江临眺》

　　完整的东西不一定都是美的,但是,除了特殊的所谓"残缺之美",如西方雕塑中断臂的维纳斯,一般而言,美的东西必然完整。特别是在文学艺术的创作中,只有和谐的完整的形象才能构成艺术美。一树繁花,如果衬托它们的是枯枝败叶,那将是何等大煞风景。同样,一首律诗如果只有高明的中间两联,或是只有不凡的开头与结尾,而全篇的结撰却很不平衡与相称,有如一件百衲衣绣上几朵织金镂彩的花朵,那也只会招来观者的叹息。

　　律诗,是唐代诗歌百花园培育出来的色泽光鲜、芬芳特异的一枝,它萌芽于唐代以前,兴起于初唐而繁茂于盛唐,而杜甫与李商隐可说是律诗尤其是七律的勋劳卓著的护花使者。所谓"律",就是严格的规定和法度。在我国古典诗歌的所有诗体之中,律诗是一种不但讲究平仄而且讲求对偶的规律异常严谨的诗体。无论五言律或七言律,开始与结尾的两句一般是散体,称为首联和尾联;中间三、四两句称颔联,五、六两句称颈联,这两联不仅必须对仗,而且在律诗的写作中具有十分重要的地位和作用。因此,诗人们非常重视中间两联的推敲和锤炼,有些诗人往往是先有中间精彩的几句,然后发展成篇。但是,那种只在两联的对仗上下功夫而忽视全篇的做法,毕竟为优秀的诗家和诗论家所不取。

　　明代王世贞著有《艺苑卮言》，其胞弟王世懋在其所作《艺圃撷余》中指出："今人作诗，多从中对联起……因就一题，衍为众律。然联虽旁出，意尽联中，而起结之意，每苦无余。于是别生枝节而傅会，或即一意以支吾，掣衿露肘。"清代施补华《岘佣说诗》也有类似的看法："今人作律诗，往往先作中二联，然后装成首尾。故即有名句可摘，而首尾平弱草率，劣不成章。必须一气浑成，神完力足，方为合作。五律尤要，所谓'四十贤人'也。"从这里可以看到，古代有识见的诗论家都反对律诗写作中有句无篇的弊病，强调艺术整体的和谐感与完美性，这不仅对当代旧体诗创作有启示意义，即使是新诗创作，同样可以借古鉴今。

　　王维的《汉江临眺》，就是一首完美的天球不琢颇堪讽咏之作：

<blockquote>
楚塞三湘接，荆门九派通。
江流天地外，山色有无中。
郡邑浮前浦，波澜动远空。
襄阳好风日，留醉与山翁。
</blockquote>

"临眺"，即登高望远之意，"汉江"即汉水，源出陕西省宁强县，流经襄阳，在武汉汇入长江。唐玄宗开元末年，王维为殿中侍御史，他到襄阳后登临远眺江汉的景色，写下了这首著名的诗篇。

　　在战国时期，汉水一带是楚国的北疆，而三湘一说是漓湘、潇湘、蒸湘的合称，泛指湖南；荆门在今湖北省宜都市，九派则是长江在这一带的众多的支流。"楚塞三湘接"一以写山，"荆门九派通"一以写水，"山"与"水"成为全诗的抒情线索，贯串全篇。同时，诗人一开始就写出不但是远眺中而且是想象中的景色，实景虚写，有如一阕宏大的乐曲所奏鸣出的第一个壮丽的乐句，音域阔大，气魄雄张。

　　诗人在如此大笔挥写后尚嫌意有不足，于是接笔承"九派"再写"江流

天地外",承"楚塞"再写"山色有无中"。这一联,如同乐曲中的华彩乐段,
自来得到诗人的追慕和读者的赞赏。陆游在《老学庵笔记》中说:"权德舆
《晚渡扬子江》诗云'远岫有无中,片帆烟水上',已是用维语;欧阳公长短
句云'平山阑槛倚晴空,山色有无中',诗人至是,盖三用矣。"所谓"三用",
就是除了中唐诗人权德舆化用之外,宋代欧阳修《朝中措·送刘仲原甫出
守维扬》一词中,就有"平山阑槛倚晴空,山色有无中"之语,完全是袭用王
维的成句,而苏轼的《西江月·平山堂》先是说"三过平山堂下,半生弹指
声中。十年不见老仙翁,壁上龙蛇飞动",之后在《水调歌头·黄州快哉亭
赠张偓佺》中,又说"长记平山堂上,欹枕江南烟雨,杳杳没孤鸿。认得醉
翁语,'山色有无中'"。他喜欢"山色有无中"一语自不待言,但他说"认得
醉翁语",如果不是特意恭维十分赏识他的座主妙用前人名句,那就似乎
是误把这一名句的版权归在欧阳修的名下了。总之,这一联纯用意笔写
山水的壮观,笔意清润,意象超远,纸上江声浩荡,诗中云烟绵邈,确实是
令全诗锦上添花的笔墨。

　　因为全诗是写汉江临眺,在运笔空灵地分写了远景的山水之后,诗人
继之集中笔力写水,而且比较侧重于近处的实境,笔姿毫不平板重复。
"郡邑浮前浦,波澜动远空",一"浮"一"动"这两个动词,和前联的方位词
"外"与"中"一样巧妙,"外"与"中"置于一句之尾,如袅袅余音,作用在引
人联想;"浮"与"动"置于五言中关键性的第三字的位置,作用在于加强动
态之美。由宋人元的诗论家方回在《瀛奎律髓》中说:"右丞此诗,中两联
皆言景,而前联尤壮,足敌孟、杜《岳阳》之作。"他虽更称美颔联,但他认为
王维这首诗可以和孟浩然《望洞庭湖赠张丞相》与杜甫《登岳阳楼》相媲
美,当然是包括颈联在内的。清代纪晓岚认为这首诗"五六撑不起,六句
尤少味,复衍二句故也",我以为这种说法并没有足以服人的道理。

　　山翁,指晋代的山简,他任征南将军时镇守襄阳,常去襄阳的名胜之
地游览,以至成为后代常加征引的一个人文典故。王维在风和日丽之中

临眺江山，自然不禁要联想到过往的风流人物，并抒发自己对大好山川的爱恋之情。"襄阳好风日，留醉与山翁"，悠然而止，极具风致。谢榛在《四溟诗话》中说明律诗"重在对偶"之后，又特地指出"诗以两联为主，起结辅之，浑然一气"。王维的这首诗，气摄神行，就达到了"浑然一气"的和谐美的妙境。

优秀的诗章，应该是有句有篇，也就是既有精彩之句，复有完美之篇，是局部与整体的有机统一。古今许多诗作的弊病之一，就是或有句无篇，即有好句可摘，但全篇却不相称，缺乏整体的构思布局之美；或有篇无句，即整体尚属可观，但全篇却无十分出彩之处，缺乏令人一见倾心的佳句。诗的理想的艺术境界是有篇有句，有句有篇，也就是既有一枝秀出的好句，也有运思巧妙的好篇，是句与篇的完美统一。王维之诗如《山居秋暝》："空山新雨后，天气晚来秋。明月松间照，清泉石上流。竹喧归浣女，莲动下渔舟。随意春芳歇，王孙自可留。"如《使至塞上》："单车欲问边，属国过居延。征蓬出汉塞，归雁入胡天。大漠孤烟直，长河落日圆。萧关逢候骑，都护在燕然。"无一不是有佳句可摘而整体上乘的名篇。法国18世纪最杰出的启蒙运动思想家、作家狄德罗，在他的名著《论戏剧艺术》中说："任何东西假使不是一个整体就不会美。""效果长期存留在我们心上的诗人才是卓越的诗人。"锦上添花，追求艺术的完整美与和谐美，追求作品的使人永志不忘的美感效果，看来是中外艺术家所共同向往的美学境界。

小中见大　尺水兴波
　　——李白《秋下荆门》

　　开元十三年(725)秋天的长江上,一船如箭,直指江汉。阳光下的三峡排列起辉煌的仪仗队,江涛鼓乐齐鸣,欢送一位年方二十五的青年诗人离开四川家乡,"仗剑去国,辞亲远游"。从此,这位诗人就开始了他充满幻想与坎坷的征程;从此,中国诗歌史就开始书写它更为光辉的一页。他,就是被美称为"诗中之龙"的唐代大诗人李白。

　　壮游途中,李白在湖北宜都县稍事逗留。荆门山,在宜都县西北长江南岸,与北岸的虎牙山夹江相望。它们跃入了李白的眼帘,触发了诗人的豪兴,他赠给它们以青春的诗篇《秋下荆门》:

> 霜落荆门江树空,布帆无恙挂秋风。
>
> 此行不为鲈鱼脍,自爱名山入剡中。

这首绝句和五律《渡荆门送别》,就是诗人现存的出川后最早的作品。

　　绝句,是中国古典诗苑中的一朵奇葩。它只有寥寥二十字或二十八字,篇幅最为短小,语言极度凝炼,要从一粒细砂中看到大千世界,要在弹丸之地中开拓出深广的境域,要在寸简尺幅里给人以味之不尽的余韵,确实是一个难度很高的艺术试题。然而,唐代的优秀诗人都气傲心高,纷纷前来应试，而明代李攀龙《唐诗选》中所赞美的"五七言绝句，实唐三百年一人"的李白，更是大气包举，举重若轻，显示了他非同小可的身手！清代刘熙载在《艺概》中指出"短篇宜纡折，不然则味薄"之后，又以为"大起大落，大开大合，用之长篇，此如黄河之百里一曲，千里一曲一直也，然即短至绝句，亦未尝无尺水兴波之法"。"尺水兴波"，这是关于绝句写作的重要艺术见解。"尺水"，是说绝句篇幅短小，字数有限，只能描绘生活的一个片断或刹那；"兴波"，就是要讲究波澜起伏，追求妙想奇思，而不能一览无余，如同直头布袋。李白的《秋下荆门》，就颇有"尺水兴波"之妙。

　　"霜落荆门江树空"，首句开门见山，点明题目中的"荆门"。这是李白绝句中最擅长的"明起"的笔法。寒霜落遍荆门，长江两岸的树木都摇落殆尽，七个字写眼前节令和景色，凌纸生秋，寒意逼人，摇曳着宋玉《九辩》中"悲哉，秋之为气也！萧瑟兮草木摇落而变衰"的余韵。读诗至此，人们以为青年李白的七弦琴上，也要重弹悲秋的老调了。然而，继之而来的"布帆无恙挂秋风"承接第一句，顿时波翻浪涌！《晋书·顾恺之传》记载：大画家顾恺之做荆州刺史殷仲堪的参军时，告假东归，殷借给他布帆。顾途遇大风，在给殷的信中说："行人安稳，布帆无恙。"富于才力和学力的李白，纵横驰骋，驱遣百家，巧妙地运用典故而使人毫不觉得他是在用典，这本来就已经是很高明的了，更重要的是，这句诗反用笔锋，反激上文，突出地表现了青年李白那种乘长风破万里浪的豪情胜概。第三句在绝句婉转变化方面的重要作用，历来为诗家所重视。李白《早发白帝城》中的"两岸猿声啼不住"，《客中作》的"但使主人能醉客"，《越中览古》的"宫女如花满春殿"，《春夜洛城闻笛》的"此夜曲中闻折柳"，等等，都是铺垫蓄势，转折生情。这首诗也是如此，"此行不为鲈鱼鲙"，不仅转写景为抒情，化实为虚，运用了西晋张翰（季鹰）秋日在洛阳思念家乡菰菜、莼羹与鲈鱼之美而辞官不做的故事——《世说新语·识鉴》："张季鹰（翰）辟齐王东曹掾，在洛，见秋风起，因思吴中菰菜羹、鲈鱼鲙，曰：'人生贵得适意耳，何能羁宦数千里以要名爵？'遂命驾便归。"同时,这一句对第二句既是在"秋"这个意象上的自然承接,又是另起一意的转折,"不为"的否定句式使此中情意更为强烈。"自爱名山入剡中",剡中在今浙江省嵊州市,多名山胜水,剡溪即是晋王徽之雪夜访戴逵之处,难怪李白更要心向往之了。在诗中,"自爱"呼应"不为",气脉贯通,全句有如江涛澎湃而远去,余音不绝,引人遐思。

　　乾隆对这首诗的评语是"运古入化,绝妙好辞"(《唐宋诗醇》),但被今人吹捧为"千古一帝"的乾隆只是从活用典故着眼。明代李攀龙曾编纂《唐诗选》,后来日本学者森大来对《唐诗选》所选李白此诗作的有关评释就较乾隆眼光为高:"超绝警绝,真高于季鹰数等。"原来,唐代许多诗人在出仕之前,常常游历四方,以开阔见识,获致声名。即将南泛洞庭、东游吴越的李白,不愿走读书人所必由的科举出身的道路,生当开放进取的盛唐之世,他更不会欣赏张翰那种狭隘的乡土之恋。这位"大丈夫必有四方之志"的青年诗人,怀抱着"济苍生,安社稷"的建功立业的理想,开始他的壮游,他是多么渴望到人生和时代的大海上去扬波击浪啊,而《秋下荆门》一诗,就是李白这位诗中之龙在绝句的河床里掀起的九级浪!

　　薪尽火传。宋代王安石的"飞来山上千寻塔,闻说鸡鸣见日升。不畏浮云遮望眼,自缘身在最高层"(《登飞来峰》),元人陈孚的"一击车中胆气豪,祖龙社稷已惊摇。如何十二金人外,犹有人间铁未销"(《博浪沙》),明人沈明臣的"衔枚夜度五千兵,密领军符号令明。狭巷短兵相接处,杀人如草不闻声"(《凯歌》),清人王九龄的"晓觉茅檐片月低,依稀乡国梦中迷。世间何物催人老,半是鸡声半马蹄"(《题旅店》),谭嗣同的"终古高云簇此城,秋风吹散马蹄声。河流大野犹嫌束,山入潼关不解平"(《潼关》),秋瑾的"不惜千金买宝刀,貂裘换酒也堪豪。一腔热血勤珍重,洒去犹能化碧涛"(《对酒》),都莫不是小中见大而尺水兴波之作。2015年是抗日战争胜利七十周年,北京举行了盛大的阅兵式。犹记日寇侵华,湖南长沙也濒临战火,幼小的我随父母举家逃难于湘西僻远的山城泸溪。家父李伏波作有《闻柝》一诗："倭寇侵凌走不毛,月明乡思最难抛。无情最是山城柝,偏向离人梦里敲。"抗战胜利日本投降之时,我们正在洞庭湖滨的县城汉寿,喜讯传来,全城中小学生连续三夜提灯绕城庆祝,全城百姓夜以继日燃放鞭炮,家父复作《喜闻日寇投降》:"声声爆竹沸湖城,闻缚苍龙喜不胜。扶醉还来窗际立,错将星斗当花灯!"古今诗心相通,微尘中见大千,起承转合,曲折跌宕,在七绝的简约的篇幅中,包孕了相当丰富的时代、社会和个人感情的容量。上述二诗,都收录在家父的诗词集《雪鸿吟草》之中。中华诗词研究院莫真宝博士整理收录抗日战争胜利时的诗词作品,汇为专书《抗日胜利这一天》(中国青年出版社,2015 年),《喜闻日寇投降》一诗,蒙他和责编彭明榜先生主动搜集选载,也算是留下了大半个世纪以前个人与时代的一点雪泥鸿爪,家父有知,也当会和我一样心存感念的吧?

构思婉曲　别开一枝

——李白《闻王昌龄左迁龙标遥有此寄》

　　唐朝,是我国古典诗歌的黄金时代。对于唐诗的成就,鲁迅 1934 年 12 月 20 日在致杨霁云的信中曾说:"我以为一切好诗,到唐已被做完。此后倘非能翻出如来佛掌心的'齐天大圣',大可不必动手。"(《鲁迅书信集》)鲁迅此语虽然未免绝对,唐代以后历代乃至当今,仍然有许多好诗,并非"一切",更非"做完",但他对唐诗的高度肯定,却无可非议。在鲁迅所说的好诗中,自然应该包括抒写友情的篇什。那些咏唱真挚情谊的诗歌,在姹紫嫣红开遍的唐诗百花园里,确实是风采独具的一枝。

　　中华民族是一个崇尚友道、珍重友谊的民族。除了"良友"、"密友"、"益友"、"挚友"、"契友"等称谓之外,我们的先人还将登山临水的称为"逸友",将奇文共欣赏的称为"雅友",将直言规谏的称为"诤友",将品德端正的称为"畏友",将处事正直的称为"义友",将可共生死的称为"死友"。李白一生留下了许多名篇,抒写真挚的友情,从一个侧面反映他所处的社会和时代,是他的诗作的重要内容之一。这里,且让我们欣赏他的《闻王昌龄左迁龙标遥有此寄》:

　　　　　　　杨花落尽子规啼,闻道龙标过五溪。

　　　　　　　我寄愁心与明月,随风直到夜郎西!

王昌龄，这位盛唐诗坛风华绝代的歌手，擅长七绝，当时就有"诗家天子王江宁"的美誉。明代杨慎称赞道："龙标绝句，无一篇不佳。"（《升庵诗话》）明人王世贞《艺苑卮言》也把他和李白相提并论："七言绝句，少伯与太白争胜毫厘，俱是神品。"他和李白同是才华横溢的诗人，在封建时代又同是坎坷不遇，这大约就是他们建立深挚友谊的基础吧？他们曾在岳阳初识，后来复曾于长安再见，李白曾作《同王昌龄送弟襄归桂阳二首》。天宝八载(749)，任职江宁（今江苏省南京市）丞的王昌龄被贬为龙标尉，在唐代，龙标县是僻远荒凉的南荒之地，穷山恶水的贬谪之乡，年近五十浪迹江南的李白听到故人的这一不幸消息，就写了上述之诗。

　　李白现存绝句一百五十余篇，在盛唐诸家中，他是这一体裁的作品存世最多的一位。当年在巴陵，王昌龄和他分别时作的是一首七绝《巴陵送李十二》："摇曳巴陵洲渚分，清江传语便风闻。山长不见秋城色，日暮蒹葭空水云。"李白现在"遥有此寄"的，也是一首七绝。开篇两句紧扣题目，点明时令，以景寄情。杨花本是飘摇无着之物，杨花已经落完，时令自然已是好景不长撩人愁思的晚春时节。子规一名杜鹃鸟，以啼声悲切、动人愁肠而见称，李白在《蜀道难》中就有过"又闻子规啼夜月，愁空山"之句。而五溪，即今湖南省与贵州省交界处的辰溪、酉溪、巫溪、武溪、沅溪。在高明的诗人笔下，景无虚设，写景即是写情，他因友人被贬边荒而引起的担心与悬念，从中曲曲传出。

　　如果说，前面两句的抒情还是含而不露的话，那么，后两句就是诗人的直抒胸臆了。诗人遥望南荒，满怀思念而又无由可达，于是便张开想象的彩翼，将一颗愁心寄托给明月，让自己的心和明月一起，随着浩浩天风，一直照耀到友人被贬谪的地方。（诗中所指"夜郎"，在今湖南省怀化市沅陵、辰溪县境，由龙标县分置而出，为唐代三个"夜郎县"之一，其他两处在今贵州省遵义市桐梓县。"龙标"在沅陵、辰溪县西南，故诗云"随风直到夜郎西"。有人因为诗中有"夜郎"二字，妄断为李白晚年咏王昌龄流放贵州夜郎之作,大谬。)这里,诗人虽然点明了"愁"字,但构思却巧妙深曲,无怪乎清人施补华在《岘佣说诗》中要推许这首诗"深得一'婉'字诀"了。总之,这首诗不仅表现了友人间的绵邈深情,恻恻动人,也反映了封建时代伟大诗人的悲剧遭遇。李白在对友人的深致慰藉之中,难道不也寄寓了自己身世遭逢的深沉感喟么?

　　一位尊重前贤而不数典忘祖的诗人,必然会尊重、继承和发扬传统,予传统以创造性的转化,使传统生生不已也新新不已,绝不至于尚不知传统为何物,便装扮出一副"叛逆"的勇士的姿态,好像以前的诗歌史都是一片空白,诗运要从他开始。这种诗作者,似乎也可说"代不乏人",尤以20世纪70年代末至80年代门户初开后某些唯西方现代派诗歌马首是瞻的诗作者为最。但是,一位真正尊重传统而有才华的诗人,必然也不会死守前人的遗产,以为传统是不可发展的凝固物,而顶礼膜拜,而亦步亦趋,不敢越雷池一步。在艺术上,李白这首诗除了构思婉曲之外,还突出地显示了他既善于继承又长于创造的艺术功力,因而它在诗国里才可以说是别开一枝,风华独具。

　　"我寄愁心与明月,随风直到夜郎西",是清新俊逸匪夷所思的妙句,也是李白这首诗的灵魂。它固然是诗人强烈的挚情的结晶,同时也是继承与创造缔结的良缘。在李白之前,许多诗人就曾写月、写风以寄寓相思之情,曹植有"明月照高楼,流光正徘徊。……愿为西南风,长逝入君怀"(《七哀》)之句,鲍照有"三五二八时,千里与君同"(《玩月城西门廨中》)之辞,那可谓是"远传统",满腹经纶的李白,不会不熟悉他们的这些篇章。即以离李白较近的初唐与盛唐之交而论,至少有两位诗人的有关作品也不会不给他以极大的影响,那可说是"近传统":一是张若虚的《春江花月夜》,那"此时相望不相闻,愿逐月华流照君"的诗句,一定挑动过李白敏感的心弦;一是张九龄的《赋得自君之出矣》,"自君之出矣,不复理残机。思君如满月,夜夜减清辉",张九龄不同凡俗的妙构,也该当挑战过李白的诗心吧？从"我寄愁心与明月，随风直到夜郎西"中，确实可以感到前人诗作对李白的启发，以及他在启发之后的创新。我们看到即使天才如李白，也不可能割断他与传统的脐带，不可能生下来的第一声啼哭就是一首好诗。然而，李白的诗又并不是他人的重复，更绝不是前人的回声，而是语意一新的佳构，是充满生机活力与艺术的新颖感的创造。

南北朝时的庾信《华林园马射赋》中之"落花与芝盖同飞，杨柳共春旗一色"，曾经是王勃《滕王阁序》中的名句"落霞与孤鹜齐飞，秋水共长天一色"的先河。而当代名诗人郭小川《祝酒歌》中的"且饮酒，莫停杯！七杯酒，豪情与大雪齐飞；十杯酒，红心和朝日同辉"，也是对王勃之文与李白"将进酒，杯莫停"之句的推陈出新的化用。王维《蓝田山石门精舍》中的"遥爱云木秀，初疑路不同。安知清流转，忽与前山通"，也曾经是陆游《游山西村》的"山重水复疑无路，柳暗花明又一村"名句的先导。而当代名诗人贺敬之《放声歌唱》中的"五月——麦浪。八月——海浪。桃花——南方。雪花——北方"，也是远承了中国古典诗歌中如清人方东树《昭昧詹言》中所云之"语不接而意接"的艺术，如南宋蒋捷的《虞美人·听雨》（少年听雨歌楼上），元人马致远的《天净沙·秋思》（枯藤老树昏鸦），如元人虞集的《风入松·寄柯敬仲》（杏花春雨江南）。在发展新诗的问题上，目空一切高谈阔论，否定传统而全盘学习西方现代派的人，不是出于无知就是出于偏见，或者无知与偏见兼而有之，而李白既继承传统又勇于创新，既珍爱先辈留下的家园，又敢于开拓新的疆土，这，可以做我们当代新旧体诗作者的永不过时的典范。

意境的追寻与创造

——钱起《省试湘灵鼓瑟》

　　长空有彩霞红日、皓月星斗，才显得生机勃勃；大地有群山漠野、江湖河海，才显得气象万千；诗歌有美好的丰富多彩的意境，才显得情韵深永，动人心弦而耐人寻味。

　　意境，我国传统美学的这一重要论题，是诗的艺术发展到相当成熟的阶段，从理论的高度做出的概括。唐代是我国古典诗歌的黄金时代，古典诗歌的艺术在唐代达到顶峰，自南朝梁钟嵘的《诗品》之后，诗歌理论在唐代也得到了长足的发展。

　　"意境"一词，最早见于王昌龄所撰述的《诗格》。他指出"诗有三境"——一是"物境"，二是"情境"，三是"意境"，并主张诗歌创作要把"意象"与"境象"融合为一。司空图后来在《二十四诗品》中，又形象地描绘了诗歌的二十四种境界，并在《与王驾评诗书》中提出了"思与境偕，乃诗家之所尚者"的重要观点。这些说法，得到了历代诗人和诗论家的承认，清代王国维《人间词话》第一条就强调词以境界为最上，有境界则"自成高格，自有名句"。在《人间词话乙稿序》及《宋元戏曲考》中，他又多次提出"意境"之说，认为"文学之工与不工，亦视其意境之有无，与其深浅而已"。可见，"意境"说反映了诗人和诗论家对诗歌这一重要文学样式艺术规律的深刻认识，是从美学角度对诗歌的艺术特征所作的精到概括。如中唐

初期诗人钱起的《省试湘灵鼓瑟》,就是一首灵心圆映三江月的意境幽美深远的诗篇:

> 善鼓云和瑟,尝闻帝子灵。
>
> 冯夷空自舞,楚客不堪听。
>
> 苦调凄金石,清音入杳冥。
>
> 苍梧来怨慕,白芷动芳馨。
>
> 流水传潇浦,悲风过洞庭。
>
> 曲终人不见,江上数峰青!

钱起(? —780?),字仲文,吴兴(今浙江省湖州市)人,"大历十才子"之首,中唐著名诗人。他的诗,反映现实的作品不多,偏于山水田园风物的描写,大致上属于王维、孟浩然一派。他曾和王维唱和,王维对他颇为欣赏,"许以高格"(辛文房《唐才子传》)。在艺术上,他的诗有自己的特色和相当的成就,常常以意境见胜。唐代高仲武编代宗朝诗人廿六家之作为《中兴间气集》,以钱起为卷首,并赞美他"体格新奇,理致清赡。……右丞没后,员外为雄",清代沈德潜在《唐诗别裁》中也赞许他"五言仿佛右丞,而清秀弥甚",从这里可见他诗风之一斑,以及创作之成就。《省试湘灵鼓瑟》一诗,是他的代表作,历来为读者所传诵,启发过后代很多诗人的灵感和诗思。

　　意境,是以艺术意象为基础的;意象,是产生意境的母体。没有鲜活的艺术意象,就无法构成意境,而只能是概念和口号的罗列,或是玄秘难明的臆想的堆砌。但是,平庸落套的意象也不能构成意境,那只是缺乏才力的作者对生活表象的复制,或是对别人成功之作的笨拙模仿。只有新鲜独创的意蕴深远的意象之组合融汇,才能使意境之花开放。意境,是作者主观之"意"与现实生活之"境"的辩证统一,是刺激读者的想象积极参与作品的再创造之艺术世界。"意",包括"情与理",即作者对生活独特的感受、认识、理解和发现;"境",指事物的"形"与"神",即经过作者提炼熔铸出来的"这一个"(黑格尔语)的生动意象及其内在精神与气韵。

"省试",即晋京赴尚书省参与礼部主持的进士考试。唐时这一考试除经、策之外,尚须赋诗、赋各一篇。试题、体制、用韵均有严格规定,诗为五言六韵,名为"试帖诗"。钱起的《省试湘灵鼓瑟》本是应考的试帖诗,但他写来却非同凡俗,意境幽远。《楚辞》中的《远游》篇有"使湘灵鼓瑟兮,令海若舞冯夷"之句,这首诗的诗题就是由此而来。全诗着重表现的,是湘灵鼓瑟不同凡调的效果和诗人独特的审美感受。依照试帖诗的规定,首二句必须点明题目,概括题旨。钱起之作不仅中规中矩,点明乐器之"瑟"与鼓者"湘灵",而且运笔空灵,语言优美。接下来的五韵十句紧扣题意,从各个角度与正反两面渲染那哀怨动人的乐声的幽远情韵和神奇力量:河神冯夷闻声起舞,被放逐楚地的迁客骚人听来更是黯然神伤。苦调清音,穿云裂石,飞过了浩浩洞庭,回荡在千里湘江之旁,飞扬在白云青天之上,连九嶷山上的舜帝也为之心碎,连屈原赞美过的白芷也吐放出更浓郁的芳香。还应提出的是,此诗的体制是排律,规定除首尾两联之外,中间各联必须对仗工稳,平仄和谐。此诗完全符合这种美学规范,一丝不苟而情韵悠长。尾联也严守试帖诗的要求,而且成为令人激赏的千古名句。"曲终"照应"鼓瑟","人不见"点明非人而神的"湘灵","江上数峰青"也将题中的"湘"字落到实处。不仅如此,一曲既终,伊人不见,余音仿佛还在江水之上和峰峦之间袅袅不绝,而高雅之意与怅惘之情均含蕴其中,令读者低回寻味,欲罢不能。总之,全诗听觉意象和视觉意象相交融,情景历历,状溢目前,那夐夐独造的意象中渗透了诗人审美的激情,"意"与"境"在相当的高度上达到了和谐统一。而那独创性的音乐描写,也鼓舞了后来韩愈、白居易、李贺写音乐的诗篇的灵感。

意境,是内情与外境、情理与形神在创造性的艺术意象中的和谐统一，同时，也是情景交融所构成的引人联想和想象的艺术世界，因此，意境美还必然具有如下的特征：意象的间接性和丰富性。诗歌，是最富于想象力和启示力的艺术，谈得上有意境的诗，不仅具有意象的直接性，还必须具有意象的间接性和丰富性，是实的意象和虚的联想的交融，可以在读者的审美活动中构成"再生性意象"或"再造性意象"。一鹤冲霄，使人起秋日胜春朝之想；几竿翠竹，令人发劲节凌云之思。有意境的诗作，必然会提供联想的线索，规定想象的范围，充分调动读者想象的积极性，让他们根据自己的生活经验与审美体验去补充和丰富诗的意象，从有限中寻求无限的象外之象、景外之景、韵外之音、味外之旨。法国19世纪的美学家夏多布里昂认为"理想的美"是"挑选和隐藏的艺术"，是"真实与虚构的美妙的结合"（《西方美学家论美和美感》）；我国唐代刘禹锡论诗提出"境生于象外"（《董氏武陵集序》），宋代陆游以为"能追无尽景，始见不凡人"（《夜读巩仲至闽中诗有怀其人》），大概也包含这个意思吧？

　　古时的楚地，本是诞生奇幻神话的国土，而《楚辞》则是哺育历代诗人想象的摇篮。钱起的《省试湘灵鼓瑟》一诗，是从楚地传说和瑰奇《楚辞》中取材的诗，其意境之美就具有意象的空灵性和解释的丰富性的特色。全诗现实和幻想交织，诗人将意中含蓄和句中含蓄结合起来，具体意象之间留下大片的空白，变幻空灵，境高意远，含蓄不尽，引人玩索，加之笼罩全篇的那种迷离扑朔的氛围，令人更觉诗境幽远，情思无限。除此之外，诗的结句也十分精彩，对全诗无限性意境的形成也具有重要的作用，历来为诸多诗家所称道，称之为"宕开作结，妙不说尽"（沈德潜《唐诗别裁》），赞之为"一结宕然以深，悠然以远"（吴瞻泰《杜诗提要》），誉之为"曲终江上之致"（浦起龙《读杜心解》）。清人王有宗赞扬杜甫《缚鸡行》的结句时，也曾说"如江上青峰，秋波临去，令人低回，不能已已"（浦起龙《读杜心解》）。从以上所引，均可见他们对钱起诗的倾心。

　　诗的意境美是多种多样的，就像生活本身一样丰富多彩。但我以为意象的鲜明性和独创性、空灵性和丰富性,是构成意境美的基本因素。同时,"意境"这一诗歌美学理论产生的时间虽然很早,是我国古典诗歌的重要美学原则,但它同样适用于新诗,是诗歌创作和诗歌理论中一个有待不断深入探讨的美学课题,并未也不可能过时。有人一味强调"用外来的美学原则改造我们的新诗",而主张"冲破""意境的美学原则",这未免失之偏颇。今日许多旧体诗词与新诗之不堪卒读,弊病之一就在于毫无意境可言。"意境"说,是我国对诗歌理论的具有世界性意义的贡献。台湾学者与文学批评家姚一苇在《艺术的奥秘》一书《论境界》一章中认为,境界或意境是我国独有的一个名词,作为艺术批评或文学批评的一个术语,在西洋美学中无同等的用语。这可谓独到的有识之见,我赞同并响应从海峡对岸传来的这一呼声。

无理而妙的联想

——戎昱《移家别湖上亭》

诗的联想,是诗的想象这一花的家族的一个重要分支,而"无理而妙"的联想,则是联想之中的一朵奇葩。

人,总是生活在一定的社会环境和自然环境之中。大自然不仅是人类赖以生存和发展的物质天地,也是诗人描写与歌咏的精神对象。很多人都有这样的感受:在一个地方生活了较长一段时间,而那段时间的生活有很多地方值得留恋,那里的山川风物甚至一草一木都仿佛和自己建立了某种难以割舍的情感,如果一旦要向它们挥手告别,心头自然难免要涌起离情别绪的波澜。假如你是一位诗人,你也许就会要将这种情思宣泄在纸上,就像盛唐与中唐之交的诗人戎昱《移家别湖上亭》那样:

> 好是春风湖上亭,柳条藤蔓系离情。
>
> 黄莺久住浑相识,欲别频啼四五声。

戎昱不仅将许多人所共有的那种微妙之审美感情作了独特的表现,而且表现得情韵深远,十分感人,我以为那诗的秘密主要就在于"无理而妙"的出奇联想。戎昱(740?—801?),荆州(今湖北江陵)人,郡望扶风(今属陕西),生卒年月已无法确考,生活在盛唐之末与中唐之初。他在唐代并非

"著名"诗人,不论成就与影响如何,凡诗人与作家必冠以"著名"的称谓,是今日始大为盛行的"文学现象"。新旧《唐书》都没有为戎昱立传,只有辛文房《唐才子传》有简略且不无错舛的记载。安史之乱初平时,他曾有关心人民疾苦、反映社会丧乱的《苦哉行》五首,以后他流寓、宦游于荆南、湖南、广西、江西、陇西一带,也曾写过一些比较出色的诗篇,如《塞上曲》、《入剑门》等篇章,如名作《咏史》(又题《和蕃》):"汉家青史上,计拙是和亲。社稷依明主,安危托妇人。岂能将玉貌,便拟静胡尘? 地下千年骨,谁为辅佐臣!"《全唐诗》收录他的诗作一卷,《移家别湖上亭》即是其中之一。

大历四年(769)至大历十一年(776)左右,戎昱流寓作客于湖南,这首诗据说是他在湖南时的作品。晚唐范摅所著之《云溪友议》,甚至说此诗的"本事"是戎昱游宦湖南时,与一位彼此有情的"零陵妓"的惜别之作。果如此,诗中的意象就别具一番象征意义了。就诗论诗,诗的首句中的"湖上亭"点明了题目,"春风"交代了是风光明丽的春天,"好是"集中地表现了诗人对湖上亭的感情态度。诗人为什么对湖上亭如此情意殷殷呢?他还有一首《玉台体题湖上亭》可资佐证:"湖入县西边,湖头胜事偏。绿竿初长笋,红颗未开莲。蔽日高高树,迎人小小船。清风长入坐,夏日似秋天。"从诗中可以看出,这里确实是风物宜人的胜境,难怪诗人要流连终日而不忍离去。在多情的诗人眼里,不仅湖上亭是如此令人留恋,就是亭边的绿柳和藤蔓,也仿佛牵系着缕缕离情。不过,这两句诗固然是流丽的,但一般的手笔似乎都还可以写出,如果没有下面分外出色的两句,这首诗也许就不会像现在这样使我们动心了。

在前面的铺写之后,诗人不再正面去写湖亭,也不再正面去写自己的别绪,而是掉转笔锋,主客移位而别开妙境:那些黄莺在这里住得很久了,我也朝于斯夕于斯,因此,和我相识已久的黄莺看到我要离此而去,它们也依依惜别,在亭间树上频频地啼鸣,好像在为我送行。"浑"者,全也,"浑相识"即全相识。莺犹如此,人何以堪? 在诗人的笔下,无知的黄莺变为有情,从生活常理看来是"无理"的,但是,写黄莺之情就是更动人地抒发诗人之情,这种"无理而妙"的写法,就远远比那种直白式或直线式的写法高明。

清代词论家贺裳在《皱水轩词筌》中举例说:"唐李益词曰:'嫁得瞿塘贾,朝朝误妾期。早知潮有信,嫁与弄潮儿。'子野《一丛花》末句云:'沉恨细思,不如桃杏,犹解嫁东风。'此皆无理而妙。"后来邹程村对贺裳的说法加以补充:"张子野'不如桃杏,犹解嫁东风',《词筌》谓其无理而妙,羡门(清初词人彭骏孙,号羡门——引者注)'落花一夜嫁东风,无情蜂蝶轻相许',愈无理而愈妙,试与解人参之。"(邹祗谟《远志斋集》)从这里,我们可以看到"无理而妙"的联想的作用和效果。

联想,是由生活中此一意象联想到彼一意象的想象活动。没有联想,就没有诗,没有才情横溢的联想,就没有才情横溢的诗。在古典诗歌中,联想及联想的表现形式是多种多样的,"无理而妙"的联想就是其中之一端。这种联想,从表面看来不合常情常理,但它却别出奇趣地表现了诗作者的真情实感,于理不合,于情却真实而巧妙。现代西方文艺理论中以德国里普斯为重要代表所说的"移情作用",是"移情说"的美学核心观念,就是指由物我两忘达到物我同一的境界,使本来只有自然物理的外物也仿佛具有人的生命和情趣,即"对象的人化"。这一说法,和我国古典诗论所说的"无理而妙"以及"情能移境,境亦能移情"(吴乔《围炉诗话》)中西相通。

在戎昱的诗中,只有自然物理的黄莺也如此通达人情,这种"无理而妙"的联想,也正是诗人的一种"移情"作用的表现。由戎昱的诗还可以体会到,"无理而妙"之所以妙,绝不是诗人故作多情向壁虚构的结果,而是建立在"真情"甚至是情深意挚的"痴情"的基础之上的,所谓"人生自是有情痴,此恨不关风与月"(欧阳修《玉楼春》)是也。这样,诗人所描写的也许不符合表面的生活事象之理,但却更深一层地抒发了于理相通的诗人之情,从而达到抒情诗的抒情妙境。

　　袁枚在《随园诗话》中也说过"诗人者,不失其赤子之心者也",他的这一观点的提出,比王国维《人间词话》中的同一看法早了一百多年。袁枚同时还赞扬了僧惟茂的"四面峰峦翠入云,一溪流水漱山根。老僧只恐山移去,日午先教掩寺门"(《住天台山诗》),以及陈楚南的"美人背倚玉阑干,惆怅花容一见难。几度唤他他不转,痴心欲掉画图看"(《题背面美人图》),云:"妙在皆孩子语也。"所谓"孩子语",近似于王安石所说的"诗家语"。就是富于童心的语言,就是有违事理而深合人情,有一种天真未凿的诗美与"别趣"。现代诗人艾青不是早就说过"美在天真"吗?戎昱这首诗,奇情逸发,似谬实真,把那种美好的生活情趣表现得灵机跃动,委婉动人,洋溢着一种天真之美。正因为如此,就不难理解三百年后的大诗人苏轼,为什么也情不自禁地循着他的艺术足迹,在《常润道中有怀钱塘寄述古五首》中,写出"二年鱼鸟浑相识,三月莺花付与公"的诗句了。而当代台湾诗人洛夫写春色春光,不也有"春,在山中/在蒲公英的翅膀上/……春,在羞红着脸的/一次怀了千个孩子的桃树上"(《城春草木深》)的无理而妙的奇想吗?

　　也许因为我是南方人吧,加之多次在湖边居住,所以对戎昱此诗未免格外有情,多年来在心中挥之不去。有一年盛夏,我小住于浏阳市大围山中,山水有情人有情,极少写旧体诗的我偶赋《大围山诗草》八首,其中之一是《山神之赠》:"炎夏深山尽日行,夕阳催我返归程。山神似也知人意,赠我黄鹂四五声。"黄鹂亦称黄莺、黄鸟,写时并不自觉,后来才恍然有悟:我的诗中的黄鹂,只怕是从千年前戎昱的诗中飞来的吧?不过,应该说明的是,戎昱诗中的黄鹂,在飞到我的诗中之前,早早就飞进南宋时曾几的诗中。生活于北宋与南宋之交的曾几,是陆游晚年都自称"门生"的老师,他是爱国诗人,也是"江西诗派"硕果仅存的大佬。他在今浙江衢县曾作有《三衢道中》一诗:"梅子黄时日日晴,小溪泛尽却山行。绿阴不减来时路,添得黄鹂四五声。"戎昱诗中的黄莺呵,早就在曾几的诗中嘤嘤复鸣了。

终点与起点
——柳宗元《渔翁》

从现代的"接受美学"的角度而言,任何文学艺术作品,都是作者与读者共同创造的结果,作者为"一度创造",读者或观者是"二度创造",诗歌尤其如此。诗的结句,对于诗人来说,是一首诗的终点,但是,任何文学艺术作品特别是诗歌,它的最终完成还有赖于读者的欣赏这一艺术再创造的活动,因此,对于欣赏者而言,结句又是一首诗的起点,读者正是从这里出发,凭借他们的生活经验与艺术素养,去联想、补充和丰富诗的内涵,完成诗的审美艺术再创造。因此,诗歌创作就必须艺术地处理终点与起点的关系,努力做到终点的余韵不尽,引人遐思远想。从柳宗元写于永州的《渔翁》一诗,我们就可以看到结句之结而不结了而未了的妙谛。

永州风景幽美,市区四周皆山,层峦叠翠,清莹的潇水绕城而过,有如一条轻盈碧绿的罗带。位于潇水西岸的"西岩",是一个天然的石灰岩溶洞,与市区隔江相望。唐诗人元结造访此地,写有《朝阳岩铭》与《游朝阳岩诗》,所以西岩又称朝阳岩,成了历来的游览胜地。有些诗选中注释"西岩"为"西山",是错误的,注释者未经实地考察,就将柳宗元《始得西山宴游记》中之"西山"误为"西岩"了(见上海古籍出版社《古代山水诗一百首》)。柳宗元贬为永州司马后,在此间曾度过十年流放岁月,写下了《捕蛇者说》、《永州八记》等脍炙人口的篇章。这里,让我们吟诵玩味他作于

永州山水之间的七言古诗《渔翁》:

> 渔翁夜傍西岩宿,晓汲清湘燃楚竹。
>
> 烟销日出不见人,欸乃一声山水绿。
>
> 回看天际下中流,岩上无心云相逐。

这首诗,是题山赋水而有所寄托的作品。诗的首句,点醒题目,交代了人物和地点。因为全诗着力渲染的是清江晨景,所以第二句的"晓"字高踞题颠而贯串全篇。潇水滢澈,楚竹青翠,风物清华美好,在朝雾迷茫之中,渔翁的一"汲"一"燃",正是日出而作的生活写照。第三句写日出烟销,伊人不见;第四句点出渔翁已驾一叶轻舟离开西岩,顺流而下,只闻柔橹一声从远处传来,眼前碧绿的山光水色交融一体而莫之能辨。全诗景物如画,声色兼胜。同时,说诗中的渔翁在某种意义上是诗人的自况,隐隐寄寓了诗人被放逐边荒而高洁自许的胸怀,大约也不是没有道理吧?

　　但是,对这首诗的结句,前人早有异议。最早提出异议的是苏东坡,他认为后两句可以删去。宋代释惠洪《冷斋夜话》记载苏东坡谈到这首诗时说:"诗以奇趣为宗,反常合道为趣。熟味此诗有奇趣,然其尾两句,虽不必亦可。"宋代诗论家严羽对此投了赞成票,他在《沧浪诗话》中说:"删去后两句,使子厚复生,亦必心服。"明代诗论家胡应麟在《诗薮》中表示同意:"子厚'渔翁夜傍西岩宿',除去末二句自佳。"王士禛《渔洋诗话》也说:"南海程周量(可则)有诗云:'朝行青山头,暮歇青山曲。青山不见人,猿声听相续。'本是古诗,余直删作绝句,以为有不尽之意,程深服之。"他又尝言柳子厚"'渔翁夜傍西岩宿'一首,如作绝句,以'欸乃一声山水绿'结之,便成高作,下二句真蛇足耳"。王士禛的诗论是主张"神韵"的,他对柳诗的看法完全可以理解,也颇有道理。后来,沈德潜也表示附议:"东坡谓删去末二语,余情不尽,信然。"当然,他们的这一共同的意见也有人反对,例如明诗人李东阳《麓堂诗话》唱的就是反调："柳子厚'回看天际下中流，岩上无心云相逐'，坡翁欲削此二句，论诗者类不免矮人看场之病。予谓若止用前四句，则与晚唐何异？"所谓见仁见智，审美的差异性原是文学欣赏与批评中的正常现象，但我也要和历史上的多数论者一样，投苏东坡的赞同票，何况他所采取的是"虽不必亦可"的商量而非武断的态度。

从这里，我们可以悟出诗歌创作的一条规律：诗歌是十分讲究凝炼的，同时又是富于启示力的，因此必须重视结句的锤炼。结句绝不能倾箱倒箧，词竭意尽，言于此而意亦尽于此，而应"余情不尽"，言尽而意不绝，充分尊重和调动读者的想象力，让读者在再创造的想象活动中去补充和扩大诗的天地。柳宗元这首诗如果删去末二句，"欸乃一声山水绿"就成了诗的终点，这一终点可以成为读者欣赏的更有诱发力的起点，其中的关键就是那个"绿"字。

在王安石的名句之前，就有许多用"绿"字的佳句了。李白《侍从宜春苑奉诏赋龙池柳色初青听新莺百啭歌》，就说"东风已绿瀛洲草，紫殿红楼觉春好"；丘为《题农父庐舍》就说"东风何时至？已绿湖上山"；而常建《闲斋卧病行药至山馆稍次湖亭》一诗中，也有"主人门外绿，小隐湖中花"的描写。上述诸人的作品，可能启发过博览群书的王安石的诗思。如果说王安石的"春风又绿江南岸"，素来为人们所称道，那么，柳宗元诗中的"绿"字，也同样韵味深长。如果全诗至"欸乃一声山水绿"便戛然而止，让那充满生命的绿色扑入读者的眼帘和心田，让读者展开丰盈的想象，那不正是以少胜多，一语百情，能留给人们更多的回味吗？

在本文行将结束之时，我还要着重补充说明的是，柳宗元将表绿色的山水之"绿"这个具有色彩美的字倒装在结句的最后，不仅造语新奇，形容词兼摄动词的作用，富于动感，而且更能刺激读者的联想，更好的终点当然就成了更好的起点。以"红"字为例，清诗人易顺鼎的七绝《丙戌十二月二十四日雪中游邓尉》："湖天光景入空蒙，海立云垂瞑望中。记取僧楼听雪夜,万山如墨一灯红。"清代爱国志士兼诗人丘逢甲的七绝《山村即目》:"一角西峰夕照中,断云东岭雨蒙蒙。林枫欲老柿将熟,秋在万山深处红。""红"字置于一诗的结尾,不仅有强烈的博取眼球的色彩效果,而且能刺激读者的联想和想象,在读者的欣赏这一主观参与的艺术活动中,去补充、丰富原作乃至和作者一起完成对作品的最后创造。又以"青"字为例,清诗人沈道映《登泖中潮音阁眺望有怀》说:"湖面日翻荒岸白,海门天入乱山青。"王猷定《螺川早发》说:"露湿鸥衣白,天光雁字青。"吴绮《程益言邀饮虎丘酒楼》说:"七里水环花市绿,一楼山向酒人青。"均是出自同一诗心。台湾名诗人余光中的名作《乡愁》的姊妹篇《乡愁四韵》,诗分四段,有两节的首句是"给我一张海棠红呵海棠红/血一样的海棠红"、"给我一片雪花白呵雪花白/信一样的雪花白",也是将醒目的色彩字"红"与"白"倒装在诗句的最后,和柳宗元的诗异代而同调,异曲而同工。由此可见,诗体虽新旧有别,诗心却古今相通。

运思奇巧　布局精妙

——元稹《过襄阳楼呈上府主严司空》

　　诗，和其他样式的文学作品有其共同之处，但是，作为如苏联文豪高尔基所说的"文学的最高形式"的诗歌，它毕竟是生活美和艺术美的精华。在美好的意象中蕴含着引人回味的情韵，在精妙的布局中显示出运思的奇巧，是真正的好诗所必具的条件之一。中唐诗人元稹的《过襄阳楼呈上府主严司空》，就是一首情韵兼美构想精奇的好诗：

> 襄阳楼下树阴成，荷叶如钱水面平。
> 拂水柳花千万点，隔楼莺舌两三声。
> 有时水畔看云立，每日楼前信马行。
> 早晚暂教王粲上，庾公应待月分明。

元稹（779—831），字微之，北魏鲜卑族拓跋氏后裔。洛阳（今河南省洛阳市人），世居京兆万年（今陕西省西安市）。他早年曾和白居易一起倡导"新乐府运动"，写作古题与新题乐府诗如《上阳白发人》、《织妇词》、《田家词》等，世称"元白"，他们的诗被称为"元和体"。元和五年（810）春，元稹因得罪权贵即当时的宦官和守旧官僚，被贬为江陵士曹参军，直到元和八年调任唐州从事，在江陵谪居四年之久。

　　元和八年元稹在江陵时,作了有名的《唐故工部员外郎杜君墓系铭并序》,推崇杜甫"盖所谓上薄风骚,下该沈宋,古傍苏李,气夺曹刘,掩颜谢之孤高,杂徐庾之流丽,尽得古今之体势,而兼人人之所独专矣",而此诗题后原注"楼在江陵节度使宅北隅",也可证文与诗同作于江陵。尾联中的"早晚暂教王粲上",是以汉代末年流落不遇的诗人王粲自况,王粲滞留荆州时登当阳城楼,曾作过有名的《登楼赋》。而"庾公应待月分明"之"庾公",原指东晋名臣庾亮,他曾为荆州长史,《世说新语》每以庾公称之,并载有他夜登武昌南楼和幕下名士咏唱的逸事。这里,元稹借以称美元和初年为司空、元和四年出为荆南节度使而镇守江陵的严绶,赞扬他理政勤谨,只在公余月夜,方才登楼一游。这首诗,如果仅止于此,那也就很难令人赞赏不置了,因为它并未跳出旧时的歌功颂德的谀词老套。好在它的主旨并不在于称颂府主,而是以襄阳楼为中心,歌咏春日的旖旎风光,并抒发自己对美好风物的审美感情。全诗唱叹有情,情韵兼美,结构精妙,之所以如此,在艺术上主要得力于"同字"和"反复"手法的运用。

　　在古典诗词中,一般说来要避免字词的重复,短小的绝句与律诗尤其如此。但是,也不尽然,重复有时反倒可以获得某种特殊的艺术效果:主旨更突出,诗情更浓烈,情味更隽永,音韵更悦耳。如李商隐《暮秋独游曲江》的"荷叶生时春恨生,荷叶枯时秋恨成。深知身在情长在,怅望江头江水声",如王安石《游钟山》的"终日看山不厌山,买山终待老山间。山花落尽山长在,山水空流山自闲",都是如此。诗是这样,词亦如此。苏轼《念奴娇·大江东去》全词 99 字,重字达 16 个之多。南宋俞文豹《吹剑录》说:"《大江东去》词,三'江',三'人',二'国',二'生',二'故',二'如',二'千'字,以东坡则可,他人固不可。然语意到处,他字不可代,虽重无害也。"这可谓深知诗词中重字利弊的辩证法。

　　元稹这首诗,运用了同字的艺术技巧,并和隔离反复的艺术手段结合起来。"楼"字与"水"字分别出现了三次,从而构成了音韵悠扬、情味深永的妙趣。从音韵上看，"楼"是平声，"水"是仄声，楼水夹写，抑扬抗坠，大大加强了音韵和谐的美感。值得注意的是，在讲究对仗的颔联和颈联之中，"楼"和"水"不仅在一定的位置上两两相对，而且就两联分别看来，它们的位置又富于变化——颔联在每句的第二字与颈联在每句的第三字相同。这样，整齐中有错综，错综中有整齐，和谐中有变化，变化中有和谐，益增诗的珠圆玉润、婉转回环的音乐之美。在美学结构上，围绕"楼"和"水"的各不相同的情态与环境的描写，又使得情感的抒发更显得情意浓至，深切动人。"襄阳楼下树阴成"，开篇即标出全诗描绘抒情的主体"襄阳楼"，并以成阴的绿树来烘托，构成一个立体的形象。"荷叶如钱水面平"，水平如镜，荷叶初生，已宛然是春末的风光，这是一个平铺的画面。"拂水柳花千万点"，依然写水，不过已不再是从平面来着笔，而是从立体的空间来观照，视觉形象富于流动之美。"隔楼莺舌两三声"再次写楼，诗人变化笔墨，描绘出空灵的诉之于听觉的意象，前之"千万点"与后之"两三声"，疏密相间而极饶情致。"有时水畔看云立"又一笔写水，直接出现抒情主人公诗人自己的形象，水畔看云，空间阔大，颇有杜甫《江亭》"水流心不竞，云在意俱迟"的情味。"每日楼前信马行"又一笔写楼，遥遥呼应开篇的"襄阳楼下"，并暗点题目中"过襄阳楼"的"过"字。

　　总之，全诗楼、水分写，反之复之，运思奇巧，布局精妙，别具高情逸韵，难怪金圣叹在《贯华堂选批唐才子诗》中要为之赞叹不已："从来文章一事，发由自己性灵，便听纵横鼓荡，一受前人欺压，终难走脱牢笼。……今乃忽然出手写楼，忽然接手写水，忽然顺手承之再写水，忽然顺手承之再写楼，于是连自家亦更留手不得也，因而转笔，索性再又写水，再又写楼，而后之读者，乃方全然不觉，反叹一气浑成。由此言之，世间妙文，本任世间妙手写到；世间妙手，孰愁世间妙文写完？"元稹其时，宫中乐工多诵其诗，美称他为"元才子"，从金圣叹的如斯点赞也可见其才之一斑。

　　在元稹之前，初唐沈佺期《龙池篇》中有"龙池跃龙龙已飞，龙德先天天不违。池开天汉分黄道,龙向天门入紫微"之句,四句中连用五个"龙"字,四个"天"字,遥遥地启发了崔颢《黄鹤楼》和李白《凤凰台》的诗思,正如沈德潜《说诗晬语》所说:"沈云卿《龙池》乐章,崔司勋《黄鹤楼》诗,意得象先,纵笔所到,遂擅古今之奇;所谓章法之妙,不见句法,句法之妙,不见字法者也。"在他们之后,白居易的"一山门作两山门,两寺原从一寺分。东涧水流西涧水,南山云起北山云。前台花发后台见,上界钟声下界闻。遥想吾师行道处,天香桂子落纷纷"(《寄韬光禅师》),活法奇情,为后人开无数法门。以上所引多为律诗,绝句因篇幅较之律诗少了一半,重字之运用关乎一篇之大局,艺术难度更高,前引李商隐与王安石诗就是成功的范例。在湖南长沙铜官窑出土的唐代瓷器上,曾留有文人和民间作者的诗,许多作品《全唐诗》尚未收录,其中无名氏的五绝"君生我未生,我生君已老。君恨我生迟,我恨君生早",寥寥二十字之中,四"君",四"我",五"生",二"恨",总共十五字,占有全诗的大半壁江山,然而,全诗以女性的声口表现古典诗歌中少见的忘年之情或忘年之恋,正是由于重字而别具构思与布局的婉曲回环之妙。总之,生活的流水不尽,创造的才力不竭,诗歌的浪花无穷!

婉曲回环

——李商隐《夜雨寄北》

1987年5月,海峡两岸行将开放而尚未开放,离乡去国旅居台湾近四十年的湖南衡阳籍名诗人洛夫,给我寄来了他的新作《湖南大雪——赠长沙李元洛》。在引用《诗经·小雅·采薇》篇的"昔我往矣,杨柳依依;今我来思,雨雪霏霏"作为诗前小序之后,这首长达一百二十余行的抒情长诗的开篇即是:"君问归期/归期早已写在晚唐的雨中/巴山的雨中/而载我渡我的雨啊/奔腾了两千年才凝成这场大雪/落在洞庭湖上/落在岳麓山上/落在你未眠的窗前。"时隔千年岁月,当代诗人洛夫从唐代诗人李商隐那里汲取了诗的灵感,让自己歌喉乍启即不同凡响,这,大约是李商隐怎么也始料不及的吧?

李商隐(约813—约858),字义山,号玉谿生,怀州河内(今河南省沁阳市)人,自祖父起迁居荥阳(今属河南省郑州市)。年十六即以古文知名。开成二年(837)二十五岁时进士及第,授秘书省校书郎,补弘农尉。当时牛(僧孺)、李(德裕)党争激烈,李商隐娶属于李党的泾原节度使王茂元之女为妻,为牛党所憎,卷入政争漩涡之中,一生沉浮不定,仕途坎坷。大中十二年(858)罢官后闲居郑州,旋郁郁以终,时年仅四十余岁,尚在大有可为的壮年。

李商隐是晚唐诗之重镇,与杜牧齐名,时称"小李杜",又与温庭筠并称"温李"。除以诗名世之外,李商隐复擅骈文,他与也以骈文著名的温庭筠、段成式皆在叔伯兄弟中排行第十六,所以他们的骈文时号"三十六体"。李商隐最优秀的诗作,是借古讽今的咏史诗和缠绵悱恻的爱情诗,从今日的流行歌曲《昨夜星辰》里,都可以听到他《无题》诗中的"昨夜星辰昨夜风"的遥远的回声。

李商隐的部分作品因寄托太深多用典故而不免流于晦涩,但多数作品构思精巧,想象丰富,语言优美,情韵悠长。他的绝句深幽绵邈,克服了中唐一些绝句平直浅露的弊病;他的律诗典丽精工,是继杜甫之后在律诗特别是七律创作方面成就最大者。王安石谓七律"唐人知学老杜而得其藩篱者,惟义山一人而已"(蔡启《蔡宽夫诗话》)。在他现存的二百五十余首绝句中,有许多咏史、怀古、写景以及抒写爱情主题的名作,如"北湖南埭水漫漫,一片降旗百尺竿。三百年间同晓梦,钟山何处有龙盘"(《咏史》),"宣室求贤访逐臣,贾生才调更无伦。可怜夜半虚前席,不问苍生问鬼神"(《贾生》),"竹坞无尘水槛清,相思迢递隔重城。秋阴不散霜飞晚,留得枯荷听雨声"(《宿骆氏亭寄怀崔雍崔衮》),"楼上黄昏望欲休,玉梯横绝月如钩。芭蕉不展丁香结,同向春风各自愁"(《代赠》),而《夜雨寄北》一诗,更是李商隐众多珍珠般的绝句中最晶莹的一颗:

君问归期未有期,巴山夜雨涨秋池。
何当共剪西窗烛,却话巴山夜雨时。

此诗约写于大中二年(848)左右,李商隐其时流寓巴蜀,在剑南东川节度使府作幕僚,他的夫人王氏留居长安,所以此诗题目又作《寄内》或《夜雨寄内》。有人也认为作此诗时李商隐夫人已逝,此诗是写给长安的友人的,此解亦无妨诗意与诗境,但从全诗的意境与别题"寄内"而言,还是认定写给妻子为佳。这首诗,抒情情深意永,构思婉曲回环,语言词清丽而调谐美,借用音乐的术语,是一阕情切切而意绵绵的"回旋曲"。

巴山,或称大巴山,或指小巴山,或指巫峡之巴山,亦可泛称蜀地之山。诗人以当下的"巴山夜雨涨秋池"为抒情的中心,首句"君问归期未有期",空间上从远在长安的对方写起,可见双方忆念之深,相聚之难。次句回到诗人写诗的此时此地,空间是巴蜀,时间是撩人愁思的霪雨霏霏的秋夜,这样既表现了诗人当下的羁留景况与相忆之情,也补足申说了"未有期"的原因。如果说,前两句主要是从空间上分写对方与此地,那么,后两句则主要是从时间上合写未来与现在。"何当",系"何日"、"何时"之意。"剪烛",烛心因久燃而结成穗状的烛花,剪去则室内明亮。"何当共剪西窗烛",相见无由,一个"共"字写出的是诗人对未来的念想。他日"夜阑更秉烛,相对如梦寐"(杜甫《羌村三首·其一》)时谈些什么呢?"却"为再、返的回溯之意,"却话"即"再说"、"还说","却话巴山夜雨时",意即未来重聚之日,我们再来互相倾诉此时此夜的相忆之情吧。全诗结尾就是这样一笔从未来荡回到现在,构成了一个首尾呼应婉曲回环的艺术整体,而撩人愁思的"巴山夜雨",就从头至尾淅淅沥沥点点滴滴落在这首诗之中。这一结构,清人何焯《义门读书记·李商隐诗集》曾美其名曰"水精如意玉连环"。这种章法与音调上曲折多姿回环往复之艺术效果的获取,除了构思巧妙之外,还因为李商隐喜欢在诗中重复某些字句。如"昨夜星辰昨夜风"(《无题》)、"刻意伤春复伤别"(《杜司勋》)、"地险悠悠天险长"(《南朝》)等即是,而在《夜雨寄北》一诗中,"期"字两见,"巴山夜雨"更是四字重出。绝句本来一般应力避重字,李商隐却偏偏犯难冒险而取得成功,说明他在夕阳西下的晚唐,确实是才情并茂的诗林高手,才士无双的诗国殿军。

李商隐此诗知名度极高,故一般读者在盛名之下,未能去探究它在构思上的来龙去脉。中唐贾岛《渡桑乾》(一作中唐刘皂,题为《旅次朔方》)云:"客舍并州已十霜,归心日夜忆咸阳。无端更渡桑乾水,却忆并州是故乡。"此诗首提"并州",结提"并州",在艺术构思上前呼后应,首尾环合。李商隐在贾岛和刘皂之后,其《夜雨寄北》无疑受到前人的暗示或影响。然而,两作相较,前者写乡情,后者写爱情或友情,在题材上后者可能读者更多,更显感情浓挚,而且风神绵邈,可称为杰作。杰出的作品有如一面高扬的旗帜,总是使人望风来归。北宋王安石有《与宝觉宿龙华院》:"与公京口水云间,问月'何时照我还'?邂逅我还还问月:'何时照我宿钟山?'"南宋杨万里有《听雨》:"归舟昔岁宿严陵,雨打疏篷听到明。昨夜茅檐疏雨作,梦中唤作打篷声。"如果谁能有缘前去宋代,并面询他们是否受到过李商隐此诗的影响,王安石与杨万里虽均为一代大家,但自会含笑承认,不像现在某些所谓名家,明明借鉴甚至模仿了前人与外(国)人,还要掩耳盗铃,吹嘘是自己的戛戛独造。

　　发表于1928年《小说日报》上的《雨巷》,是中国现代象征主义诗人戴望舒的成名作和前期代表作,他因此而获得了"雨巷诗人"的美称。他的另一名篇题曰《烦忧》,全诗两节:"说是寂寞的秋的清愁,说是辽远的海的相思。假如有人问我的烦忧,我不敢说出你的名字。//我不敢说出你的名字,假如有人问我的烦忧。说是辽远的海的相思,说是寂寞的秋的清愁。"全诗八句两节,呈轴对称排列,而后四句则是前四句的逆向反复,有如古典诗歌中的回文诗。反之复之,回旋婉曲,又好像一阕回旋奏鸣曲。他是不是受到了李商隐诗的影响呢?予生也晚,可惜今天已经无缘谋面一问了。当代名诗人刘章有一首《演员》:"要心碎你就心碎/要流泪你就流泪/不要问我:'你演的是谁?'/唤醒自己的真情味!//唤醒自己的真情味/不要问我:'你演的是谁?'/要流泪你就流泪/要心碎你就心碎!"我们倒是可以向他一询,此诗的情境和语言虽然不同,但是否受了戴望舒的启发呢?

角度与构思

——张固《独秀山》及其他

　　文学艺术的各个门类虽有自己独立的门庭，但又属于同一个血统的大家族，自然也就有或亲或疏的亲戚关系，因而也就有或多或少的往来。写诗，在构思之时原本是要讲究角度的，但"角度"一词，大约还是诗的近亲之一——摄影艺术所擅长的吧？

　　要摄取一个动人的镜头，拍摄一张出色的照片，除了"工欲善其事，必先利其器"（《论语·卫灵公》）之外，摄影家还必须有相当的艺术修养与取景功夫，善于选择角度、善于构图即是其一。由于摄影家受到客观景物的地理条件和光线强弱等的严格限制，他不能像画家那样有构图的广阔自由的天地，所以他们必须高度重视角度的选择，力求构图的完美和表现的新颖。在摄影艺术中，角度，指拍摄点与相机角度的俯仰高低及左右远近这两层意思，具体包括前后、左右、高低、远近八大类，以及在这八大类大角度之中的细小的千变万化。

　　我这里所说的诗的角度，和摄影艺术所说的角度同而不同。同，就是即使在没有照相机和摄影术的古代，古典诗人们在描绘景物时，都不外乎选取远观、近察、仰望、俯视、前瞻、后顾、左昐、右盼等八种角度，这是和摄影艺术的一脉相通之处。不同则有两个方面：一是诗的角度可以是运动的，综合式的，它可以灵活地包容无限广阔深远的立体的时空，而不像摄影的角度只能是固定与单一,拍摄一经完成,虽然较之文字更具直观性与形象性,但照片上只是一个平面的有限的空间;二是诗的角度不仅指取景的位置及其变化的技巧,也包括思想性上的意义,也就是从什么样的思想角度去切入和照亮题材,赋予作品新颖深刻的含义,从这一方面来说,所谓诗的角度,就是诗人观察、认识和表现生活的着眼点。摄影艺术家虽然也讲究作品的思想和主题,但他们在这一方面却没有诗人那么大的客观许可的自由与能动性。上述这种差别,我们只要将同类题材的摄影作品与诗歌作品对照比较,例如,将有关登岳阳楼游览的照片与杜甫的《登岳阳楼》诗相较,就可一目了然。

　　确实,诗的角度是诗歌艺术中的一个重要题目,中外著名诗人和理论家都曾有过论述。据蒙古族作家玛拉沁夫回忆,当代名诗人郭小川曾多次谈过他在创作中最费时间思考的,就是如何选准角度。郭小川在给笔者的一封信中也曾说:"诗的角度,这在诗歌创作中是很重要的。"德国大诗人歌德也说:"为了使树变成画,我要绕树走一遭。当我找到了最美的地方时,我还要后退相当远的距离来更好地观察它,等待最好的光线。"(《论文学艺术》)莱辛,德国18世纪启蒙运动时期的思想家、剧作家和文艺理论家,其美学论著《拉奥孔》中也认为:"诗所选择的那一种特征应该能使人从诗所用的那一个角度,看到那一物体的最生动的形象。"

　　桂林山水,杜甫在成都草堂都心向往之地写过"五岭皆炎热,宜人独桂林"(《寄杨五桂州谭》),韩愈在京城送人外放桂林也曾称美该地山水"江作青罗带,山如碧玉簪"(《送桂州严大夫》),李商隐从北方入桂管防御观察使郑亚之幕,也曾说"城窄山将压,江宽地共浮"(《桂林》),它成了历代的歌者争相吟咏的对象。桂林市内的独秀峰当然更是如此,请看下面两首诗:

孤峰不与众山俦,直入青云势未休。

会得乾坤融结意，擎天一柱在南州！

——张固《独秀山》

来龙去脉绝无有，突然一峰插南斗。

桂林山形奇八九，独秀峰尤冠其首。

三百六级登其巅，一城烟火来眼前。

青山尚且直如弦，人生孤立何伤焉？

——袁枚《登独秀峰》

晚唐诗人张固生卒年月不详，大中年间（847—860）后期为桂管观察使，著有笔记小说《幽闲鼓吹》。《全唐诗》收其诗二首，《全唐诗补编·续拾》又补收一首。寥寥三首之中，《独秀山》一峰秀出，在整个晚唐诗中也可圈可点。这首七言绝句，紧扣平地拔起之峰的独秀特征（独秀峰又名紫金山，独立于桂林市中心的"王城"内，峰上有石刻"南天一柱"。登高可俯瞰全城），两句写情，两句写景。在"孤峰不与众山俦"的比较与赞叹之后，"直入青云势未休"是一个仰观的拔地塞天的大特写镜头，使前一句不致落空无依，也使独秀峰的气势巍然纸上。后面两句摄取点后退，采取的是前瞻的广角镜式的镜头，这样就使画面具有空间的纵深感和立体感。这首诗，是表现自然美的风景诗，诗人对审美对象的抒写相当出色，这已经能让我们得到美的享受了，诗中还似乎表现了对某种人格和力量的赞美，但这却是无法坐实的，或者说可以意会难以言传，因为诗的思考与寄托，已经完全自然无痕地融化到诗的艺术图景之中了。

清诗人袁枚的诗，前四句从仰视的角度写。"来龙去脉绝无有，突然一峰插南斗"，诗的起句破空而来，真有"无中生有"或"平地一声雷"之妙。五、六句从俯察的鸟瞰角度写，与张固的诗远距离的前瞻不同，特别是最后两句的升华很妙，显示了力主"性灵"、行事特立独行的诗人取景角度的新颖,思想的锐敏和深刻,这首诗因而在同类题材的许多诗作中闪射出炫目的异彩。"青山尚且直如弦,人生孤立何伤焉?"由物及人,由青山的"孤立"想到人可能会有的某种"孤立",指出作为无生命的自然物之独秀峰尚且直似弓弦,一个人由于正直特异而遭到孤立甚至打击,有什么可伤的呢? 从这里可以看到,一首风景诗,做到出色地写景也许不是最困难的,写景出色,同时在整体构思之时,又能自然而不是牵强地提炼出某种新颖深刻的思想,并且始终与对意象的美的描绘融结在一起,那就是十分难能可贵的了。

　　写独秀峰的诗还有不少,足够编一部《独秀峰诗词大全》。近似于张固那首诗的,有明代袁崇焕的《咏独秀峰》:"玉笋瑶簪里,兹山独出群。南天撑一柱,其上有青云。"近似于袁枚那首诗的,有清代汪为霖的《薄暮登独秀峰》:"拔地参天起一峰,当空高插碧芙蓉。绝无依倚成孤立,绅绎摩崖识旧封。蹑级数登三百六,群山遥列几千重。我来顶上凭栏望,万户炊烟暮霭浓。"以及同是清人的范学仪的《登独秀峰》:"一柱镇南天,登临四望悬。风云生足下,星斗列胸前。拔地山千仞,环城水一川。凭高发长啸,声彻万家烟。"袁崇焕的诗落想不俗,卓尔不群,而汪为霖与范学仪的诗虽然文从字顺,平仄调谐,但却显得平庸,且中间两联均为写景,单调重复。凭栏而望,登高长啸,读者以为结句会独具只眼而要使我们惊喜莫名了,而结果竟然只是人人眼中所有的"万户炊烟暮霭浓"和"声彻万家烟"而已,缺乏文学作品所可宝贵的新意与深意。原因何在呢? 就是缺乏新颖而深刻的艺术角度与思想角度,和与之相应的杰出的诗的构思。

由此及彼　小以喻大
——李群玉《放鱼》

晚唐诗人李群玉(？—约862),澧州(今湖南省常德市澧县)人,字文山,他并不是一位知名度很高的诗人,其作品历来也没有引起众人很大的注意。但是,这位不乐仕进而坎坷不遇的作者,在《全唐诗》录存的三卷诗里,却还是有些颇值得一读的作品,如《临水蔷薇》:"堪爱复堪伤,无情不久长。浪摇千脸笑,风舞一丛芳。似濯文君锦,如窥汉女妆。所思云雨外,何处寄馨香?"如《汉阳太白楼》:"江上晴楼翠霭间,满帘春水满窗山。青枫绿草将愁去,远入吴云暝不还。"如《引水行》:"一条寒玉走秋泉,引出深萝洞口烟。十里暗流声不断,行人头上过潺湲。"丽句清词,可吟可诵。他的"远客坐长夜,雨声孤寺秋。请量东海水,看取浅深愁"(《雨夜呈长官》),元人辛文房在《唐才子传》中赞为"曲尽羁旅坎壈之情",清人薛雪《一瓢诗话》许其佳作"脱尽晚唐蹊径",也绝非虚美之辞,而名画家丰子恺在谈绘画构图的文章中,也曾引《汉阳太白楼》前两句诗作为范例。

他的五绝《放鱼》,是咏物诗中一首富于哲理的佳构,篇幅短小而意味隽永,在唐代诗歌的百花园里,宛如一朵小小的米兰花:

早觅为龙去,江湖莫漫游。

须知香饵下,触口是铦钩!

屈原的《橘颂》,是我国咏物诗的开山之作,在思想和艺术上给后代的咏物诗开了无数法门。但是,古典咏物诗咏叹得最多的植物是松、竹、梅以及春兰、秋菊,动物则除了马之外,就是燕、雁、蝉、蝶了。在我国古典诗歌史上,咏鱼之诗不多见,最早写鱼的诗句见于《诗经·卫风》中的《硕人》。"施罛濊濊,鳣鲔发发",诗人以水和鱼的动态描写比喻庄姜的随从之盛。"鱼"在诗中还只是一个随手拈来的陪衬角色,并不是诗篇描写的主要对象。"枯鱼过河泣,何时悔复及!作书与鲂鱮,相教慎出入",汉魏六朝乐府诗中的《枯鱼过河泣》,则是以鱼为抒写对象的完整的全篇,而且是古典诗史上第一首咏鱼的咏物诗。那象征性之构思和隐喻之含义,说明诗歌艺术有了长足的进步。在古典诗歌之黄金时代的唐代,咏物诗众多而题材广泛,但写鱼的专篇却仍然不多,因此,李群玉的《放鱼》就更可视为独具一格的难能可贵之作。

关于咏物诗创作的艺术奥秘,清代刘熙载在《艺概·词曲概》中作了相当精当的概括:"不离不即。"这,可以说是咏物诗创作的普遍艺术规律。所谓"不离",就是诗人的描绘不能脱离所咏之物的特征,成为浮泛的笔墨,诗人的寄托不能远离所咏之物的情境,成为外在的强加之物;所谓"不即",就是不能只对所咏之物作形貌不遗的描写,斤斤拘泥于物的本身,而要能生发开去,述志言情,有所寓意和寄托。总之,只有将所咏之物与所托之意水乳般交融起来,宛言而讽,小中见大,因此及彼,生人妙悟,做到"物"、"意"两谐而不是强为比附,才是咏物诗的胜境。

李群玉这首诗题材独特,角度新颖。他既入乎其内,深入体察了鱼的习性、情态和生活环境,作了准确的而不是泛泛的描写,同时又出乎其外,由尺寸之鱼联想到广阔的社会人生,言在此而意在彼,让读者受到诗中寓意的暗示和启发。

这首诗从题目上看,是写诗人在将鱼放生时对鱼的嘱咐,全诗以呼告式结撰成章。"早觅为龙去",一开始就运用了一个和鱼有关的典故,妙合自然。郦道元《水经注·河水》:"鳣鲤出巩穴,三月则上度龙门,得度者为龙,否则点额而还。"在我国古代富于浪漫色彩的神话传说中,龙是一种有鳞有须、能兴风作浪而又能腾飞九天的神异动物,因此,为龙或化龙历来就象征着飞黄腾达。如中唐诗人章孝标的《鲤鱼》:"眼似真珠鳞似金,时时动浪出还沉。河中得上龙门去,不叹江湖岁月深!"李群玉运用这一典故却另有新意,他是希望所放生之鱼能寻觅到一个广阔自由的没有机心的世界,一个"早"字,更显示了诗人企望之殷切。"江湖莫漫游",次句顺承而下,"江湖"仍然扣紧鱼所生活的特定环境,"漫游"也是为鱼所独有的生活习性。在这里,"漫游"和"早觅"的矛盾逆折的句法,既气机流畅又相摩相荡,既补足了首句之意,又让读者产生强烈的悬念:为什么希望鱼儿要早觅为龙而莫漫游于江湖之中呢? 这句诗作为过脉,自然无迹地引发了下文:"须知香饵下,触口是铦钩!""香饵"与"铦钩"仍然是和鱼的生活与命运紧密相关的事物,这两句诗一气奔注,分外醒人耳目。铦,是锋利之意,"铦钩"与"香饵"相对成文又对比尖锐,那触目惊心的意象可以激发人们许多联想,而"须知"使诗人告诫的声态更加恳切动人,"触口"则更描摹出那环生的险象,传神地表现出诗作者对鱼的怜惜、担忧的内心情态。总之,寥寥二十字,处处切定题目"放鱼"来写,处处写的是鱼。诗句看似平易,其实诗人运笔十分灵动而巧妙,而且其中有深意存焉。

　　这首五言绝句,单从"放鱼"上理解也已经是情采斐然颇为动人的了,但是,寄托是咏物的灵魂,它的妙处毕竟在于有寄托,写放鱼又不止于放鱼。说它写放鱼,因为诗人抒写的是放鱼入水的题材,他处处从这一题材规定的情境着笔;说它又不止于写放鱼,是因为诗人的目光绝没有停留在题材的表面,而是在具体的特定事物的描绘中,寄寓了自己对生活的某种体验和感悟,使读者从所写之物,联想到内蕴的所寄之意。李群玉还有一首诗题为《钓鱼》:"七尺青竿一丈丝,孤蒲叶里逐风吹。几回举手抛芳饵,惊起沙滩水鸭儿。"这首诗是写另一种生活情境,也可反证《放鱼》诗的别有寄托。《放鱼》一诗寄托的特色,一是以小喻大的展开,二是由此及彼的暗示。它写的是具体的尺寸之鱼,所咏之对象可谓小矣,但它由鱼而社会,而人生,以小见大,小以喻大,所抒发的何尝不是善良众生对于险恶社会生活的一种普遍感受?它处处切定"鱼"的习性和情态,所写的是鱼而绝非他物,但诗人却手挥五弦,目送飞鸿,因而音流弦外,余响无穷,富于暗示性:它既可使人联想到诗人自己和许多正直之士的遭际与向往,也可使人从"香饵"、"铦钩"联想到生活中种种令人上当受骗甚至腐化堕落的诱惑与陷阱。

　　苏东坡说:"论画以形似,见与儿童邻。赋诗必此诗,定知非诗人。"(《书鄢陵王主簿所画折枝二首》)别的题材与样式的诗歌写作尚且如此,何况是咏物诗?李群玉的《放鱼》状物逼真,含蕴深远,花蕾虽小却香气袭人,确实是咏物诗中别开生面的上选之作,尤其是咏鱼之诗的青钱万选之篇。在他之后,宋代无名氏《咏破钱》的"半轮残月掩尘埃,依稀犹有开元字。想得清光未破时,买尽人间不平事",元人陈孚《胭脂井》的"泪痕滴透绿苔香,回首宫中已夕阳。万里河山天不管,只留一井属君王",清人顾陈垿《砚》的"端溪谁割紫云腴,万古文心向此摅。小点墨池成巨浪,就中飞出北溟鱼",当代诗人任国瑞《咏围棋》的"占角圈空算计难,亦宜开智亦宜玩。人间多少兴亡事,尽在阴阳黑白间",等等,都可以说是由此及彼小以喻大的佳篇胜构。

实感与空灵

——苏轼《浣溪沙·游蕲水清泉寺》

质实与空灵结合,既有现实场景的描绘,富于生活气息,不是空中楼阁,不是纯主观的玄想,令人感到真实可信;同时,又有高远的情思的抒写,使人思想升华,联想到超越字面的更加深远的思想艺术世界,不是堆砌事象,不是言于此而意亦尽于此,令人读后浮想联翩。这,我以为是构成一首好诗的重要条件。

南宋的词作名家张炎在他的《词源》中提出:"词要清空,不要质实;清空则古雅峭拔,质实则凝涩晦昧。"他的主张虽然有偏狭的弊病,如对清空的理解主要是用词疏快,融化故典,而对质实则一味贬抑,然而,也不无合理之处,如认为诗词不要写得太实太死,也不要流于板滞晦涩,这确实也是经验之谈,诗家之见。清代"常州派"词学理论家周济的《介存斋论词杂著》,也谈到"空"与"实"的问题,在理论阐述上就比张炎有所发展,也更辩证和准确,他说:"初学词求空,空则灵气往来;既成格调求实,实则精力弥满。"

我以为,从接受美学的角度而言,诗歌中的"空",不是空无所有,也不是空泛无依,而是在具体描绘的基础上提高作品的思想艺术境界,极大地刺激读者想象的积极性,使读者获得读一首好诗所必不可少的参与共同创造的美之享受;所谓"实",不是密不透风,寸步不遗,而是抓住事物的特征，对生活作富于实感的描绘，从而产生一种具象感与真实感，使读者如见其形，如历其境。

苏轼的《浣溪沙·游蕲水清泉寺》，就是这样一首实感与空灵兼而有之的佳作。词前小序与全词如下：

> 游蕲水清泉寺，寺临兰溪，溪水西流。
>
> 山下兰芽短浸溪，松间沙路净无泥，萧萧暮雨子规啼。
>
> 谁道人生无再少？门前流水尚能西，休将白发唱黄鸡。

苏轼（1037—1101），字子瞻，号东坡居士，眉山（今四川省眉山市）人，为"唐宋八大家"之一，散文与欧阳修并称"欧苏"，诗与黄庭坚并称"苏黄"，词与辛弃疾并称"苏辛"。因反对王安石变法，曾外放杭州、徐州、密州等地做地方官员，后又因故贬黄州（今湖北省黄冈市）。苏轼于元丰三年（1080）二月一日到达黄州贬所，虽然这是他政治上失意时期的正式开始，却迎来了他创作上得意的黄金季节。在长江之边的黄州谪居的五年，诗兴文情与江潮一起澎湃，他在诗、词、赋以及散文方面都写出了许多优秀作品，成为他的创作最重要的组成部分，上述这首词就是其中之一。

蕲水，在黄州之东，今湖北省黄冈市浠水县。苏轼来黄州两年之后，于元丰五年五月去麻桥请"善医而聋"的名医庞安常治臂疾，"疾愈，与之同游清泉寺，寺在蕲水郭门外二里许，有王逸少（王羲之字逸少——引者注）洗笔泉，水极甘，下临兰溪，溪水西流。余作歌云：山下兰芽短浸溪"（《东坡志林》），由此可见，这首词就是与庞安常往游兰溪后所作。

词的上阕，以轻快细腻的笔触写兰溪及其附近的景色，为我们描绘了一幅逼真的图画。兰芽，指兰草初生时的嫩芽，在春日的溪边，初生的短短的兰芽浸润在溪水里，从这种描写中，可见诗人艺术感受的敏锐与观察的细致。接着，诗人转笔写溪旁松间的沙路。杜甫曾有诗云："碧涧虽多雨,秋沙先少泥。"(《到村》)白居易《三月三日祓禊洛滨》也曾写过:"柳桥晴有絮,沙路润无泥。"前人与今人都曾将白居易的"沙路润无泥"与苏轼的"松间沙路净无泥"加以比较,认为"净"、"润"两字,各有胜长,可见诗人们体物之深细。词的上阕,形象如绘,很有实感,加之诗人又点染出潇潇暮雨中传来的山林里子规鸟的啼鸣,更觉声色并陈,富于生活情趣。在前人的诗词中,一写到子规总不免要抒发一种愁情悲慨,如果苏轼也是如此写法,就难免落入窠臼了。

　　然而,苏轼不愧是大诗人、大手笔,能从流俗中拔起,此词的下阕,落想空灵,别开胜境。陶渊明说:"盛年不再来,一日难再晨。及时当勉励,岁月不待人。"(《杂诗》)诗人一反其意,"谁道人生无再少"一句喝起,力能扛鼎,然后即景抒情,以"门前流水尚能西"作答,包含着积极进取的豪情与精辟独至的人生哲理,使全词在前面实写的基础上,向精神的阔大高远境界飞腾,焕发出生命与精神的美的光彩。白居易《醉歌示妓人商玲珑》写道:"谁道使君不解歌,听唱黄鸡与白日。黄鸡催晓丑时鸣,白日催年酉时没。腰间红绶系未稳,镜里朱颜看已失。玲珑玲珑奈老何,使君歌了汝更歌。"苏轼这首词以否定语的"休将白发唱黄鸡"收束,语势有力如虎,在词意上和上两句连贯起来,具有丰富而深远的内涵,给读者提供了广阔的联想和想象的天地,格调比白居易的上述诗作高出不止一筹。

　　宋代范晞文在《对床夜语》中说:"虚者枯,实者塞。"在新诗与旧体诗词创作中,有的作品不是流于空泛枯燥的图解与说教,就是流于玄奥难懂的晦涩与虚无,有的作品则不是流于寸步不遗的如实描摹,就是流于就事论事的表面刻画。总之,既无强烈的生活现场感,又无独特的诗歌空灵趣。而诗歌只有注意实感,才能避免抽象化、概念化与说教化,不致流于玄秘或空洞;诗歌也只有追求空灵,才符合诗歌本身富于想象力与启示力的艺术规律,使读者产生味之弥长的美感。正如 16、17 世纪之交英国作家培根《论读书》所说:"读史使人明智,读诗使人灵秀。"如前所述,在当前的新诗与旧体诗词创作中,一方面,有的作者信奉西方现代派的创作教义,热衷于所谓文学的本质和目的就是"自我表现",于是,他们远离时代生活,与人民群众的感情隔绝,一味顾影自怜,制造出一些诗的谜语而又片面责怪群众的文化水平不高;另一方面,有的作者不善于将生活升华为诗,他们总是拘泥于生活的表象,在作品中堆垛一些古今习用的词藻套语,言长意短,浅薄直露,没有属于自己独特的感受,缺乏诗所必不可少的新鲜感与空灵美。上述这两种情况,前者以新诗居多,后者以旧体诗词习见,都为真正的诗家所不取。当代诗家丁稚鸿,生活与工作在李白的故里今日之四川江油市。作为川人,他远承了苏轼的一脉诗香,其七绝《高楼赋答友人》曰:"夕阳欲度万重山,佳境无边看自难。我买高楼天上住,好将霞彩擦栏杆。"平地飞升,境高意远,实为实感与空灵兼而有之的佳作。

还可补充申说的是,苏轼写于同一时期的《定风波》是《浣溪沙》的姊妹篇,不妨两词对读。《定风波》词前小序云:"三月七日沙湖道中遇雨。雨具先去,同行皆狼狈,余独不觉。已而遂晴,故作此词。"全词如下:"莫听穿林打叶声,何妨吟啸且徐行。竹杖芒鞋轻胜马,谁怕?一蓑烟雨任平生。　　料峭春风吹酒醒,微冷,山头斜照却相迎。回首向来萧瑟处,归去,也无风雨也无晴。"虚实相生,质实与空灵兼而并胜。由此可见,富于生活实感而意象葱茏,立足现实而超越现实,灵思风发而味之不尽,是诗歌前行的两个车轮,也是诗歌飞翔的一双羽翼。

诗句的新创

——李清照《武陵春》

很久以前,读与贾岛共称"姚贾"的姚合的一首诗,留下了深刻的印象,诗题名为《送薛二十三郎中赴婺州》:"我住浙江西,君去浙江东。日日心来往,不畏浙江风!"这首诗,二十个字之中三次重复了"浙江",颇具民歌风调,清新隽永,在晚唐诗歌中称得上是佳作。我读后不忘还有另外一个原因,就是姚合送人去的"婺州",即今天的浙江省金华市,那是当代大诗人艾青的故里,也是历代许多诗人留下了足迹与歌声的地方,南宋女词人李清照,就是其中之一。

李清照(1084—约1155),济南(今山东省济南市)人,号易安居士。她是南宋兼擅诗词与散文的作者,也是词中婉约派的大家。其词以南渡为界,分为前后两期,前期多写爱情与山水风景,后期多抒家国兴亡之感。绍兴四年(1134),金人再次南侵,攻城略地,有如地震的冲击波,苟安于临安(今浙江省杭州市)的宋高宗的小朝廷又一次为之震恐。这时,由北方南来流离转徙杭州的李清照,已经五十岁。有如在时代的凄风苦雨中的一叶孤帆,她不得不溯富春江而上,飘过严滩,停泊在金华城下双溪的岸边。

李清照在金华大约羁留了一两年,她登上南朝沈约登临赋诗的楼阁,写下了有名的《题八咏楼》诗:"千古风流八咏楼,江山留与后人愁。水通南国三千里,气压江城十四州。"在李清照的诗词中,这首七绝与五绝"生当作人杰,死亦为鬼雄。至今思项羽,不肯过江东"(《乌江》),以及起句为"天接云涛连晓雾,星河欲转千帆舞"的《渔家傲》,都是豪气干云的阳刚之作。不过,这些豪放的诗词好像是李清照偶尔用左手写出来的,她的右手所挥写的,则是那些表现了她婉约之主导风格的辞章。如流寓金华次年所写的《武陵春》:

> 风住尘香花已尽,日晚倦梳头。物是人非事事休,欲语泪先流。　　闻说双溪春尚好,也拟泛轻舟。只恐双溪舴艋舟,载不动、许多愁!

无须对这首词作繁琐的解说,因为读者自可从中得到多方面美的发现,只就词的结句谈谈诗贵在创新的问题。

一般而言,一首出色的诗词,总是要在内容上给人以思想的启迪,在艺术上给人以新颖的感受,这两者可以同时并至,也可以侧重于一方。相反,某些作品之所以使人感到味同嚼蜡,令人过目即忘,或者使人刚一接触就不是产生审美的愉悦,而是顿然而生一种排拒之感,根本原因就是在思想上人云亦云,对生活没有任何新的体验、感悟和发现,艺术上陈陈相因,或重复前人,或重复自己,缺乏艺术品之所以是艺术品的必不可少的新意和创造。中外诗论都毫无二致地指出创新的重要性,清人薛雪《一瓢诗话》认为:"诗文家最忌雷同。""忌雷同",似乎相当于修辞学中的"消极修辞",而列夫·托尔斯泰的看法则相当于修辞学中的"积极修辞"了,他说:"愈是诗的,愈是创造的。"是的,变化无尽、层出不穷的创造力,是一个诗人最宝贵的素质。没有强大的持续不断的创造力,诗人耕耘的土地,收获的将不会是丰美的果实,而只能是一片灰败的荒芜。

特殊而言,艺术品不是一个抽象的而是一个具体的存在,好诗创造的都不是抽象的而是具体的情境。诗的创新，就表现在这种情境的独特性或独创性。也就是说，诗人究竟是从何种新颖的角度，以何种新颖的构思，运用何种新颖的语言与表现方法，来表现他独特的主观审美感受，以及客观生活。李清照包括《武陵春》在内的佳作，就是如此。

李清照的《武陵春》所着重抒发的，是属于诗人自己的也是属于她那个动乱时代的愁情，她的愁情，自然带了她自己的低回凄清的个性色彩，蕴含了她的丧夫之痛和流离之悲。但是，呼吸着乱离时代的空气，在艰难辗转中目击了百姓的苦难生涯，伤时念乱，她的愁情自然也烙上了时代的印记。总之，李清照这首词中所抒发的愁情的特殊性与普遍性，绝不是她同时代诗人在同类感情上的完全重复，同时，在艺术表现上她也有新创之处，这特别集中表现在词的结句上。

犹如音乐中的重锤，好似绘画中的异彩，这首词的最动人之处在结句，它集中地表现了词人的艺术创新。大约是所谓"欢愉之辞难工，而穷苦之言易好"吧，从《诗经》中的"忧心悄悄"、"知我者谓我心忧"以来，古典诗人们写愁情的名句实在太多。在李清照之前的诗词中，我随手拈来就有刘禹锡的"花红易衰似郎意，水流无限似侬愁"(《竹枝词》)，许浑的"一上高城万里愁，蒹葭杨柳似汀洲"(《咸阳城东楼》)，李后主的"问君能有几多愁，恰似一江春水向东流"(《虞美人》)、"剪不断，理还乱，是离愁，别是一番滋味、在心头"(《相见欢》)，秦观的"春去也，飞红万点愁如海"(《千秋岁》)、"便做春江都是泪，流不尽，许多愁"(《江城子》)、"困倚危楼，过尽飞鸿字字愁"(《减字木兰花》)，贺铸的"试问闲愁都几许？一川烟草，满城飞絮，梅子黄时雨"(《横塘路》)、"揽流光，系扶桑。争奈愁来一日即为长"(《行路难》)，等等。他们或喻愁情之长，或状愁情之远，或写愁情之乱，或比愁情之广，或传愁情之象，都十分动人。然而，李清照没有重复他们，她在参观了前人的作品展览会之后，毅然掉头不顾，开辟出另一条通向艺术独创这一目标的道路："只恐双溪舴艋舟，载不动许多愁！"切合也拟双溪泛舟的情境，不仅以比喻使无形的愁情有了可触的形状,也通过"通感"的手法,使它具有诉之于触觉的可以称衡的重量,真可以说是灵心独造的绝妙好词。

李清照不但不重复他人,也不重复自己。在承平时日和赵明诚新婚乍别,她曾写过"花自飘零水自流,一种相思,两处闲愁。此情无计可消除,才下眉头,却上心头"(《一剪梅》);以后分别时也曾写过"惟有楼前流水,应念我,终日凝眸。凝眸处,从今又添,一段新愁"(《凤凰台上忆吹箫》)。虽均不失为佳篇,但她的愁情当时毕竟是浅浅的"闲愁"和"一段新愁",而上述晚年之作,在内涵与艺术上都有了进一步的丰富和发展。它更形象,更独特,更富于创新性,也更具有心理表现的深度和无可排遣的个人与时代之沧桑感与沉重感。正因为如此,它在同类作品之林中才显得一枝特秀。

当然,我们赞美李清照的独创,并不是说她没有借鉴前人。苏轼《虞美人》说:"无情汴水自东流,只载一船离恨向西州。"陈与义《虞美人》也说:"明朝酒醒大江流,满载一船离恨向衡州。""亭亭画舸系寒潭,只待行人酒半酣。不管烟波与风雨,载将离恨过江南",这是郑文宝(又作张耒)的《阙题》(一名《柳枝词》)。前人的有关篇什,博览群书的李清照想必读过,但她毕竟以其弱女子之手,在诗国开辟了一条强者的道路。金人董解元《西厢记诸宫调》说:"休问离愁轻重,向个马儿上驮也驮不动。"元人王实甫《西厢记》说:"遍人间烦恼填胸臆,量这些大小车儿如何载得起?"又如余光中的《碧潭》诗的前两节:

> 十六柄桂桨敲碎青琉璃
> 几则罗曼史躲在阳伞下
> 我的,没带来,我的罗曼史
> 在河的下游

　　　　如果碧潭再玻璃些

　　　　就可以照我忧伤的侧影

　　　　如果舴艋舟再舴艋些

　　　　我的忧伤就灭顶

独创性，是诗的桂冠上闪亮的宝石！很明显，在李清照的创造之后，以上诸家对李清照是有所继承和发展的，但余光中更有自己基于传承的新的创造。如果能通古今之邮，如果李清照有知，会不会欣慰于后继有人而莞尔一笑？

移情物化　制胜出奇

——陈与义《襄邑道中》、《中牟道中》

移情作用,是诗歌创作中值得十分注意的美学现象。仿佛是《阿里巴巴和四十大盗》中一声"芝麻,开门吧",就立即石壁中开奇景出现一样,由于有了移情作用,诗歌也常常呈现出一番动人的景象。

在唐诗中,"相看两不厌,只有敬亭山"(《独坐敬亭山》),自然是李白的妙句了。敬亭山不仅具有物态,而且有了人情,"春风不相识,何事入罗帏"(《春思》),不也是出自同一颗诗心? 它深刻地揭示了天真的少妇思夫的心理。"感时花溅泪,恨别鸟惊心"(《春望》),自然是杜甫为人们所经常引用的佳作了,景随情移,连花鸟无情之物都为动乱的时代泪溅心惊,"所向无空阔,真堪托死生。骁腾有如此,万里可横行"(《房兵曹胡马》),不也是出自同一机杼? 诗人笔下的马竟具有了可共生死的忠肝义胆。

在宋词里,"昨夜松边醉倒,问松'我醉何如'? 只疑松动要来扶,以手推松曰:'去'"(《西江月·遣兴》),辛弃疾写自己的愁情醉意,竟然连无知的松树也和诗人进行了感情的交流。"差池欲住,试入旧巢相并。还相雕梁藻井,又软语商量不定"(《双双燕·咏燕》),史达祖写闺中少妇的愁怀,用梁间燕子卿卿我我的软语商量来反衬,写情入微,绘景生动。宋代诗人陈与义的两首绝句也是这样:

飞花两岸照船红，百里榆堤半日风。

卧看满天云不动，不知云与我俱东。

——《襄邑道中》

杨柳招人不待媒，蜻蜓近马忽相猜。

如何得与凉风约，不共尘沙一并来！

——《中牟道中》

陈与义有《简斋集》传世，附《无住词》十八首。在北宋与南宋之交，他是最优秀的诗人。刘克庄《后村诗话》对他的评价，还是比较精当的："元祐后，诗人迭起，不出苏黄二体。及简斋，始以老杜为师，建炎间避地胡峤，行万里路，诗益奇壮，造次不忘忧爱，以简严扫繁缛，以雄浑代尖巧，第其品格，当在诸家之上。"陈与义少年时向崔德符学诗，崔告诉他说："工拙所未论，大要忘俗而已。"（徐度《却扫编》）陈与义后来的成就，与试笔之初老师的引导有方是分不开的。他的古体诗清迥绝俗，近体诗洗炼雄浑。近体诗中的绝句和他的小词一样，写得十分清纯拔俗，显示出诗人长于短写的才华。如《秋夜》："中庭淡月照三更，白露洗空河汉明。莫遣西风吹叶尽，却愁无处着秋声。"如《出山》："山空樵斧响，隔岭有人家。日落潭照树，川明风动花。"

《襄邑道中》、《中牟道中》两首写于河南的绝句也是一样清新可喜。"襄邑"，秦时所置县，治所在今河南省商丘市睢县，惠济河流经县境；"中牟"，县名，在河南省中部，黄河南岸。这两首绝句是风景抒情诗，诗人描绘的是北方景物，而能写得如此清丽且富于情趣，主要是由于移情作用，或者说运用了移情的手法。

"移情论"是19世纪德国以费肖尔父子为首的新黑格尔派所创立的学说，这一学说的重要代表里普斯主张从由我及物的"观念联想"来解释移情作用,而谷鲁斯则着重从由物及我的"内模仿"方面来解释移情作用。不论这一学说的不同流派的观点如何,移情,在艺术创作中,就是审美者对客观事物作主观审美观照时,将自己的生命和感情也移注到审美对象之中,在审美心理上达到物我同一之境,使无生命的或只具物理性质的外物也具有人的灵性与情感。在风景抒情诗中,移情作用则多表现为大自然的人格化或拟人化。

　　西方的这种"移情"论,过去有些人将它贬为唯心主义,未免有欠公允和客观。与西方之"移情"相对应的则是东方的"物化"。中国古代文论所谓之"物化",就是指创作主体与表现对象之水乳交融合而为一,其源出自《庄子·齐物论》所说的蝴蝶与庄周在梦中的角色互换。刘勰在《文心雕龙·神思》中说"登山则情满于山,观海则意溢于海",又在同书《物色》篇中说"一叶且或迎意,虫声有足引心。……是以诗人感物,联类不穷;流连万象之际,沉吟视听之区",王国维在《人间词话》中说"有我之境,以我观物,故物皆着我之色彩",明人谢榛在《四溟诗话》中说"思入杳冥,则无我无物",如此等等,同样也是论说文学创作中的移情现象。因此,可以说不论中外,移情是审美心理活动的重要规律,移情作用作为一种物我交流而两忘的审美方式,可以有助于将生活美转化为动人的艺术美。陈与义的上述两首诗不就是这样吗?

　　《襄邑道中》写春日舟行的情景,船驶云行,都是朝东方作同向运动。诗人原来奇怪云为什么竟久久不动,后来才知道白云有意,和他一道东行。如果没有最后一句的移情描写,全诗轻快悠闲的情趣就要大为减色了。《中牟道中》更是这样,前两句都是移情写法,但又同而不同,犯中见避。杨柳之不待媒介而拂面迎人,有心相亲,是多么轻倩;蜻蜓飞近后忽生疑忌而又一举远飚,又是多么精灵!诗人不仅传神地写出了外物的特征和情态,表现了大自然中这些事物的审美属性与自己的审美情感的默契,而且很有诗情意趣,不同板俗之笔。结句之与凉风相约,不仅在章法上是宕开一笔，而且也是由人及物的移情之辞，无情无知的凉风变为有情有义的美的对象，这样，就更平添了这首诗的活泼隽永的情味，提升和丰富了作品的审美价值。

宋代胡仔在《苕溪渔隐丛话》中，称赞陈与义的词"清婉绮丽"，而陈与义的小诗也是当之无愧的。陈与义在《雨晴》一诗中说："尽取微凉供稳睡，急搜奇句报新晴。"他在创作上不喜欢无所作为的平庸，把出奇制胜作为诗歌创作的美学目标之一。这位诗人的诗在南渡以后还有长足的发展，而《襄邑道中》和《中牟道中》则写于楚地之北的中原大地，这些移情作用的奇句佳篇，也透露了诗人后来创作的春消息。2006 年，在《普陀山佛教》这一方外刊物上，有署名为"缇萦居士"的《禅诗四行》："风：无中生有。花：骗你没商量。雪：让你找到扑空的感觉。月：一块硕大的遮羞布。"构思奇巧，空灵幻妙，其中寓有多义而且其意深长。此诗就是"移情"与"物化"的产物，它此前之广获好评①，见者多所称美，正是作者写作时全身心地倾注与投入而产生所谓"高峰体验"与"审美幻觉"的结果。

---

① 台湾名诗人洛夫曾撰文评介此诗，发表于 2005 年 3 月《创世纪》诗刊"春季号"。

诗性思维与"活法"
——杨万里《过松源晨炊漆公店》

　　孔夫子在《论语·雍也》中早就说过:"知(智)者乐(yào)水,仁者乐(yào)山。"山水,是大自然最重要的组成部分,对于中国人尤其是中国的诗人,它既是生命的依存,又是心灵的寄托。在《诗经》与《楚辞》中,早就有对山水的描写了,而曹操《步出夏门行》中的第一章《观沧海》,则是我国山水诗第一枝报春的早梅。在汉魏六朝的晋宋之际,由于陶渊明、谢灵运、谢朓等人的着意栽培,山水诗终于成了我国诗苑中风姿独具的一簇,时至唐宋,更繁茂成姹紫嫣红的景象。南宋诗人杨万里的《过松源晨炊漆公店》,便是万花丛中鲜艳的一朵。

　　杨万里(1127—1206),字廷秀,号诚斋,吉州吉水(今江西省吉安市吉水县)人,宋高宗绍兴二十四年(1154)进士。他历仕高宗、孝宗、光宗三朝,为官清正,视金玉如粪土,一生刻苦简朴,其子长孺出仕后亦有乃父之风。他一生作诗两万余首,现存四千余首,因构思精巧、语言鲜活、风格清新而被称为"杨诚斋体"。他不乏感怀国事之作,也多写景咏物之篇,各体皆工,尤以七绝见长,多达两千一百余首,占全部存世作品的一半有余。在唐人绝句的前浪之后,其绝句是绝句创作的又一个继起的高潮,同时也是强劲的后浪。"梅子留酸软齿牙,芭蕉分绿与窗纱。日长睡起无情思,闲看儿童捉柳花。"(《闲居初夏午睡起》)"中原父老莫空谈,逢着王人诉不堪。却是归鸿不能语,一年一度到江南。"(《初入淮河四绝句》之一)仅从以上两首题材各异与主题不同的绝句,就可窥见后浪的声势与光彩。

　　绍熙元年(1190)十一月,杨万里出任江东转运副使,时年六十三岁。他居金陵(今江苏省南京市),但因公常到下层诸郡出差,看到过去为北宋交通运输要道的淮河,今日竟成了宋金两国的分界线,不禁悲愤交集,多有感怀时事之作。如《江天暮景有叹二首》:"只争一水是江淮,日暮风高云不开。白鹭倦飞波正阔,都从淮上过江来。""一鹭南飞道偶然,忽然百百复千千。江淮总属天家管,不肯营巢向北边。"由此及彼,由江水白鹭而社会人生,联想至妙、寄慨遥深。他道经皖南山区,在山行道上作有《过松源晨炊漆公店》一诗。这首写景咏山之诗,不仅显示了老诗人不衰的脚力,更表现了他不老的诗心:

　　　　莫言下岭便无难,赚得行人错喜欢。

　　　　正入万山圈子里,一山放出一山拦!

中国的古典诗歌,历来就讲求"趣"与"味"。"味"暂且置之不论,"趣"细分之,则有"天趣"、"妙趣"、"谐趣"、"机趣"、"理趣",等等。所谓"理趣",就是作者在对客观事物的审美描绘中,寄寓自己对生活与人生的哲理性思考,使作品具有一种妙不可言的诗化的哲学意味,从而避免只求形似毫无余韵的直白与浅露。杨万里此诗具有发人深思的理趣,就是因为他绝不满足于表面化地模山范水,而是移情于物,天人合一,与山对话,与山交融,感悟人生的甘苦,揭示生命的真谛,在诗的意象中自然而巧妙地表现他独到的人生体验。一诗在手,展卷而吟,读者当会有柳暗花明、别开天地的审美领悟和精神喜悦。

　　古典诗歌中写"登山"的诗很多,如杜甫青年时的名作《望岳》的"会当凌绝顶,一览众山小",就是写遥望中的心理的登山。谭嗣同《晨登衡岳祝融峰》的"身高殊不觉,四顾乃无峰。但有浮云度,时时一荡胸。地沉星尽没,天跃日初熔。半勺洞庭水,秋寒欲起龙",则是咏实地的登山。即使是杨万里自己,也另有一些登山之作,如《过上湖岭望招贤江南北山》:"岭下看山似伏涛,见人上岭旋争豪。一登一陟一回顾,我脚高时他更高!"

　　在古典诗歌中,咏"下山"之作较少,佳篇更为罕见,然而,杨万里却一箭双雕,一举两得,将咏登山的佳构与写下山的名篇,都收入自己的诗囊之中。松源与漆公店,均在今日安徽南部的山区,具体地点有待详考。一般人都以为上山艰难下山容易,与杨万里同行的人可能真也这样说过。"莫言下岭便无难",开篇否定句有如当头棒喝,警人亦以自警。"赚得行人错喜欢","赚"即"骗"之意,是主观想象之"错"造成的自我欺骗,言外之意也包括山对行人心理的欺骗。为什么"错喜欢"呢?这既是对上句"莫言"的进一步的申说与补充,也为后面两句留下了悬念,全诗便显得曲折有致,跌宕生姿,这正是被人美称"活法"(意谓新鲜活泼的诗思诗艺)的"杨诚斋体"的看家本领。"正入万山圈子里,一山放出一山拦",承接上面的"莫道"与"错喜欢"而来,创造出一个富于情趣而别有韵味的诗的世界。将磅礴回环的"万山"形容为"圈子"已经很形象地预示出下山的艰难了,更妙的是结句将万山拟人化,一"放"一"拦"两个反义动词的运用,不仅将山化静为动,化板为活,使得山富于灵性,也更表现了下山之困苦艰难。当然,此诗并非对俗语所谓"上山容易下山难"作一般性的解说,而是寄寓了深层的令人浮想联翩的人生哲理:顺利时要保持清醒的头脑,前进中要克服纷至沓来的困难,征途上要勇于面对逆境的挑战……

　　诗性思维,是诗歌创作最主要或者说最重要的思维方式。它的基本特征,其一是敏锐的直观性,中国古典美学称之为"悟",西方美学名之为"艺术感觉"或"艺术直觉";其二是鲜活的意象性,也就是诗人对生活的创造性的审美观照,始终是与鲜活的意象的捕捉交融在一起;其三是语言的审美性,语言不仅仅只是工具与媒介,它就是诗歌作品本身,是作品最初也是最后的存在,诗性思维的过程,就是对汉语之美的感知、发现和运用之妙在于一心的过程。我评论当代名词人蔡世平的词的长文,题目即是"诗性思维的奇葩异卉",此文论"诗性思维"甚详(见《南园诗评论》,中国词学研究会王兆鹏主编,中国青年出版社,2015 年)。杨万里的"活法",正是诗性思维的产物,它以新鲜与奇妙为其注册商标。最先提出杨万里诗创作以"活法"见长的,是他的朋友张镃。张镃在《携杨秘监诗一编登舟因成二绝》中写道:"造化精神无尽期,跳腾踔厉即时追。目前言句知多少?罕有先生活法诗。"诗人周必大《次韵杨廷秀待制寄题朱氏涣然书院》也说:"诚斋万事悟活法。"在他们之后,诗人刘克庄在《江西诗派小序》中也指出:"后来诚斋出,真得所谓活法,所谓流转圆美如弹丸者。"杨万里的山水诗《过松源晨炊漆公店》清新奇特,含意深长,正是"活法"的也就是"诗性思维"的示范之作。

以《随园诗话》名世的清诗人袁枚十分喜爱杨万里之诗,杨万里以七绝见长,袁枚的多首七绝也是所谓"仿诚斋体",如"青芦叶叶动春潮,堤上杨花带雪飘。满地月明仙鹤语,碧天如水一枝箫"(《山居绝句》),如"春归未归雨复晴,竹西窗户风泠泠。野蔷薇喜没人到,雪白小花开一庭"(《偶题》),均清新可喜。他还有一首《山行杂咏》,模仿的痕迹十分明显:"十里崎岖半里平,一峰才送一峰迎。青山似茧将人裹,不信前头有路行。"袁枚颇具诗才,其诗观力主"性灵"与创造,其创作之诗性思维也颇为活跃,但这首诗就景写景,就事论事,开篇无多新意,结尾无多余韵,比起杨万里之作,恕我不敬,就不免有些东施效颦或者说小巫见大巫了。

命意新奇与"惊颤效果"

——杨万里《重九后二日同徐克章登万花川谷月下传觞》

　　创造,是艺术也是诗歌的生命。古希腊文中的"诗"本意就是"创造",杜甫《奉和严中丞西城晚眺十韵》曾说"诗清立意新",曹雪芹在《红楼梦》中也曾通过宝钗和黛玉之口,反复申说"头一件立意清新","第一是立意要紧","可谓命意新奇,别开生面"。这些都可视为中国古典诗论提出的"诗以独创为贵"的主张。一年之计在于春,春天,是创造的季节,柳眼桃腮,报道早春姹紫嫣红的花信,给人以生机盎然之感。富于诗性思维的创造性的诗歌,即使经历千年百载的风尘与尘封,一旦展现在当代读者的面前,也会激起惊艳之喜和如临早春般的愉悦。

　　南宋诗人杨万里的七古《重九后二日同徐克章登万花川谷月下传觞》,就是这样一首富于创意而历久弥新的作品:

> 老夫渴急月更急,酒落杯中月先入。
>
> 领取青天并入来,和月和天都蘸湿。
>
> 天既爱酒自古传,月不解饮真浪言;
>
> 举杯将月一口吞,举头见月犹在天!
>
> 老夫大笑问客道:"月是一团还两团?"
>
> 酒入诗肠风火发,月入诗肠冰雪波;

一杯未尽诗已成，诵诗向天天亦惊。

焉知万古一骸骨，酌酒更吞一团月！

诗的创造，既包括诗人对生活新的审美体验，感人之所未感，见人之所未见，也包括对新的审美体验通过诗语言作新的艺术表现，不与前人和同时代人雷同，努力别开蹊径，如苏东坡所说"诗以奇趣为宗，反常合道为趣"（惠洪《冷斋夜话》），力求获得 20 世纪初俄国形式主义批评学派所说的"陌生化"的效果，也即"特意化"或云"奇异化"。因为过于熟悉则往往缺乏审美的新异的刺激力，而一定程度的"陌生"，却可以构成读者不即不离的审美心理距离，让读者怀着期待与探求的心理而进入诗的世界去寻幽探胜。从题材的角度来看，诗人的创造大体表现为两个方面：一是抒写新的题材和新的艺术感受，因为不断开拓题材领域，是诗人的艺术生命力的重要标志之一；二是抒写旧的题材而有新的艺术感受和新的开拓，也就是说，有才华的诗人敢于写别人写过一千次的题材，因为他能够作一千零一次新的艺术表现。杨万里的这首诗属于后者，可以说是老题材的新创造。

碧海青天的明月，早就光临于我国的神话传说之中了。大约成书于战国时代的《山海经·大荒西经》中，就有"帝俊妻常羲，生月十有二"的说法。"月出皎兮，佼人僚兮"，在我国古典诗歌中，一轮明月也早在《诗经》的《陈风·月出》篇中冉冉升起，照耀着中国诗史，流泻着它万古不灭而令诗人们心慕手追的清辉。的确，明月成了中国古典诗歌吟咏不绝的美的对象与意象，没有写过月的诗人大约不多。在杨万里之前，从《古诗十九首》的"明月何皎皎"到曹植《七哀诗》的"明月照高楼"，从张若虚《春江花月夜》的"春江潮水连海平，海上明月共潮生"到李后主《虞美人》的"小楼昨夜又东风，故国不堪回首月明中"，从晏殊《蝶恋花》的"明月不谙离恨苦，斜光到晓穿朱户"到辛弃疾《西江月》的"明月别枝惊鹊，清风半夜鸣蝉”,历代诗人写月之作,早已汇成了一个千姿百态的月世界。

　　杨万里在前人许多写月的名作之后,再来尝试这一古老的题材,如果想使读者开颜而不是皱眉,开心而不是郁闷,就非别裁妙想而另开天地不可。在杨万里现存四千多首作品中,写到月的不少,但我以为冠军之作理所当然应该是本文赏析的这一首。这一作品,即使置于古代写月的佳作之林中,也一枝特秀,和最善于写月的李白的诸多作品相比,也绝无逊色。李白爱月,他现存的作品约有千首,与月有关的同义词如飞镜、白玉盘等约有五百之多,而沾了月亮的光的有三百八十二首,占其作品总数约百分之三十八,其中的名篇俊句至今使人余香满口。罗大经是杨万里的同乡晚辈,他在《鹤林玉露》中记载,他十余岁时听到杨万里吟诵这首作品,并说“老夫此作,自谓仿佛李太白”。杨万里在宋代就有“小李白”之美誉,他对这一作品的自诩,也可看到他向李白挑战而力求创造的艺术的勇气。

　　这首诗的创造,首先就在于诗人对月这一“原型意象”赋予了新的美感内涵。西方现代重要的文艺批评流派和方法之一,是原型派文学批评。加拿大批评家佛莱是原型批评学派的权威人物,他认为原型就是“典型的反复出现的意象”,它们的相同之处就在于表现了一种普遍的基本的形式。可以说,“月”在中国古典诗歌中也是一个原型意象,在杨万里之前,不同诗人笔下的月大约可以归纳为如下几种形式:一是月与美人融为一体,从诗经中的《陈风·月出》到李商隐《霜月》的“青女素娥俱耐冷,月中霜里斗婵娟”就是如此;二是营造出一种凄清哀怨的情境,如杜甫《梦李白》的“落月满屋梁,犹疑照颜色”就是这样;三是表现一种怀乡思亲的情怀,如李白的《静夜思》和苏东坡的《水调歌头·丙辰中秋》词,可谓代表;四是由明月之永恒与人生之短暂的对照,抒写关于人生和宇宙的哲理,张若虚的《春江花月夜》、李白的《把酒问月》与苏东坡的《中秋月》,均堪称典型。

　　“狂歌谪仙词,三杯通大道”(《读白氏长庆集》),杨万里是一位师法前贤的诗人,更是一位崇拜创造的歌者,他说"笔下何知有前辈"(《迓使客夜归》),他说"春花秋月冬冰雪,不听陈言只听天"(《读张文潜诗》),于是,他的这首月诗便有了不同的面貌和鲜明的个性。"老夫渴急月更急,酒落杯中月先入。领取青天并入来,和月和天都蘸湿。"诗一开始,就鲜活地创造了月的心急嗜饮和浪漫不羁的意象,这是前人未曾写过的。月比渴急的诗人更急,酒落杯中诗人尚未沾唇,它就一头栽了进去,不仅自己如此,它还领着青天一道而来,以致自己和青天都被酒蘸得湿漉漉的了。月不仅解饮,而且善解人意,可助诗情:"酒入诗肠风火发,月入诗肠冰雪泼;一杯未尽诗已成,诵诗向天天亦惊。"如此旷达豪放颇具传奇浪漫色彩的月意象,正是诗人创造性诗性思维的结晶,读者在此之前见所未见,读来当然耳目为之一新。

这首诗引起读者审美惊喜的还有想象的新创。杨万里此作有意追踪李白,李白具有超凡脱俗的艺术想象力,他写月的诗数量多,质量高,如果要在古代诗人中专题评选,冠军自然非他莫属,连写月同样出手不凡的杜甫,也要逊让三分。杨万里尽管雄心勃勃,大约还不敢和李白全面较量,但他却决心单打独斗,在一首诗中和前贤一较短长,取胜之道就是避免艺术思维的求同性,发挥艺术思维的求异性,力求想象的新创,而他果然就是在这一方面获得了成功。

"老夫渴急月更急,酒落杯中月先入。"审美的移情作用不仅使本来无生命的月具有活泼泼的生命,而且使诗人的想象鼓翼而飞:"领取青天并入来,和月和天都蘸湿。"本来是青天明月倒映在酒杯之中,现在却被诗人想象为青天是被好事的明月领来的。"月"与"天"原来都是视觉意象,但在诗人奇妙的想象中,都有了"蘸湿"的触手可及的触觉,西方现代派诗歌所艳称的"通感",在中国古代杨万里的诗中原来早已有令人惊喜的演出了。李白《月下独酌》诗说:"举杯邀明月,对影成三人。月既不解饮,影徒随我身。"富于独创精神的杨万里却不怕唐突诗仙,为明月代言:"天既爱酒自古传,月不解饮真浪言。"这不正是创造性思维中的逆向思维的表现吗?前人写月,张九龄说:"不堪盈手赠,还寝梦佳期。"(《望月怀远》)唐诗人于良史说:"掬水月在手,弄花香满衣。"(《春山夜月》)他们只说掬月或是捧月,连心高气盛的李白也只能把月作为朋友:"举杯邀明月,对影成三人。"而杨万里却另有豪情和酒兴,幸亏他不是"酒驾"而是去"驭诗",竟然"大放厥词":"举杯将月一口吞"、"月入诗肠冰雪泼"、"酌酒更吞一团月"!血液中测出酒精的驾车者是要受罚的,诗人写诗则恰恰相反,这种前无古人的胜概豪情与奇特新创的审美幻象,如果李白地下有知,也许会要一跃而起,拍拍杨万里的肩膀表示十分赞许吧?

18世纪法国思想家、哲学家、文学家伏尔泰在《论美》中曾经说过:"要用'美'这个词来称呼一件东西,这件东西就须引起你的惊赞和快乐。"20世纪德国美学家、哲学家和文艺批评家本雅明,在评论法国19世纪现代派诗人波德莱尔时,提出"惊颤效果"的理论。他认为优秀的文学艺术作品可以让读者在观赏中感到惊异与震颤,也就是审美的惊异感和愉悦感。这一说法,和伏尔泰的观点一脉相通。本书在序言中引述明代袁宏道的《徐文长传》,他在序言中记述自己初读徐文长作品,"读未数首,不觉惊跃","读复叫,叫复读",这也正是作品的"惊颤效果"的表现。旧诗一读一回新。天海上每夜升起的,是万古如斯而光景常新的月亮。杨万里的《重九后二日同徐克章登万花川谷月下传觞》,写于诗人退休家居之后,已是如杜甫所说的"人生七十古来稀"之年。"老去又逢新岁月,春来更有好花枝",明代诗人、学者陈献章在《元旦试笔》中如此说过。老诗人在新岁月写出的这一富于独创性和青春活力的作品,令人惊奇和喜悦,闪耀的是千古常新的光芒!

英雄的"审美幻象"

——陆游《夜游宫·记梦寄师伯浑》

陆游(1125—1210),字务观号放翁,籍贯越州山阴(今浙江省绍兴市)。他是南宋杰出的爱国诗人,在中国文学史上地位崇高而影响深远,可谓是一位左右开弓的射雕手。其散文成就我们暂且不论,作为诗人,他诗歌的产量极为丰富,自云"六十年间万首诗"(《小饮梅花下作》),诗作共九千三百多首,在当时就赢得了"小李白"的美誉;作为词人,他虽然在诗外以余力为词,只存词约一百三十首,称《放翁词》,又称《渭南词》,但他大大地开拓了词的表现生活的领域,丰富了词的表现手段,纤丽处似淮海,雄概处似东坡,长期以来与辛弃疾"辛陆"并称。

这里,我只想就他的《夜游宫·记梦寄师伯浑》一词中的幻想,写一则未必能使他满意的学习札记:

> 雪晓清笳乱起,梦游处,不知何地。铁骑无声望似水。想关河,雁门西,青海际。
>
> 睡觉寒灯里,漏声断,月斜窗纸。自许封侯在万里,有谁知,鬓虽残,心未死!

南宋乾道八年(1172)春末,四十八岁的陆游抵达兴元府的南郑(今陕西省汉中市南郑县），至次年春改任成都府安抚使司参议官为止，他在抗战前线从戎将近一年，诗风大变，多言征伐恢复之事，豪宕悲壮，卓然自成一家。《夜游宫·记梦寄师伯浑》这首词也是如此。师伯浑名浑甫，四川眉山人，陆游四十九岁时从南郑前线调到成都之后，在眉山和他相识。师伯浑是一位才能未展的隐士，宣抚使王炎想起用他而因忌者所阻未成。酒逢知己千杯少，陆游和他常有诗酒之会与诗文往还，后来在《师伯浑文集序》中还说"乾道癸巳，予自成都适犍为，识隐士师伯浑于眉山，一见，知其天下伟人。予既行，伯浑饯予于青衣江上，酒酣浩歌，声摇江山，水鸟皆惊起"，可见他们志趣相投，高歌慷慨。这首词，当是乾道九年陆游四十九岁以后的作品，闪耀着强烈的诗之幻想的虹彩。

　　黑格尔在《美学》中说："如果谈到本领，最杰出的艺术本领就是想象。……想象是创造的。"诗的幻想，是诗的想象中的一种，是创造性想象的一种特殊形式，是一种表现个人与社会之愿望的指向未来而并不一定实有其境的想象，它以时空幅度阔大、不受一般逻辑性的常情常境的羁束为其特色。写梦，大概是诗的幻想的表现形态之一吧。李白的《梦游天姥吟留别》，就是通过幻想的梦境描写，创造了一个激电惊飙浪漫宏肆的神灵世界，表现了他对黑暗现实的强烈不满和对自由与光明的渴望。杜甫的《梦李白》二首，也是通过梦境的幻想描写，来表达他对李白深挚的怀想之情，在他前后赠李白的十四首诗中，我以为这是尤其动人的两首。

　　在西方现代美学理论中，有所谓"审美幻觉"与"审美幻象"之说，它是审美心理形式之一，是在审美幻觉、幻想中所幻化而成的非实有性的虚幻图景，它受客观外在形象的制约，又渗透了作者的主观意识，具有强烈的主观性、虚幻性与朦胧性。文学作品中的梦境描写，就是日有所思夜有所梦的审美幻觉与幻象定形于文学的表现。在陆游的诗词中，据清代诗人兼诗论家赵翼的统计，记梦之作共有九十九首之多。直到他蛰居山阴的八十二岁那年，仍以《记梦》为题，写出了"征人忽入夜来梦，意气尚如年少时。绝塞但惊天似水,流年不记鬓成丝"的悲壮诗句。他的记梦,有的是写实,有的则是假托,但不论是哪种情况,实际上都是诗的审美幻觉与幻象的一种特殊表现形态,都从不同的侧面反映了他所处之内忧外患、灾难深重的时代,表现了一代有志之士收复失地的雄图和壮志未酬的悲愤。

《夜游宫·记梦寄师伯浑》上阕记梦中情景,抒写对南郑军中生活的怀念。词的起笔就突兀不凡,不仅是以"梦游处"三字点醒了题目,点明了梦境,而且将边地情景写得有声有色:在一个冬日的早晨,原野上雪光四照,从四面八方传来了胡笳悲壮的鸣声。首句中的"乱"字为诗家所常用,如"乱入池中看不见"(王昌龄《采莲曲》)、"桃花乱落如红雨"(李贺《将进酒》)等,陆游这里的"乱"字也用得十分出色,既显出了胡笳声的急切杂乱,也表现出诗人胸中汹涌着何其起伏难平的心潮!接笔描绘大军出师的情景,"铁骑无声望似水","无声"极言军令森严,且和"乱起"的清笳声动静对照,"望似水"描状军容整肃而浩荡,《诗经·大雅·常武》状写军容之盛,就曾有"如川之流"的比喻。"想关河,雁门西,青海际",是写大军进军的方向,也是抒发诗人浪漫主义的激情,一个"想"字,是上阕的"词眼",诗人神思飞扬,也将读者的幻想带向了更为辽阔的无穷的远方。

下阕写梦醒后的情怀,抒发诗人百折不挠的报国之壮心,是对上阕幻境的反衬与深化。"睡觉寒灯里"的"觉"是动词,"醒来"之意,"睡觉"与上阕的"梦游"互相呼应,开合有致。在上阕中,愈是写军威之壮,愈能对比和反衬出下阕中所表现的诗人心境的悲凉。灯残漏尽,寒月凄迷,正是词中的以景写情之笔,诗人梦醒后百感丛生的思绪,都含蕴在那特定的景物描写之中,同时,一觉醒来已经"月斜窗纸",诗人的这个梦做得是多么久长而快心称意啊!最后几句直抒胸臆,它之所以精警动人,在读者的心上撞击出轰然不绝的回音,就是因为它以矛盾语抒写了崇高理想和黑暗现实之矛盾所造成的悲剧,也反照出诗人梦境成空的悲哀。陆游诗词中如"此生谁料,心在天山,身老沧洲"(《诉衷情》),如"双鬓多年作雪,寸心至死如丹"(《感事六言》),都是运用这种逆折翻腾的笔法的妙句。在这首词里,"鬓虽残,心未死"逆折一笔,又以问句出之,表现出"烈士暮年,壮心不已",不仅使前面的幻境有令人信服的心理与生活的依据,更令人感到沉郁悲凉,其情无限!

　　今天陕西省的汉中市,原来也曾经是楚国的故地,那里的阅尽人世沧桑的山川,也许至今还记得陆游的高歌豪唱,纵马驰驱!《夜游宫·记梦寄师伯浑》,就是他的一阕慷慨悲歌的"英雄梦幻曲"。古今相续,陆游是诗人而英雄,他的高歌低咏,在当代名词人蔡世平的词作里,激扬起时隔千百年的遥远的回声。蔡世平当年是我在中学教书时的学生,年轻时也曾从戎西北,他的《贺新郎·叶落秋心》写道:"雁影南山宿。戍楼边,杨枝翠减,残阳如锈。何处马嘶风色里?也个英雄低诉。征衣上,依然尘土。草木人生谁护理?拟花期,无奈春难守。兵老矣,秋心透。　　兵旗战血红波吐。记辛翁,沙场列阵,点兵时候。还羡坡仙弓满月,烹得天狼肉熟。磨他个,吴钩若烛。捏瘦昆仑成铁笛,遣风涛,拔雪天山路。留好梦,屠苍狗!"词的结尾有"留好梦"之语,其实,全词写的正是壮岁从戎的青春时期的梦想。他提到辛翁与坡仙而未及放翁,其实,他这首词中,历历可见的更是放翁词的血脉。

诗的召唤结构

——陆游《楚城》

　　淳熙五年(1178)，陆游正当五十四岁，在四川度过九年戎马倥偬然而壮志不酬的岁月之后，奉召东归。他沿着九年前的来路，顺江东下，于春末夏初时经过归州(今湖北省宜昌市秭归县)。秭归，在西陵峡西段，高临大江。这座楚国的历史名城，是三闾大夫屈原的故里，而根据陆游《入蜀记》记载，楚王城在归州境长江南岸。虽然事隔一千五百多年，然而那里还存留着楚国的许多遗迹，传扬着屈原许多可歌可泣的故事。

　　陆游在归州流连凭吊，触景伤情，写下了三首七言绝句，《楚城》是其中最出色的一首：

> 江上荒城猿鸟悲，隔江便是屈原祠。
>
> 一千五百年间事，只有滩声似旧时！

前人评这首诗时，曾说它"不是寻常章法"。到底怎么"不寻常"，却未说出究竟。我以为，七绝只有寥寥二十八字，要在有限的篇幅中蕴涵尽可能深广的社会生活与思想感情的内容，要凭借极为简约的文字而使人们寻绎不尽，重要艺术手段之一就是婉曲回环，有余不尽。其他的文学作品如小说和戏剧都要讲究波澜曲折，一眼见底毫无余韵是它们在艺术上的大忌，何况是言短意长的绝句？因此，沈德潜《说诗晬语》曾说："七言绝句，以语近情遥，含吐不露为贵。只眼前景，口头语，而有弦外音，味外味，使人神远。"沈德潜所云，是中国古代诗论有关的话语方式，而西方现代文论的言说方式则是另外一种体系，与此最为接近的是"召唤结构"之说。伊瑟尔，是20世纪德国美学家、文学批评家，与尧斯（又译姚斯）同为接受美学的创始人。他认为文学作品是由文本与读者共同完成的，他借用和改造了现象学美学代表人物、波兰美学家莫伽登的"不确定点"的概念，提出文本的召唤结构理论，认为文学文本的召唤结构的要素是"空白"与"空缺"，即"不确定域"。这与中国书论之"计白当黑"和中国诗论之"言外之意"何其相似，它刺激、召唤读者以各自的审美想象力去"重建"和"具体化"，亦即参与作品的再创造。陆游的这首诗，正是如此。

从这首诗的题目和诗中的描写看来，陆游所说的"荒城"当指楚王城。前两句实写，着重从空间上描绘。第一句勾勒的是一幅平面的图画：江边，一座楚国的故城，景象荒凉，只听到猿鸟的悲鸣。这里，"猿鸟悲"补足了"荒城"之"荒"，一"荒"一"悲"，烘托了凄清悲苦的特定环境，渲染了国破民伤的时代气氛，抒发了诗人内心的哀思愁绪。同时，荒城之静与猿鸟悲鸣之动互相映衬，使得那种悲苦的气氛更加浓烈，那种落寞的情怀更加侧恻动人。第二句掉转一笔，空间缩小，从"荒城"这个面缩小到"屈原祠"这个点。屈原祠，是这首诗的形象画面的焦点，是后两句中诗人感物咏怀的具体依据，也是使得全诗思想升华和意境深远的重要元素。在前面两句的铺写之后，诗的后面就愈转愈深，别开新境了。

诗的后两句是虚写，着重从时间上落笔。这里，涉及绝句写作中一个带规律性的技巧，它对于构成绝句婉曲回环引人入胜的妙趣具有十分重要的作用。前人论绝句写作时特别强调第三句的重要性，如清人田雯《古欢堂集》就说："转换之妙，全在第三句，若第三句用力，则末句易工。"同为清人的施补华《岘佣说诗》也指出："七绝用意宜在第三句，第四句只作推宕,或作指点,则神韵自出。若用意在第四句,便易尽矣。""故第三句是转柁处。求之古人,虽不尽合,然法莫善于此也。"而清人王楷苏在《骚坛八略》中则说:"譬之于射,三句如开弓,四句如放箭也。"

陆游这首诗正是这样,诗人由屈原祠而想到往昔沉江殉国的屈原,一句"一千五百年间事",就像电影中一连串快闪的连续性的蒙太奇镜头,从眼前的现实拉回到遥远的过去。七个字,概括了长远的时间和丰富的内涵,刺激读者的联想和想象,而且为结句作了饱和的蓄势与有力的铺垫。第四句大笔如椽,一笔从往昔勒回到现在,回应前面两次点出的"江"。诗人巧妙地撷取了"滩声"这一诉之于读者的听觉的意象,它一语双关地说明一千多年的时光像流水般逝去了,化抽象为具体,同时,又把古往今来联系起来:滩声虽然依旧,世事却已全非。我们再联想到陆游所处的那个艰难时世,联想到他那至死不衰的报国壮心,就不难看到这种言尽意不绝的结句,是多么深刻而又富于情韵地抒发了诗人无限的国家盛衰之感,又是多么强烈地诱导和召唤读者去想象。全诗多有"空白"与"空缺",婉曲回环,味之不尽,没有费力不讨好地去正面叙写那些重大的历史事件和宏伟的生活图景,没有惟恐人们不懂的多余的说明与说教,更没有使人们百思不解的玄秘与晦涩,明朗而含蓄,单纯而丰富,曲径通幽,摇曳生情,那八百多年前揉碎了陆游的心的滩声,也拨响了今天的读者的心弦。创立了接受美学理论的伊瑟尔,认为文本是文学作品的艺术的一极,而读者是对文本作审美的一极,艺术的极点是作者创作的文本,审美的极点则是读者对文本的再创造。中国优秀的古典诗歌包括陆游的这一作品,对这一现代西方文论出示的是中外攸同的有力证明。

在宋代诗坛上,陆游的七律远承杜甫的七律而独步一时。前人曾赞美他"诗家之能事毕,而七律之能事亦毕"(洪亮吉《北江诗话》),清诗人兼诗论家王士禛评论宋代的七律,甚至只推许陆游一人。陆游的绝句呢?如果说前人赞美过唐人的绝句"多转",而批评宋人的绝句"多直下",那么，陆游的大多数绝句则没有直露之弊，而有婉转之姿，没有说尽之病，而有含蓄之趣，十分清新隽永而引人玩味。清代田雯的《古欢堂集》就详细地论列了他的风韵各别的绝句，潘德舆在《养一斋诗话》里也极力称赞他的七绝，誉为"诗之正声"，并在一连举述他十余首绝句之后，说这些绝句"声情气息"和唐人相差无几。而近代诗人陈衍《石遗室诗话》则说："剑南七绝，宋人中最占上峰；此首又其最上峰者（指《剑门道中遇微雨》——引者注），直摩唐贤之垒。"从这首《楚城》以及《沈园》、《示儿》等人所熟知的如精金美玉般的绝句来看，这些评价并非过誉。再如"中原草草失承平，戍火胡尘到两京。扈跸老臣身万里，天寒来此听江声"（《龙兴寺吊少陵先生寓居》），"舟中一雨扫飞蝇，半脱纶巾卧翠藤。清梦初回窗日晚，数声柔橹下巴陵"（《小雨极凉舟中熟睡至夕》），"小园烟草接邻家，桑柘阴阴一径斜。卧读陶诗未终卷，又乘微雨去锄瓜"（《小园》），"闻道梅花坼晓风，雪堆遍满四山中。何方可化身千亿？一树梅花一放翁"（《梅花绝句》）等，都是时近千年后仍召唤我们作纸上神游的佳篇胜构。

陆游，这位中国历史上的爱国志士，南宋时期的绝代歌手，不愧是古典诗歌史上具有多方面成就的才华横溢的大家。我少年时即熟知他的如日如星的名字，初识他的如江如海的作品，歌之诵之，一直到年既老而不衰的今日。

律诗的章法

——傅若金《洞庭连天楼》

"律"，义有多解，其基本义项乃是法则与规章，如律文、律吕、律度、律准，不一而足。行文则有律赋，赋诗则有律诗。杜甫《又示宗武》诗说"觅句新知律"，那是指大历三年（768）寓居夔州时，杜甫的长子宗武开始寻词觅句，已粗知诗歌的格律了。而律诗，则是中国古典诗歌的众多样式中法度最为精严的一种。虽然严格的规定和法度，不能限制那些不凡的身手——他们在法律森严之中仍然可以驰骋自己的才力，创造的灵感仍然可以振羽而飞，但它确实能够限制缺乏才情的诗作者，使他们只能写出平庸的缺乏才气的诗篇。五律之外，关于律诗中的七律，清人方东树在《昭昧詹言》中认为："七律束于八句之中，以短篇而须具纵横奇恣、开阖阴阳之势，而又必起结转折，章法规矩井然，所以为难。"有人曾经比喻说，七律好比能射穿七层铠甲的强弓，古今能开满这种强弓的高手为数并不太多。这，并不是夸大其辞，而是深切地说明了此中诗艺的难度和甘苦。

作为近体诗中的一种之律诗，起源于南北朝，成熟于唐初，至杜甫与李商隐而臻于大盛。在古典诗歌史上，律诗的精华大都集中在唐宋两代。在唐代诗人筚路蓝缕以启山林，宋代诗人又接踵而来辛苦耕耘之后，后代的诗作者想在律诗写作方面再拓土开疆，的确十分困难。但是，唐宋以后历代还是有不少佳作，我们也不可慑于唐宋诗的盛名，而让历史的风尘掩盖了它们的光彩。元代傅若金的《洞庭连天楼》，就是颇见功力的一篇。

　　傅若金（1304—1343），字与砺，新喻（今江西省新余市）人。他以布衣身份到京城后，其诗章不久就传遍京城，名胜之士莫不倒屣相迎。元代名诗人揭傒斯曾说："每读与砺诗，风格不殊，神情俱诣。"可见时人推誉之重。作为元代后期的重要诗人，他存诗八百余首，其中以律诗尤其是七律成就最高，清代张景星、姚培谦、王永祺编《元诗别裁集》，选其七律达十三首之多，为元诗人之冠。他曾随别人一起出使安南（越南古称），回程返回大都途经湖南衡阳之时，作有七绝《回雁峰》："江上青峰宿雨开，江头归使日南来。登高欲访平安字，二月衡阳雁已回。"七律《洞庭连天楼》也应该是他北返途中路经洞庭湖畔时的作品，从中可以看到律诗谋篇布局的一般规律：

　　　　崔嵬古庙压危沙，缥缈飞楼入断霞。
　　　　南极千峰迷楚越，西江众水混渝巴。
　　　　鲛人夜出风低草，龙女春还雨湿花。
　　　　北倚阑干望京国，故人何处认星槎？

律诗的起句要求发语不凡，一鸣惊人，一开篇就造成不平凡的声势和局面。就诗本身来说，意在引发与笼罩全篇；就欣赏者而言，意在使读者一见倾心而欲罢不能。关于律诗的起句，古代诗论家总结创作实践的经验而提出许多看法，如"要知草率发端，下无声势"（薛雪《一瓢诗话》），"或对景兴起，或比起，或引事起，或就题起，要突兀高远，如狂风卷浪，势欲滔天"（杨载《诗法家数》），"起首贵突兀"（沈德潜《说诗晬语》），等等，都包括了这种起句要发语不凡而一鸣惊人的艺术要求。

　　我们且看《洞庭连天楼》如何开篇吧。诗人一开始就取"俯"与"仰"两个镜头，下"压"与"入"两字，正面写古庙飞楼的年代久远和耸峙云霄，一落笔就高踞题颠，叫起全篇精神，给人以强烈的印象，这种时空交错的写法，实非高手不办。首联之后即为颔联，杨载论颔联时说："或写意，或写景，或书事、用事、引证。此联要接破题，要如骊龙之珠，抱而不脱。"（《诗法家数》）沈德潜也认为："三四贵匀称，承上陡峭而来，宜缓脉赴之。"（《说诗晬语》）这首诗的颔联正是如此。开篇既已写连天楼之高峙，为读者勾画了一个立地矗天的突兀的形象；诗人接着就以登临高楼之所见来承接，一句写山，山为南眺，一句写水，水为西眄，山水分写，毫不犯复，而且空间阔大，气象开张，进一步补足了楼的峻极于天的风貌，其中"迷"与"混"两个动词的运用准确而传神。

　　颈联的写法，按照诗论家们的意见，要"与前联之意相应相避，要变化，如疾雷破山，观者惊愕"（杨载《诗法家数》），"五六必耸然挺拔，别开一境"（沈德潜《说诗晬语》）。这就说明颔、颈两联因为都是偶句，严整是它们的特征，但又必须注意奇正之变，化板为活，在整饬之中求得飞动流走新境别开之趣。这首诗的颈联在前面的描写之后开辟了一个艺术新天地，它由实而神话，由实写而虚摹，由现实而超现实，由眼前和想象中之实有景色而转入非现实的迷离飘忽的意象。鲛人，是传说中的人鱼，见晋代张华的《博物志》："南海外有鲛人，水居如鱼，不废织绩，其眼能泣珠。"李商隐《锦瑟》诗的"沧海月明珠有泪"的名句，就化用了这一典故，他着重写泪之成珠，以传达出回首华年往事时的悲凉之感。而傅若金在这里也将这一神话传说凝缩在他的诗句里，加之以"风低草"的背景的烘托，就渲染了一种浪漫而神秘的色彩。龙女，即洞庭湖的龙女，最初见于唐代李朝威的传奇小说《柳毅传》。傅若金在这里将她请进自己的诗行之中，不仅切合题目所指的地点，有鲜明的地域色彩，加之以"雨湿花"似实景又似象征的描绘，更平添了全诗的凄迷奇艳的气氛。

　　律诗的结句，"必放一句作散场，如剡溪之棹，自去自回，言有尽而意无穷"（杨载《诗法家数》），"章法则须一气呵成，开合动荡，首尾一线贯注"

（方东树《昭昧詹言》）。如果草率收场，随题敷衍，词意俱尽，那就是使全诗前功尽弃的败笔。对于杜甫的名作《登高》，有论者尚且觉得尾联稍弱，何况其他诗人的作品？傅若金此诗的收束不算平弱，它由神话而人间，由写景而抒怀，从幽微瑰奇的意象的虚摹宕回到现实情状的描写，颇有动荡之致，变化之功。"星槎"，是古代神话中往来天上的木筏。晋代张华《博物志》："旧说云天河与海通，近世有人居海渚者，年年八月有浮槎，去来不失期。"傅若金以"倚阑干"回应开篇之"飞楼"，以"故人何处认星槎"这种京华故人对自己的怀想收束，紧扣诗题而又于题外着想，风神摇曳。

　　总之，律诗的首联要突兀不凡，颔联要平和舒展，颈联要高扬峻拔，尾联要余韵悠远，这样在尺幅之中一波而三折，极尽错综变化之能事，全篇才能诗律精严而又多彩多姿。当然，这只是律诗结构艺术的一般规律，绝不是一成不变的公式。文学创作是最忌讳公式而最重独创的，何况在"一般"之中，那千变万化的"个别"仍然有大显身手的天地，同是花中的牡丹，不就有姚黄魏紫等千奇百态的不同品种么？古今观照，如我的挚友、当代名诗人李汝伦写于 1977 年的名作《秋日登高》："炎威退减忆红羊，独上高台对莽苍。远韵谁家风送笛，好歌何事句留创？念年左氏春秋传，一代才人血泪场。焉得二三同调手，铜琶铁板啸清商！"化用《左传》与萧红的小说《生死场》之故典入诗，尤其是将人所熟知的《左传》化为"念年左氏春秋传"，更是妙处难与君说，不仅见胆识，而且更见才情，巨痛沉哀，椎心泣血，其风神格调直追千余年老杜在夔州的《登高》之作，也让我们领略现代律诗中真正的精品力作的风采。

鸳鸯绣出从教看

（技巧篇）

诗句的"翻叠"

——杜审言《渡湘江》

巡礼初唐的诗坛，我们不能不提到杜审言的名字。这，倒不是因为他是大诗人杜甫的祖父——杜甫多次在诗中自豪地夸耀他的家学渊源，不无溢美地称道"吾祖诗冠古"(《赠蜀僧闾丘师兄》)，而是因为唐代诗歌的繁荣，继承和发展了前人的成就，而唐初诗人的努力特别是他们在近体诗方面的贡献，对盛唐诗歌的蔚为大观，有着筚路蓝缕以启山林的开创意义。杜审言，就是这样一位有承前启后之功的人物。

杜审言(约645—约708)，字必简，祖籍襄阳(今湖北省襄阳市)，其父杜依艺任河南巩县县令，遂迁居巩县(今河南省巩义市)。他年轻时就与李峤、崔融、苏味道一起，被称为"文章四友"，而以其成就最高。虽然他十分自负，曾宣言"吾文章当得屈、宋作衙官，吾笔当得王羲之北面"(《新唐书·杜审言传》)但他对唐代近体诗的形成和发展，特别是五言律诗的建立，的确做出了重要的贡献。同时，梁、陈以来轻靡浮艳的诗风在初唐诗坛还未完全扫除，而杜审言的诗正是以它刚健阔大的特色，预告了盛唐诗歌虽然朦胧却是最早的春的消息。因此，王夫之在《姜斋诗话》中说："近体，梁、陈已有，至杜审言而始叶(xié，同'协'，'相合'之意——引者注)于度。"而闻一多也曾经指出杜审言和王、杨、卢、骆"四杰"都是"新时代的先驱"(《美术与诗》)。如"旅客三秋至，层城四望开。楚山横地出，汉水接天回"(《登襄阳城》),"独有宦游人,偏惊物候新。云霞出海曙,梅柳渡江春"(《和晋陵陆丞早春游望》),都是他五律中的名句。

他的七绝,有的也既具有生活气息而艺术上亦相当出色,有如早春的一枝梅花,向人们透露了盛唐绝句繁英似锦的音讯:

> 迟日园林悲昔游,今春花鸟作边愁。
> 独怜京国人南窜,不似湘江水北流!

杜审言因依附张易之党,唐中宗神龙初被贬逐岭南,春天途经湖南,写下了上面这首《渡湘江》。这首诗,不仅平仄调谐,合乎七绝的音韵美学规范,而且显示了高明的艺术技巧——翻叠。他写这首绝句的当时,不像后来有许多绝句佳作可以借鉴,因此,这种开创之功就更觉可贵了。绝句,字数很少,篇幅短小,要在有限的篇幅中包含较大的容量,具有较广阔的供读者想象回旋的天地,用现代诗歌批评的术语来说,就是要追求诗的"密度"和"陌生感"。这样,就促使诗人们在艺术上孜孜以求。而翻叠,就是增大密度与获得新意的诗艺之一。

所谓"翻叠",一是反用或翻用历史故实或前人成句,一是在原来的意思之上,用否定意义的翻笔产生新意。在形式方面,包括意蕴两两反照的原意与新意;在效果上,不仅可以因反复对照使诗句警动而不流于平弱,也可以因回环重叠而增加诗的层次、波澜与容量。那种平直的缺乏容量与新意的语句,难以进入诗的门庭,即使是大诗人的作品,也不免受到讥议,如杜甫的《送王十五判官扶侍还黔中》中的"离别不堪无限意",前人就曾嘲之为"无聊之极"(清人朱翰《杜诗七言律解意》)。杜审言此诗前两句,各自是前半句与后半句用翻笔的句中翻叠。"迟日",指春天的太阳,《诗经·豳风·七月》中早就有"春日迟迟,采繁祁祁"之句,而"迟日园林",是诗人描写京华春日的美好风物,令人不禁忆起后来杜甫《绝句》一诗中"迟日江山丽，春风花草香"的丽句，但杜审言诗接下来的却是"悲昔游"；"今春花鸟"，在一般情况下本来是应该令人赏心悦目的，但诗中随之而来的却是"作边愁"！一句之中后半句翻叠上半句，相反的意思两两并列，单一的意象转化为复式的意象，使人感到十分警峭而意趣深长。

　　明代的唐汝询认为湘江是杜审言的旧游之地，园林昔游，是感三湘旧游而悲，这虽可说是一家一言，但且不说杜审言先此是否来过湖南已无可查考，如此解诗，也使原来富于情趣的作品减少了许多情味。"迟日园林悲昔游"一句，宋代李昉、宋白等人所编的《文苑英华》作"他日园林非旧游"，其中的"悲"字，明代李攀龙的《唐诗选》也作"非"字，都远不及现在这一句的诗意隽永而浓挚。这首诗的后两句虽仍是翻叠，却与上两句有所不同，它们是上句与下句的句与句的翻叠。"独怜京国人南窜"，正面抒写自己被贬逐南荒的悲凉，"不似湘江水北流"，人生有情而偏偏"南窜"，江水无知而偏偏"北流"，诗人用翻笔使原意翻上一层，意思是，人的命运连江水都不如，北去的江水真是值得欣羡呵！这两句本来已经是层波叠澜了，而翻叠中又综合运用了对比，更觉意象单纯中见繁复，一致中有变化，精彩纷呈。从全诗来看，"悲"、"愁"、"怜"这些词语在表意上都是直露的，直言发露，常常易于一览无余，削弱诗的感染力，但是，由于诗人成功地运用了翻叠和对照的技巧，就弥补了它的弱点。

　　翻叠的艺术，在盛唐和盛唐以后的诗歌中，有着长足的发展。依唐宋元明清之朝代次序，王昌龄"闺中少妇不知愁，春日凝妆上翠楼。忽见陌头杨柳色，悔教夫婿觅封侯"（《闺怨》），贾岛"且说近来心里事，仇雠相对似亲朋"（《赠圆上人》），陈陶"誓扫匈奴不顾身，五千貂锦丧胡尘。可怜无定河边骨，犹是春闺梦里人"（《陇西行》），杜牧"多情却似总无情，惟觉樽前笑不成"（《赠别》），雍陶"楚客莫言山势险，世人心更险于山"（《峡中行》），王安石"云尚无心能出岫，不应君更懒于云"（《招杨德逢》），赵孟頫"南渡君臣轻社稷，中原父老望旌旗。英雄已死嗟何及，天下中分遂不支"

（《岳鄂王墓》），何景明"十二峰头秋草荒，冷烟寒月过瞿塘。青枫江上孤舟客，不听猿啼亦断肠"（《竹枝词》），郑板桥"一国兴来一国亡，六朝兴废太匆匆。南人爱说长江水，此水从来不得长"（《六朝》），等等，都有值得我们去探索的诗的奥秘。而杜审言的诗，可以说是唐代诗歌艺术殿堂最初的重要的基石。杜甫后来说"吾祖诗冠古"（《赠蜀僧闾丘师兄》），又说"诗是吾家事"（《宗武生日》），虽不免有点自诩家学渊源，但也可见他颇为有这样一位诗人祖父而骄傲。杜甫出生时，其祖已去世数年，杜审言如果知道他这位后代有出蓝之美而且名垂千古，只怕在睡梦中都会笑出声来。

　　薪尽火传。后浪是前浪的延续。在当代旧体诗词创作中，歌咏端午吊屈原的诗作多矣，名副其实的名家李汝伦的《端午》却木秀于林，独张新帜："楝叶花丝护屈魂，汨罗底事水波嗔？上官后裔怀王胄，也作江边投粽人。"除思想之锋锐独创，句与句、上半首与下半首之间的翻叠，也颇为精彩。写山区道路险峻之诗也不为少见，家父李伏波的《大庸道中》颇可一读："弯弯曲曲百重关，飞过一山又一山。车在人家头上过，人家已在白云间！"全诗前两句铺垫，后两句翻叠，加之重词叠字的妙用，便油然而生诗意。2014年一个夕阳在山的春日，从江南远去京城的我登临北京慕田峪长城，赋《春晚登慕田峪长城》二绝："长城腾舞彩云高，搅动群山涌怒潮。今日登临如破浪，飞龙欲共上重霄！""长城飞舞入云烟，今日来登耄耋年。我与夕阳俱未老，壮心同在万山巅！"写时并不自觉，现在读来似也有"翻叠"之意，谨录于此以附骥尾而纪念家严吧。

诗中的远近法

——王维《送贺遂员外外甥》

  绘画中的远近法,又叫透视法,它是绘画艺术中描绘客观事物特别是自然景物时的一种法则。具体地说,在绘画中,远近法是画家把眼前立体形的景物看作平面形的方法。在中国古典诗歌特别是写景抒情的诗词中,诗人们也常常运用远近法。不过画家是驱遣他们独特的空间性的艺术手段——线条和色彩——来表现,在平面上塑造立体的形象,诉之于观者的视觉;诗人则是调动时间性的艺术手段——文字——来描写,把眼前和心中的景物平面化,用时间性的手段表现空间性的境界,诉之于读者的想象。

  远近法的要素是视线与视点。在中国画中,视线就是地平线,视点就是画家所朝向的地平线上的一点。中国诗和中国画是姊妹艺术,它们对生活的艺术表现有许多微妙的相似之处。唐诗人岑参有云"窗中小渭川"(《登总持阁》),杜甫也写过"窗含西岭千秋雪"(《绝句》),现实生活中的渭水和西岭比窗户不知大多少倍,但这种描写符合物体距离愈远形状愈小的远近法的原理。杜甫写长江有"大声吹地转,高浪蹴天浮"(《江涨》)的形神毕现的名句,李白赞黄河有"黄河之水天上来"(《将进酒》)的惊世骇俗的出群之笔。上述这种描绘,符合远近法中的如下原理:在视线之下的景物,距离愈远,它们在画面上的位置愈高。"山河扶绣户,日月近雕梁"(《冬日洛城北谒玄元皇帝庙》),"野旷天低树,江清月近人"(《宿建德江》),杜甫和孟浩然的这些诗句,说明了远近法的如下规律:在视线之上的景物,距离愈远,在画面上的位置愈低。

　　除此之外,在视线上下的远距离的景物,可以在观察者的视线上取消其空间距离而连接在一起。王维的"日落江湖白,潮来天地青"(《送邢桂州》),李白的"孤帆远影碧空尽,惟见长江天际流"(《黄鹤楼送孟浩然之广陵》),宋代词人滕宗谅的"湖水连天天连水,秋来分外澄清"(《临江仙》),等等,不就是如此吗?远近法,在诗中还有着多种形态的具体运用和表现,值得今天的新诗和旧体诗作者借鉴,也值得从诗学的角度作深入的专题探究。这里,且让我们随着诗人兼画师的王维的指引,到他的《送贺遂员外外甥》一诗中的画境里游赏一番:

　　　　　　南国有归舟,荆门泝上流。
　　　　　　苍茫葭菼外,云水与昭丘。
　　　　　　樯带城乌去,江连暮雨愁。
　　　　　　猿声不可听,莫待楚山秋。

这首诗,以远近法来布局,呈现出特异的风采。全诗从诗题中的"送"字着眼,描绘的全是舟行途中所见的景物。它在构图上卓然不凡的特色在于:在八句之中,出句写近景而对句绘远景,出句景小而对句景大;在大与小的对照中叠映出近景和远景,或者说,在近与远的布置中叠映出大景和小景。这样,全诗就显得收纵开合,层次分明,境界具有纵深感,因为诗的架构出格脱俗而别有一番风致。

　　"南国有归舟",是眼前的近景,写贺遂员外的外甥乘一叶轻舟归去,景物的中心就是小小的"归舟"。归人去向何方呢?"荆门泝上流"是远景,"泝"即"溯",这一句写被送的人溯流而上,将远去千里迢迢的荆门,一个"泝"字连结了此地与彼地的阔大的空间。"苍茫葭菼外",一笔从远处勒回到眼前所见的景物,点染舟行时两岸的蒹葭苍苍,白露为霜。"云水与昭丘"紧承前句中"苍茫"与"外"的意绪,一笔放开如行空天马,描绘天边的云水和楚昭王的墓丘浑融在一片茫茫之中。"樯带城乌去",又落笔于近处归舟上的"樯乌",诗人刚刚如此一收,接下来却是"江连暮雨愁",又泼墨渲染阔大而凄清的潇潇暮雨洒江天的景色。"猿声不可听",从听觉形象着笔,写近处两岸的啼不住的猿声;"莫待楚山秋"继之又浓墨濡染,从视觉形象落墨,壮阔辽远的时空境界,与开篇"南国有归舟"的近而且小的图景,构成鲜明的前后与大小的映照。值得特别提出的是,"莫待楚山秋"一句将表空间意象的"楚山"和表时间意象的"秋"并列在一起,并且将虚有的名词"秋"置于句尾,空间意象是实,时间意象是虚,这样化实为虚,实景虚写,具有极大的向外延展的张力,显得分外空灵而引人想象。在王维之后,李商隐《滞雨》的"故乡云水地,归梦不宜秋",陆游《枕上作》的"万里关河孤枕梦,五更风雨四山秋",元人张养浩《黄州道中》的"闲云一片不成雨,黄叶满城都是秋",明人李东阳《牧牛图》的"归来记得前村梦,月满千山一笛秋",清人商盘《旅夜闻蛩声》的"灯影短于今夜梦,雨声凄似去年秋",都是出自同一诗心与机杼。相反,张九龄和孟浩然虽然都是唐代诗坛的名家,但他们的"惟有巴猿啸,哀音不可听"(《巫山高》)与"清猿不可听,沿月下湘流"(《湖中旅泊,寄阎九司户防》)的实写,和王维的虚摹比较起来,虽然抒写的景物和感情大致相同,但在艺术表现上却不免逊色多了。

中国古典诗人写诗时,对事物的观察和表现喜欢用画的观点与技法,绘画中的远近法,被广泛地运用于中国古典诗歌之中。当代名画家丰子恺,对李群玉《登汉阳太白楼》中"江上晴楼翠霭间,满帘春水满窗山"之句十分欣赏,并在《文学的远近法》一文中从绘画艺术的角度进行分析:"实际,帘与窗是直立的,春水是横铺在地上的。但取消其间的距离,不管横直的方向……竟把'春水'扶起来立在地上,又拉近来贴在太白楼的窗上。"古代诗人的诗,得到了现代画家的赞赏,可见李群玉的诗笔兼有画笔之妙,在中国的传统艺术中,诗与画并非远亲而是近邻。

　　总之,王维的《送贺遂员外外甥》这首诗,视觉空间、远近大小都处于一种有规律的变化之中,诗人近视远观的视点移动所形成的画面,正是诗中远近法所呈现的奇妙构图方式中的一种。从这里,我们不难看到"宿世谬词客,前身应画师"(《偶然作》)的王维的艺术匠心。"凤凰台上凤凰游,凤去台空江自流。吴宫花草埋幽径,晋代衣冠成古丘。三山半落青天外,二水中分白鹭洲。总为浮云能蔽日,长安不见使人愁!"李白的《登金陵凤凰台》,空间与时间都是由近而远。"平山阑槛倚晴空,山色有无中。手种堂前垂柳,别来几度春风。　　文章太守,挥毫万字,一饮千钟。行乐直须年少,尊前看取衰翁。"欧阳修的《朝中措·送刘仲原甫出守维扬》,其空间构图则是由远而近。珠玉纷陈,繁花照眼,古典诗歌园林里那丰富的珍宝,确实值得我们今天的作者和读者去掇拾品赏。

尽而不尽

——王昌龄《巴陵送李十二》、《送柴侍御》

湖南，水秀山明，神话的渊薮，诗歌的故乡。在古代是地处偏远的蛮荒，屈原"游于江潭，行吟泽畔"（《楚辞·渔父》）之后，这里也是历代志士与骚人放逐之地。一千多年以前的唐代，它就曾经两次迎候过"七绝圣手"王昌龄的大驾光临。

王昌龄（698—约756），字少伯，京兆（今陕西省西安市）人，因为曾被贬江苏江宁和湖南龙标，故又称"王江宁"或"王龙标"。他著有《王昌龄集》，现存诗一百八十多首，绝句将近一半。王昌龄二十岁左右时，到过河西、陇右，西出青海、玉门。一窥塞垣，亲历戎旅，丰富的生活体验，使他写出了不少边塞诗歌，和高适、岑参同为盛唐边塞诗派的掌门人。他除擅长写边塞之外，还以写闺怨、宫怨见长，此类题材的诗作今天还留存二十首左右，如"闺中少妇不知愁"（《闺怨》），"奉帚平明金殿开"（《长信秋词》），都是人所熟知的佳作。在唐代的诗坛上，王昌龄以七绝独步一时，只有李白的绝句才可以和他媲美。王昌龄贬为江宁县丞时，衙署后厅名"琉璃堂"，他常约诗友于此聚会唱和。一百多年后的乾符六年（879）左右，诗人许棠任江宁丞，与他及郑谷等人合称"咸通十哲"的诗人张乔，有《题上元许棠所任王昌龄厅》一诗："琉璃堂里当时客，久绝吟声继后尘。百四十年庭树老，如今重得见诗人。"五代画家周文矩曾绘有《琉璃堂人物图》，有多种摹本传世。晚唐时流行的说诗杂著《琉璃堂墨客图》，是一部重要的唐代诗学文献，曾流传日本，中土残本今存于明钞本《吟窗杂录》中，此书最早尊称王昌龄为"诗天子"。宋人刘克庄《后村诗话新集》中说："唐人《琉璃堂图》以昌龄为诗天子，其尊之如此。"清人宋荦在《漫堂说诗》中也早就将他们相提并论："太白龙标，绝伦逸群，龙标更有'诗天子'之号。"

　　王昌龄虽然是才华焕发的杰出诗人，可是命途多舛。唐玄宗开元二十七年(739)，他从长安被贬，渡过湘水，经过衡阳、郴州去岭南，孟浩然《送王昌龄之岭南》中就有"洞庭去远近，枫叶早惊秋。岘首羊公爱，长沙贾谊愁"之句。他在第二年遇赦北还之后，曾做过江宁丞，但五十一岁时由于小人诬陷而遭到更沉重的打击，被放逐到向来是迁谪窜逐的恶地的龙标(今湖南省洪江市)。他的残句"昨从金陵邑，远谪沅溪滨"(见《全唐诗》附录)，就是他这一次被恶贬的自我写照。诗人五十六岁时还在龙标，以后因安史之乱回归乡里，道出亳州被刺史闾丘晓所杀，时年约六十岁。德国大诗人歌德曾经说过："天才的命运注定是悲剧。"天才往往是背时无运的，封建社会与极权政治总是要残酷地压制异类，扼杀人才与天才，缺少的是对才人杰士的珍惜、尊重、宽容与敬意。"才如江海命如丝"，这是陈独秀与苏曼殊唱和的《本事诗》十首之四中的警句，王昌龄一代才人，不仅命运坎坷，而且落得这样一个悲剧结局，千载以下，不免令人为之扼腕叹息！

　　开元二十八年(740)，刚过不惑之年的王昌龄第一次贬谪遇赦北还。在洞庭波兮木叶下的秋天，他在巴陵遇到了比他小三岁的大诗人李白。他们以前是否已经相识？如果没有，那他们是怎样在巴陵相见并相识的呢？不论怎样，在人生的浩茫天宇上，唐代两颗灿烂的诗星毕竟不期而遇了。当年那动人的情景虽然已经不复得见，只能让我们临风回首，一半去按迹寻踪，一半去凭空想象，但王昌龄题为《巴陵送李十二》的诗篇，至今仍闪耀着不灭的星辉：

摇曳巴陵洲渚分，清江传语便风闻。
山长不见秋城色，日暮蒹葭空水云。

唐人的习惯，从祖父以下的堂兄弟排行，杜甫有《与李十二白同寻范十隐居》，贾至有《初至巴陵与李十二白同泛洞庭湖》，可见李白排行十二，王昌龄此诗的赠别对象乃李白无疑。此诗今日分别见于《全唐诗》和20世纪之初于敦煌石窟发现的唐诗钞本。在敦煌钞本中，"送"作"别"，"摇曳"作"摇枻"，"清江"作"清波"。在秋天日暮的江边，他和李白匆匆分手，互相叮咛着珍重，一直到船帆远去。王昌龄这位七绝高手是非常讲究诗的艺术的，他对于诗的结句当然更是重视。日僧遍照金刚的《文镜秘府论》的"地卷"中，保存了王昌龄关于诗歌创作的一些艺术见解，其中就包括对于结句艺术的探索。他在论"含思落句势"时说："含思落句势者，每至落句，常须含思；不得令语尽思穷，或深意堪愁，不可具说。……仍须意出成感人始好。"他的《巴陵送李十二》就是这样。这首诗，蕴藉空灵，情深意远，其结句即景寄情，含思无限，和李白的"孤帆远影碧空尽，惟见长江天际流"有异曲同工之妙。同是天涯沦落人，难怪九年后李白听到王昌龄被贬的消息时，会那样一往情深地写下"杨花落尽子规啼，闻道龙标过五溪。我寄愁心与明月，随风直到夜郎西"（《闻王昌龄左迁龙标遥有此寄》）的名诗了。

王昌龄被贬边荒，内心愁苦，但他的诗篇却常常出之以开朗流丽之辞，从中我们可以看到诗人豪迈不羁的性格，也可以曲折地体味到诗人对迫害者的不满，同时，以丽语写悲凉，这也是素有"奇句俊格"之誉的诗人手法高明之处。沈德潜在《唐诗别裁》中说王昌龄的诗"深情幽怨，意旨微茫，令人测之无端，玩之无尽，谓之唐人骚语可"，也许就是看到了这一点吧？《龙标野宴》一诗就是如此："沅溪夏晚足凉风，春酒相携就竹丛。莫道弦歌愁远谪，青山明月不曾空。"他的送别诗将近五十首，其中的《送柴侍御》就光景长新：

　　流水通波接武冈，送君不觉有离伤。
　　青山一道同云雨，明月何曾是两乡？

位于湖南西南部的龙标，在唐代是远离中原的蛮荒险恶之区，人迹罕至之地，南朝宋盛弘之的《荆州记》早就说它"溪山阻绝，非人迹所能履"。王昌龄虽然曾经流放南京，但较之龙标，可以说是人间天上。一千多年过去了，龙标后来是属于怀化市下辖之黔城镇，现在已归属洪江市，但仍属于不发达的僻远之区，王昌龄当年贬谪之时的景况当可想而知。然而，他的《送柴侍御》却一扫离伤而独弹别调。前两句实写，直叙其事；后两句虚写，想象飞驰。语言明丽自然，音韵悠扬谐美。它抒写传统的离别题材而设想却完全不落窠臼：写青山，不同于王维"遥知兄弟登高处，遍插茱萸少一人"（《九月九日忆山东兄弟》）；写明月，也不同于白居易"共看明月应垂泪，一夜乡心五处同"（《自河南经乱，关内阻饥，兄弟离散，各在一处。因望月有感，聊书所怀，寄上浮梁大兄、於潜七兄、乌江十五兄，兼示符离及下邽弟妹》）。惨淡的生活画布上渲染的竟然是明亮的色彩，悲苦的生命琴弦上弹奏的竟然是愉悦的音符，他是不是在故作旷达中表现深沉的忧愁悲愤呢？ 总之，这在唐代的送别诗中可说是独树一帜。

　　关于《送柴侍御》这首诗，我们同样还要特别提到它的"落句含思"。托月寄情的写法，前人早已有之，《诗经·陈风·月出》篇中就有"月出皎兮，佼人僚兮"之辞，南朝谢庄的《月赋》中就有"隔千里兮共明月"之句。王昌龄的"明月何曾是两乡"有所继承而又语意新创，它不仅以景结情，而且结尾反问一句，这样以反诘来生情，虽然曲终收拨当心画，一曲已终，但却更使人感到诗意悠永，荡漾着尽而不尽的余音。从"接受美学"的观点看来，作品的完成还只是成功的一半，另一半则有待刺激读者积极地参与艺术的再创造来完成。《送柴侍御》全诗特别是它的结句，就具有这种美的刺激性，读者一经吟咏便欲罢不能。

整齐与错综

——高适《送李少府贬峡中王少府贬长沙》

    一株亭亭直上的白杨树,它的主干虽然笔直,但它的枝条和树叶的分布却仍然很不规律,在整齐中富有错综之美。诗歌创作何尝不是这样?清人刘熙载在《艺概》中强调律诗的"开阖变化",而英国 17 世纪著名的艺术理论家荷迦兹在他的《美的分析》里,也指出"变化在产生美上是具有多么重要的意义"。错综,就是有规律的变化。在我国古典诗歌形式的发展历程中,楚辞、宋词和元曲的形式,都具有突出的错综美。在具体的诗歌创作中,在追求整齐之美的同时,改变平板的固化对称的方式,讲求呼应开合的交错关系,在词序上注意统一中的变化,就往往能获得错综之美。这一点,对于格式严谨的律诗尤其重要。

    盛唐时代的诗人高适(700? —765),字达夫,史称渤海蓚(今河北省衡水市景县南)人,此乃其郡望,籍贯殊难断言。他是盛唐边塞诗的掌门人之一,与边塞诗的另一位杰出代表岑参并称"高岑"。这里,我们且欣赏他的七律《送李少府贬峡中王少府贬长沙》的错综之美:

> 嗟君此别意何如? 驻马衔杯问谪居。
>
> 巫峡啼猿数行泪,衡阳归雁几封书。
>
> 青枫江上秋帆远,白帝城边古木疏。

圣代即今多雨露,暂时分手莫踌躇。

在我国古典诗歌中,律诗是一种在对仗和音律上要求十分严格的诗体。但是,一味求工整,章法规矩井然而缺少变化,常常就容易流于平板呆滞,而难得清新自然之趣、流走生动之韵。因此,有才能的诗人总是努力从规律中求自由,在限制中求变幻,近于带着镣铐而跳出活泼的舞蹈。高适这首诗就是如此。他的诗被历代许多诗论家都赞为盛唐的"正声",风骨开张,辞情高华,但他的"正声"确实还有许多变奏。在诗艺上,《送李少府贬峡中王少府贬长沙》一诗于全篇的呼应开合,于画面的动静互映与大小结合,于句法的安排等方面,都力求变化,从而使全诗在工稳整饬之中又洋溢活泼流动之趣。下面,让我从上述三个方面作一番简略的巡礼吧。

其一,全篇的呼应开合。"嗟君此别意何如? 驻马衔杯问谪居。"一开篇,诗人就紧扣题目中的"送"字,写出了当时的具体情境之中的"别",并突出了慰安之"问"。一句写别者,一句写送别者自己,一丝不走而又开合有致。高适送的是两人而不是一人,题目中两个"贬"字交代了这一点,于是,中间四句紧承首联中的"别意"与"谪居"来写,意脉贯通,但却是用分承式的两两分写的笔法。"巫峡"一句写贬峡中的李少府,"衡阳"一句写贬长沙的王少府,"青枫江"一句再写王,"白帝城"一句再写李,都遥遥地呼应了首联中的"谪居"二字。除了在词序上交叉错开点出两人被贬的地域以外,诗人还就两地的景物加以渲染。南朝宋盛弘之《荆州记》:"渔者歌曰:'巴东三峡巫峡长,猿鸣三声泪沾裳。'"南宋祝穆《方舆胜览》:"回雁峰在衡阳之南,雁至此不过,遇春而回,故名。"王勃在《滕王阁序》中有如下名句:"雁阵惊寒,声断衡阳之浦。"白帝城人所熟知,青枫江则指浏水,浏水流经青枫浦,在长沙县西北折入湘江,故称青浦。啼猿归雁,秋帆古木,不仅切地切景,而且都是具象化了的"别意"。结尾两句中的"圣代即今多雨露",表现了一种封建正统的套话官话,虽不必苛责,但这还是应该指出的败笔;而"暂时分手莫踌躇"的结句以"分手"照应开篇的"别意",在章法上总合全首,则可称交综相应,井然有序。

其二,画面的动静互映与大小结合。律诗的中间两联十分重要,因为对仗严格的关系,往往板而难化,而高适却不愧是七律的高手,他注意了动静互换,"啼猿"与"归雁"偏于动态美,动中有静,"秋帆"与"古木"偏于静态美,静中有动。除此之外,中间两联在画面的大小设置上也有变化,这两联都是以景传情,但其中的四个地名仍然错落有致,而且三、六两句写李少府所贬之地,四、五两句写王少府贬谪之地,它们并不是平板的无差别的罗列,而是有层次的空间转位。所以清人何焯在《唐三体诗评》中评说道:"'几封书'反衬'暂'字,五、六则言瞻望伫立之情也。中二联于工整中仍错综变换。"

其三,句法的变换。前人曾经称赞高适此诗"清宛流畅,不损天真"(郝敬《批选唐诗》),"脉理针线错落"(周敬、周珽编《唐诗选脉汇通评林》)高适在这里运用了"唤起法"和"倒装法"。诗的首句本来应该写成"驻马衔杯问谪居,嗟君此别意何如",但他却倒装过来,而且配合以呼问,这样就显得不平庸而笔力豪健,一下就振起了全篇。中间两联连用了四个地名,沈德潜《唐诗别裁》和纪晓岚《瀛奎律髓刊误》都以为不可,分别批评为"连用四地名,究非律诗所宜。五、六浑言之,斯善矣"与"平列四地名,究为碍格",而叶燮在《原诗》中更指责为"四语一意","后人行箧中,携《广舆记》一部,遂可吟咏遍九州,实高、岑启之也"。我以为他们所说并非绝无道理,但却有欠公允。这两联诗,景中有情,而且画面注意排列的交错,同时,在句法上诗人也注意变换生姿,颔联是上四下三的节顿,颈联是上三下四的节顿,这样就避免了句法重复而带来的节奏呆板的毛病,使人吟咏时产生整齐中有参差的声律美感。李白的"峨眉山月半轮秋,影入平羌江水流。夜发清溪向三峡,思君不见下渝州"(《峨眉山月歌》),七绝的二十八字中竟有五个地名,占了十二字,在唐人绝句中得未曾有。明人王世懋在《艺圃撷余》中赞扬它"四句入地名者五,古今目为绝唱,殊不厌重",我们又何必苛求高适呢?

艺术的美,讲求和谐,也讲求错综,错综中寓和谐,和谐中见错综,使人享受到整齐的美,又享受到变化的美,这大约是艺术美的上乘境界之一吧?我前面已经说过,前人对于高适这首诗的批评意见,并非没有可取之处,它们至少从反面说明了错综之美对于诗歌创作的重要性,至少说明了如高适这样的名家,其作品在艺术上也同样有可以指责之处。然而,我要补充的是,在盛唐的诗坛上,七律这种体裁集大成者是诗圣杜甫。李白的严格意义上的七言律诗不过八首,岑参三百九十七首诗作之中,七律也只有十一首,高适诗作二百四十一首,七律也仅寥寥七首。高适是盛唐边塞诗派盟主式的人物,擅于七言古风,如名作《燕歌行》,七律非其所长。但是,比他小十余岁的转益多师的杜甫,也还是借鉴了他的诗歌创作包括七律创作的成就:"当世论才子,如公复几人?骅骝开道路,鹰隼出风尘。"一览众山而虚怀若谷的杜甫,在《奉简高三十五使君》一诗中高度肯定他的开路之功,就是明证。

顺便再提的是,在古典诗歌尤其是近体律绝的篇幅有限,如果堆垛地名,确实窒塞诗意,但巧用地名,却可以笔下生花。如李白《横江词六首·其一》:"人道横江好,侬道横江恶。一风三日吹倒山,白浪高于瓦官阁。"《黄鹤楼送孟浩然之广陵》:"故人西辞黄鹤楼,烟花三月下扬州。孤帆远影碧空尽,惟见长江天际流。"如杜甫《绝句四首·其三》:"两个黄鹂鸣翠柳,一行白鹭上青天。窗含西岭千秋雪,门泊东吴万里船。"《秋兴八首·其六》:"瞿塘峡口曲江头,万里风烟接素秋。花萼夹城通御气,芙蓉小苑入边愁。珠帘绣柱围黄鹄,锦缆牙樯起白鸥。回首可怜歌舞地,秦中自古帝王州!"本来板实枯燥的地名,在触手生春的杰出诗人笔下,纷纷扬扬竟化成了夜空中灿烂的烟花。

诗的袖珍独幕剧

——崔颢《长干行四首(其一、其二)》

在诗歌的所有样式之中,叙事诗是戏剧的紧邻。叙事诗有人物、情节和对话,它可以隔墙探望戏剧的门庭,借鉴戏剧的一些长处来使自己的门楣增加光彩。抒情诗,主要是通过诗人主观感受的抒发来表现生活,即心灵化的生活,生活的心灵化。它和戏剧似乎攀不上什么亲朋关系,其实不然,抒情诗具备一点叙事的戏剧性的成分,可以丰富自己的艺术表现手段,也有助于获得另一种引人入胜的艺术情趣。

希腊、罗马、意大利、印度等西方和东方国家,有许多史诗型的叙事诗,而中国古典诗歌史上虽也有一些叙事名篇,如汉乐府之《孔雀东南飞》,白居易的《长恨歌》与《琵琶行》,吴伟业的《圆圆曲》等,但从整体上看,叙事诗并不发达。中国古典诗歌史基本上是一部抒情诗史。然而,在唐宋两代短小的绝句里,还是可以读到一些叙事的颇有戏剧性的作品,如崔颢的被誉为有"六朝小乐府之妙"的《长干行四首(其一、其二)》(南朝乐府旧题,又名《长干曲》、《江南曲》):

其一

君家何处住?妾住在横塘。

停船暂借问,或恐是同乡。

其二

家临九江水，来去九江侧。

同是长干人，生小不相识。

关于这两首诗，前人的评说颇多，为了读者参阅的方便，我不避罗列之嫌，按时代顺序在这里稍事摘引。明代胡应麟在《诗薮》中认为"唐五言绝，初盛前多作乐府，然初唐只是陈、隋遗响，开元以后，句格方超"。他接着举了十三个诗人的十余首作品，肯定他们"皆酷得六朝意象，高者可攀晋、宋，平者不失齐、梁，唐人五言绝佳者，大半此矣"。在他所引的诗人诗作中，就包括崔颢及其《长干行》在内。明末清初的王夫之，在《姜斋诗话》中有一段著名的议论："论画者曰：'咫尺有万里之势。'一'势'字宜着眼。若不论势，则缩万里于咫尺，直是《广舆记》前一天下图耳。五言绝句，以此为落想时第一义，惟盛唐人能得其妙。"在这一番议论之后，王夫之所引唯一的例子就是崔颢的《长干行》，并加评赞："墨气所射，四表无穷，无字处皆其意也。"以后，沈德潜在《说诗晬语》和《唐诗别裁》中谈到五言绝句时，都一再提到崔颢的《长干行》，一再表示"虽非专家，亦称绝调"。总之，他们都是从不同角度盛赞崔颢的这一作品。我这里所特别强调的，则是它的戏剧性，具体表现在时空压缩、单纯的情节和潜台词三个方面。

时空压缩。戏剧不能离开舞台，它的故事演绎、人物塑造以及社会生活内容的呈现，都必须压缩在有限的时间和空间里进行。崔颢《长干行》的戏剧性，首先表现在时空高度压缩而具有极强的"外张力"。它所描绘的，是长江上一个青年女子和邻船的一个青年男子在一瞬间对话的情景。"长干"，里弄名，遗址在今江苏省南京市；"生小"，是表时间之辞，是从小、自小之意，在一问一答的瞬间，包容了"同是长干人，生小不相识"的漫长岁月。横塘，在今南京市。九江，这里是泛指江西九江以东的长江下游一带。在两船萍水相逢的这一片水面，就压缩了"妾住在横塘"和"家临九江水，来去九江侧"的阔大的空间。这种时空压缩于片时片地之中而愈见张力的技巧，正是戏剧场景与结构所擅长而且必具的表现艺术。

单纯的情节。情节，是戏剧构思的核心，而戏剧冲突是情节的基础和动力。可以说，没有集中紧凑的在人意中又出人意外的情节，就不可能有戏剧。在诗歌中，叙事诗是必须要有情节的。在这一点上，叙事诗可以和戏剧、小说携起手来，开一个圆桌会议，坐而论情节之道。抒情诗虽不一定要具备情节，但如果有一点单纯的情节，这种具有单纯情节的抒情诗，不仅是抒情诗中的一格，而且也可加强诗的情味，并且引人遐思。崔颢的《长干行》就是如此，寥寥四十字之中，除了场景的布置、气氛的营造之外，还有青年异性人物的刻画和人物之间的关系的暗示。这种极为单纯的情节，自然能够引发读者多方面的联想。

潜台词。《茶花女》的作者、法国的小仲马说："戏剧艺术是准备的艺术。"（《小仲马戏剧全集》）这种"准备"，主要是指情节和台词对观众所产生的吸引力，用现代的美学术语而言，就是"审美期待"，也就是读者或观众对作品或演出产生一种强烈的心灵渴求，主动地观照、想象和把握审美对象。诗忌直露，戏剧中的台词也忌直露。潜台词，就是人物没有直接说出来的语言，是在台词中含藏着的人物丰富的内心独白，是刺激观众产生强烈反应与联翩想象的无言之言。崔颢的《长干行》不也是这样吗？它只写了人物的几句对白，情态惟妙惟肖，又富于暗示性。封建时代曾经有人解释为"倚船卖笑"、"羞涩自媒"，这固然是对作品的曲解，但是，也表明了这首诗的潜台词是丰富的。它是要表现一种漂流异地而更炽的乡心？还是要表现一种同是天涯漂泊人的同情心？抑或是要表露一种半开放而又欲说还休的相悦之心？读者满怀的想象与期待，源于诗强烈的张力和潜台词丰富的言外之意。

早在 20 世纪 70 年代，香港学者黄维樑就曾有《诗中异品：戏剧化独白》一文，后来收入他的《怎样读新诗》一书（香港学津书店，1982 年，2002

年增订新版），其论颇可参考。他说："戏剧性独白是诗的异品，是牡丹中的黑牡丹。我国古典诗歌中，并无此类体裁。"这种"异品"，他分别举述英国勃朗宁的《波菲利亚的情人》、闻一多的《天安门》与卞之琳的《酸梅汤》为证。至于戏剧化独白的特色，他的看法则是："是冶诗与戏剧于一炉。既是诗，它具有诗的精练经济；又是戏剧，它具有戏剧的故事性和生动真实。名为独白，诗中的话，自始至终，是由故事的关键人物单独一人说出来的。"我国古典诗歌是不是没有独白体尚待研究，但"对话体"却早已出现在《诗经》之中，如《郑风·女曰鸡鸣》、《郑风·溱洧》等，就是由男女主人公的对话结撰成章。而汉魏六朝的乐府诗中，也可见对话体的诗作，如《东门行》、《艳歌行·其一》即是。然而，此体在中国古典诗歌中并没有得到长足的发展，而崔颢的《长干行》，是具有戏剧性的抒情诗，或者说，是抒情的袖珍独幕剧，其精妙就在于对话，乃古典诗歌中的对话体的奇珍。它千百年来脍炙人口，而且声光远播于海外。明代朝鲜许氏《蘭雪集》，就有摹拟崔颢之作的《长干行》，诗云："家居长干里，来往长干道。折花问阿郎，何如妾貌好？""昨夜南风兴，船旗指巴水。逢着北来人，知君在扬子。"虽然有人赞扬说"东国女郎，能解声诗，大是可人"，不过，东施效颦，毕竟远不如西施之天姿国色。

　　燕赵自古多慷慨悲歌之士，也多低吟高咏的诗人，新、旧体诗兼攻并兼工的当代诗人浪波，就是其中的一位。他有一首别开生面的对话体新诗，是以人鸟对话结撰成章，诗分两节："'唧唧！唧唧！''同志！同志！'/'啾啾！啾啾！''朋友！朋友！'/'你从哪里来？''我从山外来。'/'你往哪里走？''我往山里走。'//'唧唧！你可知森林神奇的故事？'/'我正是来这里听你讲授！啾啾！'/鸟儿在树上飞鸣，我在树下行走/一唱一答，我们都是青山的歌手！"这是新诗中少见的问答体诗，远绍古典问答体诗的一脉清香，移情于物，诗形整饬而逸兴遄飞，宛如山神的风笛在林间鸣奏。

变态百出

——李白写洞庭的诗

唐代大诗人李白关心国难民瘼,有《永王东巡歌十一首》、《宿五松山下荀媪家》等诸多作品,他也写了不少歌咏锦绣山河、抒发自己的胸襟怀抱的景物抒情诗,为中国古代山水诗的发展与繁荣,做出了卓绝的贡献。洞庭湖,这南国的名湖巨浸,自然也吸引了这位绝代歌手。他笔花飞舞,为我们留下了许多杰句名篇。

开元十三年(725),廿五岁的李白"仗剑去国,辞亲远游",西别蜀中而东出三峡,游历了江陵与武昌之后,第一次来到岳阳,之后又东游吴楚。待到重游岳阳旧地时,已是三十多年后的乾元二年(759)了,此时他的生命已只剩下了一轮落照。公元759年,李白在流放夜郎途中遇赦放回,夏秋之交他来到巴陵,在这里盘桓了约半年光景。这时,诗人五十九岁,已是凄凉然而仍壮心不已的暮年。忧国忧民却半生落拓,万里投荒一旦释归,他的心情是极为复杂的。愤懑的火焰烧灼着他的心灵,自由的甘露平复着他的巨创,不平和欢愉,交织在他歌咏洞庭湖的篇什里。

李白这时咏唱洞庭湖的篇章,约有七题十三首之多。在这些诗篇中,不仅艺术地再现了自然美,曲折地表现了诗人对现实的批判和对理想的追求,同时,诗人对同一个洞庭湖的描绘,也笔墨多姿,不拘一格,善于变态,毫不重复。这一点,可说是李白写洞庭的诗留给我们今天的新旧体诗作者的宝贵艺术经验。"楼观岳阳尽,川迥洞庭开"(《与夏十二登岳阳楼》),登高眺远,笔墨雄豪;"修蛇横洞庭,吞象临江岛。积骨成巴陵,遗言闻楚老"(《荆州贼平临洞庭言怀作》),神话入诗,引人遐想;"清晨登巴陵,周览无不极。明湖映天光,澈底见秋色"(《秋登巴陵望洞庭》),宛如一幅水墨画,表现了秋日洞庭的风采。上述诸作,都是写"望"中所见的洞庭。诗人最出色的还是直接写遨游洞庭的诗章,如《陪侍郎叔游洞庭醉后三首》《陪族叔刑部侍郎晔及中书贾舍人至游洞庭五首》。当代学者、李白研究专家刘忆萱、管士光所著之《李白新论》(山西人民出版社,1987 年),认为"两组诗是李白晚年写景抒情的佳作",诚为不刊之论。试看后者中的三首:

> 洞庭西望楚江分,水尽南天不见云。
> 日落长沙秋色远,不知何处吊湘君?

> 南湖秋水夜无烟,耐可乘流直上天。
> 且就洞庭赊月色,将船买酒白云边。

> 帝子潇湘去不还,空余秋草洞庭间。
> 淡扫明湖开玉镜,丹青画出是君山。

李白来到巴陵时,贾至先于至德年间以中书舍人贬为岳州司马,而李晔因贬岭南路经巴陵,真是迁客骚人,多会于此。于是不期而遇的三位天涯沦落人就有了数日之游,而为他们的这次难得的短促聚会立此存照的,就是李白千古不朽的诗章。

　　第一首写黄昏往游。西望而南顾,境界开阔。"日落"点染苍然暮色,引人遐思,结句自然无迹地化入湘水之神的传说,扑朔迷离,神韵悠远。

贾至《初至巴陵与李十二白裴九同泛洞庭湖三首·其二》有"乘兴轻舟无远近，白云明月吊湘娥"之句。而李白以"不知何处吊湘君"作翻案语，在辽远的境界中包容深沉的家国之感，内涵和艺术都超过了贾至之作。连清代颇喜舞文弄墨附庸风雅的乾隆帝，也认为此诗"即目伤怀，含情无限，二十八字，不减《九辩》之哀矣"（《唐宋诗醇》）。

第二首写秋夜游湖。湖色天光交融莫辨，诗人逸兴遄飞，不禁发出乘流上天的奇想。向洞庭而"赊"月色，"买"酒于天边白云，一"赊"一"买"，可谓平字见奇，俗字见新，言在口头，想出天外，平添了这首诗的浪漫主义风采。日本学者森大来在《唐诗选评释》中有见于此，他说："'且就洞庭赊月色'，措语颇奇，太白兴到之笔，往往有之，如'白发三千丈'亦是其类。"

第三首总写洞庭和君山。明湖有如玉镜，丹青画出君山，诗中有画。前句描绘一个平面，后句勾勒一个立体，相得而益彰；而一"开"一"画"，静中有动，化静为动，使得全诗更加风神摇曳。总之，如同前引之刘忆萱、管士光之《李白新论》所云："李白这组绝句声调和谐，语言优美，意在言外。如同一幅幅淡墨图画，在清新秀丽的景色中，蕴含无穷的哀怨。"

至于他的名篇《陪侍郎叔游洞庭醉后三首·其三》，却又是一番天地：

> 划却君山好，平铺湘水流。
>
> 巴陵无限酒，醉杀洞庭秋！

"划却"君山，让湖水安流，而一湖秋水，化作一湖醇酒，令人醺然醉倒，这真是匪夷所思的奇思妙想！李白在之前不久写的《江夏赠韦南陵冰》一诗中，有"我且为君捶碎黄鹤楼，君亦为吾倒却鹦鹉洲。赤壁争雄如梦里，且须歌舞宽离忧"之句，可以与此诗互参。清人黄叔灿《唐诗笺注》曾说"划却君山好，平铺湘水流"二句，可以与杜甫的"斫却月中桂，清光应更多"（《一百五日夜对月》）匹敌，但我以为两者都是诗情豪放，异想天开，而杜甫诗是想象空灵之辞,李白诗乃愤激无端之语,两者的内在意蕴有别而境界各异。

杜甫有云:"江城含变态,一上一回新。"(《上白帝城二首》)同是出自宋代,蔡启《蔡宽夫诗话》认为:"乃知文章变态,初无穷尽,惟能者得之。"张戒《岁寒堂诗话》也说:"柳柳州诗,字字如珠玉,精则精矣,然不若退之之变态百出也。"所谓诗的"变态",就是对生活有作者自己独到的感悟和发现,而非老调重弹;就是艺术上富于变化和创造,而非千篇一律。总之,不是毫不厌倦地重复别人和重复自己,让自己的作品成为连回炉的价值都没有的废品。记得俄国的文学批评家别林斯基也曾经说过,真正杰出的诗人,不仅不会重复别人,而且哪怕是在一笔线条上也不会重复自己。我以为李白就是这种"真正杰出的诗人"。他上述歌咏洞庭湖的诗,角度与笔墨多所变化,而且前者清逸秀美,后者奇崛壮美,出示的不就是这样的"变态"吗?

不过,古代的山水尚未像现在一样被污染破坏,所以古代诗人穷极变化,都是写审美的山水,山水的审美。今日的诗人写山水,往往多了一份环保意识,如高昌名为"八行新律"的《写给白洋淀》:"我的心是你风波中的芦苇/它有时翠绿却也时常枯黄//午夜洗星星的银纽扣/早晨洗太阳的金翅膀/洗得我的岁月光闪闪/洗得我的心中亮堂堂//可是你洗不掉上游那些污染/还有那些贪婪、愚昧和肮脏!"诗歌随世运,无日不趋新,这,也可以说是另一种意义的"变态"吧?

意象的组合

——杜甫《咏怀古迹·明妃村》

　　王昭君和亲，这个美丽而哀怨的故事，不知叩开过历代多少作者的心扉。大约从晋文帝时石崇的《王明君辞并序》开始，千百年来，我国古典诗歌史上咏叹昭君事迹的诗篇至少在千首以上。这些诗篇格调并不一致，见解也各有不同，但就我个人的偏好说来，我还是大致同意清人沈德潜对于杜甫《咏怀古迹五首·其三》的那首《明妃村》的看法。他在《唐诗别裁》中不无偏颇地认为历代其他咏昭君之作"皆平平"之后（王安石的《明妃曲二首》即颇为杰出），却先得我心地提出了"咏昭君诗，此为绝唱"的观点。

　　本文并不想卷入对王昭君这一人物作何种评价的争论里去，对这位薄命的红颜或巾帼，历史上已经争吵得唾沫横飞而够热闹的了。同时，我也不想完全重复前人对杜甫这首诗的艺术分析，我想，杜甫写出这首诗后到现在已经一千多年，它至今仍然有着与时俱进的生命力，总有其深刻的内在原因与艺术奥秘。我以为，正是美妙的意象组合，使杜甫此诗获得了强大而持之久远的艺术魅力。

　　西方的现代文艺理论，对于诗歌的意象十分重视。19 世纪意大利美学家、历史学家克罗齐，在其《美学纲要》中曾说："诗是意象的表现，散文则是判断和概念的表现。"英美现代诗的宗师艾略特在 1919 年评论莎士比亚的《哈姆雷特》时就提出了"意之象"的理论，他说："表达情意的唯一艺术公式,就是找出'意之象',即一组物象、一个情境、一连串事件;这些都会是表达该特别情意的公式。如此一来,这些诉诸感官经验的外在事象出现时,该特别情意就马上给唤引出来。"而 20 世纪初活跃在英美诗坛并被认为是英美现代诗开端的"意象派",其宣言就是强调"要呈现一个意象",然而其主将庞德更承认他所运用的意象艺术,却是从中国古典诗歌学习而来(见黄维樑《中国诗学纵横论》,台湾洪范书店,1977 年)。的确,中国古典诗歌早就有讲究诗歌意象的传统,在南朝梁刘勰《文心雕龙》提出"意象"一词之后,唐诗人司空图很早就在诗论中正式提出"意象"这一美学概念;宋代诗人所主张的"状难写之景如在目前,含不尽之意见于言外"(梅圣俞语,见欧阳修《六一诗话》),实际上也是讲诗歌具体创作过程中意象的创造;明清两代,诗人和诗论家们对意象的探求,更有长足的进展与丰富的成果。在当代,叶嘉莹在她的《迦陵谈诗》中也认为:"因为诗歌原为美文,美文乃是诉之于人之感性,而非诉之于人之知性的,所以能给予人一种真切可感的意象,乃是成为一首好诗的基本要素。"意象,是诗歌的基本艺术原素,一般而言,诗歌不宜作理念的抽象的直陈,也不宜有过多的议论,却必须而且首先要有鲜明的葱茏的意象。

杜甫,我国诗史上这位知性与感性并重、才华与功力兼长的大师,非常重视诗的意象的创造。明代的诗论家胡应麟,在其《诗薮》中说"古诗之妙,专求意象",他赞叹"《大风》千秋气概之祖,《秋风》百代情致之宗,虽词语寂寥,而意象靡尽",而他批评宋代一些诗人学杜甫,正是"得其意,不得其象"。在《咏怀古迹·明妃村》这首诗里,杜甫运用和发展的就是他的意象组合的诗艺。所谓"意象组合",与"意象并列"是有所不同的。"意象并列"是从横的联系上,也就是从纬线上,将许多时空不同的意象,特别是空间意象并置在一起,构成一个完整的艺术世界;而"意象组合"则是从纵的联系上,也就是从经线上,围绕歌咏的对象与题旨的指向,将时空不同的意象作纵向的组合。"千山鸟飞绝,万径人踪灭。孤舟蓑笠翁,独钓寒江雪"，柳宗元的《江雪》是意象并列的范例，而杜甫的《咏怀古迹·明妃村》，则是意象组合艺术在诗国天空所呈现的一朵彩云：

> 群山万壑赴荆门，生长明妃尚有村。
> 一去紫台连朔漠，独留青冢向黄昏。
> 画图省识春风面，环珮空归月夜魂。
> 千载琵琶作胡语，分明怨恨曲中论！

诗人以苍凉凄楚的音调，弹唱了王昭君一生的悲剧命运，并抒发了自己怀才不遇的感慨，寄托了对薄命的绝代佳人的叹惋与同情，其中意象组合的脉络不难寻索。在第一联中，"生长明妃尚有村"的"尚有"，作"但有"、"还有"解，从昭君生活于此时此地到杜甫前来凭吊，概括了久远的沧桑变幻的历史和深沉的伤逝吊往之情。中间两联，中心意象是"朔漠"、"青冢"、"画图"、"环珮"，二十八个字囊括了昭君的一生，极富空灵飞动之致，绝非那种平庸板实的笔墨所可望其项背。最后一联以"千载"点明时间，与首联的"尚"遥相呼应，以"怨恨"带出并点醒题意，使全诗成为一个天衣无缝的完美整体。清人杨伦《杜诗镜铨》曾经引用陶开虞对这首诗的评论说："风流摇曳，此杜诗之极有韵致者。"而所谓"风流"与"韵致"，在某种意义上来说，正是高明的意象组合艺术的宁馨儿。

一首优秀的诗，往往有如一颗多棱形的钻石，它闪射的绝不是单一的光彩，而是面面生辉。杜甫这首可见意象组合之妙的诗，除了从纵向组合诗中的意象之外，在意象组合的整体艺术构思之中，还成功地运用了另外两种诗的技巧，那就是郁达夫在《谈诗》一文中曾经指出的："做诗的秘诀，新诗方面，我不晓得，旧诗方面……我觉得有一种法子，最为巧妙，其一，是辞断意连，其二，是粗细对称。近代诗人中，惟龚定庵最擅于用这秘法。……古人之中，杜工部就是用此法而成功的一个。我们试把他的咏

《明妃村》的一首诗举出来一看，就可以知道。头一句诗是何等的粗雄浩大；第二句诗却收小得只成一个村落；第三句又是紫台朔漠，广大无边；第四句的黄昏青冢，又细小纤丽，像大建筑物上的小雕刻。……我说此诗的好处，就在粗细的对称，辞断而意连。"（见《闲书》）郁达夫除了小说与散文之外，旧体诗创作也极为生色，我以为他是五四以来最具才情与成就的旧体诗家。他的上述见解，确是别具只眼的金针度人之论。他没有再分析诗的后四句，其实，描绘有昭君肖像的画图之窄小，与魂魄月夜从万里外归来之广漠，琵琶之小巧与千载之久远，无一不是粗细的对举。至于"辞断而意连"，就是清人方东树在《昭昧詹言》中所说的"语不接而意接"，现代西方诗论中所说的"意象脱节"。这一点，我们留待在谈温庭筠的《商山早行》一诗时再去叙说吧，这里只先行预报一声。

　　中国古典诗歌的意象艺术，是今日新诗与旧体诗词作者取之不尽的宝藏。我们要心怀敬畏而非盲目否定，同时也要有化旧为新另开新境的才力。五四以来新诗的优秀之作，莫不是对传统作了创造性的转化，既立足于传统又丰富和发展了传统。诗的意象艺术也是这样，如"七月派"诗人曾卓的《我遥望》："当我年轻的时候/在生活的海洋中，偶尔抬头/遥望六十岁，像遥望/一个远在异国的港口//经历了狂风暴雨，惊涛骇浪/而今我到达了，有时回头/遥望我年轻的时候，像遥望/迷失在烟雾中的故乡。"全诗围绕置于每段之后的中心意象结撰成章，"异国的港口"是前瞻，"烟雾中的故乡"是后顾。婉曲回环，奇思妙想，字里行间包孕了多么久远的青春之恋与多么深沉的沧桑之感啊！由此可见，意象，是诗歌创作构思的核心，是诗的思维过程中的主要符号，是诗的艺术生命最活跃的元素，是诗的最基本的存在方式。鲜活的、创造性的、具有深厚美学意蕴的意象，是好诗必具的身份证，也是真正的诗的殿堂的入场券。

美轮美奂的殿堂

——杜甫《登高》

　　法国著名小说家法朗士有一句名言："文艺批评是灵魂在杰作中的冒险。"杜甫的七律《登高》，是公元 767 年诗人五十六岁时在夔州（今重庆市奉节县）的作品。明代胡应麟在《诗薮》中认为："杜'风急天高'一章五十六字，如海底珊瑚，瘦劲难名，沉深莫测，而精光万丈，力量万钧。通章章法、句法、字法，前无昔人，后无来学。……然此诗自当为古今七言律第一，不必为唐人七言律第一也。"而王夫之却不是单纯从七律而是从整个诗歌创作的角度评论此诗，他在《唐诗评选》中说："尽古来今，必不可废。"从前人对《登高》的评论和它在读者中流传之广来看，这首诗毫无疑问可以称得上是"杰作"。谈论它的文章已经盈箱积箧了，我这里不过是遵循前人的指引，到这一杰作中去作某一方面的进一步探索而已。

　　关于《登高》的艺术成就，胡应麟《诗薮》还曾有如下一段议论："一篇之中句句皆律，一句之中字字皆律，而实一意贯串，一气呵成。骤读之，首尾若未尝有对者，胸腹若无意于对者；细绎之，则锱铢钧两，毫发不差，而建瓴走坂之势，如百川东注于尾闾之窟。至用句用字，又皆古今人必不敢道，决不能道者。真旷代之作也。"这就是说，律诗本来只要求中间两联对仗，而老杜这首诗却是"八句皆对"或"通首皆对"的格式。通首皆对，这在律诗中是极为罕见的，在老杜现存一百五十一首七律和六百三十几首五律中,也可以说绝无仅有。他的七律名作《闻官军收河南河北》的尾联"即从巴峡穿巫峡,便下襄阳向洛阳"是对句,但首联"剑外忽传收蓟北,初闻涕泪满衣裳"却是散行,不像《登高》从头至尾是由对句构成的一座特殊的艺术殿堂。

　　律诗由于讲求对仗,除了对仗本身的许多优点可以发挥之外,又往往易工而难化,容易流于平板呆滞,缺乏生动流走的气韵,所以诗人们在怎样使领颈两联整中求变方面,纷纷驰骋他们的才力。而通首皆对则可以说是律诗的一种变体,更是难于在工整中求变化,因此写作的难度更高。然而,杜甫这首诗不仅是八句都用对仗,而且纵横如意,挥洒随心,如天马骧腾于云天之上,如神龙纵游于碧海之中。作者如果没有出群不凡的才思和横扫千军的笔力,绝不可能达到这种美学境界。这里,我只从对仗艺术的角度,试探一下它飞腾变化的踪迹:

> 风急天高猿啸哀,渚清沙白鸟飞回。
> 无边落木萧萧下,不尽长江滚滚来。
> 万里悲秋常作客,百年多病独登台。
> 艰难苦恨繁霜鬓,潦倒新停浊酒杯!

首联不仅一开篇就出之以对起,而且首句就押韵,"哀"字不但从音调上也从意义上贯串了全篇。值得注意的是,这一联除上下两句相对外,还分别运用了句中对。宋人洪迈《容斋续笔》说:"唐人诗文,或于一句中自成对偶,谓之当句对。"当句对又称句中对,这种对句虽然在杜甫的诗作中多次运用,如"桃花细逐杨花落,黄鸟时兼白鸟飞"(《曲江对酒》)、"小院回廊春寂寂,浴凫飞鹭晚悠悠"(《涪城县香积寺官阁》)、"即从巴峡穿巫峡,便下襄阳向洛阳"(《闻官军收河南河北》)、"戎马不如归马逸,千家今有百家存"(《白帝》)等,但它的名称却还是来自李商隐。在"池光不定花光乱,日气初涵露气干"一联之下,李商隐曾自注"当句有对"。而这首七律的题目他也名之为《当句有对》。因之,钱锺书就曾指出:"此体创于少陵,而名定于义山。"(《谈艺录》)在《登高》的首联中,"风急天高"与"渚清沙白"分别句中有对而又上下句互相对映,加之第一句着重写听觉形象,第二句着重写视觉形象,如此动静相参,更显变化多彩。

领联是工对。过去有人认为七言律诗每句都可以删去两个字,试想,这一联开始就是"无"与"不"的否定词的工对,如果删去"无边"和"不尽",成为"落木萧萧下,长江滚滚来",那还能有原来阔大的境界和悠远的韵致吗? 施补华《岘佣说诗》说:"三、四无边落木二句,有疏宕之气。"这种"疏宕"亦即变化回旋之趣,除得力于"无边"与"不尽"之外,还得力于诗中叠字对的"萧萧"与"滚滚",如果删去叠字,成为"无边落木下,不尽长江来",难道不也是会韵味顿失吗? 此外,这一联还注意了刚柔的对比和补充。"无边"句造境深远肃杀,具阴柔之美,"不尽"句造境雄浑壮阔,呈阳刚之美,刚柔联璧,以刚补柔,以柔补刚,使对句在相反相成中更显得错落有致而法度森严。

第三联名气更响,主要特色是多用实词成句,密度很高,容量很大。宋人罗大经《鹤林玉露》认为这十四字之中包含八层意思:"万里,地辽远也;悲秋,时惨凄也;作客,羁旅也;常作客,久旅也;百年,暮齿也;多病,衰疾也;台,高迥处也;独登台,无亲朋也。"他所说的就是我们今日所云之"密度",也就是指在有限的文字和篇幅中包孕尽可能稠密的内涵,表现尽可能丰富的生活与思想感情的美学内容,引发读者尽可能丰富多样的美感。英国名诗人雪莱曾说:"紧凝是每种艺术的极致。能紧凝,则一切杂沓可厌之物,皆烟消云散,而与美和真接壤。"(转引自黄维樑著《壮丽:余光中论》)杜甫的诗不正是如此? 至于这一联对句的变化,我以为主要是注意了时空分用和巨细对比。在诗中,"万里"指空间,"百年"指时间,时空错综,可见诗法之美。在"万里"与"百年"的辽阔时空背景之下,常作客而独登台的诗人是多么孤单寂寞!"万古云霄一羽毛"(《咏怀古迹五首·其五》),"飘飘何所似? 天地一沙鸥"(《旅夜书怀》),诗人原是擅于这种巨细对比以求变化的诗艺高手呵!

尾联是起句与落句一气而下,有如水流不断的流水对。流水对又称"走马对",寓俪于散,寓散于俪,活泼流走。同时,在这一联对句中运用了人(繁霜鬓)、物(浊酒杯)对照的结构方式,增加了诗句变化的多样性。不独如此,结句的小小的"浊酒杯"又与开篇阔大的"风急天高"相回应,大小相形,前呼后应,真可谓句变而格奇,同时又更使全诗成为完美的天球不琢的艺术整体。

"艺术要通过一种完整体向世界说话"(《文学与艺术》),这是歌德的一个重要艺术见解,杜甫的《登高》就是一个杰出的全篇皆对而又饶多变化的艺术完整体。"美轮美奂"只可形容建筑物的完美,但在今日已为许多时文所误用,诸如形容歌舞、服装以及展览会、联欢晚会之类。前面我已将《登高》喻为一座"艺术殿堂",行文至收束之处,我更要赞颂它是一座"美轮美奂的不朽的艺术殿堂",它的设计师兼建筑师就是我们民族的伟大诗人杜甫。当然,一座华美的殿堂可以从不同的角度与门径去深入欣赏,香港学者黄维樑赏读杜甫的《客至》与《登高》,就分别以《春天:悦豫之情畅》、《秋天的悲剧情调》为题,同样运用 20 世纪结构主义美学代表之一、原型批评派的重要人物加拿大佛莱的"原型"(又译"基型")理论,对杜甫的上述名作作了另一番美的分析和透视。黄维樑说:"拿佛莱的理论套在杜甫的《登高》上面,却仿佛如一套度身定做的西装,穿在定做者身上,刚刚好。"(黄维樑著《古诗今读》,香港中文大学出版社,1992 年)由此可见,真正伟大的作品可以跨越时空,是永远"说不尽"(歌德评莎士比亚语)的。

时空交感

——杜甫《地隅》

　　时空设计,是诗艺的重要命题。它对于诗人的重要性,有如蓝图之于设计师与建筑师。

　　时间与空间,是大千世界万事万物所赖以依存的条件和环境,因此,任何样式的文学作品,都不能脱离对时间与空间的描绘。我国古典诗歌由于具有以最精炼的语言概括深厚广阔的社会生活的特色,讲究意境的熔铸和创造,同时,它历来又和称为空间艺术的绘画是姊妹行,从绘画的门庭中吸收了诸如"经营位置"、"计白当黑"等许多表现手段,所以,它特别注意时空的艺术设计,在这方面积累了许多值得今日的诗作者吸取的经验。明末清初金圣叹在读刘长卿《长沙过贾谊宅》中的"秋草独寻人去后,寒林空见日斜时"后写道:"'人去后',轻轻缩却数百年,'日斜时',茫茫据此一顷刻也。"(《贯华堂选批唐才子诗》)他的这一批点,已经接触到了诗的时空设计这一艺术问题。但是,古典诗歌的时空设计的艺术经验,毕竟有如一座含蕴丰富的宝山,至今还没有得到广泛的开采,还在等待更多的有心人前去寻幽探胜。

　　时空设计艺术的一个重要方面,就是时空交感。杜甫"万里悲秋常作客,百年多病独登台"(《登高》),王昌龄"秦时明月汉时关,万里长征人未还"(《出塞》),时空错综,境界悲壮;柳宗元"一身去国三千里,万死投荒十二年"(《别舍弟宗一》),韦庄"万里只携孤剑去,十年空逐塞鸿归"(《赠边将》),时空分设,寄慨苍凉。因此,所谓时空交感,就是指在一首诗中,时间与空间或互为交揉错综,或互相分设对映,或两者兼而有之。运用时空交感的艺术,有助于加深诗的思想深度,增多诗的层次,扩展诗的境界,加强诗的容量,扩展读者联想与想象的空间。如杜甫的五律《地隅》:

> 江汉山重阻,风云地一隅。
>
> 年年非故物,处处是穷途。
>
> 丧乱秦公子,悲凉楚大夫。
>
> 平生心已折,行路日荒芜。

大历三年(768)正月,故乡在河南巩县的杜甫有家归未得,只好从四川夔州乘船出峡东下,在入湘之前,流寓于湖北江陵、公安等地。漂泊途中,歌咏不绝,如五律《江汉》:"江汉思归客,乾坤一腐儒。片云天共远,永夜月同孤。落日心犹壮,秋风病欲苏。古来存老马,不必取长途。"此诗以"江汉"二字领起,《地隅》一诗也是如此,而且两诗同一体裁,同一韵部,我推断它们都是写于湖北的江汉之间,而且写作时间相近,可视为姊妹篇。

　　首联的妙处不仅在于开篇就点醒了诗题,同时更在于诗人首先为我们展示了一个阔大而具体的空间意象:江汉平原之外,群山万壑重重阻隔,这是一个相当广阔的空间的面;风云变幻,客游于地之一隅,这是广阔的面中一个狭窄之空间的点。空间意象的大小交织,透露出诗人羁旅困窘和百忧交集的情状。"年年非故物,处处是穷途",颔联时空分写:年复一年,所历之境与所见之景甚至包括一己之身都非故物;地复一地,到处都处境困穷,艰苦备尝。从这里,可见诗人多年来"支离东北风尘际,漂泊西南天地间"(《咏怀古迹五首·其一》)的流离行踪与转徙之苦。明代王嗣奭在《杜臆》中说:"'年年'、'处处'可伤。"这一联可伤,固然有诗人自己桑榆晚暮的悲戚,也包含了诗人匡时忧国之志无法实现的苦闷。此处"年年"与"处处"的句首叠字的运用,加强了音韵之美,而且也有助于渲染时间的久远和空间的辽阔,令人更觉感喟深沉。

时空关系贵在变化。在时空对映之后,波澜独老成的诗人变换笔法,颈联出之以时空交揉:"丧乱秦公子,悲凉楚大夫。"秦公子指建安时代的诗人王粲,谢灵运《拟邺中诗序》:"王粲家本秦川贵公子孙,遭乱流寓,自伤情多。"楚大夫指屈原,《离骚序》:"屈原仕于怀王,为三闾大夫。"诗人标明了秦、楚两个具体的地域,楚大夫和秦公子又分别属于遥远的过去,因此,这一联对句就具有空间意象与时间意象相交融的特点。这种将时间空间化和将空间时间化的写法,大大加深了诗的历史的纵深感,也动人地表现了诗人借古喻今、引人自况的情怀。"平生心已折,行路日荒芜",尾联从历史之时空意象跃进到现实之空间意象的描绘,诗人平生的抱负已经付之流水了,而越往南方,眼前的道路则越见荒凉。结句的空间性的"行路"和开篇的空间性之"地一隅"遥相呼应,首尾环合,感慨不禁之情,见于言外,全诗也以"地隅"为中心构成了一个无懈可击的艺术整体。

宋人吴沆在《环溪诗话》中引张右丞对杜诗的评论说:"杜诗妙处,人罕能知。……常人作诗,但说得眼前,远不过数十里内。杜诗一句能说数百里,能说两军州,能说满天下,此其所以妙。"杜诗的境界壮阔,气象恢宏,是与诗人的胸襟学力分不开的,但也得力于他高明的诗艺。在文学作品包括诗歌中,艺术的时间和空间是艺术形象赖以存在的基本形式。凭借诗人对现实时空的审美创造,诗人才能"搬东搬西,在时间里飞跃,教多少岁月的事迹挤在一个时辰里"(莎士比亚《亨利五世》)。时空设计艺术中的时空交感,就是杜诗艺术宝藏中的一块宝玉。宝玉之光润泽后人,如南宋诗人蒋捷的《虞美人》:"少年听雨歌楼上,红烛昏罗帐。壮年听雨客舟中,江阔云低断雁叫西风。　而今听雨僧庐下,鬓已星星也。悲欢离合总关情,一任阶前点滴到天明。"全词的时间是"少年"、"壮年"、"而今",

空间是"歌楼"、"客舟"、"僧庐",时空之中的"听雨"一线贯穿交织。在新诗中,例如卞之琳的早期名作《断章》:"你站在桥上看风景,看风景人在楼上看你。/明月装饰了你的窗子,你装饰了别人的梦。"有人曾用八万字的篇幅阐释此诗,而早在四十多年前,卞之琳自己就强调全诗的意思是在"相对"上。时间为虚,空间为实,此诗的耐人寻味,正在于时空变化尤其是空间换位中包孕了某种人生的哲理。

"窗含西岭千秋雪,门泊东吴万里船。"(《绝句四首·其三》)"怅望千秋一洒泪,萧条异代不同时。"(《咏怀古迹五首·其二》)杜甫的诗,常常在尺幅之中见云烟万里,往往于方寸之内见气象万千。他晚年流落湖南,作湖湘之诗一百余首,如"亲朋无一字,老病有孤舟。戎马关山北,凭轩涕泗流"(《登岳阳楼》),"寺门高开洞庭野,殿脚插入赤沙湖"(《岳麓山道林二寺行》),"贾傅才未有,褚公书绝伦。名高前后事,回首一怆神"(《发潭州》),"日月笼中鸟,乾坤水上萍"(《衡州送李大夫七丈勉赴广州》),"书信中原阔,干戈北斗深……战血流依归,军声动至今"(《风疾舟中伏枕书怀三十六韵奉呈湖南亲友》),等等,一双巨眼仍然俯仰天地,一支健笔仍然驰骋古今。诗圣啊,不要再叹息"百年歌自苦,未见有知音"(《南征》)吧,虽然你生前在诗坛未得到应有的地位与尊重,一些唐诗选本居然未选你的大作,但你逝世后八十余年,即唐大中十年(856),顾陶的《唐诗类选》就选录你的不少诗作,并在"序言"中说"有杜、李挺生于时,群才莫得而并",一百余年后的光化三年(900),韦庄选唐诗,名《又玄集》,录"才子一百五十人"的"名诗三百首",也传承了顾陶的看法,将你列为第一,李白屈居第二。一千多年过去了,今日的神州华夏,更是家弦户诵,处处都有你的知音。

相反相成的艺术辩证法

——杜甫《登岳阳楼》

　　岳阳楼,是江南的三大名楼之一;洞庭湖,是扬名天下的巨浸名湖。历代不知多少诗人登临览胜,竞试歌喉,写出过成千上万的诗篇,组成了一支岳阳楼的诗的大合唱。元人方回曾说:"予登岳阳楼,此诗(指孟浩然咏洞庭诗)大书左序毬门壁间,右书杜诗,后人自不敢复题也。"(《瀛奎律髓》)日本学者森大来在评释明代李攀龙《唐诗选》中孟浩然《望洞庭湖赠张丞相》一诗时认为:"岳阳洞庭,占东南山水之壮观,骚人墨客题咏者不一而足,然不愧为冠冕者,实浩然此作与杜少陵之'昔闻洞庭水'一篇而已。"孟浩然的诗,确实是咏洞庭诸作中的佼佼者,他的"气蒸云梦泽,波撼岳阳城"一联,气象雄张,和杜甫的"吴楚东南坼,乾坤日夜浮"比较起来也不遑多让。不过,我以为就思想艺术的整体来看,孟浩然《望洞庭湖赠张丞相》不及杜甫《登岳阳楼》。桂冠只有一顶,金牌只有一枚,孟浩然之作就退而求其次居亚军而得银牌吧。

　　杜甫这首诗,前人从思想和艺术上已经作过许多分析。平庸的诗篇使人一览而尽,而一首杰出的诗篇,却吸引不同时代的不同读者从多方面去领略它的光辉。雨果论莎士比亚,不就是以《说不尽的莎士比亚》为题吗? 杜甫的《登岳阳楼》也同样是说之不尽:

　　　　　　　昔闻洞庭水,今上岳阳楼。

吴楚东南坼，乾坤日夜浮。

亲朋无一字，老病有孤舟。

戎马关山北，凭轩涕泗流！

这里，我想从"相反相成"的角度，来探索这首千古传诵的诗章的艺术秘密。"相反皆相成也"，《汉书·艺文志》最早提出这一观点，以后历代许多诗人和作家都加以运用、发展和丰富。"相反"，指的是情与景，景的今昔、大小、远近、前后、高低、左右、纵横，和笔墨的虚实、巧拙、刚柔、奇平、反正、粗细、疏密、收放、繁简等，处于一种对立与矛盾的状态；"相成"，是指这种矛盾状态的艺术描写，常常可以更动人地表达诗作者的感情和生活的真实，达到更高意义的美的和谐。南朝齐梁时江淹《别赋》的"春草碧色，春水渌波；送君南浦，伤如之何"，以骀荡春光反衬离愁别绪，更觉伤情无限；李白《长干行》的"八月蝴蝶黄，双飞西园草；感此伤妾心，坐愁红颜老"，以蝴蝶双飞反形少妇的空房独守，更显刻骨相思。相反，表面上是矛盾的；相成，实际上是统一的。那种不协调的协调，不和谐的和谐，不统一的统一，不一致的一致，避免了艺术形象的平板、呆滞和单调，可以更深刻更动人地表现生活和思想感情的复杂性与多样性。

在《登岳阳楼》的首联中，"昔闻"指已经逝去的长远的时间，是虚笔；"今上"表现的是现在登临时短暂之刹那，是实笔。"洞庭水"，是一个浩大开阔的面；"岳阳楼"，是一个窄小突出的点。这种时间的长与短，景物的大与小，笔墨的虚与实的相反状态，不仅使起笔不同凡俗，内蕴包孕深厚，而且更集中地表现了诗人万方多难此登临时百感交集的心情。因为"昔闻"是在开元天宝的盛唐之世，那时，年轻的诗人对洞庭湖该有多少美丽的憧憬？而"今上"则是在安史乱后干戈仍然扰攘的年头，已经五十七岁的年已垂暮多灾多病的诗人，该有多少沧桑家国之感啊！前人曾或指出这一联"开门见山，用对句起，雄厚有力"（俞陛云《诗境浅说》），或指出其为"倒入法"（《瀛奎律髓汇评》），但都似未指出杜甫的相反相成的艺术。

颔联"吴楚东南坼，乾坤日夜浮"，是咏洞庭的名句，它使得其他诗人咏洞庭的佳句如"水涵天影阔，山拔地形高"（僧可朋《赋洞庭》），"四顾疑无地，中流忽有山"、"鸟飞应畏堕，帆远却如闲"（许棠《过洞庭湖》），"水将天共黑，云与浪争高"（李群玉《洞庭风雨》），等等，都相形失色。对于刘长卿《岳阳馆中望洞庭湖》诗中的"叠浪浮元气，中流没太阳"，元人方回《瀛奎律髓》就说过："非不雄伟而世不传，其他可知矣。"清代纪昀曾说刘长卿此诗"虽不能肩随孟、杜，犹可望其后尘"，但他也认为刘诗中的这一联诗像写海的诗，不像写洞庭的诗："或谓五、六似海诗，不为无见。"他指出："工部'乾坤日夜浮'句亦似海诗，赖'吴楚'句请出洞庭耳，此工部律细于随州（指刘长卿）处。"（《瀛奎律髓汇评》）所谓诗律之细，固然是要表现出所描绘的事物的特征，例如同为写水，海洋和湖泊的景象各不相同，同时，也是指笔墨要切物精到而富于变化。

杜诗颔联总的是写雄浑的大景，但前后两句仍然大小有别而相辅相成。特别值得注意的是，颔联景象壮阔，雄跨古今而气压百代，颈联却是写凄苦的小景，景况萧索，情怀黯淡。杜甫确实不愧是诗中圣手，他前面愈写湖山的壮阔无边，就愈见后面孤舟的孤单狭小和自己的孤苦无依，以丽景壮景写悲情哀情，景愈壮丽而情愈悲凉；愈写孤舟一叶和诗人书剑飘零，境阔人孤，就愈是深广地反映了那个国破山河在的动乱时代。

明代叶秉敬在《敬君诗话》中认为有的诗"四句俱说景，似堆垛而无情味"，他赞扬杜甫"洞庭只是两句，而下便云'亲朋无一字，老病有孤舟'，方见变化之妙"，他的这一看法启示了后人。清代的黄生说："前半写景，如此阔大，转落五、六，身世自叙如此落寞，诗境阔狭顿异。"（《杜诗说》）他看出了此中奥妙。后来浦起龙对此加以发挥："不阔则狭处不苦，能狭则阔境愈空。"（《读杜心解》）而沈德潜《唐诗别裁》也有大致类似的见解："三、四雄跨千古，五、六写情黯淡，着此一联，方不板滞。"他们在艺术分析上真可谓独具只眼，而又英雄所见略同。这两联诗，体现了"阔"与"狭"，即"大"与"小"的两种境界既对立又统一的关系，不板不滞，相反相成，艺术的辩证法使抒情达意更为深刻动人。

尾联也是如此。"戎马关山北"是虚拟的大景，"凭轩涕泗流"是实写的小景，两两反照，既收束全诗，又呼应开篇，天球不琢，闪耀的是千古不磨的照眼精光。

单调、贫乏，一味地"甜上加甜，咸上加咸，辣上加辣"（苏联戏剧家斯坦尼斯拉夫斯基语），是艺术的大忌，而艺术辩证法却可以使诗歌如同多棱形的钻石，光芒四射。如郁达夫作于抗日战争中的《无题》："平居无计可消愁，万里烽烟黯素秋。北望中原满胡骑，夕阳红上海边楼。"诗人其时僻居海隅小楼，北望中原，忧心国事，空间的远近与大小构成了鲜明的对照。《望星空》是诗人郭小川写于 20 世纪 50 年代的名篇，也是他的艺术个性特别鲜明最富于创造性的力作，当年饱受批判，今日历久长新，如下引的诗句："星星呀，亮又亮，在浩大无比的太空里，点起万古不灭的盏盏灯光。银河呀，长又长，在没有涯际的宇宙中，架起没有尽头的桥梁。呵，星空，只有你，称得起万寿无疆！"在当时方兴未艾的造神运动中，它是众士诺诺一士谔谔的振聋发聩的异响，在诗艺上，时间的长与短、空间的巨与细也构成了强烈的对比，使诗句光芒照眼熠熠生辉。

诗与画的联姻
——刘方平《月夜》

春天,是一年四季中最美好的季节,而初春或早春,则是繁花似锦的春天的先声。如果一个人的青年时代有如春天,那么,初春或早春则是人生的少年了。

在中国古典诗歌中,抒写初春或早春的名篇佳句不胜枚举,诗人们大都是从花草梅柳等方面着笔。如杜审言《和晋陵陆丞早春游望》的"云霞出海曙,梅柳渡江春",如贺知章《咏柳》的"不知细叶谁裁出?二月春风似剪刀",如白居易《钱塘湖春行》的"乱花渐欲迷人眼,浅草才能没马蹄",等等。总之,就像宋代张栻的《立春偶成》所说的那样:"律回岁晚冰霜少,春到人间草木知。便觉眼前生意满,东风吹水绿参差。"然而,诗人刘方平却力避其同而力求其异,这种务求新创的意识,现代心理学称之为"逆向思维"或"求异性思维"或"创造性思维"。16世纪英国的诗人、文艺理论家锡德尼之名文《为诗一辩》曾说:"世界是铜的,而只有诗人才给予我们金的。"中外同心,正是由于求异创新,刘方平的写早春之夜习见景物的《月夜》,才让读者获得了耳目一新的惊艳般的喜悦,因为黄铜变成了黄金。

刘方平,生卒年不详,生活于盛唐时代,洛阳(今河南省洛阳市)人,匈奴族。高祖刘政会,是曾封"邢国公"的唐朝开国元勋,祖父与父亲均官居要职,武后时分别为吏部侍郎与吴郡太守、江南采访使。刘方平身为"高干子弟"，又工词赋而善书画，但却于天宝九载（750）应进士不第，于是绝意仕途，隐居颍阳大谷，即今河南颍水以北之许昌一带。《全唐诗》中他存诗仅二十六首，并非今日流行的所谓著名诗人，但鲜桃一口，胜过烂杏一筐，他有些作品令人口颊生香，曾得到时人的赞许，如名诗人李颀就说他"二十工词赋，惟君著美名"（《送刘方平》）。今日的许多唐诗选本，也不敢把他遗忘。如"落日清江里，荆歌艳楚腰。采莲从小惯，十五即乘潮"（《采莲曲》），如"华亭霁色满今朝，云里樯竿去转遥。莫怪山前深复浅，清淮一日两回潮"（《送别》），如"纱窗日落渐黄昏，金屋无人见泪痕。寂寞空庭春欲晚，梨花满地不开门"（《春怨》），尤其是那首堪称代表作的《月夜》：

> 更深月色半人家，北斗阑干南斗斜。
> 今夜偏知春气暖，虫声新透绿窗纱。

这首绝句，可以说是"想"得也妙，"写"得也妙。想得妙，主要是在于它的构思新颖脱俗，能冲破陈旧的咏春模式的藩篱，开创出别有天地的具有新鲜感的艺术世界。因为诗歌的本质是创造，一篇创造性的佳构，远胜过三千篇雷同的平庸之作，如同一颗晶莹耀眼的珍珠，远胜过沙滩上那成千上万的平凡贝壳。《月夜》不愿重复前人，而是从"虫声新透"这一他人未曾着眼的意象落笔，显示了诗人独立创造的诗的智慧，给读者带来的是耳目一新的美的享受。至于写得妙，则主要在于诗中有画而画中有诗。

诗与画，有如一对孪生的姐妹，有同样的血缘。丹青与吟咏，妙处两相资。唐诗人王维不仅是山水田园诗的大师，同时也是开宗立派的画家。他曾画《辋川图》，并作《题〈辋川图〉》（又题《偶然作》），其中夫子自道云："宿世谬词客，前身应画师。"苏东坡在《书摩诘〈蓝田烟雨图〉》（见《东坡题跋》）中，也早就赞许过王维："味摩诘之诗，诗中有画；观摩诘之画，画中有诗。"同是宋代的词人张舜民，他的《画墁集》更是从个别到一般地概括出一个艺术原则:"诗是无形画,画是有形诗。"诗心中外相通,古罗马诗人贺拉斯说过"诗歌就像图画"(《诗艺》),德国18世纪的美学家莱辛在他的名著《拉奥孔》中,也认为诗是画的"绝不争风吃醋的姐妹"。擅画山水而墨妙无前的刘方平的《月夜》,正是如此。

　　刘方平本来是诗人兼画家,画家讲究线条、色彩、明暗与构图,于是他就将诗与画合而为一了。"更深月色半人家",是一幅月色朦胧的夜景。庭院人家一半藏在暗影之中,一半露在月光之下,明暗对比强烈,但相对于下一句所描绘的景象,这却是低景与近景。"北斗阑干南斗斜",转为远景与高景,由地上人家而天上星斗。曹植《善哉行》说:"月没参横,北斗阑干。""阑干"为横斜之形,将落之貌。"南斗"为二十八宿中的斗星,相对位置在北斗星以下,故称南斗。对北斗与南斗状态的描绘,是全诗的空间布景,也在时间上与上句的"更深"相呼应。"今夜偏知春气暖,虫声新透绿窗纱",在第二句的高景、远景而且是大景的勾勒之后,第三句之"今夜"再一次点明时间,也特笔点醒题目《月夜》之中的"夜"。同时,诗又由天上而人间,由浩浩的星空而转向首句小小的"人家",画面也由高远的大景而低平的小景,焦点则是"绿窗纱"这一室内局部的细景。如果说,诗的前两句是诉之于视觉,有视觉之美,可称"美视",那么,后两句就是诉之于听觉,有听觉之妙,则可称"美听"了。"新透"即"初透"之意,是谁"偏知"春气暖呢? 当然首先是对自然界的气温变化有敏锐感受的鸣虫,这是写实,也是拟人。同时,也包括深宵不寐感觉敏锐的诗人自己。有谁不期待大地春回呢? 有谁不喜爱春光明媚呢? 诗的如在目前的鲜明画面之中,蕴含了许多令人品味寻索的言外的诗意。清人黄叔灿《唐诗笺注》评此诗说:"写意深微,味之觉含毫邈然。"清诗人王士禛《唐人万首绝句选》也说:"写景幽深,含情言外。"可见诗家所见略同。

　　在刘方平的《月夜》之前,杜甫也有一首同题的《月夜》:"今夜鄜州月,闺中只独看。遥怜小儿女,未解忆长安。香雾云鬟湿,清辉玉臂寒。何时倚虚幌？双照泪痕干。"两首诗不仅内涵不同，艺术表现也有异。杜甫虽然也有画意，也可称情景如画，但它采取的主要是"从对面写来"（亦称对写法）的手法，与刘诗在艺术上各有千秋。

　　苏轼的名作《惠崇〈春江晚景〉二首·其一》写道："竹外桃花三两枝，春江水暖鸭先知。蒌蒿满地芦芽短，正是河豚欲上时。"这首题画诗中的"春江水暖鸭先知"，是咏春到人间的名句，名头大过刘方平之作，这大约是苏轼的知名度远远高于刘方平之故吧？　其实，刘诗不仅与苏诗异曲同工，而且创作时间早于后者，苏轼说不定还受到过刘方平的启发呢。两相比较，"春江"一语富于哲理，令人玩味，但全诗后两句似乎过于质实，因此，我更喜欢刘方平此诗，尤其是它那为绝句所尚的言尽而意不尽的尾声。

　　我在熙熙攘攘的尘嚣之外，有一间与青山为邻的迷你型的居室兼书房。一年四季，近在咫尺的青山慷慨地绿在我的窗前，黎明时常听鸟鸣嘤嘤，入夜后时闻虫声唧唧，特别是早春的月夜，花香袭袂，明月窥窗，刘方平的《月夜》中的一弯新月便远越千年与万里而来，重到也重照我的窗户与心头。

临去秋波那一转

——刘长卿《长沙过贾谊宅》

秋波，本来是指秋天澄明的水波，不知是谁用来描摹美人的眼神，名之为"剪水秋波"、"秋波流盼"，而形容其临去时的别情依依的回眸一盼，则称之为"临去秋波"。如王实甫《西厢记》第一本第一折："怎当他临去秋波那一转！便是铁石人也意惹情牵。"由此及彼，由美人而美文，"临去秋波"又担任起另一种美差，即形容诗文的美妙的结尾，如明末清初李渔的《窥词管见》就说："盖主司之取舍，全定于终篇之一刻，临去秋波那一转，未有不令人销魂欲绝者也。"

一首诗，如果有不凡的发端和不俗的中间部分，而没有与全篇相称甚至后来居上的结尾，有如品尝鲜果满筐，到最后吃的却是烂杏一口，有如游历名园胜景，到出口处却是断瓦残垣，那该是何等大煞风景！元曲家乔吉提出"凤头、猪腹、豹尾"之说，一般的文章都讲究结尾艺术，何况诗歌？历代优秀的诗人，对结尾艺术的探讨付出了辛勤的劳动，而历代诗歌评论家，也在他们的诗话词话里留下了许多有益的见解。这些见解虽然往往是碎玉零珠，并不系统，但对当今的诗歌创作和欣赏，仍然有借光鉴照之功。

除了妙极形容的"临去秋波"，早在宋代，严羽在《沧浪诗话》中慨叹"结句好难得"之后，又指出"收拾贵在出场"，他认为结尾就是"出场"，"出场"关系到一首诗的高下成败。什么叫"出场"呢？过了近千年之久，他的呼唤在清代方东树的《昭昧詹言》中得到了回音："篇终出人意表，或反终篇之意，即所谓出场。"方东树关于结句的看法，比起前代诗话论述结尾要"有余不尽"，要"如撞洪钟，清音有余"，要"如截奔马"，等等，是有创见和新的发展的。仅仅这一点，而不论其他诸如"语不接而意接"、"辞断意连"等精彩议论，就可以说方东树给诗歌艺术的殿堂，增添了一块新的砖石。诗贵在创造，艺术理论何尝不贵在创新？"篇终出人意表"与"反终篇之意"，含义不同而又互有联系，然而，要怎样才能获得这种艺术效果呢？我以为途径之一就是：翻叠。

且看刘长卿的两首诗。一首是《自夏口至鹦鹉洲夕望岳阳寄源中丞》：

> 汀洲无浪复无烟，楚客相思益渺然。
> 汉口夕阳斜度鸟，洞庭秋水远连天。
> 孤城背岭寒吹角，独树临江夜泊船。
> 贾谊上书忧汉室，长沙谪去古今怜！

一首是《长沙过贾谊宅》：

> 三年谪宦此栖迟，万古惟留楚客悲。
> 秋草独寻人去后，寒林空见日斜时。
> 汉文有道恩犹薄，湘水无情吊岂知。
> 寂寂江山摇落处，怜君何事到天涯？

刘长卿（？—约790），字文房，宣州（今安徽省宣城市）人，郡望河间（今河北省河间市），是中唐初期和钱起齐名的诗坛大将，世称"钱刘"，又与钱起、郎士元、李嘉祐并称"钱郎刘李"。他终于随州刺史任上，所以世称刘随州，有《刘随州集》。其诗各体皆工，尤擅五律，七律以工秀见称。他自诩为"五言长城"（见权德舆《秦徵君校书与刘随州唱和诗序》）。另一位诗人皇甫湜也说"诗未有刘长卿一句，已呼宋玉为老兵矣"（尤袤《全唐诗话》），可见他名重当时。

刘长卿曾两次到湖南，一次是乾元二年（759）贬潘州南巴（今广东省茂名市境内）尉之时，一次是大历八年（773）知鄂岳转运留后之际。上述第二首诗，就是他第二次迁谪路过长沙时的作品。这两首诗的结句，沈德潜《唐诗别裁》曾经分别予以褒贬。他将前一首的结句和王维的"长沙不久留才子，贾谊何须吊屈平"加以比较，赞赏王维之作曲折而有余意，批评前者"直说浅露"；而对于后一首的结句，他则赞扬为"谊之迁谪，本因被谗，今云何事而来，含情不尽"。的确，前首诗整体还是相当不错的，可是结尾却平平叙来，过于板直，缺少余味；后一首则不然，它的结句有"反终篇之意"的翻叠之妙。

第二首诗，首联上句追溯贾谊生时谪居长沙的三年时日，下句写贾谊去后留给楚客的无尽伤悲。颔联和颈联情景分设，一联景，景中有情，一联情，情中有景。贾谊的身世本已引人伤感，更何况时当秋士多悲而作者本人也遭到贬谪的秋天？"独寻"与"空见"的跌宕，抒写自己抚今追昔的落寞与伤感，而"有道"与"无情"的对比，进一步把诗中的"悲"字写得十足。现在，关键是结句了，如果再像前诗那样收束，那这首诗就很可能会黯然减色而又将受到读者的讥评了。可是，诗人没有重蹈覆辙，他以"寂寂江山摇落处"点明空间和时间，概括全诗。在如此顿挫和蓄势之后，又以曲折翻腾的笔法，出之以"怜君何事到天涯"的问句。前面早已写明贾谊被谪是"恩犹薄"了，这里用翻笔反问"何事"，翻叠全篇，出人意料。灵动的句法变平直为拗峭警动，诗人怜人兼自怜的情怀，就因此而表现得恻恻动人，让人有更多的回想与回味。

清人赵翼的《瓯北诗话》，称道"杜牧之作诗，恐流于平弱，故措辞必拗峭,立意必奇辟,多作翻案语",明代诸生入清不仕的吴景旭也说"牧之数诗,俱用翻案法,跌入一层,正意益醒,谢叠山所谓'死中求活'也"(《历代诗话》庚集七)。与赵翼声气相通的袁枚,在其《随园诗话》中举述诸多诗例,证明他提出的诗学主张:"诗贵翻案。"所谓"翻案",含义与"翻叠"并不全同,但其中之一就是翻叠。所谓"翻叠",就是运用与原意相反的翻笔,使诗句或全篇产生新意,构成新奇警策引人思索的艺术境界。台湾学者黄永武教授有"翻叠的美"、"翻叠的笔法"论之甚详(《中国诗学》,台湾巨流图书公司,1979 年),使人颇受教益。他说:"翻叠是运用翻笔产生新意,使原意翻上一层,在形式上是两个相反的意思,反复成趣。翻叠大致可分为当句翻叠、下句翻叠上句、上半首翻叠下半首、全首交综翻叠四种。"刘长卿《长沙过贾谊宅》的结句,正是具有翻叠之妙。一条长河,波平如镜的风光固然令人心旷神怡,波涌浪翻的景象不是更使人心神飞越吗? 一位美人,一笑倾城,再笑倾国,她临去秋波的那一转,不是更令人销魂而念念不忘吗?

五四以来的旧体诗创作,郁达夫是最为后人瞩目的一位。如他写给原配夫人孙荃的《寄内五首·其五》:"死后神魂如有验,何妨同死化鸳鸯。百年人世多风雨,不及泉台岁月长!"这位风流才子当时确具真情挚意,而结句的翻叠使全诗更加动人。如《赠鲁迅》:"醉眼朦胧上酒楼,彷徨呐喊两悠悠。群盲竭尽蚍蜉力,不废江河万古流!"结句虽是取自杜甫《戏为六绝句·其二》的原玉,但却赋予了新的内容,而且具翻叠之妙,引人入胜,将终点变成了起点。以上是赠人,再如他抒写自然风光的《日暮湖上》,此诗 1916 年作于日本:"碧水沉沉水一湾,晚来风景颇清娴。只愁落日红如火,烧尽湖西尺五山!"整首诗前二句静,后二句动;前者在人意中,后者出人意表;前者是不动声色的铺垫,后者是令人惊叹的翻叠。我读此诗,结句令我有惊艳之喜,不禁又一次想到美人的临去秋波。

诗的对比

——刘长卿《送李中丞归汉阳别业》

对比,是文学艺术创作中运用得最广泛的技巧之一,是语言艺术中一种富于表现力的修辞手段。在诗歌创作中,对比这只智慧鸟的翅膀飞临之处,常常可以使全诗光彩焕发。在我国的《诗经·伐檀》中,辛苦劳动的奴隶与尸位素餐的奴隶主的对比十分鲜明。《北山》篇中的"或燕燕居息,或尽瘁事国;或息偃在床,或不已于行",也完全是以对比的方式结撰成章。在西方,亚里士多德在他的名著《修辞学》中认为,修辞的三大原则之一是运用对比,他说:"相对观念之意义,易为人觉察;其于并列排出时,尤为明显。"从这里,可以看到对比的久远历史和重要作用。

音乐中的旋律,有高低、轻重、急徐等方面的对比;绘画中的构图和色彩,有远近、虚实、黑白、冷暖、明暗等方面的对比。在诗歌中,我们更是可以到处看到对比的妙用:《诗经·小雅·采薇》中的"昔我往矣,杨柳依依",是反照征人的"今我来思,雨雪霏霏",这是明末清初王夫之在《姜斋诗话》中所说的"以乐景写哀,以哀景写乐,一倍增其哀乐"的最早的范例;屈原的指斥萧艾,是为了表彰芳草,"鸾鸟凤凰,日以远兮。燕雀乌鹊,巢堂坛兮",《涉江》中有许多对比鲜明的警策之句;杜甫的"朱门酒肉臭,路有冻死骨"(《自京赴奉先县咏怀五百字》),以正反对比揭露了封建社会中尖锐的阶级对立与严重的贫富悬殊;柳宗元的"千山鸟飞绝,万径人踪灭。

孤舟蓑笠翁，独钓寒江雪"（《江雪》），以巨细对比勾画了千山环抱中渔翁寒江独钓的景象；李商隐的"此日六军同驻马，当时七夕笑牵牛"（《马嵬·其二》），以时空对比抒写了天崩地坼的时代中帝王的悲喜剧；"可怜身上衣正单，心忧炭贱愿天寒"（《卖炭翁》），白居易以虚与实的对比，深刻地揭示了人物矛盾的内心世界；许棠的"学剑虽无术，吟诗似有魔"（《冬杪归陵阳别业五首》），以有无对比呈现了自己如痴如醉的诗心；罗隐的"花开花谢还如此，人去人来自不同"（《春日独游禅智寺》），以情景对比抒发了对生命如逝水流光的恋惜；"知否知否，应是绿肥红瘦"（《如梦令》），李清照以色彩和形态的对比，表达了伤时感世、珍惜韶光的情思……

中唐初期的诗人刘长卿，曾自诩为"五言长城"，权德舆在《秦徵君校书与刘随州唱和诗序》中，说刘长卿"尝自为五言长城"，元人辛文房《唐才子传》误作"权德舆称为'五言长城'"，后人遂以讹传讹。清人吴乔在《围炉诗话》中也说"盛唐人无不高凝整浑，随州五言律诗，始收敛气力，归于自然，首尾一气，宛如面语"。他的五言律诗《送李中丞归汉阳别业》，完全是以对比的艺术手段结撰艺术架构。现实社会中的种种矛盾和歧异，是对比艺术的根据，而刘长卿诗中送别的人物，是一位当年战功赫赫而相送时却已沦落不遇的将领，这个人物本身的经历遭逢，构成了对比手法的客观现实生活基础。全诗如下：

> 流落征南将，曾驱十万师。
>
> 罢归无旧业，老去恋明时。
>
> 独立三边静，轻生一剑知。
>
> 茫茫江汉上，日暮欲何之？

"流落征南将，曾驱十万师"，诗人首先以雄劲的笔法倒叙将军的盛时，在"征南将"这一笔概括交代之后，又以"曾驱十万师"的具体描绘，来补写将军的地位之高、号令之严、军威之盛，使得一位大将的形象跃然纸上，而高踞题颠贯穿全篇的"流落"二字，便在对比中显得更为触目惊心。

"罢归无旧业，老去恋明时"，有如江间汹涌的波浪，如果说起始两句一开篇就跃上波峰，那么，这两句就直落波谷了。罢职而归，故里却没有田园庐舍可以存依，将军国而忘家的精神和清贫的生活由此可见。年少而从戎，功高而见黜，年华老去的将军抚今追昔，不禁怀念起那政治清明的时代。这两句，不仅和前面两句构成今昔、正反的鲜明对比，而且语含"反讽"。

"反讽"一词，首先出现在亚里士多德的《修辞学》之中，为现代西方的文艺批评所习用，新批评派更是将反讽作为衡量作品优劣的标准之一。"反讽"的技巧，在现代的小说、戏剧等文学作品中随处可见，它的特征是：作者含蓄地写出相反相乖的具体事象，让表面描述与真实意旨互相对立，让表层言语层次与内在言语层次分裂，不一语道破讽刺对象的值得嘲讽和鞭挞之处，而让读者去思而得之。在刘长卿这首诗中，如果是"明时"，战功卓著的老将怎么会"罢归"呢？诗人"反讽"之意隐然可见。刘长卿自己两次被诬陷而遭贬谪，这位性格刚直的诗人就曾发过"长年气尚冤"、"白首衔冤欲问天"的牢骚，由此及彼，由人及己，他对送别的将军的同情就可想而知了。

"独立三边静，轻生一剑知"，全诗再次跃上波峰，但一句追述将军当年使敌人不敢入侵而边塞平静无事的赫赫战功，一句则是描述他现在孤剑为伴的寂寞与苦闷。这是对首联的补充，也是对尾联的反照。

"茫茫江汉上，日暮欲何之"，最后跌落于无望触底反弹的波谷。在这里，"日暮"一语双关，天色已晚，将军也已到了生命的暮年，在茫茫江汉之上，他将流落到哪里去呢？杜甫晚年漂泊于长江与汉水时，曾写有《江汉》一诗，其中有句是"落日心犹壮，秋风病欲苏"，刘长卿诗中的"日暮"，与老杜"落日"的含意和用法大致相同，师承与发展的轨迹隐约可见。此诗结尾的"欲何之"与开篇的"流落"遥相挽合,名与实乖、今与昔异的层层对比,构成了全诗的艺术框架,结构谨严,一丝不走,真是非"长城"莫办!

法国大文豪雨果在《克伦威尔》序中说:"同样的印象老是重复,时间一久也会使人厌倦。"这,是符合人们审美活动的心理规律的,它也从反面说明对比根源于充满矛盾的现实生活,在主观上则基于心理学中所说的人的"差异觉"——对不同刺激的辨识和感觉。对比,是把两个不同的对立事物或两种不同的对立景象并列在一起,让它们作尖锐之对照与鲜明之反衬,从而在两相比较、互为映衬中突出题意,加强形象的警动性和启示性,给人以强烈的印象。刘长卿这首诗,可以让我们看到对比艺术的妙用。与刘长卿诗题材和主题相近,同是中唐诗人的卢纶有七绝《逢病军人》:"行多有病住无粮,万里还乡未到乡。蓬鬓哀吟古城下,不堪秋气入金疮!"这是曾经喋血沙场与今日贫病潦倒的隐性对比。晚唐诗人张乔有七绝《河湟旧卒》:"少年随将讨河湟,头白时清返故乡。十万汉军零落尽,独吹边曲向残阳!"这是昔日从军报国与今日之老大孤独的显性对比。读者可将它们与刘长卿之诗对读互参。

在新诗创作中,对比的足迹所到之处,也常常能步下生花。20世纪80年代之初,除诗人流沙河大力推介余光中的作品之外,我也曾最早向大陆读者评介台湾名诗人余光中以及洛夫的作品,包括洛夫的《与李贺共饮》一诗。此诗为李贺画像:"哦! 好瘦好瘦的一位书生/瘦得/犹如一支精致的狼毫/你那宽大的蓝布衫,随风/涌起千顷波涛。""狼毫"是古代的书写工具,与诗人文士结下不解之缘,"一支精致的狼毫"形容多愁多病的李贺既准确恰切又新颖传神。"你那宽大的蓝布衫,随风/涌起千顷波涛",前面极言其瘦小,这里极言其宽大,瘦小是诗人的形体,宽大是诗人的精神领域与诗的世界。大小巨细的对比,使得人物形象如在目前而又风采独具。李贺号为"诗鬼",洛夫名为"诗魔",后者为前者画像传神,并邀他共进一杯酒,多才复多病的李贺有知,该会欣然一笑吧?

白描

——元结《春陵行（有序）》

公元 767 年,漂泊西南天地间的杜甫流寓夔州已经两载。这年自春到秋,他都是居住在夔府的瀼西(在今重庆市奉节县)。生活虽然暂时稍得安定,但他伤时忧世关心民生疾苦的感情波澜,却并没有在心头平息。有一天,他读到流传到这里的元结作于四年前的《春陵行》与《贼退示官吏》两诗,十分感动和兴奋,马上写成《同元使君春陵行》一诗。这一有些奇异的诗题,就已经表现了杜甫对元结的同声相应、同气相求之意,诗的序文更表露出他"不意复见比兴体制,微婉顿挫之词"的喜悦。在诗的正文中,他对元结诗的内容和价值作了很高的评价:"道州忧黎庶,词气浩纵横。两章对秋月,一字偕华星!"诗圣杜甫虽然十分谦逊,具有博采众长、虚怀若谷的真正大诗人的美德,但他对别人的褒扬也不是轻易出之的,要理解他对元结这两首诗为什么分外推许和看重,还是要同时诵读元结的原作。

下面便是元结的《春陵行(有序)》一诗:

> 癸卯岁,漫叟(元结自称,他曾自号漫郎——引者注)授道州刺史。道州旧四万余户,经贼以来,不满四千,大半不胜赋税。到官未五十日,承诸使征求符牒二百余封,皆曰"失其限者,罪至贬削"。於

戏！若悉应其命，则州县破乱，刺史欲焉逃罪？若不应命，又即获罪
戾，必不免也。吾将守官，静以安人，待罪而已！此州是舂陵故地，故
作《舂陵行》以达下情。

军国多所需，切责在有司。有司临郡县，刑法竞欲施。

供给岂不忧？征敛又可悲。州小经乱亡，遗人实困疲。

大乡无十家，大族命单羸。朝餐是草根，暮食仍木皮。

出言气欲绝，意速行步迟。追呼尚不忍，况乃鞭扑之。

邮亭传急符，来往迹相追。更无宽大恩，但有迫促期。

欲令鬻儿女，言发恐乱随。悉使索其家，而又无生资。

听彼道路言，怨伤谁复知。"去冬山贼来，杀夺几无遗。

所愿见王官，抚养以惠慈。奈何重驱逐，不使存活为！"

安人天子命，符节我所持。州县忽乱亡，得罪复是谁？

逋缓违诏令，蒙责固其宜。前贤重守分，恶以祸福移。

亦云贵守官，不爱能适时。顾惟孱弱者，正直当不亏。

何人采国风？吾欲献此辞。

元结（约 719—约 772），字次山，号漫郎。先祖为鲜卑族拓跋氏，后改汉姓
为元。郡望河南，世居山西太原，父延祖移居汝州鲁山（今河南省平顶山
市鲁山县），遂称鲁山人。作为中唐前期和顾况齐名的现实主义诗人，他
主张诗歌要"上感于上，下化于下"（《系乐府序》）。他收录编订了他和孟
云卿、沈千运、于逖等人之诗，名《箧中集》，在序文中他就曾经表示反对
"拘限声病，喜尚形似"的形式主义的靡靡诗风。他的诗作和诗歌创作主
张，是杜甫的同调，也开启了白居易新乐府运动的先声。安史之乱后，他
关心人民、批判现实的精神有了进一步发展，上述诗章，就是广德元年
（763）他在湖南道州做刺史时的代表作品。这一被杜甫所称颂的诗作，在
艺术上的显著特点就是白描手法的运用。

　　白描，本来是中国画所特有的传统技法名称，它是指用墨线勾描物像，画面上除了线条本身的墨色之外，其余均不着颜色，后来则泛指文学创作包括诗歌创作中典型化的一种技法，即用简练朴实的笔墨，不加浓墨重彩，不作细致雕饰，刻画出鲜明生动的形象，抒发作者主观的情思。鲁迅在《南腔北调集·作文秘诀》中认为，白描就是"有真意，去粉饰，少做作，勿卖弄"，这是深得白描三昧的经验之谈，以之来解释元结这首诗的艺术特色，也是恰当的。"有真意"，是白描的基础和灵魂，"去粉饰"，是白描手法的重要特点。

　　《舂陵行》第一部分着重写人民凄惨困苦的生活情景，以"州小经乱亡，遗人实困疲。大乡无十家，大族命单羸"予以总的概括，以"朝餐是草根，暮食仍木皮。出言气欲绝，意速行步迟"作突出的传神的特写，而"追呼尚不忍，况乃鞭扑之"，不仅表现了作者的仁政爱民的思想，同时也从侧面更深切地反映了人民挣扎在死亡线上的惨状，读之令人神伤。

　　第二部分揭露统治者一心搜刮民脂民膏，不管生灵涂炭。"邮亭传急符，来往迹相追。更无宽大恩，但有迫促期"，"所愿见王官，抚养以惠慈。奈何重驱逐，不使存活为"，诗人以官家催逼命令的急如星火，以"无"和"有"的对比描写，以义正词严的诘问，大胆暴露和严厉谴责了当时的严刑苛政。

　　第三部分写自己宁肯违诏待罪，也要为民请命。"逋缓违诏令，蒙责固其宜。前贤重守分，恶以祸福移……何人采国风？吾欲献此辞"，诗人将朝廷重谴的祸患置之度外，将自己的诗作和民间创作的"国风"联系在一起，表现了封建时代一个正直诗人的可贵情操和抱负。在写作此诗的此年，元结又作了《贼退示官吏》一诗，可视为《舂陵行》的姊妹篇。诗人写道："使臣将王命，岂不如贼焉？今彼征敛者，迫之如火煎。谁能绝人命，以作时世贤？"精神风骨，与《舂陵行》一脉相承，有心人不妨对读。

　　"固知翠纶桂饵，反所以失鱼"（刘勰《文心雕龙·情采》），诗人胸有真意,笔含真情,《春陵行》全诗没有华丽的辞藻,没有令人目眩的卖弄,率真、质朴、简洁,强烈地扣动读者的心弦,以至于杜甫读后分外激动,清人张谦宜《絸斋诗谈》也说此诗"沉着痛切,忠厚之意,自行其中。若令柴桑公(指陶渊明——引者注)为此,轻拂淡染,含情半吐,反不能动人。此界当知",而生当今天的我们,也仍然可以感受到它的严峻的现实主义的力量。王安石《题张司业诗》云:"看似寻常最奇崛,成如容易却艰辛。"元结的诗虽然有时过于古朴无华,形象不够丰满,因而削弱了艺术的感染力,但《春陵行》却不失为看似寻常却不寻常的白描手法的上选之作,而他那直面人生、关心民瘼的真正的艺术家的勇气,不仅当时使杜甫为之心折,千载之下,也仍然令我们感佩无已且感慨系之。

精光四射的细节
——于鹄《江南曲》

在叙事性的文学作品里,那些精彩的典型的细节光临之后,往往能使整部作品丰满动人,但是,细节并非叙事性文学作品如小说之所独擅,在抒情诗中,精彩的细节描写,也可以使作品遍体生辉。

细节,是文艺作品以形象表现生活的重要艺术手段,是文艺作品中刻画人物性格、展示情节发展、描绘社会环境和自然景物的最基本的组成单位。在这种大而化之的解释之外,具体分析起来,细节所指的范围是很广泛的,人物的形体动作、音容笑貌、手势眼神、服装衣饰,自然界的风云雷电、草木虫鱼,人们生活中的各种物件,等等,都可以是细节描写的艺术对象。

我们虽然不必认定细节描写是抒情诗普遍的美的法则,但是,有些抒情诗如果有了出色的细节描写,的确可以倍增光彩。这种光彩,我们早在《诗经》中就领略过了,"采采卷耳,不盈顷筐。嗟我怀人,置彼周行"(《周南·卷耳》),"静女其姝,俟我于城隅。爱而不见,搔首踟蹰"(《邶风·静女》),"自伯之东,首如飞蓬。岂无膏沐,谁适为容"(《卫风·伯兮》),"挑兮达兮,在城阙兮。一日不见,如三月兮"(《郑风·子衿》),这种生动的细节所具有的心理描写的深度,使我们过目难忘。又如唐代诗人于鹄的《江南曲》:

偶向江边采白蘋，还随女伴赛江神。

众中不敢分明语，暗掷金钱卜远人。

于鹄，字、号均不详，约生于天宝四载(745)，约卒于元和九年(814)，《全唐诗》说他是"大历、贞元间诗人也"。曾住长安，久应科举未第，后来隐居在汉阳的山中，有时往来于江汉之间，如他的《山中自叙》就说"三十无名客，空山独卧秋。病多知药性，年长信人愁"，而绝句《襄阳寒食》则写道："烟火初销见万家，东风吹柳万条斜。大堤欲上谁相伴？马踏春泥半是花。"三十岁以后，他曾累佐山南东道、荆南节度幕，并应荐历诸府从事，出塞入塞，驰逐风沙。贞元六年(790)前后，辞职归隐，后卒于山中。诗人张籍《哭于鹄》诗说："良玉沉幽泉，名为天下珍。……我初有章句，相合者唯君。"元人辛文房《唐才子传》的评论是："有诗甚工，长短间作。时出度外，纵横放逸，而不陷于疏远，且多警策。"在他的全部作品中，我以为《江南曲》是最为出色的一首。

这首诗之所以出色，有特色的民俗活动场面的描写所构成之"风俗画"固然是原因之一，但主要还在于精彩的细节描写。这首诗的主题，是写思妇对于远行的丈夫的怀念，这一内容在于鹄之前的古典诗歌中，就已经远远不是新鲜的了，在于鹄前来问津之时，已经不知有多少诗人显示过他们的身手了。如李白的《春思》："燕草如碧丝，秦桑低绿枝。当君怀归日，是妾断肠时。春风不相识，何事入罗帏？"如金昌绪的《春怨》："打起黄莺儿，莫教枝上啼。啼时惊妾梦，不得到辽西。"如李益的《山鹧鸪词》："湘江斑竹枝，锦翅鹧鸪飞。处处湘云合，郎从何处归？"前人的表演是如此高明，后来者如果没有翻空出奇的创造，读者就会不终篇而掩卷，观众也会不终场而退席。于鹄这首诗，在前人的精彩表现后不仅不相形见绌，反而能在同类题材和主题的诗作中给人以深刻的印象，应该归功于颇具特色的细节描写。

　　《江南曲》本是乐府旧题,属清商曲,《江南弄》七曲之一,多写男女情爱,如储光羲《江南曲》:"日暮长江里,相邀归渡头。落花如有意,来去逐船流。"于鹄诗的前二句,是民俗的描写,环境的烘染,也是为后两句细节描写铺垫:诗中的女主人公到江边去采白蘋是"偶向",而不是预先有意,她和女伴们去迎祭江神,祈求降福,是"还随"而不是主动发起,表面上看来似漫不经意,事出无心,实际上却是平日对外出的丈夫朝思暮想,早早地就想把一腔心事,付托给当时历史条件下聊以表达情愫的迎江神的活动了。诗的前两句,不是凭空虚设,有相当的心理深度,但如果没有后两句相应的细节描写,全诗就可能因为没有后来居上的收束而流于平庸。

　　"众中不敢分明语,暗掷金钱卜远人。"真是精光四射的笔墨!唐代占卦之风颇盛,不惟宫廷,民间的信者亦众。此诗写年轻的女主人公迎祭江神之时,在女伴之中她不敢分明地说出自己的心事和祝愿,而只得金钱暗掷,也许还偷偷地念念有词,卜问在外的良人的消息。"金钱",古人卜卦的一种方法,掷之地而观其仰覆,以此占问行人的吉凶与归期。"不敢"与"暗掷"二语,不仅用语恰到好处,而且是妙到毫颠。这种不敢明言而暗掷金钱的细节,是多么细致入微地刻画了女主人公娇羞切盼的心态,使人物的神情心理跃然如见而又引人寻索呵!这就说明了:一个精妙典型的细节,胜过平庸的万语千言!难怪清代文学家兼诗评家贺裳要在《载酒园诗话又编》中说:"摹写一段柔肠慧致,自是化工之笔。"清人黄叔灿在《唐诗笺注》中也说:"一片心情只自知。曰'偶向',曰'还随',分明是勉强从事,却就赛神,微露于金钱一卜,妙极形容。"

　　古今诗心相通。20世纪20年代之初,诗人徐志摩陪印度诗哲泰戈尔去日本访问,作以"沙扬娜拉"(即日语"再见"之意)为题之诗十八首,最后,他只保留了如下之《沙扬娜拉——赠日本女郎》一章:"最是那一低头的温柔/像一朵水莲花不胜凉风的娇羞/道一声珍重,道一声珍重/那一声珍重里有蜜甜的忧愁——沙扬娜拉!"全诗音韵谐美,比喻传神,但均是从

"一低头的温柔"的细节生发与想象而成,如果没有这一细节和随之而来的比喻,这一颗诗的珍珠,就会黯然失色。当代诗人严阵 20 世纪 50 年代有一首《在清泉边》,写农村中一对青年男女的恋情,其中的细节描写给人以历久难忘的印象:"姑娘想极力装出一副平静的样子,可她的棒棰却下下都捶在青石板上。"在同一时代闻捷的成名组诗《果子沟山谣》、《吐鲁番情歌》之中,不也有许多令人动心的细节描写吗? 由此可见,细节的表现与运用可以各有不同,但无论是从古典诗歌或从新诗中,我们都可以遥望近观到细节描写所闪耀的虹彩。

对仗之美

——白居易《夜闻筝中弹潇湘送神曲感旧》

    汉字一字一音,汉语构词的基础是单音词根,这一特点宜于构成对偶,加之中国人喜欢从事物的对应关系(如阴阳、有无、虚实、高下、前后、长短等)来思考和认识世界,同时,骈俪之语也有助于诵读、记忆和交流,所以对偶很早就出现在汉族的口头和书面文学作品之中,它是汉语修辞传统的一个重要辞格,也是我国古典诗歌语言突出的艺术特色之一。所谓对偶,也名对仗,就是用结构相同、字数相等、词性相对、平仄相拗的两个语言单位,来表达相反、相似或相关的意思。从《诗经》里,我们就可以看到不少对偶的佳句,讲究声律的汉魏六朝的诗人文士对对偶作了进一步发展,而唐宋两代的诗人,尤其是杜甫、白居易、李商隐、苏轼、陆游等大家和名家,对诗的对偶艺术更是作了许多重要的贡献。在诗词曲赋之中,对偶得到了广泛的运用,而中间两联必须对仗,则成了律诗写作的一种特殊的格律要求。8世纪从日本前来中国的弘法大师(遍照金刚),在他所著的《文镜秘府论》中就列举了二十九种对偶名称,而隔句对,则是众多对偶形式中别具风姿的一种。

    从严格的角度而言,对偶有"工对"与"宽对"之分。从内容的角度而论,对偶有"正对"与"反对"之别。从具体方式的角度而论,主要有流水对、当句对、鼎足对、错综对、联锦对、叠字对、双关对、借对(借音对与借义对)、联珠对,等等。关于隔句对,《文镜秘府论》前后举了五例。请看前两例:"昨夜越溪难,含悲赴上兰。今朝逾岭易,抱笑入长安。""相思复相忆,夜夜泪沾衣。空叹亦空泣,朝朝君未归。"从这里可以看到,所谓隔句对,就是上一联的出句与下一联的出句相对,上一联的对句与下一联的对句相对。在律诗中,往往是颔联、颈联的出句与出句相对,对句与对句相对,或者是单数句与单数句、双数句与双数句相对,总之,它们两两对仗的中间隔了一句,所以称为隔句对,又名扇对或扇面对。前人为什么要创造出这样一种对偶形式? 主要原因是除了表达诗的内容的需要之外,还在于在整齐中求错综,在规矩中求变化,在一致中求不一致,避免对仗的易于板滞之弊,而获得流动之美的美学效果。

隔句对的最早的信息,我们可以追寻到两千五百年前的《诗经》之中。《小雅·采薇》中的名句有"昔我往矣,杨柳依依;今我来思,雨雪霏霏",这四句诗,晋代的谢玄认为是《诗经》中最好的文字,而王夫之《姜斋诗话》则以为是"以乐景写哀,以哀景写乐,一倍增其哀乐"的情景反照的范例,其实,我以为它也是诗国中隔句对这条河流的最初的源头。无名氏的诗作者写出这几句诗时也许是所谓天籁吧,后代的诗人却将它作为一种诗艺来自觉地探索和追求了。在唐代,杜甫的五古中就有"暖客貂鼠裘,悲管逐清瑟。劝客驼蹄羹,霜橙压香橘"(《自京赴奉先县咏怀五百字》),还有悼念他的朋友郑虔与苏源明的"得罪台州去,时危弃硕儒。移官蓬阁后,谷贵没潜夫"(《哭台州郑司户苏少监》)的诗句;在宋代,苏轼《用前韵再和许朝奉》中的"邂逅陪车马,寻芳谢朓洲。凄凉望乡国,得句仲宣楼",也是用的扇对格。对唐诗人白居易,钱锺书《谈艺录》赞美他"白香山律诗句法多创,尤以《寄韬光禅师》诗极七律当句对之妙,沾溉后人不浅",其实,白居易的诗在隔句对方面也颇多创获。"新篇日日成,不是爱声名;旧句时时改,无妨悦性情"(《诗解》)是如此,他的《夜闻筝中弹潇湘送神曲感旧》也是这样:

縹緲巫山女,归来七八年。

殷勤湘水曲,留在十三弦。

苦调吟还出,深情咽不传。

万重云水思,今夜月明前。

对于这首诗,乾隆《唐宋诗醇》的评语是:"一气转折,灵空缥缈,落句不减江上峰青。"我们这里要欣赏的,是它的隔句对的妙用。公元819年春天,四十八岁的白居易从江州司马任上迁忠州刺史,经湖南岳阳出洞庭湖溯长江而上,于是年三月底到达忠州,沿途写了《登岳阳楼》、《夜入瞿塘峡》等诗章。第二年夏天,他从忠州被召回长安。从上述这首诗中的"归来七八年"的句意看来,这首诗当是时隔七八年之后,在长安的一个晚上听到有人用筝弹《潇湘送神曲》而写成的。它的隔句对,不是完全用于中间两联,而是用于首联与颔联,"缥缈巫山女"和"殷勤湘水曲"隔句相对,以地名点出了地点和曲调,"归来七八年"和"留在十三弦"隔句相对,以数字说明了时间和乐器。这样的两联,是以下"苦调"与"深情"的张本,也是诗人在月明之夜被撩起万重云水之思的形象依据。在艺术上,这种诗句亦俪亦散,化而不板,在严整之中不乏参差错落之致,在法度之中又横生活泼摇曳之情。

隔句对在诗中常可以见到踪影,也经常出没于诗之后的词中,因为词的篇幅尤其是长调的篇幅较诗为大,句数更多,隔句对也就有了更多的用武之地,特别是在《沁园春》这一词牌之中。如辛弃疾的《沁园春·灵山齐庵赋时筑偃湖未成》:"似谢家子弟,衣冠磊落;相如庭户,车骑雍容。"如刘过的《沁园春》:"爱纵横二涧,东西水绕;两峰南北,高下云堆。"如刘克庄的《沁园春·梦孚若》:"叹年光过尽,功名未立;书生老去,机会方来。"在上述词作中,"一字逗"的"似"、"爱"、"叹"分别领出下面的十六字句,构成隔句之对,极具对称性,对称中又有变化的形式之美,有如精妙幻丽的万花筒。

　　正如长江的后浪跟踪着前浪而来，当代的新诗人要有所成就，绝不能否定古典诗歌的优良传统，绝不能一味附和"横的移植"而否定"纵的继承"，而要含英咀华，更要推陈出新，成为其来有自而声势一新的后浪。诗人郭小川在20世纪50、60年代之交的作品，在诗体形式上作了许多有益的探索，特别是吸收了对偶的美的元素而结撰成章，如《望星空》、《乡村大道》、《厦门风姿》、《甘蔗林—青纱帐》、《茫茫大海中的一个小岛》等。例如《望星空》的片段："我爱人间/我在人间生长/但比起你来/人间还远不辉煌/走千山/涉万水/登不上你的殿堂/过大海/越重洋/饮不到你的酒浆/千堆火/万盏灯/不如一颗小小星光亮/千条路/万座桥/不如银河一节长。"又如《甘蔗林—青纱帐》的片段："南方的甘蔗林哪，南方的甘蔗林！你为什么这样香甜，又为什么那样严峻？北方的青纱帐啊，北方的青纱帐！你为什么那样遥远，又为什么这样亲近？//我们的青纱帐哟，跟甘蔗林一样地布满浓阴，那随风摆动的长叶啊，也一样地鸣奏嘹亮的琴音；我们的青纱帐哟，跟甘蔗林一样地脉脉情深，那载着阳光的露珠啊，也一样地照亮大地的清晨。"这些写于20世纪50年代那一特殊时世中的名作，不仅表现了诗人的生命智慧与过人胆识，而且其精美整饬的形式与华丽高蹈的气派，也正是吸收了古典诗词歌赋中对仗以及排比铺陈之长处的结果。今日蓦然回首，往事重温往诗也重温，它们已更是空谷足音了。

以画笔为诗笔

——杜牧《山行》

　　在我国诗歌史上,苏东坡称道王维"诗中有画",千百年来传为美谈,并成了评论诗歌的重要美学原则之一。其实,力避抽象的概念和枯燥的说教,捕捉和熔铸鲜明动人的意象,将现实生活和思想感情图画化,不仅是王维同时也是唐代其他优秀与杰出诗人的基本艺术手段。

　　前人曾赞美杜甫的作品"总得画法经营位置之妙"(王嗣奭《杜臆》),欣赏白居易的诗作"工致入画"(杨慎《升庵诗话》)。我以为,杜牧的许多诗章也可以得到这种荣誉,如他的名作《山行》:

　　　　远上寒山石径斜,白云生处有人家。

　　　　停车坐爱枫林晚,霜叶红于二月花。

杜牧(803—852),字牧之,号樊川,京兆万年(今陕西省西安市)人。他诗、赋、古文均擅,书、画亦精。其《樊川诗集注》以及外集、别集中共存诗四百余首。在晚唐的诗坛上,他是蔚然大家而与李商隐齐名的诗人。清人刘熙载《艺概》曾说:"杜樊川诗雄姿英发,李樊南诗深情绵邈。"因为有李白在前,人称李商隐为小李,有杜甫在前,人称杜牧为小杜,与李商隐合称"小李杜"。其诗风英爽俊逸,擅长七言律诗和七言绝句,而尤以绝句为佳。杜牧的七绝今日约存一百六七十首,以"咏史"与"写景"两类为最胜。如《过华清宫绝句三首》、《江南春绝句》、《赤壁》、《泊秦淮》、《清明》等,都是或风华秀发或情韵深长的名篇。《山行》一诗,也是他绝句中的上品。诗人二十五岁时曾游湖南澧县,虽不能断言这首诗写于长沙,但岳麓山上闻名遐迩的爱晚亭却因此得名。

丹青吟咏,妙处相资。杜牧擅画,其画今日虽已不存,但宋代的书画大家米芾尚曾见到,在其所著的《画史》中称赞为"精彩照人"。杜牧诗笔而兼画笔,他借鉴了绘画艺术中构图与色彩等方面的重要艺术手段,使得其诗宛如大画家挥洒成的一幅出色的"枫林秋晚图"。清代《李调元诗话》说:"杜牧之诗,轻倩秀艳,在唐贤中另是一种笔意,故学诗者不读小杜诗必不韵。"这种"轻倩秀艳"的风致,从《山行》一诗中也宛然可掬。

这首诗从整体构图来看,颇见诗人经营方位的匠心:前两句勾画的是高远的背景,即仰视的远景,远处寒山萧索,一条石径盘旋而上,白云缭绕的山林深处,竹篱茅舍炊烟袅袅的农家隐约可见。"白云生处有人家",有版本"生"作"深",我以为作"生"为佳,更富动感,即西方经典文艺美学名著《拉奥孔》(莱辛著)中所谓之"化美为媚"。"媚",即动态之美。后两句渲染的是一幅平视的近景:"坐","因为"之意,近处的山路旁,夕照中的枫林分外红艳,诗中人物不禁为之停车驻足,流连欣赏而不忍离去。总之,诗人笔下,远景与近景结合,层次分明而中心突出。

杜牧对于色彩的感受力本来就特别敏锐与强烈,他的诗差不多每一首都有色彩字,而如同李贺喜用"白"字,温庭筠喜用"红"字一样,杜牧最喜欢用"碧"字,他的全部诗作用碧色绘彩的至少有六十处以上,而《山行》的画笔点染却又另具一格。此诗特别引人瞩目之处除构图之外,就是色彩美。杜牧驱遣的是诉之于读者想象的文字,不是画家的直接诉之于观者视觉的线条和色彩,但是,他却充分利用了我国文字便于虚摹引人联想的长处,在他语言的调色板上显示了他高明的诗艺:前二句中灰色的寒山、灰白的石径、白色的云彩，在绘画术语中都称之为"冷色"，由这些色彩构成的情调称为冷调子，给人以肃杀凄清的感受；后两句笔墨顿变，以深红重彩渲染火一般燃烧的枫林，让这种"暖色"统御整个画面。如同清人刘邦彦《唐诗归折衷》中所说："妙在冷落中寻出佳景。"这样，全诗不仅色彩鲜明，历历如绘，而且冷暖色调相反相成的对比与衬托，使得如火枫林在画面上显得十分突出，宛如一帧明丽的水彩，令人过目不忘。清代何焯《唐三体诗评》认为："'白云'即是炊烟，已起'晚'字；'白'、'红'二字，又相映发。'有人家'三字下反接'停车'，'爱'字方有力。"他也约略看到了此中讯息。

　　我国的诗论强调"诗中有画"，我国的画论则强调"画中有诗"，并且以"气韵生动"作为绘画的准则。由此可见，任何艺术都必须有"诗"——鲜明独特的意象之中，包蕴着令人动情动心之美好强烈的情感和新颖深刻的思想，何况是诗歌本身呢？清代黄生《唐诗摘抄》评杜牧此诗说："诗中有画，此秋山行旅图也。"黄叔灿《唐诗笺注》更进一步指出："'霜叶红于二月花'，真名句。诗写山行，景色幽邃，而致也豪荡。"因此，一首诗如果一味铺金敷粉，只顾刻翠雕红，尽管形象鲜明，也不过是纸花一朵。杜牧这首诗不仅"诗中有画"，而且高怀逸致，豪兴飞扬，从"霜叶红于二月花"这不凡的警句中，我们不是可以强烈地感受到那昂扬向上的情绪和青春奋发的生机，我们不是可以得到许多关于人生的智慧与启示吗？

　　清人洪亮吉《北江诗话》中说"小杜最喜琢制奇语"，这话固然不错，但我以为奇语里必须以"奇情"作内涵。沈德潜在《唐诗别裁》中特地指出"牧之绝句，远韵远神"，杜牧在《献诗启》中也自许"某苦心为诗，本求高绝"。我想，如果《山行》中没有寄寓美好高远的情思，那也绝不会至今传唱不衰。唐人咏枫之诗，如初唐崔信明的残句兼名句"枫落吴江冷"，如宋之问的"林暗交枫叶，园香覆橘花"（《过蛮洞》），如白居易的"林间暖酒烧红叶，石上题诗扫绿苔"（《送王十八归山寄题仙游寺》），如张继的"月落乌

啼霜满天,江枫渔火对愁眠"(《寒山寺》),均不及杜牧之作的蓬勃热烈生
机奋发,用今日的语言,他的这一作品充满了"正能量"。杜牧之后,历代
同以《山行》为题的诗不少,如清诗人施闰章有"野寺分晴树,山亭过晚霞。
春深无客到,一路落松花",吴承泰有"苍峰落日寒,万壑秋声起。白日逐
雪初,行人犹未已",李柏有"漫道桃源路不通,溪行十里道心空。鸟啼流
水落花外,人在春山暮雨中",朱定基有"白云深处树霏微,树里村居尽掩
扉。最是山风好相谑,乱飘红叶点征衣",岂止均未能后来居上,简直是每
况愈下了。倒是康熙年间官桐庐知县的陈衷,其《雪川诗稿》中的《山行》
还颇有新意,值得一读:"山行风暖落花轻,雨过田间野水鸣。自笑微官如
布谷,年年三月劝春耕。"

　　杜牧《山行》诗的思想与艺术之美是永恒的,虽然只是绝句的小小殿
堂,千年之后也总有诗国的朝香者前往进香。历经坎坷的老诗人丁芒在
《菩萨蛮·赠诗人》中说:"白发映朝霞,鲜于二月花。壮心犹未已,笔透千
层纸!"化陈为新,别开新局,抒写的是他不老的诗心与壮心!"秋日寻诗
去,山深石径斜。独行无向导,一路问黄花。"至于当代诗人刘章的《山
行》,清新俊秀,味之不尽,远绍的也正是杜牧之作的一脉心香。燕赵之地
的诗人浪波,与刘章一样也是新旧体诗兼擅,他有《重九山行》一首:"碧涧
轻烟绕,重阳胜早春。疏林红叶俏,野径白云深。拄杖登高岭,行歌逐水
滨。人生无再少,不老是童心!"诗中传扬的,也仍然有杜牧诗的芬芳,但
结尾的精警议论,却是浪波不老的诗心所开放的花朵。

　　这本书稿的二校样寄到之日,内子段缇萦于当日凌晨睡梦中驾鹤仙
游。裂肺撕心之伤,莫过如此也! 我们同学少年时曾数游爱晚亭。内子
并曾在爱晚亭畔之桥头留影。追忆旧梦前尘,作一绝以记恸而附于此文
之尾:"美如昨日枫红艳,摇落今朝忽作尘。怜取眼前人已杳,世间何可再
逢君?!"

诗教与诗艺

——杜牧《云梦泽》

咏史诗,是中国古典诗歌园林中年深月久而风华别具的一枝。优秀的咏史诗作品,是诗与史、诗教与诗艺完美联姻所结出的美果。

我国的古典诗歌历来是重视诗教的。子曰:"小子何莫学夫《诗》?《诗》可以兴,可以观,可以群,可以怨。迩之事父,远之事君,多识于鸟兽草木之名。"(《论语·阳货》)孔子早就提出了这一影响深远的主张。在《礼记·经解》中,又明确记载他"诗教"的观点:"入其国,其教可知也。其为人也,温柔敦厚,《诗》教也。"不管对"诗教"如何理解,对人们起潜移默化的教育作用,总是诗歌的任务之一。同时,我国古典诗歌历来又是十分重视诗艺的,历代诗歌理论家对诗艺作过许多细致深入的探讨,至今都是我们宝贵的遗产,只有那些盲目否定传统、崇洋媚外的"假洋鬼子"才会不屑一顾,而真正优秀的诗人,必然首先是以他们的诗的艺术来征服读者。纵观诗歌发展的历史可以看到,既要注意诗教又要重视诗艺,只有诗教与诗艺完美结合,诗教才能真正深入人心。反之,忽视诗艺,诗不成其为诗,也就从根本上取消了诗教。诗歌中的咏史诗,同样也是如此。

咏史诗,就是题咏历史人物、事件和场景的诗歌。如同一条长河,咏史诗有久远的历史。《诗经》与《楚辞》是中国古典诗歌的两大江河之源,在《诗经·大雅》中的《公刘》、《大明》等诸多篇什中,在《离骚》有关的历史人物与事件的描写里,我们可以遥望咏史诗源头的水影波光。咏史诗这一体裁和名分的正式确立,应归功于东汉班固的《咏史》,以及西晋左思的《咏史八首》。王粲的《咏史诗》、陶渊明的《咏荆轲》、颜延之的《五君咏》等,也有扬波击浪之功。时至诗的黄金时代的唐代,咏史诗在前朝前人的基础上,终于有了空前的开拓与长足的发展,历经初唐、盛唐与中唐,河床拓宽,河道加深,水流丰沛,浪花飞溅。时至晚唐,咏史怀古之作更别有一番气象。

　　杜牧,是晚唐的杰出诗人。他关心时政,忧国忧民,喜欢论政谈兵,志在经邦济世,诗风豪放俊爽。对他的《赤壁》,清人贺贻孙《诗筏》认为"风华蕴藉,增人百感,此正风人巧于立言处"。关于他的《泊秦淮》,清人李锳《诗法易简录》则说:"感慨最深,寄托甚微,通首音节神韵,无不入妙。"这就说明他十分注意诗教与诗艺的结合。在杜牧的作品中,咏史诗占了相当的比重,《云梦泽》就是颇有史识而富于诗意之作:

> 日旗龙斾想飘扬,一索功高缚楚王。
> 直是超然五湖客,未如终始郭汾阳。

亚里士多德认为修辞学的三大原则之一是生动,他认为荷马的作品"其出色之处,端在具体生动之效果,由彼传出"。他又说过:"文字必须将景物置诸读者眼前。"(《修辞学》)"日旗龙斾想飘扬",诗人一开篇就运用"具体呈现法",生动地描画出汉高祖刘邦往游云梦的煊赫景象,而避免抽象的概述和空泛的说教。在这里,"飘扬"具有化美为媚的流动之美,而"想"字则把读者的思绪引入深远的历史回忆。"一索功高缚楚王",第二句紧承上句却又急转直下。原来,刘邦传令诸侯集会于陈,说自己将游云梦,这不过是由陈平设计的捉拿功臣韩信的骗局。韩信在汉弱楚强的情势下离楚助汉,十年之中战必胜,攻必取,真如《史记》所说的"劳苦而功高如此"。然而,"功高"却被裁上"谋反"之名而不免"一索"之"缚",这种矛盾修辞

（西方文艺批评称之为"矛盾法"、"抵触法"或"矛盾语"）所描绘的历史悲剧，不是千载之下还令人追昔抚今而感慨丛生吗？

在后两句中，诗人写了两个历史人物和他们的结局，用来与韩信作比较。"直是"，作"即使、就是"解，是一种假定之辞。两句的诗意是说，即使韩信能像范蠡那样以轻舟浮于五湖而避祸全身，也还是比不上汾阳郡王郭子仪的荣华到头为好呵！这，只是作为读者的我们从诗中所感受到的内蕴，诗人并没有直接说明什么，他笔致开合拗峭而情思深永婉曲，言外不尽之意，令人玩索。杜牧写作此诗，表现了他对于韩信的同情，对于刘邦的批判，对于功成名就全身而退的肯定与向往，如此等等，不一而足。我们今日读杜牧此诗，则可以想见和认识封建集权与极权制度的残酷有如绞肉机，认识权力在握者的人性的缺位、残忍与卑污，权术的险诈可怕，并且可以鉴古而观今，观今而鉴古，古今互证。如同晚唐一位专写咏史诗的作者周昙《闲吟》所说："剪裁千古献当今。"由此可见，《云梦泽》是一篇表现了诗人的慧眼卓识与历史正义感的史论，同时它还是一首虽然不是最高但却是具有相当诗艺水平的诗，人们也首先是欣赏诗，进入诗所构成的意境，然后才在审美过程中接受诗人的思想。

晚唐和杜牧同时而稍后的一位诗人名叫胡曾，曾经作《咏史诗》三卷一百五十首，均为七言绝句。其风格浅白通俗，意存针砭与劝诫。如《荆山》："抱玉岩前桂叶稠，碧溪寒水至今流。空山落日猿哀叫，疑是荆人哭未休。"这是写因楚王不识真玉而将献玉者卞和斫足的故事，可见其诗风格之一斑。正因为咏史而通俗易解，走的是今日所云之"通俗文学"的路线，胡曾之诗从五代到明清，多作为儿童读物与蒙学课本，在宋元讲史评话及明清小说戏剧中也多所引用，其"曝光率"远在杜甫、李商隐、杜牧等大家与名家的咏史诗之上。然而，若只就诗艺而言，却较以上诸家差之远矣。如他的《云梦》："汉祖听谗不可防，伪游韩信果罹殃。十年辛苦平天下，何事生擒入帝乡？"这首诗和杜牧之作题材一样，但除诗情淡薄、思想平浅之外,艺术表现上也相当平板、直露,就像现在某些肤浅平庸抽象直说甚至流于说教的新诗与旧体诗作品一样。纪晓岚就曾批评胡曾说:"议论以指点出之,神韵自远。若但议论而乏神韵,则胡曾咏史,仅有'名论'矣,诗固有理足意正而不佳者。"(《李义山诗集辑评》)而沈德潜在《说诗晬语》中更讥之为"至胡曾绝句百篇,尤为堕入恶道"。是的,诗是文学的最高形式,如果称之为"诗",首先必须是诗,首先必具诗的素质而且是美质,然后才是别的什么,才可能论及其他。19 世纪俄国伟大的民主主义批评家别林斯基,曾经多次指出"艺术首先必须是艺术","庸俗的说教者根本不是诗人","在真正诗的作品里,思想不是以教条方式表现出来的抽象概念,而是构成充溢在作品里面的作品灵魂,像光充溢在水晶体里一般"。(见《别林斯基论文选》,新文艺出版社,1958 年)无独有偶,恩格斯 1847 年评论歌德的创作,发表《诗歌和散文中的德国社会主义》一文(《马克思恩格斯全集》第四卷)。他说:"我们不是从道德的、党派的观点来责备歌德,而只是从美学和历史的观点来责备他。"恩格斯将"美学"与"历史"作为他的文学批评标准,而且将"美学"置之于前,这难道还不足以使我们深长思之吗?

晚唐的李商隐也是咏史诗的大家,他有咏史诗六十八题,共八十首,其中多有精光四射之作。杜牧的咏史诗的成就,即使不说出于李商隐之上,至少也可比肩,故世人美称他们为"小李杜"。杜牧之咏史诗共有三十六题四十二首,数量虽少于李商隐,且多为七言绝句,但差不多均为目光如炬天地别开的精金美玉之作。如人所熟知的"折戟沉沙铁未销,自将磨洗认前朝。东风不与周郎便,铜雀春深锁二乔"(《赤壁》),如众口传诵的"胜败兵家事不期,包羞忍耻是男儿。江东子弟多才俊,卷土重来未可知"(《题乌江亭》)等名篇俊句,都达到了史识与诗才、诗情与哲理、诗歌与诗艺的完美结合。今日的新诗与旧体诗创作,咏史诗尚是一个颇为薄弱的环节,文过饰非者多,虚夸不实者多,随风唱影者多,浅陋说教者多,究竟有多少作品可以望见前贤的光荣和光辉呢?

情景分写

——马戴《落日怅望》

　　情与景,是抒情诗的主要内涵,它们密不可分,近似于云彩之与天空,红花之与绿叶;情景交融,是许多优秀抒情诗作的重要艺术手段,如同天空因云彩的变幻而生辉,红花因绿叶的衬托而增艳。

　　在诗人们的笔下,所抒发的感情和所描绘的时空意象浑然一体,情景达到了水乳交融莫之能辨的程度,确实可以大大增强作品的美学感染力。但,就像我们对于生活中的现象常常不能作绝对化的理解一样,对艺术上的一些表现手段也同样不能绝对化,情景交融固然是一种重要的诗艺,然而有的诗作却并非以情景交融见长,而是以情景分写取胜。如王之涣的《登鹳雀楼》,"白日依山尽,黄河入海流",是以写景为主,而"欲穷千里目,更上一层楼",则重在抒情;如杜牧的《重送绝句》:"绝艺如君天下少,闲人似我世间无。别后竹窗风雪夜,一灯明暗覆吴图。"前两句虚笔写情,后两句实笔写景("覆吴图"句指诗人独自在灯下打谱下棋),取南宋赵师秀《约客》"有约不来过夜半,闲敲棋子落灯花"诗意,虚实相生,没有一字说破,却把对友人的怀想表达得分外婉曲动人。

　　情景叠叙的例子在绝句中很多,在律诗中也不为少见,即以马戴的作品而论,他的五律《送柳秀才往连州看弟》就是情景双叠:"离人非逆旅,有弟谪连州。楚雨沾猿暮,湘云拂雁秋。兼葭行广泽,星月棹寒流。何处江关锁？风涛阻客愁。"首尾两联写人情，中间两联写景物，情景贯通而饶有变化。在有才华的诗人的笔下，本来可以鱼龙百变，风雨分飞。

马戴，生卒年里不详，《唐才子传》谓其为华州（今陕西省渭南市华州区）人，一说曲阳（今江苏省连云港市东海县西南）人。晚唐名诗人，以五律见长，除风格豪宕的边塞诗外，他还长于抒写失意之情与羁旅之思。对于马戴的作品，历代许多诗论家都给予了相当高的评价。元人辛文房《唐才子传》说："戴诗壮丽，居晚唐诸公之上，优游不迫，沉着痛快，两不相伤，佳作也。"其《楚江怀古三首·其一》云："露气寒光集，微阳下楚丘。猿啼洞庭树，人在木兰舟。广泽生明月，苍山夹乱流。云中君不见，竟夕自悲秋。"明人胡震亨《唐音癸签》谓此诗"风致自绝"。清人沈德潜《唐诗别裁》在《落日怅望》一诗之下的评语则是："意格俱好，在晚唐中可云轩鹤立鸡群矣。"沈德潜所说的"意"，是指这首诗的思想感情，全诗抒写的是乡愁这一中国古典诗歌的传统主题，曲折地表现了诗人自己的坎坷不遇，然而并不显得衰飒；而所谓"格"，除了品格、风格之外，含义之一当是指谋篇布局方面的艺术技巧，即一般所说的格局。马戴《落日怅望》这首诗艺术上最突出的特色，我以为就是"情景分写"，这是马戴在流寓异地的秋天落日时分，以他的短笛所吹奏的情景兼胜的望乡之曲：

> 孤云与归鸟，千里片时间。
> 念我何留滞，辞家久未还。
> 微阳下乔木，远烧入秋山。
> 临水不敢照，恐惊平昔颜！

唐宣宗李忱大中初年，马戴被太原军幕府李司空辟掌书记，后以正言被斥，贬为朗州龙阳尉，龙阳即今常德市辖下青草湖畔的汉寿县。诗人有史可查的就是这一次贬逐。从全诗特定的情景来看，《落日怅望》与《楚江

《怀古》一样，当都是写于他被贬为龙阳尉之时。

　　伤离念远，这本来是人之常情，更何况是冷落的清秋时节，因贬逐而羁旅他乡呢？诗人在黄昏日落时分，满怀惆怅地遥望乡关，首先跃入眼帘的是仰望时所见的景物："孤云与归鸟，千里片时间。"孤云飞逝，宿鸟归巢，这是眼前的实景，然而诗人也可能是潜意识里受到前辈如李白以景寄情的诗句的启发吧？"众鸟高飞尽，孤云独去闲。"（《独坐敬亭山》）"玉阶空伫立，宿鸟归飞急。"（《菩萨蛮》）诗心，原是可以穿越时间和空间而相通的。晚云孤飞于天际，归鸟投宿于林间，凭着它们有形和无形的羽翼，虽有"千里"之远也"片时可达"。"千里江陵"而"一日还"，李白以空间之辽远和时间之短暂作对比，写出船行之速及自己的欢快之情；马戴则以"千里"与"片时"的映照，写出云、鸟飞行之速及自己的惆怅之感，出自同一机杼而又各呈其妙。

　　首联所描绘的景物是诗人"怅望"所见，已经不是纯客观的景物描写了，而且这种景物又是触发诗人情思的契机和媒介："念我何留滞，辞家久未还。"颔联由外界景物的描绘自然地转入内心感情的直接抒发，诗人久别故里而留滞异乡，与"孤云"、"归鸟"之自由来去形成鲜明的反照，不言惆怅而满纸生愁！因此，红学家俞平伯之父俞陛云在《诗境浅说》中，要赞之为"笔势超拔，在晚唐诗中，可称杰作"。日暮乡关何处是，诗人在沉思冥想之中抬起头来，继续极目眺望："微阳下乔木，远烧入秋山。"颈联的景物描写不但切合诗人眼前的情境，而且由近到远，层次分明。夕阳从近处的树梢往下沉落，它的余光燃烧在远远的秋山之上，渐渐隐没在山的后面，"入"字写出夕照的逐渐暗淡，也表明了诗人伫望之久，忆念之殷。日暮客愁新，诗人的乡关之思呢？自然也随着夕阳的沉落而飞驰到遥远的天边了。然而，诗人虽然神思飞越，但他毕竟还是身在异乡，他终于又从远望遐思之中回到了现实："临水不敢照，恐惊平昔颜！"尾联又以抒情之笔出之，故里难归，年华老去，全诗就在如斯感慨生情的状态中收束，留下了袅袅的余音。

　　马戴这首诗,一联与三联写景,二联与四联抒情,采取的是情景夹写方式中的一种。岑参的《使君席夜送严河南赴长水》也是同一章法:"娇歌急管杂青丝,银烛金杯映翠眉。使君地主能相送,河尹天明坐莫辞。春城月出人皆醉,野戍花深马去迟。寄声报尔山翁道,今日河南胜昔时。"在诗中,景是实的,情是虚的,情景夹写、虚实相间的结果,景使抽象无形的情有了凭借,使得情具体可触而富于韵味;而情使景有了灵魂,不致成为没有生命的拙劣图片。如此相辅相成,化抽象为具体,变无情为有情,愈觉景色宛然,情思无限。同时,这种情景分设的写法,转接灵活,流动自然,加强了诗的变化之美与流动之美,没有那种全篇写景或全篇抒情所易犯的堆砌与枯涩的弊病,而且还常常能熔铸出令人动心的警句。杜甫《蜀相》的结句"出师未捷身先死,长使英雄泪满襟",文天祥《过零丁洋》的结句"人生自古谁无死?留取丹心照汗青",就是在景物的描写后以议论出之,大吕黄钟,令人惊心动魄!

　　清人仇兆鳌在《杜诗详注》中,早就指出杜诗有所谓"景到之语"和"情到之语",有"一句说景,一句说情者",有"一景一情两层叠叙者"。李重华《贞一斋诗说》也认为:"诗有情有景,且以律诗浅言之,四句两联,必须情景互换,方不复沓。"他所说的"情景互换",就是"情景分写"。当然,这种分写绝不是分割,而是情中有景,景中有情,彼此独立而又互相渗透,共同构成诗的永不凋敝的美。马戴这一支望乡之曲就是这样,它越过一千多年的历史长河遥遥传来,仍然能挑动我们心的弦索,荡起不绝的回声。

诗的倒装

——温庭筠《碧涧驿晓思》

  诗的倒装,有如三峡中倒流的波涛,有如大野中变向的回风,是诗歌语言艺术中一种变常为奇的艺术。

  诗中的倒装,是指变化语言的常态性的秩序即顺序,或颠倒诗句中文字的先后,或颠倒诗篇中诗句的次第,或颠倒全诗的时间顺序结构,总之,改变词序、句序、结构顺序的倒装而形成"错位"的倒序,它能够化常为奇,化板为活,化平淡为劲健,强化诗的气势,耸动读者的耳目,从而获得一种特殊的美学效果。

  在我国第一部诗歌总集《诗经》中,就已经出现了倒装,如《郑风·褰裳》中的"子不我思,岂无他人?狂童之狂也且","子不我思"就是"子不思我",是语法中动宾关系的倒置。但是,这种倒装如同《论语·子罕》中的"吾谁欺?欺天乎"一样,在先秦文学中是由当时所通行的语法所决定的,乃文言语法的倒置,并不具有后代的修辞学或语言技巧的意义。从修辞或构思艺术上来认识倒装,并积累许多仍然值得今天的诗作者吸取的经验,那至少是先秦以后的诗人文士努力的结果。

  先看字词的倒装,即句法中词序的颠倒。杜甫《望岳》中的"荡胸生层云,决眦入归鸟"写极目远望,因为句法的奇特,宋代的刘辰翁甚至认为"'荡胸'语,不必可解,登高意豁,自见其趣"(分别见明人周敬、周珽辑《唐诗选脉会通评林》，清人杨伦笺注《杜诗镜铨》）。其实，诗人在这里正是运用了"字的倒装"的技巧。诗人本来的意思是"望层云之生而胸为之荡，望归鸟之入而眦为之裂"（清人吴瞻泰《杜诗提要》），然而，如果这样按常规的说法写来，便成了"望层云胸荡，看归鸟眦裂"之类，虽然语意顺达却十分平庸，缺乏奇创之趣，而且平仄失调。现在将"荡胸"与"决眦"分别倒装在一句之首，语用倒挽，便使人觉得笔力劲健，语势曲折。这种把一句中本来在后面的字倒装在前面的例子，在杜甫诗中还有很多。清人黄生《杜诗说》谈到杜甫《秋兴八首·其七》的三、四句"织女机丝虚夜月，石鲸鳞甲动秋风"时说："并倒押句，顺之则'夜月虚织女机丝，秋风动石鲸鳞甲'也，句法既奇，字法亦复工极。"他称"倒装"为"倒押"。明人王世贞《艺苑卮言》则称为"倒插句"。明代李东阳在《怀麓堂诗话》中也说："诗用倒字倒句法，乃觉劲健。如杜诗'风窗展书卷'、'风鸳藏近渚'，'风'字皆倒用。至'风江飒飒乱帆秋'，尤为警策。"除以上所引例句，我认为杜甫的"香稻啄余鹦鹉粒，碧梧栖老凤凰枝"（《秋兴八首·其八》）、"露从今夜白，月是故乡明"（《月夜忆舍弟》）、"名岂文章著？官应老病休"（《旅夜书怀》）等，无一不是避免了语言的平直，而获得了新奇峻健的艺术效果。

在一句之中把本来在前面的字倒置于后，也是用字倒装之一法。如唐诗人陈羽《从军行》的结句"横笛闻声不见人，红旗直上天山雪"，他本来是写直上大雪覆盖之天山的红旗，不论平仄，其意可以书为"雪山直上见红旗"，现在一经倒用，便使红旗之红与白雪之白构成极为鲜明警动的对照性意象，而且使行军中的红旗更富动态之美，更见军容之豪壮。唐代女诗人薛涛《筹边楼》的"平临云鸟八窗秋"也是这样，本来说高楼上的窗户与白云和飞鸟比高，秋光秋色映进窗来，如此倒用之后，不仅避免了平铺直叙的弊病，而且使得名词性的"秋"兼有了动词的意味和动态感，和杜甫的"秋帆乱"倒装为"乱帆秋"，有异曲同工之妙。

再说句的倒装。清人洪亮吉在《北江诗话》中指出了倒句法的奇妙的效果："诗家例用倒句法,方觉奇峭生动。"如对李白《赠汪伦》中"桃花潭水深千尺,不及汪伦送我情",一般只是指出这首诗妙用比喻,而很少谈到它的倒装。沈德潜在《唐诗别裁》中则认为:"若说汪伦之情比于潭水千尺,便是凡语,妙境只在一转换间。"他所说的"转换",其实也就是倒装。的确,诗句一经倒装之后,便仿佛神话中的魔杖那么一挥,出现了一个不同凡俗的美的境界。至于王维《观猎》的起联"风劲角弓鸣,将军猎渭城",韩愈《雉带箭》的结句"将军大笑军吏贺,五色离披马前堕",李商隐《马嵬》的颈联"此日六军同驻马,当时七夕笑牵牛",都是在上下句之间一用倒说便顿然换境的笔墨。

　　不过,人们注意的多是词序和句式的颠倒,少有人从全诗的艺术构思整体上去探讨倒装。但在谈到杜甫在四川所作《野人送朱樱》"西蜀樱桃也自红,野人相赠满筠笼。数回细写愁仍破,万颗匀圆讶许同。忆昨赐沾门下省,退朝擎出大明宫。金盘玉箸无消息,此日尝新任转蓬"诗时,清人施补华《岘佣说诗》才独到地指出:"意中先有昔为朝官与赐樱桃之事,然使即从当时与赐说起,转到野人之送,以寄凄凉,便是直笔俗笔。少陵却作倒装,'西蜀樱桃也自红'只'也自红'三字,已含下半首矣。"后来许印芳也说:"章法倒装,不肯平铺直叙。"(《瀛奎律髓汇评》)。我以为,温庭筠的《碧涧驿晓思》,也正是从整体艺术构思上提供了倒装的范例:

　　　　香灯伴残梦,楚国在天涯。

　　　　月落子规歇,满庭山杏花。

温庭筠(约812—约866),本名岐,字飞卿,太原祁(今山西省晋中市祁县)人,是晚唐的诗家兼词家。他才思敏捷,"八叉手成八韵"(宋孙光宪《北梦琐言》),所以时人称之为"温八叉"或"温八吟",诗和李商隐齐名,世称"温李"。他又是唐代第一个大量填词的词家,今存词六十余首,与韦庄并称,影响深远,历来都认为他是"花间词派"的开山祖。徐商镇守湖北襄阳时,仕途很不得意,而已经四十多岁的温庭筠曾去依附他,被署为巡官之职。温庭筠《碧涧驿晓思》和其他一些作品,就作于羁游湖北之时。

按照时间的自然发展顺序,这首诗应该写成:"月落子规歇,满庭山杏花。香灯伴残梦,楚国在天涯。"诗人黎明时分醒来之后,在碧涧驿的庭院中闲步,他抬头四望,夜月已经西沉,曾经撩动他满怀离情别绪的杜鹃鸟,也已经停歇了它们带血的啼啭,环顾周围,满庭的山杏花送来阵阵清芬,而室内桌上的灯光还在黎明前的昏黑中摇曳,斯时斯境,诗人不禁回想起昨夜的梦境,并清醒地意识到自己现在原来是远在他乡,置身于远在天涯的楚国!——假若这样先景后情地顺序说来,自然也无不可,但总觉有些平浅和熟套,而且以"楚国在天涯"收束,作为一首短小的绝句来说,也缺乏深长的余韵。现在,虽然全诗没有更换任何字句,但却去熟生新,化板为峻,倒摄后半,章法奇警,获得了迥然不同的诗美意趣。

这里的艺术秘密,就在于不沿陈法、变换常序的倒装。请看,诗人将重在抒情的两句移在诗的前面,他虽然没有也不必去具体说明"梦"的内容,但却富有意蕴的暗示性和丰富性。然后,诗人将写景的两句倒装在诗的后面,这种诗艺叫作"以景截情"或是"以景结情"。就是在抒情句之后以写景句去截断或承接,这样,就使得前面的情深深地渗透到后面的景物之中,在读者的想象活动中扩大了诗的容量,同时,语用倒挽,见曲折,见张力,平添了一番新奇隽永的情味。试想,如果顺理成章地以"香灯伴残梦,楚国在天涯"作结,那等待着读者的,不就是平直与乏味这一枚苦涩的果实吗?

宋代陈善在《扪虱新话》中记载,王安石曾把杜荀鹤《雪》诗中的"江湖不见飞禽影,岩谷惟闻折竹声",改为"禽飞影"与"竹折声",把王仲至《试馆职》诗中的"月斜奏罢长扬赋",改为"月斜奏赋长扬罢",王安石并认为"如此语健"。这是有道理的。在现代旧体诗中,如鲁迅的"坟坛冷落将军岳,梅鹤凄凉处士林"(《阻郁达夫移家杭州》),正是倒装逆插之笔,是钱锺书在《管锥编》中所说的"不通"之"通"。在新诗创作中,根据诗的情境运用倒装,也同样能化平板为劲健悠永。台湾名诗人郑愁予《残堡》一诗中的"趁夜色/我传下悲戚的'将军令'/自琴弦"即是。台湾诗人杨牧在《郑愁予传奇》一文中曾评论说:"倒装句法的使用,造成悬疑落合的效果。"

《诗·齐风·东方未明》中说:"东方未明,颠倒衣裳。颠之倒之,自公召之。"古时上衣下裳,此诗讽朝廷号令不时,兴居无节,小官吏的手忙脚乱,举止失措。后来用以比喻伦常失秩,顺序混乱。汉语之语法规律讲究语言的秩序,如果随心所欲地颠倒衣裳,就会不知所云无法交流,但是,语倒则峭,有时为了增强语言的另类表达效果,可以打破或突破常规地颠之倒之。如同钱锺书在致周振甫信中所说:"文法(兼指实用性修辞)要求文从字顺,而修辞(指文艺性的修辞)则每反常规,破律乖度,重言稠叠而不以为烦,倒装逆插而不以为戾,所谓'不通'之'通'。"(《谈艺录》)运用之妙,在乎一心,让我们今日的诗歌创作中也有些大江的漩流和原野的回风吧!

诗的舞蹈

——温庭筠《商山早行》

在中国古典诗歌意象艺术中,有一种极为高明的同时也是富于民族艺术传统特色的诗艺,那就是清代方东树在《昭昧詹言》中所说的"语不接而意接",西方诗论所说的"意象脱节"。

倡导"脱节"译法的,是美国加利福尼亚大学华裔学者、诗人叶维廉。在他的《中国诗学》中,他从比较诗学的角度,举述了许多中国古典诗例,论证了中国古典诗与英美现代诗美学的汇通。他认为杜审言《和晋陵陆丞早春游望》中的"云霞出海曙,梅柳渡江春",可以有两种译法,一是"云和雾在黎明时走向大海,梅和柳在春天越过了大江",一是"云和雾/向大海/黎明/梅和柳/渡过江/春",他认为后一种译法较前一种译法为佳,因为他觉得"缺失的环节一补足,诗就散文化了"。

意象派是现代西方诗歌和美学流派之一,产生于 20 世纪初,盛行于20 世纪上半叶,主要代表人物是美国的庞德、洛威尔和英国的阿尔丁顿等人。开创意象脱节的翻译法先例的,是西方意象派的祭酒庞德。对于李白《古风》其六与其十四中的"惊沙乱海日"和"荒城空大漠"两句,他是这样翻译的:"惊奇。沙漠的混乱。大海的太阳。""荒凉的城堡。天空。广袤的沙漠。"庞德从翻译中见识了我们的唐诗之后,从中领悟到意象脱节这样一种奇妙的技巧,并化用到他的创作之中去,如《诗章》第四十九:

"雨；空旷的河，一个旅人。秋月；山临湖而起。"而他的名作《地铁站台》初稿是三十六行，最后压缩为两行，发表时是如此分行排列的，有如飘逸的舞步：

> 人群中　　出现的　　那些脸庞
> 潮湿黝黑　树枝上的　　花瓣

对于他的这一作品，论者认为他是在自觉地追求中国方块字的意象脱节的艺术效果。西方的碧眼黄髯儿尚且漂洋过海来朝拜我们的唐诗，我们的当代诗人难道还可以"藏金于室而自甘冻饿"吗？

这里，且让我们越过一千多年的时间长河，去看看晚唐诗人温庭筠在清晨商山道上的且歌且舞，那就是他的名作《商山早行》：

> 晨起动征铎，客行悲故乡。
> 鸡声茅店月，人迹板桥霜。
> 槲叶落山路，枳花明驿墙。
> 因思杜陵梦，凫雁满回塘。

商山，在今陕西省东南部的商洛市商州区之南，原名楚山，旁有楚水，今名刘家峪水，流入丹江。从山水之名，也可证明这里是楚国的发祥地和势力范围之一。温庭筠这首诗从整体来看固然不错，但它之所以声名远扬，主要还是由于第二联："鸡声茅店月，人迹板桥霜。"关于这一联，除了清代颇有见地的诗评家薛雪在《一瓢诗话》中一时失手，竟然批评它是"村店门前对子"之外，曾得到许多论者的赞赏。例如一代文宗欧阳修，不仅在《六一诗话》中誉之为"道路辛苦，羁旅愁思，岂不见于言外乎"，而且还仿作了并没有出蓝之美的两句："鸟声梅店雨，野色柳桥春。"（《过张至秘校庄》）明代李东阳的评论则不但是从诗的意象着眼,同时还初步接触到了温诗意象组合诗艺的特色,比欧阳修大大深入了一步,他说:"'鸡声茅店月,人迹板桥霜',人但知其能道羁愁野况于言意之表,不知二句中不用一二闲字,止提掇出紧关物色字样,而音韵铿锵,意象具足,始为难得。"(《麓堂诗话》)温庭筠这一联,只是生活和他的心灵交会时所发出的诗之光亮,他也许并没有自觉地意识到他是运用了何种技巧,然而,这并不妨碍诗论家们上升到理论的高度,称之为"语不接而意接",或曰"意象脱节"。

　　意象脱节的诗艺特征,就是根据汉字的象形和一字一意的特点,在诗句的组织构造上,努力省略介词、连词、语气词等虚词,而只让实词特别是其中的名词组合在一起构成诗的意象。这是语法标记十分明确的印欧系语言所无法做到的,因为在汉语言文字里,关系词的有无可以有很大的伸缩性,而印欧语系有关系词的地方则不能省略。在温庭筠之前,杜甫已经探索了此种诗艺的奥妙,他曾经点化庾信的"终封三尺剑,长卷一戎衣"为"风尘三尺剑,社稷一戎衣"(《重经昭陵》)。他在湖南衡阳送人去广州的诗中,也有"日月笼中鸟,乾坤水上萍"(《衡州送李大夫七丈勉赴广州》)之句。此外,"西山白雪三城戍,南浦清江万里桥"(《野望》)、"水落鱼龙夜,山空鸟鼠秋"(《秦州杂诗》)、"风烟巫峡远,台榭楚宫虚"(《赠李八秘书别三十韵》)、"白狗黄牛峡,朝云暮雨祠"(《奉使崔都水翁下峡》)、"细草微风岸,危樯独夜舟"(《旅夜书怀》)、"水阔苍梧野,天高白帝秋"(《暮秋将归秦,留别湖南幕府亲友》),等等,都是意象脱节的范例。

　　早在宋代,吴沆在《环溪诗话》中就曾引张右丞的话,论及老杜的这种诗艺,他说:"杜诗妙处,人罕能知。凡人作诗一句,只说得一件物事,多说得两件。杜诗一句,能说得三件、四件、五件物事。……且如'重露成涓滴,稀星乍有无',也是好句,然'露'与'星'只是一件事。如'孤城返照红将敛,近市浮烟翠且重',亦是好句,然有'孤城',也有'返照',即是两件事。又如'鼍吼风奔浪,鱼跳日映沙',有'鼍'也,'风'也,'浪'也,即是一句说三件事。如'绝壁过云开锦绣,疏松夹水奏笙簧',即是一句说了四件事。至如'旌旗日暖龙蛇动,宫殿风微燕雀高',即是一句说五件事。惟其实,是以健;若一字虚,即一字弱矣。"到了清代,黄生在《杜诗说》中谈到杜甫《雨夜更题》中"直怕巫山雨,真伤白帝秋。群公苍玉佩,天子翠云裘"这两联时说:"下联句中不用虚字,谓之实装句。苍玉佩,翠云裘,点簇浓至,与三四寥落之景返照,此古文中写照传神之妙。"温庭筠继承了老杜的"实装句"的诗艺,"鸡声茅店月,人迹板桥霜"每句全是用三个实体性的名词组合,省略了其中关联词语,意象极为鲜明突出。从这里,可以看到意象脱节的诗艺遣词造句的特点。

意象脱节的诗艺,能极大地增强诗的意象密度,以及诗句的劲健的张力。同时,因为意象与意象之间省略了那些关联的成分,语虽不接而意蕴若断若续,所以就提供了广阔的让读者联想和想象的天地。在温庭筠的诗中,"鸡声茅店月,人迹板桥霜"十个字表六件事物,密度极高,力度极强,写他乡郊野的旅况,时间是从五更时分到天色微明,景物是听觉形象与视觉形象相交织,人物的内心情感完全交融在所描绘的周遭景色之中。六个名词,像六盏聚光灯照耀,具有极为强烈集中的效果;又像江上流云掩映的数座青峰,让人们去遐想和补充峰峦之间的空白。与温庭筠同时的诗人李商隐经过湖南长沙时,在他的《潭州》诗中也有"陶公战舰空滩雨,贾傅承尘破庙风"之句。在温庭筠之后,宋人黄庭坚《次元明韵寄子由》中的"春风春雨花经眼,江北江南水拍天",《寄黄几复》中的"桃李春风一杯酒,江湖夜雨十年灯",陆游《书愤》中的"楼船夜雪瓜州渡,铁马秋风大散关",金元之交的诗人元遗山《甲辰秋留别丹阳》中的"严城钟鼓月清晓,老马风沙人白头",元人马致远《天净沙·秋思》中的"枯藤老树昏鸦,小桥流水人家,古道西风瘦马",元人虞集《风入松》中的"为报先生归也,杏花春雨江南",都是出自同样的机杼和诗心。在当代新诗与旧体诗创作中,这一诗艺还没有得到足够的重视与运用。早在 20 世纪 30 年代之初,中国新诗的开拓者臧克家就写出了他的代表作之一的《三代》:"孩子,在土里洗澡/爸爸,在土里流汗/爷爷,在土里葬埋。"贺敬之 20 世纪 50 年代中期所作《放声歌唱》中的"春风。秋雨。晨雾。夕阳。⋯⋯轰轰的车轮声。嗒嗒的脚步响",以及"五月——麦浪。八月——海浪。桃花——南方。雪花——北方",继承和发扬的就正是古典诗歌中"意象脱节"诗艺的一脉心香。但后继乏人,他们的上述探索至今似乎仍是空谷足音。

诗重比喻,诗论何莫不然? 清初诗论家吴乔在《围炉诗话》对诗文有一著名比喻:"意喻之米,饭与酒所同出。文喻之炊而为饭,诗喻之酿而为酒。"斯言妙哉! 无独有偶,中外同心,法国 20 世纪象征主义名诗人瓦雷里为了说明诗歌与散文的不同,曾在《诗》一文中说:"散文是走路,诗歌是跳舞。"妙哉斯言! 诗不是规行矩步的散步,而是风吹仙袂飘飘举的舞蹈。让我们欣赏那"意象脱节"或者说"语不接而意接"的舞姿而如饮纯醪醺然欲醉吧!

虚实相生的比喻

——雍陶《峡中行》、《题君山》

诗歌需要比喻,有如飞鸟需要奋翮高飞万里长天的翅膀,有如花朵需要动人眼目的色泽和沁人心脾的芬芳。

比喻,就是"借彼喻此",它建立在心理学利用旧经验引起新经验的"类化作用"的基础之上。比喻的基本意义,就在于形象地说明与形容,它可以把艰难深奥的道理说得明白易知,把意义抽象的事理说得浅显具体,对所描绘的事物妙极形容,给人以鲜明深刻的美的印象。因为比喻有如上所述的多方面的作用,所以不但科学文章与哲学著作对它颇为看重,常常给它一席之地,而且更得到作家和诗人的青眼。

我国古籍论及比喻的,大约以《墨子·小取》为最早:"辟也者,举也物而以明之也。""辟",就是比喻;"也物",就是他物。稍后荀子的《非相》篇谈到"谈说之术",也说过"分别以喻之,譬称以明之"的类似看法。以后,刘勰《文心雕龙·比兴》对比喻的涵义和方法作了许多论述。而宋代陈骙在《文则》中不仅将比喻分为十种,而且还大声疾呼:"文之作也,可无喻乎?"在西方,关于比喻的理论说明也出现得相当早。两千多年前的希腊哲人亚里士多德在其名著《修辞学》中,不仅认为"诗与文之中,比喻之为用大矣哉",而且还将比喻和生动、对比并列在一起,称为修辞的三大原则。他还慨叹道:"世间唯比喻大师最不易得,诸事皆可学,独作比喻之事

不可学,盖此乃天才之标志也。"而美国当代学者勃鲁克斯与华伦合著的
《现代修辞学》也说:"比喻是首要的表达手法。用比喻往往是述说某一事
物的唯一方式。"从中外文论的有关论述和文学创作的实践,我们可以看
到比喻在文学创作特别是诗歌创作中的地位与作用。

　　诗歌中比喻的运用,忌讳以实比实,因为以实比实常常不容易灵动和
引人联想。即使高手如白居易,他的《长恨歌》中的"芙蓉如面柳如眉",美
则美矣,也不免有些平板质实。诗中比喻,除了必须具备比喻之所以成为
比喻的其他条件之外,还贵在虚实相比,或以实比虚,或以虚比实。以实
比虚的,如李商隐的"春蚕到死丝方尽,蜡炬成灰泪始干"(《无题》),如李
后主的"问君能有几多愁,恰似一江春水向东流"(《虞美人》),贺铸的"试
问闲愁都几许? 一川烟草,满城风絮,梅子黄时雨"(《横塘路》,又题《青玉
案》),都是以具体的实物比况那抽象的愁思。以虚比实的,如晚唐诗人雍
陶的《峡中行》与《题君山》:

　　　　　　　两崖开尽水回环,一叶才通石罅间。
　　　　　　　楚客莫言山势险,世人心更险于山!

　　　　　　　烟波不动影沉沉,碧色全无翠色深。
　　　　　　　疑是水仙梳洗处,一螺青黛镜中心。

　　雍陶(约 805—?),字国均,成都(今四川省成都市)人。他生活在中唐
与晚唐之交,出身贫寒,身逢丧乱,游踪甚广,有一些反映社会动乱的作品
和不少旅游题咏寄赠送别之作,有相当的社会意义与艺术价值。他现存
的作品共有一百三十一首,皆为律诗与七绝,后者就有七十九首之多。如
《题情尽桥》:"从来只有情难尽,何事名为情尽桥? 自此改名为折柳,任他
离恨一条条。"如《过南邻花园》:"莫怪频过有酒家,多情长是惜年华。春

风堪赏还堪恨,才见开花又落花。"构思奇妙,独出手眼,均是可圈可点的佳作。贾岛《送雍陶及第归成都宁亲》诗说:"不唯诗著籍,兼又赋知名。议论于题称,《春秋》对问精。"他的朋友殷尧藩在《酬雍秀才二首》中对他的评价是:"兴来聊赋咏,清婉逼阴何。"他的诗,受到南朝谢朓、阴铿、何逊等人诗风的影响,在艺术上具有"清婉"的特色,清新、婉曲而含蓄,上述两首绝句中的比喻的运用,也表现了这样的特点。

《峡中行》,是他离开家乡船行三峡时之作,其中的"楚客莫言山势险,世人心更险于山"的感喟,既是即景抒情,也是以虚比实的妙喻。关于三峡山势的险峻,不知有多少诗人比喻过了,如"峡坼云霾龙虎卧"(杜甫《白帝城最高楼》),"石剑相劈斫,石波怒蛟虬"(孟郊《峡哀》),"大石如刀剑,小石如牙齿"(白居易《初入峡有感》),"船上急滩如退鹢,人缘绝壁似飞猱"(陆游《过东灵滩入马肝峡》),等等,这些比喻,都各有特色,但都是以实比实,不免令人感到有些质实板滞,而雍陶却在前两句的景物描绘之后,在第三句故作顿挫,逼出第四句人心险恶甚于三峡险峻的比喻。人心险恶,这是从古至今世人的普遍感受和认识,毋庸讳言。《庄子·杂篇·列御寇》就曾说:"凡人心险于山川,难于知天。"雍陶也许从此化出,但用于三峡之险却恰到好处。三峡是实,人心是虚,这一以虚比实的比喻,是雍陶所独创的,毫不与前人重复,同时又是空灵的,它让人们联想到雍陶所处社会的黑暗,现实的污浊,诗人的愤世嫉俗之情,以及超越具体时空的更广阔的人生。

《题君山》也是这样。刘禹锡有一首《望洞庭》:"湖光秋月两相和,潭面无风镜未磨。遥望洞庭山水翠,白银盘里一青螺。"这首诗是相当精彩的了,而雍陶将君山比为青螺,可以看出这位比刘禹锡小约三十三岁的诗人,是曾经诵习过先行者的大作的。但是,我以为雍陶的诗有出蓝之美,原因就在于虽然同是比喻,虽然他有师承刘禹锡的痕迹,但刘禹锡诗中的比喻是以白银盘比月夜的湖面,以青螺比君山,全是以实的"喻体"去比实的"本体"。"疑是水仙梳洗处,一螺青黛镜中心",雍陶却引进古代的神话传说,而且巧妙地故作疑问之词,"本体"是实,"喻体"是虚,言之凿凿却渺渺难寻,使得全诗似真似幻,意象也顿然空灵超隽,能引发读者无尽的联想。从这里可以看出,虚实相比较之以实比实更富于诗味,而画影描风的好手,自然比那种寸步不遗的雕刻匠高明多了。

英国诗人雪莱曾说:"诗的语言的基础是比喻性。诗的语言揭示的,是还没有任何人觉察的事物的关系,并使其为人永记不忘。"(《外国理论家作家论形象思维》,中国社会科学出版社,1979 年)"离恨恰如春草,更行更远还生",李煜《清平乐》以实之青草比喻虚之离恨,确是才人手笔;"诗情也似并刀快,剪得秋光入卷来",陆游的《秋思》以实之并刀比虚之诗情,诚为诗中健者;"声驱千骑疾,气卷万山来",清代诗人施闰章《钱塘观潮》虚之声以实之千骑比之,虚之气以实之万山喻之,顿觉钱塘江潮澎湃汹涌于纸上;"水声粗悍如骄将,天色凄凉似病夫",王国维《五月十五夜坐雨赋此》以实之骄将比水声之粗悍,以实之病夫喻天色之凄凉,原来这位大学者既长于治学也并不短于赋诗。在新诗中,前文曾经引述过的徐志摩的《沙扬娜拉——赠日本女郎》一诗,其虚实之比也令人一读难忘:"最是那一低头的温柔/像一朵水莲花不胜凉风的娇羞/道一声珍重,道一声珍重/那一声珍重里有蜜甜的忧愁——沙扬娜拉!"此诗得力于"低头"的细节描写,而细节描写复以妙喻出之,"温柔"为虚,"水莲花"为实,这是以实比虚,让虚有形可见,有象可触。确实,虚实相比的比喻,它的色泽芬芳常常能使读者永记不忘,它的一双翅翼常常能载负读者在想象的天空纵情飞翔。

虚实叠用的艺术

——崔涂《春夕旅怀》

　　虚与实,是中国美学思想的一对重要范畴,也是诗歌艺术中一个值得深入探讨的题目。就如同一座胜景叠出的名山,你每去游历一次,都会有一番不同的感受,有一些意外的发现。

　　在前面谈到初唐诗人张说的《送梁六自洞庭山作》之时,我曾欣赏过他诗中"虚实相生"的艺术。对于虚与实,我在此文中是从总的原则上探问它的含义。简略地说,实,就是对生活具体真实的、形象的描绘,即形象的直接性;虚,就是给读者留下的联想和想象的艺术再创造的天地,即形象的间接性。但是在具体的艺术描写上,虚与实究竟包含哪些主要内容呢? 古典诗论家囿于传统的印象式批评方法与评点式文字,在他们的诗论或词论里对此都语焉不详。我认为,虚实至少应该包括情景、今昔、时空、有无四个重要的方面。

　　在情景这一命题中,情为虚,景为实,"星垂平野阔,月涌大江流。名岂文章著? 官应老病休"(杜甫《旅夜书怀》),一景一情;"客子光阴诗卷里,杏花消息雨声中"(陈与义《怀天经、智老,因访之》),一情一景。在今昔这一命题中,今为实,昔为虚,"人世几回伤往事,山形依旧枕寒流"(刘禹锡《西塞山怀古》),前虚后实;"此日六军同驻马,当时七夕笑牵牛"(李商隐《马嵬·其二》),前实后虚。在时空这一命题中,时间为虚,空间为实,"一身去国六千里,万死投荒十二年"(柳宗元《别舍弟宗一》),一实一虚;"诗酒一年谈笑隔,江山千里梦魂通"(黄庭坚《夏日梦伯兄寄江南》),一虚一实。在有无这一命题中,有为实,无为虚,"纵使有花兼有月,可堪无酒又无人"(李商隐《春日寄怀》),先实后虚;"学剑虽无术,吟诗似有魔"(许棠《冬杪归陵阳别业五首》),先虚后实。

对上述这四个方面的虚实分别,只是大略言之,在诗歌创作中,情与景、今与昔、时与空、有与无常常是互相渗透彼此交织,而非如油与水之两两分离。同时,诗人在一首诗作中处理虚实关系之时,可以将这些方面综合叠用,或者叠用其中的几项,这要看表达内容的需要而定,没有一定之规。这里,我们举述一个善于错综叠用的例子,这就是唐代诗人崔涂的《春夕旅怀》:

> 水流花谢两无情,送尽东风过楚城。
> 蝴蝶梦中家万里,子规枝上月三更。
> 故园书动经年绝,华发春催满镜生。
> 自是不归归便得,五湖烟景有谁争?

崔涂生卒年不详,字礼山,江南人,光启四年(888)进士,约唐昭宗天复初前后在世。羁旅穷年,所以其作品多怀人念远之作,抒羁愁落魄之情。《全唐诗》有他的一首题为《孤雁》的诗很有名:"几行归去尽,片影独何之?(又作'几行归塞尽,念尔独何之?')暮雨相呼失,寒塘独下迟。渚云低暗度,关月冷相随。未必逢矰缴,孤飞自可疑。"世人因此称他为"崔孤雁"。宋代词人张炎的名作《解连环·孤雁》词,如"怅离群万里,恍然惊散。自顾影,欲下寒塘",如"暮雨相呼,怕蓦地、玉关重见",语言和意境都明显有崔诗的影响,有的甚至直接来自崔诗,可谓不告而取。崔涂曾游历湖北和湖南,有诗作《湘中秋怀迁客》、《赤壁怀古》、《初过汉江》等二十余首,如《鹦鹉洲春望》就是颇见功力之作:"怅望春襟郁未开,重吟鹦鹉益堪哀。曹瞒尚不能容物,黄祖何曾解爱才? 幽岛暖闻燕雁去,晓江晴觉蜀波来。何人正得风涛便? 一点轻帆万里回。"元人辛文房《唐才子传》因之称许他"深造理窟,端能竦动人意,写景状怀,往往宣陶肺腑"。

《春夕旅怀》这首诗,在虚实的运用上明其正变,善其错综,在交综叠用上很可以见出诗人的匠心。"水流花谢两无情,送尽东风过楚城",水的流逝和花的凋谢这两个意象,点明时令已是暮春时节,这主要是以虚笔写时间;"楚城"这一实词,说明诗人春日羁旅的地方,这主要是以实笔写空间。但是,诗人同时又运用了虚实烘托的手法,对"水流花谢"的实景,以"两无情"的虚境烘托之,对"楚城"的实境,以"送尽东风"的虚笔烘托之,这样,就显得实而不空,虚而不幻,虚与实互相渗透而又彼此生发。此时此地,浪迹天涯的诗人自然按捺不住自己无尽的乡愁了:"万里"本是属于空间的实写,但诗人化用了《庄子》中庄周梦蝶的典故,冠之以"蝴蝶梦中",这就给他的虚象的思乡之梦以轻倩的实象,也激发了读者的美的联想。同时,"蝴蝶梦中家万里"当然是诗人在梦境中重温在家乡的昔日情境,因此,这一句的整体形象又可以说是虚境;"三更"本是属于时间的虚写,然而诗人却不仅点出了"月"的意象,而且辅之以"子规枝上"的具体描摹,而"子规枝上月三更"又完全是诗人好梦初回时眼前的景物,因此,这一句就艺术整体说来可谓是实境。于是,诗人在实写之后,接以化实为虚的虚笔"故园书动经年绝",诗人漂泊异乡,家园早已音书断绝,不是几天几个月,而是以年来作计算单位了,这既是说过去,也是说空无。在如此虚写之后,诗人又继之以化虚为实的实写:"华发春催满镜生。"诗人本已早生华发,更何况他经年羁旅,春来对镜,竟是华发满头,这,既是说现在,也是说实有。"自是不归归便得,五湖烟景有谁争?"最后一联说自己怀念故乡却未能归去,如能归乡就如愿以偿了,那五湖烟景虽然美好,却是众生都可以欣赏享受的自然风物,有谁会来和我争夺呢? 这里仍然是一句写时间，一句写空间，一句写情，一句写景，这种虚实上的飞跃和转化，使全诗获得一种美学上的统一与和谐。

崔涂的《春夕旅怀》成功地运用了虚实叠用的艺术。所谓叠用，就是将构成虚实关系的多方面的因素叠加运用，使诗句丰富而不单调，错综而不呆板，充分地显示出诗法之美。就如同一位绝世的美人，她的美不是单方面的而是多方面的，"增之一分则太长，减之一分则太短，着粉则太白，施朱则太赤。眉如翠羽，肌如白雪，腰如束素，齿如含贝"，如同宋玉的名文《登徒子好色赋》中所写的"东家之子"一样。是的，诗的虚实叠用恰到好处，的确就好像美人的仪态万方。

现代旧体诗中，也有虚实叠用的佳作，如学者、散文家朱自清作于1937年的《南岳方广道中寄内作》："勒住群山一径分，乍行幽谷忽干云。刚肠也学青峰样，百折千回却忆君。"实以写景，虚以写情，触景生情，前实后虚。在当代新诗中，诗人彭浩荡的《鲁迅故里》就是现场描绘与想象飞扬的虚实叠咏的佳作。"星级的咸亨酒店挂起大红灯笼/弄不清哪家/才是正宗，听说/孔乙己不再赊账，他成了/名牌产品茴香豆的金字招牌/而阿Q呢，房价疯长/仍蜷缩在土谷祠里"，"沿着走廊，穿过/天井，在厨房门口撞见/刚进城的闰土，听他讲诉着/当代中国农民的维权新闻"，"菜畦依旧绿到/百草园那一溜短短泥墙根，依旧/草木葳蕤/世界变得酒绿灯红/惟童年仍然纯净"——从如上摘引的片段，可以看到全诗均是实写与虚拟相交织，实以虚之，虚以实之，虚虚实实，构成了一个既有现场感亦具虚幻性的艺术世界。

隐括
——苏轼《水调歌头》及其他

我国古代诗人多种多样的驱遣语言的技巧，能给今天之诗作者以极为有益的多方面的启发。其中有两种特殊的功夫，一种是"回文"，这是修辞学中的一种辞格。用回文的手法写成的回文诗词，并不能都简单地视为文字游戏，至少可以锻炼得心应手地运用语言的能力，因此，即使是像苏轼、王安石这样的大诗人，也并不以为它是雕虫小技而不屑一试。另一种汉语诗歌的独门绝技，则是"隐括"。

"隐括"或曰"檃栝"，最早见于《荀子·大略》篇，也多次见于《韩非子》。如《韩非子·显学》："虽有不恃檃栝而自直之箭、自圜之木，良工弗贵也。"隐括原来是指一种器具，能矫揉弯曲的竹木使之平直或成形。刘勰在《文心雕龙·镕裁》中说："蹊要所司，职在镕裁；隐括情理，矫揉文采也。"他所说的隐括，是指对构成作品的素材的剪裁组织功夫。隐括作为语言艺术的一种特殊手段，是指依据某种文体原有的内容和词句，改写成另一种文体。有改文章为诗为曲为赋者，但以改诗文为词者居多。改诗文为词的第一人应是北宋的宰相寇准，他的七十八字的《阳关引》，就是隐括王维的七绝《渭城曲》。最早最具影响而且拈出"隐括"一词的，则是北宋富有才情和创造精神的苏轼，请看他于元祐二年（1087）写的一首《水调歌头》：

　　欧阳文忠公尝问余："琴诗何者最善？"答以退之《听颖师琴》诗。公曰："此诗固奇丽，然非听琴，乃听琵琶诗也。"余深然之。建安章质夫家善琵琶者，乞为歌词。余久不作，特取退之词，稍加隐括，使就声律，以遗之云。

　　昵昵儿女语，灯火夜微明。恩怨尔汝来去，弹指泪和声。忽变轩昂勇士，一鼓填然作气，千里不留行。回首暮云远，飞絮搅青冥！　　众禽里，真彩凤，独不鸣。跻攀寸步千险，一落百寻轻。烦子指间风雨，置我肠中冰炭，起坐不能平。推手从归去，无泪与君倾！

　　在我国诗歌史上，对音乐的形象化描写源远流长。在唐代，李颀的《听董大弹胡笳声兼寄语弄房给事》、韩愈的《听颖师弹琴》和李贺的《李凭箜篌引》，同为描写音乐的最出色的三大名篇，白居易的《琵琶行》中对商人妇弹奏琵琶的描写精彩绝伦，但就全诗而言，它只是非常重要的片段而非全篇，有如整幅锦缎上绣的花朵。

　　韩愈全诗一百字如下："昵昵儿女语，恩怨相尔汝。划然变轩昂，勇士赴敌场。浮云柳絮无根蒂，天地阔远随飞扬。喧啾百鸟群，忽见孤凤凰。跻攀分寸不可上，失势一落千丈强。嗟余有两耳，未省听丝篁。自闻颖师弹，起坐在一旁。推手遽止之，湿衣泪滂滂。颖乎尔诚能，无以冰炭置我肠！"

　　苏轼《水调歌头》全词为九十五字，隐括韩愈的诗句和诗意入词，成为词中咏音乐的或者说咏乐器演奏的杰作，光彩不减原作而又挥洒自如，令人不能不叹服他强大高超的艺术腕力。其实，苏轼早在五年之前就写过一首《哨遍》，他在词前小序中说陶渊明的《归去来兮辞》"有其词而无其声"，于是，他"乃取《归去来辞》，稍加隐括，使就声律"。苏轼是名副其实的文坛大家，一经他的首创示范，学步者络绎于途。南宋葛长庚的《沁园春·寄鹤林》，也是隐括陶渊明的《归去来兮辞》，比原作少用二百二十四字。黄庭坚是"苏门四学士"之一，他喜欢模仿苏东坡，曾经以《瑞鹤仙》一词隐括欧阳修的《醉翁亭记》，又将张志和的《渔父词》改作为《鹧鸪天》。而周邦彦也极喜翻诗入词，他的《西河·金陵怀古》就是将刘禹锡的《石头城》与《乌衣巷》两诗融会贯通，师其意亦增删融化其词而成。由此可见，将诗和文章隐括入词，是始自北宋词坛这些才情横溢的大师。

其后，辛弃疾也学习了这种手法。他的一首《水龙吟》就曾用李延年歌、淳于髡语。又如他写将军李广的《八声甘州》，"夜读《李广传》，不能寐，因念晁楚老、杨民瞻约同居山间，戏用李广事，赋以寄之"。此词上阕化用司马迁《史记·李广传》中的语意，下阕主要是融化杜甫的诗《曲江三章》入词。辛弃疾的《哨遍》，也是总括庄子《秋水》篇的大意结撰成章。总之，辛弃疾这位既才华秀发又富于学力的诗人，不仅在隐括时随手拈来，纵横如意，而且自创新词，另有寄托，绝不是对前人的简单的重复，或亦步亦趋的摹仿。时至南宋末年，名词人蒋捷也于此一试身手。杜甫的《佳人》本为五言古诗，长一百二十字，蒋捷将其隐括为长短句《贺新郎》，全词一百一十六字，在保留原意原韵和字句的变化增减上，仍可见才人之手眼。

从上面简略的叙述中可以看到：隐括，就是运用前人的诗作或文章入词，将旧作的内容和词语改写或缩写成另一种体裁的作品，可以增损原文，但不改变原意。一方面，它把诗或散文的内容与句式引入词体，扩大和丰富了词的表现领域；另一方面，它要求经过作者的匠心经营，变得语语如同己出，这就需要高度驾驭语言的功力。在南宋词人中，继承了苏轼、辛弃疾的这种艺术而又十分热衷的要数林正大，可以说，他是"隐括"的大户，或者说专业户。

林正大，字敬之，号随庵，永嘉人，著有《风雅遗音》。《全宋词》收录他的词四十一首，而"隐括"而成的作品就有三十九首之多。对范仲淹的名作《岳阳楼记》，他也敢于缩龙成寸，改成《括水调歌》。欧阳修长达四百余

字的名作《醉翁亭记》，黄庭坚已经以一百字隐括于前了，林正大不仅敢在
欧阳修这位北宋文坛领袖"太岁头上动土"，而且还斗胆向前贤黄庭坚这
位江西诗派的宗师挑战，另作一百一十六字的《贺新凉》（即《贺新郎》）。
二词分别援引如下：

> 欲状巴陵胜，千古岳之阳。洞庭在目，远衔山色俯长江。浩
> 浩横无涯际，爽气北通巫峡，南望极潇湘。骚人与迁客，览物兴尤
> 长。　　　　锦鳞游，汀兰郁，水鸥翔。波澜万顷，碧色上下一天光。皓
> 月浮金千里，把酒登楼对景，喜极自洋洋。忧乐有谁会，宠辱两俱忘。

> 环滁皆山也。望西南、蔚然深秀者，琅邪也。泉水潺潺峰路转，
> 上有醉翁亭也。亭，太守自名之也。试问醉翁何所乐？乐在乎、山水
> 之间也。得之心、寓酒也。　　　　四时之景无穷也。看林霏、日出云
> 归，自朝暮也。交错觥筹酣宴处，肴蔌杂然陈也。知太守、游而乐也。
> 太守醉归宾客从，拥苍颜白发颓然也。太守谁？醉翁也！

林正大把三百六十八字的抒情散文《岳阳楼记》，改写和压缩在寥寥九十
五字之中，只有原作四分之一左右的篇幅。他以一百一十六字，隐括欧阳
修长达四百余字的大文，且仿效欧文全以"也"字煞句。两首词均感情饱
满，形象鲜明，琅琅可诵，入乐能唱，真是词圃中的别具风姿的花枝。对于
隐括这种语言的魔方，范仲淹和欧阳修有知，该也会拈花微笑吧？

"加一倍"写法

——黄庭坚《雨中登岳阳楼望君山二首》

　　我国古典诗歌的艺术,有如一座远远没有得到完全开发的宝山,只要你肯去探胜寻幽,深入采掘,定然会有一些意想不到的收获。古典诗艺中的"加一倍"写法,就是这座宝山中的一块闪亮的矿石。

　　最早发现这"加一倍"写法的,应是清代的诗论家施补华。他在《岘佣说诗》中指出:"'感时花溅泪,恨别鸟惊心'、'无风云出塞,不夜月临关',是律句中'加一倍'写法。"又说:"小杜'看取汉家何事业?五陵无树起秋风',是'加一倍'写法。陵树秋风已觉凄惨,况无树耶?用意用笔甚曲。"按照一般的常情,花香鸟语,是能够引起人们的愉悦之感的,杜甫就曾有"黄四娘家花满蹊,千朵万朵压枝低。流连戏蝶时时舞,自在娇莺恰恰啼"(《江畔独步寻花七绝句·其一》)的绝句。他写花,花枝照眼;他写鸟,鸟语多情。但是,在《春望》里,诗人对春花而落泪,听鸟语而惊心,也可以说,春花因感时而落泪,鸟儿因恨别而惊心,总之不言悲痛,却更加突出地表现了诗人悲之深、痛之切,这就是"加一倍"写法。《秦州杂诗》也是如此,无风之际云也出塞,不夜之时月也临关,这就更传神地写出了边塞之地秦州地形的高峻和险要,表现了诗人对国事与边防的深切关注与隐忧。杜牧的《登乐游原》亦复如此。在施补华之前,沈德潜在《唐诗别裁》中早已概而言之:"树树起秋风,已不堪回首,况于无树耶?"

　　宋代的黄庭坚(1045—1105)，也善于运用这种"加一倍"写法。黄庭坚，字鲁直，自号山谷道人，晚号涪翁，洪州分宁(今江西省九江市修水县)人。他的书法是宋朝四大家(余为苏轼、米芾、蔡襄)之一，他的诗词更是名重一时。他虽然与秦观、晁补之和张耒一起名居"苏门四学士"之列，但诗与东坡齐名，号"苏黄"，词与秦少游比美，号"秦七黄九"。他是江西诗派这一诗歌流派的开山大师，主张取法杜甫，标榜"点铁成金"(《答洪驹父书》)、"夺胎换骨"(释惠洪《冷斋夜话》)，一字一句都求其来历，坚信"随人作计终后人"、"文章切忌随人后"，以"生涩瘦硬、奇僻拗拙"于宋代诗坛独标一格——宋代及以后的不少诗家都受到他的影响。

　　前人多称道黄庭坚的古体诗和律诗，忽视他的绝句，甚至有人曾说绝句"乃山谷之玷"。然而，我觉得他的律诗和古体诗虽不乏名篇好句，如《寄黄几复》"桃李春风一杯酒，江湖夜雨十年灯"，如《登快阁》"落木千山天远大，澄江一道月分明"，等等。但有的作品常常奇峭瘦硬太过，虽说是对宋初以来以杨亿、刘筠、钱惟演为代表的专事唱和应酬堆砌辞藻典故之"西昆体"的反动，有时却未免矫枉过正。而足以代表他在艺术上之最高成就的，还是那些清新鲜活的抒情小诗，如"四顾山光接水光，凭栏十里芰荷香。清风明月无人管，并作南楼一味凉"(《鄂州南楼书事四首·其一》)，"山色江声相与清，卷帘待得月华生。可怜一曲并船笛，说尽故人离别情"(《奉答李和甫代简》)，"闻君寺后野梅发，香蜜染成官样黄。不拟折来遮老眼，欲知春色到池塘"(《从张仲谋乞腊梅》)，等等，均如好风徐来，花光照眼。

　　从他的《雨中登岳阳楼望君山二首》，我们更可以领略那种高明的"加一倍"写法：

其一

投荒万死鬓毛斑，生出瞿塘滟滪关。
未到江南先一笑，岳阳楼上对君山。

其二

满川风雨独凭栏，绾结湘娥十二鬟。

可惜不当湖水面，银山堆里看青山！

在黄庭坚所处的时代，由于王安石实行新法，革新派与守旧派的斗争十分激烈。在政治与宗派斗争的漩涡中，他命运多舛，屡遭贬谪，最后于宋徽宗赵佶崇宁四年（1105）死于广西宜州（今宜州市）贬所。绍圣二年（1095），黄庭坚贬官涪州（今重庆市涪陵区）别驾，于黔州（今重庆市彭水县）居住，后来又转徙到戎州（今四川省宜宾市）。这些地方在唐代都是边荒之地，他在几处贬所度过了整整六年时光。1100 年五月，黄庭坚得赦放还，次年正月乞知太平州（今安徽省马鞍山市当涂县）。1103 年正月他从荆州出发，路经巴陵，在连绵数日的阴雨中独上岳阳楼，写了上述两首诗。

第一首写远道来登岳阳楼。前两句时空交感，"万死"和"生出"，概括了为时六年的流放生涯，"投荒"和"瞿塘滟滪关"，从空间上概括了由西而东的长远行程，而今远谪和脱险归来，兴奋之情当可想见。未到江南故乡，已先一"笑"，到江南之后，欣喜当更为如何？诗人没有正面写自己的欣幸之情，更没有对将来到江南后的喜悦着一笔想象之词，他只写自己有幸登岳阳楼面对君山，而那些言外之意却尽在不言中了。

第二首写雨中登岳阳楼望君山。前两句是实写，表现了诗人在特定环境中的独特感受。前人写君山的诗很多，但黄庭坚却毫不落入窠臼：君山的山形有如十二个螺髻，诗人想象为湘娥的雾鬟云鬟，尤其在风围雨阵之中，更别有一种朦胧缥缈的意象之美。后两句又是"加一倍"写法，诗人说，可惜是霪雨霏霏在楼上居高临下地远望君山，如果是晴明之日站在湖边，正对着白浪如山的湖面，那又该是多么别有风情的景象！这种透过一层的笔墨，已经是包孕丰富令人遐想的了，加上"银山"与"青山"的色彩鲜明，具有对照之美的叠字在句中的重复，使人更觉风姿绰约，韵味无穷。

　　"加一倍"写法，就是诗艺上的一种进层和强调，它是和句法的烹炼分不开的。而变幻百出的琢句手法，正是黄庭坚诗的特点之一。如上述两首诗都是特意在关键的第三句上下功夫，"未到"与"可惜"，都是欲进先退，先顿挫一笔蓄势，然后淋漓酣畅地抒情，对所抒之情起了一种强调作用。金昌绪《春怨》的"啼时惊妾梦，不得到辽西"，张籍《秋思》的"复恐匆匆说不尽，行人临发又开封"，范成大《四时田园杂兴》的"无力买田聊种水，近来湖面亦收租"，陆游《沈园》的"此身行作稽山土，犹吊遗踪一泫然"，等等，均是这样。诗如此，词亦如此。欧阳修《踏莎行》的"平芜尽处是春山，行人更在春山外"，晏几道《鹧鸪天》的"相思本是无凭语，莫向花笺费泪行"，黄庭坚《清平乐·晚春》的"春无踪迹谁知？除非问取黄鹂。百啭无人能解，因风飞过蔷薇"，贺铸《捣练子》的"寄到玉关应万里，戍人犹在玉关西"，等等，都是出自同一机杼。

　　宋人叶梦得在《避暑录话》中，记载黄庭坚之兄黄大临（字元明）之言："鲁直旧有诗千余篇，中岁焚三之二，存者无几，故名《焦尾集》。其后稍自喜，以为可传，故复名《敝帚集》。""春风春雨花经眼，江北江南水拍天"，乃黄庭坚的名句，即出自《次元明韵寄子由》这首七律。黄庭坚在《赠陈师道》一诗中，说陈师道（字无己，号后山居士）的诗"十度欲言九度休，万人丛中一人晓"。后一句虽伤知音之稀，前一句却值得称道。从这里，也可以看到有成就的诗人，他们在创作上严于律己。诗文毕竟是以质量取胜，并非如韩信将兵，多多益善。而最终也最权威的裁判，也并非当代热闹一时的种种奖誉，而是后世尘埃落定后的铁面无私的时间。

通感

——孔武仲《乘风过洞庭》

　　通感，是文学创作特别是诗歌创作过程中的一种审美心理现象，同时，它又可视为一种奇妙的艺术技巧，或名修辞手法。

　　的确，通感在西方诗文里出现得很早，古希腊哲学家、科学家亚里士多德早在《心灵论》里就提到过通感，古希腊诗人荷马也有"像知了坐在森林中一棵树上，倾泻下百合花也似的声音"（《伊利亚特》）的名句，而在19世纪末以来的西方象征主义诗人的作品中，通感更是被大量地运用。然而，通感并不像有的论者所说的那样纯粹是西方传进中国来的，我们中国也古已有之。"故歌者，上如抗，下如队（通坠），曲如折，止如槁木；倨中矩，勾中钩，累累乎端如贯珠"，古老的《礼记·乐记》就有视觉与听觉相交通的对音乐的描述。韩愈在《谒衡岳庙遂宿岳寺题门楼》中也说"潜心默祷若有应，岂非正直能感通"，"感通"者，即通感也。而"通感"一词的正式提出与这一美学观念的具体阐述，在中国则首见于大学者钱锺书于20世纪中叶所撰《通感》（《七缀集》，上海古籍出版社，1985年）一文。

　　作为一种审美心理形式，通感又称"感觉挪移"、"感觉他涉"。人有五官感觉，即听觉、视觉、嗅觉、味觉、触觉，在一般情况下，它们各自独立而各司其职，但是，它们也可以在一定的主客观条件下彼此联系而互相沟通，即相生相通，彼此互转，也就是在审美创造活动中，客观对象直接刺激的单一感觉,转移挪借为另一种感觉,或复活为多种感觉。诗人们为了更动人地抒情,更美妙地表现出事物的情态,创造出不一般化的意象和意境,获得奇妙的艺术效果,常常发挥通感的创造力,让五官感觉沟通起来,彼此互相生发沟通,在有无与彼此之间架起美妙的桥梁。

在中国古典诗歌史上,以"闹"字入诗词的不少,如晏几道《临江仙》中的"风吹梅蕊闹,雨细杏花香",毛滂《浣溪沙》中的"水北烟寒雪似梅,水南梅闹雪千堆"。陆游入川途中经湖北公安时,诗中有"船窗帘卷萤火闹"(《泊公安县》)之句。其中,宋祁的名作《玉楼春》的"绿杨烟外晓寒轻,红杏枝头春意闹",最为人们所熟知。因为上述其他诗句虽然都是由视觉形象转化为听觉形象,但宋祁的"红杏"色彩更鲜明,"春意"更引人联想,经由视觉形象到听觉形象并与视觉形象复合的多重通感的作用,所以才"着一'闹'字而境界全出"(王国维《人间词话》)。而明末清初李渔《窥词管见》却责为"殊难索解",实在是因为他不懂通感之妙。"溪冷泉声苦,山空木叶干"(高适《使青夷军入居庸三首》),"晨钟云外湿,胜地石堂烟"(杜甫《船下夔州郭宿,雨湿不得上岸,别王十二判官》),"君歌声酸辞正苦,不能听终泪如雨"(韩愈《八月十五夜赠张功曹》),"促织声尖尖似针,更深刺着旅人心"(贾岛《客思》),"歌台暖响,春光融融"(杜牧《阿房宫赋》),均是感觉之挪移。又如中唐诗人郎士元的《听邻家吹笙》:"风吹声如隔彩霞,不知墙外是谁家?重门深锁无寻处,疑有碧桃千树花。"诗人用碧桃之艳写笙声之幽美,这是以色写声,使人在视觉里获得听觉的感受,这正是通感的妙用。又如宋代诗人孔武仲的七绝《乘风过洞庭》,诗前有小序为"五鼓乘风过洞庭,日高,已至庙下":

半掩船篷天淡明,飞帆已背岳阳城。
飘然一叶乘空度,卧听银潢泻月声。

孔武仲，字常文（约1041—约1097），临江新喻（今江西省新余市）人。当时，人们把他和哥哥文仲、弟弟平仲与苏轼、苏辙并称为"二苏三孔"，有《清江三孔集》行世，清代吴之振等选《宋诗钞》，称誉他们"皆文章之雄也"。孔武仲曾宦游湖南，留下了不少诗章，如写洞庭的"天外微茫二湖合，波心缥缈一峰青"（《湖山亭》），写湘江衡岳的"风飐湘波天影动，云来衡岳雨声长"（《湘潭》），写湖湘景物的"平野几枯残岁草，绿波犹浸旧时天"（《湘上》），都可以说是清辞丽句。上述《乘风过洞庭》一诗，是孔武仲诗作中的极富特色之作，也是咏洞庭的如林诗作中颖异不凡的作品。

这首诗，写诗人在天色微明时，自岳阳城边乘船过洞庭而到君山，前两句重在写实，后两句重在想象。船篷半掩，天将破晓，船帆吸饱了风，船离开岳阳城向君山飞驶。——这两句并不是什么出奇的笔墨，它只是交代了时间，点明了船速，标出了地理位置，为下文作了情境上的铺垫，形象地表现了自注中的"五鼓乘风过洞庭"。下面两句特别是最后一句，却是全诗的神来之笔。"飘然一叶乘空度"，一方面写出湖天之空阔与扁舟之窄小，一方面表现出月光皎皎湖天一色之中诗人那种凌虚御空的独特审美心理与感受，但是，如果没有最后一句，全诗还无法不同凡响，而有了最后这样一句，就有如夜空中闪亮的焰火，立刻使全诗大放光明和光彩了。

有人在解释此诗时说："卧在船舱，听到船行水响，像银河从月宫泻下的声音。"此说值得商榷。我国古典诗文提到银河的不胜枚举，但从未有"银河从月宫泻下"之说，这种解释显得比较牵强而且于诗意不合。实际上，诗人这里的审美心理活动正是通感：银河的光芒与月光本来是诉之于视觉的形象，但是，在颇富色彩感和现代手法的李贺的诗句里，"银浦"的流云都可以"学水声"，视觉与听觉沟通，何况是给人以流动之感的"银潢"本身呢？生活中早有"月光如水"的用语，明代阮大铖有"视听一归月，幽喧莫辨心"（《咏怀堂诗集》卷三《秋夕平等庵》）的诗句，"看月"而兼"听月"，超越了视觉而具有听觉的印象。因此，从视觉到听觉，本来是相近的视觉形象而且交织在一起的银河之"光"与月华之"色",也就具有流泻之"声"!这种月光流泻之"声"固然是船行水流所触发的联想,也与现实生活中的船行水响交织成一片而天上人间莫之能辨了。正因为有了这种运用通感的以耳为目的奇妙结句,所以显得句法新奇,而且全诗也别饶情味。

在新诗创作中,可以看到类似孔武仲这首诗中的通感的运用——

"我送你一个雷峰塔影,明月泻影在眠熟的波心",这是徐志摩《月下雷峰塔影》中的诗句。在他的笔下,"月色"不但有"泻"的形态,仿佛也有流泻的音响。"静听月色/从西瓜身上/滑倒的声音/平原的梦是甜的",这是陈松叶《平原抒情诗》(《人民文学》1982年7月号)中的一首诗中的描写。"月色"居然可以从西瓜身上"滑倒",同时静听之而有"声音",这正是通感这一联觉想象的结果。

通感,从艺术表现的层面而言,是中外诗歌中运用得相当广泛的一种艺术技巧,但通感却又不是一个单纯的技巧问题,而有其主客观的条件和依据。大千世界的万事万物在一定的条件下彼此联系、互相沟通,这是产生通感的客观基础;心理学上所谓的"联觉想象",即从一种感觉转换为另一种感觉,是人的大脑皮层各区之间互相联系作用的结果,这是通感所由产生的客观心理基础。读孔武仲的《乘风过洞庭》,我们可以看到,通感,是生活的燧石与诗人的艺术敏感互相撞击所闪耀的火花。"须臾响急冰弦绝,但见奔星劲有声"(鲁迅《赠人二首·其二》),"紫台一去雁声寒,故国琵琶弹不还"(李汝伦《昭君宅感事》),"竹阴浓了竹枝蝉。犬声单,鸟声弯。笑说乡婆,山色拌湖鲜。先煮村烟三二缕,来宴我,客饥餐"(蔡世平《江城子·兰苑纪事》),在现当代的旧体诗词中,通感的火花也仍然绚丽。

点化

——周邦彦《西河·金陵怀古》

　　要成为一个优秀的诗人,不仅要有出众的才华,而且要有广博的知识。在诗的领域里,正如同西方神话中的巨人安泰离不开大地母亲一样,任何天才的诗人都离不开前人创造的成果。他们或融会贯通,呈现出新的面貌,或含英咀华,表现出新的生机,他们继承与创新的手段之一,就是"点化"。

　　点化,不是原封不动地照抄,也不是亦步亦趋地模仿,它虽然着重借鉴了前人的作品,或者还保留了前人作品的某些语言形式,但它却是在新的生活与新的构思基础上予故典以改造,焕发出新意,有如一颗陈年的明珠,拂拭了昔日的尘灰,经过新的日光的照耀,更显得光辉耀眼。

　　以文章而论,初唐四杰的冠军王勃,他的《滕王阁序》中的名句"落霞与孤鹜齐飞,秋水共长天一色",可以说是尽人皆知的了,然而,它也不全是出自这位早殇的才子的锦心绣口,而是南北朝庾信《华林园马射赋》中的"落花与芝盖同飞,杨柳共春旗一色"的推陈出新;四杰中名列第四的骆宾王,他的《为徐敬业讨武曌檄》中的"暗鸣则山岳崩颓,叱咤则风云变色。以此制敌,何敌不摧? 以此图功,何功不克",可说是口口相传的了,然而,它却本自隋朝祖君彦《为李密讨炀帝檄》中的"呼吸则河、渭绝流,叱咤则嵩、华自拔。以此攻城,何城不陷? 以此击阵,何阵不摧",真是袭故而弥新。

　　诗歌也是这样。陆游《游山西村》中的"山重水复疑无路,柳暗花明又一村",这一警句千百年来脍炙人口,但它是点化前人成句而自铸新辞并且自出新意的。宋代周辉《清波杂志》载强彦文的诗,就有"远山初见疑无路,曲径徐行渐有村"之句。王维《蓝田山石门精舍》也有"遥爱云木秀,初疑路不同。安知清流转,忽与前山通"的描写。杜甫写过"焉得并州快剪刀,剪取吴松半江水"(《戏题王宰画山水图歌》)与"七星在北户,河汉声西流"(《同诸公登慈恩寺塔》),李贺也有"欲剪湘中一尺天,吴娥莫道吴刀涩"(《罗浮山人与葛篇》)以及"天河夜转漂回星,银浦流云学水声"(《天上谣》)。我们暂且不论李贺是否有出蓝之誉,可以肯定的是,这位号称"鬼才"的诗人,也还是从人间汲取诗情的,他或许曾梦回成都草堂当过诗圣的成绩出众的学生。至于李白,他虽目高于顶,豪气干云,但他一生低首谢宣城,对于前代山水诗的高人谢灵运十分仰慕,其诗引用、点化谢作竟达近百次之多。

　　在中国诗歌史上,点化,有诗语入诗、诗语入词、词语入曲等多种情况。在古典词人中,善于点化前人成句或诗篇的,北宋末期的周邦彦就是出色的一位。周邦彦(1056—1121),字美成,钱塘(今浙江省杭州市)人,他自号清真居士,词集名《片玉词》,又名《清真词》。他被一些人推崇为"词家之冠"、"词中的老杜",这虽未免溢美,但他确实是一位集大成的词人:徽宗时他曾任大晟乐府提举官,对词调的搜求、考正和审定,有集成与创制的功绩;他所作之词格律法度极为精审,影响及于姜夔、史达祖等人,其词派被称为"格律词派";他的词风融汇了柳永的铺叙、贺铸的艳丽、秦观的柔婉、晏殊父子和欧阳修的典雅,集诸家之长而成为北宋当之无愧的殿军。

　　周邦彦的诗艺特色之一,就是善于点化前人诗句,自然无迹而赋予新意。他三十多岁时客游荆州(今湖北省荆州市江陵县),所作《玉楼春》词的起句"大堤花艳惊郎目,秀色秾华看不足",就是点化乐府中清商曲的

《襄阳乐》:"朝发襄阳城,暮至大堤宿。大堤诸女儿,花艳惊郎目。"其下阕"平波落照涵赪玉,画舸亭亭浮淡渌。临分何以祝深情,只有别愁三万斛",也是化自同是宋人的郑文宝的《阙题》:"亭亭画舸系寒潭,只待行人酒半酣。不管烟波与风雨,载将离恨过江南。"因此,词家和词评家张炎在《词源》中说:"清真最长处,在善融化诗句,如自己出。"

周邦彦最喜翻诗入词,确实如此。如刘禹锡有"武昌春柳似腰肢"之句,他就翻为"腰胜武昌官柳"。据统计,他的词有三十句出于李白,一百七十八句出于杜甫,四十句出于李贺,十八句出于苏轼,八句出于王安石,六句出于欧阳修,而点化翻用白居易、刘禹锡、韩愈、杜牧、李商隐的诗至少在十句以上。我们不妨把他和前人以及后人同是咏金陵的名作加以比较:

> 登临送目,正故国晚秋,天气初肃。千里澄江似练,翠峰如簇。征帆去棹残阳里,背西风、酒旗斜矗。彩舟云淡,星河鹭起、画图难足。　念往昔、繁华竞逐。叹门外楼头,悲恨相续。千古凭高对此,漫嗟荣辱。六朝旧事随流水,但寒烟衰草凝绿。至今商女,时时犹唱,后庭遗曲。
>
> ——王安石《桂枝香》

> 佳丽地,南朝盛事谁记? 山围故国绕清江,髻鬟对起。怒涛寂寞打孤城,风樯遥度天际。　断崖树,犹倒倚,莫愁艇子曾系。空余旧迹郁苍苍,雾沉半垒。夜深月过女墙来,伤心东望淮水。　酒旗戏鼓甚处市? 想依稀、王谢邻里。燕子不知何世,向寻常、巷陌人家,相对如说兴亡,斜阳里。
>
> ——周邦彦《西河·金陵怀古》

> 石头城上,望天低吴楚,眼空无物。指点六朝形胜地,惟有青山

如壁。蔽日旌旗,连云樯橹,白骨纷如雪。一江南北,消磨多少豪
杰?　　寂寞避暑离宫,东风辇路,芳草年年发。落日无人松径里,
鬼火高低明灭。歌舞尊前,繁华镜里,暗换青青发。伤心千古,秦淮
一片明月!

——萨都剌《百字令·登石头城》

　　王安石的词,融化了谢朓《晚登三山还望京邑》中的"澄江静如练",杜牧
《台城曲》中的"门外韩擒虎,楼头张丽华",杜牧《夜泊秦淮》中的"商女不
知亡国恨,隔江犹唱后庭花"。萨都剌的词虽没有明显地点化前人多少诗
句,但它却是步和苏轼赤壁词的原韵,在有严格限制的天地里,健笔驰骋,
构成了这首风格豪宕的诗篇。周邦彦的词不仅点化前人之句,而且融化
前人之篇,即刘禹锡的"山围故国周遭在,潮打空城寂寞回。淮水东边旧
时月,夜深还过女墙来"(《石头城》),"朱雀桥边野草花,乌衣巷口夕阳斜。
旧时王谢堂前燕,飞入寻常百姓家"(《乌衣巷》),以及南朝乐府民歌《莫愁
乐》的"莫愁在何处? 莫愁石城西。艇子打两桨,催送莫愁来"。周邦彦的
这种点化可贵之处在于:一是自然,如盐入水,融化无痕;二是将前人诗
句或篇什融化在自己的作品的整体艺术构思之中,旧词新句,内容上有新
意,词句熔炼上有新的创造。当然,除了善于点化,周邦彦还有许多一空
依傍、独出心裁之作,否则就成不了一代名家。因此,清代陈廷焯在《词坛
丛话》中就曾经指出:"美成词,熔化成句,工炼无比,然不借此见长。此老
自有真面目,不以掇拾为能也。"
　　自从 20 世纪后期国门开放西学又一次东渐以来,诗界特别是新诗界
热衷于引进西方现代派及其理论。他山之石,可以攻玉,闭关锁国故步自
封已经证明了是一个时代性的错误,但我们也不能照单全收,唯西方马首
是瞻,而只能是择其善者而从之,而且要和本民族的诗歌传统结合,做到
以中为主,中西交融而呈现出新的面貌。某些国人所艳称的英美现代派

诗宗艾略特，在其名文《传统与个人才能》中就强调传统的重要性，并非如我们一些激进的论者与作者那样一味地高唱"反传统"。他认为传统与现代的交融，构成了作品的历时性与共时性兼具的"同存结构"，而非如我们某些论者与作者那样一味盲目地鼓吹"新潮"、"先锋"、"现代"甚至"后现代"。现代作家郁达夫的七绝《日暮湖上》说："碧水沉沉水一湾，晚来风景颇清娴。只愁落日红如火，烧尽湖西尺五山！"在他之前，清末的谭嗣同有《洞庭阻风七绝》："灵妃作恶石尤顽，日暮行人滞往还。烧透红霞天半壁，要凭返照赭湘山。"从两诗"烧尽"与"烧透"的意象及同一韵脚看来，郁诗应该受到过谭诗的影响吧？当代诗人贺敬之20世纪50年代有《三门峡—梳妆台》一诗，其中有句是："喝令李白改诗句：黄河之水手中来！"金元之交的诗人李俊民有诗题曰《过云台》，是一首七绝："夜半风吹雾色开，晓来残月过云台。连山断处瞰平野，一线黄流掌上来！"如果贺敬之读过此诗，他是否受到过它的影响？台湾诗人洛夫的《边界望乡》，写两岸未开放时他和余光中在深圳河对岸之落马洲用望远镜眺望故国山河，有句是"当距离调整到令人心跳的程度／一座远山迎面飞来／把我撞成了严重的内伤"。洛夫的这一妙句，是不是受到王安石《书湖阴先生壁》中的"一水护田将绿绕，两山排闼送青来"的启发呢？当然是。由此可见，写诗虽不全靠学问，但没有相当学养则难以写出具有民族感和传统感的好诗。好诗，是思想、感情、才华、学识四美联姻之后才会呱呱坠地的骄子！

经营布置

——袁去华《水调歌头·定王台》

一马平川固然气派阔大,而千山万壑似乎更有它引人入胜的风光;一泓秋水虽然别有风姿,而九曲黄河似乎更有它动人心魄的魅力。文章之道,开合有致,我国古典诗文都讲究行文的章法。如果说诗中的绝句和词中的小令都可以"尺水兴波",那么,诗中的歌行和词中的长调在章法上就更注意相摩相荡,讲求奇正、虚实、抑扬、开合等艺术辩证法,使得诗篇舒卷自如,灵活多变,苍莽波澜与严谨整饬兼而有之,具有美的多样性与丰富性,从而更有表现力地表达诗人的思想感情,更动人地表现社会现实生活,避免诗歌写作中那种易犯的平板单调、一眼见底的弊病。

南宋词坛袁去华的《水调歌头·定王台》,就有那种开合动荡、气势磅礴的特色:

> 雄跨洞庭野,楚望古湘州。何王台殿?危基百尺自西刘。尚想霓旌千骑,依约入云歌吹,屈指几经秋!叹息繁华地,兴废两悠悠。　　登临处,乔木老,大江流。书生报国无地,空白九分头。一夜寒生关塞,万里云埋陵阙,耿耿恨难休。徒倚霜风里,落日伴人愁!

袁去华的生卒年已无可查考,我们只知道他是江西新奉(一作豫章)人,字宣卿，宋高宗绍兴十五年(1145)进士，孝宗淳熙四年(1177)尚在世，卒于湖北石首县任上。四印斋刊《宋元三十一家词》中收有他的《宣卿词》一卷。也许是文坛只重大家与名家的积习由来已久，有关宋词的论著差不多都没有提到过他的名字和作品。袁去华虽然不是名家，但是从他的辞章多次表示的建功立业的愿望里，我们可以看到有如烈火般的爱国主义情感在这位伤时愤世的诗人心中燃烧。同时，他的词风豪爽飞扬，与辛弃疾接近，曾经得到豪放派词人张孝祥的称赞，因此，我们完全可以说他是豪放派词家阵容中的一位高手。"汉家经略中原，上游眷此喉衿地。风行雷动，无前伟绩，伊谁扬厉。"(《水龙吟》)"记当年，携长剑，觅封侯，而今憔悴长安，客里叹淹留。"(《水调歌头》)从这些诗句里，可以看到诗人的报国雄心和壮志难酬的悲哀。

刘发(? —前129)，系西汉景帝刘启第六子，建藩长沙，去世后谥为定王。他事母至孝，曾带长安之土回长沙筑成望母台，后世称为定王台。原址在今芙蓉路与解放西路之交汇处，除地势较高外，其余遗迹今日已一无所存。长沙定王台，早在古代就有不少诗人登临咏唱，袁去华之后，姜夔的《一萼红》中也有"野老林泉，故王台榭，呼唤登临"之句。但是，袁去华的这首词不仅应该是他所有作品中的冠冕，也是咏定王台的众多作品中的最好的一篇。

清人万树《词律》共收六百五十九调，一千七百七十三体。这首词的词牌是《水调歌头》，共九十五字，是词中的长调。不同的词调具有不同的特点和性质，而《水调歌头》这种词调，最宜于描写登山临水的题材，抒发怀古抚今、激昂慷慨的情感，章法结构上也讲究开合动荡。

"雄跨洞庭野，楚望古湘州。"这首词开笔第一组两句五言就气势开张，切定定王台所在的地点和形胜，并笼罩全阕。第二组的四言"何王台殿"一句设问，七言"危基百尺自西刘"一句正面点明定王台，描写地势与台殿之高峻以及历史之悠久，和开篇两句相得益彰，互相补充生发。第三组一联由现实的描绘而转入对千年往事的追溯，"霓旌千骑"、"入云歌吹"，上天下地，有色有声，突显了过去的繁华鼎盛。到此为止，诗人已经把定王台高峙远瞩的形胜和过去显赫光耀的历史，作了一番笔酣墨饱的渲染，也为下阕的感慨生情作了必要的铺垫。"叹息繁华地，兴废两悠悠"，过片一联以"兴废"二字关锁前文，承上启下，笔力千钧而诗情跌宕，就像正当鲜花着锦，烈火烹油，忽然百草凋零，秋风萧瑟，全词也就由铜钲的高响转入箫管的低吟了。总之，上阕主要是吊古，时空阔大辽远，是大开之笔。

换头三句三言，"登临处"是全词借以展开的诗人登高凭眺的定点，乔木之"老"与大江之"流"，以自然景象的变与不变，既写出世事的沧桑，历史的苍茫，也更深一层地反衬出诗人年华逝水、壮志不酬的感喟。接下去的五句，一以写诗人伤时忧世的自我形象，一以写国家的残破和国难的深重，悲愤苍凉，一腔血泪。"书生报国无地，空白九分头"之句，令人想起和他差不多同时的诗人陈与义在岳阳的"未必上游须鲁肃，腐儒空白九分头"（《巴丘书事》）的悲叹。收束两句回归本题，以"霜风"、"落日"这种富于象征意义的特定景色，照应开篇，进一步烘托了诗人的满怀愁情，以及对国运日衰的无限悲慨。可以看出，下阕主要是伤今，在上阕的生发之后逐步收结，是大合之笔。

开合，在诗词与绘画中是属于谋篇布局即经营布置的一种技巧。所谓"开"，就是领起、放纵或生发；所谓"合"，含意正好与之相反，就是结束、收拢或收拾。用一个形象的比喻，就好像渔民打鱼时的撒网与收网。"文章之道，有开有合"，袁去华这首词，阖辟纵横，变幻超忽，上阕开，下阕合，上阕开中有合，下阕合中有开，深得开合变幻之妙。这样，不仅有幅度有张力地表现了诗人的思想感情和客观现实生活，而且全词不平不板，不粘不滞，而是波澜起伏，跌宕多姿，具有一种错综之美与多样之美。

时间，真正是技术高明魔力无穷的整容师。它可以将妙龄少女整成白发老妪,将喑呜叱咤的壮士整成风烛残年的衰翁,将丘山整成平地,将桑田整成沧海。定王台,曾经是古长沙的名胜,但其崇楼杰阁的盛状今日已不复可寻。时间啊时间,早已将它交给了千古的传说与历史的烟云,只留下一个地名让后来人寻踪怀想,只留下杰出的诗章,让有心者临风诵读,临风凭吊。

　　"布置",是中国古代美学理论的重要命题之一,它指的是艺术创作或文学创作中的构思布局。在画论中,南朝齐谢赫著有《古画品录》,提出绘画之"六法",其五就是"经营位置",即构图之法,也就是指画中的诸多物象与空白的位置安排。在书论中,布置则主要是指字形的结体安排与全幅之篇章间架,如唐代颜真卿《述张长史笔法十二意》就曾指出:"欲书先预想字形,布置令其平稳,或意外生体,令有异势,是之谓巧。"在诗论中,布置则主要是指全篇的整体章法结构,如南宋蔡梦弼《草堂诗话》论杜甫《赠韦见素》诗:"此诗布置最得正体,如官府甲第,厅堂房室,各有定处,不可乱也。"如姜夔《白石道人诗说》所云:"作大篇尤当布置,首尾匀停,腰腹肥满。"和许多优秀的古典诗歌一样,袁去华的《水调歌头·定王台》也是深得经营布置之妙的范例。当今的某些旧体诗词和不少新诗,弃整体构思弃经营布置如敝屣,如俗语之所说"脚踩西瓜皮,溜到哪里算哪里",不亦悲乎!

诗的暗示

——辛弃疾《摸鱼儿》

　　有如因对方态度不明而心绪难安的初恋中人，忽然得到对方的蕴含肯定意味的暗示，不免怦然心动而惊喜交加，读者对好诗的阅读也是如此。读者阅读文学作品文本，是一种接受行为和审美活动，西方文论称之为阅读场、接受场或审美场。而优秀诗作所构成的阅读场，其特点就是由于文本的暗示性而构成读者的心理悬念与审美期待。可以说，诗的重要艺术奥秘与规律之一就是暗示，是意在言外的暗示，而不是意尽言中的说明；是刺激和调动读者的想象力，而不是堵塞和窒息读者的想象力；是启发读者的思索，而不是像说明文和议论文一样把情况和结论和盘端给读者。一般说来，诗的暗示是好诗所必具的条件。

　　辛弃疾（1140—1207），字幼安，号稼轩，历城（今山东省济南市）人。这位学识丰富、生活经验不凡又才情俊发的爱国词人，不仅是两宋词人中创作最丰富的作家，现尚存词六百余首，而且是南宋词坛的杰出旗手。在我国诗歌史上，苏轼首创壮词一派，至辛弃疾而蔚为大观，成为我国词史上一个最富于活力也最有积极意义的流派。"稼轩词以激扬奋厉为工"，清人沈谦《填词杂说》就曾经这样标举过辛弃疾的词风。但是，在他的词章里，尽管激荡着时代的风雨，燃烧着激情的火焰，飞扬着高亢的音调，但是，他的词章毕竟不是大张挞伐的檄文，不是一览无余的布告，不是记录他所见所感的说明书。现存的六百余首辛词,其中大部分都是动人以情启人思索的真正的诗。辛弃疾首先是将诗作为诗来写的,而不像有的人形式上写的是诗,而实质上却离诗的距离还十分遥远。如他的《摸鱼儿·淳熙己亥,自湖北漕移湖南,同官王正之置酒小山亭,为赋》:

> 更能消、几番风雨,匆匆春又归去。惜春长怕花开早,何况落红无数。春且住! 见说道,天涯芳草无归路。怨春不语,算只有殷勤,画檐蛛网,尽日惹飞絮。　　长门事,准拟佳期又误。蛾眉曾有人妒。千金纵买相如赋,脉脉此情谁诉? 君莫舞,君不见、玉环飞燕皆尘土? 闲愁最苦。休去倚危栏,斜阳正在,烟柳断肠处。

公元 1179 年,即宋孝宗淳熙六年,辛弃疾从荆湖北路转运副使调任荆湖南路转运副使,他的同事兼老朋友王正之为他在衙门里的小山亭置酒送行,辛弃疾作了这首词。这一年,辛弃疾已经四十岁,从北方率义军南归已有十七年之久。在这漫长的岁月里,他不仅未能实现匡复失地的壮志,而且总是受到主和的权臣们的排挤与打击,“言未脱口而祸不旋踵”就是他的处境的写照。同时,转运副使,只是管理水道运粮的官员而已,且系二把手,远非位于影响全局的机要中枢,从湖北调往湖南,更远离了诗人所欲效命的抗战前线。因此,诗人的愁苦和愤懑就可想而知了。梁令娴所编《艺蘅馆词选》记载了梁启超对这首词的评论:“回肠荡气,至于此极,前无古人,后无来者。”辛弃疾这首词引起了立志改革而终归失败的梁启超如此强烈的共鸣,可见千古同心。至于这首词的回肠荡气的力量,除了内容的作用之外,在艺术上恐怕主要是得力于暗示。

在上阕中,“惜春长怕花开早,何况落红无数”是“惜春”,“春且住! 见说道,天涯芳草无归路”是“留春”,而“怨春不语”则是“怨春”了。这三层意思及其翻腾旋折十分明显,而且诗人之所以“惜”、“留”、“怨”,则是因为开篇所说的"更能消、几番风雨"的"风雨"。然而,"春"和"风雨"究竟是指什么? 诗人为什么会有这样复杂的感情和态度? 艺术上的可贵之处就在于诗人无一字明言,更没有一语道破。"春"是指自然的节候吗? 是指自己原来想有所作为的少壮年华吗? 是指当时的国家形势吗? "风雨"是说自然景况又寓小人拨乱吗? 好像这些意绪都含蕴在词中,使人于言外可想,却又很难一一坐实。

下阕首先用了两个切合词中情境的人所熟知的典故:陈皇后失宠于汉武帝,别居长门宫,她以千金请司马相如作《长门赋》去感化武帝;"玉环飞燕"则指杨贵妃和汉成帝皇后赵飞燕。运用典故的好处,一是由于典故本身固有的内涵,可以加强诗的容量;一是诗人可以化陈为新,赋予新意。辛词中所运用的这两个典故,似乎是人我分指,但他还是没有直白式地说明,他还是通过暗示去让人们思索。在最后四句中,那"断肠烟柳"和"斜阳"又是比况或暗喻什么呢? 历来曾有许多近似而又不同的解说,而多义性或者说解释的多样性并不是一首诗的缺点,而往往是一首诗的优点,虽然有些好诗的含意是确定而明朗的,即单义性,并无歧义。提供联想的线索,规定想象的范围,具有让读者解释的多样性,比慷慨悲歌直抒胸臆有时更富弹性,这正是诗的暗示而绝非诗的谜语的美学效果。因此,此词历来好评如潮,明末清初遗民学者王夫之有感于中,甚至一而再再而三地写了多首次韵之作。

我国古典文艺理论与诗歌理论历来重视作品的暗示性。刘勰《文心雕龙·隐秀》篇就专门探讨了这个问题,他强调"隐也者,文外之重旨者也","隐以复意为工","隐之为体,义生文外;深文隐蔚,余味曲包"。他所说的"复意"与"重旨",不仅包含了文意内涵的多解性,也兼指多重意义的暗示性。以后,我国传统的诗歌美学从司空图起提出"不着一字,尽得风流",僧皎然在《诗式》中提出"两重意",历代诗家都主张弦外之音,言外之意,象外之旨,味外之味。以上诸种说法虽小有不同,其核心就是强调象外所指的暗示，强调诗的文字之外的意义的含蓄性与延展性，这正是尊重诗歌独特艺术规律的具有强大生命力的美学思想。

18世纪德国启蒙运动时期的思想家与文艺理论家莱辛，在其名著《拉奥孔》中说："诗也能描绘物体，但是只能通过动作，用暗示的方法。"关于诗的暗示，法国象征派诗人马拉美说"诗是谜语"，这固然不足取，但他以为"一语道破，则诗趣索然，品诗之乐，端在慢猜细忖"（转引自黄维樑《中国诗学纵横论》）的确颇具洞见。而且西方现代文艺批评自英国的威廉·燕卜荪《模棱七型》一书于1930年问世之后，"模棱语"、"暧昧语"便成为"新批评派"的重要理论依据与批评用语，而威瑞特以为"模棱"、"暧昧"的名声不好，改称之为"多义语"（又译"多种解释"），这些说法，可供我们参考。美国华人学者刘若愚就曾撰文《李商隐诗中的模棱》，台湾学者梅祖麟也曾写过《文法和诗中的模棱》的专论，他们吸收西方现代文艺理论中某些可取的东西，用以研究中国的古典文学，确有新的发现。而当代香港学者黄维樑的早期功力深厚的著作《中国诗学纵横论》（台湾洪范书店，1977年）从中外比较诗学的角度，通过《中国诗学史上的言外之意说》、《王国维〈人间词话〉新论》等专文，对上述有关问题也作了全面、充分而深入的论述，有不少探骊得珠的独辟之见。

从上述辛词可以看出，诗的暗示，符合诗这一独特的文学样式本身的特点与要求，也符合读者在审美活动中的心理规律，是通向柳暗花明的美妙诗境的一条幽径。20世纪90年代之初，我应邀访台，在游览位于台中的日月潭后，曾作散文《日月潭记》以记其事，后来读到诗人任国瑞的《日月潭》，深感其并非单纯的模山范水之作，且有自己独特的感悟和发现，诗云："三面青峰护碧流，秋波潋滟锦云浮。潭中日月长相守，不似人间伯仲仇。"由"天上的日月"而联想到人间的"伯仲"，其中寓含的不是说明而是暗示，其妙处不就是刺激读者去慢猜细忖吗？

风景画与人物画
——辛弃疾《清平乐·村居》

　　中国诗歌史上的大家，他们的才华往往像多棱的钻石一样面面生辉：除了善于表现重大的题材，还能成功地抒写多种多样的题材；除了驾驭得最为得心应手的体裁，还能驱遣其他多种形式；除了有鲜明突出的艺术个性，还有不拘一格的风格。小家的作品虽然也有可观，但大都比较单一与单调；大家的作品除了有他们自己的"主旋律"之外，同时也呈现出丰富多样而富于变化的特征。当代台湾名诗人余光中曾戏称自己是"艺术的多妻主义者"，南宋词坛的领军人物辛弃疾更是一派大家气象。

　　辛弃疾，原字坦夫，改字幼安，中年后别号稼轩居士。他出生时山东沦陷已十有三年，父亲早亡，在祖父辛赞的教育和影响之下，他二十一岁即参加耿京的抗金义军，曾率领五十骑闯入济州（今山东省菏泽市巨野县）五万人众的金营，生缚叛徒张安国于马上，并策反上万士兵渡淮水与长江而归南宋。辛弃疾首先是一位英雄，其次才是一位诗人。作为具栋梁之才能挽大厦之将倾的杰出军事家与政治家，在昏君与奸臣当道的南宋，他不是位沉下僚，就是投闲置散，始终英雄无用武之地，于是，他只能将自己的热血与心潮，寄托于文战的词场而不是武战的沙场。他的词，不是一般文人的舞文弄墨，而是一代志士的热血燃烧，不是一般作者的闲情逸致，而是国士心潮澎湃的壮曲，烈士回天无力的悲歌。

　　辛弃疾现存词六百二十九首，全部都是他"壮岁旌旗拥万夫，锦襜突骑渡江初"（《鹧鸪天·有客慨然谈功名，因追念少年时事，戏作》）南渡归宋之后的作品。他二十三岁南归以前应有词作，但竟未有一首存世，真是令人不胜遗憾而临风怀想。慨当以慷，忧思难忘，英雄词人继承了苏东坡清雄高朗的词风，在南宋词坛高扬的是"豪放派"的大纛。他早期的作品《南乡子·登京口北固亭有怀》，就说"天下英雄谁敌手？曹刘。生子当如孙仲谋"。人到中年，他在《满江红·江行，简杨济翁、周显先》中，又感叹"英雄事，曹刘敌。被西风吹尽，了无陈迹"。及至六十六岁的暮年，即他逝世前一年，他在《永遇乐·京口北固亭怀古》中，还仍然是"烈士暮年，壮心不已"："千古江山，英雄无觅，孙仲谋处。舞榭歌台，风流总被雨打风吹去。"然而，在大自然中，暴风雨之后也有清明的晴日，群山万壑之中也有潺潺流泻的清溪，大海上不仅有奔腾的九级浪，也有波平如镜的风光；在社会生活中，既有烈火狂飙的英雄人物，有金戈铁马的战斗生涯，同时，也有花前月下的儿女柔情，也有登山临水的远情高致，也有朋辈之间的把袂谈心。辛弃疾其人其词就是如此。

　　辛弃疾除了豪语壮词，也有一些明丽清新的田园小品。淳熙十二年（1185）前后，他贬谪闲居江西上饶带湖时所作的《清平乐·村居》就是其中的一首：

　　　茅檐低小，溪上青青草。醉里吴音相媚好，白发谁家翁媪？　　　大儿锄豆溪东。中儿正织鸡笼。最喜小儿亡赖，溪头卧剥莲蓬。

写这首词时，辛弃疾已过不惑之年，这是他的农村词的代表作之一，宛如一帧优美的千秋如在的田园风情画。画面的背景是一椽茅屋，一条溪水，画面的中心则是一对白发公婆和他们的三个儿子。词的上阕，主要写背景和老人。"溪"字在词中凡三见，是全词画面的主要背景。"茅檐低小"，出自杜甫在四川成都草堂所作的《绝句漫兴》:"熟知茅斋绝低小,江上燕子故来频。"如此小小茅屋,正是当时农村的一般景象,居所低小,可见生活之艰难。"溪上青青草"又是茅屋的背景,茅屋已是词中背景了,一曲清溪两岸绿茵更是背景的背景。江西地处吴地上游、楚地下游,素有"吴头楚尾"之称,所以此地的语音也可称"吴音"。翁媪即老年的公公和婆婆,"醉里吴音相媚好,白发谁家翁媪",吴侬软语本来就很温柔了,何况这两位老人喝了点酒已经微醉,更何况看来他们老两口感情很好,彼此轻言细语絮叨家常,听起来声音更加妩媚好听。作者的笔触充满温情,他并不是粉饰太平,而是既表现了田夫野老知足常乐的淳良朴实,也抒发了自己对他们的关爱之意。词的下阕,分写儿辈。一句写大儿子:"大儿锄豆溪东。"大儿子当是家中主要劳动力,不能像当今这样进城当农民工,于是就担负在溪东豆田锄草的重担。一句写二儿子:"二儿正织鸡笼。"二儿子年纪小些,但他也同样勤劳,手不停织,各尽所能。重点所在是写小儿子,花了两句:"最喜小儿亡赖,溪头卧剥莲蓬。""亡赖"音义均同"无赖"。无赖之原意为无聊,又引申为顽皮,《汉书·高帝纪》注云:"江淮之间,谓小儿多诈、狡狯为无赖。"此处则不仅为顽皮,更有逗人、可爱之意,中唐诗人徐凝七绝《忆扬州》:"萧娘脸下难胜泪,桃叶眉头易得愁。天下三分明月夜,二分无赖是扬州。"其中的"无赖"正是此意。小儿子尚在幼年,无忧无虑,他"好闲"但不"游手",正躺在溪头的青草上自得其乐地剥食莲蓬呢。前面写两位老人,已经声发纸上令读者如闻纸上有人了,结尾写小儿更是情景如见的传神之笔,而"最喜"二字,尤可见作者的欣悦赞叹之情。汉乐府《相逢行》写道:"大妇织绮罗,中妇织流黄;小妇无所为,挟瑟上高堂。"辛弃疾易三女为三男,写的是生活中的实景,却融化了前人的句法和句意而有出蓝之美。总之,《清平乐·村居》宛如一幅明丽的水彩画,让我们看到多棱钻石的另一面的光辉。

　　在辛弃疾的全部词作中,以《清平乐》这一词牌创作的作品将近二十首,此词是其中的最优秀者。除了如同明丽的农村风景画与风俗画,在辛词中别具婉约之美,我还想另外指出的是,辛弃疾不仅是一位优秀的风景画家,而且还是一位杰出的人物画家,在寥寥四十六字的小令中,居然写了五个人物,笔墨十分经济,而且还活灵活现,这在宋词中似乎绝无而仅有。杜甫的《饮中八仙歌》令我们惊叹,在二十二行的短篇中竟然写了而且写活了八个人物,传神造像,妙到毫颠。在诗词的长河中,也是后浪推前浪,当读者以为老杜之诗空前绝后时,接踵而来的辛弃疾则以他的《清平乐·村居》词,捧出了一朵令人炫目的后浪。

　　唐人以"村居"为题的诗不多,佳作更少,王驾的"鹅湖山下稻粱肥,豚栅鸡栖对掩扉。桑柘影斜春社散,家家扶得醉人归"虽是咏农村生活的名作,但其诗题却是《社日》。戴叔伦有一首《越溪村居》:"年来桡客寄禅扉,多话贫居在翠微。黄雀数声催柳变,清溪一路踏花归。"虽然可读却并不十分出色。宋代的"村居"为题的诗多而且好,除辛弃疾的上述《村居》外,如晁补之《村居即事》:"小麦青青大麦稀,蚕娘拾茧盈筐归。放牛薄暮古堤角,三四黄莺相趁飞。"如翁卷《村居即事》:"绿遍山原白满川,子规声里雨如烟。乡村四月闲人少,才了蚕桑又插田。"张舜民的《村居》也很不错:"水绕陂田竹绕篱,榆钱落尽槿花稀。夕阳牛背无人卧,带得寒鸦两两归。"此诗其《画墁集》与《补遗》均未收,钱锺书根据有关史料钩沉,收录在他的《宋诗选注》之中。元明两代有关佳作不多,倒是晚清诗人高鼎的《村居》一枝秀出:"草长莺飞二月天,拂堤杨柳醉春烟。儿童散学归来早,忙趁东风放纸鸢。"不过,上面所引皆诗,以词而论,恐怕无人能出辛弃疾《村居》之右了。

几副笔墨
——刘过《唐多令·重过武昌》

在大自然的园林里，不仅有春兰秋菊，而且有冬梅夏荷；不仅有花雅香幽的玉兰，而且有玲珑俏丽的石竹；不仅有云蒸霞蔚的桃花林，而且有知时舒卷的合欢树……这样才能构成百花齐放、四时不谢的风光。在诗歌史上，凡是有突出成就的诗人，即所谓名家与大家，他们的题材、风格、手法也往往是多样化的，在艺术上往往有几副笔墨，多彩而不单调。

苏轼，在北宋词坛举起革新的旗帜，他的词以清雄豪放的风格著称于世，但他的"花褪残红青杏小。燕子飞时，绿水人家绕"的《蝶恋花》却别具一番风韵；辛弃疾，是继承苏轼的风格而予以创造性发展的词人，他的词以豪迈奔放、雄奇恣肆为基本风貌，但又兼有婉约、清丽、谐趣等种种风采，如"早趁催科了纳，更量出入收支。乃翁依旧管些儿，管竹管山管水"（《西江月·示儿曹，以家事付之》)，如"东风夜放花千树，更吹落、星如雨"（《青玉案·元夕》)，如"昨夜松边醉倒，问松'我醉何如？'只疑松动要来扶，以手推松曰：'去！'"（《西江月·遣兴》)；李清照把婉约派的词章发展到最成熟的境界，但是，"天接云涛连晓雾，星河欲转千帆舞。仿佛梦魂归帝所。闻天语，殷勤问我归何处？　　我报路长嗟日暮，学诗谩有惊人句。九万里风鹏正举。风休住，蓬舟吹取三山去"，对她这首气象恢宏的《渔家傲·天接云涛连晓雾》一词，梁启超就曾说："此绝似苏辛派，不类

《漱玉集》中语。"(《艺蘅馆词选》)可谓一语中的。读上述大词家的作品，人们不禁惊叹：在同一株树上，却开出了色彩不同、芬芳各异的花朵！

南宋词坛与辛弃疾同时的词人刘过，他的《唐多令·重过武昌》一词，也能启发我们认识关于几副笔墨的艺术道理：

> 安远楼小集，侑觞歌板之姬黄其姓者，乞词于龙洲道人，为赋此《唐多令》。同柳阜之、刘去非、石民瞻、周嘉仲、陈孟参、孟容。时八月五日也。
>
> 芦叶满汀洲，寒沙带浅流。二十年重过南楼。柳下系船犹未稳，能几日，又中秋。　　黄鹤断矶头，故人曾到否？旧江山浑是新愁。欲买桂花同载酒，终不似，少年游！

刘过（1154—1206），字改之，号龙州道人，吉州太和（今江西省吉安市泰和县）人，终身不仕，尚气节，善饮酒，喜谈兵，流寓两湖和安徽、江苏、浙江一带，自谓晋宋间人物。明末藏书家、出版家毛晋《龙州词跋》引宋子虚的话，称他为"天下奇男子，平生以气义撼当世"，陆游、辛弃疾、陈亮等人与之意气相投，均曾和他交往。刘过积极主张收复中原，具有强烈的爱国热情，词风也着意效法辛弃疾，因而成为辛派的重要词家之一，对推动豪放派词风的发展做出了重要贡献。如"堂上谋臣尊俎，边头将士干戈。天时地利与人和，'燕可伐欤？'曰：'可。'　　今日楼台鼎鼐，明年带砺山河。大家齐唱《大风歌》，不日四方来贺"（《西江月》），如"便尘沙出塞，封侯万里，印金如斗，未惬平生。拂拭腰间，吹毛剑在，不斩楼兰心不平"（《沁园春·张路分秋阅》），如"中兴诸将，谁是万人英？身草莽，人虽死，气填膺，尚如生"（《六州歌头·吊武穆鄂王忠烈庙》），都是意可干云、声可裂竹之作。因此，诗人陈亮就推许他"刘郎吟诗如饮酒，淋漓醉墨龙蛇走。笑鞭列缺起丰隆，变化风雷一挥手"（《赠刘改之》）。比刘过年长近三十岁的陆游也赞扬他"胸中九渊蛟龙蟠,笔底六月冰雹寒……放翁七十病欲死,相逢尚能刮目看"(《赠刘改之秀才》)。然而,这位词家并不是一味地豪放飞扬,上述《唐多令·重过武昌》,就是出自他的手笔的含蓄委婉之作。

安远楼,又名南楼,位于今湖北省武汉市蛇山之南。此楼建于淳熙十三年(1186),建成不久之后,刘过赴试途径武汉,曾登楼凭眺。据"二十年重过"推断,此词约作于开禧元年(1205)。这首词上阕首二句"洲"、"水"分写,芦叶寒沙,一派寂寥的深秋景象。在抒写了所见的空间景物之后,诗人不禁从时间角度兴起了今昔之思:二十年前,诗人怀抱着匡时救国的壮志,辞别建立在武昌黄鹤山上的南楼(即安远楼)去临安赴试,如今书生老去,一事无成,而南宋国势日非,剩水残山而江河日下。旧地重游自然饶多感慨,何况是在行色匆匆之中,更何况是斯时斯地迎候那即将来临的中秋明月?

下阕紧承上阕的时间意脉,以"故人曾到否"(一本作"故人今到不","不"之音义同"否")的问句转入直接抒情。"旧江山浑是新愁",是全诗的关键句,矛盾语耸动读者的耳目而包举深厚。在这一句中,"新"与"旧"相对举,半壁河山依旧,而不可收拾的国事及自己的迟暮只能令人平添许多新愁。如此相摩相荡,构成一股巨大的冲突力。日本现代学者滨田正秀《文艺学概论》中所引述的西方文论中所云之"矛盾法"或"抵触法",在刘过的词中早就有精彩的演出了。结尾三句又回应"二十年"和"中秋":本来想再邀集故人泛舟中流,把酒赏月,然而,即使这样,也毕竟不同于二十年前的少年之游了。如此作结,有如一阕《悲怆奏鸣曲》的最后的乐音,沉痛低回,余音不绝。

刘过这首词,沉哀宛转,别是一种笔墨,其感人力量并不亚于他那些激扬奋厉之作。数十年后,南宋末年刘辰翁"丙子中秋前,闻歌此词者",就用原韵追和了七首之多。此词名《唐多令》,亦名《糖多令》。自刘过此词一出,轰动一时,僻调竟成显调。宋末周密因为词中有"重过南楼"一语,就改这首词的词牌为"南楼令"。刘辰翁步原韵和词七首,时间相距不远,而第一首则是作于 1276 年即南宋亡国之时,词前小序是:"丙子中秋前,闻歌此词者,即席借'芦叶满汀洲'韵。"全词是:"明月满沧洲,长江一意流。更何人,横笛危楼。天地不知兴废事,三十万,八千秋。　　落叶女墙头,铜驼无恙否? 看青山,白骨堆愁。除却月宫花树下,尘块莽,欲何游?"时至元代,蒋子正《山房随笔》还记载说:"刘此词,楚中至今歌者竞唱之。"而明末清初的爱国志士李天植,还追和刘作的原韵写了一首《唐多令》,以寄寓他的易代之悲:"新绿满沧洲,孤帆带远流,更甚人同倚南楼。一片伤心烟雨里,犹记似,别时秋。　　华发渐蒙头,相思如旧不? 怪江山不管离愁。二十年前曾载酒,都作了、梦中游。"可见刘词影响深远。

　　从宏观而论,题材、体裁、形式、流派、风格和手法的多样化,是文艺繁荣昌盛的重要标志之一。单调与贫乏,不是幼稚就是衰落的表现。就微观而言,优秀的甚至杰出的诗人,在创作上,往往具有多样而统一的特征。除了擅长表现重大题材,还能出色地抒写多种多样的题材;除了应用得最得心应手的体裁,还能驾驭多种形式;除了鲜明突出的艺术个性,还有不拘一格的风格。例如对大诗人杜甫,宋代的宋祁在《新唐书·杜审言杜甫传赞》中云:"然恃华者质反,好丽者壮违,人得一概,皆自鸣所长。至甫,浑涵汪茫,千汇万状,兼古今而有之。"明人胡应麟《诗薮》也说:"盛唐一味秀丽雄浑,杜则精粗、巨细、巧拙、新陈、险易、浅深、浓淡、肥瘦,靡不毕具。"从这里可以体会到,多掌握几副笔墨,在表现生活和抒发感情时,就不至于单调,音乐中的独弦琴虽然可听可赏,但毕竟不如七弦琴音调之丰富多彩。

蒙太奇与细节描写

——赵师秀《约客》

　　若夫霪雨霏霏，连月不开，现在正是江南的梅雨季节。虽然我身居闹市，入耳的尽是车声的隆隆、喇叭的嚣嚣、人声的喧喧，听不到虫鸣的唧唧、鸟鸣的嘤嘤、蛙唱的阁阁，但在这种黄梅天里，在如斯红尘阵中，我不时会遁入遥远而芬芳的古典氛围，将宋代诗人赵师秀的名篇《约客》重温。

　　赵师秀（1170—1219），生当南宋末世，字紫芝，又字灵秀，赵宋宗室，为太祖八世孙，永嘉（今浙江省温州市）人。光宗绍熙元年（1190）进士，仅任过高安推官之类的卑职小官，仕途不达而终于归隐。在宋代诗歌史上，他属于"永嘉四灵"这一诗派，除他之外，其他同为永嘉人而字号中均有"灵"字的三位是：徐照，又字灵晖；徐玑，又字灵渊；翁卷，又字灵舒。

　　北宋的黄庭坚是"江西诗派"的开山祖师，但江西诗派的末流却是从书本到书本，专以学问为诗，如同今日某些所谓"学人之诗"一样。"永嘉四灵"的作品虽然缺乏深广的时代社会生活内容，但他们推许不为江西诗派所喜的中晚唐诗家贾岛、姚合等人，主张抒写性情，强调清新自然，着意炼字炼句，所以在写景抒情方面仍不乏佳作。在四灵之中，赵师秀虽然排名末位，但这种座次如同现在作家作品的某些"排行榜"一样，只可视为"参考消息"，不可信以为真或依以为据，他的整体成就实在高于其他三人。在他存诗一百四十一首的《清苑斋诗集》中，有于镇江北固山甘露寺多景楼感时伤世的《多景楼晚望》："落日栏杆与雁平，往来疑有旧英灵。潮生海口微茫白，麦秀淮南迤逦青。远贾泊舟趋地利，老僧指瓮说州形。残风忽送吹营角，声引边愁不可听。"有歌吟春景而写闲适隐逸之情的《孤山寒食》："二月芳菲在水边，旅人消困亦随缘。晴舒蝶翅初匀粉，雨压杨花未放绵。有句自题闲处壁，无钱难买贵时船，最怜隐者高眠地，日日春风是管弦。"也有咏秋色秋光而别出心裁的《数日》："数日秋风欺病夫，尽吹黄叶下庭庑。林疏放得遥山出，又被云遮一半无。"然而，正如一种名牌产品一定有其注册商标，赵师秀在诗史上注册的作品，首先还是那首句秀意新的七绝《约客》：

> 黄梅时节家家雨，青草池塘处处蛙。
> 有约不来过夜半，闲敲棋子落灯花。

读《约客》一诗，令人惊叹的是它的白描。古希腊哲人亚里士多德在他的名著《修辞学》中认为，比喻与对比、生动为修辞学的三大原则，"诗与文之中，比喻之为用大矣哉"。确实，比喻是诗苑的奇葩，诗国的骄子，其他如对比、象征、通感等，都是诗人的宝库中常备的利器。但是，《约客》却一空依傍，纯用白描，显示了有如空手入白刃般的高超诗艺。所谓"白描"，源于古代的"白画"，亦称"单线平涂法"，即用墨线勾勒物象而不着颜色或略施淡墨的画法，为中国绘画的传统技法之一。白描原是绘画的专用术语，借用到诗文创作中来，则是指不借助其他艺术手段，不事文饰，不用典故，专以明快洗练的文字勾勒出生动传神的形象。在前代诗人中，如贺知章的《回乡偶书》，如王之涣的《登鹳雀楼》，如王维的《渭城曲》，如李白的《黄鹤楼送孟浩然之广陵》，如杜甫的《闻官军收河南河北》，如温庭筠的《梦江南》，如李煜的《一斛珠》等，皆是。宋人赵师秀的《约客》，也是如此。

诗人首先着重从听觉的角度，勾画出一幅外景与大景。江南立夏之后多雨,长约四十天,之所以俗称黄梅天或黄梅雨,因为正当梅子黄时。
"黄梅时节家家雨"点明时令,而"家家"的叠词则是渲染雨水多而且广,无
一幸免。"青草池塘处处蛙",前句着笔于"雨",此句落墨于"蛙",前句写
白天,此句写晚上,前句诉诸视觉,后句诉诸听觉。南朝晋宋之交的诗人
谢灵运,有"池塘生春草,园柳变鸣禽"(《登池上楼》)之名句,赵师秀之"青
草池塘"其源有自,但也可能是随手拈来,何况雨肥草茂,正是眼前的实
景。蛙,本是春天与夏日的热情的歌手,尤其是入夜后它们更是倾情演
出,引吭高歌。仅以宋代而论,就有许多诗人为它们作过现场记录,如贺
铸的"有时白鹭窥鱼下,竟日青蛙伴我鸣"(《乌江广圣寺虚东亭》),黄庭坚
的"蛙号池上晚来雨,鹊转南枝夜深月"(《秋怀》),范成大的"薄暮蛙声连
晓闹,今年田稻十分秋"(《四时田园杂兴》),陆游的"蛙声经雨壮,萤点避
风稀"(《露坐》)、"水满有时观下鹭,草深无处不鸣蛙"(《幽居初夏》),辛弃
疾的"明月别枝惊鹊,清风半夜鸣蝉。稻花香里说丰年,听取蛙声一片"
(《西江月·夜行黄沙道中》),曹豳的"林莺啼到无声处,青草池塘独听蛙"
(《暮春》)。曹豳是赵师秀的同时代人,他们的咏蛙之句颇为相似,也许是
作者不同而诗心相通吧? 也许是其中一人借鉴了另一人,但孰后孰先呢?
其间的关系总令人感到有些暧昧或者耐人寻味。杜甫的《绝句二首·其
一》说:"迟日江山丽,春风花草香。泥融飞燕子,沙暖睡鸳鸯。"后二句两
两相对。赵师秀此诗则是首二句对偶,原句本来已经是描摹情景如画而
谐美可诵了,"处处蛙"之"处处",和"家家雨"之"家家",又是在诗行同一
位置上的叠词照应,更突出了户外与野外的热闹,益增语言的听觉美感。
后两句,诗人便掉转笔锋,由外而内,由大而小,主要从视觉的角度,勾勒
出一幅内景与小景。"有约不来过夜半",至此,"有约"方才点明题目"约
客",而"过夜半"则表明时间已过午夜而客人未至,可见主人等候之久,期
盼之切,而雨声与蛙声敲响的正是他内心的想望和寂寞。在古代,油灯中
的灯芯燃烧时结成的花状之物名"灯花","闲敲棋子落灯花",客人久候不

至，大约是因为梅雨连绵而不良于行吧，主人虽无可奈何但也不免怅然若失。全诗由远而近，由大而小，最后聚焦于主人敲棋的动作和缩小于灯花掉落这一细节，有如两个声色并作的蒙太奇特写镜头，言有尽而意无穷。柳宗元的《江雪》，"千山鸟飞绝，万径人踪灭"，前两个蒙太奇镜头是大写，"孤舟蓑笠翁，独钓寒江雪"，后两个蒙太奇镜头是由远而近由大而小的小写，最后聚焦于渔翁的钓竿这一细节上。赵师秀《约客》的构图与之大致相似，他是否向前贤请教过呢？

青蛙啊，这大自然的热情的小小歌手，在诗词中从唐宋一直唱到清代。宋人赵蕃的《闻蛙》说："惊蛰已数日，闻蛙初此时。能如喜风月，不必问官私。"清代女诗人倪瑞璿的同题诗作《闻蛙》唱的却是反调："草绿清池水面宽，终朝阁阁叫平安。无人能脱征徭累，只有青蛙不属官！"时至今日，许多人都有过"听取蛙声一片"的人生经验。幼时我曾小住乡下的祖居，少年时也曾在乡间初上中学，青蛙乐队的鼓吹曾经无数次地声声入耳，铭刻在我儿时与少年的记忆里。后来数十年困居于红尘闹市，蛙唱已经久违，每读赵师秀的《约客》，总是恍兮惚兮回到了遗失已久的少年和童年。2013 年盛夏，我与内子缇萦避祝融氏的炎威于湘东北的龙窖山中，寂寥在山中，友人在山外，夜深时独自于灯下敲诗，蛙声盈耳。我曾作《山村夜吟》一绝："龙窖山中静夜村，敲诗独对一灯温。相思寂寂无人到，唯有蛙声乱叫门！"在潜意识里，我诗中的"蛙声"，是千年后对赵师秀诗中的蛙鸣的回应吧？

提笔与顿笔

——陈人杰《沁园春》

　　词有词调,词调有短调与长调之分。"令"就是短调,又名"小令",短调讲究言短意长,韵味悠远,如一泓春日的山泉;"慢"就是长调,又可分为中调与长调两种,长调讲求纵横排宕,笔力夭矫,如一湖浩荡的波澜,如一江奔湍的流水。

　　长调波翻浪涌,除了在内容上是由诗人激越而动荡的感情所决定外,还因为在篇章结构上注意与感情的律动相一致,讲究笔法与笔姿的抑扬顿挫。书法的用笔之道,讲究"提按顿挫",提主要指起笔,按主要指收笔,词的笔法何其不然? 提笔与顿笔,就是词之笔法,特别是长调词的笔法中的一种。如南宋词人陈人杰的《沁园春》:

　　　　予弱冠之年,随牒江东漕闱。尝与友人暇日命酒层楼。不惟钟阜、石城之胜,班班在目,而平淮如席,亦横陈樽俎间。既而北历淮山,自齐安溯江泛湖,薄游巴陵,又得登岳阳楼,以尽荆州之伟观。孙刘虎视遗迹依然,山川草木,差强人意。洎回京师,日诣丰乐楼以观西湖,因诵友人"东南妩媚,雌了男儿"之句,叹息者久之。酒酣,大书东壁,以写胸中之勃郁。时嘉熙庚子秋季下浣也。

　　　　记上层楼,与岳阳楼,酾酒赋诗。望长山远水,荆州形胜;夕阳枯木，六代兴衰。扶起仲谋，唤回玄德，笑杀景升豚犬儿。归来也，对西湖叹息，是梦耶非？　　诸君傅粉涂脂，问南北战争都不知。恨孤山霜重，梅凋老叶；平堤雨急，柳泣残丝。玉垒腾烟，珠淮飞浪，万里腥风送鼓鼙。原夫辈，算事今如此，安用毛锥？

陈人杰（1218—1243），又名经国，又字刚夫，号龟峰，福建长乐人，是南宋后期一位颇具才华而天不假年的青年爱国歌手。他空怀报国雄心而又请缨无路，应举不第，二十岁以后以幕僚身份浪游两淮荆湘等地，仕途坎坷，二十六岁即英年早逝。他有《龟峰词》一卷，多为逝世前几年旅食临安时的作品，共三十一首，全部用的是适宜于表达豪情胜概的《沁园春》词调，这不仅在宋代词坛，在整个词史上也仅此一人。其词风悲凉慷慨，笔力典雅豪纵，直逼辛稼轩的藩篱，是南宋后期辛派的重要词人之一。如“谁使神州，百年陆沉，青毡未还？怅晨星残月，北州豪杰；西风斜日，东帝江山。刘表坐谈，深源轻进，机会失之弹指间。伤心事，是年年冰合，在在风寒。　　说和说战都难，算未必江沱堪宴安。叹封侯心在，鳣鲸失水；平戎策就，虎豹当关。渠自无谋，事犹可做，更剔残灯抽剑看。麒麟阁，岂中兴人物，不画儒冠”（《沁园春·丁酉岁感事》），如“抚剑悲歌，纵有杜康，可能解忧？为修名不立，此身易老，古心自许，与世多尤。平子诗中，庾生赋里，满目江山无限愁。关情处，是闻鸡半夜，击楫中流。　　淡烟衰草连秋，听鸣鸠声声相应酬。叹霸才重耳，泥途在楚；雄心元德，岁月依刘。梦落莼边，神游菊外，已分他年专一丘。长安道，且身如王粲，时复登楼”（《沁园春·次韵林南金赋愁》）。好似一阕《英雄交响曲》，诉说着时代的苦难，志士的悲愤，宣泄着诗人心海上难以平静的风涛。

　　上述这首词同样如此。“嘉熙庚子”，即宋理宗嘉熙四年（1240），作此词时，陈人杰刚过弱冠之年。在笔法上，诗人运用了提笔与顿笔，使得词篇变化莫测而不平直，波涛横生而不板滞。提笔与顿笔，本是书法艺术中的术语。在词中，提笔，就是篇中之起，笔所未到而气已吞，提纲挈领，笼罩下文；顿笔，就是篇中的停顿转折，作用是欲尽未尽，使笔势回旋，言外有意。善于运用提顿，有助于意境深沉悠远，余味曲包，文势峭劲多姿，波澜老成，音韵如快板与慢板的交会，起伏抑扬，铿锵悦耳。

关于起笔，古代词论家有许多论述，如"诗重发端，惟词亦然，长调尤重。有单起之调，贵突兀笼罩，如东坡'大江东去'"（沈祥龙《论词随笔》），"近人作词，起处多用景语虚引，往往第二韵方约略到题，此非法也。起处不宜泛写景，宜实不宜虚，便当笼罩全阕，它题便挪移不得"（况周颐《蕙风词话》）。陈人杰这首词的起笔颇有气势，"记上层楼，与岳阳楼，酾酒赋诗"，词的开始，就像拔地而起的奇峰总揽群山。一个"记"字带起对往事的回忆，标举"层楼"与"岳阳楼"，湖天空阔，眼界开张，使得下文的"望"字有了立足放眼的定点。在如此大笔提起之后，诗人略作小顿，接笔并没有去写酾酒赋诗的情况，而是以"长山远水，荆州形胜"写空间，以"夕阳枯木，六代兴衰"写时间，时空分写，包举深厚，然后将英雄与庸才对照，深沉的感喟见于言外。回首历史上出色的与凡庸的人物，诗人并没有就此多作发挥，而是笔势一顿："笑杀景升豚犬儿！"像高明的驭手将疾驰的战马一缰勒住，随后宕开一笔："归来也，对西湖叹息，是梦耶非？"这一句，是全词承上启下的过脉，斡旋于上下阕之间，又以问句出之，尤见错综跌宕。清人王又华《古今词论》引张砥中所说"前结如奔马收缰，须勒得住，尚存后面地步，有住而不住之势"，陈人杰的词正体现了这一艺术法则。

下阕的"诸君傅粉涂脂，问南北战争都不知"，是另意另起的提笔，着重眼前现实的描绘。诗人在这样一句喝起之后，又略作顿挫，以一个"恨"字统领下文，先之以状景物而抒愁情，继之以写时事而发悲慨，好似繁弦急管，有如苦雨凄风。但是，至"万里腥风送鼓鼙"一句，诗人又一笔顿住："原夫辈，算事今如此，安用毛锥？"王定保《唐摭言》载："贾岛不善程式，每自叠一幅，巡铺告人曰：'原夫之辈，乞一联！乞一联！'""原夫"，系指程式律赋中之起转语助词,"原夫辈",引申为泛指文墨之士。陈人杰这首词的结句是说:天下事既然已经如此不可收拾,读书人还有什么用呢? 全词以问句收束,既笔力飞腾又顿挫作势,在波澜不尽之中寄寓了无穷的感慨,更觉富于力度。《古今词论》又引张砥中语"后结如众流归海,要收得尽,回环通首源流,有尽而不尽之意,方能使通体灵活,无重复堆垛之病",陈人杰此词的结笔之妙,正如斯言。

陈人杰这首词,开篇突然而起,中间虎掷龙腾,结尾以转折作收,全词提、顿交错,运笔矫健,从中可以窥见这位在词史上声名不彰却身手不凡的青年诗人的强劲腕力。本文开篇后所引两首《沁园春》词,也可作如是观。他的另一首《沁园春》,是以词论诗与诗人的别开生面之作:"诗不穷人,人道得诗,胜如得官。有山川草木,纵横纸上;虫鱼鸟兽,飞动毫端。水到渠成,风来帆速,廿四中书考不难。惟诗也,是乾坤清气,造物须悭。　金张许史浑闲。未必有功名久后看。算南朝将相,到今几姓? 西湖名胜,只说孤山。象笏堆床,蝉冠满座,无此新诗传世间。杜陵老,向年时也自,井冻衣寒。"陈人杰有才华,有抱负,有自信,然而不但在一般的文学史上,甚至在诗词史的专著中,陈人杰及其作品都似乎极少被提到过。一般的词学研究文章与著作,似乎也还来不及去唤醒七百年前这位早夭的诗人。陈人杰,是一位肝肠似火而又才华风发的青年爱国歌手,他的一腔未冷的热血仍然在他的词章中燃烧奔流,于是,我深怀隔代而又隔代的敬意,潜游于词的海洋里,向读者捧出这颗沉埋已久的珍珠!

以美写丑　丑中见美
——醴陵士人《一剪梅》

讽刺,是诗歌园地里无花的蔷薇,是诗歌百花中带刺的玫瑰。

在我国,讽刺诗之花早就开放在距今两千五百多年的最早的诗歌总集《诗经》里。《邶风·新台》、《魏风·伐檀》、《魏风·硕鼠》、《陈风·墓门》等篇,就是中国诗歌史上几朵早开的蔷薇和玫瑰。《伐檀》表达了劳动人民对不劳而获的统治者的嘲讽和控诉,那是人所熟知的了。《新台》讽刺卫宣公为强娶他儿子的新娘,在黄河边上造了一座新台,"新台有泚,河水浼浼。燕婉之求,籧篨不鲜",意思是说:河边新台鲜又明,河水洋洋齐岸平,只道嫁个好郎君,谁知是个癞头蛤蟆真恶心! 设譬作喻,入木三分地刻画被讽刺者的丑态和灵魂,真可谓婉而多讽。当代台湾旅美诗人非马曾为十二生肖各赋诗一首,因为"鼠"居十二生肖之首,他的《鼠》诗写道:"卧虎藏龙的行列/居然让这鼠辈占了先/要把十二生肖排得公平合理/只有大家严守规则 /只许跑,不许钻!"其实,鼠辈的祖先早已在《魏风·硕鼠》中"闪亮"登场了,它们至今仍然是贪官污吏绝好的代名词。

在汉魏乐府中,我们看到民歌继承了《诗经》讽刺诗的传统,如《顺帝末京都童谣》的"直如弦,死道边;曲如钩,反封侯",如《灵桓时童谣》的"举秀才,不知书。举孝廉,父别居。寒素清白浊如泥,高第良将怯如鸡",就是有力的嘲讽之作。在我国古典诗歌的黄金时代,中唐的白居易不满于前代文人诗歌"若求兴谕规刺言，万句千章无一字"，他认为"欲开壅蔽达人情"，就必须"先向歌诗求讽刺"（前引皆出自《采诗官》），因此他创作了不少的讽喻诗。晚唐的罗隐、聂夷中等人，发扬了白居易的讽喻诗风，也写了不少讽刺诗作传于后世。

关于诗的讽刺，孔子在《论语》中提出"诗可以怨"，也就是"怨刺上政"。东汉郑玄《诗谱·序》更提出了诗的"美"与"刺"之说，认为诗可以"刺过讥失"。他们的观点虽然不免有其时代的局限，但毕竟都肯定了诗歌的怨刺的社会作用。至于对诗歌讽刺艺术的探讨，在传统诗歌理论中则是比较薄弱的环节，古代诗论家即使有见于此，也只是一鳞半爪，片羽吉光。

我以为，讽刺的火焰，当然是烧向那些反面的现象和事物，使它们那可笑而又可憎的面目暴露在光天化日之下，也就是说，讽刺专以"丑"为其表现与鞭挞的对象。但是，写"丑"却不能流于自然主义的秽行展览，或反面人物的种种表象罗列，也不能流于缺乏美感和落入作者的审美评价的谩骂。作为文学作品的讽刺诗的讽刺，应该遵循的是"以美写丑，丑中见美"的美学原则。试看南宋末年署名"醴陵士人"的题为"咸淳甲子又复经量湖南"的《一剪梅》：

> 宰相巍巍坐庙堂，说着经量，便要经量。那个臣僚上一章？头说经量，尾说经量。　　轻狂太守在吾邦，闻说经量，星夜经量。山东河北久抛荒，好去经量，胡不经量？

醴陵（今湖南省醴陵市），"醴陵士人"，生卒年不详，应是南宋末年湖南醴陵的一位读书人。咸淳甲子即宋度宗咸淳元年（1265），据《续资治通鉴》记载，那一年九月"贾似道请行经界推排法于诸路，由是江南之地，尺寸皆有税，而民力竭焉"，这，就是此词所讽刺的丑的对象。所谓"经界推排法",就是清查土地重定税额,无非是巧立名目盘剥百姓,加之吏治腐败,在执行过程中更是弊端丛生,百姓怨声载道。作者先就题发挥,以"经量"为中心,分别勾勒"宰相"、"臣僚"、"太守"们的嘴脸。巨奸大恶的宰相是"说着"而"便要",位高权重,贪婪狠毒;臣僚是"头说"而"尾说",屈膝卑躬,唯唯诺诺;为官一任不会造福一方的太守则"闻说"而"星夜",谄媚逢迎,做官有道。在分别勾画群丑图之后,结尾的三句出之以对比鲜明、发人深省的问句:北方沦陷区那么广大的土地都早已被你们抛弃荒废了,那里难道不应该去丈量吗? 你们为什么不去丈量呢? 于是,统治者丧权失地而对水深火热中的人民还要敲骨吸髓的丑恶面目,便穷形尽相了。但是,"丑就在美的旁边","滑稽、丑怪作为崇高、优美的配角和对照"(雨果语),这首在宋词中并不多见的讽刺作品,却让读者看到了美。

　　读者之所以能从中获得美的享受,一是由于它的思想之美,一是由于它的艺术之美。作者通过对丑的鞭挞,表现了作者的也是人民的美学理想和审美情趣,即对祖国山河的热爱和对丑恶事物的憎恶。也就是说,作者是以自己的美学观点来描写丑、嘲笑丑,从而使读者在精神上得到某种愉快和满足,正如著有讽刺小说名著《钦差大臣》、《死魂灵》的俄罗斯大作家果戈理所说,"使人们对于那些极端卑劣的东西引起明朗的高贵的反感",也正是因为这样,果戈理的《死魂灵》本来是一条反面人物的画廊,而文学批评大家别林斯基却称赞它是"优美的长诗"。

　　做到以美写丑,丑中见美,除了对丑的对象的审美评价之外,也还有赖于美的表现方法。讽刺诗作为诗的一种,讽刺的虽然是丑的事物,但也必须讲究诗的艺术,讲求把生活丑转化为艺术美的诗美。这首诗,以高明的有层次的艺术对比结撰成章,以对"经量"的反复咏唱构成了和谐的美的旋律("经量"凡八见,共十六字,"说"字四见),这样,丑的对象却得到了美的艺术表现,因此,在诗人对丑的挞伐之中,仍然可以给人以一种审美的艺术享受。在醴陵士人创作此词的同时,民间也流传另一首同一题材与主题的七言绝句:"三分天下二分亡,犹把山川寸寸量。纵使一丘添一亩,也应不似旧时疆。"(明冯梦龙《古今小说·木绵庵郑虎臣报冤》)两者对读,如见匕首与投枪。

在今日诗的百花园中,讽刺诗也应该是不可缺少的一枝。如当代诗人熊楚剑的《假面人舞》:"逢场作戏假犹真,本是凡胎肉体身。一样心肝多用处,可牛可鬼可蛇神。"讽刺多副面具的奸人佞者与波谲云诡的人生世相,可谓入木三分。又如他的《岁暮杂感二首·其一》:"人欲横流事可哀,权钱交易已成灾。钱多能买官升级,权大堪教色卖乖。二奶同登龙虎榜,小姨也上凤凰台。几多贪腐官为首,但愿金猴铁棒来!"干将莫邪,他手握的岂止是治病疗疴的手术刀,而是伐丑诛邪的楚人之剑。恩格斯年轻时就曾写过讽刺诗,他曾经赞扬古罗马的讽刺诗人裴尔修斯:"只有像裴尔修斯这样十分罕见的哲学家,才会用讽刺的鞭子去鞭打那些堕落了的同时代人。"(《布鲁诺·鲍威尔和早期基督教》)因此,我们也不妨去观赏古典诗词中某些作品讽刺的火焰,并将它们集束成把,接力传扬而照亮假恶丑远未绝迹的今天。

意象并列

——元好问《湘夫人咏》

　　优秀的诗篇,除了必须有深刻独到的思想和真挚强烈的感情之外,在艺术上还必须有创造性的鲜活丰美的意象。讲究诗的意象,是我国古典诗歌的优良传统,而意象并列,如并蒂的莲花,是我国古典诗歌意象经营的重要艺术技巧。

　　意象是中国美学尤其是中国诗歌美学独有的美学范畴,是诗之所以为诗的核心。有没有创造性的美好意象,是诗和非诗的重要分水岭。创造鲜活丰美的意象,是诗家所追求的主要艺术目标。20世纪初期英美的一些青年诗人,对中国古典诗歌的意象艺术十分倾倒,他们以自己的创作实践,形成了风靡一时的被西方文学史家称为“淹没了英美诗坛”的诗歌流派——意象派。意象派的早期大将庞德就说:“有些中国诗人,满足于把事物表现出来,而不加说教和评论。”他自称他所运用的“意象叠加”的方法,就是从中国古典诗歌中学习而来的,他也曾翻译唐诗而题名《汉诗译卷》,这被认为是他对英美诗歌的“最持久的贡献”,而艾略特甚至称许他是“为当代发明了中国诗的人”。(以上均见赵毅衡《意象派与中国古典诗歌》)外国的有识之士尚且如此重视中国古典诗艺,我们的某些诗作者和诗评者怎么能拒绝珍贵的遗产而只是两眼向外,只主张“横的移植”而反对“纵的继承”,“藏金于室而自甘冻饿”呢?

　　关于意象艺术，我国古代诗论家早已有所论说，只是囿于传统的评点式的文字，他们对此未能深入地系统地阐述。如王昌龄在《诗格》中早就提出了"搜求于象，心入于境。神会于物，因心而得"的主张（《唐音癸签》卷二），司空图《二十四诗品》也正式标举出"意象欲出，造化已奇"的观点，而郝敬在《批选杜工部诗》中则说杜诗"情景意象，妙解入神"。如此等等，都是宝贵的吉光片羽。在我国古典诗歌的意象经营中，有一种重要的方法就是"意象并列"，它大致相当于现代电影中的并列式蒙太奇镜头。诗人们把几个可以单独存在的艺术图景并列在一起，围绕诗的主题将它们组合成一个有机的艺术整体，诗人不加议论，不作外加的说明，而让读者自己去领会意象之内的意蕴。李白的"床前明月光，疑是地上霜。举头望明月，低头思故乡"（《静夜思》），杜甫的"两个黄鹂鸣翠柳，一行白鹭上青天。窗含西岭千秋雪，门泊东吴万里船"（《绝句四首·其三》），柳宗元的"千山鸟飞绝，万径人踪灭。孤舟蓑笠翁，独钓寒江雪"（《江雪》），就是如此。名冠金、元的诗人元好问的《湘夫人咏》，也是运用意象并列的技巧而结撰成章的佳篇：

木兰芙蓉满芳洲，白云飞来北渚游。

千秋万岁帝乡远，云来云去空悠悠。

秋月秋风沅江渡，波上寒烟引轻素。

九嶷山高猿夜啼，竹枝无声堕残露。

　　元好问（1190—1257），鲜卑族，字裕之，号遗山，太原容秀（今山西省忻州市）人。他少年时就有"元才子"之称，后来蔚为诗文名家，为金、元两代之冠，有《遗山集》传世。他的诗，上继李杜，平揖苏黄，下开虞（集）、高（启）。他的学生、诗人郝经以为"巧缛而不见斧凿，新丽而绝去浮靡，造微而神采粲发"（《郝文忠公陵川文集》）。沈德潜《说诗晬语》认为他的七言古诗"气王神行,平芜一望,常得峰峦高插、涛澜动地之概"。赵翼在《瓯北诗话》中对他也倍加赞赏:"遗山修饰词句,本非所长,而专以用意为主,意之所在,上者可以惊心动魄,次亦沁人心脾。"曾国藩编选《十八家诗钞》,唐宋之下仅取好问一人,竟说"遗山后无大家"。他的诗,可圈可点者确实不少,如"枝间新绿一重重,小蕾深藏数点红。爱惜芳心莫轻吐,且教桃李闹春风"(《同儿辈赋未开海棠二首》),如"杨柳青青沟水流,莺儿调舌弄娇柔。桃花记得题诗客,斜倚春风笑不休"(《故地重游》),如"楚山鹤鸣风雨秋,楚岸猿啼送客舟。江山万古骚人国,猿鸟无情也解愁。西北长安远于日,凭君休上岳阳楼"(《湘中咏》),等等。《湘夫人咏》,就是一首芬芳悱恻、沁人心脾的作品。

元好问之诗,除社会诗、丧乱诗、咏史诗、论诗诗(《论诗绝句三十首》)之外,其写景诗和一般的抒情诗均可观。他未到过湘楚,但《湘夫人咏》一诗也写得相当出色。关于湘夫人,自屈原《九歌·湘夫人》之后,历代不知有多少诗人抒写过这一远古的瑰奇幽怨的传说,然而,元好问写来却深得屈子的遗意,焕发出新的光彩。屈原的《湘夫人》共四十句,元好问采用的是七言古诗的形式,只有八句。八句诗,四个飞动的镜头,四组并列的意象,意象之间有着大幅度的飞跃,留下了大片的空白,让读者联想和想象的翅膀来往飞翔。

第一个镜头:以写空间的芳洲为主,兼写时间。芳洲北渚,白云飞来,这里所说的"白云"一语双关,既是天上的云彩,也是屈原诗中所描绘的"帝子降兮北渚"(洞庭湖北岸的小洲)的湘夫人,而木兰和芙蓉,则为人物烘染了奇芬异秀的背景与环境。

第二个镜头:以写时间为主,兼写空间。"千秋万岁",说明过去的时光年代久远,已飞逝了不知多少岁月,未来的日子也不见尽头,追随舜帝而南来的娥皇女英(湘夫人),与舜帝死生契阔,会合无缘,就像千年万载空悠悠的白云而已。

　　第三个镜头：时空夹写。"沛吾乘兮桂舟,令沅湘兮无波","沅有芷兮澧有兰,思公子兮未敢言",元好问该是从《湘君》与《湘夫人》处受到启示吧,他写秋风摇落,秋月凄清,秋夜的沅江呈现出一派迷离怅惘的氛围。

　　第四个镜头：以写九嶷山景为主,兼写时间。九嶷山上不仅夜深时分有悲切的猿啼,而且枝上也有湘夫人的泪痕。"苍梧山崩湘水绝,竹上之泪乃可灭"(李白《远别离》),全诗像一阕悲怆幽怨的四重奏,在曲终时留下的是此恨绵绵无绝期的余音。

　　《湘夫人咏》就是这样通过四组意象的并列组接,再现了那一芬芳悱恻的古代神话传说。它也许赞颂了坚贞不渝的爱情,也许表白了对幸福生活的向往,它不加评议而意在象外,比那种拘泥于实事实写寸步不遗的诗高明得多,不同的读者可以联想到各不相同的内容意蕴。

　　意象并列,是突出典型场景描绘而省略事物发展过程的叙述的结果。一般说来,抒情诗应力避事物过程的详细叙述,而应强调意象的强烈呈现,如聚光灯的照耀,如并蒂莲花的开放,也就是避免单调平板的叙述,力求运用意象呈现法。意象并列这种诗艺,得到了当代一些新诗人的重视,他们予以继承和发展,或运用于诗的局部,或运用于诗的整体。如诗人臧克家的早期代表作《三代》：

> 孩子,
> 在土里洗澡;
> 爸爸,
> 在土里流汗;
> 爷爷,
> 在土里葬埋。

三句诗,三个快速跳接的蒙太奇镜头,内涵丰厚而形象警动,诗人所发扬的,正是中国古典诗歌意象并列的艺术。20世纪80、90年代,我曾多次前往北京拜望并请教臧老,他给我的信前后达百封之多。我在《意象美与凝炼美——论臧克家早期诗作的艺术》一文中,曾经引述过他语简情长的《三代》。臧老鬓毛已衰,乡音无改,他当年用带有浓重山东口音的普通话为我诵读此诗,性情中人的他仿佛回到了青年时代,而让我印象至深如同昨日的,是他盛开的笑容如同经霜而放的菊花。

　　本文行将收束,再回到元好问的《湘夫人咏》一诗。《湘夫人》,原本是屈原《九歌》组诗十一首之一。楚地先民的神话传说,是楚辞的摇篮,屈原的《湘夫人》,正是诞生在这一摇篮里。后世学者认为湘夫人是湘水女性之神,而湘君是湘水男性之神,这一对配偶神反映的是原始初民对自然神灵的崇拜,以及神人恋爱的浪漫幻想。迷离惝恍,缥缈幻丽,是这首诗作的主要艺术特征。元好问之"咏"也正是疑幻疑真,亦真亦幻,只可意会,难以言传,是古典诗歌中咏湘夫人的最好的作品,至少也是"之一"。新诗中咏湘夫人的篇什颇为罕见,台湾名诗人余光中咏湘夫人之作颇可一读,不过,他这首诗的题目名为《谜底》,开篇一节就如幻如谜:"寂寞的湘夫人啊/只为她缥缈的裙裾/令人找遍了神话/她戴的是云的面纱//黄昏是她的笑靥/那样动情的羞怯/朝我慢慢回脸/转过来半天的火霞。"

情景分写与变化
——陈孚《鄂渚晚眺》

元代诗歌上承唐宋，下启明清，作家众多，专集不少，是中国古典诗歌长河中的一段。它虽远不如唐代的气象万千，也不如宋代的波澜壮阔，可是也仍然有自己的河道与闪光的浪花。陈孚的《鄂渚晚眺》，就是浪花丛中的一朵：

> 黄鹤楼前木叶黄，白云飞尽雁茫茫。
> 橹声摇月归巫峡，灯影随潮过汉阳。
> 庾令有尘污简册，祢生无土盖文章。
> 阑干只有当年柳，留与行人记武昌。

陈孚（1240—1303），元代前期诗人，字刚中，号笏斋，台州临海（今浙江省临海市）人，由宋入元，曾任翰林国史院编修官等职，著有《观光稿》、《交州稿》、《玉堂稿》等诗集。1949年前后出版的几部文学史都没有提到过他，倒是日本泽田总清所著《中国韵文史》（商务印书馆，1937年）有一段文字予以评价："他的诗，情趣挺健，是宋人而有金韵，很雄浑，尽摆脱江湖派之趣。"中国台湾李日刚著《中国诗歌流变史》（文津出版社，1987年），也列有专名对他作了简略的介绍。"雕影远盘青海月，雁声斜送黑山秋"，这是他《开平即事》诗中的豪句,概括了辽阔的空间,对仗精工而笔力雄健。"老母越南垂白发,病妻塞北倚黄昏。蛮烟瘴雨交州客,三处相思一梦魂",这是他的《江州》绝句,时空阔大,开合有致,构思颇见匠心。"泪痕滴透绿苔香,回首宫中已夕阳。万里河山天不管,只留一井属君王",这是他的绝句《胭脂井》,写隋军兵临城下时,陈后主携宠妃张丽华、孔贵妃躲入台城景阳楼畔枯井中的故事。此诗构思奇绝,全诗巨细反衬,警策动人,我一读不忘,以为就是置于唐人绝句之林也不遑多让。

《鄂渚晚眺》是一首七言律诗。屈原《九章·涉江》说:"乘鄂渚而反顾兮。"鄂渚在今湖北省武汉市武昌区,相传在黄鹤山上游三百步长江中。陈孚这首诗,就是写秋天的晚上在鄂渚眺望所见的景物以及自己的内心感受,在诗歌的家族里属于景物抒情诗这一支。景物抒情诗的基本内涵是"情"与"景",在艺术表现上要讲究情景变化,避免单一板滞。仇兆鳌在《杜诗详注》中就曾经作过如下分析:"杜诗五律,有景到之语,如'落雁浮寒水,饥乌集戍楼'、'星垂平野阔,月涌大江流'是也。有情到之语,如'胜绝惊身老,情忘发兴奇'、'一时今夕会,万里故乡情'是也……有一句说景,一句说情者,如'悠悠照边塞,悄悄忆京华'是也。有一句说情,一句说景者,如'白首多年病,秋天昨夜凉'是也。有一景一情两层叠叙者,如'野寺江天豁,山扉花竹幽。诗应有神助,吾得及春游。径石相萦带,川云自去留。禅枝宿众鸟,漂转暮归愁'是也。"衡之陈孚的《鄂渚晚眺》一诗,在情景的艺术安排上,也有颇多变化。

《鄂渚晚眺》一诗,清新雄健。首联两句虽平平而起,但却扣住诗题,写出有关鄂渚的故实和当时景色。"黄鹤楼前"一句写近景低景,是俯视所见;"白云飞尽"一句写远景高景,是仰观所得。这一联重在写景,景中有情,景象阔大,空间辽远,俯仰之间暗含唐诗人崔颢《黄鹤楼》一诗的寓意。颔联进一步点明"晚眺":诗人的眼光从鄂渚这一"定点",横览大江东西,"橹声"句为西眺,侧重所闻和所想,以听觉形象为主,听觉形象和视觉形象相交融。"摇月"之"摇",炼字极妙,境界顿出,"归巫峡"写行舟溯江而上,渐去渐远,也表现出诗人的想象如电光石火般飞驰。"灯影"句为东眄,着重写所见所闻,以视觉形象为主,视觉形象与听觉形象相交织。在江潮声里,船上的灯影顺江而下,渐来渐近,显示出诗人艺术感触的细致。

在三、四两句颔联写景之后,颈联出之以写情。在诗中,情和景本来是不可分割的,所谓"景中有情"、"情中有景"、"情景俱到",就是"情景交融"的艺术手法的同中有异的表现方式。但是,另一种手段就是情景分写,一景一情,两层叠叙,情与景虽有其内在联系,但字面上却是分别设计。清人李重华曾说:"诗有情有景,且以律诗浅言之,四句两联,必须情景互换,方不复沓,更要识景中情、情中景,二者循环相生,即变化不穷。"(《贞一斋诗说》)他强调的就是情景的"互换"与"变化"。律诗中间两联两句如果全是写景,则易流于单调与浮泛;如果全是写情,则易流于单调与枯涩。只有虚实相间而情景皆备,才具有错综流动之妙,充盈多姿之美。陈孚这首诗正是如此。

诗人由眼前景物,自然地联想到与之有关的人物——庾信和祢衡,而生发出一段议论。曾流落江陵的庾信,先后出仕梁、西魏、北周三朝,虽然他的《哀江南赋》传唱千古,毕竟大节有亏;三国时的文士祢衡刚正不阿,被黄祖所杀而葬于鹦鹉洲,人虽云逝,风范不磨,文章也将传之不朽。作者抚今追昔,在一"有"一"无"之中,寄寓了深沉的感慨,其意使人于言外可想。可以看到,这首诗中间两联是颇具功力的工对,即在同一联中乃景对景的实对或情对情的虚对,上下两联合而观之又是景与情的虚实相对,就情景的变化而言既有错综又有呼应,这样,就避免了句意的重复和行文的板滞,加深了诗的容量,笔势又转接灵活,自然流走。

有人说杜甫的律诗"二必开,七必阖"(黄永武《中国诗学·鉴赏编》),陈孚似乎也继承了这种手法。这首诗,在前面的历史的回溯之后,第七句忽然大笔挽住,收束全篇,把过去和现在绾合起来,使结句顺流而下地收归本题,不仅更集中地表现了伤今吊古的题旨,而且重在抒情的尾联和首联遥相呼应,也使全诗成为浑然一气的艺术整体。"万顷天光俯可吞,壶中别有小乾坤。云侵塔影横江口,潮送钟声过海门。僧榻夜随鲛室涌,佛灯秋隔蜃楼昏。年年只有中泠水,不受人间一点尘。"陈孚的七律《金山寺》其收束与《鄂渚晚眺》同一机杼,读者可以互参。"一击车中胆气豪,祖龙社稷已惊摇。如何十二金人外,犹有人间铁未销(《博浪沙》),这首七言绝句,是他咏张良携大力士在博浪沙(今河南省原阳市东郊)以铁锤狙击刺杀秦王的故事,视角独特,发人深省,是绝不亚于上述七律的力作。

　　在中国诗歌史上,陈孚远远算不上名家,但他在元代诗坛应该据有一席之地。他在咏史诗与山水诗的领域也有自己的成就,直追唐诗的风采。不过,他的光芒为诗史上众多的星光所掩,因而也为后人包括文学史家所忽视,这是令人遗憾的。近读 20 世纪 90 年代初人民文学出版社出版的《元代文学史》(邓绍基主编),在"元代前期诗文作家"一章,陈孚列名其中,并引述了他的《鄂渚晚眺》一诗,令我欣然色喜。确实,他的《鄂渚晚眺》一诗,严整而又流动,开阔而又凝炼,流连风物之中又饶多兴寄,情与景的艺术处理颇见匠心,因而在历代同类题材的众多诗作中不失为佳品,特别是出自时运不长的元代和诗运也不长的元代诗人之手,就更值得一读了。

诗的杰思与"反常合道"

——唐温如《过洞庭》

　　我们在欣赏诗歌时常常有这样的经验：有的诗，不仅以它美的内容使你感到一种心灵的喜悦，而且以它美的艺术使你一见倾心；相反，有的诗不仅不能给你以思想的启示和激情的感染，在艺术上也因为毫无特色而使你觉得味同嚼蜡。前一种诗，之所以一经入目就永志不忘，就像艺术的雕刀把那些诗句镂刻在你的心扉上，原因也许是多方面的，但一个不可缺少的重要条件就是：它有巧妙的构思。

　　唐时来华的日本僧人遍照金刚在其《文镜秘府论·论体》中说："凡作文之道，构思为先。"宋代大诗人陆游有经验之谈："诗无杰思知才尽，酒有残杯觉气衰。"(《遣兴》)明代诗论家谢榛在《四溟诗话》中指出："凡构思当于难处用工，艰涩一通，新奇迭出。"由此可见，构思是诗歌创作中极为重要的一环，甚至可以说，巧妙的构思是决定一首诗作平庸与杰出的关键。生活是五彩纷呈的，题材也千差万别，诗人的艺术个性又因人而异，因此，构思当然绝不可能有一个一成不变的模式。虽然如此，我们还是可以从优秀的诗作中，去深入探求构思的一些艺术规律，如"反常合道"。

　　苏东坡曾经提出诗应"以奇趣为宗，反常合道为趣"(魏庆之《诗人玉屑》卷十)，这是深得诗家三昧之谈。"趣"就是诗趣、诗味，"奇趣"，就是出奇而不同寻常的诗的意趣与韵味。诗歌创作，就是应该着意追求那种与平庸乏味背道而驰的奇特的诗味。如果一首诗没有诗所特具的诗味,那种作品就如同淡而又淡的白开水,完全缺乏诗的素质,那将会是何等令人兴味索然!然而,怎样获得并不是所有写诗的人都能够得到的"诗趣"呢?苏东坡为我们指出了一条艺术途径:"反常合道。"什么是"反常合道"? 让我们看看元末明初诗人唐温如的《过洞庭》:

> 西风吹老洞庭波,一夜湘君白发多。
> 醉后不知天在水,满船清梦压星河!

今天湖南省常德市的汉寿县,古代曾名龙阳县。县境的青草湖即洞庭湖,因为洞庭湖南部水涯多青草,所以这一部分别名青草湖。青草湖,从南北朝陈代阴铿《渡青草湖》的"洞庭春溜满,平湖锦帆张"开始,历代不知有多少诗人高歌低咏。但是,唐温如这位名不见经传的诗人却不甘与他人雷同,他的《过洞庭》挥毫落笔就洗尽俗套,带给我们的审美新鲜感,有如草之始茂花之始开的早春。

在楚国古老的传说和屈原的作品里,"湘君"是湘水之男神,从来还没有人将他与洞庭相比拟,但湘水是流入洞庭的,在诗人的出奇想象中,洞庭湖自然也可以是湘君的象征了。湖水本无所谓"老"或"不老",但是,诗人却可以由满湖白浪而想到人的白发,由白发而想到洞庭,由洞庭而想到湘君,于是,洞庭虽然无知,西风竟然"吹老"了湖水,而西风掀动的银涛雪浪,宛如湘君的满头白发! 这是奇妙的未经人道的比喻,是无理而妙的奇想,同时也是反常合道的变形描写。这正如英国名诗人雪莱在《诗辨》中所说的:"诗使它触及的一切变形。"而俄国文学批评大家别林斯基在《莱蒙托夫的诗》一文中也说:"诗并不依样画葫芦地描写花园里含苞怒放的玫瑰花,却舍弃它的粗俗的实体,仅仅取其芬芳馥郁的香味,奇谲变幻的色彩,用这些东西来做成一朵自己的玫瑰花,比实物的玫瑰花更好,更华美。"唐温如这首诗的前两句,传神地表现了西风洞庭的特有景象,抒写了诗人自己独特的艺术感受,也显示了这位杰出诗人的艺术才华与胆识。

在表现风日洞庭的动态美之后,诗人再写星夜洞庭静态的美,前后构成鲜明而和谐的艺术对照。耿耿星河在上,阔而且长,一叶轻舟在下,而且清梦缥缈无形,说星河居高临下地笼罩小船则合情合理,而说满船清梦"压"住了天上星河,这未免有些不合常理常情,然而,浪静风平之夜,满天星斗确实可以倒映湖中。杜甫漂泊湖南时所写的《小寒食舟中作》,不是就说过"春水船如天上坐,老年花似雾中看"吗?范仲淹以后在《岳阳楼记》中,不是写过洞庭湖中的明月的"静影沉璧"的美景吗?何况是心灵敏感的诗人"醉后"的感受!在写这首诗以前,唐温如也许从前人如杜甫的作品中得到过艺术的启示,但是,这种似幻似真的通感性的形象,将洞庭秋色、诗人秋思和远古传说融合在一起,毕竟仍然表现了诗人对生活独至的感受和发现,包孕了一般化的形象所不可能具有的妙趣奇思。

从唐温如的这首诗可以看出,诗歌的"反常",就是在内容上不尽符合人们习以为常的常情、常理和常事,在艺术上违反陈陈相因、人所习用的常态性的构思与表现方法,而以独特而非常态性的诗的方式表现客观的现实生活和诗人主观的情思;所谓"合道",就是这种"反常"绝不是毫无生活与感情根据的炫奇立异,绝不是反理性主义的想入非非、胡言乱语,它虽不一定合于生活的逻辑,却一定合于感情的逻辑,能更深刻动人地表现诗作者对生活的独特感受和发现。总之,"反常合道"的诗作,能让读者产生一种艺术上的新奇之美的美感,正如18世纪法国启蒙思想家、哲学家、作家伏尔泰在《论美》中所说的:"要用'美'这个词来称呼一件东西,这件东西就须引起你的惊赞和快乐。"

这里应该特别提到的是,《全唐诗》误唐温如为唐人,仅仅收录了他这一首诗,且诗题作《题龙阳县青草湖》,此后许多人遂以讹传讹。经当代学者陈永正教授1987年撰文考订(见《中山大学学报》1987年第1期),唐温如为元末明初诗人,名珙,字温如,会稽(今浙江省绍兴市)人。此诗题为《过洞庭》,始见于元代浙江天台人赖良编纂之《大雅集》,以及清初钱谦益所编多收"明世之逸民"的《列朝诗集》甲前集。这一考定,已为学界所认可,中华书局出版的《中国文学家大辞典·唐五代卷》,在有关条目下即持此说。超前流落到《全唐诗》中,列为世次爵里无考的这位诗人,终于魂兮归来。

　　有无杰出的诗的构思,关系到一首诗的高下成败,唐温如的《过洞庭》就是力证。其他的优异诗作莫不如此,不妨从古今诗作中再各举两例。宋僧惟茂有《住天台山》诗:"四面峰峦翠入云,一溪流水漱山根。老僧只恐山移去,日午先教掩寺门。"清人龚自珍《梦中作四截句》之一:"黄金华发两飘萧,六九童心尚未消。叱起海棠帘底月,四厢花影怒如潮。"当代臧克家有《述怀》:"自沐朝晖意蓊茏,休凭白发便呼翁。狂来欲碎玻璃镜,还我青春火样红!"老诗人丁芒有《咏长城》:"群山锁起供磨刀,砺我中华剑气豪。枕畔千年风雨夜,城头十万马萧萧!"由此可见,对一位作家或诗人来说,重要的永远是作品的艺术质量,艺术品绝不因为多多益善而能够以量取胜。诗海的明珠,哪怕只有一颗,如唐温如的《过洞庭》,其价值也远远胜过沙滩上那成千上万的平凡贝壳!

化美为媚

——李梦阳《浮江》

    阿里奥斯托是文艺复兴时代的意大利诗人,他在《疯狂的罗兰》里刻画美女阿尔契娜的形象,特别着重于对她的眼睛的描写:"娴雅地左顾右盼,秋波流转。"德国 18 世纪文学批评家莱辛在他的名著《拉奥孔》中,曾经对此表示欣赏,并提出了一个重要的艺术见解:"诗可以用另外一种方法,在描绘物体时赶上艺术,那就是化美为媚,媚是在动态中的美,正因为是在动态中,媚由诗人写比由画家写就更适宜。画家只能暗示动态,而事实上他所画的人物形象都是不动的。但是,在诗里,媚终于是媚,是一纵即逝而却令人百看不厌的美。"

    比莱辛早八百多年,我国唐代司空图在他的《二十四诗品》的最后一品中,就专门提出了"流动"一说。"若纳水轮,如转丸珠","荒荒坤轴,悠悠天枢",他强调的是作者必须认识永不止息的运动是宇宙的规律,领悟万物运动变化的奥秘,了解"流动"是诗的风格美的一种,这,应该说也同样包含了化美为媚的艺术思想。

    化美为媚,或者说流动之美,就是描绘事物的动态,或从动态中描绘事物。《诗经》中的《卫风·硕人》是描绘人物之美的名篇:"手如柔荑,肤如凝脂,领如蝤蛴,齿如瓠犀,螓首蛾眉,巧笑倩兮,美目盼兮!"前五句都是以实比实的静态描写,虽然形象鲜明却不免使人感到板滞,而最后两句的动态刻画,却使人物通体皆活,顾盼神飞。后代诗人也许从这里得到过启发,他们即使是写静态的事物,也往往从动态落笔。"水是眼波横,山是眉峰聚,欲问行人去那边?眉眼盈盈处。"(《卜算子·送鲍浩然之浙东》)北宋词人王观写山水,触手生春,生机盎然。"叠嶂西驰,万马回旋,众山欲东。"(《沁园春·灵山斋庵赋,时筑偃湖未成》)辛弃疾如果不是出之以这种动态中见神韵的大手笔,那就很难想象如何能不落俗套地表现群山的气魄与精神。杜甫有一联诗句是:"四更山吐月,残夜水明楼。"(《月》)苏东坡对此极为欣赏。我想,除了"明"字这一形容词兼摄动词而富于动态之外,就是"吐"字下得极妙。南宋诗人陈与义对此也颇为心折,他在《巴丘书事》中,有"四年风露侵游子,十月江湖吐乱洲"之句,清末民初的高步瀛《唐宋诗举要》赞赏说:"言水落而洲出也,'吐'字下得奇警。"清代查慎行在《移居道院纳凉》中写道:"满城钟磬初生月,隔水帘栊渐吐灯。"写华灯初上灯水交辉的夜景,化静为动,真是不让杜甫和陈与义专美于前。

明代诗人李梦阳虽然不一定从理论上懂得什么是化美为媚,但他的这首五律《浮江》,却也充分地显示了事物的流动与运动之美:

> 浮江晴放舸,挂席晓须风。
> 日倒明波底,天平落镜中。
> 开窗问赤壁,捩柁失吴宫。
> 万古滔滔意,浔阳更向东。

李梦阳(1473—1530),字献吉,自号空同子,甘肃庆阳人,有《空同集》传世。他倡言复古,主张文必秦汉,诗必盛唐,是明代诗坛"前七子"之一。他的诗文虽然尚有字摹句拟、食古不化的毛病,但对于破除在他之前的内容空洞、陈陈相因的台阁体诗风,还是有积极意义的,而且他才思纵横,诗集中不乏可读之作。沈德潜《明诗别裁》说他"雄视一代，遒焉寡俦"，并非没有根据。如《云中曲》："白登山寒低朔云，野马黄羊各一群。冒顿曾围汉天子，胡儿惟说李将军。"如《秋望》："黄河水绕汉边墙，河上秋风雁几行。客子过壕追野马，将军夜箭射天狼。黄尘古渡迷飞輓，白月横空冷战场。闻道朔方多勇略，只今谁是郭汾阳？"

《浮江》一诗，大约是他沿江东下时泛舟于湖北鄂城一带的作品。《三国志·吴志》记载："吴王浮江万艘，带甲百万。"李梦阳此诗一开篇就喝醒题目，让"浮江"二字高踞题顶，笼罩全篇，并以"晴"、"晓"二字烘染环境和气氛，以云帆高挂正面补足浮江的形象，笔姿飞舞，气势宏壮。接笔写浮江时的景物，仍然从动态着笔：红日倒映江中，水上浮光跃金。本来是形容词的"明"字这里兼作动词用，前面已举前朝与后代诗人数例为证，李梦阳此诗也是如此，又如王安石"春风又绿江南岸"之"绿"（《泊船瓜洲》），又如蒋捷的"流光容易把人抛，红了樱桃，绿了芭蕉"之"红"与"绿"（《一剪梅·舟过吴江》），均为静态的形容词转化为动词，一经化静为动，更觉声光并妙。继写蓝天照映江面，好像落在镜中一般，"落"字缩短了江天之间的空间距离，又使得静止高悬的天宇有飞动下坠之势。

颈联写浮江的行程，有如电影中的蒙太奇镜头：刚才开窗之时还见到江边的赤壁，转柁之间吴宫就消失在后面。这首诗写了三个地名，赤壁、吴宫和浔阳依次而下，那么，吴宫当在赤壁与浔阳之间，地处当今鄂州境内。"失吴宫"的"失"字下得很妙，本来是船行如箭，诗人却把静止的吴宫写成转瞬即逝，这种化静为动的写法，使笔致显得空灵活跳。魏庆之《诗人玉屑》论"句中有眼"时说："古人炼字，只于眼上炼，盖五字诗以第三字为眼，七字诗以第五字为眼也。"值得一提的是，李梦阳这首诗的中间两联四句的第三字，全部都是动词，一经匠心安排，在全诗的化美为媚上起了重要作用。结笔一联，概括了长远的时间和空间，进一步写足了浮江的豪情，同时，诗人仍然是从事物的运动状态着笔，传神地表现出江流浩荡、直趋东海的胜概,可谓壮彩飞腾,寄兴深远。

世界上的事物都在运动之中,运动是绝对的,静止是相对的,这是艺术的化美为媚的生活依据。一般说来,流动的运动的意象较之静态形象更富于生命感和美感。同时,由于读者的联想不是凝滞的而是流动的,具有运动和流动之美的意象,就更能调动读者联想的积极性,引发他们对生活的动态美的想象,这是化美为媚之所以具有特殊艺术魅力的原因。如郁达夫1917年7月作于杭州的《谒岳坟》:"拂柳穿堤到岳坟,坟头犹绕阵头云。半庭人静莺初懒,一雨阴成草正薰。我亦违时成逐客,今来下马拜将军。与君此恨俱千古,拟赋长沙吊屈文!"岳坟千古,后人凭吊,诗人写得意象飞动,心潮澎湃。李梦阳的《浮江》写的是放舟长江的船行,我的学生何琼华的《踏莎行·冬行江畔》,写的是冬日江边的步行:"江水犹清,蒹葭已老。斜阳白发波心袅。形枯色悴又何妨?千秋绝唱千秋少。　　冬日风高,堤边花傲。低眉密语青石角:明朝君我接春回,嫣红姹紫齐娇俏!"全词所抒写的所见所闻所感,均紧扣特定的季节和地域,并均以动态的笔墨出之,气韵流走,生机勃勃。又如当代诗人高昌的新诗《虹口公园望鲁迅》:"如此良宵,他属于他的黑他的白。静静地望着他,我只能远远地等待//眼睛里再添些雷和电。膝盖上再加些铁和钙。脊梁里边再少些媚骨。心房里边再少些尘埃。//然后准备迎接这尊沉默的雕像,神采奕奕地——信步向我踱来。"鲁迅的雕像是静止的,作者却写得栩栩欲活,除了灵魂的皈依,风骨的向往,在艺术上正是"化美为媚"的以动写静的妙用。

变幻多姿
——杨慎《宿金沙江》

　　四川,人称天府之国,又称海棠香国,在中国古典诗歌史上,那是个盛产诗人而且是名诗人大诗人的地方。"君不见黄河之水天上来,奔流到海不复回"(《将进酒》),"大江东去,浪淘尽、千古风流人物"(《念奴娇·赤壁怀古》),在唐宋两代大诗人之中,写黄河的冠军李白和咏长江的冠军苏轼,就是异代不同时的乡亲。明代的才子杨慎(升庵),也是巴山蜀水所抚育的一位杰出学者与歌者。

　　四川成都以北的新都县,是杨慎的故里。新都县桂湖公园里的许多对联,都与这位诗人有不解之缘。如桂湖公园联:"宛在水中央,聚千古名士忠臣人两个;生成香世界,看满湖春风秋月花四时。"它所说的"名士忠臣",就是指杨廷和、杨慎两父子。而桂湖杨升庵纪念堂联的"老桂离披,六诏荒烟思往事;平湖潋滟,一泓秋水想伊人",就与杨慎后来的被远贬云南有关。

　　杨慎(1488—1559),字用修,号升庵,二十四岁时殿试第一,是明代著名的文学家和学者,他能文、诗、词及散曲,长于经学,擅于考证,著作达一百余种,后人辑有《升庵集》,散曲为《陶情乐府》。日本人泽田总清《中国韵文史》中说:"他(杨慎)在李东阳处学诗,先采六朝晚唐的英华,以高明优爽的才能,鸿博绝丽的学问,开创渊博靡丽的诗,为东阳的党羽。有压倒李（梦阳）、何（景明）之势，在二人之外拔戟自成一队。"他的《武侯庙》一诗，可以说是他的代表作："剑江春水绿沄沄，五丈原头日又曛。旧业未能归后主，大星先已落前军。南阳祠宇空秋草，西蜀关山隔暮云。正统不惭传万古，莫将成败论三分。"而他的"滚滚长江东逝水，浪花淘尽英雄"的《临江仙》词，本来是他所著的《廿一史弹词》第三段《说秦汉》的开场词，后来毛宗岗父子评点《三国演义》时将其置于卷首，成了未署作者之名的卷头诗，不少读者还以为是罗贯中之作。当今的大型连续剧《三国演义》又将其作为主题歌歌词，此词更是名声大噪，只是许多人在引吭高歌之时，依然不知也不管作者姓甚名谁。

明世宗朱厚熜嘉靖三年（1524），杨慎以谏大礼削籍，杖谪云南永昌卫（府名，治所在今云南省保山市），流放三十余年，后死于贬所。诗人以壮盛之年，万里投荒，贬谪道途，诗文不免感愤良多。据说是他所撰的昆明西山飞云阁楹联，也许就是这时的作品吧："半壁起危楼，岭如屏，海如镜，舟如叶，城廓村落如画，况四时风月，朝暮晴阴，试问古今游人，谁领略万千气象？九秋临绝顶，洞有云，崖有泉，松有涛，花鸟林壑有情，忆八载星霜，关河奔走，难得栖迟故里，来啸傲金碧湖山。"

贬谪途中，当他来到云南省北部与四川相邻的"金沙江"（今金沙江边之金沙江镇），触景生情，抚今追昔，写下了《宿金沙江》一诗：

> 往年曾向嘉陵宿，驿楼东畔阑干曲。
> 江声彻夜搅离愁，月色中天照幽独。
> 岂意飘零瘴海头，嘉陵回首转悠悠。
> 江声月色那堪说，肠断金沙万里楼！

这里，我只想和读者一起去领略诗艺的时空变化。诗，是客观的现实生活与诗人的主观情思相契合的艺术反映与表现，因此，诗作中必然要呈现出一定的时空观念。时空观念的艺术表达方式是多种多样的,前面所说的杜甫诗《地隅》的"时空交感",崔涂诗《春夕旅怀》的"时空分设",就是其中的一二。至于时空变化,更像秋日高空的云彩一样变幻多姿,值得我们作细致的诗象的观测和描绘。台湾学者黄永武在《中国诗学》中对此论之甚详,使我深受启发。杨慎《宿金沙江》一诗,在时空变化方面的引人瞩目之处,首先就在于时间上的今昔对映所形成的时空换位。

这首诗,时间线索分明,前后四句构成鲜明的今昔对比。杨慎年轻时从家乡新都出发赴京会试,坐船从沱江南下,宿于今重庆市长江西岸之嘉陵驿。年少离家,飘然一身,虽然锦绣前程在北京等待着他,但月色照耀无眠的离人,江声整夜翻搅着他心中的乡愁。几十年后,谁料到放逐边荒,回首本是他乡的嘉陵,都已成悠悠的旧梦,江声如旧,月色依然,在金沙江的驿楼上,作为迁客的诗人,不禁满怀断肠人在天涯之感!

在时空上,全诗以"往年"与"嘉陵"勾起对往事的回顾,以"岂意"和"金沙"折入对现实的抒写,在今昔的对映中构成时空的换位,脉络分明而具有颇强的艺术概括力。唐诗中有"秦时明月汉时关"的互文之句,明月与关隘是属于秦也属于汉的,秦与汉表变化中的时间,明月与关隘表不变的空间,变中有不变,不变中有变。与这一名句的构思有些相似之处的是,在杨慎这首诗中,诉之于听觉的江声与诉之于视觉的月色前后重复出现,前者表时间,后者表空间,它们共同表现诗人"往年曾向嘉陵宿"与今天"肠断金沙万里楼"的空间的变化,从而更加强了全诗的羁愁远恨与沧桑之感。

在时空转位之外,这首诗的空间还注意大小、远近的衬映。这本来是杜甫的绝技,如"飘飘何所似?天地一沙鸥"(《旅夜书怀》),如"谁怜一片影,相失万重云"(《孤雁》),如"三分割据纡筹策,万古云霄一羽毛"(《咏怀古迹五首·其五》),如"锦江春色来天地,玉垒浮云变古今"(《登楼》),皆是。杨慎继承了这一诗艺,万里长江和万里楼之金沙江,与幽独断肠的诗人，在空间上形成了大小判然的对照。全诗以"往年曾向嘉陵宿"带起，不仅时间上由长至短，空间上也由远至近，最后缩小迫近至金沙江的驿楼，这正是诗人写这首诗的定点。这种布局，可见诗人时空变化的匠心。

重庆及对岸之嘉陵驿，曾属于楚地；云南哀牢山以东包括昆明在内，也都曾纳入楚国的版图。"金沙江"在今楚雄彝族自治州，从"楚雄"二字，也可以想见那里当年曾经是楚国的势力范围。于是，作为楚人，我邀请杨慎携带着他的《宿金沙江》，于四百年后光临了我的这本书册。同是楚人的"七月派"诗人曾卓，虽不一定读过杨慎的《宿金沙江》，但试看他的名作《我遥望》："当我年轻的时候/在生活的海洋中，偶尔抬头/遥望六十岁，像遥望/一个远在异国的港口//经历了狂风暴雨，惊涛骇浪/而今我到达了，有时回头/遥望我年轻的时候，像遥望/迷失在烟雾中的故乡！"时空交错，回旋往复，在仅两节的短章中极尽变化，从中也可见他和杨慎的诗心冥冥中古今相通。

诗的音乐美

——施武《相见坡》、《乌鸦关》

音乐美，是诗架向读者心灵的一座美丽的桥梁，是诗能够飞越千山万水的一双劲健的翅膀。

在我国古典诗歌史上，诗和音乐结下的是不解之缘，我们古典的缪斯历来就有美妙的歌喉。据传葛天氏为三皇时代的部族，《吕氏春秋》上就曾有"昔葛天氏之乐，三人操牛尾，投足以歌八阕"的记载，也就是说葛天氏时的乐舞，是由三个人手持牛尾，踏着音乐的节拍唱八首歌。我国最早的诗歌总集《诗经》，同时又曾被美为"乐经"，因为它的歌词与舞蹈相结合而又可以歌唱。其中从十五个国家搜集而来的"国风"，就是各国可以歌唱的具有地方特色之民歌。屈原的代表作品《楚辞》，也是可以歌唱的，《九歌》本是以民间祭神的乐曲加工改写而成，即使是《离骚》这种文人首创的鸿篇巨制，也是可供歌唱的长篇乐歌。刘邦衣锦还乡时作"大风起兮云飞扬，威加海内兮归故乡，安得猛士兮守四方"的《大风歌》，《史记》载是"令沛中儿童百二十人，皆而歌之"。这是一种少见的巨型的大合唱，其规模不仅远远超过我们今天的诗歌集体朗诵，两千余年后还令人想见其风起云飞的磅礴气势。汉魏六朝的乐府，是当时合诸新乐的乐章。唐代的许多诗歌，特别是那些绝句，是与新吸收的外民族之"胡乐"相配合而歌唱的。王维的《渭城曲》被谱为"阳关三叠"而传唱人口，就是不争的事实。宋词在萌芽时期就是一种配合乐调歌唱的文学形式,以后更发展为词牌丰富的"依声填词"以供弦歌的音乐文学。宋词之后被称为"散曲"的元曲的曲词,尤其是其中的小令,更无一不可以被之管弦而供歌唱。

　　杜甫说:"新诗改罢自长吟。"(《解闷》)我国的古典诗歌,很多可以和音乐配合在一起而歌唱,就是当时或后来已不能"唱"的作品,也可以"吟"或曼声"长吟",而绝不是只能供人们作无声的"阅读",或者作有声然而失去了许多音乐美的"朗诵"。

　　如果离开音乐而独立地谈诗的音乐美,古典诗歌的音乐美也包括韵脚的安排、韵式的选择、节奏的变化、双声叠韵的配置、喉牙舌齿唇五音的谐和、平上去入四声的效果等方面。这里,我只从节奏的重复这个角度,欣赏明代诗人施武写于贵州的两首诗:

　　　　　上坡面在山,下坡山在面。
　　　　　相见令人愁,何如不相见?

　　　　　　　　　　　　　　　　——《相见坡》

　　　　　朝上乌鸦关,暮下乌鸦关。
　　　　　老乌啼哑哑,行人还未还?

　　　　　　　　　　　　　　　　——《乌鸦关》

　　施武,明代人,字鲁孙,长洲(今江苏省苏州市)人,生平无可查考。据《贵州通志》,"相见坡"在大定府毕节县西南,就是今天贵州省西部与云南省相接的毕节市境,而"南笼府南安县有乌鸣关即乌鸦关",南安县,即今天贵州省西南部与广西壮族自治区相邻之安龙县。贵州全省通称贵州高原,境内多崇山峻岭。施武这两首诗,写境地之险,历历如绘,使人如身历其境,甚至于在生理上都似乎引起一种愁苦惊怖之感。它之所以具有这种效果,是和节奏的重复分不开的。

　　我这里所说的节奏的重复,不是指五言诵读时一般分为三节,或"上二下三"的常格,或"上三下二"的变格,或"上二下二"、"上四下一"等其他句型,而是指相同的句型中语词的重复,亦即同音相成的重叠,这相当于音乐中某些乐句与旋律的重复,能使语言的表现产生音乐化的效果。

　　《相见坡》一诗,可以说就是"相见坡"这三个字的重复变奏。李白写蜀道之难,曾有"山从人面起,云傍马头生"(《送友人入蜀》)之句,相见坡大约是两山壁立对峙之间的狭小的坡地吧。这首诗的前两句除了"上"与"下"两字不同外,其余的语词均作回环式的重复,音韵铿锵,极力夸张渲染了地形的险恶。其"上"与"下"的句式,还令我想起李白《蜀道难》中的"上有六龙回日之高标,下有冲波逆折之回川"。下面两句,突出了诗的主旨"愁",而"相见"一词分别置于句首与句尾的位置,不仅点明题目,而且反复其辞而遥相呼应,进一步加强了诗之特殊的人生与哲理的情味,以及语言的音乐感。南朝乐府民歌《明下童曲》有云:"走马上前阪,石子弹马蹄。不惜弹马蹄,但惜马上儿。"施武也许从中得到过启示吧?

　　《乌鸦关》也是这样,这首在沈德潜、周准合编的《明诗别裁》中被称为"写尽境地险恶"的诗,显然得力于节奏的重复。前两句以"朝"与"暮"的时间词领起,两次在相同的位置上重复"乌鸦关"一词,与《三峡谣》中的"朝发黄牛,暮发黄牛"有异曲同工之妙。第三句具体描摹乌鸦的啼叫,使环境和气氛具象化,除"哑哑"是象声的叠词重复外,还再次重复了"乌"字。最后一句的"行人还未还","还"字是隔离重复的奏鸣,这种复叠的节奏,进一步强化了山高路险行人视为畏途的情境。朱自清在《诗的形式》一文中说得好:"诗的特性似乎就在回环复沓,所谓兜圈子,说来说去,只说那一点儿。复沓不是为了要说得少,是为了要说得少而强烈些。"由这里我不禁想到汉乐府"相和歌辞"中的"江南可采莲,莲叶何田田。鱼戏莲叶间,鱼戏莲叶东,鱼戏莲叶西,鱼戏莲叶南,鱼戏莲叶北"(《江南》),可见有变化的回环往复、一唱三叹的节奏,是诗的语言的音乐美所必具的。在中外古今的诗歌里,都可以听到重奏的美妙乐音。

诗歌是时间艺术,它不仅要有"可视性",而且要有"可听性",不仅要"美视",而且要"美听"。美国当代诗人费林格蒂说:"印刷已使诗变得冷寂无声,我们遂忘记诗曾是口头传讯的那种力量了。"(转引自余光中著《望乡的牧神》,台湾纯文学出版社,1968年)他是注意语言的音乐性的,他的诗集《心灵的科尼岛》,八年中印了十四版,印数在二十万册以上。在美国,爱伦·坡被称为"叮当诗人",林赛诵诗用乐器来伴奏,桑德堡用吉他自弹自诵,这都说明诗和音乐分家虽然已经是世界性的现象,但许多诗人都还是希望诗歌不仅要诉之于读者的眼睛,还要诉之于读者的耳朵。外国诗歌尚且如此,我国古典诗歌更有重视音乐美的传统。诗歌创作的思维不仅是"诗性思维",而且是"诗乐思维"。我的学长黄政海,诗创作与诗理论兼擅,2011年湖南人民出版社印行他的《心泉轩诗文集》,在其中的《中国新诗探》一文中首倡诗歌创作中的"音乐思维"一说。在《中国古代诗歌陌生化撷英》(未刊稿)一书中,他又特为说明"现在觉得用诗乐思维更确",并对"诗乐思维"作了颇有见地的说明阐述。我很同意他的看法,我认为我国古典诗歌的"诗乐思维"的思维方式与传统,值得新诗继承和发展。闻一多的《洗衣歌》、徐志摩的《再别康桥》、朱湘的《采莲曲》、戴望舒的《雨巷》等,曾经提供了成功的经验。时至今日,"音乐美"已被许多新诗作者弃之如敝履了,许多"呕哑嘲哳难为听"的所谓诗作泛滥于我们的报刊,令人掩耳不及。是的,我要大声疾呼,诗的音乐美,是诗的桥梁上不应弃掷的良木,是诗的翅膀上值得珍惜的羽毛!

诗之时空

——陈恭尹《岁暮登黄鹤楼》

黄鹤楼，自从唐代崔颢登临咏唱之后，历代不知有多少诗人跟随他的足迹，来到这里一试他们的歌喉，留下了许多动人的诗篇。那众多的清词丽句，名章胜构，可以构成一阕高华宏丽的黄鹤楼大合唱。

清初诗人陈恭尹的《岁暮登黄鹤楼》，就是其中音调悲怆的一曲：

> 郊原草树正凋零，历历高楼见杳冥。
>
> 鄂渚地形浮浪动，汉阳山色渡江青。
>
> 昔人去路空云水，粤客归心向洞庭。
>
> 莫怨鹤飞终不返，世间无处托仙翎！

陈恭尹（1631—1700），字元孝，广东顺德龙山乡人。其父陈邦彦是抗清志士，兵败遇害。国破家亡，激励他以诗抒怀寄慨，有《独漉堂诗集》行世。广东诗人的诗，在明代就有"岭南诗派"之称。清初，屈大均、陈恭尹、梁佩兰号称"岭南三家"。陈恭尹擅七言，尤以七律为最。清初名诗人朱彝尊《静志居诗话》谈到他的咏史七律，曾誉之为"代无数人，人无数篇"；清代学者杭世骏认为他的咏史诗在"岭南三家"中应居首席，他在《题独漉遗像》诗中有"凄凉怀古意，岂是屈梁能"之句，就是他对陈恭尹诗的品评。

"孤棹一辞天万里,几回风雨吼吴钩"(《西樵旅怀》),"十年士女河边骨,一笑君王镜里头"(《隋宫》),"入楚客无燕匕首,送行人有白衣冠"(《留别诸同人》),就是他的七律中雄豪而又含蓄的佳句。从《岁暮登黄鹤楼》一诗,我们也可窥见他七律写作的不凡身手。

顺治十六年(1659),永历帝由滇边逃入缅甸,南明小朝廷宣告覆亡。此时,为抗清而奔走于河南等地的陈恭尹见大局已定,只得怀着无家无国的深痛巨创,消泯了"远游之志",颓然南归。他在该年岁尾途经武昌,在黄鹤楼头登临送目,写下了这首寄慨遥深的诗章。

自然界和人类的社会生活,都处在一定的时间和空间之中,"一切存在的基本形式是空间和时间"(恩格斯《反杜林论》),这是文学艺术作品处理时空关系的客观依据。我国的古典诗歌,历来讲究时空设计,注重诗的时空构图美学,因此,日本学者泽田总清曾经称赞我国的古典诗歌是"时间中的图画",或"图画样的时间"(《中国韵文史》)。在中国古典诗人中,宇宙感与历史感最强烈的诗人是杜甫,他总是把天地、时代、历史和个人的遭际结合起来,构成抒情的独特性与深沉博大的历史感,在诗的美学结构上,他的时空设计也变化多方。杜甫的诗歌美学传统,为后代的许多诗人继承和发扬,陈恭尹即是其中之一,他曾有一首以诗论诗的诗说:"曲江千载下,作者未全湮。笔墨无生气,光芒愧昔人。谁能师日月? 可以喻清新。大海波澜在,骊珠自不贫!"(《别后寄方蒙章、陶苦子兼柬何不偕、梁药亭、吴山带、黄葵村,定邮诗之约二首·其二》)从这首诗特别是它的结句,可以看出陈恭尹强调人品、胆识和生活对诗歌创作的重要作用。

《岁暮登黄鹤楼》一诗,不仅显示出陈恭尹诗的沉郁苍凉的特色,也表现出时空安排上的意匠经营。前四句着重写空间而时空交织:首二句勾画出岁暮时分草木凋零的郊原景象,展现出旷远迷茫的境界,整个画面呈现的是沉郁凄苦的色调。这既是特定的岁暮景物的写照,也是诗人的家国剧痛大悲的表露。如果说前两句是粗线条的意笔挥洒,那么,三、四两句一写"鄂渚地形"，一绘"汉阳山色"，那就是特征景物的工笔勾勒了。长江中的沙洲本是静止的，诗人却化静为动，写沙洲在风涛中起伏浮沉，这不仅使静止的事物具有动态的美，烘托了长江赫赫的声威，而且表现了诗人心潮的澎湃；汉阳的山色本也是静止的，可是青苍一片，却居然渡江飞来，这样，就把岿然不动的青山写活了，气韵显得更加生动。后四句采取的是时间与空间分设对映的方式：第五句化用崔颢《黄鹤楼》的诗意，昔人已去，白云千载，概括了长远的时间，暗寓家国丕变的深慨。第六句写空间，一笔勾画了诗人自己的遗民形象，复兴无望，只好南归，悲愤之情见于言外。最后两句自然无迹地运用关于黄鹤的故典而化出新意：鹤飞终不返，写时间的悠久；无处托仙翎，状空间的狭窄。这里，言在此而意在彼，字面上是写世上没有黄鹤容身之地，实际上是抒发故国陆沉、江山易主的悲哀，说"莫怨"而其怨愈深。总之，诗的后四句一句写时间，一句写空间，虚实相参而动静相生，产生的是美学效应中所说的正效应。

　　这首诗的结句，也特别值得称道，它从空间这一角度着笔，精彩地运用了大小映照的艺术手法。"仙翎"指黄鹤，诗人以世间之大和黄鹤之小作强烈的对照，偌大的世间却容不了小小的黄鹤，暗示故国已经不堪回首，国事已无可为，这样，形象就更加警动，所表现的哀思愁绪就分外凄恻动人。杜甫的《孤雁》诗有"谁怜一片影，相失万重云"之联，《江汉》诗有"江汉思归客，乾坤一腐儒"之对，《咏怀古迹·其五》有"三分割据纡筹策，万古云霄一羽毛"之句，都是在空间上作大小映衬的艺术设计，从而使人产生新奇的美感。从陈恭尹诗的结句，可以看到传统的历史继承性和持续发展性。

　　清诗，是古典诗歌史的最后阶段，这一阶段的初期，在一些诗人兼爱国志士的琴弦上，常常弹奏出历史的哀怨与悲愤。"在三家中最以性情胜，往往有悱恻哀丽的语句"（泽田总清《中国韵文史》）的陈恭尹，在黄鹤楼上历代诗人的大合唱里，吟唱的就是这样一首令人黯然销魂的恨曲与悲歌。

美视与美听

——黄景仁《新安滩》及其他

形式，对于任何样式的艺术作品都是十分重要的。没有无形式的内容，反之，也没有无内容的形式。内容作用于形式，形式反过来作用于内容。内容和形式的关系，是艺术辩证法的基本范畴之一。

艺术，要讲究形式美。戏曲表演就要求语言歌唱化、韵律化，动作舞蹈化，即所谓"无动不舞，有声必歌"，前者是美视，后者是美听。至于美视，戏曲谚语所说的"走如龙，站如虎，轻如蝶，美如凤"，就是从形式美的角度提出的更具体的要求。绘画也十分讲究形式美。线条、色彩、构图，就是绘画的形式美的主要因素。马克思曾经说过人们对色彩的喜爱，是一种最普遍的美感。音乐，也是努力追逐形式美的。不注意节奏、旋律、调式、和声之美，怎么会有使闻之者动心的乐曲，怎么会有贝多芬的《第九交响曲》和冼星海的《黄河大合唱》？

如果说，尺寸之鱼不能翻腾起洪波巨浪，那么，全面地探讨形式美也非一篇诗话式的文字所能担负。因此，我只就两首题材同类而体裁不同的诗，来管窥形式的艺术表现力的独特性与能动性，以及为当代诗歌创作提供借鉴的可能，这就是清代诗人黄景仁的《新安滩》和沈受宏的《九龙滩》：

一滩复一滩，一滩高十丈。

三百六十滩，新安在天上！

——《新安滩》

我从建溪走千里，胆落魂消百滩水。
舟人更说九龙滩，绝险诸滩安足齿。
嗟子漂泊何为哉？今日亲到龙滩来。
恰闻昨日七舟下，两舟却破寻尸骸。
上滩犹比下滩好，人登崖岸且自保。
长索条分众挽舟，独把操篙付三老。
一滩水悬一丈高，奔雷卷雪春怒涛！
舟尾向天舟倒立，还防巨石訇相遭。
欲上不上力再着，号呼互应愁一错。
我伫山根彳亍行，峻嶒石礉难移脚。
九龙九龙路折盘，尽日劳劳上几滩？
最有葬龙势尤险，过此相庆方平安。
呜呼上滩人自苦，下滩水急谁能主？
轻舟逐浪转如飞，纵有贲获勇何补！
清流之人水中生，弄舟惯与洪流争；
商旅乘舟漫侥幸，性命直比鸿毛轻。
我意欲将山路辟，下属安沙上铁石。
闭却九龙不复行，往来免误天涯客！

——《九龙滩》

　　黄景仁(1749—1783)，字汉镛，又字仲则，号鹿菲子，阳湖（今属江苏省常州市）人。他是乾隆时的著名诗人，潦倒不遇而颇具诗才，与洪亮吉齐名江左。他的诗风俊逸，从《癸巳除夕偶成二首》就可见一斑："千家笑语漏迟迟,忧患潜从物外知。悄立市桥人不识,一星如月看多时。""年年此夕费呻吟,儿女灯前窃笑频。汝辈何知吾自悔,枉抛心力作诗人。"上述《新安滩》一诗,是颇具民歌风调的绝句。从浙江东部的桐庐去安徽西南的屯溪,沿新安江而溯洄从之,沿途险滩棋布,小舟要竹篙撑持与纤绳力挽才能上行。黄景仁这首诗从仰视的角度,运用了长距离全景镜头,加上数量词的运用和重复,出色地表现了滩行之险和自己惊绝不止的主观感受。这首诗因为是短小的绝句,只能表现审美对象最典型的特征和诗人最典型的感受,给读者留下思之不尽的余味,而不能浓墨重彩地铺陈,不能有丝毫旁逸斜出之处,此乃这种古绝句形式的艺术表现力的独特性。

《九龙滩》则是另一种情况。作者沈受宏(1645—1722)是一位知名度不高的诗人,字台臣,号白溇,别署"馀不乡后人",江南太仓人,他曾向清代名诗人吴梅村学诗。福建多山,滩多流急,九龙江在福建省南部,由北、西两溪合成,流入厦门湾入海,长达二百五十八公里,负山阻水,舟人视为畏途。沈受宏这首诗,就是写九龙江的险状和自己心悸而魄动的感受。开始四句是起调,高唱而入,诗人先以侧面烘托之笔,张扬九龙滩之险绝,先声夺人。接着二十句,随步换形,层波叠浪,极写上滩之险,"一滩水悬一丈高,奔雷卷雪春怒涛。舟尾向天舟倒立,还防巨石訇相遭",行文极尽腾挪跌宕之能事,真是使人如见其事,如观其景,如临其境。之后的八句,风雨纷飞,鱼龙百变,状下滩之险象环生,读来也令人凝神屏息。最后两句是诗人表白开辟山路关闭水道的愿望,有如一阕九龙滩的四重奏,悠扬摇曳,留下的是令人心有余悸的尾声。

这首诗,是古体诗中的七古,它源于《离骚》与汉魏乐府,始于曹丕《燕歌行》,发展于鲍照《拟行路难》十八首,到唐代而臻于极盛,李白、杜甫、高适、岑参、白居易、韩愈等才高气盛的诗人,都有许多佳作。这种体式正如明诗人、戏曲理论家王世贞《艺苑卮言》所说:"其发也,如千钧之弩,一举透革。纵之则文漪落霞,舒卷绚烂。一入促节,则凄风急雨,窈冥变幻,转折顿挫，如天骥下坂，明珠走盘。收之则如橐声一击，万骑忽敛，寂然无声。"沈受宏的《九龙滩》一诗，仿佛近之。

　　新诗学习古典诗歌，仅从形式而言，并不是也不可能原封不动地搬用原有的形式，而是要吸收它的长处而求新求变，关键在于作者是否有推陈出新的才力。今日的新诗仅就形式而言，语言之散漫拖沓，句式之杂乱无章，节奏之诘屈聱牙，已成为流行已久难以治愈的重症。在新诗史上，20世纪40年代初，学者、翻译家、诗人吴兴华（梁文星）早就写过一些以《绝句》为题的四句一首的诗，如"仍然等待着东风吹送下暮潮/陌生的门前几次停驻过兰桡/江南一夜的春雨，乌桕千万树/你家是对着秦淮第几座桥"，"一轮满月滑移下无垢的楼台/微步起落下东风使桃李重开/仿佛庭心初舒展孔雀的丽尾/万人惊叹的眼目都被绣上来"，从中可见他潜心学习绝句以开拓新路的尝试。而当代诗人公刘作于20世纪50年代中期的那种八行一首的短诗，如："大路上走过来一队骆驼/骆驼骆驼背上驮的什么？/青绿青绿的是杨柳条儿吗？/千枝万枝要把春天插遍沙漠。//明年骆驼再从这条大路经过，/一路上把柳絮杨花抖落，/没有风沙，也没有苦涩的气味，/人们会相信：跟着它走准能把春天追着。"（《运杨柳的骆驼》）又如："上海关。钟楼。时针和分针/像一把巨剪，/一圈，又一圈，/铰碎了白天。//夜色从二十四层高楼上挂下来，/如同一幅垂帘；上海立刻打开她的百宝箱。/到处珠光闪闪。//灯的峡谷，灯的河流，灯的山。/六百万人民写下了壮丽的诗篇：/纵横的街道是诗行，/灯是标点。"（《上海夜歌》）何尝不都是从绝句与律诗乃至古风中得到过诗神的启示？

散点透视与全面视境

——张衍懿《进峡》、《瞿塘峡》

　　诗歌,不仅是形象思维而且是诗性思维的骄子;诗人,都力图用文字在平面上创造出一个具有立体感和雕塑感的艺术世界。

　　台湾诗人兼学者叶维廉,在他的《维廉诗话》中提出了"全面视境"的观点。他说:"诗中雕塑的意味,莫过王维的《终南山》一诗。'太乙近天都'(远看—仰视),'连山接海隅'(远看—仰视),'白云回望合'(从山走出来时回头看),'青霭入看无'(走向山时看),'分野中峰变'(在最高峰时看,俯瞰),'阴晴众壑殊'(同时在山前山后看,或高空俯瞰),'欲投人处宿,隔水问樵夫'(下山后,同时亦含山与附近环境的关系)。"在分析了王维的这首诗后,他认为:"中国画(中国诗亦然)顺自然的秩序顺理成章地达成全面视境及并发性。要知道中国现代诗中所追求的全面视境及并发性,实非'横的移植',而是根深蒂固的中国传统。"我同意叶维廉的这一见解,但我以为,诗中全面视境的形成,是和诗人观察和描绘生活时的视点(或称视角)分不开的。

　　中国的诗与画历来有着互相取资的传统,有着许多相通之处。中国诗和画的特点之一,就是时空处理的灵活性。这种灵活性,主要表现在以"散点透视法"(或称"移动透视法"、"跑马透视法"、"多重透视法")来处理时间形象与空间形象。西洋画所遵奉的"焦点透视",画面上只能有一个固定的视点，不能随意移动，而"散点透视法"的视点则是不固定的，可以上下左右前后自由移动。也就是说，一首诗或一幅画所描绘的景物，都似乎能随着读者（观众）的视点的移动而移动，同时，诗人或画家在运用散点透视处理空间关系的时候，还与所谓"三远"——高远（仰视）、深远（俯视）、平远（平视）结合起来。

宋代山水画家郭熙在《林泉高致》中说："山有三远，自山下而仰山巅，谓之高远；自山前而窥山后，谓之深远；自近山而望远山，谓之平远。"这一理论是前人对诗画艺术经验的总结，对后世的诗画创作有着深远的影响。"故人西辞黄鹤楼，烟花三月下扬州。孤帆远影碧空尽，惟见长江天际流"，李白的《黄鹤楼送孟浩然之广陵》有如一幅横卷，景物由小而大，由近而远，这是一致倾向的散点透视法。"一滩复一滩，一滩高十丈。三百六十滩，新安在天上"，清代诗人黄景仁的《新安滩》好似一帧立轴，用仰视的角度，景物由低而高，由下而上，也是一致倾向的散点透视法。而另一种倾向不一致的散点透视法，我们可以从清代诗人张衍懿的两首五律中领略：

> 峡自夷陵束，江从白帝悬。
>
> 两崖如剑立，百丈入云牵。
>
> 石出疑无路，云开别有天。
>
> 往来频涉险，千里正茫然。
>
> ——《进峡》

> 历数西南险，瞿塘自古闻。
>
> 水从天上落，路向石中分。
>
> 如马惊秋涨，哀猿叫夕曛。
>
> 乘船千里疾，回首万重云。
>
> ——《瞿塘峡》

　　张衍懿,清朝人,生卒年不详,字庆余,江苏太仓人。沈德潜《清诗别裁》收其诗四首。这两首诗,都具有叶维廉所说的"全面视境"的美学效果。"峡自夷陵束,江从白帝悬",《进峡》首联入手即从"峡"与"江"落笔。"夷陵"即今之宜昌,为西陵峡之入口处,第一句为平视的近景。白帝城高,下临瞿塘峡,大江浩荡东去,第二句是平远之景。首联构成了长江三峡长卷图的轮廓画。颔联、颈联是从由低至高的仰视角度来写,但其中又有变化。"两崖如剑立",分写左右群山之险;"百丈入云牵",集中表现群山之高。"石出疑无路",写江流之狭,紧扣开篇的"束"字;"云开别有天",表地势之高,照应前面的"悬"字。这两联是高远之景,颇具开启的层次感和纵深感。结联以"往来"、"千里"收束,从首尾和平面完成了长江三峡长卷的最后一笔。

　　《瞿塘峡》是《进峡》的姊妹篇,后者是进三峡,主要写山,前者是下三峡,主要写水。在"历数西南险,瞿塘自古闻"的一笔概括的涂抹之后,诗人就极力渲染瞿塘之险。"水从天上落",笔法有如王维的"分野中峰变",是从高空俯瞰的动景;"路向石中分",是动态的平远的画面。"如马惊秋涨",是俯视的镜头,"哀猿叫夕曛",是左右平视的景色。结联对瞿塘之险和自己的出峡行程,作了平面的同时又是深远的概括,极尽烟云缥缈之致。这两首诗,都是运用了视点角度不一致的散点透视法,极具雕塑性。雕塑艺术依赖三维空间展现物体的外貌和结构,而古典诗歌的多重透视法,最易产生主体感官效果,能使读者在欣赏中产生"随山万转"的美感。

　　三峡的雄奇,在清代以前不知有多少诗人讴歌过,留下了许多名篇。在前人之后,《进峡》与《瞿塘峡》的作者又向我们提供了诗歌创作中全面视境的范例。张衍懿,在清代并非知名的诗人,但是,许多并不怎么知名的作者,他们的作品与知名诗人的某些作品相比并不逊色,甚或有过之。因此,我就在诗的深山里,寻访了这两首埋没已久的诗以见天日,希望它们不致成为诗的化石。"世传三峡险,吾身适屡往。荡舟趋洄流,惊涛漾轻桨。巉峰开复合,青天细如掌。浪急先期程,谷空答渔响。回顾上濑人,吾行若平壤。日夕下夷陵,祝酒相忻赏。"这首诗,一般选本题为《入峡》,作者为明人宋濂。但据学者考证,明人王绅《继志斋集》卷二亦收入此诗,则王绅亦可能是此诗之版权的真正持有人。"三峡瞿塘据上游,险由天设古今留。云烟翳树猿猱下,风浪翻江贾客愁。山势西来开蜀道,水声东去会湘流。天桥铁柱连环锁,驻节看碑忘远游。"这是明诗人沈庆的《瞿塘上峡》。"一滩声过一滩催,一日舟行几百回。郢树碧从帆底尽,楚台青向橹前来。奔雷峡断风常怒,障日峰多雾不开。险绝正当奇绝处,壮游毋使客心哀。"这是清代孙原湘的七律《西陵峡》。"地不此间裂,江应无处流。群山开一缝,万里送孤舟。石古黝如铁,潭秋腻欲油。自怜非画手,窜取入双眸。"这是清人李惺的五律《瞿塘峡》。他们都非当今滥称之"著名诗人",但作品却颇有可观。在欣赏张衍懿之作的同时,读者诸君不妨一赏他们所描绘的画境,不妨从散点透视与全面视境的角度,去他们的诗中作一番纸上的神游。

清辞丽句必为邻

诗中的"华彩"

——王勃《滕王阁诗》

"华",它的重要本义之一就是光彩、光辉、文采。与文字和文学有关的称美之辞,就有"华翰"、"华章"、"华编"、"华赡"、"华辞"等。音乐中有所谓"华彩乐段",我这里要说的,是诗中的"华彩"。

我国最早的诗歌总集《诗经》,由于它所反映的社会生活还处于比较原始的状态,诗歌本身也还属于草创时期,而且它的诞生地是淳朴厚重的北方,从文学地理学而言是所谓"北方文学",因此,它的风格总的说来是浑厚朴茂的。但是,它也有一些颇具华彩的段落和篇章,如《关雎》,如《汉广》,如《硕人》,如《蒹葭》,如《月出》。《桃夭》之"桃之夭夭,灼灼其华。之子于归,宜其室家",以盛开的桃花比喻新嫁娘之青春貌美,亦兴亦比,在《诗经》中吹奏的是一支颇为欢愉华美的乐曲。

以屈原的作品为代表的《楚辞》,由于社会生活较前丰富多样以及神话传说的采用和文学本身的进展,加之《楚辞》已经是文化修养相当高的个人创作,而不像《诗经》大都是民间的无名氏的作品,同时,从地域而论它是所谓"南方文学",因此,它的基本风格是浪漫绚丽的。"曾枝剡棘,圆果抟兮。青黄杂糅,文章烂兮。"(《橘颂》)"朝发轫于天津兮,夕余至乎西极。凤皇翼其承旂兮,高翱翔之翼翼。……屯余车其千乘兮,齐玉轪而并驰。驾八龙之蜿蜿兮,载云旗之委蛇。"(《离骚》)"吉日兮辰良,穆将愉兮

上皇。抚长剑兮玉珥，璆锵鸣兮琳琅。"(《九歌·东皇太一》)屈原的这些
作品，不就都闪耀着夺目的光华吗？

　　在唐代诗歌中，诗章的华彩具有令人惊叹之美的，最突出的是张若
虚、王昌龄、王维、李白、杜甫、岑参、白居易、李商隐、李贺和杜牧，然而，我
们却不能忘了在他们之前的先锋，那"初唐四杰"之一的王勃。在唐诗蔚
为盛大的园林之前，当陈子昂还来不及在唐诗苑中的幽州台上登高一唱，
张若虚还来不及在长江之边宛转长吟他的《春江花月夜》之时，年轻的王
勃是有开创之功的。王勃在诗史上的地位和贡献，此处不必赘述，我们暂
且只去领略他作品中的华彩，如附在名闻遐迩的《滕王阁序》之尾的七言
古诗《滕王阁诗》：

> 滕王高阁临江渚，佩玉鸣鸾罢歌舞。
> 画栋朝飞南浦云，珠帘暮卷西山雨。
> 闲云潭影日悠悠，物换星移几度秋。
> 阁中帝子今何在？槛外长江空自流。

　　王勃(约650—约676)，字子安，原籍太原祁县，移居绛州龙门(今山
西省河津市)。他是隋末大儒王通之孙，早慧而笃学，才高气盛，仕途坎
坷。其父王福畤为雍州司户参军，受其累而贬为交趾(今越南北部)令。
这位天不假年的诗国天才，当他去交趾探望其父返回渡海时，不幸溺水而
亡，年方二十七岁。《滕王阁序》与《滕王阁诗》的写作时间，历来论者分为
对峙的两方：一方认为是他十四岁时去江西省父途经南昌时的作品；一
方认为是上元二年(675)去交趾省父途经南昌而作。而根据序中的"童子
何知，躬逢盛饯"、"勃三尺微命，一介书生"的自叙以及其他佐证，当以前
说为是。即使判为逝世之前所作，也仍然是早熟早慧的天才手笔。对王
勃的诗文，前人之述备矣。杜甫美之为"不废江河万古流"(《戏为六绝

句·其二》），韩愈"壮其文辞"（《新修滕王阁记》），李商隐赞叹其"王杨落笔得良朋"（《漫成五章·其一》）。除此之外，元代辛文房《唐才子传》称其"属文绮丽"，明代杨慎《丹铅总录》誉其为"云中俊鹘"，同时代人张逊业《校正王勃集序》称赞他"富丽径捷，称罕一时"，清代编撰的《四库全书》也说他"文章巨丽，为四杰之冠"。这些评论，角度与措辞也许有所不同，但都有意无意地指出了王勃作品富有华彩。

　　我所谓的华彩，内容上是健康积极的思想感情所迸射的光辉，语言上是高华宏丽的文字所焕发的异彩。总之，是一种有骨力的华彩，而不是单纯指语言外在形态上的华词丽句，更不是指没有内在生命力的雕红刻翠虚华矫饰之词。

　　王勃这首七古，前四句切定滕王阁本身落笔，"滕王高阁临江渚"，从远距离勾画赣江边的滕王阁的大观，颇有"上出重霄，下临无地"（《滕王阁序》）之概，这是写形，写现在；"佩玉鸣鸾罢歌舞"，写人走车行，过去的歌舞盛会已成陈迹，这是写声，写往昔。"画栋朝飞南浦云，珠帘暮卷西山雨"，将阁中的"画栋"、"珠帘"与远处的"南浦"、"西山"联系起来，时空阔大，气象雄张，虽然仍是写阁，但却有了平面上的立体感和广远的空间感。"朝"、"暮"是表时间的词，流光箭驶，时不待人，于是后四句很自然地过渡到对楼外风光的描绘，特别是对由楼而生发的感悟作集中的抒发。滕王阁本是唐高祖李渊之第二十二子李元婴所建，李元婴于贞观十三年（639）任洪州（今江西省南昌市）都督，封滕王。至都督阎伯屿重修此阁，已过去几十年的岁月了。"闲云潭影日悠悠，物换星移几度秋"，王勃登楼远眺，俯仰今昔，自然不免感慨丛生。大江流日夜，阁可重修而帝子安在？"阁中帝子今何在？槛外长江空自流"，一个问句中神情摇曳，一个"空"字里意蕴无穷，表现了一种深邃的历史感与浑茫的宇宙感。

　　一般说来，凭吊之作常不免气象衰飒，意绪感伤，而王勃这首诗却大笔濡染，意象堂堂而光彩焕焕，寓示了一种积极进取、有所作为而不使年华空度的精神。这种华彩，是骨力遒劲的华彩，是我们所赞美的有生命力的华彩。唐代是中国封建社会也是中国历史上的青春时代，充满青春活力与创造精神是这一时代的特征。王勃此诗不仅是唐代的"少年精神"的充分表现，同时也是后来为人所艳称的"盛唐气象"的先声。盛唐的崔颢与李白写黄鹤楼，前者有"白云千载空悠悠"之辞，后者有"唯见长江天际流"之句，不仅文字，甚至韵脚与《滕王阁诗》都有相似之处，正因为王勃之作是盛唐之音的前奏，后来的他们自然都感应了这位天才的脉跳。

明代陆时雍《诗镜总论》中一段话颇堪玩味："王勃高华，杨炯雄厚，照邻清藻，宾王坦易。子安其最杰乎？调入初唐，时带六朝锦色。"王勃诗作的"高华"风格，当然包括我们所说的"华彩"。他的"高华"，他的"调入初唐，时带六朝锦色"，我以为有时代和文学的原因。就时代而言，初唐是中国封建社会的上升时期，高扬的时代精神要求杰出的诗人担当起与齐梁以来颓靡诗风作斗争的任务，因此，四杰的诗章"词旨华靡，固沿陈、隋之遗，翩翩意象，老境超然胜之"（王世贞《艺苑卮言》）；从文学发展的历史来看，唐代是个大一统的时代，魏晋南北朝以来四百年分裂的局面结束了，南方文学的清新婉丽和北方文学的刚健率真结合起来，一炉而炼，去短扬长，自然就使有唐一代的诗国天空大放异彩，而王勃的诗作，就是天边所闪耀的明丽灿烂的霞光。

真正杰出的作品是与日长新的，而被时间所遗忘的是那些赝品和次品。金代布衣高永，就曾写过一首《大江东去·滕王阁》："闲登高阁，叹兴亡，满目风烟尘土。画栋珠帘当日事，不见朝云暮雨。秋水长天，落霞孤鹜，千载名如故。长空澹澹，去鸿嘹唳谁数。　遥忆才子当年，如椽健笔，座上题佳句。物换星移知几度，遗恨西山南浦。往事无凭，昔人安在，何处寻歌舞。长江东注，为谁流尽千古？"这首词，隐括王勃所作的滕王阁之序与诗，抒写的正是后人对诗人的高华之作的纪念。而香港学者、诗人黄国彬在《从一首诗说起》一文中说："《滕王阁》是一首妙绝千古繁富浓缩的好诗。透过这首诗,我们可以看到中国古诗的某些特点;透过这首诗,现代诗人可以知道他们为什么要师事古代大诗人,接受他们的启发。"(《从菁草到贝叶》,香港诗风社,1976 年)学贯中西的学者黄维樑,是香港学界的"二黄"之一,有多部文学与诗学著作行世,他在《唐诗的现代意义》一文中再三强调:"很多向巴黎、伦敦取经的现代诗人,不知道唐代长安原来有诗歌艺术的至宝。唐诗的内容,十分丰富;用现代的眼光看一千多年前的诗篇,往往有'科学性'的发现。至于唐诗所表达的感情和思想,更有普遍性和永恒性。"(《中国文学纵横论》,台湾东大图书股份有限公司,1988 年)王勃的诗也正是如此。是的,在唐代诗国的天穹,王勃是一道绚丽的早霞,他的光华是永远不灭的。王勃之后的李贺也是同一年龄夭逝,而英国的名诗人济慈只有二十六岁,雪莱也只有二十八岁。1837 年 2 月,三十七岁的俄国大诗人普希金为捍卫自己的名誉与尊严,在决斗中受重伤去世。二十四岁的莱蒙托夫愤然而作《诗人之死》一诗,其中有句是"稀有的天才火炬般熄灭,壮丽的花冠也已经凋残"!三年之后,这位名诗人也死于如同谋杀的决斗,年方二十七岁,高尔基后来曾不胜惋惜地说他"是一首未唱完的歌"。我想,匆匆来去的王勃不也是一首未唱完的歌吗?在我的《万遍千回梦里惊——唐诗之旅》(中国青年出版社,2013 年)一书中,收有《走向盛唐》一文,就是我对那位千古文章未尽才的短命才子长长的纪念。

炼字·炼句·谋篇
——杜甫《望岳》

　　唐玄宗开元二十三年(735)，二十四岁的杜甫在洛阳参加进士考试落第之后，次年就开始了他为时四五年的生平第二次漫游，即后来他在大历元年(766)秋于夔州所作《壮游》诗中所说的"忤下考功第，独辞京尹堂。放荡齐赵(齐指山东、赵指河北——引者注)间，裘马颇清狂"。

　　中国历史上数不清的状元，能进入第三流诗人行列的恐怕也寥寥可数，但是，布衣李白却登上了诗歌王国的最尊荣的宝座，杜甫不也是这样吗？当那些金榜题名的新贵们走马长安，后来什么也没有留下来的时候，落第的杜甫就已经写下了一些可以传之久远的篇章了。现存的杜甫诗集的第一页，就是从这时开始的，虽然不知什么原因，他三十岁以前的作品今日已寥若晨星。

　　山东东南部曲阜之西的兖州，战国时代楚国灭掉鲁国之后一度是楚国的势力范围。时近千年后杜甫往游时，他的父亲杜闲正在那里任司马之职。刚过弱冠之年不久的杜甫写了两首名诗，一是《登兖州城楼》："东郡趋庭日，南楼纵目初。浮云连海岱，平野入青徐。孤嶂秦碑在，荒城鲁殿余。从来多古意，临眺独踌躇。"另一首，则是矗立在《杜工部集》之前，也矗立在中国诗史上的纪念碑式的作品《望岳》：

岱宗夫如何？齐鲁青未了。

造化钟神秀，阴阳割昏晓。

荡胸生层云，决眦入归鸟。

会当凌绝顶，一览众山小！

杜甫之前，有陆机、谢灵运的《泰山吟》，杜甫之后，有李白的《游泰山六首》，但都不及杜甫的《望岳》。既然是纪念碑式的作品，千余年来人们对它的赞美辞也是可以辑成一部评论专集的了，我这里只想从炼字、炼句、谋篇的角度，作一番匆匆的巡礼。

炼字。中国的诗人从唐代开始特别讲究炼字。中国古典诗论关于炼字的论述可谓汗牛充栋，诗话中专门研究杜甫炼字的条目也累箧盈箱。随手拈来，如南宋魏庆之《诗人玉屑》说："诗人以一字为工，世固知之。惟老杜变化开阖，出奇无穷，殆不可以形迹捕。"如元人杨载《诗法家数》说："诗要炼字，字者，眼也。若老杜诗'飞星过水白，落月动沙虚'，炼中间一字。'地坼江帆隐，天清木叶闻'，炼末后一字。'红入桃花嫩，青归柳叶新'，炼第二字。若非用'入'、'归'二字，则是儿童语。"在《望岳》中，每一个字都恰到好处，不可改动和移易。如"齐鲁青未了"中的表颜色的形容词"青"，描状泰山的青苍一派是必不可少的，杜甫以后写三峡的"青惜峰峦过，黄知橘柚来"（《放船》），也是同一用法。不同的是，这里的作为形容词的"青"，又兼摄动词的作用，是形容词的动词化，表现泰山从古到今而从齐至鲁，郁郁苍苍连绵不断。那活跃的动态感，广阔的空间感和无尽的时间感，是"青惜峰峦过"一语所无法比并的。当然，尤其见功力的，是这首诗动词的锤炼和安排，即诗中的"钟"、"割"、"生"、"入"、"凌"五字。仅就"割"字来看，清代杨伦《杜诗镜铨》就说"割字奇险"，这五字之中，确是"割"字用得最为出色。泰山南北因日照不同而明暗判然，"割"字一般是就实物而言，往往和实体性名词组合，如"割地"、"割麦"之类，而"昏"与

"晓"是表时间的虚有性名词,加之以"割",自然就虚实相生而新警不凡了。此外,还有一点值得注意的是,上述五个字的安排有一个共同之处,就是都置于每句的第三个字的位置上。在五言诗的炼字方面,这虽绝不是唯一的却是常见的格式,因为第三字处在绾上启下的枢纽地位,常有牵一发而动全身的作用。

炼句。积字成句,如果离开了炼句,炼字不可能有独立存在的价值和意义,因为字炼得再好,充其量也不过是匹夫之勇的游勇散兵而已;反过来,炼句也不能离开炼字,乌合之众成不了堂堂正正之师,没有字法不讲究而可成佳句的。中国古典诗歌,汉魏以前不可句摘,到晋宋时方有独立的佳句可采,如陶渊明的"采菊东篱下,悠然见南山"(《饮酒·其五》)。杜甫向来注意炼句,所谓"为人性僻耽佳句,语不惊人死不休"(《江上值水如海势聊短述》),"陶冶性情存底物,新诗改罢自长吟"(《解闷十二首·其七》),主要是指自己写诗时的炼句;而他赞美孟浩然的"复忆襄阳孟浩然,清诗句句尽堪传"(《解闷十二首·其六》),称赞王维的"最传秀句寰区满"(《解闷十二首·其八》),歌颂李白的"李侯有佳句,往往似阴铿"(《与李十二白同寻范十隐居》),不都是肯定别人的炼句吗? 就《望岳》来看,炼句的特色至少有三:一是炼工与拙各有其美之句。"岱宗夫如何?"这是开篇的呼问,质实无华,较为拙朴,而"齐鲁青未了"却是精心锤炼的工句,二者各有其美,而又互相映照补充。二是炼倒装句。"荡胸生层云,决眦入归鸟"即是。按一般平顺的写法,此句应该是"望层云之生而胸臆为之激荡,望归鸟之入而目眦为之睁裂",果真如此,这两句诗也就只能是平庸凡俗的笔墨,而一经倒装,就劲健新奇而富于张力。三是炼警句。在古典诗词众多的精彩警句中,"会当凌绝顶,一览众山小"也是名列前茅而"知名度"极高的,至今还在为我们不断引用,它的警绝之处这里不必再为词费。

谋篇。炼句离不开谋篇,诗之好句,好比是有战斗力的班、排或连、营,还不能保证是"撼山易,撼岳家军难"的常胜之师,因此,炼字与炼句都必须服从和指向于谋篇。谋篇包括炼意，即全诗的主旨和思想。《望岳》的不同凡响，不仅在于艺术地表现了高山仰止的泰山的崇高美，也由于艺术地表现了年轻诗人蓬勃向上的壮志豪情，那种如旭日之方升的生命力量，以及盛唐的少年气象与时代精神。此外，谋篇当然也包括布局，即全诗艺术结构的整体感。这首诗，"望"字为通篇之眼，第一联写"远望"，第二联写"近望"，第三联写"细望"，第四联写"极望"，全诗由此而构成一个完美的艺术整体，可称阵法森严，无懈可击。

诗，不能有字无句，也不宜有句无篇，一流的诗，必然在炼字、炼句、谋篇诸方面皆为上乘。如果说，诗，是诗人们角逐和战斗的疆场，那么，杜甫就是那种不可多得的指挥千军万马行军布阵而常胜的帅才。他在青年时代所写的《望岳》，不仅是他人生的高光宣言，也是他迟早必将领袖一代诗坛并将影响百世的大帅旗帜。

明净清华
——张籍《湘江曲》

宋代诗人王安石有一首《题张司业诗》:"苏州司业诗名老,乐府皆言妙入神。看似寻常最奇崛,成如容易却艰辛。"他所赞扬的苏州司业,就是中唐后期的诗人、曾任国子监司业的张籍。张籍此前曾任水部员外郎,故除世称"张司业"之外,还称他为"张水部"。他的乐府诗风与王建相近,世人又每以"张王乐府"相称并提。

张籍(约767—约830),字文昌,原籍苏州吴县,生长在和州乌江(今安徽省马鞍山市和县)。他曾得韩愈的赏识,韩愈做考官时,他以文章中第。他的五律和七绝都写得不错,如《没蕃故人》与《秋思》就是其中著名的两首:"前年伐月支,城下没全师。蕃汉断消息,死生长别离。无人收废帐,归马识残旗。欲祭疑君在,天涯哭此时。""洛阳城里见秋风,欲作家书意万重。复恐匆匆说不尽,行人临发又开封。"

但是,张籍毕竟是以乐府诗的写作知名于世的,他的乐府诗有七八十首,虽然将近一半用的是古题,然而却不是古意而是新声。它们较为广阔地反映了中唐时期的社会生活以及民生疾苦,具有新乐府"为时而著"、"为事而作"的精神,如"九月匈奴杀边将,汉军全没辽水上。万里无人收白骨,家家城下招魂葬"(《征妇怨》),如"苗疏税多不得食,输入官仓化为土。岁暮锄犁傍空室,呼儿登山收橡实"(《野老歌》),如"凤林关里水东流,白草黄榆六十秋。边将皆承主恩泽,无人解道取凉州"(《凉州词三首·其三》),等等。因此,可以认为张籍是白居易所倡导的新乐府运动的先行者,他上承杜甫的现实主义精神,下启元稹、白居易一派的先河。在《读张籍古乐府》这首长诗中,白居易反复其言地表示了对张籍的敬佩之情:"张君何为者?业文三十春。尤工乐府诗,举代少其伦。为诗意如何?六义互铺陈。风雅比兴外,未尝著空文。……"其评价可谓推崇备至。

张籍曾宦游湖南,在《湖南曲》中抒写过"潇湘多别离,风起芙蓉洲。江上人已远,夕阳满中流"的情怀,在《岳州晚景》里描绘过"晚景寒鸦集,秋声旅雁归。水光浮日去,霞彩映江飞"的景象。他的《湘江曲》更是语浅情深,看似寻常然而奇崛的一首:

> 湘水无潮秋水阔,湘中月落行人发。
>
> 送人发,送人归,白蘋茫茫鹧鸪飞。

"曲",本来是乐府的多种体式和命题的一种,如古有《大堤曲》,梁代简文帝有《乌栖曲》,等等。张籍的《湘江曲》,寓新意于古风,写来浅白轻灵而富于情韵。这首诗的第一句,首先点染秋日湘江的景色。王湾有诗云"潮平两岸阔,风正一帆悬"(《次北固山下》),江水的波平浪静和两岸的开阔旷远互相映衬。张籍之诗则是集中写秋江本身之特色和它所引起的自己的感受:秋日的湘江,无风无浪,放眼望去,更显得江面开阔。七个字中出现了两个"水"字,这是诗词中常见的"同字"手法。前一个"湘水",点明送行的地点,后一个"秋水",点明时令正是使离人多感的秋天,笔意轻灵而饶有变化。联系全诗送别的情境来理解,秋江的无潮正反衬出诗人心潮的难平,秋江的开阔正反照出诗人心情的愁苦郁结。"湘中月落行人发",具体表明送行的时间,是玉兔已沉晨光熹微的黎明时分。这首诗第一句着重写空间,第二句着重写时间,而且次句开始的"湘中"和首句的

"湘水"又重复了一个"湘"字,不仅加浓了地方色彩的渲染,也加强了音韵的回环往复之美。

流利自然,是乐府诗的特色之一,而在句式上多长短句,是获得流利自然的美学效果的一个重要因素。张籍这首诗的后半首就是如此。以"送人发,送人归"紧承第二句"湘中月落行人发",三个"人"字、两个"发"字、两个"送"字,加强了诗句珠走泉流回旋复沓的旋律,再加上"发"与"归"的渐行渐远的进层描写,就对送别的意绪作了反之复之的充分渲染。如果说,前面两个七字句弹奏的还是平和舒缓的曲调,那么,"送人发,送人归",则一发而变慢板为快板,急管繁弦,就凄凄不似向前声了。最后一句当是写斯人去后的情景。"白蘋茫茫"写江上所见,回应开篇对秋江的描写,诗人伫立江边遥望征帆远去的情态,见于言外;"鹧鸪飞"是写江边所闻,与茫茫的白蘋动静互映,那鹧鸪的"行不得也哥哥"的啼鸣,仿佛正曲曲传达出诗人内心的离愁和怅惘,这种"以景结情"的落句,又称"以景截情"或"实下虚成",正是古典诗歌收尾的绝技。李白《黄鹤楼送孟浩然之广陵》的"孤帆远影碧空尽,唯见长江天际流",杜甫《燕子来舟中作》的"暂语船樯还起去,穿花落水益沾巾",李商隐《春雨》的"玉珰缄札何由达,万里云罗一雁飞"等,均是同一机杼,景中寓情,让人有无穷的回味。

"绝妙江南曲,凄凉怨女诗。古风无敌手,新语是人知。"这是张籍的朋友诗人姚合在《赠张籍太祝》诗中对他的称誉。明代徐献忠在《唐诗品》中评价张籍的诗说:"予谓李、杜浑雄过之,而水部凄惋最胜,虽多出瘦语,而俊拔独擅,贞元以后,一人而已。其近律专事平净,固亦乐天之流也。"如他的另一名作《节妇吟寄东平李司空师道》:"君知妾有夫,赠妾双明珠。感君缠绵意,系在红罗襦。妾家高楼连苑起,良人执戟明光里。知君用心如日月,事夫誓拟同生死。还君明珠双泪垂,恨不相逢未嫁时!"李师道是平卢淄青节度使,乃权倾一方的军阀,他又兼检校司空、同中书门下平章事,更是炙手可热。他礼聘张籍入幕,但反对藩镇割据的张籍却托节妇之声口而婉拒,表层意蕴之下有深层意蕴,其委婉含蓄与他的其他作品之语浅情深有所不同,可以比照对读。此诗结尾两句是传诵后世的名句,清末民初的诗僧苏曼殊作有《本事诗》十首,记写他和日本乐伎百助眉史的恋情,其中一首为"乌舍凌波肌似雪,亲持红叶索题诗。还卿一钵无情泪,恨不相逢未剃时",其结句就是化自张籍之诗,一字之改,妙不可言。言归正传,语浅,即明白晓畅;情深,即包孕深厚。张籍的诗,不同于同时代韩愈某些诗的奇僻,也不同于白居易某些诗的浅俗。他的优秀诗作,浅语皆有致,淡语皆有味,达到了语浅情深的美学境界,因而永远铭刻在历史的记忆里,又如同一盏清远的香茗,长久地芬芳在读者的唇间与心头。

字字如珠
——柳宗元《江雪》

　　如果说，盛唐时代诗国的天空星汉灿烂，光辉照人，后来者没有飞光耀彩的才华就会相形之下而黯然失色，那么，柳宗元就确实不愧是盛唐之后升起的一颗闪亮的新星。

　　柳宗元（773—819），字子厚，河东（今山西省永济市）人，故世称"柳河东"，他的诗文集名《柳河东集》。他被贬永州司马后迁柳州刺史，卒于任所，故又称"柳柳州"。他是唐代古文大家，和韩愈齐名，人称"韩柳"。而在中唐前期的诗坛上，最负盛名而为人们所并称的是"韦柳"。韦，是白居易所佩服的韦应物，苏东坡曾为此写过"乐天长短三千首，却爱韦郎五字诗"（《和孔周翰二绝·观净观堂效韦苏州诗》）。柳，即诗文俱胜的柳宗元，苏东坡曾说他的诗"在陶渊明之下，韦苏州之上"（《东坡题跋·评韩柳诗》），这一评论大体上还算是允当的。

　　公元 805 年，柳宗元三十二岁，因为参加了以王叔文为首的主张革新的政治集团，被贬为永州（治所在湖南零陵县，今湖南省永州市）司马，在那里度过了十年流放岁月。他的诗文创作活动，主要是在永州时期进行的。作为"唐宋八大家"之一，他早期写的《梓人传》、《种树郭橐驼传》，显示了他在散文创作方面的才华，到永州后更创作了《捕蛇者说》、《永州八记》等名篇。至于他流传至今的一百六十三首诗章，永州之作就有一百零三首。他最善五言,七言也流畅隽妙。苏东坡《书黄子思诗集后》说他的诗"发纤秾于简古,寄至味于澹泊",明人胡应麟《诗薮》说"柳子厚清而峭",这都是对他的诗风的精当评论。这里,我们且看他的五言绝唱《江雪》:

　　　　千山鸟飞绝,万径人踪灭。

　　　　孤舟蓑笠翁,独钓寒江雪!

这首仄韵古绝先俪后散,诗人先以对句勾画环境,渲染气氛。一句写山,从远处和高处仰观莽莽群山,与山相依的飞鸟已经绝迹;一句写径,从低处由近及远俯察茫茫万径,路和路上的行人也全然不见影踪。寥寥十个字,描绘了群山与原野所构成的阔大而凄清的环境,渲染了萧索悲凉的氛围,虽无一字正面写雪,实际上却字字写雪,使人感到雪光满纸,寒意袭人。这是十分高明的背面敷粉的笔法。清人李锳《诗法易简录》就说:"前二句不着一'雪'字,而确是雪景,可称空灵,末句一点便足。"这首诗的题目是《江雪》,但通篇都用暗写笔法,诗人在前面的层层描绘之后,于全诗的最后一字才将诗题自然点出,手法极为巧妙。

　　台湾诗人兼学者杨牧在《唐诗举例》中曾赞扬这首诗由大向小的反三角形的取景法,并认为"柳宗元写出的渔翁诗不同于其他人,端在乎他出手着力处真正异于旁人"(《传统的与现代的》,台湾志文出版社,1974年)。在优秀的抒情诗中,"一切景语,皆情语也"(田同之《西圃词说》),写景即是写人,这首诗的环境描写也是这样。在粉砌银装、周天寒彻的世界中,却偏偏有孤舟一叶,却偏偏有一位老翁在寒江中垂钓。如果三、四两句中的"孤"字和"独"字,正面点染出表面是蓑笠翁实际上是诗人自己的孤独形象,那么,前面的环境描写,就起着衬托他那不与俗世同流合污的风骨的作用。从整首诗的构图而言,是由大而小,由远及近,由千山万径而及于孤舟上的钓翁，最后缩小聚焦于那一根钓竿，点明题目"江雪"。不仅如此，四句诗的第一个字连读，竟然是"千万孤独"一语！这是全诗的主旨，不也是与丑恶和不平抗争的诗人内心的写照吗？

诗人贬谪永州近十年之后，曾经写过一篇《囚山赋》。此文把四围山岭比作囚牢，悲叹自己不能振翅奋飞，这，很可以帮助我们理解这首诗的意境。"《史》洁《骚》幽并有神，柳州高咏绝嶙峋。"（姚莹《论诗绝句》）从诗中，可以感到封建社会中正直诗人对摧残他的环境的愤懑、抗议和找不到出路之苦闷与悲哀，以及他绝不妥协绝不低头的铮铮傲骨。总之，《江雪》一诗情景浑成，诗中有人，而且是特立独行孤标傲世的大写的人，所以成为千百年来传诵不衰的绝唱。

柳宗元是盛唐之后诗坛上风格卓异的歌者，也是唐人中学陶渊明而成名家的诗人。他的诗，善于以极简练峭拔之文字表现强烈的情感和丰富的内容，具有清峭峻洁的特色。诗歌，是最精炼的语言艺术，是十分讲求语言与内涵的"密度"的艺术，它要求以最简约的文字包含尽可能丰富的社会生活和思想感情的内容，文字向内凝缩，意义向外延展，激发读者发现和获得尽可能丰富的美感，而最忌讳拖泥带水，语多意少，意已尽而语不绝。宋代张戒在《岁寒堂诗话》中说："柳柳州字字如珠玉。"他的落落二十字的《江雪》，确实可以说富于密度，字字珠玑。

清诗人王士禛有《雪后忆家兄西樵》一首："竹林上斜照，陌巷无车辙。千里暮相思，独对空庭雪。"这位提倡"神韵"说而七绝写作颇见才华的诗人，似乎是有意模仿柳宗元的诗，但东施捧心，就难免贻笑大方了。当代台湾名诗人洛夫近年以《唐诗解构》为总题，创作了一系列有关唐诗的新诗，如对柳宗元的《江雪》，他就这样写道："翻开唐诗/当的一声掉下一把钥匙/以一根绳索系着，想必是/用来开启封冻了的江水//千山有鸟没有翅膀/万径有人没有足印/那垂钓的老者瞪我一眼/瞪什么瞪/反正饲养在我心中的那尾鱼/决不许上你的钩/至于江中的雪/在它化为春水之前/你要钓就钓吧。"不论你对这首诗的感受与评价如何,它至少也是继承和发展并重新阐释古典诗歌的一种尝试吧? 无独有偶,另一位台湾名诗人余光中也有一组近作总题名为《唐诗神游》,其中一首也题为《江雪》,同样是古诗新写:"这能充水墨画么/绝而且灭/独而且孤/就凭那一缕钓丝/由真入幻,由实入虚/能接通鱼的心事? /太紧,未免会泄密/太松,又恐像钓名/王维说,磨墨吧/管它好不好画/都不妨试试。"在我的《万遍千回梦里惊——唐诗之旅》一书中,也有多年前所作的一文写永州的柳宗元,题目就是《独钓寒江雪》,结尾是:"一千多年时间的漫漫风沙吹刮过去,物换人非,多少帝王将相恶棍小人早已杳无踪迹,多少庙堂文学多少无关民生痛痒的游戏文章早已化为土灰,但二十个字的《江雪》却连一个字也没有磨损。我后于柳子已一千多年,在我之后千年的游人如果再来永州,也仍然会看到柳宗元还正襟危坐在他的绝句中,独钓那中唐的满天风雪。"

同字的妙用

——欧阳修《春日西湖寄谢法曹歌》

　　一般而言,没有意味与韵味的重复是可厌的,有谁愿意去听别人言而无味的唠唠叨叨呢? 然而,美听而诗意的重复,却有助于培养读者"音乐的耳朵"(马克思语)。在古典诗词中,我们可以看到古代优秀诗人不仅讲究章法和句法,也很讲究字法,一字多次再现的"同字",即诗意的重复,就是字法技巧之一。

　　欧阳修(1007—1072),字永叔,自号醉翁,又号六一居士,庐陵(今江西省吉安市)人。他热心奖掖后进,"三苏"、曾巩、王安石等人均出自他的门下。他在散文、诗、词等领域内都有卓异的成就,故而成为北宋中叶文坛领袖,也是宋代文坛乃至中国古典文学史上全面发展颇具美誉的大家。他的文章为天下冠,是"唐宋八大家"之一,如《醉翁亭记》、《秋声赋》等,都是脍炙人口的散文名篇。他的词名"六一词",如:"门掩黄昏,无计留春住。泪眼问花花不语,乱红飞过秋千去。"(《蝶恋花》)如:"弄笔偎人久,描花试手初。等闲妨了绣工夫,笑问'鸳鸯双字怎生书?'"(《南歌子》)与他为人的风骨峻肃相比,风格却是以流丽柔媚而隽永见称的。他的《六一诗话》,开创了"诗话"这一为中国所独具的评论体裁的先河。作为宋诗革新运动的领袖,他反对宋初西昆体的浮华绮靡的流弊,善为古风和七绝,奇纵清俊处似李白,雄健苍劲处如韩愈,有所师承而又自成一家。例如他的

《春日西湖寄谢法曹歌》，就另有一番新的情思和韵调：

> 西湖春色归，春水绿于染；
> 群芳烂不收，东风落如糁。
> 参军春思乱如云，白发题诗愁送春；
> 遥知湖上一樽酒，能忆天涯万里人。
> 万里思春尚有情，忽逢春至客心惊；
> 雪消门外千山绿，花发江边二月晴。
> 少年把酒逢春色，今日逢春头已白；
> 异乡物态与人殊，惟有东风旧相识。

　　这首诗在字法上的突出特色，就是运用了"同字"的艺术技巧。在唐宋以来的文人诗作中，最早最自觉地运用这种技巧的，恐怕还是张若虚的歌行《春江花月夜》和沈佺期的律诗《龙池篇》。在张若虚之作中，"月"字重出十三次，"江"字重出十二次，"春"字四次，"花"字两次，有如一阕宛转低回的小夜曲。沈诗的前四句写道："龙池跃龙龙已飞，龙德先天天不违。池开天汉分黄道，龙向天门入紫微。"在二十八字之中就有五个"龙"字，四个"天"字，在字法上不仅"同字"，而且一、二句还运用"句中顶真"的修辞手法。以后，崔颢《黄鹤楼》的"昔人已乘黄鹤去，此地空余黄鹤楼。黄鹤一去不复返，白云千载空悠悠"，二"空"字，三"黄鹤"。李白《鹦鹉洲》的"鹦鹉来过吴江水，江上洲传鹦鹉名。鹦鹉西飞陇山去，芳洲之草何青青"，二"洲"字，三"鹦鹉"；《登金陵凤凰台》的"凤凰台上凤凰游，凤去台空江自流"，二用"凤凰"，而"凤"、"台"两字又分开叠用。崔颢与李白，他们都应该从张若虚和沈佺期的作品中得到过艺术启迪。金圣叹看到了这种艺术现象，他在批点唐才子诗时，谈到苏颋《奉和春日幸望春宫应制》中"东望望春春可怜"之句时说："七字中，凡下二'望'字、二'春'字……想来唐人每欲以此为能也。"

唐人之后,李清照的"一种相思,两处闲愁。此情无计可消除,才下眉头,却上心头"(《一剪梅》),辛弃疾的"何处望神州?满眼风光北固楼。千古兴亡多少事?悠悠。不尽长江滚滚流"(《南乡子·登京口北固亭有怀》),王沂孙的"步屧荒篱,谁念幽芳远?一室秋灯,一庭秋雨,更一声秋雁"(《醉蓬莱·归故山》),都是宋词中可见同字之妙的名句。

欧阳修的《春日西湖寄谢法曹歌》,在字法上师承前代而又独出机杼。景祐三年(1036)五月,欧阳修被贬为夷陵(今湖北省宜昌市)县令,他于初冬到达,在那里居停了约有大半年时间。《春日西湖寄谢法曹歌》,写于景祐四年二月,根据诗人自己的《六一诗话》的记载,是对他在许昌任法曹参军的朋友谢伯初赠诗的奉答。

这首诗中的"雪消门外千山绿,花发江边二月晴",直到现在都还常常为人们所征引,它写景的工丽独至和洋溢其中的生命活力,确实能给人以久远的美的享受。我这里所要特别称道的,是它的同字的妙用。"终日看山不厌山,买山终待老山间。山花落尽山长在,水自空流山自闲。"王安石的《游钟山》诗,四句中"山"字出现了七次。欧阳修的这首《春日西湖寄谢法曹歌》是一首歌行体的诗,共十六句,其中的"春"字也是重出了八次。据清人王晫的《西湖考》,全国以西湖为名的湖至少有三十多处。欧阳修此诗中的西湖,是指许昌的西湖。诗人首先从远在西湖的对方落笔,前四个"春"字分别点染"春色"、"春水"、"春思"、"送春",然后,诗人回转笔锋,写夷陵春色和自己的感受,后四个"春"字先后状写"思春"、"春至"、"春色"、"逢春",虽都是同字的运用却又各有侧重,在笔姿上毫不板滞而错综成文。细心的读者还会发现,全诗前一半篇幅(八句)写春日西湖及所寄友人,后一半篇幅(八句)写夷陵春色及自己的感怀,不仅如此,全诗八个"春"字也是以前后各半的方式安排的,而且都是安置在第一、二句和第五、六两句之中,中间均间隔了两句。总之,这种同字的运用,既突出了诗

意的重点,又加强了诗的和谐悦耳的旋律美,因为音乐形象的特点之一是
高度集中,它常常运用重复或反复的手法,不断深化同一音乐形象,同时,
运用这种技巧,也有助于获得一种清新刚健的歌谣风味。事实上,欧阳修
是注意向民歌学习的,他的词作中写作最多的词牌《渔家傲》,就是来自民
间的新腔,而他还效法流传于乡间、市井的鼓子词,以《渔家傲》的词牌写
作《十二月鼓子词》。这就难怪他上述诗作之中,也流溢着一种民歌的馨
香了。

　　刘勰在《文心雕龙》中谈到炼字时早就指出:"重出者,同字相犯者也。
《诗》、《骚》适会,而近世忌同。若两字俱要,则宁在相犯。"同字,也就是
"重出"。"同字"不同于"叠字",叠字是指同一词的连续重复,如欧阳修
《蝶恋花》开篇的"庭院深深深几许",同字则是同一字在不同位置上的出
现,如北宋画家,苏轼的表弟文同(字与可)的《望云楼》:"巴山楼之东,秦
岭楼之北。楼上卷帘时,满楼云一色。"如20世纪80年代在长沙铜官窑
发掘出土的唐代瓷器上,就有不见于《全唐诗》的民间作品:"君生我未生,
我生君已老。君恨我生迟,我恨君生早。"其妙趣就都在于同字的巧用。
钱锺书在《宋诗选注》中论欧阳修时认为:"梅尧臣和苏舜钦对他起了启蒙
的作用,可是他对语言的把握,对字句和音节的感性,都在他们之上。"欧
阳修诗作的这种语言特色,我们从上述这首《春日西湖寄谢法曹歌》中的
同字妙用也可窥见一斑。

诗不厌改

——苏轼《念奴娇·赤壁怀古》

在中国诗歌史上，一挥而就文不加点的优秀作品虽然并不罕见，但更多的出色篇章是旬锻月炼再三熔铸而成的。诗的修改，就像铁匠在铁砧上锤打刚从炉膛里出来的坯件，去掉它的杂质；就像工艺美术家挥动他的雕刀，在一块玉石一枚象牙一方木料上舍弃多余的部分，雕镂出完美的艺术品。

古典诗史记载着许多诗人修改作品的佳话。一种是转益多师，虚心听取别人的意见或请别人修改自己的作品。韩愈与贾岛"推敲"的故典，是人所熟知的了。又如"一字师"的故事，最早恐出自元人辛文房所著《唐才子传》，据载唐诗僧齐己听取诗人郑谷的意见，修改自己的诗句"自封修药院，别下着僧床"为"自封修药院，别扫着僧床"，之后还记叙了下述有名的例子："齐己携诗卷来袁（袁州，今江西宜春市——引者注）谒谷，《早梅》云：'前村深雪里，昨夜数枝开。'谷曰：'数枝，非早也，未若一枝佳。'己不觉投拜，曰：'我一字师也。'"关于元代诗人萨都剌，也有类似的故事。清人施闰章《蠖斋诗话》载："元萨天锡诗'地湿厌闻天竺雨，月明来听景阳钟'，脍炙于时，山东一叟鄙之，萨往问故，曰：'此联固善，"闻"、"听"二字一合耳。'萨问：'当易以何字？'叟徐曰：'看天竺雨。'萨疑'看'字所出，叟曰：'唐人有"林下老僧来看雨"。'萨俯首，拜为一字师。"

另一种情况则是以高度的责任感，精心地反复修改自己的诗作。宋代诗人张耒就"尝于洛中一士人家，见白公（指白居易——引者注）诗草数纸，点窜涂抹，及其成篇，殆与初作不侔"（《诗人玉屑》卷八）。宋代吕本中所撰《吕氏童蒙训》，也记载欧阳修作诗时，先将草稿贴在壁上，时常加以修改，"有终篇不留一字者"。而黄庭坚也常在多年后改定自己以前的作品。至于王安石的名句"春风又绿江南岸"的改成，则更是为读者所熟知而不须赘述的范例与佳话了。

苏东坡，这位文学史上多才多艺的大家，在词国开疆拓土高举革新大旗的人物，正如他自己所说的"已分酒杯欺浅懦，敢将诗律斗深严"（《谢人见和雪后北台书壁》），创作态度也极为严肃。宋人何薳《春渚纪闻》就曾经记载："薳尝于文忠公（指欧阳修——引者注）诸孙望之处，得东坡先生数诗稿，其和欧叔弼诗：'渊明为小邑。'继圈去'为'字，改作'求'字，又连涂'小邑'二字，作'县令'二字，凡三改乃成今句。至'胡椒铢两多，安用八百斛'，初云'胡椒亦安用，乃贮八百斛'。若如初语，未免后人疵议。又知虽大手笔，不以一时笔快为定，而惮于屡改也。"又如他的代表作之一的《念奴娇·赤壁怀古》：

> 大江东去，浪淘尽、千古风流人物。故垒西边，人道是、三国周郎赤壁。乱石穿空，惊涛拍岸，卷起千堆雪。江山如画，一时多少豪杰！　遥想公瑾当年，小乔初嫁了，雄姿英发。羽扇纶巾，谈笑间，樯橹灰飞烟灭。故国神游，多情应笑我，早生华发。人生如梦，一樽还酹江月！

元丰二年（1079）十二月，苏轼因乌台诗案被贬为黄州团练副使，于次年二月一日到达黄州。元丰五年的七月和十月，他两次往游附近的赤壁，写下了前后《赤壁赋》和上述这首苍凉悲壮的千古绝唱。关于这首词，南宋洪迈《容斋续笔》卷八"诗词改字"这一条目下的一段话,对我们今天的诗作者也仍不无启发:"向巨源云:元不伐家有鲁直所书东坡《念奴娇》,与今人歌不同者数处:如'浪淘尽'为'浪声沉','周郎赤壁'为'孙吴赤壁','乱石穿空'为'崩云','惊涛拍岸'为'掠岸','多情应笑我,早生华发'为'多情应是,笑我生华发','人生如梦'为'如寄',不知此本今何在也。"洪迈后苏轼仅约百年,学问渊博,著述繁富,他说别人见过黄庭坚所书苏轼的《赤壁怀古》,应该可信。同时,黄庭坚不仅是苏轼的同时代人,并称"苏黄",又和张耒、秦观、晁补之同游于苏轼之门,被称为"苏门四学士",我想,他所书写的当是苏轼最早的未定稿,而后世流传的则是定稿。

从洪迈的记载中,可以看到后来的几处修改较之原作确有超越之处。"浪淘尽"既是写实,又是象征,既承接"大江东去",又贯通"千古风流人物",感慨万千,形神兼备,富于动势动感,如作"浪声沉",就无法获得这种艺术效果。"周郎"当然也比"孙吴"为佳,因为下面写的人物主要就是周瑜,他是赤壁之战的主将,如此写来,方才切合时地与人物而不浮泛,同时,"周郎"这个专指名词也比"孙吴"一词显得风流蕴藉。"乱石穿空"写赤壁山峦的雄奇耸峙,极为传神,"乱石崩云"则不太好理解,今人刘逸生见解与文笔俱胜的《宋词小札》释为"乱石像崩坠的云",似乎也嫌不够准确,乱石是固定的,云是流动的,乱石怎么像云,云又怎么"崩坠"呢?"拍岸"有声有形而且有势,同时也启下句之形象描绘"卷起千堆雪"(承李煜《渔父》词"浪花有意千重雪"句意而有所新创),"掠岸"自然就逊色多了。"多情应笑我,早生华发",按语言的常态性写法应作"应笑我多情",现在一经倒装,便觉笔力劲健,而且突出了抒情主人公"我"。最后一句的"如梦"比"如寄"的内涵要宽广深厚,它固然表现了苏轼思想中消极的因素,同时也显示了他对黑暗现实的失望与愤懑之情,表现了具有普遍意义的人生悲剧意识。

唐代诗人许浑有一首《金陵怀古》:"玉树歌残王气终,景阳兵合戍楼空。松楸远近千官冢,禾黍高低六代宫。石燕拂云晴亦雨,江豚吹浪夜还风。英雄一去豪华尽,惟有青山似洛中。"前人对此诗颇为称道,更赞赏中间两联,但明代的诗论家谢榛在《四溟诗话》中,却说:"颔联简,板对尔;颈联当赠远游者,似有戒慎意。"他的修改方案是:"若删其两联,则气象雄浑,不下太白绝句。"谢榛喜欢"唐"门弄斧,对好多首他认为有疵病之唐诗予以"斧正"。我认为他对许浑此诗的手术应该说颇为成功:字数减少了整整一半,全诗呈现出净化之后的透明状态,诗质却达到饱和点,能引发欣赏者更丰富的审美联想。由此可见,当局者自己的包括旁观者他人的精心修改,所谓"有得忌轻出,微瑕须细评"(陆游《戏题稿后》),是古今中外许多名诗人登上艺术峰顶必经的石级。例如在新诗创作中,闻一多《也许》的第二节是:"不许阳光拨你的眼帘,不许清风刷上你的眉,无论谁都不能惊醒你,撑一伞松荫庇护你睡。"在诗中,"拨"字原作"攒","能"原作"许",第四句原作"我吩咐山灵保护你睡"。这种改动,就是新诗创作中苦心修改的范例。

杜甫有句云:"文章千古事,得失寸心知。"(《偶题》)我们诵读千古诗文时,应好好体会作者甘苦自知的文心与诗心,对自己的作品严于推敲,年轻的诗词作者尤应如此自鉴与自砺。

辞情兼胜与"超验层次"

——秦观《踏莎行·郴州旅舍》

在诗歌创作中我们可以看到这样两种情况：有的诗作者很注意文辞的推敲和锤炼，在语言上表现出相当的功夫，但诗的感情却显得淡薄，总的倾向是辞胜于情，有如一朵纸花或塑料花，虽然色彩鲜艳，却没有真正的花所特有的质地与芬芳；有的诗作者有真实而强烈的情感，可是语言艺术的修养不够，不能将那种内在的审美情感通过鲜活的艺术意象表现出来，偏于抽象的直白式的抒发，人们称之为情胜于辞，有如一朵真花，虽然也有它的芬芳，却没有动人的形态和色泽。真正具有魅力的诗作，必然是辞情兼胜的，即文字优美，情感真挚，是艺术意象和思想感情完美联姻所诞生的骄子。

秦观（1049—1100）就是获得了"辞情兼胜"这一光荣冠冕的词人。他字少游，一字太虚，号淮海居士，扬州高邮（今江苏省高邮市）人，是"苏门四学士"（余为黄庭坚、晁补之、张耒）之一，诗、词、文均成就很高，词集名《淮海词》，又名《淮海居士长短句》。在北宋词坛，自晏殊、晏几道父子至欧阳修，他们共同开创了婉约词派，秦观的词风更是集婉约派之大成。在词人济济高手如林的北宋，诗人陈师道说："今代词手，秦七黄九（指黄庭坚——引者注）而已。"（《后山诗话》）可见时人推崇之高。因秦观《满庭芳》词中有"山抹微云，天粘衰草"的名句，对他颇为赏识并以为有屈宋之才的苏东坡,曾经戏称"'山抹微云'秦学士,'露华倒影'柳屯田",并极力向王安石推介称美,而王安石也回答说秦观词意清新,有如鲍照和谢灵运:"清新妩丽,鲍谢似之。"(《回苏子瞻简》)清人沈雄《古今词话》引蔡伯世的评说道:"子瞻辞胜乎情,耆卿(柳永字耆卿——引者注)情胜乎辞,辞情相称者,惟少游一人而已。"如他的《踏莎行·郴州旅舍》:

> 雾失楼台,月迷津渡,桃源望断无寻处。可堪孤馆闭春寒,杜鹃声里斜阳暮。　　驿寄梅花,鱼传尺素,砌成此恨无重数。郴江幸自绕郴山,为谁流下潇湘去?

郴州,治所在郴县(今湖南省郴州市),地处湖南南部,古代是迁客骚人放逐之地。在北宋推行新法与反对新法的政治斗争中,秦观站在属于旧党的苏轼一边,因而在新党掌权之时,他在政治上屡遭贬谪。在此之前,他先贬杭州通判,再贬监处州酒税,复又被诬以罪名远贬郴州,且剥夺其官爵与俸禄,不仅彻底下岗,而且断绝了生活来源。上述这首词,就是他在绍圣四年(1097)春三月于远徙之地郴州所作。

他的词,在未流放前和流放之后有显著不同。流放前的作品,如"莺嘴啄花红溜,燕尾点波绿皱"(《忆仙姿》),如"柔情似水,佳期如梦,忍顾鹊桥归路,两情若是久长时,又岂在朝朝暮暮"(《鹊桥仙》),绮丽而轻柔,词笔细腻,秀句如绣。贬谪之时,流放之后,他的清丽而幽情的琴弦上,就往往弹奏出封建社会中失意的知识分子常态性之凄婉感伤的曲调,如"韶华不为少年留。恨悠悠,几时休。飞絮落花时候一登楼。便做春江都是泪,流不尽,许多愁"(《江城子》),如"携手处,今谁在?日边清梦断,镜里朱颜改。春去也,飞红万点愁如海"(《千秋岁》)。《踏莎行·郴州旅舍》这首词,更是辞情哀苦,词境悲凉,不胜天涯谪戍之感。

"雾失楼台"三句,写诗人于黄昏月出时的愁思:理想中的桃花源本来就渺茫难寻,何况雾阵如云,笼罩了眼前的楼台? 何况月色朦胧,迷失了远处的渡口?《踏莎行》开篇两句规定是对偶句,秦观此词伊始对偶成文的八个字互文见义,为"桃源望断无寻处"的更为直接的抒情作了动人的气氛烘染与意象铺垫,也成了千古名句。"可堪"两句写词人黄昏时分的内心感受:远谪他乡,理想的乐土渺焉难寻,本来已是愁情难遣,何况在春寒料峭之时独居客馆? 又何况在夕阳西下,断肠人在天涯的时分? 更何况这里那里传来一声声杜鹃的"不如归去"的啼声? 这首词,诗人在上阕从"月"与"斜阳"两个特定的时间角度,以凄婉的文辞抒发自己被贬谪南荒的哀怨。因此,王国维在《人间词话》中说"少游词境最凄婉。至'可堪孤馆闭春寒,杜鹃声里斜阳暮',则变为凄厉矣",就是有见于此。

下阕前三句由近及远:朋友们从远方寄来书信,本来是想慰藉游子的心,可是谪居远方,有家归未得,有志也难伸,只能更增加我的愁恨。在词中,一个"砌"字,一个"无重数",化无形为有形,化抽象为具体,使得抽象的难以言喻的"恨",转换为触觉的通感,变为触手可及的具象。最后两句,诗人遐想的翅膀由远方飞回到眼前的现实境界中来,以不自由的自己和自由的郴江对比,对郴江发出了痴情的诘问,诗句的内涵虽不很确定,具有解释的多样性,历来就众说纷纭,但总不免使人感到黯然神伤。在"苏门四学士"中,据说苏东坡"最善少游",他也很喜欢这首词的结句,与秦观悲剧命运相同的他,"绝爱其尾两句,自书于扇曰:'少游已矣,虽万人何赎?'"(《魏庆之词话》)而清诗人王士禛(渔洋山人)在其《花草蒙拾》中也说:"高山流水之悲,千载而下,令人腹痛!"

李清照曾说秦观的词"专主情致",《四库全书提要》也说他的词"情韵兼胜",而他的情致或情韵,尽管有时不免偏于消极伤感,气格不高,但他却不是诉之于概念的说明,而是以清纯的词笔抒写具有一定社会意义的真挚感情,追求文字的清华和意象的超远,做到辞情兼胜,这一艺术经验和成就还是值得我们肯定的。

南宋咸淳二年(1266),郴州太守邹慕将秦观此词,苏东坡"少游已矣,虽万人何赎"之跋以及米芾的书法刻于苏仙岭崖壁,并于其旁刻字说明,此即为"淮海词、东坡跋、元章笔"之"三绝碑"。八百多年过去了,"三绝碑"前游人如织,而我在多年前远游郴州时,也曾在碑前目瞻口诵。不久前和友人作家、籍贯郴州的梁瑞郴重游郴州,承他和当地作家、市文联主席王硕男的安排,有缘听到郴州的昆曲艺术家罗艳宛转清唱秦观的《踏莎行·郴州旅舍》。千年如在,余音绕梁,我们虽未能成功穿越时间隧道直达北宋,却于郴州实地重温了那仍然发烫的诗句和那并未冷却的时光。

现代艺术哲学认为,以艺术品的审美经验传达为中心,艺术品可以分为三个不同的由低至高的层次,即实在层次、经验层次与超验层次。超验层次的标高,是作者对现实、人生与世界有深切的生命体验,加之有与之相应的高明的艺术表现,方能达到。超验层次,就是作品在具体描绘的时空艺术图景中,表现了一种恢宏深远的生命意识、忧患意识、悲剧意识甚至宇宙意识,蕴含只可意会难以言传的无穷的形而上的哲理意味,从刹那间见永恒,从有限中见无限,表现和传达出超越具体时空的永恒意义与价值。歌德评论莎士比亚的作品,就以"说不尽的莎士比亚"为题,"说不尽",即是说莎士比亚的剧作与诗达到的有无穷意味的层次与境界。在中国诗歌史上,如屈原的《离骚》与《九歌》,如张若虚的《春江花月夜》,如陈子昂的《登幽州台歌》,如李白的《将进酒》、《行路难》、《梦游天姥吟留别》,如杜甫的《登高》、《秋兴八首》、《登岳阳楼》,均是如此。秦观此词一出,近千年来传诵人口,它抒写个人的悲剧遭遇与人生感喟,却又超然远引而情味深远,具有令人寻索不尽的哲理意蕴和普遍意义。我说,它至少已经进入了艺术品的超验层次的边境。

常字新用与"陌生化"

——陈与义《巴丘书事》

　　文学,是语言的艺术,而在所有的文学样式中,诗歌应该是最精妙的难度最大的语言艺术。中国古典诗论所说的"常字新用",就是诗歌语言艺术的花树上耀眼的一枝,与俄国形式主义批评的著名理论"陌生化"有相通相似之处,但时间却早了许多年。

　　我国古典诗歌历来就很讲究语言艺术,但唐代以前还不注重炼字,而从古典诗歌的黄金时代的唐诗开始,诗人们才十分注意既要有完整美妙的全篇,又要锤炼出堪称"诗眼"的字,这大约是诗的繁荣期和成熟期所必然出现的艺术现象。对于诗人们的炼字,诗论家们从不同角度做过许多艺术分析,如"秋蔬拥霜露,岂敢惜凋残",这是杜甫流落秦州时所作《废畦》中的起句,清初的黄生说:"风霜曰缠,日月曰夹,霜露曰拥,皆以常用字,而所以用之者,出人意外。"(《杜诗说》)仇兆鳌作《杜诗详注》时转引此语,作"常字新用,出人意外"。"常字新用"这一炼字技巧说明,浅俗之语一般总是富于生活气息,如果诗人独运灵思,点化出新,往往就能创造出质而文、俗而雅、平易而新奇的境界,给人一种清新的美感。"白"与"青"是人所习用的常字了,"日落江湖白,潮来天地青"(《送邢桂州》),一经王维用来描绘自然风物,就使人顿觉耳目一新;"窄"与"宽"是人们常见的俗字了,"乡梦窄,水天宽"(《鹧鸪天·化度寺作》),一入吴文英的辞章来表现思乡念远的情怀,就令人深感道前人之所未道。一首诗如果立意不凡,妙句如珠,而又能一字见工,那确实能使通篇更添光彩。

北宋与南宋之交的诗人陈与义,曾被人认为是南渡后的第一大诗人,也是宋代学习杜甫最有成就的诗人之一。靖康之难时,他自河南陈留南奔,经湖北、湖南,转徙广东、福建,最后到达临安。空前的国难与远道的流亡,使他的诗风发生了很大的变化,后期的诗感怀家国,悲壮沉郁。"客子光阴诗卷里,杏花消息雨声中"(《怀天经、智老,因访之》),这是宋高宗也十分赞赏的他的一联名句,这一联诗句确也写得清新拔俗。但是,"但恨平生意,轻了少陵诗"(《正月十二日自房州城遇金兵至奔入南山,十五日抵回谷张家》),"草草檀公策,茫茫杜老诗"(《发商水道中》),他后期自觉地以杜甫为师。除了继承杜甫的现实主义诗风之外,他在艺术上也注意向杜甫学习,"常字新用"的炼字艺术就是其中之一。如《巴丘书事》:

> 三分书里识巴丘,临老避胡初一游。
> 晚木声酣洞庭野,晴天影抱岳阳楼。
> 四年风露侵游子,十月江湖吐乱洲。
> 未必上流须鲁肃,腐儒空白九分头!

建炎二年(1128)秋天,诗人从北方辗转流离到岳阳,在这里逗留约一年之久,写了许多抒发家国之痛与诗连洞庭风物的诗章,《巴丘书事》就是此期间的力作之一。《四库提要》说:"与义在南渡诗人之中,最为显达,然皆非其杰构。至于湖南流落之余,汴京板荡以后,感时抚事,慷慨激越,寄托遥深,乃往往突过古人。"这一点,从《巴丘书事》的尾联可以鲜明地感受到。"未必上流须鲁肃,腐儒空白九分头",在表面上的"反讽"之词里,我们实在可以看到诗人对国事的忧虑和自己青春空掷而壮志未酬的悲哀。

现在,还是让我们回到"常字新用"的题目上来吧。这首诗,开篇首句写得颇有风致,得力于"识"字不少。"识"就是认识,一般是对人或事物而言,而且往往是在生活中直接接触的结果。对某一地方,一般是说去过或未去过,熟悉或不熟悉,而不说识或不识。可是,初到岳阳的陈与义却说他早就认识了巴陵,而且是从《三国志》这一历史典籍中认识的,这就使得"识"这个平凡的字眼获得了不平凡的效果,有俗字生新之妙。当代诗人公刘20世纪50年代曾有名诗《致黄浦江》,其中有句是"在小学的地理课本上,我就认识了你,黄浦江",和陈与义这句诗异曲而同工。当年我曾问过公刘,他说那时没有读过陈与义这首作品。思接千载,古今通邮,这大约是心有灵犀一点通吧!

　　这首诗的颔联,清末民初的高步瀛在《唐宋诗举要》中赞之为"雄秀",我以为"醡"与"抱"这两字起了很大的作用。"醡"字本很寻常,其中一义是浓烈和盛大,王安石《题西太一宫壁》诗曾有"柳叶鸣蜩绿暗,荷花落日红醡"之句,"醡"字用得极妙,而陈与义以"醡"字来形容洞庭漠野的萧萧落木之声,不仅是前人未见的创格,而且能平字见奇,朴字见色。杜甫有"清江一曲抱村流"(《江村》),李群玉有"芙蓉抱香死"(《伤思》),而陈与义的"晴天影抱岳阳楼"之"抱",写尽丽日晴天之下岳阳楼的壮观,用浅俗之语,发清新之思,正是这个俗而又俗的字,更平添了全诗雄迈的气韵。

　　如果说,陈与义诗中颈联中的"侵"字诗中屡见,那么,"吐"字就下语不凡了。杜甫曾有"四更山吐月,残夜水明楼"(《月》)的秀句,颇得苏东坡赞誉。宋代诗人梅尧臣《夜行忆山中》也有"低迷薄云开,心喜淡月吐"的笔墨,而陈与义师承前人并有所发展的这句诗,也得到了高步瀛的激赏:"言水落而洲出也,吐字下得奇警。"(《唐宋诗举要》)"吐"字本来是平浅的,前人妙语多是从山与月、云与月的关系来用这个字,但陈与义用来写湖与洲以及自己独特的感受,切合情境,出人意料又在人意中,所以一字为工而神韵全出,如果用"出"、"见"等字,那就神气索然了。后来,清人查慎行有一联妙句:"满城钟磬初生月,隔水帘栊渐吐灯。"(《移寓道院纳凉》)郑板桥有一首诗是:"雾里山疑失,雷鸣雨未休。夕阳开一半,吐出望江楼。"(《江晴》)就都是从杜甫和陈与义的诗中"温故知新"。

古罗马诗人与批评家贺拉斯曾经说过:"如果你安排得巧妙,家喻户晓的字便会取得新义,表达就能尽善尽美。"(《诗艺》)炼字,并不是要追求生僻奇奥的字,而是要从炼意的前提出发,使常用的字表现出新奇的意趣,从而更动人地抒情和表现生活。当代诗人李汝伦有《岩前打油》一诗:"竹笠压头扣热锅,骄阳流火奈之何? 岩前掉落声啾唧:老八哥嘲老九哥!"描写当时"劳动改造"的场景与心境,竟将"老八哥"与"老九哥"这一双俗语对举成文,其间以"嘲"字缩合,真可谓妙手天成,令人欲哭还笑。在有胆识才力、有创造性的诗人的笔下,这正是:寻常景物口头语,便是诗家绝妙辞。

在本文行将结束之时,我们可以由"常字新用"而回到开篇所提及的"陌生化"这一理论命题。近些年来许多论者所艳称的"陌生化",乃他山之石。1917 年什克洛夫斯基发表《艺术作为手法》一文,该文被认为是俄国形式主义批评学派的重要宣言,它创造性地提出了"陌生化"这一术语,也译作"特意化"或"奇异化"。"陌生化"理论的精义,一方面在于倡导思维方式的求异性与反常性,强调激发作者的审美感悟与艺术创造力,唤回作者对内心与外物、小宇宙与大宇宙构成的生命世界的重新发现与创造,同时,也要求语言与语言的言说方式打破惯性与常态,力求语言及其组合方式的新鲜感与新奇性,亦即适度的反常化或者说非常态化,让读者从本文中获得惊喜乃至惊艳的美感体验。他山之石,可以攻玉,中国古典诗学强调"诗家语",而诗家语中的"常字新用"、"平字见奇"等,与现代西方有关诗文理论不无通似之处,有如沉埋已久的珍珠,一经现代的光照,便可以焕发出新的光彩。

口语入诗　活色生香

——杨万里《过百家渡四绝句》

　　古代优秀的诗人，总是注意提炼生活中的口语入诗而使自己的作品活色生香，就像花苞上含着黎明的露水，就像绿叶上闪耀着春日的阳光。

　　李后主虽然贵为帝王，但他的诗词多用白描，好为口语。如《一斛珠》中的"一曲清歌，暂引樱桃破"，其中的"破"字本来很俗，但李后主用来形容大周后清歌一曲，小巧的朱唇如樱桃初破，却十分新雅，形象如见。对于他《浣溪沙》中的"酒恶时拈花蕊嗅，别殿遥闻箫鼓奏"，宋人赵令畤在《侯鲭录》中说："金陵人谓中酒曰'酒恶'，则知后主词曰'酒恶时拈花蕊嗅'，用乡人语也。"

　　李清照虽出身于书香门第，但她也很喜欢用白话入词，如"肥"字本是日常的口语，如果不是灵心妙手，很容易用得庸俗，然而她《如梦令》中的"知否？知否？应是绿肥红瘦"，却摹景传情，化俗为雅；《声声慢》一开始的"寻寻觅觅，冷冷清清，凄凄惨惨戚戚"，连用十四个叠字，家常言语，却如珠走玉盘，而结尾的"守着窗儿，独自怎生得黑"，更是深曲地表达出她内心深处的哀思怨绪，摇曳着民间谣曲的风韵。后来辛弃疾写《丑奴儿近》一词，自注"效李易安体"，也是学习她用歌谣式的白话。

　　诗圣杜甫，更喜欢博采口语，大量吸收唐代的民间语言进入诗的殿堂。白居易的诗风更是平易通俗，据说他写诗力求"老妪能解"。北宋与王安石同时的陈辅，其《诗话》曾援引王安石的话："世间俗言语，已被乐天道尽。"由此可见，以口语入诗，增强作品的生活气息和动人情味，许多诗坛大家都十分注重。

杨万里和尤袤、范成大、陆游并称为"南宋四大家"，或称"中兴四大诗人"，但他很崇拜白居易，在《读白氏长庆集》中曾说过"每读乐天诗，一读一回妙"，直到晚年，他还写了《端午病中止酒》一诗："病是无聊费扫除，节中不饮更愁予。偶然一读香山集，不但无愁病亦无。"因为他继承了白居易通俗平易的诗风而有新的发展，前人也称他为"白话诗人"，如他的早期诗作《过百家渡四绝句》：

> 出得城来事事幽，涉湘半济值渔舟。
> 也知渔父趁鱼急，翻着春衫不裹头！
>
> 园花落尽路花开，白白红红各自媒。
> 莫问早行奇绝处，四方八面野香来。
>
> 柳子祠前春已残，新晴特地却春寒。
> 疏篱不与花为护，只为蛛丝作网竿。
>
> 一晴一雨路干湿，半淡半浓山叠重。
> 远草平中见牛背，新秧疏处有人踪。

杨万里在公元1154年中进士，时年二十八岁，不久从赣州司户调零陵县丞，在永州生活了好几年，直至1162年秋天离开。上述四绝句，就是他在零陵出游时的作品。杨万里的诗，通俗、灵活而富有奇趣，前人对此颇多美辞。他的朋友张镃就在《南湖集》中说："造化精神无尽期，跳腾踔厉即时追。目前言句知多少,罕有先生活法诗。"而陈衍在《宋十五家诗选》中却说:"然未免过于摆脱,不但洗净铅华,且粗服乱头矣。"无论是正面的评价或反面的批评,我们都可以看到通俗而具有雅趣和奇趣,正是杨万里诗的特点之一。而这,又是和他善于运用口语,做到如他自己所说的"以俗为雅"(《诚斋诗话》)分不开的。

《过百家渡四绝句》,不掉书袋,不搬典故——热衷用典是古今腹笥丰厚的诗作者的通病——而是平易自然,多用口语,写得新鲜泼辣,一片天机云锦,一派活法奇情。第一首的语言就已经是活泼的口白了,下面的几首更可见俚语的妙趣。

在第二首中,"园花"与"路花"本来通俗易懂,但两个"花"字在一句中重复出现,这就吸收了律诗"句中对"的艺术技巧,加之一"落"一"开",就自然地引发了下句。"白"与"红"本是口语,何况连用民歌中常见的叠字手法成为"白白红红",更是妙语天成,写出了春天的迷人美景,令人追想李贺诗的"小白长红"之语。如果说,前面两句着重写"色",那么,后面两句则着重写"香",而"四方八面"的口语,更是有力地表现了野香的浓郁芬芳,流溢在春日的广阔原野。

第三首也是明白如话的,诗人撷取的是篱笆上的蜘蛛网这样一个富于生活情趣的小小镜头,在诗中放大为一帧特写。

第四首则渲染了一幅比较阔大而变幻多姿的画面:前两句中的"淡"、"浓"、"干"、"湿"、"叠重"都是口语,本来就富于生活气息,诗人又将它们分别组织在句中对和上下两句连贯而下的流水对里,又将"一"字和"半"字隔字重复运用,就更显得通俗而雅致。在这平面与立体的背景的勾勒之后,诗人又分别从远近两个角度,点染了两帧颇富生活色彩的小幅。通俗而又脱俗,用浅俗之语,发清新之思,真所谓"诗家不妨间用俗语,尤见功夫"(蔡絛《西清诗话》),"口头言语,俱可入诗,用得合拍,便成佳句"(钱泳《履园谈诗》)。

当今旧体诗词创作的弊病之一，就是陈词滥调。许多作者写诗，语言不是来自古代的书本，就是源自今日的报刊，陈陈相因，彼此重复，如出土文物，如官样文章，了无生趣，毫无诗味。清代的诗人兼诗论家袁枚，早就在《仿元遗山论诗》中评论说："天涯有客号冷痴，误把抄书当作诗。抄到钟嵘《诗品》日，该他知道性灵时。"他并且从"应景"、"卖弄"、"抄袭"、"重复"四个方面，分别赋诗针砭诗坛之弊，至今仍有现实意义。当代名词人蔡世平，其作品最突出的艺术胜长之一，就是妙用口语入诗，如"才捏虫声瓜地里，又拎蛇影过茅墙，桐阴几处拾清凉"（《浣溪沙·饕山餮水》），"拔得南山竹一枝，去枝去叶挂麻丝。钓弯童趣喂乡思"（《浣溪沙·梦里渔郎》），"竹阴浓了竹枝蝉。犬声单，鸟声弯"（《江城子·兰苑纪事》），等等，纯用到口即消的口语，却有去俗生新之清趣。诗评家丁国成《谈诗词的语言翻滚——兼评〈蔡世平词选〉的语言艺术》一文，对此论之甚详（《南园词评论》，中国词学研究会编，中国青年出版社，2015 年）。在新诗创作中，一些诗人创造性地提炼口语入诗，构成了朴素自然而凝炼优美的语言风格，如台湾诗人余光中的"小时候/乡愁是一枚小小的邮票/我在这头/母亲在那头//长大后/乡愁是一张窄窄的船票/我在这头/新娘在那头//后来呵/乡愁是一方矮矮的坟墓/我在外头/母亲在里头//而现在/乡愁是一湾浅浅的海峡/我在这头/大陆在那头"（《乡愁》）。早在 1982 年之初我就以《海外游子的恋歌》为题，撰文刊于《名作欣赏》，后收入《写给缪斯的情书——台港与海外新诗欣赏》（北岳文艺出版社，1992 年）一书，最早向大陆读者推介此诗。除了种种的优胜之外，这首诗的胜长之一就是口语成章，琅琅可诵，既明朗又耐读，它隔海飞来，很快就飞上荧屏，飞进中小学语文课本，流传在千万读者的心间唇上。

诗的色彩学

——赵师侠《凤凰阁·己酉归舟衡阳作》

闻一多是一位在新诗艺术上刻苦追求并做出了重要贡献的诗人。他曾经说过:"美的灵魂若不附丽于美的形体,便失去它的美了。"(《评本学年〈周刊〉里的新诗》)因此,在诗艺上他提出了诗歌要有"建筑的美"、"绘画的美"、"音乐的美"的主张,并以自己的诗集《死水》和《红烛》去实践他的理论。我以为他的上述"三美"的见解,是对我国源远流长的古典诗歌有关艺术特色的概括,也是对我国古典诗论、画论中的有关理论的发展。

在我国文学艺术的园林里,诗和画是两枝最亲近的姊妹花。它们虽然是两种各立门户的独立艺术——诗是语言艺术,长于抒情;画是空间艺术,长于显现,但诗擅于传情写意,以诗入画,可以使画具有含蓄深远的情境;画善于绘影图形,吸收绘画艺术中于诗歌有利的因素,可以使诗有鲜明突出的意象,构成具体可感的画面。因此,在我国千百年来的艺术发展的过程中,由于诗人与画师的互相取资,甚至诗人而兼画家、画家而兼诗人,诗和画之携手同行,结下的便是不解之缘。"宿世谬词客,前身应画师。不能舍余习,偶被世人知。"王维这首题为《偶然作六首·其六》的谈自己的创作经验的诗,不仅对于我们欣赏古典诗词,即便对于我们从事新旧体诗的创作,恐怕也是不无启示的吧?

色彩,是绘画艺术的重要手段;色彩美,是诗的"绘画的美"的一个重要方面。作为语言艺术的诗,不可能像绘画艺术那般直接以色彩描绘客观事物,而只能以表示或暗示色彩的文字的虚摹,在心理上引起读者对于色彩的美感联想。马克思在《政治经济学批判》中曾说:"色彩的感觉是一般美感中最大众化的形式。"《色彩论》的作者、美国的鲁道夫·阿恩海姆说:"严格地说,所有的视觉现象都是由色彩和明度造成的。规定形状的界限来自眼睛对属于不同的明度和颜色的面积进行区分的能力。"诗的色彩学,就是以色彩表现作者的审美情感与客观外物,就是力求以语言的色彩描摹在读者的想象中构成鲜明多彩的视觉意象。

有的诗人在色彩描绘时,很注意艺术的辩证法。他们把一些色彩作强烈的对比与反衬,在对立而又统一中,获得相反而又相成的出色的艺术效果。如杜甫的"野径云俱黑,江船火独明"(《春夜喜雨》),"黑"(暗)与"红"(明)相映成趣;"江碧鸟愈白,山青花欲燃"(《绝句二首·其二》),明写鸟白,暗点花红,又分别以碧水映衬白鸟,以青山烘托花红。如此描形绘色,难怪前人要称赞杜甫"使笔如画"、"以诗为画"、"以画法为诗法",他们就是看到了此中讯息。如王维的"雨中草色绿堪染,水上桃花红欲燃"(《辋川别业》),在白亮的雨滴映照之中,草色更加碧绿,在青碧的水流烘托之下,桃花越发红鲜,有对比,也有衬托。苏轼的"黑云翻墨未遮山,白雨跳珠乱入船"(《六月二十七日望湖楼醉书》),每句开头的一个字是颜色字"黑"与"白",又分别以"墨"和"珠"这些能引起光度和形态的感觉的字,置于各句之中,于是就构成了鲜明的具象和彼此映衬与对比的色调。杨万里的"毕竟西湖六月中,风光不与四时同。接天莲叶无穷碧,映日荷花别样红"(《晓出净慈寺送林子方》),夏日西湖美景的绘成,端在于诗人手中有一支彩笔,让"碧"与"红"作了绝妙的渲染与对照。

宋代词人赵师侠,生卒年不详,字介之,号坦庵,公元 1188 年曾在湖南做江华郡丞,他有《坦庵长短句》,摹写风景,体状物态,精巧而明艳,收入《宋六十家词》。下面是他的具有色彩美的《凤凰阁·己酉归舟衡阳作》:

正薰风初扇,雨细梅黄暑溽。并摇双桨去程速。那更黄流浩淼,白浪如屋。动归思,离愁万斛。　　平生奇观,颇快江山寓目。日斜云定晚风熟,白鹭飞来,点破一川明绿。展十幅,潇湘画轴。

色彩,不仅是对客观事物的描摹,而且能有力地表达感情,即色彩学中所谓"色彩的表情"。赵师侠这首词在铺彩设色上颇见功夫。上阕所写的"梅黄",是在画面上渲染的丛丛点点的黄色,而"黄流浩淼",则是弥漫于画面上的主色。这两种黄色,不仅有形态及大小的不同,而且有深浅浓淡的层次之别。同时,诗人又注意色彩间的搭配,以"白浪如屋"的白色与"梅黄"、"黄流"彼此映衬——这种暖色和中性色彩的安排,不仅是写实,而且那种迷濛苍茫的境界,也深切地表现了诗人"离愁万斛"的情怀。

　　上阕写的是白天归舟初发时的景象,下阕则是写傍晚时分潇湘明丽的风物。"日斜云定晚风熟"("熟"字用得何其新奇,显然是诗人奇创的笔墨!)这一句,虽不像诗人写泛舟潇湘的另一首词中的"溪山佳处是湘中,今古言同。平林远岫浑如画,更渔村,返照斜红"(《风入松·戊申沿檄衡永,舟泛潇湘》)那样色彩鲜明,但"日斜"却仍然可以引起人们"返照斜红"的想象,特别是"白鹭飞来,点破一川明绿",更有以词笔为画笔之妙:绿是一川,而且在斜阳的映照下是分外明亮的绿。绿,是下阕画幅的主色,但如果仅止于此,还不免有些单调,诗人继之以"白鹭"之白这种亮色来点染,而且因为文字毕竟长于叙写过程,加之"点破"这一动词的妙用,飞来的白鹭就使静止的画面仿佛具有动态的美。诗人这样色分主宾,以宾衬主,使得"绿"这一主色更加鲜明突出,愉悦美好的情境得到了动人的表现。值得一提的是,上下两阕不仅各自色彩鲜明,而且又构成了鲜明的映照和对比,和谐之中有错综,统一之中有变化,如果用美术理论的术语,可称之为"色彩构图的文法"。

　　两千多年前,《庄子》所引连叔的一句话说得颇有道理:"瞽者无以与乎文章之观。"宋代郭熙《林泉高致》以及张舜民《画墁集》都曾指出:"诗传画外意,贵有画中志。"中外攸同,欧洲文艺复兴时期意大利大画家达·芬奇曾经说过:"如果你称绘画为哑巴诗,那么诗也可以叫做瞎子画。"(《芬奇论绘画》,人民美术出版社,1979年)希腊诗人西蒙奈底斯也认为:"诗是有声的画,画是无声的诗。"(莱辛《拉奥孔》)艺术的各个门类常常有许多相通之处,丹青吟咏,妙处相资,历代不少诗人同时又兼画家,或者对绘画有相当的素养,因而他们的诗作分外生辉。我想,今天的诗作者即使不能作画,最好也应该拥有自己的语言调色板。例如晚清诗人易顺鼎的《丙戌十二月二十四日雪中游邓尉》:"湖天光景入空濛,海立云垂瞑望中。记取僧楼听雪夜,万山如墨一灯红。"如丘逢甲的《山村即目》:"一角西峰夕照中,断云东岭雨蒙蒙。林枫欲老柿将熟,秋在万山深处红。"如臧克家的《书怀》:"窗外潇潇聆雨声,朦胧榻上睡难成。诗情不似潮有信,夜半灯花几度红。"三诗均以"红"字收束,情景如画。

　　在新诗人中,以学术与新诗鸣世的闻一多,早年留学美国时专攻美术,后来以新诗体《红烛》、《死水》闻名,中年自云"唐贤勘破三千纸,勒马回缰作旧诗"。如他的《北郭即景》:"傍郭人家竹树围,骄阳卓午尽关扉。稻花香破山塘水,翠羽时来拍浪飞。"其中不惟"香破"二字用得极为新颖,在提倡诗的"绘画的美"的诗人笔下,全诗也有如一帧明丽的水彩。艾青在十八岁时曾考进国立西湖艺术专科学校攻习绘画,后来在林风眠的鼓励下去法国深造,在"彩色的欧罗巴"学习了三年,他的画学素养对他的诗歌创作是很有裨益的。"月宫里的明镜/不幸失落人间/一个完整的圆形/被分成了三片//人们用金边镶裹/裂缝似漆泥胶成/敷上翡翠、涂上赤金/恢复它的原形//晴天,白云拂抹/使之明洁/照见上空的颜色//在清澈的水底/桃花如人面/是彩色缤纷的记忆"(《西湖》),他咏西湖的诗,不也就是状难写之景如在目前的水彩画吗?

点染

——侯寘《水调歌头·题岳麓法华台》

在诗词中,点染是一种常见的艺术技巧。如果把作品比作一道江流,在阳光的照耀下,江流应该溢彩流金,浪花千叠;如果把作品比作一株树木,在沃土的滋育下,树木应该繁花竞放,枝叶扶疏。有"点"而无"染"的作品,就有如无叶无花的树木,就好似无波无浪的河床。

点染,本来是我国传统绘画中的专门用语,最早见于北齐颜之推《颜氏家训·杂艺》:"武烈太子偏能写真,座上宾客随宜点染,即成数人,以问童孺,皆知姓名矣。"点与染,在中国画中是两种基本的笔法:点,即用中锋把笔端如蜻蜓点水般落到纸上;染,是同时用一支色笔和一支水笔,先着色笔,然后用水笔把颜色由浓至淡地染开。清代画家方薰《山静居论画》说"渲染烘托,妙夺化工",正是此意。

在我国,诗画素来被称为姊妹艺术,诗人们也往往跋涉在绘画的国土上,去寻珠探宝,归来光耀自己的门楣。点染,就是诗人们从绘画领域中吸取的艺术经验之一。清末学者兼文艺批评家刘熙载有见于此,他在《艺概·词曲概》中说:"词有点,有染。柳耆卿《雨霖铃》云:'多情自古伤离别,更那堪、冷落清秋节。今宵酒醒何处,杨柳岸、晓风残月。'上二句点出离别冷落,'今宵'二句乃就上二句意染之。点染之间,不得有他语相隔,隔则警句亦成死灰矣。"从这里可以看到,柳词前两句偏于情事的点明和交代,后两句着重从环境与景物描绘的角度,对情事予以渲染和表现。"点"是对于"染"的必要的说明与叙述,"染"是"点"的形象化与诗意化。在诗词作品中,"点"是表意语,"染"是表情语,"点"多为直陈句,"染"多为描绘句。有点而无染,诗可能与枯燥的说明书混同起来,流于概念化和抽象化,缺乏诗所应有的艺术魅力;有染而无点,就可能导致脉络不清,情事不明,使染无所附丽,无所指归,没有明确的方向性和目的性。

　　南宋初期的词人侯寘,生卒年不详,字彦周,东武(今山东省诸城市)人。南渡之后他流寓长沙,做过耒阳县令,有《懒窟词》传世。他的《水调歌头·题岳麓法华台》,就是一首运用了点染技法的作品:

> 　　晓雾散晴渚,秋色满湘山。青鞋黄帽,伫与名士共跻攀。窈窕深林幽谷,诘曲危亭飞观,俯首视尘寰。长啸望天末,余响下云端。　　白鹤去,荒井在,汲清寒。醒然毛骨,浮丘招我御风还。拂拭苍崖苔藓,一写胸中豪气,渺渺洞庭宽。山鬼善呵护,千载照层峦。

这是一篇纪游之作。纪游的作品,要写出所游之地与他处不同的地方特色,不能流于浮泛,所谓"词贵得本地风光"(《艺概·词曲概》),就是此意。同时,纪游之作还要借景抒情,以景烘情,发抒作者游历中的个人化的独特感受。侯寘这首词,上阕写直登山顶,下阕着重写半山的白鹤泉。开篇即"点",诗人点明所游的地点是秋日的"湘山"(即岳麓山),自己是怀着喜悦的心情去"跻攀"的。"窈窕"以下为"染",按照攀援而上和由山顶而山腰的路径,多角度地抒写"湘山"的景物与环境,渲染、烘托湘山秋色和自己的喜悦之情。"深林幽谷"、"苍崖苔藓"绘色,"诘曲危亭飞观"、"渺渺洞庭宽"状形,"长啸望天末,余响下云端"有声,声色并作,形象如画,而清寒荒井,渺渺洞庭,又都是切定于岳麓山所见所望着笔,不可移易于他处。结尾的"山鬼善呵护,千载照层峦",不仅与开篇相呼应,首尾环合,而且巧妙自然地运用了屈原《九歌·山鬼》中的故典,进一步渲染了幽邈的氛围与情境,抒发了词人顶礼名山所激发的豪放的情感。

点染的运用当然不限于词,诗中也很常见。王昌龄《闺怨》的"闺中少妇不知愁,春日凝妆上翠楼。忽见陌头杨柳色,悔教夫婿觅封侯",先点明少妇的"不知愁",然后再从景色和环境着笔,来渲染少妇的刻骨愁情,这是先点而后染;故里在长安的韦应物《闻雁》的"故园渺何处,归思方悠哉。淮南秋夜雨,高斋闻雁来",先点明作客他乡时的故乡之思,然后以眼前的雨景和耳畔的雁鸣表自己的乡愁,这也是先点而后染;白居易《忆江南》三首也均是先点而后染,如第一首之"江南好,风景旧曾谙。日出江花红胜火,春来江水绿如蓝。能不忆江南",即是如此。张九龄《感遇十二首·其一》的"兰叶春葳蕤,桂华秋皎洁。欣欣此生意,自尔为佳节。谁知林栖者,闻风坐相悦。草木有本心,何求美人折",先写春兰的芬芳和秋桂的高洁,后以之自喻和自赏,这是先染而后点;李白《静夜思》的"床前明月光,疑是地上霜。举头望明月,低头思故乡",描绘月夜的客中景况,烘染出游子的思乡之情,这也是先染而后点。此外,还有随点随染、夹点夹染的,这在词作和篇幅较长的诗作中较为常见。举例而言,如李白的《将进酒》、《行路难》,如白居易的《长恨歌》、《琵琶行》,如苏东坡的《念奴娇·赤壁怀古》、《江城子·观猎》,如辛弃疾的《水龙吟·登建康赏心亭》、《水调歌头·元日投宿博山寺,见者惊叹其老》,如此等等,不胜枚举。清代词人兼学者江顺诒在《词学集成》中说:"案点与染分开说,而引词以证之,阅者无不点首。得画家三昧,亦得词家三昧。"我以为,诗词一理,点染正是诗词的一种共同的艺术技巧和规律。

点染一道,在当代诗词与新诗创作中也并不少见。如老诗人丁芒在20世纪80年代所作的《听瀑》:"难道是瀑布的声音/飞成了一谷的云雾?/我觉得似许多槌/擂响了岩壁的鼓//也许是行雨的雷电/疲倦了,来这儿洗沐?/还是东海的波涛/竟在丛山中走迷了路?//阵阵急风扑面而来/吹动了我一腔情愫/于是,我也想山一般俯身/向大地畅快地倾吐//是膏血,就把缝隙填充/是情思,就把损破缝补/即使只有拙劣的诗句/也要响作催春的鼙鼓!"全诗以瀑写情,先染后点,染时浓墨重彩,点时精光四射,不愧为新诗中的佳品。丁芒左右开弓,新旧体诗兼擅。如与上述新诗写于同一时期的《潇湘夜雨·向洞庭》,就是由南京乘船赴岳阳时之作:"独破中流,两分奔狼,吾今西溯长江。金风带露入重阳。波渺渺,晴光远渡,山脉脉,轻影来翔。倾心处,当空月白,隽愫盈腔。　　神驰万里,灵犀一点,肺腑腾香。觉君山注目,帝子徜徉。秋正好,霞飞浦溆,吟不尽,烟雨潇湘。洞庭水,东来踊跃,为我涤诗肠!"全词以水写情,有点有染,边点边染,旧的体裁,新的抒写,不让他的新诗专美于前。

警句

——文天祥《过零丁洋》

　　诗歌，是讲究炼句的。一听动心的起句如骤然鸣响的爆竹，言尽意不绝的结句如绕梁三日的余音，丽句绚烂如红玫瑰，秀句清雅如水仙花，豪句如江海翻腾的怒涛，奇句如拔地而起的山岳。而言简意赅、警策动人的警句呢？是一曲使人热血沸腾的军号，是一记令人心魂颤栗的洪钟。犹记 1959 年诗人郭小川被批判的名作《望星空》，在"星星呀，亮又亮，在浩大无比的太空里，点起万古不灭的盏盏灯光。银河呀，长又长，在没有涯际的宇宙中，架起没有尽头的桥梁"的描绘之后，继之竟然是"呵，星空，只有你，称得起万寿无疆"之句，那真是振聋发聩之洪钟，惊世骇俗之异响，至今仍令后来人对他的诗胆大于天肃然起敬！

　　诗歌必须炼句。无论是秀句、丽句、豪句、奇句、警句、佳句，还是其他名目的好句，都可以笼而统之地归纳到佳句这面旗号之下，即杜甫所说的"词人取佳句"（《白盐山》）是也。关于炼句，古典诗人曾充分发表过他们的艺术见解，例如李白赞扬张翰："张翰黄花句，风流五百年。"（《金陵送张十一再游东吴》）白居易赞扬李白杜甫："文场供秀句，乐府待新词。"（《读李杜诗集因题卷后》）王湾的《次北固山下》中有"海日生残夜，江春入旧年"，张说把这两句诗题于政事堂作为习文的楷式。赵嘏《长安秋望》因为有"残星数点雁横塞，长笛一声人倚楼"之句，杜牧美称他为"赵倚楼"。而诗人们自己呢？杜甫是"为人性僻耽佳句，语不惊人死不休"（《江上值水如海势聊短述》），贾岛是"两句三年得，一吟双泪流"（《题诗后》），杜荀鹤是"炼精诗句一头霜"（《维扬冬末寄幕中二从事》），陆游是"炼句未安姑弃置"（《枕上》）。如此等等，不胜枚举。

确实，有句无篇不能提倡，然而一首诗如果从整体上说已经不错，同时又有出色的佳句，那当然可以使全诗倍增光彩；而一首还说得过去的诗，如果尚有一二佳句，不是也可以失之东隅而收之桑榆吗？如许浑的《咸阳城东楼》，读者也许不一定能背诵全诗，但"山雨欲来风满楼"一句却传唱至今。可见，佳句要依存于全篇，但也还有一点相对的独立性，完全否定这种独立性，恐怕也会抹煞炼句的作用，也难以解释有些诗篇为什么有佳句可摘了。

我赞美炼句，特别是篇中炼句，而且，我更赞美篇中炼句中的警句。我所说的警句，和一般所说的佳句的含意还是有所不同。警句，是以警动人们耳目的形态，集中而深刻地表现一种生活的真谛或壮美的思想感情。它不仅能激发人们一般意义的美感，而且还能激发人们审美的惊奇感和向上的意志。陆机在《文赋》中说"立片言以居要，乃一篇之警策"，杜甫说"语不惊人死不休"，李清照说"学诗谩有惊人句"（《渔家傲》），他们指的大约都是警句的震撼之美吧？杜甫的"新松恨不高千尺，恶竹应须斩万竿"（《将赴成都草堂途中有作，先寄严郑公五首·其四》），李清照的"生当作人杰，死亦为鬼雄"（《夏日绝句》），不就是这种警策的"惊人句"吗？谈到警句，我们自然不会忘情于文天祥的《过零丁洋》：

> 辛苦遭逢起一经，干戈寥落四周星。
> 山河破碎风飘絮，身世浮沉雨打萍。
> 惶恐滩头说惶恐，零丁洋里叹零丁，
> 人生自古谁无死？留取丹心照汗青！

　　文天祥（1236—1283），字履善，又字宋瑞，自号文山，吉州庐陵（今江西省吉安市）人，无意作诗人而成了有许多名作传世的诗人，有《文文山集》。南宋帝昺祥兴元年（1278）十月二十六日，文天祥在五坡岭（今广东省汕尾市海丰县北）兵败被俘，元军统帅张弘范追击在厓山（今广东省江门市新会区南海中）的幼帝赵昺，挟持文天祥同往，并派李恒元帅至文天祥船上，强迫他招降坚持海上抗敌的南宋主将张世杰。文天祥不从，"书此诗遗之，李不能强，持诗以达张"。张弘范读后，"但称：'好人！好诗！'竟不能逼"。（《文山集·过零丁洋》附记）零丁洋，即今广东中山南的珠江口一片布满零星岛屿的海区，当年给张弘范读的《过零丁洋》一诗，乃文天祥被挟持途中经零丁洋而作。

　　诗的前六句，以极为形象而概括的笔触，追述了自己自帝㬎德祐元年（1275）起兵勤王，于帝昺祥兴元年（1278）被俘时为止历时四年的战斗历程：先是考中状元被朝廷起用，后来在四年中浴血奋战，历尽千辛万苦，但国势终于无法挽回，个人的命运也如雨中的浮萍。回忆当年在江西万安的赣江惶恐滩兵败撤退，心头是多么诚惶诚恐，眼看今日失去自由而漂泊在零丁洋里，又是何等孤苦伶仃！——在叙事中奔涌一股感人肺腑的深情与真情，毫无矫饰之处，情调悲多于壮，甚至有些"低沉"，简直就是一阕英雄末路的悲歌。但是，"人生自古谁无死，留取丹心照汗青"，慷慨赴死的南冠却吹起了最后的一道冲锋号，视死如归的阶下囚却擂动了最后的一通鼙鼓！生与死，这是古往今来芸芸众生一个现实而又形而上的命题。文天祥的这一联警句，充盈着一股多么浩然的正气，包容了多么壮美的思想感情，表现了对生命真谛的多么深刻的理解与讴歌呵！这种警句，真可以令懦夫立志，使壮士起舞！

　　警句，不是向壁虚构、徒事雕琢的结果，而是生活与思想的结晶，是人格美的闪光。文天祥的诗以元兵攻破临安为界，分为前后两期，由于后期生活的变化与思想的历练，作品的内容和风格与前期很不相同，如"臣心一片磁针石,不指南方不肯休"(《扬子江》),"世事便如翻覆雨,妾身原是分明月"(《和王夫人〈满江红〉韵》),"命随年欲尽,身与世俱忘"(《除夜》),"天地有正气,杂然赋流形:下则为河岳,上则为日星;于人曰'浩然',沛乎塞苍冥"(《正气歌》),都是后期可歌可泣的传世之作。

诗中的警句,常常表现为议论或有较多的议论成分,但它必须倾注充沛的激情,附丽于生动的意象,而不能脱离抒情与意象而作抽象空洞的呐喊。"人生自古谁无死,留取丹心照汗青"纯是议论,但它却有一股磅礴山海的激情,又是在前面形象描写的基础上的升华,因而才具有如此撼动人心的美学力量。

艾青说:"一首诗的胜利,不仅是它所表现的思想的胜利,同时也是它的美学的胜利。"(《诗论》)在中国,如"路漫漫其修远兮,吾将上下而求索"(屈原《离骚》),"少壮不努力,老大徒伤悲"(汉乐府《长歌行》),"朱门酒肉臭,路有冻死骨"(杜甫《自京赴奉先县咏怀五百字》),"三十功名尘与土,八千里路云和月"(岳飞《满江红》),"碎骨粉身浑不怕,要留清白在人间"(于谦《石灰吟》),"落红不是无情物,化作春泥更护花"(龚自珍《己亥杂诗》),"有的人活着,他已经死了;有的人死了,他还活着"(臧克家《有的人》),"卑鄙是卑鄙者的通行证/崇高是崇高者的墓志铭"(北岛《回答》);在外国,如"你可以不成为诗人,但必须做一个公民"(涅克拉索夫《诗人与公民》),"我是剑,我是火焰"(海涅《颂歌》),"如果冬天来了,春天还会远吗"(雪莱《西风颂》),"当人是兽时,他比兽还坏"(泰戈尔《飞鸟集》)——读者朋友,你所熟悉的上述古今中外的诗中警句,何尝不也是如此呢?

用典的辩证法

——萨都剌《木兰花慢·彭城怀古》

  用典，即运用典故的简称，它有许多别名，又叫作"用故实"，或云"用事"、"使事"、"隶事"，也就是在自己的作品中运用或引用前代的文章、成语或人物、故事。简要地说，用典包括"隶事"与"用词"两个方面。

  在中国古典诗歌史上，用典作为一种诗歌艺术手段，起于南朝。而在汉代以前，包括汉代的古诗、乐府以及先秦的《楚辞》、《诗经》，大多是运用白描，极少用典。用典的作用，就在于"举事以类义，援古以证今"（《文心雕龙·事类》）。恰当而巧妙地运用典故，一是可以化繁为简，在熔铸群言之中，表达一种难达之意；二是因为典故本身就具有历史的内容，用典可以加深和扩展作品的内在容量；三是妙用典故，可以获得一种暗示或隐喻的效果，使读者产生广阔的多方面的联想。

  关于诗的用典及其作用，南朝梁刘勰在《文心雕龙·事类》中已经论及。明代王世懋在《艺圃撷余》中也有一段颇可参考的议论："今人作诗，必入故事。有持清虚之说者，谓盛唐诗即景造意，何尝有此？是则然矣。然以一家言，未尽古今之变也。古诗，两汉以来，曹子建出而始为宏肆，多生情态，此一变也。自此作者多入史语，然不能入经语。谢灵运出而《易》辞、《庄》语，无所不为用矣……杜子美出而百家稗官都作雅言，马勃牛溲，咸成郁致，于是诗之变极矣。子美之后，而欲令人毁靓妆，张空拳，以当市肆万人之观，必不能也。其援引不得不日加而繁，然病不在故事，顾所以用之何如耳。"王世懋过于排斥诗中的白描手法和清空的风格，但他强调说明的是诗中用典的历史变迁及用典的作用，以及用典中产生的弊病，还是很有见地。

中国古典诗史上善于用典的大师，莫过于前人称之为"无一字无来历"（晚清词人王鹏运《梦窗词稿叙》）的杜甫。例如《登岳阳楼》之颔联"吴楚东南坼，乾坤日夜浮"，纪晓岚批评说下句像写海的诗，幸亏上句点明"吴楚"，才得以衬托出是写洞庭湖。其实，郦道元《水经注》中早就说过："凡此四水（指湘、资、沅、澧——引者注），同注洞庭，北会大江……湖水广圆五百里，日月若出没其中。"杜甫这里可以说熔铸陈言而点铁成金，并且不露丝毫斧凿痕迹。又如他写三峡的名句"五更鼓角声悲壮，三峡星河影动摇"（《阁夜》），只有了解他在这里是用《祢衡传》中"挝渔阳掺，声悲壮"，和《汉武故事》中"星辰动摇，东方朔谓民劳之应"，然后才可以加深对诗的内蕴的理解。用典诗犹如一泓包容历史的深潭，只有熟悉有关典故，才能探测到它的深度。

用典，有所谓明用其人或明用其事的"明用"，如杜甫《春日怀李白》的"清新庾开府，俊逸鲍参军"，以南北朝庾信之清新和鲍照之俊逸比况李白的作品；有所谓水中着盐、饮水乃知盐味的"暗用"，如刘长卿《长沙过贾谊宅》的"秋草独寻人去后，寒林空见日斜时"，就是暗用贾生《鹏鸟赋》中的"野鸟入室，主人将去"和"庚子日斜兮，鹏集予舍"；有所谓事为我用而不为事使的"活用"，如黄庭坚《中秋月》中的"寒藤老木被光景，深山大泽皆龙蛇"，就是活用《左传》中的"深山大泽，实生龙蛇"，借用古人之语而已非原意；有所谓反其意而用之的名为翻案法的"反用"，如元代诗人陈孚的《博浪沙》："一击车中胆气豪，祖龙社稷已惊摇。如何十二金人外，犹有人间铁未销？"用张良使力士锤击出巡途中的秦始皇的故事，曲折翻腾，议论奇警。这里，且读元代萨都剌的《木兰花慢·彭城怀古》：

　　古徐州形胜,消磨尽,几英雄? 想铁甲重瞳,乌骓汗血,玉帐连空。楚歌八千兵散,料梦魂,应不到江东。空有黄河如带,乱山回合云龙。　　　汉家陵阙起秋风,禾黍满关中。更戏马台荒,画眉人远,燕子楼空。人生百年寄耳,且开怀,一饮尽千钟。回首荒城斜日,倚栏目送飞鸿。

　　萨都剌(约1300—约1355),亦作萨都拉,字天锡,号直斋,本答失蛮氏,祖父因军功留镇云、代,遂居雁门(今山西省忻州市代县),蒙古族人,著有《雁门集》。他的诗,虽也有豪迈奔放之作,但主调流丽清婉,如:"银甲弹冰五十弦,海门风急雁行偏。故人情怨知多少,扬子江头月满船。"(《赠弹筝者》)他的词成就比诗为高,词风豪迈而沉郁,如《百字令·登石头城》、《满江红·金陵怀古》等篇,就是他的词的代表作。

　　上述这首《木兰花慢·彭城怀古》,是一首怀古诗。怀古诗更离不了隶事用典,萨都剌这首词的用典,具有切合时地与驱遣自然这样两个特色。徐州,远古时为大彭氏国,春秋时为宋地,战国时属于楚国的版图,秦代置彭城县,项羽自称西楚霸王时,在这里建都。全词扣紧"形胜"着笔,上阕主要是融化司马迁《史记》有关项羽兵败乌江的故实,下阕以李白《忆秦娥》词的"西风残照,汉家陵阙"句意带起,分别运用项羽在徐州南筑戏马台,以及徐州尚书张建封爱妾盼盼居燕子楼的故典,悲叹英雄美人尽成陈迹。上述这些故实都切合彭城的本地风光,不可移易于他处,同时,它们也都是大家比较熟悉的,系风捕影,水中着盐,不是那种生涩的僻典,这样,就大大扩展了诗的容量,也给有一定历史知识和文化素养的读者提供了联想的天地。

　　用典的美学原则,应该是切合时地,自然浑成,同时又要另出新意。不注重诗情的动人表达而用典太滥太僻,则为诗家所不取。如元稹的《离思五首·其四》:"曾经沧海难为水,除却巫山不是云。取次花丛懒回顾,半缘修道半缘君。"前两句分别化用《孟子·尽心上》中"故观于海者难为水"和宋玉《高唐赋序》中有关巫山神女的传说，一经点化，便成千古名句。如李商隐的《牡丹》诗："绵帏初卷卫夫人，绣被犹堆越鄂君。垂手乱翻雕玉佩，折腰争舞郁金裙。石家蜡烛何曾剪，荀令香炉可待熏？我是梦中传彩笔，欲书花叶寄朝云。"他的有些作品用典恰到好处，有到口即消、余味深长的情趣，但有时不免太多太僻，缺少诗味，也令一般读者索解为难，前人不得不谥之为"獭祭"。上述此诗结句虽好，但整篇就有这种弊病。南朝梁钟嵘早在《诗品》中就批评过用典，他说："至于吟咏情性，何贵用事？'思君如流水'，既是即目；'高台多悲风'，亦惟所见；'清晨登陇首'，羌无故实；'明月照积雪'，讵出经史？观古今胜语，多非补假，皆由直寻。"的确，许多好诗确实从不用典，长篇如白居易的名作《长恨歌》，全篇也只用了一两个典故。

　　钟嵘一概反对用典，当然也不免绝对化，但用典生僻俗滥，确也是为写诗所忌讳。国学大家陈寅恪在《金明馆丛稿初编》中说："古事今情，虽不同物，若于异中求同，同中见异，融会异同，混合古今，别造一同异俱冥、今古合流之幻觉，斯实文章之绝诣，而作者之能事也。"由此可见，用典，既关乎学力与才力，也要讲究辩证法。博学如鲁迅，在赞美李商隐"玉谿生清辞丽句，何敢比肩"之后，也表示了"用典太多，则为我所不满"（1934年12月致杨霁云的信）。今日的旧体诗词仍然不能完全避免用典，新诗则一般不用典故，但也不尽然，如台湾名诗人余光中的近作《行路难》："欲去江东/却无颜面对父老/问子弟而今安在//欲去江北/却无鹤可以承载/况腰间万贯何来//欲去江南/暮春却已过三月/追不上杂花生树//欲去江西/唉，别把我考倒了/谁解得那些典故？"题目就是古而又古的古乐府旧题，而每节诗中都化用了典故，全诗的最后还特意点明"典故"一词，真是文章之绝诣，作者之能事。亲爱的读者，此诗中的典故你都能一一寻索吗？

百般红紫斗芳菲

（风格篇）

清新淡远

——张九龄《登荆州城望江二首》

　　多样化,是文学艺术繁荣昌盛的标志之一;单调和贫乏,如果不是说明文学艺术的幼稚,就是标志着它的衰落。作为我国古典诗歌的黄金时代的唐代诗歌,题材、体裁、形式、流派、风格和手法就是多样化的,呈现出繁声竞奏、恢宏壮丽的交响乐一般的壮观。即以风格而论,也绝不定于一尊,而是百花竞放。古代诗论家所谈论的"格"与"调",和我们今天所说的境界与风格大致相近。明代胡应麟在《诗薮》中评唐诗就说:"其格,则高卑、远近、浓淡、浅深、巨细、精粗、巧拙、强弱,靡弗具矣;其调,则飘逸、浑雄、沉深、博大、绮丽、幽闲、新奇、猥琐,靡弗诣矣。"一阕壮丽的交响曲,有它动人的前奏;一园怒放的群花,有它初发的蓓蕾。张九龄,就是介于初唐与盛唐之间的一位优秀歌手,一位风格以清澹著称的诗人。

　　张九龄(678—740),字子寿,韶州曲江(今广东省韶关市曲江区)人。他是开元年间的贤相,其诗除应制之作有相当浓厚的台阁习气之外,其他篇什特别是被贬谪之后的一些短章,可说诗情真挚,兴寄深远,诗风清澹,意味悠长。世人历来将他的《感遇》十二首与陈子昂的《感遇》三十八首并称,认为他们对于扭转六朝以来至初唐时尚不能免的形式主义诗风,做出了重要的贡献,影响及于盛唐诗坛。清人刘熙载在《艺概》曾说陈子昂和张九龄"独能超出一格,为李杜开先",而胡应麟《诗薮》则早已具体地指出："陈子昂独开古雅之源,张子寿首创清澹之派。盛唐继起,孟浩然、王维、储光羲、常建、韦应物,本曲江之清澹,而益以风神者也。"他对于诗人们近似的风格还作了令我们今天仍为之叹服的细致分析："靖节清而远,康乐清而丽,曲江清而澹,浩然清而旷,常建清而僻,王维清而秀,储光羲清而适,韦应物清而润,柳子厚清而峭,徐昌谷清而朗,高子业清而婉。"——让我们随着这些路标的指引,走进张九龄的诗中去游赏一番吧。

"巫山与天近,烟景长青荧。此中楚王梦,梦得神女灵。神女去已久,云雨空冥冥。惟有巴猿啸,哀音不可听",他的《巫山高》意境清远地抒写了远古的传说。"自君之出矣,不复理残机。思君如满月,夜夜减清辉",他的《赋得自君之出矣》,在同类题材的作品中可谓灵心四映。"绣户时双入,华轩日几回。无心与物竞,鹰隼莫相猜","海上生明月,天涯共此时。情人怨遥夜,竟夕起相思","江南有丹橘,经冬犹绿林。岂伊地气暖,自有岁寒心",更是他《咏燕》、《望月怀远》和《感遇十二首》中的名句,至今诵来仍令人口颊生香。又如《登荆州城望江二首》：

> 滔滔大江水,天地相终始。
> 经阅几世人,复叹谁家子?
>
> 东望何悠悠,西来昼夜流。
> 岁月既如此,为心那不愁?

开元二十五年(737),直言敢谏的张九龄被奸相李林甫所排挤,从右丞相的高位被贬为荆州长史。当时荆州的治所在今湖北江陵,也是后来李白所咏的"千里江陵一日还"的所在地。张九龄在这里写了有名的组诗《感遇十二首》,《登荆州城望江二首》也是这时的作品。

时间和生命,是中外诗人和哲人很早就热切关注和潜心探讨的问题。

德国哲学家康德曾援引18世纪诗人冯·哈勒的诗:"无限无穷! 谁能把你权衡? 在你面前,世界好比一天,人类犹如瞬间,也许第一千个太阳正在转动,还有几千个太阳正在后面。钟摆要使它自己走个不停,太阳也要上帝的力来推动:它的工作完成,另一个又照耀天空,可是你呀,超乎数序,无始无终。"而自从孔子面对奔腾不息的川流发出"逝者如斯夫,不舍昼夜"的深沉叹问之后,时间与生命也就成了我国历代诗歌的永久性的母题,佳篇胜构络绎不绝。

　　张九龄这首诗,既有题材和主题的历史继承性,也有它新的发展和创造。它既不同于《古诗十九首》中的"生年不满百,常怀千岁忧。昼短苦夜长,何不秉烛游"的及时行乐的低咏,也不同于曹操《短歌行》中"对酒当歌,人生几何? 譬如朝露,去日苦多"的感慨丛生的叹息。它在基调深沉的唱叹里,寄寓的是他个人的也是初、盛唐之交自强不息与积极进取之精神,和他的前驱者陈子昂《登幽州台歌》"前不见古人,后不见来者。念天地之悠悠,独怆然而涕下"颇有相似之处。在艺术上,它的风格特色是清澹。所谓清澹,并不是平淡枯寂,也不是内涵浅露,而是写景抒情、遣词炼句都清华脱俗,有清超而澹远的韵致。因为澹而不清,就难免陈陈相因的构思和人云亦云的俗气;清而不澹,就可能只有清新的意趣而缺乏深远的风神。

　　"滔滔大江水,天地相终始。""东望何悠悠,西来昼夜流。"《登荆州城望江二首》诗一开篇,就没有像我们读到的许多平庸之作那样落入一般的写景言情之窠臼,而是由逝水联想到无尽的时间和无限的空间,在浩茫的时空意象之中包孕了深沉的哲理思索。"经阅几世人,复叹谁家子?""岁月既如此,为心那不愁?"没有苦心的雕琢,更无华丽的藻饰,纯粹出之以直白式的议论与抒情。你也许会觉得意象不够鲜明丰满,但它却含思深远,给我们以"岁月不待人,及时当勉励"的启示,让我们从中看到,即使是在受奸人排挤打击而坎坷不遇的境况之中,作者也并不是情怀淡漠遗世而独立的超人,而是一位执著于生活、希图发挥生命的正能量的歌者。

　　"神出古异,淡不可收",司空图在《二十四诗品》中如此描绘"清奇"一品。张九龄的许多作品就近似这种品格,尤其是他的五言古诗,被公认为是唐诗史上承先启后的力作。张九龄,是初唐的殿后,盛唐的先驱,从他的诗作里,我们听到了盛唐诗歌一个重要流派的早春的讯息。

淡妆的美

——张谓《同王徵君湘中有怀》

　　在唐代诗歌的园林里，有的诗，艳丽富贵如牡丹；有的诗，清新素淡如百合；有的诗，风姿摇曳如春兰；有的诗，端庄高远如秋菊。千姿百态的奇葩，将唐诗的园林装点得多彩多姿。盛唐时代张谓的诗，似乎不去刻意经营，常常浅白得有如说话，然而感情真挚，自然蕴藉。他的优秀作品，往往达到了一般诗人很难达到的语浅而情深的境界，有如诗中的百合花。

　　张谓(？—约778)，字正言，河内(今河南省沁阳市)人。天宝二年(743)进士及第，乾元元年(758)秋，以尚书郎出使夏口(即鄂州)遇流放夜郎途中的故友李白。李白赋《泛沔州城南郎官湖》以记其事，沔州即今武汉市汉阳，诗前有长序叙及诗之本事。全诗是："张公多逸兴，共泛沔城隅。当时秋月好，不减武昌都。四座醉清光，为欢古来无。郎官爱此水，因号郎官湖。风流若未减，名与此山俱。"大历之初张谓出任潭州(今湖南省长沙市)刺史，与曾任湖南道州刺史的元结有交往，得其赞许。"一树寒梅白玉条，迥临村路傍溪桥。不知近水花先发，疑是经冬雪未消。"(《早梅》)即使是他描绘南国早梅的诗，也是不事藻饰而具有一种淡妆的美。"世人结交须黄金，黄金不多交不深。纵令然诺暂相许，终是悠悠行路心。"(《题长安壁主人》)他的这首在中国诗史上对拜金主义作最早批判的诗，虽然颇具锋芒，但用语却直白平易，气度也雍容不迫。他写于湖南的

作品《同王徵君湘中有怀》,也是如此:

> 八月洞庭秋,潇湘水北流。
>
> 还家万里梦,为客五更愁。
>
> 不用开书帙,偏宜上酒楼。
>
> 故人京洛满,何日复同游?

苏东坡在《饮湖上初晴后雨》一诗中说:"欲把西湖比西子,淡妆浓抹总相宜。"具有淡妆之美的诗,在艺术表现层面上常常是平易中见深远,在语言的驱遣上常常是朴素中见高华。陈望道的《修辞学发凡》认为,"平淡和绚丽的区别,是由话里所用词藻的多少而来","少用词藻,务求清真的,便是平淡体"。这是颇有艺术见地的,张谓这首与友人王徵君唱和的诗就是这样。

　　开篇两联扣紧题目,对景兴起。"八月洞庭秋",着重在点明时间,笔力概括;"潇湘水北流",主要在抒写跟前所见的空间景物,是特写笔墨。在诗歌创作中,景是情中之景,写景即是抒情。上述诗句从表面上看来似乎没有惊人之语,实际上却包孕了丰富的感情内涵:秋天本是秋士多怀的季节,何况是家乡在北方的诗人面对洞庭之秋? 湘江北去本是客观的自然景象,但多愁善感的诗人怎么会不联想到自己还不如江水,久久地滞留南方?因此,这两句既是写景,也是抒情,自然地引发了下面的怀人念远的"有怀"之意。颔联直抒胸臆,不事雕饰,然而却时空交感,对仗工整而流动。"万里梦"点空间,魂飞万里,极言乡关京国之遥远,此为虚写;"五更愁"点时间,竟夕萦愁,极言作客他乡时忆念之殷深,此为实写。颈联宕开一笔,用正反夹写的句式进一步抒发自己的愁情:翻开爱读的书籍已然无法自慰,登酒楼而醉饮或者可以忘忧? 这些含意诗人并没有明白道出,但却使人于言外可想,同时,诗人运用了"不用"、"偏宜"这种具有否定或肯定意义的虚字斡旋其间,不仅使人情意态表达得更为深婉有致,而且使篇章开合动宕,全诗句法灵妙流走。登楼把酒,应该有友朋相对才能逸兴遄飞,然而,现在却是诗人独自把酒临风,于是,即使是"上酒楼"也无法解脱天涯寂寞之感了。这样,结联就逼出"有怀"的正意,把自己的愁情写足写透。在章法上,"京洛满"和"水北流"相照,"同游"与"为客"相应,细针密线,一丝不走。全诗没有浓丽的词藻,没有出奇制胜的奇特联想,甚至没有运用一个比喻,仿佛是信笔写来,然而却皆成妙谛,呈现出行云流水悠然深远的胜境。

淡妆之美是诗美的一种,古代不少诗人和诗论家,都注意这种美的境界。晋代的陶渊明,唐代的柳宗元和韦应物,宋代的欧阳修和梅尧臣,都是我国古典诗史上讲究淡妆之美的名家。对淡妆之美,司空图在《二十四诗品》单独列有"冲淡"一品,与"采采流水,蓬蓬远春。窈窕深谷,时见美人"的"纤秾"之美相对照,他作了"饮之太和,独鹤与飞。犹之惠风,荏苒在衣。阅音修篁,美曰载归"的形象描绘。而李白则有"清水出芙蓉,天然去雕饰"(《经乱离后天恩流夜郎忆旧游书怀赠江夏韦太守良宰》)的赞辞,苏东坡亦有"绚烂之极,归于平淡"(《与侄书》)的见解。由此可见,淡妆之美虽然不一定是诗美的极致,但却是并不容易达到的美的境界。

艺术美的具体形态是多种多样的,彼此互相独立而不能替代。宋代郭熙、郭思父子在《林泉高致·山水训》中形容四时各异的山景说:"真山水之烟岚,四时不同。春山淡冶而如笑,夏山苍翠而如滴,秋山明净而如妆,冬山惨淡而如睡。"淡妆的美,大约如明净的秋山吧?

鲁迅《莲蓬人》诗云:"扫除腻粉呈风骨,褪却红衣学淡妆。"素雅中呈风骨,清淡中见情韵,这也许就是梅尧臣所说的"作诗无古今,惟造平淡难"(《读邵不疑学士诗卷杜挺之忽来因出示之且伏高致辄书一时之语以奉呈》)的原因吧?梅尧臣诗中赞赏"平淡"的诗语,共有六处之多。创作,在某种意义上确实就是对困难的征服。张谓在《同王徵君湘中有怀》中一试他的诗才,就征服了诗歌艺术上"淡而有味"这一困难,至今仍让我们追想他的不平庸的身手。

明朗而含蓄与作品的"二重性"

——戴叔伦《三闾庙》

在唐代诗歌歌手如云、众音繁会的大合唱中,有许多礼赞屈原的歌——大约是诗人们不能忘情于我国历史上第一位大诗人的缘故吧。不同的歌手有不同的音色和音调,李白是飘逸的,杜甫是沉郁的,韩愈是奇崛的,而戴叔伦的《三闾庙》,则像一阕明朗而含蓄的悲歌,叩动了历代读者的心弦:

> 沅湘流不尽,屈子怨何深!
>
> 日暮秋风起,萧萧枫树林。

戴叔伦(732—789),字幼公,润州金坛(今江苏省常州市金坛区)人,郡望谯郡(今安徽省亳州市)。从《新唐书》《唐才子传》等书的记载来看,他在抚州刺史和容管经略史任内,曾经有过较为清明的政绩。他的诗继承了杜甫的现实主义精神,高出于同时代的大历诗人之上,反映了人民在变乱流离中的痛苦生活,表现了对人民的同情,开启了白居易《秦中吟》和《新乐府》的先声。明乎此,我们也就不难理解他对先贤屈原为何如此尊仰追慕了。在诗歌艺术上,他主张诗歌要意余象外,含蓄悠永。司空图《与极浦论诗书》就曾援引过他的精到的见解:"诗家之景,如蓝田日暖,良玉生烟,可望而不可置于眉睫之前也。"李商隐《锦瑟》诗的"蓝田日暖玉生烟"一句,也许就是从戴叔伦的议论中变化而出的吧? 戴叔伦于大历三年(768)任湖南转运留后,他的《三闾庙》应作于此时,我们从诗中可以领略明朗而含蓄的意境。

三闾庙,是奉祀战国时楚国三闾大夫屈原的庙宇。据《清一统志》记载,庙在长沙府湘阴县北六十里(今汨罗境内)。我想,它如果不是今日汨罗市汨罗江畔之"屈子祠",其地大约也相去不远吧?

"浩浩沅湘,分流汩兮。修路幽蔽,道远忽兮。"屈原早在《九章·怀沙》中,就让沅湘之水流进了他的诗行。"屈平正道直行,竭忠尽智,以事其君,谗人间之,可谓穷矣。信而见疑,忠而被谤,能无怨乎?"司马迁在《史记·屈原列传》里,也颇不温柔敦厚地标出了一个"怨"字。因此,《三闾庙》的开始两句,是即景起兴同时也是比喻:沅水湘江,江流何似? 有如屈子千年不尽的怨恨。屈子的怨恨像什么? 有如千年不尽的沅湘。前一句之"不尽",写怨之绵长,后一句之"何深",表怨之深重。两句都围绕"怨"字落笔,形象明朗而包孕深厚,错综成文而回环婉曲,是古典诗词中常见的"互文"手法。然而,屈子为什么怨? 怨什么? 作者自己对此的感情态度又是怎样? 他没有和盘托出,而只是描绘了一幅特定的具象化的图景,引导读者去思索。李锳《诗法易简录》认为:"咏古人必能写出古人之神,方不负题。此诗首二句悬空落笔,直将屈子一生忠愤写得至今犹在,发端之妙,已称绝调。"这可谓探骊得珠之论。

江上秋风,枫林摇落,时历千载而三闾庙旁的景色依然如昔,可是,屈子沉江之后,而今却到哪里去呼唤他魂兮归来?"袅袅兮秋风,洞庭波兮木叶下。""湛湛江水兮上有枫,目极千里兮伤春心。魂兮归来哀江南!"这本是屈原的《九歌》和《招魂》中的名句,诗人抚今追昔,触景生情,借来暗用为"日暮秋风起,萧萧枫树林"的后两句。季节是"秋风起"的深秋,时间是"日暮",景色是"枫树林",再加上"萧萧"这一象声叠词的运用,更觉怨之不胜,情伤无限。这种写法,称为"以景结情"或"以景截情",画面明朗而引人思索,含意深永而不晦涩难明,深远的情思含蕴在规定的景色描绘里,使人觉得景物如在目前而余味曲包。试想,前面已经点明了"怨",此处如果以直白出之,而不是将明朗和含蓄结合起来,做到空际传神,让人于言外可想,那将会何等索然寡味?

　　这首诗的结句,历来得到诗评家的赞誉。明人钟惺《唐诗归》说:"此诗岂尽三闾,如此一结,便不可测。"清代李锳则在《诗法易简录》中赞为"三、四句但写眼前之景,不复加以品评,格力尤高。凡咏古以写景结,须与其人相肖,方有神致,否则流于宽泛矣。"此外,清代施补华《岘佣说诗》作了如下的评价:"并不用意而言外自有一种悲凉感慨之气,五绝中此格最高。"而红学家俞平伯的父亲俞陛云《诗境浅说续篇》也认为:"故后二句仅以秋声枫树,为灵均传哀怨之声,其传神在空际。王阮亭《题露筋祠》诗'门外野风开白莲',不着迹象,为含有怀古苍凉之思,与此诗同意。"可以说,他们都异口同声地肯定了这首诗的明朗中见含蓄的妙处。而我认为,从接受美学的角度而言,"耐读",即为同一时代和不同时代的读者乐于反复阅读,是一切好诗必具的品格与标志。而明朗而含蓄,正是耐读的作品的艺术基因。"旅馆谁相问?寒灯独可亲。一年将尽夜,万里未归人。寥落悲前事,支离笑此身。愁颜与衰鬓,明日又逢春。"戴叔伦的另一名作《除夕夜宿石头驿》,不也是如此吗?

　　艺术作品具有二重性,即确定性与不确定性。确定性是指艺术形象及其内涵的相对客观和稳定,没有确定性则作品将不知所云,无从索解;不确定性则是指艺术品的形象世界具有开放与延展的整体态势,而形象与形象之间留下了大片的空白,没有不确定性,则作品不能刺激读者的联想与想象,索然寡味。诗歌,是意象的艺术,也是最富于暗示性和启示力的艺术。诗无论古今,只有十分确定的明朗而不含蓄,明朗就成了一眼见底的浅水沙滩;只有非确定性的含蓄而不明朗,含蓄就成了令人不知所云的有字天书。戴叔伦的《三闾庙》兼得二者之长，明朗处情景接人，含蓄处使读者的想象振翼而飞。当代诗人歌咏屈原的诗作不少，许多都或与先人或与时人重复，缺少新意。原籍岳阳客居江西的诗人李谷虚作有《端午节登化成岩望乡》："尝怀慷慨问浮沉，屈子祠前古柏松。万代忠良殉国难，满朝奸佞惑昏君。龙舟破浪追何及？古寺敲钟信可闻。欲寄乡心无雁字，凭高遥祭汨罗魂！"这虽是正言直写，但欲说还休，而且其深意于尾声可想。名诗人李汝伦的《端午》则笔走偏锋，旁敲侧击："楝叶花丝护屈魂，汨罗底事水波嗔？上官后裔怀王胄，也作江边投粽人！"此诗明朗而含蓄，颇具现代文论所谓之"反讽"意味，读者自可思而得之。台湾诗人洛夫写屈原的《水祭》一诗，是新诗中歌咏屈原之作的上品，下引是此诗的第五节即最后一节："昨夜不眠/我在风中展读你的《九歌》/乍闻河伯嗷嗷，山鬼啾啾/以及渔父从水澌中/捞起你一只靴子的惊呼/你制芰荷以为衣兮/集芙蓉以为裳/你雕寒星以为目兮/凝冰雪以为魂/三闾大夫，我把你荒凉的额角读成巍峨。"明朗使意象可感，含蓄使意象有深度，中国古典诗歌与中国新诗虽然体式上新旧有别，但它们却同有一颗中国心，中国的诗心。

　　香港学者黄维樑作有《明朗与耐读》一文，收在他的《怎样读新诗》一书之中，他认为："新诗应该明朗而耐读：明朗则不会艰深晦涩，耐读则不致浅陋无味。好的新诗（古典诗亦然），当明朗如光亮的珍珠，且应多姿耐看如面面生辉的钻石。"妙哉此言！无论古今，也无分新旧，"浅陋无味"与"艰深晦涩"正是非诗与伪诗或者说劣诗的两大弊病，而明朗而含蓄或者说明朗而耐读，则是治疗这一病症的一帖有效药方。

奇险与奇崛

——韩愈《谒衡岳庙遂宿岳寺题门楼》

独创性,是高扬在诗的领地上的一面大旗。缺乏独创性,重复前人的意象、构想和意境,人云亦云,是诗作者缺乏才华的表现,也是诗歌创作中的不治之症。古希腊称诗人为"创造者",而英国18世纪名诗人爱德华·杨格《试论独创性作品》中的一段话,我以为对于理解文艺创作包括诗歌创作的独创性的意义,是不无启发的。他认为富于独创性的诗人的作品,"扩大了文艺之国,给它的版图添加了新的省份。模仿者只是将早已存在的远比它好的作品给我们复写了一下,所增加的不过是一些书籍的残渣"。中唐时期的韩愈,就是一位不甘平庸和重复的诗人,在盛唐诗歌高度繁荣而难以为继的情况之下,他敢于标新立异,走自己的路,终于为唐代诗歌开拓了更为广阔的疆土。

韩愈(768—824),字退之,祖籍昌黎,河南河阳(今河南省孟州市)人,史称"韩吏部"或"韩文公"。他是千古驰名的文章家,"唐宋八大家"之一,又是中唐诗坛一个重要流派的代表人物。他与柳宗元同为当时文坛盟主,人称"韩柳",而苏轼之《韩文公庙碑》更赞美他"文起八代之衰"。在韩愈之前,盛唐的诗歌已呈现出鼎盛的局面,没有极大的雄心和才力,就不可能指望再在唐代诗史上书写下重要的篇章。韩愈对李白、杜甫虽心摹力追,但李、杜已经各成大家,作品气象万千,只是追踪他们的足迹,就无法做出新的创造。然而,李、杜的奇险奇崛之处,还有开拓和发展的余地。于是,这位思想家和文章家就认定此途,从这里开山辟路,决心自立门户。由于他才思敏捷富赡,艺术个性鲜明,加之学问广博,终于在李、杜之外另开一派,使唐代的流派和风格更加丰富多彩。

最能体现韩愈奇险豪宕诗风的,是他的七言古诗。清人方东树在《昭昧詹言》中评论说:"气韵沉酣,笔势驰骤,波澜老成,意象旷达,句字奇警,独步千古。"这并非虚美之辞。元和元年(806),诗人三十八岁,他从贬逐之地广东的阳山转徙湖北江陵府法曹参军,途经湖南,写了不少诗篇,《谒衡岳庙遂宿岳寺题门楼》就是他的奇险横矫之作:

> 五岳祭秩皆三公,四方环镇嵩当中。
> 火维地荒足妖怪,天假神柄专其雄。
> 喷云泄雾藏半腹,虽有绝顶谁能穷?
> 我来正逢秋雨节,阴气晦昧无清风。
> 潜心默祷若有应,岂非正直能感通?
> 须臾静扫众峰出,仰见突兀撑青空。
> 紫盖连延接天柱,石廪腾掷堆祝融。
> 森然魄动下马拜,松柏一径趋灵宫。
> 粉墙丹柱动光彩,鬼物图画填青红。
> 升阶伛偻荐脯酒,欲以菲薄明其衷。
> 庙令老人识神意,睢盱侦伺能鞠躬。
> 手持杯珓导我掷,云此最吉余难同。
> 窜逐蛮荒幸不死,衣食才足甘长终。
> 侯王将相望久绝,神纵欲福难为功。
> 夜投佛寺上高阁,星月掩映云曈昽。
> 猿鸣钟动不知曙,杲杲寒日生于东。

这首诗,抒情而兼叙事。第一段是开篇六句,以豪气骇人之笔,总写南岳的崇高形象。第二段从"我来正逢秋雨节"到"松柏一径趋灵宫",从五岳落笔到衡岳,正面写衡岳的壮观。第三段从"粉墙丹柱动光彩"到"神纵欲福难为功",描写庙景、祭祀而抒发牢骚,是全诗的中心。第四段是结尾四句,点明题目中的"宿岳寺"而收束全篇。全诗以"谒衡岳"之"谒"为构思的核心,以时间的发展为抒情的线索,构成了一个波浪汹涌、变怪百出的艺术整体。

开篇四句,前人曾有"起势雄杰"(朱彝尊《批韩诗》)的评语。它从广阔的空间着笔,穿插远古的传说,局面阔大,领起全篇,虽然还未正面写衡山,人们已觉山势磅礴、奇气袭人了。

在第二段中,诗人不仅从正面写衡山崔嵬高峻的特征,而且抒写了自己的独特感受。左思《魏都赋》说:"穷岫泄云,日月恒翳。"泄,就是"出"的意思,韩诗中的"喷"、"泄"、"藏"三字,画出了衡山高峻博大的风神,而谁能穷绝顶之问,更以慨问之句对前句的意蕴作了补足,前实后虚,远望之意表现得意象雄豪。"我来正逢秋雨节"四句,写阴气晦昧的秋雨景象,既紧承上面所写的云雾之句,给全诗平添了一层迷蒙的气氛,又和下面四句构成画面明暗不同的鲜明对照。须臾云散天开,群峰朗朗,"突兀"一词可能从杜甫《青阳峡》"突兀犹趁人"中得到过启示,而"撑青空"则是韩愈的奇创之笔。山势的峻险,一语画出,难怪曾得到清诗人朱彝尊《批韩诗》的喝彩:"二语朗快!"不过,朱彝尊认为下面两句"却用四峰排一联,微觉板实"。究竟怎样看?我认为清人汪佑南《山泾草堂诗话》说得颇有道理:"余意不谓然。是登绝顶写实景,妙用'众峰出'领起。盖上联虚,此联实,虚实相生。下接'森然魄动'句,复虚写四峰之高峻,的是古诗神境。朗诵数过,但见其排荡,化堆垛为烟云,何板实之有?"应该补充的是,诗人写"紫盖峰"用"连延","天柱峰"用"接","石廪峰"用"腾掷","祝融峰"用"堆",不仅用词穷极变化,而且愈用愈奇,写出物态特征,道人之所未道。

总之，第二段虽不是诗人本意的中心，却是全诗最精彩的部分。

在第三段写庙景、叙生平、发感慨之后，终篇四句点醒题目，照应开头，从篇章与情调上获得了完整的和谐感。方东树《昭昧詹言》有云："此典重大题，首以议为叙，中叙中夹写，意境词句俱奇创，以已收。凡分三段，'森然'句奇纵。"潘德舆《养一斋诗话》也说："高心劲气，千古无两。诗者心声，信不诬也。"从这首一韵到底的七言古诗中，确实可以见到韩愈诗的本色，他不愧为唐代诗国一位凿山通道的高手。

韩愈的诗，并不专以奇险奇崛见长。作为一位诗坛的大家，除了许多掀雷抶电豪纵雄奇之作，他也还有一些清新隽永到口即消的绝句，显示出创作内容与艺术风格的多样性。如《湘中》："猿愁鱼踊水翻波，自古流传是汨罗。萍藻满盘无处奠，空闻渔父扣舷歌。"如《春雪》："新年都未有芳华，二月初惊见草芽。白雪却嫌春色晚，故穿庭树作飞花。"如《晚春》："草树知春不久归，百般红紫斗芳菲。杨花榆荚无才思，惟解漫天作雪花。"如《盆池五首·其三》："莫道盆池作不成，藕稍初种已齐生。从今有雨君须记，来听萧萧打叶声。"从我个人的审美趣味而言，较之他武库森严的五古与七古，我更喜欢他的玲珑剔透的小诗。

如同杜甫之《望岳》是望泰山而非登泰山，韩愈此诗是望南岳衡山而非登衡山。当年他不知曾登临衡山否？作为湘人，20世纪80年代我曾攀援绝顶，作文以记，近岁复去，只能望岳而兴叹矣。乃追陪韩愈千年前的诗魂文魄，作七绝《致衡山》，诗前小序曰："三十年前初游南岳，登绝顶祝融峰，作《南岳峰高》一文，以申后会之约。三十年后旧地重来，筋力已衰，徒然望岳兴叹耳。"诗云："南岳峰高证旧缘，两情相悦卅年前。老去欲登登不了，心随飞鸟到山巅！"

民歌的芬芳
——刘禹锡《采菱行》

民歌,这一道万古不竭的长长的流水,发源自人民的心田,奔流在生活的原野。它是文学的源头,哺育了历代的优秀诗人,又常常在诗歌衰微之时赋予诗歌以新的生命。即使是"五四"以来的新诗,也有所谓"民歌体",如刘半农的《教我如何不想她》、朱湘的《采莲曲》、田汉的《四季歌》、黎锦光的《夜来香》、余光中的《民歌》《乡愁》及《乡愁四韵》,都无不流溢着民歌的芬芳。

我国诗史上的第一个大诗人屈原,就曾在这一道清流中洗濯过他的诗心。他的芬芳而缠绵的《九歌》,就是根据民间祭神的歌曲改写而成。长江流域的"慷慨吐清音,明转出天然"的民歌,也曾经铭刻在大诗人李白的心上。他的作品特别是绝句从民歌中吸收了丰富的营养,他曾发出过"我有吴越曲,无人知此音"(《赠薛校书》)的叹息。杜甫,这位以学力见长的诗人,前人甚至称他的诗"无一字无来历",但他也从巴蜀的民歌中获得了灵感,诗作因此更加丰美多姿。唐代的诗歌,扫尽齐梁颓靡的诗风,最突出最具有创造性的成就是近体诗,正如清人王士禛《唐人万首绝句选序》所说的:"唐三百年以绝句擅长,即唐三百年之乐府也。"唐诗特别是唐代绝句之花之所以开放得那么绚丽和芬芳,重要原因之一就是民歌的清泉的滋润。

中唐时代，一位以向民歌学习著称并有自己独特风格的诗人走上了诗坛，这就是有"诗豪"之称并被王夫之尊为"小诗之圣"的刘禹锡。刘禹锡在任监察御史时参与王叔文、王伾领导的改革弊政的革新运动，与柳宗元成为"永贞革新"的核心人物，时称"二王刘柳"。革新失败，革新派遭到从快、从严、从重的判处。公元805年，刘禹锡被贬为朗州（今湖南省常德市）司马，时年三十四岁。《旧唐书·刘禹锡传》说："禹锡在朗州十年，惟以文章吟咏，陶冶情性。蛮俗好巫，每淫祠鼓舞，必歌俚辞，禹锡或从事于其间，乃依骚人之作，为新辞以教巫祝。故武陵溪洞间夷歌，率多禹锡之辞也。"而他自己在《上淮南李相公启》中也说："虽氓谣俚音，可俪风什。"他认为民谣可以和文人诗作比美，文人应该向民歌学习。可以说，朗州十年，是刘禹锡学习民歌的起点，如《秋词二首·其一》的"自古逢秋悲寂寥，我言秋日胜春朝。晴空一鹤排云上，便引诗情到碧霄"，便洋溢着刚健清新的民歌风韵。又如《采菱行》：

> 白马湖平秋日光，紫菱如锦彩鸳翔。
> 荡舟游女满中央，采菱不顾马上郎。
> 争多逐胜纷相向，时转兰桡破轻浪。
> 长鬟弱袂动参差，钗影钏文浮荡漾。
> 笑语哇咬顾晚晖，蓼花缘岸扣舷归。
> 归来共到市桥步，野蔓系船萍满衣。
> 家家竹楼临广陌，下有连樯多估客。
> 携觞荐芰夜经过，醉踏大堤相应歌。
> 屈平祠下沅江水，月照寒波白烟起。
> 一曲南音此地闻，长安北望三千里。

在这首诗的前面，诗人还写了一个小序："武陵俗嗜芰菱。岁秋矣，有女郎盛游于白马湖,薄言采之,归以御客。古有《采菱曲》,罕传其词,故赋之以俟采诗者。"《采菱曲》本为远古民歌,《楚辞·招魂》云:"涉江采菱发《阳阿》。"《阳阿》即当时的采菱曲。《尔雅翼》卷六:"吴楚之风俗,当芰熟时,士女相与采之,故有采菱之歌以相和,为繁华流荡之极。"而刘禹锡此诗中说的"相应歌"的"南音",正是他听到的包括《采菱曲》在内的沅湘一带的民歌。从这里可以看到,长期的流放生涯,使诗人接触了民间劳动群众生动活泼的生活以及他们的口头创作,他勇于表现一般封建知识分子不屑于表现的题材,这已经显示了难能可贵的"艺术家的勇气"了,同时,这首诗在艺术上除了显示出文人诗的高度的词章修养之外,也明显地可以看出诗人着意吸收民歌刚健清新的语言和悠扬宛转的音节,以及民歌常用的重叠回环的手法。

首四句写秋日菱湖的美丽景象和采菱女初下菱湖的情景,次四句描绘她们采菱的热闹情状,中四句写她们采罢归来系船"市桥步"("步",同"埠")时的欢声笑语,接下来的四句写众人在晚上欢唱的场景,结尾四句点明地点,白马湖在沅水之旁,也点明他身为北人而有缘听到民间的美妙南音,是所谓以乐景抒贬谪之哀。全诗勾画出了一幅武陵百姓的劳动生活与风土人情的风俗画,音韵低昂合节,自然流走,有民歌曲调的风味,而"争多逐胜"、"笑语哇咬"的民歌语言,"蓼花缘岸扣舷归,归来共到市桥步"的回环接字的手法,更平添了全诗的泥土气息,真是赏心悦耳的"一曲南音"! 从这里可以看到,诗人学习民歌并不等于徒事形式的模仿,而是要学习它的感情、语言、表现手法以及艺术上的单纯、明朗、刚健、清新之美,同时,又要和自己的改造加工结合起来,使作品既不同于原始状态的民歌,也与一般作者的作品有所区别,这,应该算是一条艺术经验吧?

在中唐的诗坛上,刘禹锡的诗风不同于韩愈的奇崛、白居易的平易、李贺的诡异、柳宗元的精警。他有"诗豪"之誉,就是因为他的诗风豪健,除此之外,他还着意在文人诗和民歌相结合方面开山辟路,自成一家。如果说,他在朗州的一些诗作是学习民歌的起点,如"江南江北望烟波,水流无限月明多"(《堤上行三首·其二》),如"日暮江头闻竹枝,南人行乐北人愁。自从雪里唱新曲,直到三春花尽时"(《踏歌词四首·其四》),等等,那么,在长庆元年(821)冬出为夔州刺史之后,在太和五年(831)出为苏州刺史之后,他有机会更深入学习了巴渝民歌和江南民歌,他继作的《竹枝词九首》、《竹枝词二首》、《杨柳枝词八首》、《杨柳词二首》等作品,就有如吹奏一支美妙的竹笛,更是天开地阔而绮彩缤纷。

　　刘禹锡和白居易等人都潜心倾听过巴渝民歌,自他们之后,历代以《竹枝词》为题的文人诗作繁声竞奏。时至晚清,湘籍诗人易顺鼎仍有《三峡竹枝词二首》:"峡山遮月月难来,溪女踏歌歌莫哀。郎似西陵峡中月,一生相见不多回。""香溪人去几时归?万里龙沙雪打围。溪上老翁愁欲绝,女儿生得似明妃!"时至当代,四川诗人丁稚鸿近水楼台,就地取材,曾作有竹枝词多首,如他的《竹枝拾趣》:"楼头好鸟唱朝霞,阿妹倚云勤种瓜。哥在书斋挥彩笔,一根绿蔓落窗纱。"写新时代农村男女的情爱,落笔虽有文人的雅致,但流荡的仍然是民歌的血脉,传扬的仍然是泥土的芬芳。

雅与俗兼美

——刘禹锡《竹枝词》

　　雅，不是脱离读者的孤芳自赏，不是关在象牙塔里不食人间烟火的自我表现，而是艺术上的洗练和清超所表现出来的一种美；俗，不是毫无独创性的人人习用的陈腔滥调，而是对民间生动活泼的口语的吸收提炼，是充满泥土芬芳和创造力量的一种美。雅与俗结合，就可以兼有两者的美质。如果用一个不十分准确的比喻，就像一朵花兼有春桃与秋菊的色彩和芬芳。

　　古典诗史上许多有成就的诗人，大都有相当深厚的文化修养，而且又注意从生活中提炼具有浓郁生活气息的语言，使自己的语言通俗化、口语化而又凝炼优美，饱含情趣。"诗家不妨间用俗语，尤见功夫。"(蔡絛《西清诗话》)在有才力的诗人们的笔下，口头语言与书面语言的融合，呈现的是雅俗兼美的风貌。

　　李白就从民歌中吸收了许多生动活泼的语汇，如他的《横江词六首·其一》："人道横江好，侬道横江恶。一风三日吹倒山，白浪高于瓦官阁。"杜甫也善于博采口语，如"两个黄鹂鸣翠柳，一行白鹭上青天"(《绝句四首·其三》)，"爷娘妻子走相送，尘埃不见咸阳桥"(《兵车行》)等，就是如此。例如桃红、柳绿这些被别人用熟用滥了的字眼，在李白"柳色黄金嫩，梨花白雪香"(《宫中行乐词八首·其二》)的妙语之后，杜甫还能去俗生新，写出比李白更胜一筹的"红入桃花嫩，青归柳叶新"（《奉酬李都督表丈早春作》）的佳句。对于白居易，王安石曾称许他"世间俗言语，已被乐天道尽"（胡仔《苕溪渔隐丛话》），如他的《问刘十九》："绿蚁新醅酒，红泥小火炉。晚来天欲雪，能饮一杯无？""绿蚁"者，酒面的似蚁浮渣，略呈绿色，杜甫《对雪》中即有"无人竭浮蚁，有待至昏鸦"之句。而"红泥"与"小火炉"也是唐代土俗之至的语言，"红"与"绿"这种字眼也不无俗气，尤其是当它们并列在一起被用得烂熟之时，如"桃红柳绿"之类。然而，一经才人手笔驱遣，它们也可以化流俗为雅致，使人觉得韵味横生，诗情隽永。

　　刘禹锡，是一位积极向民间语言和民间歌谣学习的诗人，他的《竹枝词》是人所熟知的了，请看其中的几首：

> 白帝城头春草生，白盐山下蜀江清。
> 南人上来歌一曲，北人莫上动乡情。
>
> 山桃红花满上头，蜀江春水拍山流。
> 花红易衰似郎意，水流无限似侬愁！
>
> 城西门前滟滪堆，年年波浪不能摧。
> 懊恼人心不如石，少时东去复西来。
>
> 瞿塘嘈嘈十二滩，人言道路古来难。
> 长恨人心不如水，等闲平地起波澜！

竹枝词，本来是巴渝一带的民歌，山川风俗和男女情爱，是它的基本内容；语言清浅而韵味浓至，是它的基本风格。长庆二年（822）春，刘禹锡任夔州（今重庆市奉节县）刺史，历时三年，他学习民歌写了《浪淘沙》九首、《竹枝词》十一首。除刘禹锡之外，白居易元和十四年（819）贬忠州刺史时，也写了《竹枝词》四首，影响所及，晚唐五代时的孙光宪（见《花间集》）与皇甫松（见《尊前集》）都续有所作。对于刘禹锡的竹枝九章，前人多赞赏其"俚而雅"，宋代诗人黄庭坚在《山谷题跋》中多所评论，其中之一是："词意高妙，元和间诚可独步。道风俗而不俚，追古昔而不愧，比之子美《夔州歌》，所谓同工异曲也。"他还记叙他向苏轼诵刘禹锡的《竹枝词》，"苏东坡闻余咏第一篇"，还来不及听余下数篇就迫不及待地赞叹说："此奔轶绝尘，不可追也！"两百年以后的大诗人尚且一听钟情，赞叹不止，可见刘禹锡《竹枝词》的美妙。

上面所引四首，各有美质，但又具有共同的特色，那就是：雅俗兼美，兼有七绝音律谐婉与竹枝音调怨慕之长。第一首中的"城头"、"山下"和"南人上来"、"北人莫上"，两两对举而唱叹有情；第二首先写山头的桃花与蜀江的春水，三、四句分别承接一、二句，回环往复而妙喻天成；第三首和第四首分别比况所爱之人的心"不如石"、"不如水"，纯然是对景生情，一片天籁。从这里可以看到，俚情野语，一经诗人铸炼和点化，就显得既通俗又雅洁，既优美又质朴，俗中含雅，雅中含俗，诗情超越而又充满生活气息，做到了雅与俗的统一。

明代陆时雍在《诗镜总论》中说："诗有灵襟，斯无俗趣矣；有慧口，斯无俗韵矣。乃知天下无俗事，无俗情，但有俗肠与俗口耳。古歌《子夜》等诗，俚情亵语，村童之所赧言，而诗人道之，极韵极趣。汉《铙歌》乐府，多媒人乞子儿女里巷之事，而其诗有都雅之风。"我以为，艺术上的雅与俗各有其美，否定其中的任何一种美，或是扬此而抑彼，恐怕都是片面的。雅与俗融合起来，互相渗透和衬托，吸收彼此的长处而呈现出新的面貌，是一种值得肯定和探讨的美学境界。如当代诗家熊楚剑的"无分秋夏与冬春，穿着时髦款式新。最是青年有气派，西装摩托抖精神"（《山乡行竹枝词·其一》），"哥勤妹巧讲文明，忙里偷闲唱几声。收市别忘看电视，今宵

《上海一家人》"（《山村小店竹枝词·其一》）。又如当代词家蔡世平的《江城子·兰苑纪事》："竹阴浓了竹枝蝉。犬声单，鸟声弯。笑说乡婆，山色拌湖鲜。先煮村烟三二缕，来宴我，客饥餐。　　种红栽绿自悠然。也身蛮，也心顽。逮个童真，依样做姑仙。还与闲云嬉戏那，鱼背上，雀毛边。"写农村生活与人情，颇为俚俗，富于泥土气息，但用字造句却去陈出新，力求独创而雅俗并妙。至于以脱离群众而使群众看不懂他们的作品为"雅"，或是以粗词滥语而使读者败坏胃口的作品为"俗"，如一些不堪入目粗俗甚至粗鄙的"口水诗"、"下半身写作"的诗之类，这种诗人与诗作古已有之，现在也还远远没有绝迹。上述这种"雅"与"俗"似乎是两个极端，实际上是殊途同归：造成对真正的诗美的破坏。它们不是我这里所论的诗美学意义上的雅与俗，自是不待多言的了。

清微幽婉
——马戴《楚江怀古三首·其一》

　　三湘四水，古来常常是不得志的骚人文士贬谪流放之地，三闾大夫屈原行吟泽畔之后，历代不知有多少诗人在这里留下了他们漂泊远游的足迹，写出了多少烙印着时代与个性印记的诗章。唐宣宗大中初年，原在山西太原幕府中任掌书记的诗人马戴，因为正言被斥，被贬为龙阳（今湖南省常德市汉寿县）尉。马戴是华州人，唐代初年的治所在今天的华县，武则天时期地辖今天陕西的华县、华阳、潼关一带。诗人从遥远的北国远谪江南，徘徊在洞庭湖畔和湘江之滨，触景生情，追慕前贤而感怀身世，写下了《楚江怀古》五律三章，收藏在他的吟箧里。其中，本文所述这一首最为突出，千百年来为人们所传唱。

　　在中国古典诗歌史上大放异彩的唐代诗歌，传统说法分为初、盛、中、晚四期，晚期是从文宗开成元年（836）到哀帝天祐四年（907）唐朝灭亡，历时约七十年。马戴的地位虽然比不上杜牧、李商隐、温庭筠等人，但仍可以说是晚唐诗人中的佼佼者。宋代严羽在《沧浪诗话》中说"马戴在晚唐诸人之上"，此说不免有些溢美，然而，马戴的作品特别是五律，确实有自己的特色和成就。清代翁方纲《石洲诗话》认为"马戴五律，又在许丁卯（浑）之上，此直可与盛唐诸贤侪伍"，这评论大体上还是公允的。他的《楚江怀古》除受到翁方纲的推许之外，还得到了许多诗人和评论家的褒扬：

"马戴《楚江怀古》,前联虽柳恽不是过也,晚唐有此,亦希声乎?"(杨慎《升庵诗话》)"马戴《楚江怀古》、《淮上春思》、《落日》、《寻王处士》,不似晚唐人诗。"(吴乔《围炉诗话》)"神情光气,何殊王子安(勃)?"(王夫之《唐诗评选》)如此等等,不一而足。

在诸家的评赞之中,俞陛云在《诗境浅说》中的一段话,更是值得注意:"唐人五律,多高华雄厚之作。此诗以清微婉约出之,如仙人乘莲叶轻舟,凌波而下也。"他拈出"清微婉约"四字,标举马戴这首诗的艺术风格,并指出它在唐人五律中的特色,确实别具只眼。这里,且让我们按照前人的指点,在姹紫嫣红开遍的唐代诗歌园林中,去领略《楚江怀古三首·其一》这一枝素馨花的别样风情吧:

> 露气寒光集,微阳下楚丘。
> 猿啼洞庭树,人在木兰舟。
> 广泽生明月,苍山夹乱流。
> 云中君不见,竟夕自悲秋!

秋风摇落的薄暮时分,诗人一舟容与,浮游在湘江之上。楚地从来就多被放逐的才人,他们的坎坷遭际和怨句哀词不免会唤起诗人的记忆,更何况诗人马戴自己也满怀身世之感,生逢国势衰微的晚唐?"露气寒光集,微阳下楚丘。"诗人这一联和他的《落日怅望》中的"微阳下乔木,远烧入秋山"意境相似。江上晚雾初生,楚山夕阳西下,雾影迷茫,寒意侵人,这种萧瑟清冷的秋暮景象,深曲委婉地透露了诗人悲凉落寞的情怀。晚唐诗人的诗作中多写夕阳,而同是写夕阳,盛唐王之涣的笔下却是"白日依山尽,黄河入海流"(《登鹳雀楼》),飞扬着豪迈的情思,展现出雄放的风格,一派盛唐之音,和马戴的诗迥异其趣,这应该是时代使然吧?马戴斯时斯地,入耳的是洞庭湖边树丛中猿猴的哀啼,照眼的是江上木兰舟的流驶。

"袅袅兮秋风,洞庭波兮木叶下。"(《湘夫人》)"船容与而不进兮,淹回水而凝滞。"(《涉江》)诗人泛游在湘江之上,对景怀人,屈原的歌声该会越过时间的长河来叩击他的心弦吧?

"猿啼洞庭树,人在木兰舟。"这一联是晚唐诗中的名句,一句写听觉,一句写视觉,一句写物,一句写己,上句静中有动,下句动中有静,诗人伤秋怀远之情远远没有直接说明,他只是点染了一张淡彩的画,气象清远,婉而不露,让读者目击神游思而得之。

黄昏已尽,夜幕降临,一轮明月从广阔的洞庭湖上升起,深苍的山峦间夹泻着汩汩而下的乱流。"广泽生明月,苍山夹乱流"二句,描绘的虽然是比较壮阔的景象,但它的笔墨和情致还是清微婉约的,例如同是用五律写月,张九龄有"海上生明月,天涯共此时"(《望月怀远》),李白有"梦绕城边月,心飞故国楼"(《太原早秋》),杜甫有"星垂平野阔,月涌大江流"(《旅夜书怀》),都是所谓"高华雄厚"之作,它们的风调和马戴诗是不同的。王夫之曾经在《唐诗评选》中将"广泽生明月"与"乾坤日夜浮"相比较,认为"孰正孰变,孰雅孰俗,必有知音"。所谓"正变",正是指诗意相近而风格相异。马戴诗的这一联承上发展而来,仍然是山水分写的写景,但"昔人论诗词,有景语情语之别,不知一切景语,皆情语也"(王国维《人间词话》),"广泽生明月"的阔大与静谧,曲曲反衬出诗人贬谪远方的孤单离索之感,"苍山夹乱流"的苍茫和繁响,深深映照出诗人内心深处的缭乱彷徨之情。

夜已深沉,诗人尚未归去,俯仰于天地之间,浮沉于湘水之上,他不禁想起楚地古老的传说和屈原的《九歌》中的《云中君》。"屈宋魂冥寞,江山思寂寥。"(《楚江怀古三首·其三》)云神无由得见,屈子也邈矣难寻,诗人自然不免感慨无端了。"云中君不见,竟夕自悲秋。"尾联点明题目中的"怀古",而且以"竟夕"与"悲秋"在时间和节候上呼应开篇,使全诗在富于变化之中呈现出和谐完整之美,让人玩味不尽。

　　从马戴这首五律可以看到,清微婉约的风格的形成,在内容上是由感情的细腻低回所决定,在表现上则是清超而不质实,深微而不粗放,词华淡远而不浓妆艳抹,含蓄蕴藉而不直露奔进。这种风格,继承了王维、孟浩然的诗风而有所发展和创造。如同大自然中有春兰秋菊,也有冬梅夏荷,有浩浩荡荡的大江,也有潺潺泪泪的溪流,在生活的天地里,美是多种多样的,在艺术的领域中,美和读者的审美趣味也是多种多样的,没有必要也不可能定于一尊,归于一统,更无法按个人意志与行政命令划分高下,决定取舍。我尊重和欣赏的是美的多元与多样,是美的五彩缤纷,各呈胜境。因此,我可以毫不夸张地说,马戴的《楚江怀古》,是晚唐诗歌园林里一枝具有独特芬芳和色泽的素馨花。慧心的读者,你不感到它花光照眼而花香袭人吗?

明丽悠远

——张孝祥《西江月·题溧阳三塔寺》

　　宋代是以词名世的，而南宋的词则是宋词的极盛阶段，有如大江东去，一出三峡更加波澜壮阔，气象万千；好似耀眼春光，一到暮春三月便是群莺乱飞，杂花生树。在南宋初年的词坛上，张孝祥以他慷慨悲壮的歌声独树一帜，但是，正如同贝多芬既有《英雄交响曲》，同时也有《月光奏鸣曲》一样，张孝祥在气酣兴健时固多豪气逼人之作，但他的琴弦上，也时有清新委婉的言近旨远的变奏。

　　张孝祥，这位有强烈爱国主义精神的诗人，南宋的天才歌手，他把难酬的壮志和满腔的忠愤都化为传之后世的词章。他的同时代人谢尧仁在《于湖居士文集序》中说："自渡江以来，将近百年，惟先生文章翰墨，为当代独步。"清人查礼在《铜鼓书堂遗稿》中则认为："于湖词声律宏迈，音节振拔，气雄而调雅，意缓而语峭。"这确是相当准确的评价。读者从前面所引他的《六州歌头》和《念奴娇·过洞庭》，已经能够想见其为人了。然而，如果仅止于此，我们还不能全面地认识张孝祥和他的词。他的《西江月·题溧阳三塔寺》，是他的词作中别调独弹的一首：

　　　　问讯湖边春色，重来又是三年。东风吹我过湖船，杨柳丝丝拂
面。　　　世路如今已惯，此心到处悠然。寒光亭下水连天，飞起沙鸥一片。

宋王朝南渡之初，主战派与主和派斗争激烈，张孝祥虽然二十三岁即廷试第一为状元郎，但作为主战派，却曾经备受排挤打击。南宋隆兴元年（1163），他任建康留守，不久即因倡言抗金落职。乾道元年（1165），他被起用为广南西路经略使，第二年又以言论得罪去职。《念奴娇·过洞庭》写于 1166 年秋天，《西江月·题溧阳三塔寺》当是写于乾道三年（1167）春日。溧阳，即今之江苏省溧阳市，宋属建康路，三塔寺在溧阳市西七十里之三塔湖（又名梁城湖）之畔，其旁另有寒光亭。岳飞之孙岳珂《玉楮集》说："三塔寺寒光亭，张于湖书词于柱。"当就是指这首词。

"西江月"又名"步虚词"，五十字，上下阕分别各为四句，共六韵，属于词中的短调，即小令。将词与诗比较，长调如诗中的歌行，气势阔大，大开大合，宜于抒发豪迈慷慨的感情。短调相当于诗中的绝句，情韵悠长，一唱三叹，宜于表现婉转缠绵或委婉悠永的情感。清人田同之《西圃词说》认为小令"字句虽少，音节虽短，而风情神韵，正自悠长，作者须有一唱三叹之致。淡而艳，浅而深，近而远，方是胜场"，所言极是。

张孝祥这首小令，正是情韵悠长、言近旨远之作。"问讯湖边春色，重来又是三年"，玩味"重来"句及全篇词意，初来似在任建康留守时，重来则是从广南西路罢任返籍途中。诗人一开笔，就点明了来游的时间、地点以及自己的遭际和心情。"问讯"一词，移情于物，落笔空灵，把无知无觉的春色写得极富人情意态，开拓了物我交会而情中有景的妙境。"三年"一语，概括了并不短暂的时间，又含蓄地透露出诗人旧地重游的喜悦和意在言外的诸多感慨。接笔化美为媚，对湖上春游作了进一步的具体描写，使得这一境界意象丰盈而富于动态之美：一舟容与，荡桨湖中，有情的东风赶来吹送过湖的船只；岸柳低垂，柔条拂面，它们仿佛也在欢迎久别之后乘兴而来的诗人。这首词，上阕情景分写，前两句重在写情，情中有景，后两句重在写景，景中有情，景物不是客观主义的缺乏感情的形象的堆积，而是浸透了诗人轻快愉悦的审美感情的图画。在《于湖集》中，还收录了

《过三塔寺》七绝三首,援引二首如下:"湖光潋滟接天浮,风卷银涛未肯休。夜岸系舟来古塔,不妨踪迹更迟留。""层峦叠嶂几重重,万顷烟波浩渺中。钓艇来归饶夕照,耳边芦苇战寒风。"可以与这首词互参。

　　下阕还是情景分写,虽各有侧重,但仍然是情中见景,景内含情。"世路如今已惯,此心到处悠然。"这一偏于议论的偶句,是连接上下阕词意的桥梁。诗人也许是由眼前风光的明丽而联想到世道的坎坷吧?年少气锐的诗人空怀匡时报国的雄图,迭经挫折,在经过多年的宦海浮沉和饱尝过炎凉世态之后,抚时感事,对景生情,自然不禁要感慨丛生了。说"已惯",这是真实的写照,也是对恶浊现实污浊官场的反讽。说"悠然",这恐怕是以平和的语言表现出来的愤激之辞吧?陶渊明《饮酒》诗说:"采菊东篱下,悠然见南山。山气日夕佳,飞鸟相与还。"这位五柳先生,恐怕也未必完全悠然忘情于世事之外,何况是国难日亟而忧国忧民的张孝祥呢?"寒光亭下水连天,飞起沙鸥一片。"清代的词评家李佳对此词的结句特别欣赏,他在《左庵词话》中说:"每首中,要亦不乏警句,摘而出之,遂觉片羽可珍。如张于湖云:'寒光亭下水连天,飞起沙鸥一片。'"在直抒胸臆之后,继之以写景收束,不仅使这首写景抒怀之词具有完整的和谐之美,而且以景截情,水天一色、沙鸥群飞的空阔悠然的景物描绘,更衬托出诗人表面"悠然"而实在并不平静的心境,使人味之不尽。白鸥与沙鸥均为鸥鸟,在中国诗歌中与"马"、"鹰"、"燕"、"雀"等动物一样,是诗人们喜欢着笔的"原型意象",可以有寄托,也可以纯粹写景,例如杜甫就有"白鸥没浩荡,万里谁能驯"(《奉赠韦左丞二十二韵》)、"飘飘何所似,天地一沙鸥"(《旅夜书怀》),也有"自去自来堂上燕,相亲相近水中鸥"(《江村》)。张孝祥呢?我们虽不必强求词中的寄托,人为地拔高作品的思想性,然而,如果以为这首词只是纯粹的流连山水之作,或者只是在抒发消极避世回返自然的感情,我却以为是贬低了这一作品。

　　这首词,深入浅出,风格清丽婉约,言近旨远,没有任何晦涩或故作艰深之处。但是，它却仍然是一个未能忘情于时代的英雄的心曲，在流畅清新一看即懂的语言里，蕴藏着让读者有会于心的深情远意。

　　张孝祥的《西江月·题溧阳三塔寺》，风格清远婉丽，和他自己大多数作品雄奇杰特的风格很不相同。但是，一个忧国忧民的诗人暂时流连风物的"悠然"，只是暴风雨中片刻的晴霁，那一角蓝天还有并未远去的雷声。"霜日明霄水蘸空，鸣鞘声里绣旗红，澹烟衰草有无中。　　万里中原烽火北，一尊浊酒戍楼东，酒阑挥泪向悲风。"乾道四年（1168），三十七岁的张孝祥由知潭州（今湖南长沙）调知荆南，兼荆湖北路安抚使，驻节于南宋国防前线的荆州（今湖北省荆州市江陵县，即李白《早发白帝城》诗中的"千里江陵一日还"的江陵）。荆州城头，鼓鼙声里，戎装英概的诗人把酒临风，在《浣溪沙·荆州约马举先登城楼观塞》这首词中，他又重新鸣奏时代的巨管大弦了。

沉雄悲壮　诗法精严

——陆游《塔子矶》

　　南宋孝宗赵眘乾道六年(1170)农历九月九日夜,明月高悬,照耀着溯江远来的停泊在湖北石首县境塔子矶下的一艘小船。九月九日是重阳佳节,默默无闻的塔子矶写下了它历史上光彩的一页——迎候了宋代大诗人陆游的光临,并且听到了诗人以它为题的歌唱。

　　陆游,南宋的绝代歌手,我国古典诗史上伟大的爱国主义诗人。由于北方金人南侵,宋王朝屈膝求和,他生活在一个内忧外患灾难深重的时代而壮志难酬。诗人在四十二岁那年被罢官,在山阴故里闲居近五年之后,四十六岁时去夔州(今重庆市奉节县)任通判之职。他沿江西上,流连风物,伤离念乱,在湖北境内写了四十余首诗章。根据他的《入蜀记》记载,他重阳节挂帆江行三十里,泊于石首县境江边大山的塔子矶旁,从江边人家求得数枝菊花,并作了一首题为《重阳》的诗:"照江丹叶一林霜,折得黄花更断肠。商略此时须痛饮,细腰宫畔过重阳。"陆游十九岁和唐婉燕尔新婚,曾采菊花为枕,并作传诵一时的《菊花诗》。而此地离江陵不远,江陵是他被迫离异的爱妻唐婉的故乡。陆游写到菊花的诗,常与唐婉有关,这一"断肠"之诗也是如此吧?

　　杰出的人物不仅有儿女柔情,也有英雄气概,在重阳节明月朗照的晚上,陆游还写了一首七律《塔子矶》:

塔子矶前艇子横，一窗秋月为谁明？

青山不减年年恨，白发无端日日生。

七泽苍茫非故国，《九歌》哀怨有遗声。

古来拨乱非无策，夜半潮平意未平！

开头两句点明题目和行踪，渲染了秋江月明的典型情境。山河破碎已然像风飘飞絮，何况是远去夔州等于"迁流"？ 在撩人愁思的月夜里，诗人怎禁得住百感交集？ 颔联一写青山，一写白发，本来，妩媚青山在太平时节更会惹人怜爱，何况陆游是一位热爱大自然的"衣上征尘杂酒痕，远游无处不销魂。此身合是诗人未？ 细雨骑驴入剑门"（《剑门道中遇微雨》）的诗人？ 可是，江北的大好河山早已沦于敌手，年复一年，朝廷当权者只图苟且偷安，而自己收复失地的雄图仍然无法实现，这怎么不令人悲愤填膺！ 这里的"恨"是正写，既有对敌人的痛恨，也有对卖国朝廷的怨恨。然而，诗人对此不直接说出，而托之以拟人化的青山，形象生动而含意蕴藉。陆游曾说："一寸丹心空许国，满头白发却缘诗。"（《独坐闲咏》）这里的"无端"是正言反说，说无端正是有因，从上句的"恨"字就可见端倪，只是需要人们去玩味寻索罢了。在写这首诗之后，陆游船过江陵地界，江陵即"郢"，春秋战国时是楚国的都城，诗人触景生情，曾仿屈原诗的题目作《哀郢二首》，其中就有"《离骚》未尽灵均恨，志士千秋泪满裳"，以及"淋漓痛饮长亭暮，慷慨悲歌白发新"之句，都提到了"恨"与"白发"。在《塔子矶》一诗中，"青山"与"白发"相照，"年年"与"日日"相对，形象警动而兴寄遥深。

　　在颔联中，诗人的情思进一步生发开去，飞翔在广阔的空间和长远的历史里。古传楚有七泽，汉代的文人司马相如曾说七泽只见其一，即云梦泽。在古代，楚国的国土北抵黄河南岸，东到东海之滨，西据今日四川、贵州的一部分，南有今日的广东、广西，地域广大，国势强盛，当年颇有一统天下之势。然而时过境迁,当陆游舟临古来是楚国中心的湖北,抚今追昔,不禁发出江山依旧而国事日非的叹息。"欲就骚人乞弃遗"(《巴东遇小雨》),陆游的诗中,本来就有屈原赋的遗响,何况塔子矶还有屈原的遗迹? 此时此境,诗人联想到忠心爱国反受谤逐的屈原,当然就要引起强烈的共鸣了。陆游的诗友杨万里在《跋陆务观剑南诗稿二首》中说他"重寻子美行程旧,尽拾灵均怨句新",正是看到了这一点。

诗人吊古伤今,在尾联中写下了"夜半潮平意未平"的振起全篇而又言尽意不绝的结句。"夜半"照应开头的"一窗秋月",说明诗人痛思之久、感喟之深,"潮平"与"意未平"肯定句与否定句对举成文,相映成趣,诗人那永难平息的心潮,仿佛奔腾澎湃于字里行间! 梁启超《读陆放翁集》说:"辜负胸中十万兵,百无聊赖以诗鸣。谁怜爱国千行泪? 说到胡尘意不平!"正可看作这首诗的结句的注脚。与此同时所作的,除了上引的七绝《重阳》之外,还有一首五律《早寒》:"沔鄂犹残暑,荆巫已早寒。潦收滩正白,霜重叶初丹。节物元非恶,情怀自鲜欢。暮年更世事,唯有醉江干!"以上三诗作于一时,可以互相对读。

陆游擅长七律。清初名诗人王士禛论宋代的七律,只推许陆游一人;沈德潜《说诗晬语》说他"七言律对仗工整,使事熨贴,当时无与比埒";舒位《瓶水斋诗话》更认为他"专工此体而集其成"。这首诗也是如此,对仗工稳,意象浑融,诗律入微,音调铿锵,严整之美与流动之趣兼而有之。这里,仅从时间与空间的角度对这首诗的构思再略加分析。塔子矶头的扁舟一叶,是全诗构思的"定点",全诗时空交错,但又各有侧重。一、二句写空间,出句景低而对句景高;三、四句写时间,出句景大而对句景小;五、六句时空交揉,出句景大而远,对句景小而近;七、八句虚实相生,呼应开头,收束全篇成为一个有机的艺术整体。由于诗人在时空上精心结撰,河山的辽阔,历史的回溯,现实的感喟,悲壮的情怀,就一齐包容在鲜明而雄浑的意象结构之中。全诗诗法精严,也呈现出沉郁而雄健的风格。作为一位大诗人，陆游的艺术风格是多样的，秀逸、雅健、空灵、深远、超妙、明丽、清新、圆润，等等，可以说无所不具，但雄健沉郁毕竟是他的诗之交响乐的主旋律。

陆游自称"六十年间万首诗"，至今存世的有九千三百余首。他的创作道路大概可分为早、中、晚三个阶段，初喜藻绘，中务宏大，晚归清丽。他的《次韵和杨伯子主簿见赠》一诗说："文章最忌百家衣，火龙黼黻世不知。谁能养气塞天地，吐出自足成虹霓。"由此可见，他沉雄悲壮的诗风，与他的生活和个人的品格气质是不可分的。他四十二岁以前的诗今天仅存百余首，如"江声不尽英雄恨，天地无私草木秋"（《黄州》），入蜀后近十年丰富豪壮的戎马生涯，使他写出了许多思想性和艺术性都很高的诗篇，成为《剑南诗稿》的最重要的组成部分。如果说，他入蜀后那些力作是一部宏大的交响曲，那么，《塔子矶》就可说是前奏中一个传扬到今天的悲壮乐句。

当代的旧体诗词歌咏陆游的，不知有些什么名篇胜构？长驻新疆边陲而扬名中原内地的诗人星汉，他的七绝《沈园》倒是令我过目不忘："燕语呢喃柳带长，沈园依旧满春光。游人慎唱《钗头凤》，莫使芳魂再断肠！"在新诗创作中，诗人丁芒的《致陆游》颇可一读，他赞美陆游的豪兴，歌吟陆游的柔情，也寄寓了自己的感慨。陆游已经听不到了，且让我们听他的歌唱："任你细雨骑驴去了剑门／在军中猎虎，醉后狂歌／笔走龙蛇落在蛮笺上／写你铁马秋风的豪兴／／你还是几度到沈园／寻觅伤心桥下惊鸿的倒影／壁上淋漓着你的泪渍／斜阳里颤抖着画角的余音／／你的悲哀是双重的／深深地坠着那一万首诗章／愤慨更染红了／我那暮雨，我那斜阳！"

多样统一

——陆游《临江仙·离果州作》

在中国古代的诗穹,陆游,是一颗光华四射的星斗。

在诗歌史上凡是可称为"大家"的诗人,他们的作品必然都具有多样而统一的特征。这一特征表现在题材、形式和风格上,就是他们的作品既鸣奏着时代生活的主旋律,又表现了生活的众多侧面而有动人的变奏;既以出色地驾驭一两种形式见长,又能得心应手地驱遣其他形式;既具有鲜明突出的与众不同的艺术个性与主导风格,又呈现出多种多样不断发展变化的风姿。我国的诗歌开山祖屈原,虽然在他之前还没有足够的典范之作以资借鉴,但他却以旷世的天才,以题材、形式和风格有许多不同的《离骚》、《九章》和《九歌》,奠定了他不可摇撼的大诗人的地位。在屈原之后,可以和屈原作忘年之交而且并肩而立的,当然是李白和杜甫。这两位大诗人的作品,同样具有多样而统一的特征。如果要"公投"中国诗史上三位最伟大的诗人,他们和屈原必然各居一席,连白居易也要逊让三分。

陆游,在诗史上地位虽然不及屈原、李白和杜甫,但他在诗国中足迹所到之处,有些却也是他的先行者所未曾到过的。如果古典诗人们排列成一支行进的大军,屈原、李白、杜甫是走在队伍最前面的旗手和护旗手,那么,陆游就是行进在前列的诗人之一。他以一般诗人难以企及的广度和深度,以多样而统一的艺术,表现了他所处的时代生活以及自己独特的艺术创造。他的诗是这样，他的词现存一百四十五首，整体成就虽不如诗，但也具有如上所述的特色。和他时代相近的刘克庄在《后村先生大全集·诗话续集》中说："放翁长短句……其激昂感慨者，稼轩不能过；飘逸高妙者，与陈简斋、朱希真相颉颃；流丽绵密者，欲出晏叔原、贺方回之上。"明代的杨慎也有类似的看法，他认为陆游的词"纤丽处似淮海（秦观——引者注），雄慨处似东坡（苏轼——引者注）。其感旧《鹊桥仙》一首'华灯纵博，雕鞍驰射，谁记当年豪举？酒徒一半取封侯，独去作江边渔父。　　轻舟八尺，低篷三扇，占断蘋洲烟雨。镜湖原自属闲人，又何必官家赐与！'英气可掬，流落亦可惜矣！其'坠鞭京洛'，'解珮潇湘'，'欲归时，司空笑问；渐近处，丞相嗔狂'，真不减少游"（《词品》）。陆游的词风确实是多样化的。如果说，《夜游宫·记梦寄师伯浑》的"铁骑无声望似水，想关河，雁门西，青海际"，《诉衷情》的"胡未灭，鬓先秋，泪空流。此生谁料，心在天山，身老沧洲"，是豪情喷涌、怒澜飞空之作，那么，《临江仙·离果州作》就另具一番风情，有如晚雾中的秋花，或黄昏时的落霞。

乾道八年（1172），陆游时年四十八岁。他在任夔州（今重庆市奉节县）通判已满三年之后，接受了主持西北军民事务之四川宣抚使、主战派的重要人物王炎的聘请，前往抗战前线的南郑（今陕西省西南部，汉中之东），从此揭开了他诗歌创作最辉煌的篇章。

果州在宋代又称为南充郡，即今之四川省南充市。"记得晴明果州路，半天高柳小青楼。"（《柳林酒家小楼》）陆游去南郑，正月从夔州启行，取道万州、广安、岳池，途中在果州稍事逗留。史载陆游因婚姻不幸，国事蜩螗，加之文人习气，也曾有冶游之举。《临江仙·离果州作》，也许是他未能免俗的冶游之篇：

　　　　鸠雨催成新绿，燕泥收尽残红。春光还与美人同。论心空眷眷，
　　分袂却匆匆。　　　只道真情易写，那知怨句难工。水流云散各西东。

半廊花院月，一帽柳桥风。

这首词，意象空灵，含蓄蕴藉，义有多解，达到了活色生香、令人玩味不尽的境界，在他的诗词中是别具一格的佳品。

《临江仙》上下阕可各分为三个句组。上阕的第一句组是两句六言，"鸠雨催成新绿，燕泥收尽残红"，对仗工整，设色鲜明，以"鸠雨"与"燕泥"相对，似是以双禽起兴写春日风情而及于情爱，加之"新绿"与"残红"在色彩上构成强烈的映照，就更加浓重地渲染了春日的旖旎风光。第二句组"春光还与美人同"是比喻而兼过渡，它把春光和美人合二为一，把实写与寓意交融在一起。在这里，主要是写如美人一般的春光，还是写如春光一般的美人呢？抑或是春光与美人兼写呢？"美人"在古典诗文中是有多种含意的，陆游这首词究竟纯然是写景色还是兼写友情或爱情？似乎很难坐实。朦朦胧胧，若有若无，诗人并不挑明道破，这大约就是前人所说的"离即之间"——也就是不即不离之间，所以才"难知亦难言"吧？不过，有些优秀的诗词作品，其特点和优点之一就是由于内涵的丰富和不十分确定，因而才具有解释的多样性与丰富性。它有些朦胧，但绝不晦涩；它尊尚暗示，然而却可以使人获得多种但仍然合理的解释。例如李商隐的某些作品就是如此。陆游这首词的第三句组，又是一联工整而耐人寻索的对句："论心空眷眷，分袂却匆匆。"前面已经有"燕泥收尽残红"的暗示，好景不长，伊人已去，加之分手的时候是如此匆促，对春色，对美人，诗人当空怀着一腔多么深沉的眷恋之情啊！这里，诗人"分袂"的对象即使只是果州美好的春日风物，这种拟人的移情描写，也已经是很高明而动人的了。"眷眷"与"匆匆"两句中分用叠词，而且彼此在一定的位置上相对，声由情出，情在声中，有如音乐中的和声，不仅增强了词的珠圆玉润之美，而且也加强了以声传情、声情相切的效果。"落花人独立，微雨燕双飞"，词人晏殊之子晏几道《临江仙》中的这两句是用五代翁宏的诗句入词,成为一联脍炙人口的词中对仗名句,陆游这首词中的对句与之相较,并无逊色。

"只道真情易写,那知怨句难工",下阕的第一句组仍然是对偶句,不过因为是活泼而不板滞的流水对,加之以"只道"、"那知"的虚字斡旋其间,就平添了一番流水行云的美感,曲曲传出诗人的深而且婉的惆怅之情。第二句组的"水流云散各西东",再次照应上阕中的"分袂却匆匆",而且对没有来得及点染的分袂时的情态,补充以水流云散的形象描绘,更觉情景接人,意象凄婉。"半廊花院月,一帽柳桥风",第三句组仍然是一联精彩的对句,上句着重写月,下句着重写风,又分别以"半廊花院"、"一帽柳桥"的环境来渲染和烘托,点染"分袂"的地点与时间,意象华美轻倩,令人思之不尽。古典词论家说过,《临江仙》这种词体,对句两两作结,句法更见挺拔,如清代刘体仁《七颂堂词绎》就认为"词中对句正是难处"。而人称"古人好对偶被放翁用尽"(刘克庄语)的陆游,不仅在杜甫、李商隐的七律之后,于讲究对偶的律诗创作上别开天地,是继前贤之后的律诗大家,具体到这首词对偶的运用,也变化多方,极尽其妙,充分显示了他多样化的诗才。

法国现代诗人瓦雷里说:"我的诗,甘愿让一个读者读一千遍,而不愿让一千个读者只读一遍。"陆游这首词,当然远不止一千个读者,但却具有让所有的读者读一千遍的耐人寻味的艺术魅力。他的《临江仙·离果州作》是这样,他的传唱千载的《钗头凤》更是如此。他还有一首不太为人所熟知的《蝶恋花·离小益作》:"陌上箫声寒食近。雨过园林,花气浮芳润。千里斜阳钟欲暝,凭高望断南楼信。　海角无涯行略尽。三十年间,无处无遗恨。天若有情终欲问,忍教霜点相思鬓。"词中的"小益",为四川利州益昌郡,即今日之广元市。此词亦为去南郑途中所作,漂泊天涯而怀人念远,内涵隽永而无法确指,与《临江仙·离果州作》可称姊妹之篇。

在当代词坛,我的学生、词人蔡世平异军突起,他清新独到的新词,也赢得了众多不同层面的读者的喜爱。他有许多慨当以慷的壮士词,如《水调歌头·黄河》:"兰州何所忆?最忆是黄河。遥望皋兰山下,一带似绫罗。谁锻千钧铜板,叠叠层层直下,雄唱大流歌。黄土高原血,红入海潮波。　三十载,情未老,任蹉跎。幸得黄河铸造,意志未消磨。脚踏山川大地,事做平凡细小,有梦不南柯。人在沧桑里,苦乐又如何!"在壮声英概的同时,他也有不少清丽沁人的小夜曲,如他的小词《梦江南·明月黄昏》:"天心里,心果是心栽。柳上黄昏莺啄去,堂前明月夜衔来。照见玉荷开。"如《江亭怨·红》:"昨夜一枝含笑,无奈秋虫啼恼。消息不成眠,惹得闲愁多少。　心事谁来照料?案几紫薇娇小。千里碧云深,总被潇湘红了。"两词均轻倩可喜,含蓄可思,其中"柳上"与"堂前"两句对仗精工,动词"啄"与"衔"尤见其妙,从中可见他远绍了宋词的一脉余绪,也传扬了陆游上述词作的一脉心香。

　　多样统一,既是可以称为"大家"的诗人的创作之必具标志,也是美的一个重要法则。从美的法则而言,只有多样而无统一,往往显得驳杂零乱;只有统一而无多样,则往往显得单调呆板。古希腊哲人赫拉克利特早就指出:"互相排斥的东西结合在一起,不同的音调才能造成最美的和谐。"(《古希腊罗马哲学》,商务印书馆,1961 年)近代诗人苏曼殊,1912 年从爪哇给柳亚子的信中引有清初诗人查容《送武曾之宣府》一诗中的诗句:"壮士横刀看草檄,美人挟瑟请题诗。"在一首诗中,如果既有"壮士横刀"的阳刚,也有"美人挟瑟"的阴柔,美的形态可能会更多样更丰富,一位志存高远的诗人的整体创作,不是更该如此吗?

豪放

——辛弃疾《沁园春·灵山齐庵赋,时筑偃湖未成》

　　风格豪放的作品,是诗词中的"伟丈夫"。

　　风格,是作品在内容和形式的统一体中所显示的基本特征,是一个作家的艺术个性在作品中的集中体现,也是一个作家的创作臻于成熟的重要标志。唐代司空图著《二十四诗品》,以诗的语言形象地描述了诗歌的二十四种风格。"天风浪浪,海山苍苍。真力弥满,万象在旁",他以天风海山的形象,比况那种豪情激荡、气象雄浑的"豪放"诗风。辛弃疾,这位南宋诗坛的主将,在整个古典词史上也是一颗闪亮的巨星。他发展了苏东坡的豪放派词风,内容上更加开拓了题材的疆土,艺术上也有许多新的创造。刘克庄在《辛稼轩集序》中说:"公所作大声镗鞳,小声铿鍧,横绝六合,扫空万古,自有苍生所未见。"下语虽然不免略有夸张,但确实是对辛弃疾的词风作了一个绝妙的写照。与辛弃疾同时的陈亮、刘过,稍后的刘克庄等人,都集合在他的词的旗帜之下,以后的文天祥、刘辰翁、元好问以及明清的一些词家,都不同程度地继承了他的流风余韵。

　　辛弃疾二十一岁在北方参加以耿京为首的起义队伍后的戎马生涯,南渡后因坚持抗金主张而屡遭打击的坎坷遭遇,报国无门的悲壮情怀,乱离时代的风风雨雨,都凝铸在他的六百二十多首词章中,其词也因而呈现出豪放沉雄的主导风格。由于庸君佞臣的打击和排挤,从淳熙八年

(1181)起,四十二岁的辛弃疾投闲置散于江西信州(今上饶市)将近二十年之久。他在上饶北城外修筑"带湖新居",后来又在铅山县东北期思渡之旁修建"瓢泉别墅",其间写了将近三百五十首词。《沁园春·灵山齐庵赋,时筑偃湖未成》,就是其中之一,诗人时年五十七岁左右。全词是:

> 叠嶂西驰,万马回旋,众山欲东。正惊湍直下,跳珠倒溅;小桥横截,缺月初弓。老合投闲,天教多事,检校长身十万松。吾庐小,在龙蛇影外,风雨声中。　　争先见面重重,看爽气朝来三数峰。似谢家子弟,衣冠磊落;相如庭户,车骑雍容。我觉其间,雄深雅健,如对文章太史公。新堤路,问偃湖何日,烟水濛濛?

灵山,即镇山,在今江西上饶城北七十里,方圆一百余里,高一千余丈,山势巍峨,其上多松。辛弃疾《归朝欢》一词的小序开始,就曾说"灵山齐庵菖蒲港,皆长松茂林"。上面这首词,虽然是诗人老去之作,却仍然英气逼人,充分地显示了诗人作品的豪放风格。

词的上阕开始三句,运用的完全是化美为媚、以动写静的艺术手段,总写灵山的壮观,跃动如生,大气包举,不仅表现了山的雄奇之神,也抒发了诗人对自然美的独特审美感受,洋溢着一种运动之美和崇高之美。"正惊湍直下,跳珠倒溅。"在妙笔写水之后,诗人以反讽的笔调说,年华老去,本应闲居,但却"天教多事",来查核、察看十万长松。(辛弃疾《清平乐》词题:"检校山园,书所见。")这一石数鸟之笔,既有壮志难酬的自嘲,也有对投降误国的南宋统治集团的他嘲,同时又以长松高树表现了灵山景物的特征,进一步加强了全诗豪放的气势。如此还嫌不足,诗人还说他庐屋虽小,但四周却有松林的龙蛇舞影,而澎湃的松涛则如骤雨烈风。词的上阕,依次点染了山、水、松三种景物,笔力遒劲,魄力开张,确非大手笔莫办。

下阕集中笔力写山,运用诗词比喻中的"博喻"(在西方,因莎士比亚形容同一事物而比喻层出不穷,故名之为"莎士比亚式比喻")。在诗人的审美感情的主观外射之中,山峰如晋代谢家子弟一样英俊特立,如司马相如的车骑般威仪大方,如太史公的文章那样雄奇而深远,秀逸而壮美。诗人在这里是驱遣典故,也是以典故为比喻,这种特殊的用典和比喻,与全词的豪放风格一致,也显示了诗人不凡的才力。因此,明代学者兼诗人杨慎在《词品》中才说:"且说松而及谢家、相如、太史公,自非脱落故常者,未易闯其堂奥。"

有人以为"豪放"就是音乐中的高音部、高调子,绘画中的粗线条、大写意,文章中的直述式、壮语录,这其实是一种片面的看法。如果一味粗豪放纵,就必然走向单调,就会流于浮嚣与直露。真正豪放的作品,必然注意或以沉郁,或以妩媚,或以清幽来调节,同时在笔法上又注意在矫健奔放之中力求变幻多姿,既突出主调而又不致流于单调。辛弃疾这首词就是如此,在开篇的惊雷骤电之后,忽然继之以"跳珠倒溅;小桥横截,缺月初弓"的细雨轻风;在"老合投闲"及"吾庐小"的提顿之后,又继之以"检校长身十万松"与"在龙蛇影外,风雨声中"的力度很强的豪句。下阕写群松叠嶂,虽然仍重在阔大雄健的气势,但比喻和笔致也仍然变幻不穷,真所谓"雄深雅健"——韩愈赞美柳宗元之文"雄深雅健,似司马子长(司马迁——引者注)",明人卓人月、徐士俊《古今词统》:"'雄深雅健'四字,幼安可以自赠。"近人王易在《词曲史》中说得更好:"其为词激昂排宕,不可一世;而潇洒隽逸,旖旎风光,亦各极其能事。东坡有其胸襟,无其才气;清真有其情韵,无其风骨。效者或得其粗豪,而遗其精密;步其挥洒,而忘其胎息焉。"

清代王鹏运曾有诗说:"晓风残月可人怜,婀娜新词竞管弦。何似三郎催羯鼓,凤醒余秽一时捐。"(《校勘稼轩词后题句》)这种对辛词的评价,当然颇有见地。但是,就风格而言,我们可以提倡某种风格,却不可扬此

　　而抑彼,将不同的艺术风格区分等第高下;同时,一个杰出的可以称为大家的诗人,他的成就必然是多方面的,即以风格而论,他除了主导风格之外,还必然有其他风格之作。豪放,是辛词的主导风格,但他也有不少悱恻缠绵、清新明丽或幽默谐趣的作品,如:"唱彻阳关泪未干,功名余事且加餐。浮天水送无穷树,带雨云埋一半山。"(《鹧鸪天·送人》)如:"几个轻鸥,来点破、一泓澄绿。更何处、一双鸂鶒,故来争浴。"(《满江红·山居即事》)如:"杯,汝前来! 老子今朝,点检形骸。甚长年抱渴,咽如焦釜;于今喜睡,气似奔雷。汝说'刘伶,古今达者,醉后何妨死便埋'。浑如此,叹汝于知己,真少恩哉!"(《沁园春·将止酒,戒酒杯使勿近》),等等。这样,辛弃疾的词才不是一支铜号的独奏——尽管铜号的音调是高昂的,而是一部恢宏壮丽的交响曲。

　　真力弥满的豪放诗风,具有美学上所说的"崇高"、"壮美"的特征与效果,具有激励人心的能量,所以它不但为读者所欢迎,也为一些作者所钟爱。当代诗人星汉生于齐鲁大地,幼年即去新疆,其诗词可称当代旧体诗创作中的"新边塞诗",虽然他也有一些抒写逸兴柔情的婉约之作,但主导风格确是豪放沉雄。如《博斯腾湖垂钓》:"西母回眸处,清波万古留。白云来眼底,绿苇荡肩头。野阔雁声淡,山遥雪色柔。长竿收落日,诗句满鱼钩。"如《夜雨宿西天山白石峰下》:"云囊收去满天星,尽把粗豪放胆行。莫与牛羊同入梦,但知天地可通情。三间板屋依崖壁,一夜松涛伴雨声。料得明朝溪涧水,出山又作不平鸣。"如《尉犁老胡杨树》:"老去金风一梦长,蓝天黄叶染秋凉。熬成遍体胡杨泪,犹向行人说大唐。"都是壮声英概可以使人豪气陡生之作。

婉约

——姜夔《念奴娇》

风格，是个性的表现。"风格即人"，这是法国18世纪著名评论家布封《风格论》中的名句。如果说，"满天梅雨是苏州"（王仲甫《留京师思归》）、"流将春梦过杭州"（倪瓒《吴中》，一作《苏台怀古》）、"二分无赖是扬州"（徐凝《忆扬州》）、"黄云画角见并州"（司空曙《送卢彻之太原谒马尚书》）、"澹烟乔木隔绵州"（罗隐《魏城逢故人》，一作《绵谷回寄蔡氏昆仲》）这些诗句，分别表现了不同地域的风物特征，显示了它们各不相同的风采，如清人王士禛在《池北偶谈》中引用它们时所说的"诗地相肖"，那么，是否具有鲜明的艺术个性与风格，就更是一个作家成熟与否的标志。

在我国古典诗歌史上，宋代的词坛虽然异彩纷呈，但大略可分为豪放派和婉约派。这一说法，起于明代张綖（字世文），他在《诗余图谱》中首倡词体之"婉约"与"豪放"之论，并另有与此大同小异的说法："词体大略有二，一'婉约'，一'豪放'，盖词情蕴藉，气象恢宏之谓也。然亦存乎其人，如少游多婉约，东坡多豪放。"（见张刻《淮海集》）婉约派词风的特征是"词情蕴藉"，这只是就大体而言，具体到每一个婉约派的词家，他们的风格又因人而异，并非千人一面。例如同属北宋婉约派的阵营，秦观则主情致，周邦彦则善铺叙；同是南宋婉约派的大家，蒋捷偏于纤巧，吴文英流于典丽，而比辛弃疾小十五岁的姜夔，其风姿清空典雅，因此又有人称姜夔为风雅词派的领袖。如他的《念奴娇》：

> 余客武陵，湖北宪治在焉。古城野水，乔木参天，余与二三友日荡舟其间，薄荷花而饮，意象幽闲，不类人境。秋水且涸，荷叶出地寻丈，因列坐其下，上不见日，清风徐来，绿云自动。间于疏处窥见游人画船，亦一乐也。揭来吴兴，数得相羊荷花中。又夜泛西湖，光景奇绝，故以此句写之。

> 闹红一舸，记来时，尝与鸳鸯为侣。三十六陂人未到，水佩风裳无数。翠叶吹凉，玉容消酒，更洒菰蒲雨。嫣然摇动，冷香飞上诗句。 日暮。青盖亭亭，情人不见，争忍凌波去？只恐舞衣寒易落，愁入西风南浦。高柳垂阴，老鱼吹浪，留我花间住。田田多少，几回沙际归路。

姜夔（约1155—约1221），字尧章，号白石道人，江西鄱阳人，终身不仕。他是一个多才多艺的艺术家，精通书法和音乐，杨万里曾称他的诗有"裁云缝雾之妙思，敲金戛玉之奇声"。他以词名世，现存词八十七首，名为《白石道人歌曲》。淳熙十三年（1186），姜夔大约三十岁时在长沙识诗人萧德藻，萧为湖北参议时，官署在武陵（今湖南省常德市），姜夔和他过从甚密，德藻以侄女妻之。数年后姜夔客居湖州和杭州，回想武陵之游，写下了上述这首词。姜白石的词多有小序，文笔优美，有人称之为小品文的典范。这首词之序风致妍然，词本身更是典雅清空，风神婉约。

此词在开篇概写泛舟来赏荷花之后，以"水佩风裳无数"写荷花盛开的情景，以"翠叶吹凉"三句状荷花的姿容，更以"嫣然摇动，冷香飞上诗句"描摹荷花的神韵。"卧看花梢摇动、一枝枝"（《虞美人》），本是姜夔的秀句，此处的"嫣然摇动"，似觉更为风神摇曳，加之以"冷香飞上诗句"的由此及彼的妙想，更令人感到意象清超，格调高远。北宋周邦彦咏荷花，有道是"叶上初阳干宿雨。水面清圆，——风荷举"（《苏幕遮》），王国维《人间词话》赞为"真能得荷之神理者"。除了周邦彦笔下的那几朵，宋词中最美的荷花就要数姜夔笔下所生之花了，近人俞陛云喻为"如仙人行空，足不履地"（《唐五代两宋词选释》）。"日暮。青盖亭亭，情人不见，争忍凌波去？"是咏花，还是咏人？诗人通过艺术联想的飞翔，将花与人融为一体，创造出一种风神绰约而韵远情深的意境。"只恐"以下五句，由眼前的盛景想到秋来的摇落，以高柳、老鱼殷勤留客的拟人化描写，表达了对美好风物的珍惜和留恋。结尾的"田田多少"，其血缘关系是汉乐府《江南》的"江南可采莲，莲叶何田田，"以之照应开篇的"三十六陂人未到"，全词因此而构成一个天球不琢的艺术整体，也进一步显示出那种"野云孤飞，去留无迹"（张炎《词源》）的高远清华的风格。

风格的形成，有时代、文学传统和个人的诸多复杂因素。毋庸讳言，在反映生活的深度和广度方面，姜词远不及苏辛词。但是，姑且不论姜词中也有一些反映了战乱时代百姓的生活和情感的篇章，如"自胡马窥江去后，废池乔木，犹厌言兵。渐黄昏、清角吹寒，都在空城"（《扬州慢》），如"中原生聚，神京耆老，南望长淮金鼓。问当时、依依种柳，至今在否"（《永遇乐·次稼轩北固楼词韵》），即使仅从风格的多样化的角度来看，作为词坛上一个颇有影响的重要流派的代表，姜夔词也值得我们重视。

辛弃疾比姜夔年长，词风大不相同，但据南宋词人周密《齐东野语》记载，辛弃疾也"深服其长短句"。作为词坛大家、豪放派主将的辛弃疾，他不"以宫笑角，以白诋青"，持有碍于艺术发展与繁荣的门户之见；他也不去贬低他人的与自己差别很大的艺术风格，反而表示应有的尊重。这至少显示了一种恢宏的胸襟与阔大的艺术气度，非梁山泊上的白衣秀士王伦可比，而姜夔对风格不同门派各异的辛弃疾，也是礼敬有加，我以为此中讯息，值得深思。

阴柔之美

——姜夔《翠楼吟》

萌芽于隋唐之际的词,经过唐朝近三百年的开疆扩土,到宋代便已天高地广,蔚为大观。关于宋词的艺术风格,大略可分为"豪放"和"婉约"两派。就诗美的形态来说,豪放近于阳刚之美,如同"骏马秋风冀北",婉约近于阴柔之美,有似"杏花春雨江南"。在南宋词坛,辛弃疾是发展了苏东坡豪放词风的主将;而姜夔,则是继承了周邦彦余绪的婉约派的领袖。

姜夔是擅于写诗的词坛高手,又是精通音律的艺术家。他幼时随为宦的父亲流寓湖北汉阳一带,二十二岁以后的十年客游江淮湖湘。淳熙十三年(1186)秋,姜夔居停于汉阳府汉阳县其姊之家。冬日,武昌黄鹤山上新建安远楼,他和友人去参加落成典礼,自创新曲以记其盛。此曲就是具有阴柔之美的《翠楼吟》词:

> 月冷龙沙,尘清虎落,今年汉酺初赐。新翻胡部曲,听毡幕元戎歌吹。层楼高峙,看槛曲萦红,檐牙飞翠。人姝丽,粉香吹下,夜寒风细。　　此地宜有词仙,拥素云黄鹤,与君游戏。玉梯凝望久,叹芳草萋萋千里。天涯情味,仗酒祓清愁,花销英气。西山外,晚来还卷,一帘秋霁。

南朝梁刘勰早在《文心雕龙》中提出了"然文之有势,势有刚柔"的观点;"犹之惠风,荏苒在衣。阅音修篁,美曰载归",唐代司空图的《二十四诗品》也以不少篇幅描绘过阴柔之美;而清代姚鼐在《复鲁絜非书》中更是妙极形容:"其得于阴与柔之美者,则其文如升初日,如清风,如云,如霞,如烟,如幽林曲涧,如沦,如漾,如珠玉之辉,如鸿鹄之鸣而入寥廓。"而我以为,阴柔美,在内容与形式的对应中表现的是一种神韵的美,感情细腻低回,境界清新幽远,风格婉约含蓄,同时,与阳刚美的诗多用刚笔和阳刚性的词汇不同,阴柔美的诗多用柔笔及阴柔性的词汇。阳刚美的主要艺术效果是惊心动魄,令人鼓舞,催人奋发;阴柔美的主要艺术效果是赏心悦目,让人愉悦,启人遐思。

　　阴柔美的特征及其与阳刚美的区别,从姜夔的《翠楼吟》词可以看出。此词前有小序云:"淳熙丙午冬,武昌安远楼成,与刘去非诸友落之,度曲见志。予去武昌十年,故人有泊舟鹦鹉洲者,闻小姬歌此词,问之,颇能道其事。还吴,为予言之。兴怀昔游,且伤今之离索也。"姜夔这篇小序作于寓居越中的1196年,离此词的写作时间已有十年之久。"兴怀昔游,且伤今之离索也",序中这句话,可作为探求这首词的情境的线索。

　　《翠楼吟》是姜夔自制的十七个曲调之一。词的上阕,着重写景。"龙沙"泛指漠北塞外,"虎落"指护城之边防设施,"酺"本是一种祭祀,秦代禁止民众聚饮,有庆祝典礼时方才"赐酺","赐酺"在这里引申为饮酒作乐。前五句写宋金言和,北方疆域和本是攻守要地的武昌一带呈现一派和平景象。"胡部曲"本是唐时西域少数民族乐曲,这里指甚至南宋帅府里演奏的曲调,都是流行于北方的胡乐。从"层楼高峙"到"夜寒风细"六句,紧扣安远楼,正面铺写楼的高大壮丽和宴会上人们的歌舞升平——诗人为什么要这样落笔和点染?这种描写后面是否还有较深的寓意?清代的许昂霄似乎心领神会,他在《词综偶评》中说:"'月冷龙沙'五句,题前一层,即为题后铺叙,手法最高。"所谓题前为题后铺叙,就是说上阕所描绘的形象之中暗含讽谕之意,而且上阕的描写为下阕的抒情预作渲染和铺垫。试想,帅府歌吹的竟然是胡乐,国步艰危时安远楼上仍然在征歌选舞,词中的寓意究竟是什么,读者不是可以在言外得之吗? 同时,这首词虽然写的是高楼,但它使人产生的审美感情却仍然不是阳刚而是阴柔,这就是因为诗人的感情状态是委婉低回而不是激昂奋厉的,他的笔致也轻柔妩媚,楚楚动人,流漾的是一种幽婉的情调。

词的下阕,着重抒情。前三句提出一个问题:如此江山胜境,难道没有出色的人才? 中五句宕开一笔,颇饶顿挫之趣,正如《词综偶评》所说:"'玉梯凝望久'五句,凄婉悲壮,何减王粲登楼一赋。"登楼望远,满目凄凉,只得借酒与花来浇愁,来消磨英锐之气,这是何等悲哀! 我以为这首词凄婉与悲凉则兼而有之,壮则未必。词的落句,以景截情,化用王勃《滕王阁诗》中的"珠帘暮卷西山雨"之句,暗寓身世飘萍之感和时代式微之情,和全词一样,都是以力度轻柔、辞华秀润的阴柔性词汇组合成句,在柔情如水之中,令人感到有欲说还休的含蓄不尽之意。

清人陈廷焯《白雨斋词话》说:"(后半阕)一纵一操,笔如游龙,意味深厚,是白石最高之作。此词应有所刺,特不敢穿凿求之。"他感到姜夔这首词非止于流连风景而已,而是弦外有音,但他却又不愿去牵强附会,这固然表现了他审美欣赏的敏感与实事求是的态度,同时也说明了姜夔的词重意象的示现而不尚词旨的直露。我以为,这首词在艺术上描写细腻,风致妍然,情韵幽远,在内涵上至少可以说是俯仰世情,感怀家国。因此,它应该可以看作姜词中的上品。

姜夔词的思想内容,自然远不及同时代的岳飞、陆游、辛弃疾、陈亮、刘过、戴复古等英雄志士。如岳飞的《满江红·登黄鹤楼有感》:"遥望中原,荒烟外、许多城郭。想当年,花遮柳护,凤楼龙阁。万岁山前珠翠绕,蓬壶殿里笙歌作。到而今,铁骑满郊畿,风尘恶。   兵安在? 膏锋锷。民安在? 填沟壑。叹江山如故,千村寥落。何日请缨提锐旅,一鞭直渡清河洛。却归来，再续汉阳游，骑黄鹤。"国士襟怀，英雄气概，岂是姜夔所能望其项背？但姜夔也有伤离念乱的"自胡马窥江去后，废池乔木，犹厌言兵"的《扬州慢》，以及托古讽今的"却笑英雄无好手，一篙春水走曹瞒"的《满江红》等篇章。特别是在词的艺术上，他集婉约派之大成而有新的发展，成为南宋婉约派的宗师，于诗美学的阴柔美方面，做出了新的贡献。比他大十五岁而词风迥异的辛弃疾，甚至也"深服其长短句"，这一艺术现象，发人深省。诗，首先应该是诗，然后才是别的什么，或者说，诗首先应该是诗，而不是分行的散文，不是人云亦云、枯燥乏味的宣传与说教。恩格斯1847年曾评论歌德："我们绝不是从道德的、党派的观点来责备歌德，而只是从美学的、历史的观点来责备他。"（《诗歌和散文中的德国社会主义》，《马克思恩格斯全集》第四卷）此处的"责备"即评论之意，恩格斯提出了他的"美学的"与"历史的"文学批评标准，并将"美学"置之于前，这种对文学艺术本体与规律的充分理解与尊重，不是可以使今日的我们深长思之吗？

　　本文开篇即已说过，"婉约"近于"阴柔之美"，但阴柔也好，婉约也好，它是以合于真善美的规范的真情实感为基石的，而非远离现实纯粹个人化的无病而呻，或是关闭在象牙塔中纯私密化的自吟自唱，甚至如鲁迅在《古书与白话》中所言，将"肉麻当有趣"。大学时为我们讲授《红楼梦》的老师启功先生，后来所作《题伪婉约派词后一首》说得好："妄将婉约饰虚夸，句句风情字字花。可惜老夫今骨立，已无余肉为君麻。"

阳刚之美

——戴复古《水调歌头·题李季允侍郎鄂州吞云楼》

诗美是多种多样的。妩媚是美,有如月上柳梢;华丽是美,好像芙蓉丽日;淡远是美,恍若秋水远山;奇矫是美,如同鹰飞岳峙;婉约是美,好似曲涧幽泉,小桥流水;豪放是美,仿佛长江大河,海雨天风……在多种多样的诗美之中,婉约美与豪放美是两种主要的诗美,或者说是自然美与社会美的两种主要美学形态。

在西方的文艺批评史上,没有"阳刚"与"阴柔"这种用语,西方美学理论称前者为"雄伟"或"崇高",称后者为"秀美"或"优美"。公元3世纪雅典的朗吉努斯,主要从修辞学的角度论述过崇高。而首先将崇高与美作为一对审美范畴而详加论说的,是著有《崇高与美两种观念的根源》一书的18世纪英国美学家博克(又译柏克)。随后,德国的康德也曾撰文论优美感和崇高感,其《判断力批判》等著作,对此作了进一步的阐述。

在我国,南朝梁刘勰早在《文心雕龙》中就指出"刚柔以立本,变通以趋时"、"刚柔虽殊,必随时而适用",接触这一问题比西方早了许多年。后来唐人司空图的《二十四诗品》不仅对阳刚之美作了形象的描绘,"具备万物,横绝太空。荒荒油云,寥寥长风",而且将"雄浑"一品列于二十四种诗品的首位。明代的张綖,首倡宋词大略可分"豪放"与"婉约"两派。清代桐城派之集大成者姚鼐,在《复鲁絜非书》中也曾讨论过刚柔之美,他对得于阳刚之美的诗文,作了如下形象化的精彩描画:"如霆,如电,如长风之出谷,如崇山峻崖,如决大川,如奔骐骥。"具有阳刚之美的诗,发扬蹈厉,真力喷薄,的确有别的诗美所不能代替的强烈的鼓舞人心的力量。

南宋诗人戴复古的词《水调歌头·题李季允侍郎鄂州吞云楼》,就是一篇焕发着阳刚之美的作品:

> 轮奂半天上,胜概压南楼。筹边独坐,岂欲登览快双眸? 浪说胸吞云梦,直把气吞残虏,西北望神州。百载一机会,人事恨悠悠! 　骑黄鹤,赋鹦鹉,谩风流。岳王祠畔,杨柳烟锁古今愁。整顿乾坤手段,指授英雄方略,雅志若为酬? 杯酒不在手,双鬓恐惊秋!

戴复古(1167—约 1248),字式之,号石屏,天台黄岩(今属浙江省台州市)人。他仕途不通,一生落拓,是南宋中叶以后江湖诗派的代表人物,诗词均擅,今存《石屏集》、《石屏词》。他的词作虽然不多,只有四十余首,风格却豪迈奔放,继承了他的老师陆游的流风余韵,与苏轼、辛弃疾相近。如他的名作《满江红·赤壁怀古》:"赤壁矶头,一番过、一番怀古。想当时,周郎年少,气吞区宇。万骑临江貔虎噪,千艘列炬鱼龙怒。卷长波、一鼓困曹瞒,今如许? 　江上渡,江边路,形胜地,兴亡处。览遗踪,胜读史书言语。几度东风吹世换,千年往事随潮去。问道傍、杨柳为谁春,摇金缕。"气象雄张,感慨深沉,难怪《四库全书提要》要称赞它"豪情壮采"。即使是一般的写景抒情之作,词风豪放的他,也很少儿女之态而风神俊爽,如《柳梢青·岳阳楼》:"袖剑飞吟,洞庭青草,秋水深深。万顷波光,岳阳楼上,一快披襟。 　不须携酒登临,问有酒、何人共斟? 变尽人间,君山一点,自古如今!"此词,置诸咏岳阳楼诗词之众香国里,也仍然可称一枝别秀。

　　宋宁宗嘉定十四年(1221)，南宋军队在黄州(今湖北省黄冈市)与蕲州(今湖北省黄冈市蕲春县)一再击败入侵的金兵，民心振奋，一度造成了"百载一机会"的有利形势。在这一年，李季允出任沿江制置副使，即边防军事副长官，掌管边防军务，兼鄂州(今湖北省武汉市武昌区)知府。他修建了目的在于浏览风光并指授戎机的吞云楼，戴复古来到武昌之后，登高楼而览胜，写下了这首与名楼媲美的辞章。

　　诗文的阳刚之美的形成，主观上是由于作者所抒发的情感是雄浑的而不是柔弱的，客观上是由于作者所表现的题材是壮阔的而不是纤细的，同时，它还和与内容相适应的艺术表现手段以及语词的色彩有关。正如同浩浩汤汤的江流，必须有阔大的河床容纳一样，不同的词调有不同的特点，《水调歌头》共九十五字，是词中的长调，最适宜于描状登临，抒发豪情。戴复古这首词采用了这一词牌，在章法上大开大阖，相摩相荡，从而形成了全词波澜起伏、气势磅礴的特色。

　　起句两句五言就笔力劲健，气势开张。"轮奂"赞美楼的华丽，"半天上"极言楼的高大。在正面称美楼的华丽高大，并从侧面以东晋庾亮建筑在武昌黄鹤山上的南楼烘托之后，又以"筹边独坐"为一篇之纲领，以"岂欲"的问句一笔宕开。汉代司马相如《子虚赋》说，齐国乌有先生对楚国使者夸说齐地辽阔："吞若云梦者八九，于其胸中曾不芥蒂。"戴复古化用故典，点明词题中之"吞云楼"之楼名由来，并直面今日之现实。"西北"和"百载"，概括了广阔的空间与长远的时间，一个"恨"字，暗寓朝廷与权臣的妥协投降，殃民祸国，既婉而多讽，又从中寄托了诗人自己的"一片忧国丹心"(《大江西上曲》)。上阕从整体来说，已经是纵横捭阖的了，其中的"浪说"、"直把"的衬字运用，不仅贯通古今，而且更使词章开合有势，顿挫生情。

　　下阕从往事的回顾一笔兜回到眼前，切定武汉事迹挥写。崔颢的诗，祢衡的赋，使名山胜水生色，但现在并非流连风景之时，君不见岳王祠边的杨柳,在烟笼雾罩之中还深锁着古今同慨的忧愁吗? 此处的"愁"和上阕结句的"恨",远承近接,一脉贯穿。"整顿乾坤手段,指授英雄方略",诗人由眼前景物生发议论,在豪气逼人的对偶句之后又继之以问句,合中有开,开中有合,笔势矫健,发人深省。结句推开一笔,"杯酒不在手"喻手无权力,"双鬓恐惊秋"喻年华老去,有人解释为"没有酒浇愁,鬓发怕会被秋风吹白了",是不确切的。这两句,诗人写自己纵有整军经武、励精图治的报国雄心,位卑未敢忘忧国,但毕竟人微言轻,没有权力社会中最关键的权力,一切美好的愿望恐怕也只能付之流水。如此结束,才可谓手挥五弦,目送飞鸿,言在此而意在彼,既照应开头,又感喟深沉,有余不尽,读来令人荡气回肠,又为之扼腕叹息!

　　除了笔势纵横驰骋、开合有致之外,阳刚之美的形成还得力于阳刚性的词汇。所谓阳刚性词汇,就是那种辞采豪壮、力度很强的词汇。戴复古这首词中的"胸吞云梦"、"气吞残虏"等,字字雄健有力,语语慨当以慷。"层楼高峙,看槛曲萦红,檐牙飞翠。人姝丽,粉香吹下,夜寒风细。"这是婉约派词人姜夔《翠楼吟》中写武昌南楼之句,虽然写的也是高楼,但却另是一番韵味,在词语运用上和豪放派词人也迥异其趣。

　　"骏马秋风冀北,杏花春雨江南。"朱光潜《文艺心理学》曾集古典诗词名句,分别比况阳刚之美与阴柔之美。最擅画马的大画家徐悲鸿手书的一副对联,写作"白马秋风塞上,杏花春雨江南"。是的,阳刚美在内容与形式的相对应中表现为一种力量的美,感情奔放昂扬,气魄刚健雄浑,境界阔大高远;在艺术风格上呈现出壮美的风姿;在艺术效果上主要不是赏心悦目,旷性怡情,而是惊心动魄,令人鼓舞,催人奋发。我们这个时代是除旧布新、继往开来的时代,也是钱潮动地、欲浪拍空的时代,光明与黑暗同在,希望与失望并存,让我们摒弃诗歌中粉饰现实的"假、大、空"和象牙塔中的"假、小、空"而顶礼真正的阳刚之美,让我们在艰难时世中听到更多的激扬奋厉的秋风骏马之声吧! 让我们在慨当以慷地吟诵戴复古的壮词的同时,也重温他不无自我调侃却风骨铮铮的《望江南》:"石屏老,家住海东云。本是寻常田舍子,如何呼唤作诗人? 无益费精神。　　千首富,不救一生贫。贾岛形模元自瘦,杜陵言语不妨村(宋人刘攽《贡父诗话》记载说,杜甫本为'诗圣',但一味追求辞藻堆砌典故模拟前人粉饰现实的西昆体代表人物杨亿,却贬其为'村夫子'——引者注)。谁解学西昆?"

刚柔并济

——秋瑾《赤壁怀古》

浙江山阴(今绍兴市),在中国历史上是一座地灵人杰的名城,也是秋瑾的祖籍所在地。这里,曾经养育过许多杰出的人物,发生过许多可歌可泣的故事。民主革命志士、女诗人秋瑾就是其中名标青史的一位,如同夜空中灿烂的星斗。

秋瑾(1877—1907),原名秋闺瑾,字璇卿,号旦吾,留学日本时改名瑾,易字竞雄,自称"鉴湖女侠",1907 年 7 月 15 日晨就义于绍兴的古轩亭口。她在新的思想思潮和文化思潮的影响下,先后参加"光复会"、"同盟会",创办《中国女报》,主持培养进步学生的大通学堂,和徐锡麟一起筹组光复军准备武昌起义。同时,她在短促的生涯里,还给我们留下了一百多首诗和数十首词,不仅在中国近代革命史上,而且在中国文学史上写下了光辉的一页。

她的诗词,以 1904 年去日本留学时为界,可分为前后两个时期。前期的作品,虽然也表现了她高洁的情操和对光明的向往,但内容还比较单薄,离愁别恨、春兰秋菊是她笔下的主要题材,而婉约幽远则是这一时期的主导风格。后期的诗词,多抒写忧国忧民的崇高怀抱,感时伤世的爱国襟怀,风格也一变为雄豪高迈。这一点,我以为中国诗史上任何一位女诗人都无法和她媲美。但是,侠骨柔肠,秋瑾毕竟是一位"晴明天气吟诗地,畅好蛾眉作隐居"(《杂兴》)的女诗人,又毕竟是一位"漆室空怀忧国恨,难将巾帼易兜鍪"(《杞人忧》)的爱国歌手,由她的豪迈侠义的性格与她挽救国家民族的危亡的革命生涯所决定,她的作品以阳刚见胜,但仍兼有阴柔之美与阳刚之美这两种美的形态。"吾侪得此添生色,始信英雄亦有雌。"(《题芝龛记》)"诗思一帆海空阔,梦魂三岛月玲珑。"(《日人石井君索和即用原韵》)她的诗风,正可用她自己的诗句来印证。

　　《赤壁怀古》一诗,是秋瑾 1903 年春末由湖南湘潭进京途经湖北蒲圻赤壁时写成的。这是三国时赤壁之战的真正的现场,名"武赤壁",而湖北黄冈赤壁则是苏东坡前后《赤壁赋》中的想象,名"文赤壁"。1911 年湖南长沙的秋女烈士追悼会筹备处所印行的《秋女烈士遗稿》,把秋瑾此诗列为第一篇,当是秋瑾现存的早期作品之一。我有幸曾藏有此石印之《遗稿》,并在多年前捐赠给绍兴市秋瑾纪念馆。清代姚鼐《复鲁絜非书》说:"其得于阳与刚之美者,则其文如霆,如电,如长风之出谷,如崇山峻崖,如决大川,如奔骐骥……其得于阴与柔之美者,则其文如升初日,如清风,如霞,如烟,如幽林曲涧,如沦,如漾,如珠玉之辉,如鸿鹄之鸣而入寥廓。"在这首诗里,我们也可以领略到那刚劲的笔力与柔婉的风韵:

> 潼潼水势响江东,此地曾闻用火攻。
> 怪道侬来凭吊日,岸花焦灼尚余红。

"潼潼水势响江东,此地曾闻用火攻",这两句全用刚笔。"潼潼",象声词,形容水势浩大,水流湍急。宋玉《高唐赋》:"巨石溺溺之瀺灂兮,沫潼潼而高厉。"秋瑾随手拈来,切合时地描绘长江奔流的壮观。"响"字补足了长江惊涛拍岸的气势,让人们在听觉形象中更感受到大江的雄浑之美,而"江东"则进一步写出大江东去的景象,具有意象的延展性。在开篇腕力劲健的实写之后,诗人运笔如龙,以"此地曾闻"转入对千年前那一场永铭历史的赤壁之战的虚写。诗人抓住赤壁鏖兵的特征，只用了"用火攻"三字，那火光烛天、刀剑轰鸣的场景，就映现在读者想象的荧光屏上。这两句，气魄豪壮，笔力开张，场景壮阔，具有激扬奋厉的美学力量。

"怪道侬来凭吊日，岸花焦灼尚余红"，这两句全用柔笔。战士挥戈，英雄斗智，早已化作历史烟云，而当年动地的鼙鼓，惊天的呐喊，也早已随流水一同逝去。今天，诗人到古战场来凭吊，她见到了些什么？有哪些纷至沓来的联想？"怪道侬来凭吊日"一句，已经是变豪壮为低回，变开张为掩抑了。诗的结句，紧承前面"用火攻"的构思线索，描绘了似乎仍闪耀着当年火光的焦灼的岸花。这一移情于物的联想意象，幽丽清婉而楚楚动人，在形象和场景上与前面两句均构成了鲜明的对比，而且意象的含蓄和内蕴的不确定性，又留给了读者广阔的想象的余地。秋瑾写这首诗时，中国正逐步沦为半殖民地，中华民族正处在危急存亡之秋，凭吊孙、刘联合以弱胜强的古战场，追昔抚今，她难道不会百感丛生吗？

阳刚美是强烈的、有力量的，一般是动态的；阴柔美是深婉的、有神韵的，一般是静态的。它们同为诗美，应该无分高下，但它们既各有所长而又各有所短，诗作者对它们虽然可以有所偏胜却不宜偏废，正如清人沈谦《填词杂说》所云："能于豪爽中着一二精致语、绵婉中着一二激励语，尤见错综。"相反相成，在美学上是美的一个重要法则，古希腊哲人赫拉克利特早就批评过有的人"不了解如何相反者相成：对立造成和谐，如弓与六弦琴"，他认为"互相排斥的东西结合在一起，不同的音调造成最美的和谐"（《西方美学家论美和美感》，商务印书馆，1980 年）。我国的苏轼论书法时，也提出过"端庄杂流丽，刚健含婀娜"（《和子由论书》）的卓越见解。秋瑾的这首诗，笔在刚柔之间，以刚补柔，以柔补刚，刚柔相济，雄句与婉句兼而有之，肝肠似火而色貌如花，因此，它就不仅风发雷奋而且也风致妍然了。

读秋瑾的《赤壁怀古》，令我想起清代诗论家、诗人赵翼的七律《赤壁》:"依然形胜扼荆襄,赤壁山前故垒长。乌鹊南飞无魏地,大江东去有周郎。千秋人物三分国,一片山河百战场。今日经过已陈迹,月明渔父唱沧浪。"两首诗虽然体式不同,但同为凭吊之作则一。当然,它们除了内蕴有别之外,在风格上也有不同,赵翼的诗畅达而豪壮,秋瑾的诗在刚健之中仍然透露出女性诗人的细腻柔婉,是金钲与洞箫和谐的合奏。

多年前,我曾和当代诗人熊楚剑往游湖北蒲圻赤壁,他曾赋《赤壁漫兴》七绝一首:"蓝天横槊气如虹,借得东风指顾中。谁说浪淘千古尽? 有声有色是英雄!"当时,我们徘徊在当年三国鏖兵的赤壁故地,酾酒临江,浩然长啸,算是对古往今来包括秋瑾在内的英雄的祭奠。后来读岭南名诗人李经纶的诗集《草莱之什》(花城出版社,2014 年),发现其中有《过赤壁古战场》二首,其题旨意趣与以前我所读到的有关之作均颇不相同,可称另类诗思,别开生面:"江山一统为称皇,义战何来霸道张。大好头颅浮瘴海,魂孤鬼老月新凉。""虎斗龙争总姓私,家天底下杏黄旗。游人但说沧桑变,宫里娇娃正画眉。"诗文随世运,无日不趋新,从这里可以看到,即便是同一题材,不同的诗人会有不同的艺术发现和艺术表现,正如同一颗水珠,在阳光下会闪耀出炫目的七彩。

后　记

　　人生有许多珍贵的缘分。我庆幸自己在小小少年与青青子衿时起，就和古典诗词结下了不解的良缘，直至两鬓飞霜白头已老的今日。

　　中国人过去向来看重友情，将春秋佳日登山临水者称为"逸友"，将奇文共欣赏者呼为"雅友"，将直言规谏者誉为"诤友"，将品德端正者尊为"畏友"，将处事正直者赞为"义友"，如此等等。而中国古代的优秀诗人和诗歌呢？虽时隔苍茫而不能目接，却心有灵犀而可神交，是我可以青灯一盏倾心快谈的终生不渝的友人。

　　在短促人生，在尘寰俗世，在权力与金钱日益蛊惑人心的今天，在曾日月之几何而江山不可复识的当下，与那些杰出的古典诗人与古典诗歌相对，炎炎酷夏，手捧的是一握使人心肺如洗俗念顿消的清凉；凛凛寒冬，身拥的是一团即之也温热量陡增的炉火。个人遭逢到不快与不平，可以邀李白一起来痛饮高歌；如果还信奉读书人应该忧国忧民，杜甫会前来陪你一道低吟长啸。假如还有吟风弄月的逸致闲情，有远遁山林的雅怀高兴，古典诗词中有的是嘉山胜水，有的是名花好月，有的是佛理禅境，随时可以让人作一番审美的不亦快哉的诗国神游。

　　中国优秀的古典诗词，是民族的骄傲，文化的精华，诗美的宝库，现代生活中引用率极高的文学经典，也是当代人蓦然回首灯火永远也不会阑珊的精神家园。"腹有诗书气自华"，宋代多才多艺的大诗人苏东坡早在

《和董传留别》一诗中就如此说过。哪怕你身居高位，哪怕你富甲连城，哪怕你声名显赫，哪怕你星光灿烂，如果对中国的国之瑰宝的古典诗词不知敬畏甚至茫然无知，那么你在精神上就可说是贫无立锥之地。芸芸众生特别是莘莘学子，如果只热衷于追星捧星，津津乐道于快餐文化，昏昏沉迷于泡沫文学，而对古典诗词这种民族文化的菁华或者说真正的精英文化缺乏爱心与敬意，那就只会令人感到悲哀。

在社会日益商业化、世俗化，精神也日益粗劣化、沙漠化的今天，能让人气质变得高华脱俗而卓尔不群的，莫过于灵心慧眼饱读有益的诗书，而且是有益诗书中之无上妙品的中国优秀古典诗词了。本书为广大读者提供的就是一种别开生面的读本，一捧可以清心益智的醴泉，一束永远开不败的花朵。此书的前身是三十多年前在长江文艺出版社出版的《楚诗词艺术欣赏》，责编为黄义和先生，蒙我终生感念的诗人臧克家先生赐序，同时也以《歌鼓湘灵——楚诗词艺术欣赏》之名，由台湾东大图书公司印行。中华书局上海公司总经理余佐赞先生素昧平生，2015 年春，他忽来电相询，礼遇有加，允予修订发行新版。感念余佐赞先生之垂青与中华书局之不弃，我以半载之功，朝于斯而夕于斯，埋头于此书的全面整理、扩展与修订，此后又经多次校改。其基本原则是：每篇仍以一个艺术问题一首诗为中心，旁征广引，在有限的篇幅中容纳尽可能丰富的信息量；纵向适当联系"五四"以来包括当代新诗与旧体诗词的创作，横向适当联系西方的文论与诗论，力求汇通传统与现代，中国与西方，增强时代感与当代性；以文学小品的笔法撰写诗歌赏析文字，力求学术的通俗化、文学化与个性化，增强可读性。期望扩大本书读者接受面，可作诗词爱好者、教学者与创作者以及大、中学生的参考读物。总之，中国的古典诗词有如海洋，我只能取一瓢而饮，本书虽不敢期于至善，但也数度增修，力求无愧我心，因为这大约是我此生的定本了。古罗马诗人贺拉斯有言："一杯在手，谁不谈笑风生？"他指的是品赏美酒，我说的是阅读并悦读好书。只希望喜爱拙书的众多年轻与不再年轻的读者，人人一书在手，个个谈笑风生！

　　流光逝水，日月不居，生命忽忽已到了夕阳无限好的时分。这本三十多年前的旧著今日能以虽非全新却也堪称崭新的面貌问世，除了衷心感谢余佐赞先生给了我反复修订和出版发行的机会，还应特别感谢拙书的前后几位责编，尤其是吴艳红女史，她以虽未能善始却必须善终的责任心，以术业有专攻的向美之情，细读通校全书，一网打尽因我之粗枝大叶而致讹以及打字排印而致误的漏网之鱼，使拙书最后得以臻于大善，令我分外感动。一本值得一读的书，应该是作者与编辑精诚合作的成果，质之拙著，信有之矣。故秀才人情，谨此一并言谢！

　　一序将终，请允许我仍赘数语。本书二校样寄到之日，正当内子段缇萦于是日凌晨睡梦中悄然安然驾鹤仙游。内子与我同学少年，相识相知甘苦共尝六十三载，相夫教子无私付出，备极辛劳。她礼佛四十年，为人至慈至善，偶也赋诗作文。我在校阅此书时，发现遗物中有睡眠不佳却从不做梦的她不知写于何时的四句偈语："真人本无梦，一梦则游仙。至人本无睡，一睡浮云烟！"伤痛之余，谨录于此，以志我对她永远的感恩和永远的纪念！

李元洛

2016 年端午节一校于长沙

2016 年岁末至 2017 年春节二校

2017 年 6 月三校